rororo

Dies ist der zweite Band der Reihe um die forensische Zeitreisetruppe Time Unit. Über den ersten, «Jack», in dem das Rätsel um den Londoner Ripper im Mittelpunkt steht, urteilte der Kölner Stadt-Anzeiger: «Mörderisch spannend.»

Tess Riley, Jahrgang 1970, wuchs als jüngstes von sechs Kindern auf einem Bauernhof südlich von Edinburgh auf. Sie studierte Journalismus und Geschichte und arbeitet für verschiedene britische Rundfunksender. Ihre Ferien verbringt sie als Freiwillige auf archäologischen Grabungen.

Riley und *Brandt* lernten sich bei der Arbeit zu einem Dokumentarfilm der BBC über Jack the Ripper kennen.

Christian Brandt, 1966 in Hamburg geboren, ging nach dem Abitur nach England, wo er sich als Barkeeper, Discjockey und Taxifahrer verdingte. Heute lebt er als Übersetzer und Musikmanager in London. Er bewohnt ein Hausboot in Camden Market, das einzige, auf dem sich ein Klavier befindet.

TESS RILEY &
CHRISTIAN BRANDT

OPERATION JFK

THRILLER

Rowohlt Taschenbuch Verlag

Originalausgabe
Veröffentlicht im Rowohlt Taschenbuch Verlag,
Reinbek bei Hamburg, Oktober 2016

Redaktion Susann Rehlein
Umschlaggestaltung Hafen Werbeagentur, Hamburg
Umschlagabbildung Corbis
Satz Dolly PostScript (InDesign)
Gesamtherstellung CPI books GmbH, Leck, Germany
ISBN 978 3 499 27219 6

Prolog

Tel Aviv, Außenstelle der CIA,
21.3.2016

Derjenige, der sich als Agent Sharett vorgestellt hatte, durchschritt den Raum. Blieb an der dunkelgrün gestrichenen Wand stehen, als er sie erreichte. Drehte sich um und strich seine schwarze Krawatte nach unten. Der andere, mit den stahlblauen Augen, saß ihm gegenüber und schaltete das Aufnahmegerät ein. «Vernehmung von Herrn Efron Alterman am 21. März 2016. Uhrzeit: 15:38. Herr Alterman, würden Sie bitte Ihren vollständigen Namen, Ihr Alter und Ihre genaue Adresse nennen?»

Er nickte. «Mein Name ist Efron Yakov Alterman, ich bin 78 Jahre alt und wohne in der Ben-Yehuda-Straße Nummer 42 in Tel Aviv.»

«Gut.» Der Mann am Tisch nahm den Kugelschreiber, der vor ihm lag, in die Hand. «Warum sind Sie hier, Herr Alterman?»

«Ich will ein Geständnis ablegen. Ich habe vor 53 Jahren Präsident Kennedy erschossen.»

«Wiederholen Sie bitte, was Sie uns vorhin erzählt haben.»

Efron Alterman fuhr sich über die Stirn und räusperte sich. «Ich habe von 1959 bis 1998 für den israelischen Geheimdienst gearbeitet. Im Frühjahr 1962 wurde ich von meinem damaligen Führungsoffizier darüber informiert, dass der Konflikt mit der amerikanischen Regierung so schwerwiegend sei, dass diverse operative Aktionen gegen die USA erforderlich wären.»

«Um welchen Konflikt ging es da?»

«John F. Kennedy wollte Israels Atomwaffenprogramm verhindern.»

«Man hat Sie also direkt damit beauftragt, den amerikanischen Präsidenten zu ermorden?»

«Zum damaligen Zeitpunkt noch nicht. Ich wurde zunächst in ein geheimes Ausbildungslager des Mossad geschickt.»

«Wo befindet sich dieses Lager?»

«Zwischen Kiryat Gat und Rahat. Es existiert heute nicht mehr. Aber Sie werden sicher Reste davon finden. Wenn Sie mir eine Karte geben, kann ich Ihnen den Standort zeigen.»

«Was geschah dort?»

«Ich wurde auf meinen Einsatz in den USA vorbereitet. Ich lernte Englisch. Schließlich musste ich die Sprache fließend und akzentfrei beherrschen.»

«War das alles?»

«Nein. Außerdem bildete man mich zum Scharfschützen aus.»

«Wann erfuhren Sie von dem Auftrag, Präsident Kennedy zu töten?»

«Das erfolgte extrem kurzfristig. Am 18. November 1963 flog ich nach Houston, wo ich mich bei einem Kontaktmann meldete. Er bereitete mich darauf vor, dass demnächst eine äußerst delikate Operation für mich anstand.»

«Wie hieß dieser Kontaktmann?»

«Sie wissen genau, dass ich Ihnen das nicht sagen werde.»

«Okay. Können Sie uns erklären, warum gerade Sie für dieses Unternehmen ausgewählt wurden?»

Efron Alterman zuckte mit den Schultern. «Wissen Sie, die Sache kam nicht ganz überraschend.»

«Wie meinen Sie das?»

«Noch in Israel wurde ich gefragt, ob ich mir vorstellen könne, ein höheres Mitglied einer ausländischen Regierung zu beseitigen. Möglicherweise sogar einen Regierungschef. Als ich dann mein Flugticket in die USA bekam, war mir klar, was auf mich zukommen würde.»

Der mit den stahlblauen Augen legte den Kugelschreiber zurück auf den Tisch und kratzte sich an der Schläfe. Agent Sharett gab seine Position an der Wand auf, trat heran und nahm an der Stirnseite des Tisches Platz. «Herr Alterman, lassen Sie uns über den Tag des Attentats reden. Was geschah am 22. November 1963?»

«Am Vormittag flog ich auf Anweisung meines Kontaktmannes von Houston nach Dallas. Am Tag zuvor hatte man mich mit dem Ablauf des operativen Vorgangs vertraut gemacht. Die Sache war im Grunde nicht besonders kompliziert. Eine Stunde bevor ich den Präsidenten erschießen sollte, fuhr man mich an den Tatort.»

«Können Sie das genauer beschreiben?»

«Gegen 11:30 brachte mich ein Mann namens Ruby mit einem Kleinlaster zum Parkplatz hinter der Elm Street. Das Gewehr hatte ich dabei.»

«Hatten Sie keine Schwierigkeiten, dort ungesehen mit der Waffe herumzuspazieren?»

Alterman lachte auf. «Schwierigkeiten? Ich glaube, man wäre aufgefallen, wenn man keine Waffe dabeigehabt hätte. Die gesamte Dealey Plaza wimmelte von Polizei und CIA-Leuten, die entweder ein Gewehr oder eine Handfeuerwaffe bei sich trugen.»

Die beiden Agenten nickten. «Was geschah dann?»

«Ich ging Richtung Grashügel, stieg über den Holzzaun und suchte mir eine von Bäumen relativ geschützte Stelle.»

«Sie sagen ‹relativ geschützte Stelle›. Hat man Sie denn nicht angesprochen und zur Rede gestellt?»

«Doch, natürlich. Einmal kam ein Polizist. Nachdem ich ihm meinen gefälschten CIA-Ausweis gezeigt und ihm klargemacht hatte, dass ich hier für die Sicherheit des Präsidenten abgestellt worden war, zog er wieder ab.»

«Ansonsten blieben Sie unbehelligt.»

«Ja.»

«Gut. Fahren Sie bitte fort.»

«Ich wartete, bis die Limousine des Präsidenten erschien. Als ich sah, wie der Wagen von der Main Street auf die Houston Street abbog, machte ich mich bereit. Das Fahrzeug stieß schließlich auf die Elm Street und fuhr einen scharfen Bogen nach links. Dabei musste es stark abbremsen. Nachdem die Limousine auf der Elm Street war, kam der Moment, in dem ich den Präsidenten perfekt im Fadenkreuz hatte. Ich drückte ab.»

«Gaben Sie nur einen Schuss ab?»

«Ich feuerte insgesamt zwei Mal. Der zweite Schuss traf den Präsidenten am Kopf.»

«Welches Gewehr benutzten Sie?»

«Eine 7.65er Mauser.»

«Ihnen ist klar, dass Ihre Darstellung der Ereignisse den offiziellen Ermittlungsergebnissen widerspricht?»

«Wollen Sie mich auf den Arm nehmen? Wenn Sie mir jetzt mit dem Bericht der Warren-Kommission kommen, dann können wir das Gespräch auch beenden. Sie sind doch Agenten der Agency, oder nicht? Dann wissen Sie auch, was von diesem Bericht zu halten ist. Eure Behörde weiß ganz genau, was damals vor 53 Jahren abgelaufen ist. Also stellen Sie mir nicht solche Fragen.»

Agent Sharett atmete geräuschvoll ein. Der andere begann: «Glauben Sie wirklich, wir ...» Sharett legte ihm eine Hand auf den Unterarm. «Lass, Willis.» Der Angesprochene verstummte. Dann sprach Sharett: «Also gut. Gesetzt den Fall, Ihre Geschichte ist wahr, Mister Alterman, gibt es dafür irgendwelche Beweise?»

Alterman sah Sharett ruhig in die Augen. Während die Sekunden verstrichen, zeichnete sich auf Altermans Lippen ein breites Grinsen ab. «Endlich mal eine gute Frage.»

TEIL I

1.

Freunde der Wissenschaft, Wegbereiter des Fortschritts.» Dr. Dr. Leon Carl Rodriguez ließ seinen Blick über die Zuhörerschaft schweifen. Als Naturwissenschaftler neigte er nicht zum Pathos. Doch er war auch der Generaldirektor des Schweizer C.E.R.N., einer weltweit einzigartigen Einrichtung zur Erforschung der Materie und des Kosmos. Und heute waren eine Menge teurer Limousinen vorgefahren mit Gästen, die die Wiedereröffnung der Detektorkammer ATLAS feiern wollten. Nicht wenige von ihnen hatten erhebliche Teile der hierfür nötigen Millionen gespendet, als Privatleute oder als Vertreter von Regierungsinstitutionen. Diese Leute durften etwas erwarten für ihr Geld. Nicht ohne schmerzliche Gefühle dachte Rodriguez daran, wie er sich in einen Dreiteiler von Armani gezwängt und beim Schneider so getan hatte, als bemerkte er nicht, dass das Modell für ihn um fast 30 Zentimeter gekürzt werden musste. Unwillkürlich reckte er sich auf seinem Podest.

«Einen Moment lang, einen Wimpernschlag im Kosmos, hat es so ausgesehen, als würde das Licht der Forschung, das wir hier entzündet haben, für immer erlöschen. Zweifel wurden laut am Sinn unserer Arbeit. Lohnt es, so fragten sich einige, in eine Forschung zu investieren, die nicht unmittelbar dazu führt, dass neue Konsumprodukte entstehen. Immerhin arbeiten wir hier nicht an spülmaschinenfestem Glasdekor oder einem Auto, das von alleine lenkt und fährt.» Er nahm das Lachen des Publikums zur Kenntnis und nickte. «Dazu kamen Panikmacher aus der Umweltfraktion. Untergangsaktivisten schürten mittelalterlich anmutende Ängste. Es hieß, wir könnten mit unserer Arbeit ein Schwarzes Loch erschaffen, das die ganze Erde verschlingen würde.» Rodriguez hob die Hände in einer kindlichen Geste des Erschreckens.

Einige Zuhörer lachten auch hierzu höflich. Andere strichen sich über den teuren grauen Zwirn. Die Angestellten des C.E.R.N. waren an ihren verlegenen Mienen zu erkennen, außerdem an ihren Konfirmandenjacketts. Physiker legten wenig Wert auf Äußerlichkeiten.

«Ich weiß, ich weiß.» Rodriguez beschwichtigte eine nicht vorhandene Empörung. «Wir alle wissen, dass es unmöglich ist, ein stabiles Schwarzes Loch zu erzeugen. Sollte es uns je gelingen, werden Sie, meine Herrschaften, die Ersten sein, die es erfahren. Denn dann werden Dinge möglich sein, Dinge ...»

«Zeitreisen!» Aaron Singelton, Physiker an der Cambridge University, hatte diesen Zwischenruf gewagt. Er schaute kindlich verzückt. Seit vier Jahren durchforschte er nun Datenreihen nach Hinweisen auf das Higgsteilchen, dessen Nachweis die Gedankengebäude der modernen Wissenschaft endlich bestätigt hatte. Der Ritterschlag für das menschliche Denken war getan. Sie hatten es schließlich entdeckt, das Gottesteilchen. Für ihn persönlich bedeutete das ein endloses Starren auf Datenreihen. Er war nichts weiter als lediglich eine von Tausenden von Arbeitsameisen.

Rodriguez lächelte und strich sich über sein jettschwarzes Haar. Lass die Kinder spielen, dachte er sich. Es war ein Feiertag. «Dann könnten Sie endlich Stephen Hawking widerlegen, Mister Singelton, was?» Die «Hört, hört»-Rufe ließen ihn grinsen. «Ja, Hawking gehört zu unserem Förderkreis. Wir arbeiten hier nicht an irgendetwas. Aber im Ernst.» Er streckte dem Auditorium die Arme entgegen. «Ihnen ist es zu verdanken und Ihrer Großzügigkeit, Ihrer Weitsicht, dass ab jetzt am C.E.R.N. wieder Geschichte geschrieben werden kann. Die Geschichte der Menschheit, mehr noch, die Geschichte unserer Welt.» Er räusperte sich und senkte den Kopf, um seinem Publikum Gelegenheit zur Andacht zu geben. «Zugleich», fuhr er dann fort, «ist dies heute der Anlass, eines der ganz Großen unseres Faches zu gedenken. Eines Mannes, der die

Disziplin der theoretischen Physik in den letzten Jahren vorangebracht hat wie kein Zweiter: Doktor Matthieu Savary.»

Als Spanier, Wissenschaft hin oder her, war er Katholik genug, sich bei der Erwähnung eines Toten unwillkürlich zu bekreuzigen. Es war eine Geste der Schadensabwehr. Dieser Savary! Keine zwei Jahre war er am C.E.R.N. gewesen, ein Shooting Star, wie es hieß, mit Fördergeldern und Privilegien nur so gestopft. Hatte hier geschaltet und gewaltet, wie es ihm gefiel, hatte sich nicht um irgendwelche Vorgaben geschert. Und am Ende den Detektorraum ATLAS in die Luft gejagt. Ein Millionenverlust! Wofür er das tat und was er dort heimlich getrieben hatte, das hatten sie bis heute nicht rekonstruieren können. Savarys Unterlagen hatten sich ebenso in Luft aufgelöst wie er selbst. Asche zu Asche, Staub zu Staub. «Für Doktor Savary war der Griff nach den Sternen keine Metapher. Und ich wage zu behaupten, befände er sich noch unter uns, die Theorie der Supersymmetrie wäre bewiesen.»

Savary war in einem Krankenhaus in seiner Heimatstadt Paris gestorben und dort auch auf dem Père Lachaise begraben, soweit Rodriguez wusste. Er hatte nie das Bedürfnis verspürt, dorthin zu gehen. Wunderbar, dass der Kerl tief unter der Erde lag. Savary hatte ihm Ärger genug beschert.

«Aber nicht nur ein begnadeter Wissenschaftler ist mit Savary von uns gegangen, sondern auch ein Freund und Kollege.»

Der einzige Weg, zu vertuschen, dass er, Rodriguez, als Leiter des C.E.R.N. versagt und einen Verrückten unbeaufsichtigt hatte herumexperimentieren lassen, war es gewesen, Savary zum Helden zu machen. Ein Märtyrer der Wissenschaft, so würde der Franzose in die Geschichte eingehen. Es war ein hartes Stück Arbeit gewesen, die Fakten zu fälschen. Rodriguez hatte es nicht gerne getan. Aber es hatte sich gelohnt. Spender aus Savarys Verwandtschaft meldeten sich, die Universitäten, an denen er arbeitete, trommelten für einen Fond, neue Forschungsgelder flossen, und die Savary-Stiftung sammelte alles ein wie ein fleißiges Bienchen. ATLAS konnte endlich neu erstehen. Ein beigeordneter Minister für Forschung und neue Technologien war eigens für die heutige Einweihungsfeier aus Frankreich angereist. Als hätte er Rodriguez' Gedanken gelesen, erhob sich der *ministre de recherche scientifique* just in diesem Moment und knöpfte sein Jackett zu, bereit, nach vorne zu kommen und die Plakette zu enthüllen, die von nun an die wiederhergestellte Detektorkammer zieren sollte.

«Ich darf hinzufügen», sagte der Generaldirektor, hastig über das Mikro geneigt, um diese Pointe noch anzubringen, «dass die Kollegen mir verraten haben, der Spitzname für Savary sei ‹Tricolore› gewesen. ‹Bleu, blanc, rouge›, seiner blauen Augen und rötlichen Haare wegen.» Rodriguez wartete das Gelächter ab.

Der Minister verhielt seinen Schritt.

«Daher ist es mir eine besondere Freude, unseren französischen Gästen verraten zur dürfen, dass der Teilchenbeschleuniger ATLAS hausintern ‹La tricolore› genannt wird. Savary ist nicht tot. Sein Erbe lebt weiter. Die Wissenschaft lebt!»

Unter allgemeinem Beifall schritten die beiden Männer zur Enthüllung der Gedenktafel.

«Na», sagte weiter hinten eine Frau im grauen Kostüm. Sie hatte die üppigen schwarzen Haare und die Mandelaugen einer Südseeschönheit. Ihr Blick aber war hart. «Wie gefällt Ihnen Ihr Nachruf?» Sie neigte sich dichter an das Ohr des Mannes, zu dem sie getreten war: «Monsieur Savary?»

2.

Der Mann, an den sie herangetreten war, zuckte zusammen. Unwillkürlich zog er seine Krücke an sich heran. Er blickte sich um, doch niemand schien von ihnen Notiz zu nehmen.

Wie die anderen trug er einen Anzug, allerdings ein zerknittertes, ein wenig zu weites Exemplar. Als wäre er durch eine Krankheit aus dem Textil geschrumpft. Seine Hautfarbe passte zu dieser Vermutung. *Bleu, blanc, rouge*: Wer ihn so in Erinnerung hatte, hätte ihn nicht wiedererkannt. Die Blässe seiner Haut wirkte kränklich, eher grau als weiß, durchzogen von zahlreichen Brandnarben, die die Explosion zurückgelassen hatte. Seine einstmals weichen, jungenhaften Züge waren scharf geworden. Das rotblonde Haar hatte die Chemotherapie vernichtet. Es war dunkler nachgewachsen, kupferbraun, jedoch so schütter, dass er es kurz rasierte, was ihm zusammen mit den Narben ein verwegenes Aussehen verlieh. Er hielt sich wie ein Mann, der Schmerzen hatte. Eine getönte Brille verdeckte die blauen Augen, sodass sich über seinen Blick nichts sagen ließ.

«Ich habe Sie nicht kommen hören, Mrs. Fletcher», beschwerte er sich.

«Das war der Zweck der Übung.» Sadie Fletcher wippte auf den Ballen.

Matthieu Savary warf einen Blick über die Schulter. Und richtig: Da waren sie, die unvermeidlichen Bodyguards, die nie von seiner Seite wichen. Sadie Fletcher arbeitete für eine Organisation, die man in Ermangelung eines offiziellen Namens einen Geheimdienst nennen konnte. Sie und die Organisation kümmerten sich um ihn. Fletcher und ihre Kettenhunde auf der einen Seite, er auf der anderen. Falsch, korrigierte Savary sich: Ich bin ein Teil von ihnen. Ich arbeite für diese Organisation. Seit sie mich aus den Trümmern von ATLAS gezogen und mir in ihren Spezialkliniken ein bisschen Leben zurückgegeben haben. Nicht viel. Aber genug Leben, um meine Forschungen zu betreiben. «Ich wäre Ihnen schon nicht weggelaufen», sagte er unwillig.

«Matthieu, Sie sind mir bereits weggelaufen. Sind in Paris einfach aus der Klinik verschwunden.»

«Ich brauchte frische Luft.»

«Und offenbar musste es Schweizer Luft sein. Im ersten Moment dachte ich, Sie wollten Ihr Grab besuchen.»

«Da war ich auch», gab er zu. «Wenn man offiziell für tot erklärt wurde, gibt es nicht mehr viele Orte, an die man gehen kann.» Er dachte an seinen kurzen Besuch auf dem Père Lachaise.

Die Luft war vom Gezwitscher der Vögel erfüllt gewesen. Von den Knospen der Bäume tropfte der schmelzende Schnee, glitzerte in der schrägstehenden Frühlingssonne.

Matthieu Savary hatte die Augen zusammengekniffen und auf den Stein gesehen, in den seine Lebensdaten eingraviert waren. Anfang und Ende. Das Ende. Er hatte sich etwas stärker auf seine Krücken gestützt. Die Operationen der letzten Monate waren schmerzhaft gewesen, doch sie hatten ihm das Ende erspart, ein weiteres Mal. Man hatte sein Knochenmark transplantiert, stellenweise waren sogar ganze Knochen ausgetauscht worden. Außerdem hatte er eine neue Leber bekommen. Wie bei einem Baukasten würden sie jedes Organ, jeden Teil seines verstrahlten Körpers herausnehmen und durch einen neuen ersetzen. Es würde Jahre, wenn nicht Jahrzehnte, dauern.

Auf seinem Grab hatten Blumen gelegen. Nicht mehr ganz frisch, von dem Tauwetter in Mitleidenschaft gezogen. Unter dem Strauß, der seine Blüten hängen ließ, ein Zettel. Er hatte sich nach vorne gebeugt, bis er das Papier zu fassen bekam. Die Buchstaben waren verwaschen, und doch hatte man lesen können, was dort stand: «Mein Herz gleicht einer umgestürzten Flamme.»

Guillaume Apollinaire. Hatte sich ein Verehrer des Dichters etwa in der Grabstätte geirrt? Matthieus Blick war auf das Grab gefallen, das direkt neben seinem lag: Die letzte Ruhestätte des Poeten. Und doch waren Blumen und Worte nicht für Apollinaire bestimmt gewesen. Jemand, der wusste, dass der viel zu früh verstorbene Dichter zu seinen Lieblingsautoren gehörte, hatte ihm die Verse aufs Grab gelegt.

Unwillkürlich griff Savary in seine Jacketttasche und zog den Zettel hervor. Es gab nur eine Person, von der der Zettel stammen konnte. Mutter, dachte er und fühlte sich plötzlich hundeelend. Wie alle anderen aus seinem alten Leben hielt auch seine Mutter ihn für tot. Sie *musste* ihn für tot halten. Das war Teil des Vertrags, den er abgeschlossen hatte. Das gebrochene Herz seiner Mutter. Wie er sich plötzlich hasste, in diesem Moment.

Applaus brandete auf. Man hatte die Marmortafel mit der Inschrift enthüllt. Sein Name stand darauf, seine Lebensdaten. Ein kurzes Lob seiner Leistungen. Ein Witzbold hatte die Trikolore darüber gehängt. Gegen seinen Willen lebte Savary ein wenig auf. Idioten, aber liebenswerte, dachte er. Er hatte sie nicht zu schätzen gewusst, als er noch mit ihnen arbeitete. Sie waren ihm alle so simpel vorgekommen. So schlicht im Geiste. Es stimmte, er war arrogant, aber sie hatten einfach zu wenig Phantasie. Jagten einer so uninteressanten Sache wie dem Higgsteilchen hinterher. Hielten stabile Schwarze Löcher für Unfug. Stephen Hawking *ist* widerlegt, hätte er ihnen am liebsten zugerufen. Ich *bin* in der Zeit gereist. Ich *habe* die Vergangenheit mit meinen eigenen Augen gesehen. Und ich *werde* es wieder tun, wann immer mir danach ist.

Er spürte, wie Sadie Fletcher sich neben ihm bewegte, wie sie ihre Finger auf den Lautsprecher in ihrem Ohr legte, um einer Botschaft ihrer Mitarbeiter zu lauschen. Seine kurze Euphorie fiel in sich zusammen. In der Tat, er würde noch oft in die Vergangenheit reisen. Aber nicht, wann immer *er* es wollte, sondern dann, wenn *sie* und ihre Vorgesetzten es befahlen. Denn er arbeitete nicht nur für sie. Er war ihr ausgeliefert. Er gehörte ihr. Ein Pakt mit dem Teufel, dachte Savary bitter. Doch wäre er ihn nicht eingegangen, das Grab in Paris wäre tatsächlich mit seinen sterblichen Überresten gefüllt. Ja, er hatte das Reisen in der Zeit erfunden. Aber bei seinem ersten Versuch, damals im Large Hadron Collider des C.E.R.N., war ihm am Schluss alles um die Ohren geflogen. Daher sein zerstörter Organismus. Doch die Zeitreise hatte funktioniert, und sie war von der Organisation registriert worden. Schon seit längerem hatte sie ihn beobachtet. Danach der Deal: Entweder er würde für den Geheimdienst weitere Zeitreisen vornehmen und sein altes Leben vergessen, oder er würde sterben. Offiziell war er da bereits tot. Hatte er eine Wahl gehabt?

Er lebte nur noch, weil er sich bereit erklärt hatte, die *Time Unit* anzuführen. Weil er sein Genie in den Dienst einer Truppe stellte, die zur Aufgabe hatte, die Cold Cases der Vergangenheit aufzuklären.

Matthieu versuchte, die dunklen Gedanken zu vertreiben. Er erinnerte sich an das köstliche Mahl, das er gestern Abend in einem Restaurant in der Rue Louis Blanc zu sich genommen hatte. Als Entrée hatte es eine Gazpacho gegeben. Dann waren ihm Nierenzapfen vom Rind serviert worden. Dazu glasiertes Gemüse mit Grenaille-Kartoffeln. Da durfte ein feiner Burgunder nicht fehlen. Seit langer Zeit endlich mal wieder ein Essen, das seinen Namen verdiente. Ein wahres Fest für die Geschmacksknospen. Die Nahrung in der Klinik hatte ihn in kulinarischer Hinsicht mürbe gemacht.

«Alles in Ordnung?» Sadie Fletchers Stimme erschien ihm ungewöhnlich weich. Er antwortete nicht. Langsam wandte er ihr seinen Kopf zu. Sie war eine Schönheit, das musste er zugeben. Ihre Haltung war ebenso makellos wie ihre kaffeebraune Haut. Matthieu erinnerte sich an ein Lied von Serge Gainsbourg. *J'aime ta cou-*

leur café, tes cheveux café, ta gorge café. J'aime quand pour moi tu danses. Das würde er gern einmal erleben, dachte er, dass Sadie Fletcher für ihn tanzte. Beinahe hätte er laut aufgelacht. Stattdessen wartete er darauf, dass die weiche, exotische Schönheit neben ihm jeden Augenblick umschlug in das, was sie wirklich war: klar, entschieden, unnachgiebig und knallhart. Sadie Fletcher war ein Mensch, der wusste, was er wollte. Nie würde sie auch nur eine Sekunde lang an ihren Prinzipien oder Zielen zweifeln.

«Kommen Sie», sagte sie. «Sie hatten Ihren Spaß.»

In dem Moment kam Bewegung auf das Podium. Eine junge Frau trat auf, die von Rodriguez als Professor Doktor Karoline Freitag von der Universität Oxford angekündigt wurde. Sie war kurzfristig Mitarbeiterin des C.E.R.N., ehe sie in Oxford einen Lehrstuhl für Geschichte übernahm. Und sie hatte den verstorbenen Savary gekannt, wie Rodriguez salbungsvoll erklärte, als «Kollegen und Freund».

«Schau an», stellte Sadie Fletcher fest. Es klang überrascht, aber auch anerkennend.

Matthieu Savary konzentrierte sich, um zu sehen, was die Chefin der *Time Unit* sah. Karoline Freitag war ein Mitglied der *Time Unit*. Anfangs war sie nicht mehr als eine idealistische Nachwuchswissenschaftlerin gewesen, wild entschlossen, die Chance auf eine Zeitreise zu nutzen. So entschlossen, dass sie die Geheimorganisation in deren Schlupfwinkel auf der Insel Jersey aufgespürt und sich schamlos aufgedrängt hatte. Von dem naiven Pummel von damals war nicht viel geblieben. Eine Lady im englischen Landhausdress stand vor dem Auditorium, wie frisch vom Pferd gestiegen, dem sie zweifellos eine strenge Dressur verpasst hatte. Schlank, gepflegt, beherrscht. Was war aus dem jungen Mädchen geworden, das bei der ersten Berührung mit der Luft eines viktorianischen Armenviertels in Ohnmacht gefallen war?

«Sie hat sich ziemlich verändert», stellte Matthieu fest.

«Ja», bestätigte Sadie Fletcher. «Wir werden ihr mehr bezahlen müssen.»

Sie beobachteten, wie die Frau dort vorne ihre Papiere auf dem Rednerpult zurechtlegte, um dann das Publikum ins Auge zu fassen. Nur wer sie gut kannte, entdeckte noch etwas von der alten Aufgeregtheit an ihr.

«Ob sie weiß, dass ich hier bin?», überlegte Savary.

«Auf keinen Fall.» Sadie Fletcher reckte sich, um die Rede zu verfolgen, die nun begann. Sie war so ausgewogen und perfekt wie der ganze Auftritt von Karoline Freitag.

«Was ist?», fragte Savary argwöhnisch, als er Sadie Fletcher lächeln sah.

«Das ist das Schöne an diesen Musterschülerinnen», erwiderte sie. «Gib ihnen eine Aufgabe, egal welche, und sie werden sich die Seele aus dem Leib reißen, um sie optimal zu erfüllen.»

«Egal welche?», fragte er. Er fühlte sich getroffen. War nicht auch er so ein Musterschüler? Ein Musterschüler, der im Dienste der Wissenschaft jeden Auftrag perfekt erledigen wollte? Fletchers Spott gefiel ihm nicht.

Sie hingegen lachte, als hätte sie seinen Gedanken erraten. «Keine Sorge», sagte sie. «*Diesen* Auftrag werden Sie mögen.» Damit drehte sie sich um und ging.

Savary starrte ihr nach. Nach einer Weile begriff er. «Es gibt einen Auftrag?», stammelte er. Rasch raffte er seine Krücken zusammen. Seine Brille verrutschte. Er rückte sie zurecht. Wo war Fletcher? Wo waren die Bodyguards? Wo wartete die verdammte Limousine? Er lief doch gar nicht weg. Er wehrte sich doch nicht. «Warten Sie», rief er, ein wenig lauter, als er vorgehabt hatte, und hastete mit seinen Gehhilfen so schnell voran, wie er konnte. Noch sah er ihren Rücken in der Menge. Herrgott, was musste sie auch so rennen. «Warten Sie.»

Sie blieb stehen und drehte sich um.

Atemlos klemmte er sich die Krücken unter die Arme. «Sagen Sie mir endlich: Was ist das für ein neuer Auftrag?»

Sadie Fletcher hob die Hand. Die Limousine fuhr vor. Einer der Bodyguards öffnete die Tür für Savary.

Er starrte in den Wagen, zögerte kurz. Dann legte er entschlossen seine Gehhilfen zusammen und schickte sich an, einzusteigen. Sadie Fletcher lächelte. «Sie werden im Hauptquartier alles Nötige erfahren», sagte sie. «Wie immer.»

Savary stieg ein, zog die Hosenbeine straff und klopfte gegen den Rahmen, um anzudeuten, dass die Tür geschlossen werden konnte.

Fletcher nahm vorne Platz. Über die Schulter sagte sie: «Dann rufen wir sie also zusammen?»

«Ja», bestätigte Savary, als der Wagen anfuhr. Das C.E.R.N. glitt vorbei und verschwand. Irgendwo in diesem Schweizer Tal würde eine Cessna auf sie warten. In weniger als zwei Stunden wären sie auf Jersey. Im Hauptquartier. Bei der Arbeit. Beinahe könnte man sagen, zu Hause. «Ja», wiederholte er mit fester Stimme. «Wir rufen die *Time Unit* zusammen.»

3.

Sie waren wieder auf Jersey. Savary befand sich in den Eingeweiden des Teilchenbeschleunigers. Nicht ohne ein Gefühl der Feierlichkeit drückte er auf den Lichtschalter. Lautlos sprangen die Neonröhren an und beleuchteten die vertraute Halle mit den Aktenschränken, den Computeranlagen und dem zylindrischen Kessel in der Mitte, dem Ionenstrahlkonverter. Dahinter, tief in der Erde, versteckt unter einem alten englischen Herrenhaus, lag der Korridor, der zu *seinem* LHC führte, mit seinem Kontrollraum, seinen Tunnelfahrzeugen und seinem 35 km langen Teilchenbeschleuniger. Obwohl das Gehen ihm noch immer schwerfiel, konnte Savary nicht anders: Er humpelte vom Aufzug durch den Korridor bis zu dem Punkt, wo der Tunnel des LHC begann und die elektrischen Zweisitzer auf ihn warteten für die Fahrt, die er gar nicht beginnen wollte. Er musste nur mit eigenen Augen sehen, dass alles noch da war und dass es echt war, nicht etwa wie in dem Film «Die Truman Show», dessen Hauptfigur in einer Kuppel gefangen war und die dort für ihn aufgebaute künstliche Welt für sein echtes Leben hielt. Bis er eines Tages an den Horizont stieß, der nichts weiter als eine bemalte Leinwand war.

Aber nein, alles war da. Fühlte sich an, wie es sollte. Sein neues Leben war echt.

Auf dem Weg zurück glitten seine Blicke über die Kabel und Rohre an den Wänden des Korridors. Savary lächelte unwillkürlich. Bald würde es losgehen.

Er öffnete die Tür zum Besprechungsraum. Sadie Fletcher stand vor einem der Flip-Charts. «Sukov ist noch nicht da?», fragte er. Der Russe Timofej Sukov war der Techniker in ihrem Team. Neben Savary betreute er die Anlage und tüftelte ständig an technischen Verbesserungen. Außerdem war er Matthieus und auch Sadie

Fletchers Schachpartner. Meistens jedoch spielte er gegen sich selbst.

Fletcher wandte sich nicht um. «Negativ», sagte sie. «Aber wir wissen genau, wo er sich befindet. Und da kann er nicht weg, es ist Sperrgebiet.»

«Ist er wieder zu einem Atomunfall gerufen worden?» Savary war alarmiert.

Mit einer energischen Geste drückte Fletcher einen Magnetpin auf den Flip-Chart. «Sachalin», sagte sie. «Er macht Urlaub bei seiner Frau.»

Savary atmete auf. Sukovs Frau Agrippina war Meteorologin und hauste die meiste Zeit des Jahres in einem Turm am Ende der Welt, auf der Halbinsel Sachalin, wo sie die Veränderungen des Klimas in der Eismeerzone beobachtete.

«Sein letzter Zug war Läufer auf F5.» Fletcher trat einen Schritt zurück und betrachtete ihr Werk.

Jetzt sah auch Savary, was sie auf der Tafel befestigt hatte. Es war ein Foto, ein Hochglanzbild, schwarzweiß, circa 40 × 30 Zentimeter, in hoher Auflösung. Doch es war nicht irgendein Bild, es war eine Ikone, ein Motiv, das um die Welt ging. Die Aufnahme stammte aus einer Zeit, als Fotos gerade erst begonnen hatten, dies zu tun: um die ganze Welt zu reisen. Die Macht der Bilder über den Menschen war entdeckt worden. Fotografien wurden benutzt, um Images zu erschaffen, Mythen, Helden. Mit einem Bild, wie etwa dem von Marilyn Monroe, den weißen Rock von einem Luftstoß aus dem U-Bahn-Schacht um die Beine geweht, konnte man plötzlich Geschichte schreiben, ohne ein einziges Wort zu sagen.

Langsam trat Savary näher und starrte die Szene auf dem Foto an. Sie zeigte ein Auto ohne Verdeck, eine Limousine aus den Sechzigern. Fünf Menschen saßen darin. Der Mann auf dem Rücksitz wirkte vielleicht ein wenig steif, war aber kaum zur Seite geneigt.

Der Schrecken, den die Situation verströmte, ging von der Frau an seiner Seite aus. Offenbar in Panik, versuchte sie, von der Rückbank aus auf die Heckklappe zu klettern, obwohl der Wagen in voller Fahrt war. Es sah umso verstörender aus, als sie dabei ein Kostüm mit engem Rock, Pumps und eine Art Pillbox-Hut trug. Von einem zweiten Wagen aus, der hinter dem ihren fuhr, kletterte ihr ein Mann entgegen, offenbar um sie zurück nach vorn zu stoßen. Menschen säumten den Straßenrand.

«Die Schüsse von Dallas», murmelte Savary, «Die Ermordung John F. Kennedys.»

Amerika verlor seinen Märchenprinzen, seine Hoffnung auf Fortschritt und seine vermeintliche Unschuld an jenem 22. November 1963 in Dallas. Zumindest war das die offizielle Version.

«Ist das unser Fall?», fragte Savary. Er bemühte sich, ruhig zu klingen. Doch alles in ihm vibrierte. Er war kein Amerikaner. Doch der Anschlag auf diesen Mann hatte möglicherweise die Geschichte der gesamten Welt verändert. Oder aber gezeigt, dass sie sich nicht von einem Einzelnen verändern ließ, der sich gegen das System stellte.

«Wieso beschäftigen wir uns damit?», fragte er möglichst lässig und spröde, um seine Aufregung zu verbergen. «Jeder weiß doch, dass Kennedy von seinem eigenen Geheimdienst exekutiert wurde. Oliver Stone hat sogar einen Film darüber gedreht.» Er wandte sich zu ihr um. «Selbst die Hälfte der US-Amerikaner glaubt nicht mehr an die offizielle Version, nach der der Mörder ein psychisch gestörter Einzeltäter war.»

«Ich bin nicht an Glaubensfragen interessiert, Savary.» Sadie Fletcher mühte sich ab, das Flip-Chart so in Position zu bringen, dass es von einer Gruppe aus zwei blauen Sofas und einigen Sesseln aus gut gesehen werden konnte. Die Sitzecke hatte sich im Laufe des letzten Falls als Zentrum ihrer gemeinsamen Beratungen herauskristallisiert. Sie wirkte weniger klinisch als der Rest der Umgebung. Außerdem arbeiteten sie bei ihren Fällen gerne mit möglichst wenig Elektronik. «Was nicht über eine elektrische Leitung geht, kann auch nicht infiltriert werden», pflegte Sadie Fletcher zu sagen. Und sie musste es wissen, meinte Savary, auch wenn er es bezeichnend fand, dass man auf der langen Suche nach Sicherheit heute quasi zurück in die Steinzeit ging: zum Handschlag, dem verbrannten Zettel und dem ins Ohr geflüsterten Wort. Wenn das der Weisheit letzter Schluss war: Wozu dann Jahrhunderte der technischen Entwicklung? Sadie Fletcher hätte vermutlich gesagt, dass die Antwort hinter ihm in seinem LHC lag. Jetzt meinte sie: «Die offizielle Version der Vereinigten Staaten von Amerika lautet noch immer, dass Kennedy von Lee Harvey Oswald erschossen wurde, einem Einzelgänger mit narzisstischem Persönlichkeitsprofil. Sie haben die Waffe, die Kugeln und den Tatort, an dem Oswald sich befand. Und darüber hinaus: Wenn ich etwas wissen will, dann will ich es *genau* wissen. Was ist das überhaupt: CIA, FBI, Staatssicherheit? Und wenn ja: Wer steckt im Einzelnen dahinter?» Sie richtete sich auf und schaute ihn an. «Wer hat befohlen? Wer hat geschossen? Wer hat vertuscht? Außerdem sind unter den Verdächtigen, wenn ich richtig informiert bin, noch die Mafia, die Kubaner und die Russen.»

«Nicht zu vergessen», ergänzte Savary, «der industrielle-militärische Komplex, die Schwulen, die Juden und die Außerirdischen.» Als er ihren Blick sah, zuckte er mit den Schultern. «Kommt darauf an, welche Website Sie konsultieren.» Als sie nicht antwortete, fuhr er fort. «Sie wollen es also wirklich genau wissen, habe ich das richtig verstanden? Unser Auftrag lautet, herauszufinden, wer John F. Kennedy tatsächlich ermordet hat?»

«Ja.» Sie schaute ihm ohne zu blinzeln in die Augen.

«Und wer will das wissen?»

«Savary!» Sie hob beide Hände in einer abwehrenden Geste und wollte weiterreden, doch er unterbrach sie.

«Ich frage nur, weil die Antwort ja oft stark davon abhängt, wer der Auftraggeber ist.» Wütend verschränkte er die Arme.

«Okay. Sie fragen, weil es letztes Mal einen Versuch gab, unsere Forschungsergebnisse zu manipulieren», gab sie zu und holte tief Luft. «Weil ich versucht habe, ein von unseren Auftraggebern erwünschtes Ergebnis zu erzielen.»

Feige ist sie nicht, dachte Savary. Er löste die Arme und gab seine abwehrende Haltung auf. «Ja», sagte er. «Genau deshalb.»

Erneut holte sie tief Luft. Das hier schien der schwierige Teil der Angelegenheit zu sein. Savary behielt sie genau im Auge. Sie sagte: «Es wird diesmal keine solchen Versuche geben.»

«Es will also tatsächlich niemand, dass eine bestimmte Person *nicht* der Täter sein darf?»

Sadie Fletcher nickte. «Diesmal geht es um die Wahrheit. Unser Auftraggeber will die Wahrheit. Er benötigt sie, damit er weiß, wie er mit den Dingen umgehen kann, die bald behauptet werden. Und es werden Dinge behauptet werden, Savary, öffentlich und laut. Unser Auftraggeber versucht zu verstehen, was gespielt wird. Er ist bereit, mit jedem Ergebnis, das wir liefern, zu leben. Das habe ich mir versichern lassen.»

«Weil die Wahrheit in diesen luftigen Höhen der Macht eine Rolle spielt», sagte Savary ironisch.

«Sie ist die Basis für alles. Wer sie kennt, kennt Freund und Feind.» Sadie Fletcher neigte den Kopf. «Seien Sie nicht so zynisch.»

«Ach, *ich* bin zynisch? Im Ernst? *Ich* bin von uns beiden hier der Zyniker?»

Sadie Fletcher biss sich auf die Lippen. «Jedenfalls haben wir diesmal eine gute Ausgangshypothese.» Sie machte eine Pause. Dann fuhr sie fort: «Es gibt einen Mann, der den Mord gestanden hat.»

«Und?», entfuhr es Savary. «War er es auch?»

Fletcher hob die Hände. «Das herauszufinden, wird unsere Aufgabe sein.» Wieder hielt sie inne.

Das «Und?» stand deutlich in Savarys Gesicht geschrieben. Doch er sprach es nicht aus.

«Es handelt sich um einen israelischen Agenten.»

«Kann man den Mann kennenlernen?»

«Er ist tot, aber wir werden im Team das Video analysieren, das von seiner Aussage gemacht wurde.»

«Im Team», sprach Savary nachdenklich. Er nickte. Genau, das Team. Sie würden zusammen daran arbeiten. Er brauchte sich dieser Aufgabe nicht alleine zu stellen.

«Wollen wir uns nicht setzen?» Fletcher nahm auf einem der Sofas Platz.

Savary setzte sich in einen Sessel. «Das Team», wiederholte er. «In alter Besetzung.»

Das war keine Frage. Und Fletcher machte sich kaum die Mühe eines Nickens.

«Tarvo Hakala», nannte Savary den Ersten. «Zuständig für Taktik und Sicherheit.»

«Der Mann mit dem Messer.» Fletcher lächelte. «Er wird froh sein zu hören, dass er bei diesem Auftrag wieder auf Schusswaffen zurückgreifen darf. Die gab es 1963 reichlich.»

«Amerika, Amerika», summte Savary. «Wo steckt Hakala jetzt?»

«Macht Urlaub.» Fletcher griff in ihre Tasche und zog ein Notizbuch heraus, das Savary zum ersten Mal bei ihr sah. Kein Tablet, kein Blackberry. Sie blieb ihren Prinzipien treu. «Wir sind an ihm dran.»

«Sukov kommt also von Sachalin, wenn wir ihn dort erreichen.» Savary nahm beim Durchzählen die Finger zu Hilfe. Der Daumen war der Finne, der Zeigefinger der Russe. Mittelfinger: «Karoline Freitag.» Er freute sich auf die erneute Zusammenarbeit mit der

Historikerin. Sie war klug, fleißig und loyal. «Aber ob sie interessiert ist an dieser Zeit? Sie arbeitet doch über das neunzehnte Jahrhundert, nicht wahr?»

«Interessiert daran, die maßgebliche Biographie über den größten US-Präsidenten aller Zeiten zu schreiben?», tat Sadie Fletcher seinen Einwand ab und machte sich eine Notiz. «Wir sind an ihr dran. Ebenso an einem Nachfolger für Finlay.»

«Wir brauchen einen Stilberater für die Sechziger?», fragte Savary zweifelnd. «Für das Viktorianische England habe ich das ja eingesehen. Aber Dallas 1963? War da nicht alles im Wesentlichen wie heute, bis auf die Frisuren und die Anzahl der Fernsehkanäle?»

«Für Sie vielleicht», gab Fletcher zurück. «Weiß und männlich, wie Sie sind. Ich wäre damals wohl allenfalls ihr Hausmädchen gewesen.»

«Oder meine Sekretärin», sagte er mit einem schadenfrohen Grinsen. «Das mit den Notizen machen Sie ja schon ganz gut.» Er betrachtete sie. Aber etwas stimmte nicht: Sie hatte nicht die Haltung einer Sekretärin: Knie geschlossen, eifrig vorgeneigt und ... er konnte es nicht erfassen, aber es stimmte einfach nicht. So hatte Doris Day in den Filmen einfach nicht dagesessen.

«Vermutlich haben Sie recht», gab er nach. «Haben Sie schon jemanden im Blick?»

«Es gibt da eine Fotografin, Casting-Agentin in Hollywood. Sie arbeitet auch als Beraterin für Filme, die in den Sechzigern spielen.»

Was es nicht alles gab. «Klingt perfekt», sagte er. «Ich meine, nach Finlay ist fast alles perfekt. Oder ist sie auch ein saufendes, koksendes Wrack mit pädophilen Neigungen und einem übergroßen Ego?» Einen Moment lang dachten sie beide an Kenneth Ossian Finlay, Shakespeare-Mime, Großdarsteller und abgestürzter Mensch. Er war ein Ekel gewesen, aber ein großartiges Ekel. Er würde ihnen fehlen.

«Also weiter.» Ringfinger. Das Gefühl von Intimität. Er hatte Hannah Rüthli eine ganze Zeitlang sehr anziehend gefunden. Sie hatte ihn damals aus den Trümmern des C.E.R.N. gezogen. Und für ein paar Augenblicke hatte er geglaubt, er müsste sie dafür lieben. Das hatte sie ihm gründlich ausgetrieben. Hannah war nicht nur eine perfekte Diebin und Trickbetrügerin, sondern auch eine zutiefst spröde und hinter ihrer aufgesetzten Burschikosität zurückhaltende Persönlichkeit. So unsichtbar, wie sie in ihre Zielobjekte einstieg und mit ihrer Beute wieder verschwand, so verborgen hielt sie auch ihr wahres Ich. Sie war der vielleicht einsamste Mensch, den Savary kannte. Von sich selbst abgesehen. An Hannah war er nie wirklich herangekommen.

Und dann war ja auch Ondina Conti in sein Leben getreten. Ondina hatte für sie als Pathologin gearbeitet. *Seine* Ondina. Sie war bei ihrem letzten Einsatz gestorben. Nein, verbesserte Savary sich, sie war ermordet worden. Vor seinen Augen. Und er hatte es nicht verhindern können.

Sein Schweigen dauerte so lange, dass Sadie Fletcher aufschaute. Vermutlich erfasste sie, was in ihm vorging. Sie beide wussten, dass die *Time Unit* einen neuen Mediziner brauchen würde. Und Ihnen beiden war klar, dass es heikel werden würde, das Thema anzusprechen.

Ich bin ein Feigling, dachte Savary. Damals bei Ondina und heute. Ein Krüppel und ein Feigling, der in der Zeit reisen kann. Aber die Dinge, auf die es ankommt, die kann ich nicht. Gequält versuchte er ein Lächeln. «Und Hannah Rüthli?», sagte er schließlich laut. «Was treibt unsere Meisterdiebin derzeit so?»

Sadie Fletcher machte sich eine Notiz und meinte nur: «Wir sind an ihr dran.»

«Na also», sagte Savary und griff nach seinen Krücken, um sich hochzuhieven. Er wollte in sein Zimmer, so schnell wie möglich. Er musste alleine sein.

4.

Die Züricher Bahnhofstrasse strahlte genau den Reichtum aus, den man klischeehaft der gesamten Schweiz unterstellte. Hier befanden sich hinter neoklassizistischen Fassaden Geschäfte der Luxusklasse: Modehäuser, Uhrenläden und Juweliere, deren Auslagen durch ein warmes, bernsteinfarbenes Licht in Szene gesetzt wurden.

Etwa in der Mitte der Straße erhob sich ein Bauwerk, dessen griechische Säulen an einen Tempel erinnerten. Und genau das war es auch in gewisser Weise. Hinter der imposanten Steinfassade huldigte man dem Mammon.

Hannah Rüthli, deren Gesicht zu einem großen Teil durch eine Sonnenbrille verdeckt war, gab sich unbeeindruckt von dem Bankhaus. Ruhig, beinahe gelangweilt schlenderte sie am Eingang des Gebäudes vorbei, bog in eine Seitengasse, kaufte sich einen Cappuccino to go im Pappbecher mit Plastikdeckel und setzte sich auf einen Mauervorsprung. Sorgsam stellte sie den Kaffee neben sich. Dann holte sie einen Tablet-PC aus ihrer Handtasche. Während das Gerät hochfuhr, behielt sie eine unscheinbare Box im Auge, die gegenüber an der Wand des Bankhauses angebracht war.

Sie dachte an früher. Da war sie noch in persona eingebrochen. In Kunstgalerien, in hochgesicherte Villen von Privatleuten oder in die Geheimlabore irgendwelcher Wirtschaftsunternehmen. Einmal sogar in den Hochsicherheitsbereich des C.E.R.N. Stets hatte sie im Auftrag Dritter gearbeitet und ihren Job zur Zufriedenheit ihrer Kunden erledigt. Unerschütterlich kaltblütig, leichtfüßig und geräuschlos wie ein Schatten. Heute arbeitete sie auf eigene Rechnung. Seitdem sie keine finanziellen Probleme mehr hatte, konnte sie sich aussuchen, wen sie bestehlen wollte. Hauptsächlich tat sie es, weil sie auf das Gefühl, am Limit zu sein, einfach nicht verzichten konnte. Sie brauchte den Kick, die Gefahr. Der Ausnahmezustand war ihre Droge. Sonst kam sie sich vor wie eine Puppe. Wie ein Etwas, das zwar atmete und verdaute, aber nicht wirklich lebte.

Jetzt zum Beispiel stand sie kurz vor dem Moment, wo jede Zelle ihres Körpers vom ultimativen Nervenkitzel erfüllt sein würde. Sie spürte, wie ihr Puls sich beschleunigte, wie ihre Wahrnehmung sich schärfte. Etwas in ihr schaltete auf Autopilot und begann, nach seinem ureigenen sicheren Instinkt zu handeln. Wie sagte der große japanische Schwertkämpfer Miyamoto Musashi: Bei allem, was man tut, kommt es auf den richtigen Zeitpunkt und den richtigen Rhythmus an. Jetzt spürte sie ihn, den richtigen Rhythmus. Der Flow war da. Sie marschierte. Bald würden die Endorphine in ihrem Blut vor Lust und Aufregung explodieren.

Die Gefahr, die sie heute einging, war anders als früher, als sie noch Fassaden hochkletterte, Scheiben aufschnitt und Tresorschlösser austrickste. Für das, was sie hier veranstaltete, brauchte sie nur am Computer zu sitzen. Hier im Freien, in der Sonne. Die Spannung blieb dennoch. Und mehr denn je kam es auf den richtigen Zeitpunkt an.

Hannah tippte ins Tablet, bis der drahtlose Kontakt zu dem Schaltkasten der Bank hergestellt war. Zunächst steuerte sie verschiedene Schaltkreise an und veränderte hier und da eine Verbindung. Dann hackte sie sich in das Überwachungssystem. Nach wenigen Sekunden hatte sie die Kontrolle über die Kamera im Empfangsraum. Dort herrschte normaler Alltagsbetrieb. Hinter einer Reihe von Schaltern versahen Bankangestellte ihren Dienst, befanden sich im Gespräch mit Kunden oder liefen durch den Raum. In ihren grauen Anzügen und Kostümen sah einer aus wie der andere. Hannah Rüthli beobachtete alles eine Weile, bis sie die Bewegungsmuster erkannt hatte. Schließlich steuerte sie die Kamera nach links, dann nach rechts. Alles klar. Als Nächstes würde die Gesichtserkennungssoftware zum Einsatz kommen.

Neben dem Programm der NSA, das sie in ihrer Zeit bei der *Time Unit* verwendet hatte, benutzte sie die Software des schweizerischen Bundesamts für Polizei. Vor wenigen Wochen war sie in den zentralen Polizeicomputer eingedrungen und hatte sie dort gestohlen. Die Software beruhte auf den biometrischen Daten, die jeder Bürger preisgab, wenn er sich einen Personalausweis ausstellen ließ. Auf diese Weise ließ sich den Menschen, die Hannah mit der Kamera einfing, eine Identität zuordnen. Unter jedem Gesicht auf dem Bildschirm erschienen dann Name und Geburtsdatum. Eventuell auch der Beruf und die Vorstrafen dieses Menschen. Man fühlte sich fast wie in einem Computerspiel. Hannah startete das Programm, und die Buchstabenfelder ploppten auf. «Hannes Buchli, 14.5.79.» Fehlanzeige. «Daniel Orth, 29.9.90. Fahrradbote. Vorbestraft wegen Drogenhandels.» Auch nicht ihr Kandidat.

Hannah war auf der Suche nach einem ganz bestimmten Mann. Robert Odermatt, 44 Jahre. Sicherheitsangestellter. Bei ihm würde sie finden, was sie brauchte. Sie nahm sich einen nach dem anderen vor, fixierte die Gesichter und zoomte sie heran, bis das Programm Rückmeldung gab: Friedrich Bürgler, Herbert Flütsch, Thomas Wildhaber, Sebastian Amader. Für einen Moment hielt sie inne. Ihre Augen blieben an dem Vornamen hängen. Sebastian. Plötzlich stand sein Bild wieder vor ihr. Bastian, ihr kleiner Sohn. Ihr Sohn, der gestorben war. In einem Krankenhauszimmer, an dessen Wänden Kinderzeichnungen hingen, in einem Bett, über dem ein Mobile aus Drachen, Kriegern und Monstern kreiste.

Sie schüttelte den Flashback ab. Sie musste sich konzentrieren, durfte sich durch nichts ablenken lassen. Wie sie vermutet hatte, verlief die Analyse der Personen im Empfangsraum negativ. Wenn nötig, würde sie alle dreiundzwanzig Kameras der Bank ansteuern, eine nach der anderen, bis sie den Sicherheitsangestellten gefunden hätte.

Eine knappe Stunde später war es so weit. Robert Odermatt saß in einem Büroraum, wo er Akten studierte. Im Hintergrund, an der Wand, eine Schweizer Berglandschaft. Hannah aktivierte einen bestimmten Algorithmus, der eine Verbindung zu den elektronischen Geräten herstellte, die Odermatt bei sich trug. Als Sicherheitsmann besaß Odermatt den Zugangscode für den Zentralrechner der Bank. Erleichtert stellte Hannah fest, dass er ihn bei sich hatte. Er war auf einer elektronischen Sicherheitskarte gespeichert. Ohne dass Odermatt auch nur das Geringste ahnte, lud sie diesen Code auf ihr Tablet herunter. Dann loggte sie sich aus dem System aus. Niemand würde je erfahren, dass sie da gewesen war.

Erneut drang sie in den Schaltkasten ein. Jetzt musste sie einen Weg in das Intranet der Bank finden. Die Sicherheitsvorkehrungen waren ein Kinderspiel. Ihre Finger tippten einen Wirbel auf das imaginäre Tastenfeld. Zum wiederholten Male wunderte sich Hannah, wie leicht es war, die Firewall zu umgehen. Bei fast allen Unternehmen waren die Sicherheitsvorkehrungen mangelhaft. Täglich gab es Hunderte von Cyberattacken auf die verschiedensten Wirtschaftskonzerne und Industrien. Sogar Atomkraftwerke waren vor Angriffen nicht sicher. Glücklicherweise richteten die Hacker dort keinen allzu großen Schaden an. Niemand hatte ein Interesse daran, ein Atomkraftwerk hochgehen zu lassen. Oftmals ging es nur darum, Sicherheitslücken aufzuspüren. Doch Hannah hatte anderes im Sinn.

Sie loggte sich durch die verschiedenen Computer, bis sie am Zugang für den Zentralrechner angelangt war. Endlich. Gleich würde die Party steigen. Nur noch wenige Augenblicke, dann würde sie die gesammelten Kundendaten einer der größten Schweizer Banken auf ihren Rechner ziehen. Wie viele Steuerbetrüger aus dem Ausland da wohl zu finden wären? Genug. Mehr als genug. Auf jeden Fall würde man sie fürstlich entlohnen, wenn sie den Datensatz an eine ausländische Regierung verkaufte.

Hannah öffnete die Datei mit dem Code, kopierte ihn und fügte ihn in das Abfragefeld ein. Dann drückte sie auf Enter. Es öffnete sich ein Fenster, in dem ein leerer Balken erschien. Langsam wurde der Balken mit grüner Farbe gefüllt. Fünf Prozent, zwölf, sechzehn. Hannah spürte, wie ihre Aufregung stieg. Nur die Ruhe, ermahnte sie sich. Bleib im Flow. Es kann nichts mehr passieren. Nicht am Ende alles durch unnötige Aufregung vermasseln. Biete das ganz gewöhnliche Bild einer Business-Tussi in ihrer Mittagspause. Sie nippte an ihrem Cappuccino.

Mit einem Mal ließ die Kopier-Geschwindigkeit nach. Eine völlig normale Sache, beruhigte Hannah sich. Ein kleiner Datenstau. Es war unwahrscheinlich, dass man ihren Hack bemerkt hatte. Nicht in so kurzer Zeit. Na bitte: Der grüne Balken wuchs weiter. Sie schaute auf ihre Uhr. Nahm noch einen Schluck. Legte den Kopf in den Nacken, als genieße sie die Mittagssonne.

Als der Balken bei neunzig Prozent angelangt war, geriet er erneut ins Stocken. Die Sekunden vergingen, doch nichts geschah. Das System arbeitete doch noch? Da! Einundneunzig Prozent! Geht doch! Zweiundneunzig, dreiundneunzig ... Verdammt! Was war das? Das Bild bewegte sich nicht mehr. Hannah versuchte die Maus zu bewegen. Fehlanzeige. Der Bildschirm war eingefroren. «Was zum Teufel!»

Plötzlich begann das Bild zu flimmern. Scheiße! Sie musste unbedingt aus dem System, bevor man sie entdeckte. Hannah probierte verschiedene Tastenkombinationen, keine von ihnen zeigte irgendeine Wirkung. Dann wurde der Bildschirm schwarz. Hannah starrte erschrocken auf ihren Rechner.

Es erschien ein Bild. Schwarze Haare, dunkle Haut. Ein kühles Lächeln. «Nicht jetzt und nicht hier, meine Liebe. In Jersey. Ihr Flug geht um vierzehn Uhr zehn. Business-Class, richtig gekleidet sind Sie ja schon.»

«Fletcher! Verdammt, was machst du hier? Warum versaust du

mir alles?» Hannah Rüthli schlug mit der Faust gegen den Bildschirm.

«Weil ich es kann?» Sie lachte. «Oder weil ich etwas Besseres habe.»

«Das werdet ihr mir teuer bezahlen ...», setzte Hannah an.

Da neigte Fletchers Gesicht auf dem Bildschirm sich vor, so, als würde sie ihr etwas ins Ohr flüstern wollen. Unwillkürlich beugte Hannah sich dem Tablet entgegen. Fletchers Gesicht verschwamm in Pixeln. Aber die Stimme blieb hörbar. «Haben Sie sich nie gefragt, warum Sie bei der Suche nach Sebastians Vater einfach nicht weiterkommen? Und das bei Ihrem Talent?»

«Fletcher? Verdammte Schlampe! Scheiße!» Der Cappuccino flog in hohem Bogen von der Mauer. Hannah machte, dass sie wegkam, ehe irgendwer sie ins Auge fasste. Woher zum Teufel wusste jemand, dass sie nach dem Vater ihres toten Sohnes suchte? Woher? Sie war so diskret vorgegangen, fast wie ein Geist. Nirgends hatte sie eine Datenspur hinterlassen.

Und wieso musste ausgerechnet Fletcher es sein, die die Antwort kannte?

5.

Timofej Sukov klopfte mit dem Schraubenzieher gegen den Hauptkondensator. Ein dumpfes, metallisches Geräusch erklang. Er dachte nach. Wenn es sich um einen Fehler in der Elektrik handelte, dann hätte er ihn eigentlich längst finden müssen. War denn dieses Gerät so komplex, dass es ihn überforderte? Ihn? Letztes Jahr hatte er einen atombetriebenen Eisbrecher repariert, während die Alarmsirenen über die Bucht von Kola schallten, um die Evakuierung einzuleiten. Sein Griff nach dem Drahtschneider war es gewesen, der Murmansk und sein eigenes bescheidenes Leben gerettet hatte.

Noch einmal schraubte er den kleinen Kasten neben dem Kondensator auf, überprüfte das blaue, rote und gelbe Kabel. Sie hatten alle Kontakt. Er fuhr mit dem Finger über den Widerstand, der sich daneben befand: Schön warm, so wie es sein sollte. Er richtete sich auf. Legte seine Hand neben den Einschaltknopf. In seinem Kopf ging er noch einmal alle Leitungen, alle technischen Komponenten durch und machte bei jeder ein virtuelles Häkchen. Dann stoppte er plötzlich in seinen Überlegungen. Was, wenn der kleine Kondensator falsche Wechselstromsignale an den großen abgab? Das hatte er nicht zweifelsfrei überprüft. Möglicherweise würde das Ding explodieren, wenn er jetzt einschaltete.

Stand er kurz vor einem Jahrhundertfehler? Ihm fiel das Spiel einer Schachweltmeisterschaft ein. Steinitz gegen Tschigorin. Und Michail Tschigorin, dessen Gegner kurz davor steht, aufzugeben, begeht den schlimmsten Fehler der Schachgeschichte. Er schiebt seinen Läufer auf B4, statt dass er mit seinem Turm B7 schlägt.

War das jetzt auch so eine Geschichte? Würde er zum Läufer greifen statt zum Turm, wenn er den Einschaltknopf drückte, ohne vorher den kleinen Kondensator genau überprüft zu haben?

«Timofej!» Sein Name hallte durch das Treppenhaus des Turmes. Es war die Stimme seiner Frau Agrippina, die ihn daran erinnerte, dass es heute nicht nur um ihn ging. «Timofej! *Schto ty delajesch?* Was tust du?»

Egal, dachte er und schaltete das Gerät ein.

Nichts.

«Timofej! Bist du endlich fertig mit diesem verdammten Kühlschrank?»

Statt zu antworten, riss Timofej die Kühlschranktür auf und steckte seinen Kopf durch die Öffnung. Wenn es kein elektrischer Fehler war, dann musste es irgendwo eine undichte Stelle geben. Aber die Rohre im Innenraum des Kühlschranks waren aus Aluminium. Sie konnten gar nicht rosten. Wie sollten sie da undicht sein? In seiner Verzweiflung legte er sein Ohr an die Kühlrohre, in der Hoffnung, irgendwo doch ein Zischen zu hören.

«Timofej!», hallte es wieder. «Timofej!»

Er zog seinen Kopf aus dem Kühlschrank. «Was ist los, Gruschka?», brüllte er durch die offen stehende Tür ins Treppenhaus.

«Der Tee ist fertig. Kommst du endlich?»

«Ja! Ich komme!» Wütend schlug Timofej die Kühlschranktür zu. «Sagen wir, Remis.» Dieses saublöde Ding, dachte er und begann, die Wendeltreppe nach oben zu steigen.

Sie trug einen weißen Wollpullover, der mit Früchten bestickt war: Erdbeeren, Kirschen, Bananen und Äpfel. Timofej fand, dass der Pullover besser zu einem fünfjährigen Kind passte als zu einer erwachsenen Frau, doch er hatte es nicht geschafft, seiner Gruschenka das Kleidungsstück auszureden. Sie liebte ihren lächerlichen Kinderpulli, und dagegen konnte man nichts machen.

Er saß vor einer dampfenden Tasse Tschai und sah abwechselnd von den Zitronen-Sandplätzchen zu den Baranki, kleinen mit

Mohn umhüllten Gebäckkringeln. Da er sich nicht entscheiden konnte, blickte er seiner Frau wieder ins Gesicht. Gerade wischte sie sich eine Strähne ihres halblangen schwarzen Haares aus der Stirn. Agrippina war in Sachalin geboren, und man sah ihr ihre Heimat an: Die weichen Rundungen ihres Gesichts waren asiatischen Ursprungs. Ihre großen braunen Augen und die Nase dagegen russisch. Als sie seinen Blick bemerkte, lächelte sie. Die perfekte Mischung, dachte Timofej, stand auf, ging um den Tisch und umarmte seine Frau. Die Birnen, dachte er dabei, diese großen, schweren Birnen, die man nicht außen auf dem Pullover sah, waren doch das Beste an dem ganzen Obst.

Seit einem halben Jahr war er nun zurück auf der Wetterstation Mys Kriljon, die Agrippina leitete. Er liebte beide, diesen abgeschiedenen Außenposten am südlichen Ende Sachalins und seine Frau. Um nichts in der Welt würde er sie aufgeben. Hier gab es nur sie und ihn, das Rauschen des Meeres und das Geschrei der Möwen, die den Turm umkreisten. Außerdem das Schachspiel. Via Internet war es Timofej möglich, sich mit Schachbegeisterten weltweit zu messen, ab und an spielte er auch gegen Fletcher und Savary. Seine Fähigkeiten als Techniker waren auf der Wetterstation weniger gefragt, außer es ging um einen defekten Kühlschrank oder um ein kaputtes Radio. Herausforderungen, mit denen er normalerweise leicht fertig werden konnte.

Timofej gab seiner Frau einen Kuss und löste sich aus der Umarmung. Er trat zu einem Fenster und sah hinaus aufs Japanische Meer. Nicht weit entfernt vom Horizont kreuzte ein Schiff. Timofej griff nach dem Fernglas. Das konnte die *Sodruschestwo* sein. Vielleicht auch die *Bereg Nadeschdy*. Vielleicht. Das Schiff war zu weit entfernt, um genau bestimmen zu können, um welches es sich handelte. Wenigstens fuhren wieder welche, dachte er.

«Kannst du dich noch an den Januar erinnern?», fragte er, ohne sich zu seiner Frau umzudrehen.

«Was meinst du?»

«Da war alles zugefroren. Dieses elende Packeis hat jeglichen Schiffsverkehr unmöglich gemacht.»

Agrippina schwieg. Timofej schaute auf das Thermometer, das außen vor dem Fenster hing. Null Grad. Bald würde es noch ein wenig wärmer werden. Thermometer, dachte Timofej, und plötzlich wusste er, warum der Kühlschrank nicht mehr funktionierte. «Das Thermostat», sagte er laut.

«Das Thermostat?», wiederholte Agrippina.

«Wenn wir das nächste Mal in Juschno-Sachalinsk sind, müssen wir unbedingt ein Thermostat kaufen.» Er lächelte zufrieden. Ein weiteres Problem gelöst. In seine Welt war wieder Frieden eingekehrt.

Agrippina öffnete den Mund, um etwas zu erwidern, doch sie kam nicht dazu. Das Telefon läutete schrill. Sie stand auf, ging zu dem Apparat und nahm ab. «Eine Gosposcha Fletchera für dich», sagte sie und hielt den Telefonhörer in die Luft. Timofej drehte sich um.

Nachdem das Gespräch zu Ende war, erinnerte er sich wieder an das vermasselte Weltmeisterschaftsturnier von Michail Tschigorin. Tschigorin und Timofej Sukov, diese beiden Herren waren aus dem gleichen dämlichen Holz geschnitzt. Da hätte man ein Leben haben können in Ruhe und Abgeschiedenheit, mit der schönsten und besten Frau an seiner Seite, doch was macht man? Man zieht den Läufer auf B4 und riskiert alles damit. So war das, wenn man ein Spieler war. Man spielte wieder. Und wieder. Nichts war es mit dem Frieden.

«Ich muss gehen, Gruscha», sagte er.

6.

Innerhalb des letzten halben Jahres hatte sich Karoline Freitags Leben um 180 Grad gedreht. Was man ihr auch äußerlich ansah. Durch die vielen Spaziergänge, die sie in den Gärten des Universitätsgeländes und rund um Oxford unternahm, hatte sie bestimmt zehn Pfund abgenommen. Außerdem trug sie keine Zöpfe mehr. Sie hatte ihr Haar kürzen lassen bis knapp unterhalb der Ohren. Die neue Frisur unterstrich ihre Seriosität sowie ihre geistige Beweglichkeit; beide Eigenschaften begründeten ihren Ruf als junge Professorin für neuere Geschichte. Professor Dr. Freitag war bei ihren Studenten durchaus beliebt, doch auch ein wenig gefürchtet. Denn wenn sie feststellte, dass ein Studierender sich nur oberflächlich und ohne echte wissenschaftliche Leidenschaft mit einem Thema auseinandersetzte, zögerte sie nicht, dies deutlich zur Sprache zu bringen. Dabei wurden ihre Wangen so rot vor Eifer wie ehedem; manche Dinge änderten sich eben nicht.

Karoline lehnte sich in ihrem Bürostuhl zurück und ließ ihren Blick über die Randbemerkungen wandern, mit denen sie eine studentische Arbeit versehen hatte. «Ihre Aufgabe war es, die Psychologie von Eleanor Marx in Bezug auf ihren Suizid im Jahre 1898 zu untersuchen», sagte sie. «Glauben Sie, dass Ihnen das gelungen ist, Mister Oliver?»

Der Angesprochene räusperte sich. «Also, ich denke, ja. Ich habe versucht, Eleanors psychische Labilität herauszustellen.»

Dr. Freitag beugte sich nach vorne und legte die Seminararbeit auf den Schreibtisch. «Sie beschreiben lediglich einen *Zustand*. Was Sie vollkommen vergessen, ist, Eleanors instabile Psyche in ihrer *Entwicklung* nachzuzeichnen. Sie erkennen nicht, dass Eleanors Verhältnis zu ihrem Vater letztlich von Unterwerfung geprägt ist. Unterwerfung, die auf einer starken Liebe gegenüber den Eltern gründet. Immer wenn Eleanor liebt, unterwirft sie sich. Bei dem Verhältnis zu ihrem Vater funktioniert dieses Konzept. Als sich Eleanor zur Sekretärin und Dolmetscherin von Karl Marx macht, wird sie mit Wertschätzung und Respekt belohnt. Wie sieht das aber in Bezug auf ihren Lebensgefährten Edward Aveling aus?»

«Ähm, ja. Aveling heiratet heimlich eine andere. Das habe ich doch geschrieben.»

«Das schreiben Sie. Aber Sie vergessen, auf die Wirkung dieses Umstands auf Eleanor einzugehen. Die Frage ist doch, *warum* dieses Ereignis Eleanor so sehr destabilisiert, dass es letztendlich zu ihrem Selbstmord führt. Dass es stattgefunden hat, das wissen wir; das ist nichts Neues. Eine wissenschaftliche Arbeit hat aber den Sinn, neue Erkenntnisse zutage zu fördern. Es genügt nicht, bereits bekannte Tatsachen aneinanderzureihen.»

«Aber es handelt sich doch um ein Einführungsseminar.» Der Student fuhr sich nervös durchs Haar.

«Das mag sein, aber wir sind hier auf der Universität. Und zwar auf keiner x-beliebigen. Sie sind hier in Oxford.»

Der Angesprochene senkte den Kopf.

«Eleanor macht bei Aveling das Gleiche wie bei ihrem Vater. Sie unterwirft sich, sie gibt sich ganz hin. Sie verteidigt Aveling gegenüber ihren Freunden und Bekannten. Selbst als er sie betrügt, nimmt sie ihn in Schutz. Aveling wird krank, und sie pflegt ihn monatelang. Doch als sie erfährt, dass er eine andere geheiratet hat, dass er eine andere *liebt*, da bricht sie zusammen. Mister Oliver, Sie müssen lernen, sich in die Persönlichkeiten hineinzuversetzen, die Sie untersuchen. Eine Sicht von außen genügt nicht. Geschichte ist nichts, das man wie einen Film an sich vorbeiziehen lässt. Geschichte muss gelebt werden. Lassen Sie sich auf sie ein.»

«Heißt das jetzt, dass ich durchgefallen bin?»

Karoline klemmte sich eine Haarsträhne hinters Ohr. «Sie werden das lernen, Mister Oliver. Da bin ich mir ganz sicher. Aber ich kann Ihre Arbeit nicht guten Gewissens mit Ausreichend bewerten. Es tut mir leid.» Sie griff nach dem Hefter und reichte ihn dem Studenten.

Mister Oliver stand auf und hielt sich mit beiden Händen an der missratenen Seminararbeit fest. Nachdem er eine kurze Abschiedsformel gemurmelt hatte, verließ er Professor Freitags Büro.

Ein paar Sekunden lang verharrte ihr Blick auf Gustav Klimts Birkenwald, einem großformatigen Kunstdruck, der an der Wand gegenüber hing. Dann erhob sie sich, strich ihren schwarzen Rock nach unten und versuchte, ihren Geist von dem unerfreulichen Gespräch zu lösen. Wenn doch nur jeder Student die Möglichkeit hätte, in die Vergangenheit zu reisen, so wie sie. Wenn er hineingeworfen würde in eine vergangene Welt, wenn er die Menschen erlebte, mit ihnen kommunizieren könnte. Dann würde so etwas wie eben nicht mehr passieren.

Dank der *Time Unit* hatte sie Eleanor Marx kennenlernen dürfen. Es waren nur wenige Stunden gewesen, aber sie hatte sie erlebt, ihr zugehört. Der lebendigen Eleanor Marx, aus Fleisch und Blut. Wenn sie doch noch einmal die Möglichkeit hätte, zurück ins London des 19. Jahrhunderts zu reisen. Sie würde Eleanors Freundin werden, sie würde sie unterstützen, sie gegen diese Männerwelt schützen, die sie in den Tod getrieben hatte. Dieser Aveling war ein Dreckskerl. Ein Dreckskerl, der Eleanor alles bedeutete. Leider.

Karoline sah auf die Uhr. Es war wenige Minuten vor halb drei. Für heute war sie hier fertig. Sie fing damit an, ihren Schreibtisch aufzuräumen. Ihre Vorlesung begann in zwei Minuten. Es ging um das Verhältnis zwischen normannischem Adel und angelsächsischem Volk in den Jahrhunderten nach 1066. Karoline beschloss, anschließend raus nach Godstow zu fahren. Dort standen die Ruinen einer Abtei aus dem Hochmittelalter. Sie würde spazieren gehen. In den luftigen Himmel schauen. Über das Gras laufen, den graubraunen Stein der alten Klostermauern berühren. Mehr konnte sie nicht tun, um dieser Zeit nahe zu kommen. Sie freute sich schon auf ein volles, süßliches Ale, auf seine dunkelbraune Farbe, erhellt durch den Glanz des schummrigen Pubs. Energisch nahm sie einen Stapel Bücher unter den Arm und machte sich auf den Weg. Ihre Schritte hallten in dem Korridor, der seltsam leer war. Hatte sie sich doch so verspätet, dass alle schon drinnen warteten? In dem Moment, in dem ihre Hand das kühle Metall der Klinke berührte, spürte sie eine seltsame Erregung. Noch immer Lampenfieber?, dachte ein Teil ihres Gehirns, ein anderer registrierte bereits, dass etwas fehlte: das erwartungsvolle Summen vieler junger Stimmen.

Mit Schwung trat Karoline Freitag in den Hörsaal. Er war dunkel und leer. Verlassene Sitzreihen starrten sie an. Schatten und altes Holz. Es roch nach Putzmitteln, Staub und Tristesse.

«Hallo?», rief sie. Ihre Hand tastete nach dem Lichtschalter. Noch während die Neonröhren klickend und surrend eine nach der anderen ansprangen, entdeckte sie den Mann. Karoline begriff sofort, dass es sich nicht um einen ihrer Studenten handelte. Dafür war er zu alt. Außerdem passte seine Kleidung nicht. Die Studenten der Universität Oxford tendierten zwar allgemein zu einem eher konservativen Kleidungsstil, aber kaum jemand von ihnen trug einen Anzug. Sie blinzelte in dem hellen Licht. Ertappt und ausgeliefert kam sie sich vor, ganz anders als im Schein der Leselampe, die sie sonst am Vortragspult in ihre warme Aura hüllte. Unwillkürlich hielt sie ihre Bücher fester gepackt.

«Sie werden nächstes Semester weder Vorlesungen noch Seminare abhalten», begann der Fremde und fuhr sich mit Daumen und Mittelfinger über seine buschigen Augenbrauen.

«Wie bitte? Das muss ein Missverständnis sein!» Karoline erschrak. Hatte man ihr etwa gekündigt? Das konnte, das durfte nicht sein. «Hat die Verwaltung Sie geschickt?»

«Hier.» Der Mann griff in die Innentasche seines Jacketts. Ein Umschlag wurde sichtbar. «Ihre Unterlagen. Alles, was Sie für Ihren Flug nach Jersey brauchen.»

Jersey! Schlagartig wurde Karoline klar, worum es ging. Die *Time Unit* hatte einen neuen Auftrag. «Wie viel Zeit habe ich noch?»

«Der Flug geht um 18:30 Uhr. Das langt, um ein paar Sachen zu packen.»

Karoline schaute auf die Uhr. Es war 15:10 Uhr.

«Die Leitung der Universität weiß Bescheid», fuhr der Unbekannte fort. «Ihr Urlaubssemester ist bereits genehmigt. Offiziell nehmen Sie an Ausgrabungen in Mittelamerika teil. Sie werden sich also ein wenig mit der nördlichen Mayakultur beschäftigen müssen, wenn Sie wieder zurückkehren, aber das dürfte für Sie ja kein Problem sein.»

Karoline wollte etwas erwidern, aber sie wusste nicht genau, was. Sie dachte an Kenneth Finlay, das Mitglied der *Time Unit*, das sie in der Vergangenheit zurückgelassen hatten. Kenneth war ein versoffenes, größenwahnsinniges Ungetüm gewesen, ganz das Gegenteil von ihr. Kenneth hätte jetzt vermutlich gesagt: «Ich bin Künstler, Sie Arschloch.» Und den Mann wie einen Lakaien behandelt. Er hätte nicht dagestanden wie ein Pennäler. Bevor sie etwas sagen konnte, hatte der Mann den Umschlag auf ihr Lesepult gelegt und hatte den Raum verlassen.

Sofort fielen all die Fragen über sie her, die sie eben nicht gestellt hatte: Wie soll ich das schaffen? Was ist mit meinen eigenen Forschungen? Wie lange soll es dauern? Und: Wo geht es hin? Denn Jersey war ja nur der Ausgangspunkt für ihre Reise. Eine Reise, die sie weit, weit fort führen konnte. Weiter, als jeder andere lebende Mensch reisen konnte. Würde sie Neandertaler sehen? In die Gräben eines Krieges geschleudert werden? Diktatoren begegnen? «Ich …», sagte sie in die Leere des Raumes. Ihr Herz klopfte.

Mit einer Mischung aus Angst und Neugierde nahm sie den Umschlag vom Pult. War wirklich sie das gewesen, die einmal gesagt hatte, dass sie ihr Leben geben würde für die Chance, in der Zeit zu reisen?

7.

Tarvo Hakala verschloss die Tür seines Hauses. Dann wandte er sich um und ging die Straße hinunter. Wie lange war es jetzt her, dass er hier auf Guadeloupe in dem kleinen Fischerstädtchen Port-Louis lebte? Tarvo zählte die Tage nicht mehr. Alles hier kam ihm inzwischen so vertraut vor. Das Licht, die immer gleichbleibende Temperatur, die Gerüche und Geräusche. Er schlenderte an mehr oder weniger verwahrlosten Hütten und Häusern vorbei. Manchmal wurde dieses Einerlei unterbrochen von den Zeugen einer vergangenen Zeit: Seltsam verloren erhoben sich hier und da die Villen der einstigen Kolonialherren, ebenso heruntergekommen wie alles andere. Von irgendwoher kam Reggae-Musik, man hörte sie ständig auf der Insel. Dann das Kreischen eines Motors, einer dieser Roller, mit denen sich ein Großteil der einheimischen Bevölkerung fortbewegte.

Er betrat die Holzplanken, die hinunter zum Strand führten. Schlug einen bestimmten Weg zwischen den Palmen ein und erreichte schließlich sein Ziel. Tarvo Hakala ließ sich auf einem abgenutzten Barhocker nieder. Es war nicht nötig, dass er eine Bestellung aufgab oder auch nur die Hand hob. Es genügte, dass seine muskulöse Gestalt von einem Meter fünfundneunzig Körpergröße Platz nahm. Wenige Sekunden später stand der erste Shrubb vor ihm, ein starker karibischer Rumcocktail. Es würde, wie immer, nicht der einzige bleiben.

Tarvo sah zwischen den Baumstämmen hindurch in Richtung Meer. Einige Leute badeten, spielten Ball oder ließen sich auf Luftmatratzen auf dem Wasser treiben. Etwas weiter draußen kreuzte eine Yacht. Früher, dachte Tarvo und nahm einen Schluck von dem Alkohol, früher habe ich Gewichte gestemmt, bin zum Boxen gegangen, regelmäßig gelaufen und geschwommen. Mein Geist und mein Körper waren eins. Klar, ich hab auch Fehler gemacht. Flog beim Geheimdienst raus, musste wieder ganz von vorn anfangen, Personenschutz, zwischendurch sogar Fremdenlegion, aber ich biss mich durch, baute mein eigenes Detektivbüro auf. Immer am Machen, immer voran.

Früher, dachte Tarvo zum wiederholten Male. Und jetzt? Er nahm einen großen Schluck und wartete auf die Wirkung des Rums. Jetzt bin ich jeden Tag dabei, in meinem alkoholisierten Hirn die Vergangenheit wiederherzustellen. Tarvo griff nach dem Glas und schüttete den Rest hinunter. Es verging kaum Zeit, bis man ihm einen frischen Drink reichte.

Da waren einige junge Frauen. Sie tanzten zur Musik, die aus einem Ghettoblaster kam. Ihre Körper waren schlank, ihre Bewegungen gleitend und verführerisch. Sie lachten. Während er trank und zu ihnen hinüberstarrte, unterbrach auf einmal eines der Mädchen ihren Tanz. Sie blickte ihn an. Dann kam sie auf ihn zu. Ihre dunkle Haut, die wiegenden Hüften. Sie lächelte ihn an, und Hakala erkannte sie wieder. Er hatte mit ihr geschlafen, es war wohl einige Tage her. Er hatte mit vielen von ihnen geschlafen. Schnell zog er seine Sonnenbrille vom Kopf und setzte sie sich auf die Nase. Aber es war zu spät, das wusste er.

Während sie sich ihm näherte, flohen seine Gedanken in die Vergangenheit. Es hatte eine andere Frau gegeben, im Jahr, ehe er hierherkam. Ihr Haar war rot und lang. Und ihr Gesicht das einer Madonna. Vielleicht hatte er sie geliebt. Jedenfalls hatte er versucht, sie zu retten. Jetzt war sie schon 127 Jahre lang tot. 127 Jahre, vier Monate und drei Tage. Sie war schon tot gewesen, ehe er sie überhaupt kennenlernte, verdammte Scheiße.

«Hey!», sagte das Mädchen und legte ihm ihre Hand auf die Wange. «Da bist du ja.»

Tarvo Hakala schwieg. Er deutete ein Nicken an, dann nahm er einen Schluck.

«Warum hast du dich nicht gemeldet?»

Ja, warum hatte er das nicht getan? Weil ich keine Lust hatte, dich wiederzusehen? Weil du austauschbar bist, Schätzchen? Weil du mich langweilst, wie diese ganze Insel hier? «Ich hatte zu tun.»

Sie lachte auf, zog einen Barhocker zu sich heran und setzte sich. «Hast du Lust, heute Abend mit uns zu feiern?»

«Was gibt's denn zu feiern?»

Wieder lachte sie. Es war das immergleiche Lachen. Heiter und unbeschwert. «Muss es denn immer einen Grund geben?» Sie legte ihre Hand auf seinen Oberarm. «Das Leben ist schön. Komm mit und genieße es.»

Jetzt hätte *er* beinahe gelacht. Aber das hätte nicht ausgereicht, um die Absurdität des Gesagten angemessen zu markieren. Und deshalb blieb er stumm.

Das Leben ist schön, dachte er und sah den Blättern der Palmen dabei zu, wie sie sich im Wind wiegten, und mit einem Mal bemerkte er, was er wirklich empfand. Er hasste es. Die Kokospalmen, die umherfliegenden Kolibris, die Baumfrösche, die in den Mahagonibäumen sangen. All das kotzte ihn unsäglich an. Er hatte die Schnauze voll von dem immergleichen Himmel, von der Hitze, vom Strand, dem ewigen Müßiggang und den Mädchen. Er hasste das alles abgrundtief. Das Paradies war kein Ort für ihn, das begriff er jetzt endlich. Geahnt hatte er es schon länger.

Er wollte dem Mädchen gerade sagen, dass sie sich zum Teufel scheren sollte, als sein Mobiltelefon klingelte. «Was?», brüllte Hakala in den Apparat. Das Gespräch dauerte nicht einmal eine Minute, aber es veränderte Hakalas Gefühlszustand derart, dass das Glück und die Hoffnung, die er plötzlich empfand, tatsächlich körperlich sichtbar wurden. Das Mädchen lächelte hoffnungsvoll. «Heißt das, du kommst?»

Wenige Augenblicke später hörte man ein leises flatterndes

Geräusch, das rasch lauter wurde. Die Böen, die der Rotor des landenden Hubschraubers verursachte, peitschten die Palmblätter.

Die Maschine ging über dem Strand nach unten, wirbelte Sand und Handtücher hinweg. Kreischend flüchteten die Badenden. Tarvo Hakala antwortete nicht. Er steckte sein Handy weg, stand auf und ging in Richtung des Helikopters. Die Türen öffneten sich, er stieg ein.

Die Palmen wedelten kräftig, als der Hubschrauber sich zurück in die Luft erhob. Von dem schmuddeligen Tresen nahm der Barkeeper Hakalas noch fast volles Glas. Er würde seinen besten Stammkunden nie mehr wiedersehen.

8.

Matthieu Savary befand sich in der geheimen unterirdischen Anlage auf der Kanalinsel Jersey. Es handelte sich um einen beinahe exakten Nachbau des Large Hadron Collider des C.E.R.N. Der einzige Unterschied bestand darin, dass der Teilchenbeschleuniger in Jersey über acht Kilometer länger war als der der Schweizer Anlage. Was den Vorteil hatte, dass man bei der Beschleunigung von Elementarteilchen eine höhere Geschwindigkeit erreichte. Dadurch war es möglich, in einem der Detektorräume ein stabiles Schwarzes Loch zu erzeugen. Ein Schwarzes Loch, das der *Time Unit* als Tunnel für ihre Missionen diente. Dort hindurch konnten sie reisen, wohin und wann sie wollten. Konnten die Cold Cases der Vergangenheit untersuchen und sie im besten Fall auch lösen. Das war ihr Auftrag. Deshalb waren sie hier. Auf dieser unscheinbaren, romantischen Insel, auf deren Oberfläche Golden Jersey Cows grasten und Frischluftfanatiker aus aller Welt durch das Heidegras stapften.

Savary inspizierte die Detektorkammer TAYLOR, warf einen Blick auf den Lithium-Osmium-Block, den er damals mit Timofej Sukovs Hilfe angebrachte hatte, auf den Dimensionator und die Schutzanzüge. Alles war in einem tadellosen Zustand. Jemand hatte sich während seiner Abwesenheit um die Apparaturen und Ausrüstungsgegenstände gekümmert. Das musste man Sadie Fletcher lassen, sie hielt ihren Laden beisammen.

Schließlich zog er sich in den Hauptkontrollraum zurück. Die Computeranlage war ausgeschaltet, natürlich. Savary schaute auf den zentralen Bildschirm. Eine dunkle, matte Fläche. Bald würde das Plasmalicht hier wieder in allen möglichen Farben erstrahlen, würde blinken und flimmern, dass es eine wahre Pracht wäre. Erneut würde Leben einkehren in diese heiligen Hallen, die das Reisen in der Zeit möglich machten und regulierten.

Er erinnerte sich an das Manuskript, das ihm Timofej nach ihrer letzten Mission hatte zukommen lassen. Neben verschiedenen Vorschlägen, wie man ihre Zeitmaschine noch verbessern konnte, enthielt der Ordner auch eine Diskussion diverser russischer Forschungen. Das meiste war ziemlich hanebüchen. Der einzige Vorschlag, der einigermaßen Sinn ergab, stammte von einem Wissenschaftler namens Sergej Krasnikov. Der theoretische Physiker hatte Berechnungen durchgeführt, die darauf abzielten, dass es Wurmlöcher gibt, die in der Lage sind, genug exotische Materie zu erzeugen, dass sie stabil bleiben und nicht durch die Gravitation kollabieren. Laut Krasnikov existiert im Universum ein ganzes Netz solcher Wurmlöcher, möglicherweise schon seit den Anfangstagen des Kosmos. Faszinierend an Krasnikovs Modell war, dass er das, was Matthieu Savary nun praktizierte, im Prinzip antizipiert hatte. Allerdings hatte Krasnikov nicht vorausgesehen, dass man Standort und -zeit nicht über Wurmlöcher änderte, sondern über stabile Schwarze Löcher. Es existierte auch kein Netz. Ort und Zeit eines Schwarzen Loches konnten jeweils nach Bedarf bestimmt werden. Man schuf sich die U-Bahn, samt Tunnel und Bahnhöfen, jedes Mal selbst, mit der man anschließend fuhr.

Savary sah auf die Uhr. Es war so weit, er musste gehen. Er verließ den Control Room und bog in den Gang ab, der in Richtung des Hauptgebäudes führte.

Das Hauptgebäude war im Prinzip ein altes englisches Herrenhaus. Zumindest an der Oberfläche. Niemand ahnte etwas von dem riesigen unterirdischen Bau, der sich unter der pittoresken Anlage befand. Bis heute war es für Savary ein Rätsel, wie die Leute, für die Sadie Fletcher arbeitete, das alles hier unbemerkt hatten errichten können. Hatte man vielleicht ausschließlich nachts gearbeitet?

Er öffnete eine stählerne Tür. Dann stand er in diesem seltsam aseptischen Raum, der direkt unter dem Manor lag. Hier fanden die Team-Besprechungen statt. Von der Decke fiel helles Neonlicht.

Darunter Flip-Charts und Wandtafeln. Außerdem die blauen Sofas, auf denen sie saßen: die Mitglieder der *Time Unit*.

Savary blickte in die Runde. Da war Timofej Sukov. Er trug einen Vollbart und machte insgesamt einen etwas verwahrlosten Eindruck. Über einem dunkelblauen Hemd trug er eine graue Weste, in seiner Hand ein Glas, von dem Savary wusste, dass es mit Wodka gefüllt war. Als Techniker, der ihn unterstützen sollte, stand Sukov ihm am nächsten.

Daneben saß Karoline Freitag. Sie war in irgendwelche Dokumente vertieft, die auf ihrem Schoß lagen. Typisch.

Tarvo Hakala hatte es sich auf dem Sofa gegenüber gemütlich gemacht. Der breite Rücken des Hünen steckte in einem weißen Sakko, ansonsten trug er Hawaii-Shorts. Trotzdem: Auf den Finnen war Verlass, wenn es drauf ankam. Das hatte Savary selbst erlebt. Selbst wenn ihm Hakalas kühle, bisweilen eiskalte Ausstrahlung immer noch etwas unheimlich war.

Hannah Rüthli. Burschikose Kurzhaarfrisur. Ebenso schwarz wie ihre Kleidung. Sie trug ein Tanktop und eine Strickjacke. Ihre Füße steckten in hohen Stiefeln, die bis zu den Knien reichten. Die metallenen Schnallen gaben ihr etwas Martialisches. Man rechnete jeden Augenblick damit, dass sie aufstand, sich breitbeinig vor einen hinstellte und hinten aus dem Gürtel eine Waffe zog. Matthieu sah sie an und wartete darauf, dass die Gefühle, die er früher für sie empfunden hatte, zurückkehrten. Doch da war nichts. Als er sie zum ersten Mal in der Kantine des C.E.R.N. gesehen hatte, war etwas mit ihm passiert. Eine seltsame Anziehungskraft hatte sich seiner bemächtigt. Eine Energie, die wollte, dass er ihr näherkam. Doch da war nichts mehr: Wenn er Hannah jetzt ansah, blieb er völlig neutral. Und Matthieu bemerkte, dass er das gar nicht so schlecht fand. Er fühlte nichts mehr für Hannah, und sie hatte noch nie etwas für ihn empfunden. Sie waren quitt. Er konnte sich entspannen.

Savary schaute zu dem Sofa, auf dem keiner saß. Er dachte an Finlay. Finlay fehlte. Seine provokanten wie geistreichen Einwürfe hatten die Runde mit Leben erfüllt. Wider Erwarten war Finlay zum Helden geworden und hatte sich für ihre Mission geopfert. Und natürlich hatte er es auf einzigartige Weise getan: Er war in der Vergangenheit zurückgeblieben. Allerdings war das für einen Charakter wie Finlay, der schon immer ein wenig zu monströs für die Gegenwart gewirkt hatte, kein wirkliches Opfer gewesen. Er passte in das viktorianische London.

Anders als Ondina Conti, die das Team als Pathologin unterstützt hatte und Savarys Geliebte gewesen war. Ihr Grab befand sich nun im London des Jahres 1888. Er hatte es besucht, doch es stand ein anderer Name darauf. Ondina war in der Zeit verlorengegangen.

Savary bewegte sich vorwärts. Als er mitten in der Runde stand, räusperte er sich. Alle Augen waren auf ihn gerichtet. Er öffnete den Mund, doch bevor er etwas sagen konnte, machte es plötzlich «Pling!». Alle Köpfe drehten sich zum Aufzug, dessen Türen sich nun mit einem leisen Surren auseinander schoben.

Wenn man das, was Sadie Fletcher hauptsächlich ausmachte, in einem Wort hätte beschreiben müssen, so wäre dieses Wort Disziplin gewesen. Jede Bewegung, ihre ganze Haltung strahlten Bestimmtheit und eine gewisse Kühle aus. Gemessenen Schrittes trat Fletcher zur versammelten Mannschaft, machte neben Savary halt und warf diesem ein kurzes Lächeln zu, mit dem sie ihm bedeutete sich zu setzen. Was dieser umgehend tat.

Auf einem nebenstehenden Tisch legte sie einen dunklen Aktenkoffer ab. Dann zog sie das Oberteil ihres Kostüms energisch nach unten und begann: «Sehr verehrte Damen und Herren, ich begrüße Sie zu unserer ersten Sitzung. Ich hoffe, Sie hatten eine gute Anreise und haben sich bereits ein wenig akklimatisiert. Bevor ich Ihnen den Grund Ihres Hierseins genauer erläutern werde, möchte ich Sie zunächst einmal an ein paar grundsätzliche Dinge erinnern.

Erstens: Der Vertrag, den Sie mit uns abgeschlossen haben, beinhaltet die Verpflichtung zu absoluter Geheimhaltung. Bisher konnten wir nicht feststellen, dass irgendeiner der hier Anwesenden gegen diese Klausel verstoßen hätte. Bleiben Sie dabei. Glauben Sie mir, Sie würden es andernfalls bereuen. Zweitens: Unser aktueller Fall erfordert – viel stärker noch als unser letzter – ein minimalinvasives Eingreifen. Sie werden in Kürze begreifen, warum das so ist. Deshalb bitte ich Sie», sie öffnete den Aktenkoffer, «sich erneut mit unserer Zeitreise-Bibel vertraut zu machen.» Sie nahm fünf Tablet-PCs aus dem Koffer und verteilte sie an das Team. «Ich weiß, dass einige von Ihnen diese Aufforderung möglicherweise als Schikane empfinden, doch eingedenk dessen, was während Ihrer letzten Mission so alles schiefgelaufen ist, ist es absolut erforderlich, dass Sie sich noch einmal mit den maßgeblichen Grundsätzen des Zeitreisens vertraut machen. Alles, was hier vermerkt ist», sie deutete mit einer Hand auf die Tablets, die andere hob sie in die Luft, «ist unabdingbar.»

Sukov hatte sich gemeldet, Fletcher nickte ihm zu. «Liebe *Gosposcha Fletchera*, hätten Sie vielleicht die Güte, uns endlich zu erklären, worum es eigentlich geht?»

«Sehr gerne, Timofej.» Sie wartete einen Moment, bis der Letzte seinen Tablet-PC zur Seite gelegt hatte und das Getuschel verstummte. «Sie werden in das Amerika der sechziger Jahre reisen. Es geht um nichts Geringeres als um die Ermordung von US-Präsident John F. Kennedy und die Frage, wer dafür verantwortlich ist.»

Ein Raunen ging durch den Raum. Erste Fragen wurden laut.

«Bevor wir in die Details gehen, würde ich Miss Freitag bitten, Sie mit den Umständen von John F. Kennedys Tod vertraut zu machen. Miss Freitag hatte bereits Gelegenheit, sich ein wenig in die historischen Hintergründe des Themas einzuarbeiten.» Sadie Fletcher streckte den Arm in Richtung der Historikerin aus. Als

Freitag nach vorne kam, setzte sich Fletcher auf den frei gewordenen Platz.

Karoline Freitag legte ihre Unterlagen auf dem Tisch ab und sah in die Runde. Als Matthieu die Nervosität in ihren Augen erkannte, wurde ihm klar, dass die alte Karoline Freitag noch nicht überwunden war. Die Historikerin legte eine Folie auf den Tageslichtprojektor und bat Sukov, das Licht zu löschen.

«Hallo», begann sie, noch ein wenig unsicher. «Wie Sie sicher alle wissen, wurde JFK am 22. November 1963 in Dallas erschossen, das er im Rahmen seiner Kampagne zur Wiederwahl besuchte. Er fuhr in einer offenen Limousine, als die Schüsse fielen und ...»

«Und Sie wissen bestimmt schon, wer sie abgefeuert hat, Frau Professor!» Sukov lächelte.

Irritiert runzelte Karoline die Stirn. Wollte er sich über sie lustig machen oder war das ein Kompliment? Sein Lächeln wirkte warm und offen, aber er hatte sie grob unterbrochen.

Hakala fiel ein: «Ich hab mal in einem Buch gelesen, dass es die Mafia war.»

Hannah neigte den Kopf und hob die Brauen, als wollte sie sagen: Er kann lesen? Sofort setzte die allgemeine Diskussion ein.

«Bitte!», rief Karoline Freitag die Anwesenden zur Ordnung. «Ich bin sicher, wir haben alle das eine oder andere Buch darüber gelesen. Aber hier kommt es auf die Fakten an, und die kriegen Sie von mir.»

«Hört, hört!» Diesmal hatte Hannah sich tatsächlich zu einem Kommentar aufgerafft.

Sukov ergriff noch einmal das Wort. «Was ich eigentlich sagen wollte, als ich die Frau Professor so unhöflich unterbrach, ist, dass ich mich freue, euch alle wiederzusehen.»

Ein Moment der Stille entstand. Die Anwesenden warfen sich vorsichtige Blicke zu. Der allgemeine Ärger, der durch Fletchers toughen Auftritt entstanden war, verflog.

Savary stand erneut auf. «Und was ich sagen wollte, ehe ich unterbrochen wurde, ist, dass ich das alles hier vermisst habe: Die Anlage, die Arbeit, die Aufgabe. Und natürlich auch das Team.» Er nickte jedem Einzelnen zu. «Schön, dass Sie da sind. Ich bin Physiker. Ich bin in der Lage, uns dort hinzubringen, wo wir hinmüssen. Das war es aber auch schon. Es ist Timofej Sukov, der dafür sorgen wird, dass es sicher geschieht. Danke übrigens für die Unterlagen, Timofej. Besonders interessant fand ich den Wissenschaftler aus Petersburg, der behauptete, eine Zeitreisemaschine aus einem Telefon gebaut zu haben.»

Hakala hielt sich die Finger wie einen Hörer ans Ohr. «Hallo, Mr. President, this is a call from the future. Who the fuck killed you?»

Alle lachten. Savary fuhr fort. «Professor Freitag bereitet uns auf das vor, was uns dort erwartet.»

«Tarvo Hakala räumt es aus dem Weg», spielte Karoline den Ball zurück.

«Und Hannah Rüthli stiehlt diesmal nicht die Kronjuwelen, sondern raubt Fort Knox aus.» Das war Sadie Fletchers Beitrag.

Rüthli rekelte sich. «Was wollt ihr? Die Kronjuwelen sind noch da. Aber wenn ihr wissen wollt, wie ihr in Fort Knox reinkommt, bitte.»

«Hannah macht das Unmögliche möglich», bestätigte Savary. «Und Mrs. Fletcher wird wie immer dafür sorgen, dass all dies angemessen bezahlt wird.» Diesen kleinen Seitenhieb konnte er sich nicht verkneifen. Sie war nicht der Boss, sie war nur das Geld.

Sadie Fletcher schwieg.

«Arbeiten wir diesmal nicht mit einem Mediziner?», erkundigte Hakala sich. «Setzen wir auf gute alte Detektivarbeit? Mir wäre es nur recht.»

Sadie Fletcher griff ein, ehe jemand etwas sagen konnte. «Dr. Pierro di Vannuci wird sich uns morgen anschließen.»

Savary schüttelte gedankenverloren den Kopf, als müsste er eine Erinnerung loswerden. Langsam hinkte er zu seinem Platz, setzte sich jedoch nicht, sondern griff nach seinem Glas. Dann wandte er sich um, holte tief Luft und erhob es: «Auf uns», sagte er laut. «Auf die *Time Unit*. Die Lebenden und die Toten. Auf Ondina, auf Finlay. Auf uns alle. Wir tun, was keiner sonst tut. Wir gehören zusammen.»

«Auf die *Time Unit*», fielen sie ein, laut in ihrer Erleichterung, und voller Gefühl. Selbst Sadie Fletcher prostete allen zu.

Sukov neigte sich Hannah zu, die als Einzige keine Miene verzog. «Na Mädchen? Weißt du jetzt wieder, warum du uns hasst?»

«Ich hasse euch nicht», sagte die Meisterdiebin. Aus ihrem Munde war das fast ein Liebesgeständnis.

«Und ehe uns jetzt die Rührung vollständig übermannt», unterbrach Karoline Freitag die Runde, «zurück zu den Fakten.» Sie wartete das allgemeine Hinsetzen ab. Die Nervosität war aus ihrem Blick verschwunden. Das hier war die *Time Unit*. Es konnte losgehen.

9.

«Was Sie hier sehen, ist eine Skizze des Tatorts.» Karoline Freitag ließ das erste Bild erscheinen. «Dealey Plaza in Dallas. Das hier ist die Elm Street, in die Kennedys Wagen gerade eingebogen war. Rechts von ihm das Dallas Schoolbook Depository, gefolgt von einem Grünstreifen, dem sogenannten Grashügel, links die Plaza und weitere Straßen. Unten begrenzt eine Bahnunterführung das Ensemble. Frau Rüthli wird uns das alles wie gewohnt als Computeranimation zur Verfügung stellen. Ich möchte, dass Sie alle damit trainieren. Sie sollten das Gelände kennen wie Ihre Westentasche.»

«Die Datei *Dallas run*. Auf den Tablets.» Hannah schaute während ihres Kommentars nicht auf.

«Was jetzt kommt, ist um die Welt gegangen.» Sie zeigte die berühmten Aufnahmen der Kennedys in der Limousine, während die Schüsse fielen. «Sicher ist: Um genau 12:30 Uhr treffen Präsident Kennedy zwei Kugeln, eine am Hals, eine in den Kopf. Kennedy wird sofort ins Parkland Hospital in Dallas gebracht. Dort kann man nichts weiter tun, als den Tod des Präsidenten festzustellen.» Karoline atmete geräuschvoll ein. «Zunächst werde ich Ihnen die offizielle Version der Ereignisse präsentieren; sie ist festgehalten im Bericht der sogenannten Warren-Kommission, die zur Untersuchung des Attentats von der Regierung eingesetzt wurde. Demnach wurde John F. Kennedy von einem Einzeltäter erschossen. Sein Name ist Lee Harvey Oswald.» Sie ließ sein Porträt auf der Leinwand erstehen, neben dem Bild des Tatortes. Es zeigte einen schlanken, noch jungen Mann mit glattem Haar, Seitenscheitel und den ansprechenden Zügen eines Musterschülers. «Er soll um 12:30 Uhr drei Schüsse aus diesem Gebäude abgegeben haben: aus dem fünften Stock des Schulbuchlagers.» Der rote Lichtpunkt suchte das Fenster. «Dem Bericht der Warren-Kommission zufolge ist der Präsident also von hinten erschossen worden. Bitte versuchen Sie, diese Tatsache im Gedächtnis zu behalten. Sie wird später noch eine große Rolle spielen.»

Hakala hob die Hand wie ein Schüler: «Hat man in diesem Lager nicht auch die Tatwaffe gefunden?»

«Hausaufgaben gemacht», lobte Karoline Freitag. «Schon frühzeitig untersuchen Polizisten den Tatort Schulbuchlager, da an dessen Fenster viele Zeugen einen Schützen gesehen haben wollen. Man findet ein Scharfschützengewehr und drei Patronenhülsen. Das stützt also die Annahme der Warren-Kommission. Aber ich will nicht vorgreifen. Halten wir zunächst einfach fest, dass Oswald die Tat bestreitet, dass er sehr ruhig wirkt. Und dass er, als man ihn zwei Tage nach seiner Verhaftung verlegen will, von Jack Ruby, einem Nachtclubbetreiber mit Mafia-Verbindungen, erschossen wird. So viel zur offiziellen Version.»

Hakala lehnte sich zurück. «Bis jetzt sieht das ja alles ganz einfach aus: Ich gehe in dieses Schulbuchlager, verstecke mich im fünften Stock und schaue, wer vorbeikommt.»

«Das ist die taktische Intelligenz, die ich mir von Ihnen erhoffe, Hakala.» Savary grinste, um seiner Ironie die Spitze zu nehmen.

«Immer wieder gerne», gab Hakala zurück. Er war nicht beleidigt.

«Es bleibt nicht so einfach», meinte Karoline Freitag. «Aber auf Ihren Vorschlag würde ich am Ende gerne zurückkommen.»

«Weiter, bitte», ermahnte Fletcher. «Über unsere Strategie sollten wir entscheiden, wenn wir im Bilde sind.»

«Diese Darstellung der Warren-Kommission wurde von Anfang an angezweifelt. Zu vieles wurde unberücksichtigt gelassen, manche der Behauptungen wirken sogar schlichtweg absurd. So der Verlauf, den eine der drei abgeschossenen Kugeln genommen haben soll: Angeblich hat sie nacheinander sowohl Kennedy als auch den vor ihm sitzenden Gouverneur Connally getroffen und dabei drei Wunden verursacht. Ja, Sie lachen. Das taten sogar die Zeitgenossen. Man sprach ironisch von der *magic bullet*. Aber dabei blieb es. Man wollte ganz einfach, dass es sich bei dem Täter um den verrückten Einzelgänger Lee Harvey Oswald handelte. Die einen behaupten, dass die Kommission das tat, um die wahren Täter zu schützen, die in der Regierung saßen. Die anderen, dass man Angst hatte herauszufinden, Kuba oder die Sowjetunion könnten in den Mord verwickelt sein, was die Gefahr eines neuen Weltkrieges erhöht hätte. Das erscheint uns heute ein wenig abwegig. Aber damals lag die Kubakrise, bei der man in der Tat nur durch einen glücklichen Zufall an einem Atomkrieg vorbeischlitterte, noch nicht lange zurück.» Karoline Freitag ließ die Informationen wirken und blickte in die Runde. «Das lässt einen fragen: War Oswald nur ein Bauernopfer? Es gibt viele Hinweise dafür.»

Sie nahm die Finger zu Hilfe: «Erstens: Alle Protokolle über seine Verhöre sind praktischerweise verschwunden. Zweitens: Er war nachweislich ein miserabler Scharfschütze. Außerdem war die angebliche Tatwaffe, ein Mannlicher-Carcano-Gewehr, gänzlich ungeeignet für solch ein Attentat. Drittens: Ein Test, um Schmauchspuren an seinen Händen nachzuweisen, wurde nach seiner Verhaftung vorgenommen. Er verlief negativ. Und viertens: Welches Motiv sollte er gehabt haben? Man stellte ihn als geltungssüchtigen Psychopathen dar, der sich in die Geschichte schießen wollte. Aber seine Figur hat auch andere Seiten.» Sie nahm einen Schluck Wasser. «Oswald war beim Militär und hatte zu tun mit Spionageflügen der USA über sowjetischem Gebiet. Dass so einer nach Russland auswandern und unbehelligt wieder heimkehren kann, ohne auch nur vom Geheimdienst überprüft zu werden, in einer Zeit derartig hysterischer Kommunisten-Angst wie damals, das ist mehr als seltsam. Früh kam das Gerücht auf, er sei als Agent drüben gewesen und später in die kubanische Exilantenszene eingeschleust worden. Dass er dem FBI zeitweise Informationen lieferte, ist inzwischen nachgewiesen.» Sie lächelte ihre Zuhörer an. «All diese Fragen wurden schon in den sechziger Jahren gestellt, von einem Bezirksstaatsanwalt aus New Orleans namens Jim Garrison. Seine Geschichte ist abenteuerlich, Oliver Stone hat sie verfilmt. Vermutlich haben manche von euch das Ergebnis gesehen; der Film hieß ‹Dallas›.»

Sukov schüttelte den Kopf. Auch Rüthli musste passen. Stone, das war ganz offensichtlich nicht ihre Generation. Hakala winkte seinerseits ab.

«Ich fasse zusammen», fuhr Freitag fort: «Der Warren-Report ist zweifelhaft. Und es gibt eine andere Spur: Zum Beispiel will etwa ein Drittel aller auf der Dealey Plaza Anwesenden Schüsse gehört haben, die aus der Richtung des Holzzaunes kamen. Außerdem haben einige Zeugen zwischen den Bäumen am Holzzaun Rauch aufsteigen sehen. Eine Zeugin schwört sogar, dass sie eine Stunde vor dem Attentat gesehen hat, wie Jack Ruby – also der Mann, der Oswald später erschießen sollte – einen Mann mit einem Gewehr am Grashügel unweit des Holzzaunes aus einem Kleinlaster aussteigen ließ.» Sie unterbrach wiederum, um neben das Bild von Oswald nun das von Ruby zu stellen. Es zeigte einen feisten Kerl, dem zu wenig Haare auf einem zu großen Schädel angeklebt waren.

«Mein Täter des Monats.» Hannah Rüthli sprach aus, was alle dachten. Und sie fügte hinzu, was die anderen ebenfalls sofort empfanden. «Wenn es doch so einfach wäre.»

«Was ist denn aus ihm geworden?», erkundigte der Finne sich.

In dem Moment platzte Savary der Kragen. «Das ist doch jetzt wirklich unwichtig. Ich weiß sowieso nicht, warum wir uns mit all diesen Details herumschlagen.» Er verkniff sich gerade noch zu sagen: Wo wir doch schon einen Täter im Visier haben. Von Israel war noch nicht einmal die Rede gewesen. «Wohin soll das führen?»

Es war Fletcher, die ihm widersprach. «Dr. Freitags Ausführungen führen uns deutlich vor Augen, dass wir nichts mit Bestimmtheit wissen. Wenn wir nach 1963 reisen, zu dem Ort, wo das Attentat stattfand, ist theoretisch alles Mögliche denkbar. Ein Schütze oder zwei. Kubaner, Mafiosi, eigene Agenten. Wir werden uns an einem sehr unsicheren Ort befinden und nicht wissen, wer Freund und wer Feind ist. Das sollte uns in jedem Moment klar sein.»

«Wir haben dort *weder* Freunde *noch* Feinde», gab Savary zurück. «Wir sind ein Analystenteam, das sich raushält.»

«Ach ja?» Jetzt kam Leben in Hannah Rüthli. «Weil das ja auch in London schon so gut geklappt hat. Wir dachten, wir gehen rein, raus und fertig. Und am Ende hat der Ripper Jagd auf euch gemacht. Schon vergessen?»

Savary war blass geworden. So deutlich hatte noch niemand in diesem Kreis darauf angespielt, dass Jack the Ripper Ondina ermordet hatte.

Auch Hakalas Atem ging schneller. Er hatte gemordet in der Vergangenheit, er hatte geliebt. Er hatte gegen so ziemlich jeden Paragraphen in der Zeitreise-Bibel verstoßen. Wenn einer wusste, dass es kein einfaches Rein-Raus gab, dann er. Sukov reichte ihm einen Wodka. Hakala nahm ihn, stürzte ihn hinunter. «Recht hat sie», sagte er zur Überraschung aller. Er nickte der Freitag zu. «Für den Moment sind mir das zwar zu viele Namen. Aber ich werde sie mir einprägen. Und die Gesichter dazu. Ich will alles über jeden wissen, dem ich dort drüben begegnen werde.»

Savary war zu mitgenommen, um etwas zu entgegnen. Er lehnte sich zurück und tastete in seiner Tasche nach dem Fläschchen mit den Tabletten, die zwischen ihm und dem schlimmsten Schmerz standen.

«Ja, also, äh ..., danke.» Karoline Freitag war ein wenig aus dem Konzept gekommen. «Also, wie gesagt: Es gibt Zeugen, die Schüsse aus dem Schulbuchlager gehört haben wollen, aber auch solche, die Schüsse vom Grashügel aus erwähnen. Manche sagen, drei, andere, dass es vier Schüsse waren. Wenn das stimmt, dann wäre nicht nur von hinten, sondern auch von vorne auf den Präsidenten geschossen worden, und das bringt uns zur zweiten wichtigen Schwachstelle in der ganzen Geschichte: die Obduktion.»

Karoline Freitag bat um eine kurze Pause. Sadie Fletcher stimmte zu. Getränke wurden verteilt, hier und da gab es eine Nachfrage, die Karoline Freitag so gut wie möglich beantwortete.

Savary zog Fletcher beiseite. «Was soll das mit di Vannuci?», fragte er flüsternd, aber barsch.

Sadie Fletcher verzog keine Miene. «Er wird uns bei dieser Mission unterstützen. Sein Einsatz hat grünes Licht von ganz oben. Er ist sehr offen für unser Projekt, um das Mindeste zu sagen. Und an seiner Qualifikation besteht kein Zweifel. Außerdem ist er US-Amerikaner, trotz des italienischen Namens. Finden Sie es nicht auch gut, bei dem Projekt einen Amerikaner dabeizuhaben?»

«Sind Sie verrückt? Der Mann hat Geld von uns genommen dafür, Ondina zu manipulieren, damit sie bei der *Time Unit* mitmacht. Dabei war er angeblich ihr bester Freund!»

Sadie Fletcher hob die Brauen. «Er dachte, er tut Mrs. Conti einen Gefallen damit, ihr den Job bei uns zu verschaffen. Dafür, dass sie gestorben ist, kann er nichts.» Sie musterte ihn. «Genauso wenig wie Sie selbst, Savary.»

«Kommen Sie mir nicht psychologisch, Fletcher.»

«Dann reißen Sie sich zusammen, Savary. Das sieht doch jedes Kind, dass Sie wütend auf di Vannuci sind, weil Sie Ihr eigenes vermeintliches Versagen auf ihn projizieren.»

Savary machte Anstalten zu gehen. «Das muss ich mir nicht anhören», sagte er unbeabsichtigt laut. Er drehte sich um und schaute direkt in das verunsicherte Gesicht von Karoline Freitag. Er humpelte zurück zu seinem Sitz und ließ sich widerwillig hineinfallen. «Machen Sie weiter.»

10.

Karoline Freitag begab sich wieder nach vorne. «Die Obduzenten bestätigten erwartungsgemäß die Oswald-Geschichte, indem sie feststellten, Kennedy sei zweimal von hinten getroffen worden. Man sollte meinen, dass damit Klarheit in die ganze Sache gekommen wäre, aber das Gegenteil ist der Fall. Die Sicherheitsdienste hatten sich nämlich über das Gesetz hinweggesetzt und Kennedys Leichnam aus Dallas abtransportiert. Die Autopsie erfolgte andernorts, durch Ärzte, die man kaum als die Koryphäen bezeichnen kann, die man in einem solchen Fall erwartet. Und sie fand unter Aufsicht des Militärs statt.» Sie nahm das Kopfschütteln ihrer Zuhörer zur Kenntnis. «Die Aussagen der Ärzte, die Kennedy im Parkland Hospital in Dallas behandelt haben, widersprechen denen des obduzierenden Teams. Sie sagen: Kopf- und Halswunde seien durch Treffer von vorne verursacht. Als der behandelnde Arzt, Dr. Crenshaw, zum ersten Mal die offiziellen Bilder von der Obduktion sah – die wenigen, die freigegeben worden waren –, erschrak er nach eigener Aussage, weil er sicher war, dass man an dem Leichnam herummanipuliert hatte. Die Wunden sahen anders aus, sagte er. Sicher ist: Der Präsident wurde in Dallas im Sarg abtransportiert, kam aber bei den Obduzenten im Bodybag, einem Plastikbeutel für tote Soldaten, an. Wer ihn umgebettet hat und warum und was dabei noch mit ihm geschah – Fehlanzeige.» Sie nahm einen Schluck.

Sukov schnaubte. «Und da heißt es immer, so was hätte es nur bei uns gegeben.»

Hakala formte mit seinen Fingern eine Pistole, als ziele er auf den Russen. «Klar, Sukov, ihr seid nun mal die Bösen. Das nennt man Weltordnung.»

Sukov schenkte sich einen weiteren Wodka ein und betrachtete die klare Flüssigkeit im Glas. «Ich sage euch, es war ein Russe, jawohl, ein russischer U-Boot-Kapitän, der damals in der Kubakrise den Befehl verweigert und seine Atomrakete nicht abgeschossen hat. Sonst wären wir heute alle ...», er machte eine vage Geste, die die Runde, den Raum und alles Weitere einschloss.

«Wenn man alles, was ich zusammentragen konnte, bedenkt», zog Freitag mit erhobener Stimme die Aufmerksamkeit wieder auf sich, «ergibt sich folgendes Bild: Kennedy könnte von einem irren Einzeltäter von hinten erschossen worden sein – oder von einem Unbekannten von vorne. Die wahrscheinlichste Position für diesen Mr. X wäre der Grashügel. Wer er ist, wissen wir nicht, aber offenbar wird er von staatlichen Stellen geschützt. Kandidaten dafür gibt es genug: die CIA, weil Kennedy sich nicht militärisch gegen Kuba engagieren wollte und sie bei der Invasion in der Schweinebucht hängenließ. Das FBI, weil dessen Chef Hoover ihn hasste und weil Kennedy Hoover in den Ruhestand schicken wollte. Und natürlich die Mafia, weil Kennedy sie effektiver als all seine Vorgänger bekämpfte, obwohl sie seinen Wahlkampf – und das ebenfalls sehr effektiv – unterstützt hatte. Vielsagend ist in dem Zusammenhang, dass Jack Ruby – also der Mann, der Lee Harvey Oswald vor laufenden Kameras erschoss – Kontakte zur Mafia und nach Kuba hatte. Das Militär kommt als Drahtzieher in Frage, weil Kennedy kein Interesse daran hatte, einen Krieg in Vietnam zu beginnen. Er wollte definitiv alle Truppen dort abziehen.»

«Gab es eigentlich irgendjemanden, der den Mann nicht ermorden lassen wollte?», fragte Rüthli.

«Das ist der Punkt», erwiderte Savary. «Es gibt mehr Verdächtige, als man braucht. Und außerdem haben wir noch einen.» Sein Blick suchte Fletcher. Sollte sie die schlechte Nachricht überbringen, dass ihr Hauptverdächtiger ein Israeli war.

«Moment mal», wollte Karoline Freitag einwenden. Sie war noch nicht fertig mit ihrer Aufzählung.

Doch Sadie Fletcher war schon aufgestanden. «Danke, Miss

Freitag.» Sie nickte ihr zu. Karoline Freitag ging zur Seite und setzte sich, Fletcher lächelte in die Runde. «Was Monsieur Savary sagen will», begann sie, «ist, dass eine völlig neue Spur im Fall JFK aufgetaucht ist, der wir nachgehen sollen.» Sie tat einen Schritt zu ihrem Aktenkoffer, öffnete ihn und entnahm ihm ein Papier. «Und dabei geht es um diesen Mann.» Fletcher hatte das Papier umgedreht. Es war eine Fotografie. Das Gesicht eines Mannes im Dreiviertelprofil. Offenbar ein vergrößertes Passfoto. Die Aufnahme war schwarzweiß. Die abgebildete Person war etwa Mitte zwanzig. Mit seinen schmalen Lippen und dem etwas teigigen Gesicht sah der Mann relativ unscheinbar aus. Das einzig Auffällige war seine lange, spitz zulaufende Nase.

«Wer ist das?», fragte Sukov.

«Bitte haben Sie Verständnis dafür, dass ich Ihnen den Klarnamen dieser Person zum jetzigen Zeitpunkt nicht nennen kann», antwortete Fletcher.

«Wie soll er heißen?» Sukov griff nach seiner Wodkaflasche.

«Einigen wir uns auf Joshua», schlug Fletcher vor. «Zum jetzigen Zeitpunkt müssen Sie lediglich wissen, dass er behauptet, Kennedy getötet zu haben. Und dass er dabei hier», sie trat an die Wand und deutete mit dem Finger auf den Punkt, auf dem der Grashügel auf der Dealey Plaza projiziert war, «hier also ... gestanden haben will. Was ja zu Professor Freitags Ausführungen und einigen der Zeugenaussagen passt, von denen wir gehört haben. Wir müssen diesen Hinweis ernst nehmen.»

«Wieso weiß ich davon nichts?» Karoline Freitag war empört. «Wieso werde ich gebeten zu referieren, ohne dass man mich darauf aufmerksam macht, dass es bereits einen Ausgangspunkt gibt?»

Niemand beantwortete ihre Frage.

«Außerdem», fuhr Sadie Fletcher fort, «haben wir einen weiteren, sehr konkreten Ausgangspunkt. Joshua hat uns ein Beweisstück gegeben.»

11.

Sadie Fletcher holte einen Spurensicherungsbeutel heraus und hielt ihn hoch. «Diese Patronenhülse gehört laut Joshua zu der Kugel, mit der er Kennedy erschossen haben will. Sie stammt aus einer 7.65er Mauser, einem Präzisionsgewehr.»

«Das ist mal eine sinnvolle Wahl für ein Attentat.» Hakala wirkte interessiert.

Fletcher nickte. «Es kommt noch besser. Joshua sagt außerdem, er hat sie mit einem Biss gekennzeichnet, quasi signiert, und an dem Punkt vergraben, von dem aus er schoss, ehe er flüchtete: auf dem Grashügel in Dallas.» Sie legte den Plastikbeutel neben sich auf den Tisch. «Diese Hülse wurde nach seinen Angaben gefunden, und Sie können sich vorstellen, dass wir sie untersucht haben mit allen Mitteln, die Geheimdiensten heute zur Verfügung stehen. Wir wollten wissen, ob sie echt ist. Der Zahnstatus ist abgeglichen und gesichert. Die Hülse ist datiert und stammt aus der Zeit. Die Erdspuren sind authentisch, die Alterungsspuren passen.» Sie verstummte.

«Was gibt es dann noch zu zweifeln?», wollte Hannah Rüthli wissen.

Sadie Fletcher schaute sie an. «Sie wissen selbst am besten, Miss Rüthli, dass die technischen Möglichkeiten der Dienste heute denen der Verbrecher nichts mehr voraushaben. Nicht wahr?»

Hannah betrachtete ihre Fingernägel.

Sukov fügte hinzu: «Abgesehen davon, dass wir nicht ausschließen können, dass es ein Geheimdienst war, der diese Hülse gefälscht hat, richtig?»

«Richtig», gab Sadie Fletcher zu. «Und der einzige Dienst, den wir dabei als Verdächtigen ausschließen können, ist unser eigener.»

Hakala stand auf. «Okay», sagte er, «Schluss mit den Theorien. Vielleicht hat Joshua Kennedy getötet, vielleicht auch nicht. Fest steht: Unser Job ist es, den Schützen zu erwischen.» Er trat vor die Leinwand und studierte die diversen Bilder und Skizzen vom Tatort.

«Genau», bestätigte Fletcher. «Ein Schütze, mehrere Schützen, verschiedene Positionen der Attentäter, vielleicht schießt Lee Harvey Oswald, vielleicht schießt er nicht. Vielleicht schießt Joshua. Oder er hat gelogen. Es geht darum, ich wiederhole es, dass Sie alle hier sich bewusst machen, dass Sie mit einer unsicheren Situation konfrontiert sein werden. Deshalb ist es auch von entscheidender Bedeutung, dass Sie sich in den kommenden Tagen genau überlegen, wo wir am besten ansetzen. Vielleicht ging das jetzt einigen zu schnell, was Miss Freitag uns vorgetragen hat. Auf Ihren Zimmern werden Sie genug Material vorfinden, das sich mit dem Kennedy-Mord beschäftigt. Ich bitte Sie eindringlich, einen Blick in diese Materialien zu werfen und sich mit dem Thema vertraut zu machen. Es ist unerlässlich, dass Sie alle gut vorbereitet sind, wenn es losgeht. Je mehr Sie über die möglichen Szenarien wissen, desto besser werden Sie reagieren können.»

«Vielleicht wurde JFK in Wirklichkeit ja von Außerirdischen erledigt», witzelte Sukov, während er sich seinen Bart kraulte.

«Selbst diese Theorie existiert», schaltete sich Freitag ein, noch immer beleidigt, dass sie nicht informiert gewesen war.

Da wandte Hakala sich um. «Wir können das nicht machen», sagte er. «Zwei Schussorte, die wir observieren müssen, das heißt: zwei Teams. Dafür sind wir zu wenige.»

«Drei Teams», fiel Karoline Freitag ein. «Ich habe lange darüber nachgedacht. Ja, ich weiß, das ist ihr Gebiet, Hakala. Aber ich finde, wir müssen nicht nur das Schulbuchlager und den Grashügel observieren, sondern unbedingt auch ins Parkland Hospital. Wir brauchen einen Blick auf die Leiche.»

«Sie könnten mehrfach reisen.» Sadie Fletchers Entgegnung kam rasch. «Mister di Vannuci wird sich sicher gerne einer Expedition ins Parkland anschließen, wenn er erst einmal bei uns ist. Außerdem gibt es da noch eine Sache, die uns die Arbeit vielleicht erleichtert.» Sie wollte fortfahren.

Doch Karoline Freitag unterbrach sie: «Ich möchte, dass Finlay wiederkommt.»

«Dieser pädophile Dreckskerl?» Hakala machte ein angeekeltes Gesicht.

«Seine Liebhaber waren jung, aber keine Kinder mehr», wandte Karoline ein.

«Vor dem Gesetz waren sie minderjährig, verdammt. Und im Leben auch.» Hakala wollte sich nicht beruhigen. «Ich möchte nicht wissen, was der Mann in London so alles treibt.»

«Getrieben hat.» Die zwei Worte von Sadie Fletcher ernüchterten alle. «Er ging als Mann von über fünfzig Jahren ins Jahr 1888. Wie alt sollte er heute wohl sein?» Sie wartete die Wirkung ihrer Worte kurz ab. Dann fügte sie brutal hinzu: «Finlay ist tot.»

«Laut den Geschichtsbüchern starb er, beziehungsweise starb die Person, die er verkörperte, 1921. Aber wir könnten doch vorher ...»

«Nichts könnten wir.» Sadie Fletcher schnitt ihr das Wort ab. «Wir können nicht, und wir werden nicht. Wenn wir eines aus den Fehlern der letzten Mission gelernt haben, dann doch wohl, dass wir die Zeitebenen sauber getrennt halten.» Ein wenig milder fügte sie hinzu: «Finlay ist freiwillig in die Vergangenheit gereist und hat dort die Position eines anderen eingenommen. Dass es so weit gekommen ist, ist schlimm genug. Aber nun muss Finlay diese Rolle ausfüllen, sonst ...»

«Sonst explodiert das Universum.» Geräuschvoll stellte Sukov sein Glas auf einem Hocker ab.

«Miss Fletcher hat recht.» Es war Savary, der das sagte. «Würden wir Finlay zurückholen, könnte das durchaus zu Zeit-Paradoxa führen. Das sollten wir nicht riskieren. Aber mir ist auch klar, wie wertvoll Finlays Arbeit für uns war. Wir brauchen jemanden, der uns in die Gepflogenheiten der Zeit einweist, in die wir reisen. Jemand, der sich auskennt mit der Sprache, die man dort spricht, mit den Klamotten, die man trägt. Kurz: Jemand, der uns rundum fit machen kann, sodass wir nicht auffallen.»

«Wir sind an der Sache dran.» Fletcher fuhr sich mit einem Finger über die rechte Augenbraue.

12.

Er nahm einen tiefen Zug. Während er den Rauch in die Luft pustete, legte er die Zigarette im Aschenbecher ab und verschränkte die Hände. «Das ist alles nicht so einfach, Deborah», sagte er.

«Natürlich nicht, Andrew», erwiderte sie. «Natürlich nicht.» Ihre Augen wurden wässrig.

«Schau, Kleines.» Er legte seine Hand auf ihren Unterarm. Sie fuhr sich über ihre blonden Locken, blinzelte und versuchte ein Lächeln. «Ich bin nun fast siebenundzwanzig Jahre verheiratet», fuhr er fort. «Das wischt man nicht einfach so weg.»

Ein Schuhputzer hatte sich ihrem Tisch genähert. «Wünschen Sie meine Dienste, Sir?» Andrew antwortete mit einem Kopfnicken. Dann zog er ein Bein unter dem Tisch hervor und stellte es auf einem kleinen Schemel ab, den ihm der Schwarze hingestellt hatte. Andrew griff nach seiner Zigarette und wandte sich wieder seinem Gegenüber zu.

«Das verstehe ich ja», begann sie. «Und trotzdem. Warum hast mit mir überhaupt etwas angefangen, wenn es dir doch gar nicht ernst war?»

«Habe ich jemals behauptet, dass es mir mit dir nicht ernst wäre, Deborah?»

«Wirst du dich scheiden lassen, für mich, für uns?» Sie hielt ihr Glas mit beiden Händen fest.

«Sicher, mein Schatz.» Er nahm ihre Hand, die immer noch das Glas umfangen hielt. Die Hand löste sich. Er führte sie zu seinem Mund und küsste sie. «Aber wir dürfen nichts überstürzen. Noch ist nicht die Zeit dafür.»

Sie zog ihre Hand zurück. «Ich bin eine kleine Sekretärin, die sich in ihren Chef verliebt hat, und die glaubt, dass daraus mehr als bloß eine vorübergehende Liebschaft werden könnte. Was für ein dummes Ding bin ich nur.»

«Fertig, Sir», sagte der Schuhputzer und packte seinen Lappen weg. Andrew zog seine Geldbörse hervor, entnahm ihr eine Münze und gab sie dem Mann, der gleich darauf verschwand.

Andrew zog an seiner Zigarette, die er zwischen Zeige- und Mittelfinger hielt. Dann nahm er den Glimmstängel aus dem Mund, winkelte seinen Arm an, sodass die Zigarette jetzt vertikal nach oben ragte. «Deborah», sagte er. «Alles wird gut, du wirst schon sehen.»

«Ich hätte mich doch für Charles entscheiden sollen.»

«Meinst du Ferguson? Diesen Angeber?»

«Halt! Stopp! Aus! Ende! Cut!» Eine Frau war in das Set gesprungen. Sie trug ein rot-weiß kariertes Hemd, das über dem Nabel zusammengeknotet war, sodass man einen Teil ihres Bauches sehen konnte. Ihre Capri-Jeans waren eng anliegend. Das Auffälligste war jedoch ihre Frisur. Das platinblonde Haar war am gesamten Oberkopf durchtoupiert, die Seiten streng zurückgekämmt, das Haar am Hinterkopf mit Klammern fixiert, sodass alles, was nach hinten hätte hängen können, sich nach oben auf den Oberkopf ergoss. Die Frisur war eine riesige Banane. Mit ihren großen goldfarbenen Ohrringen und dem Make-up sah die Frau wie ein Pin-up-Girl der sechziger Jahre aus.

«Was ist das nur für ein Blödsinn?», rief sie ungehalten. «Es heißt nicht ‹Angeber›. Es heißt ‹Möchtegern› oder ‹Gernegroß›. Ist dieser Drehbuchautor vielleicht irgendwo?» Lebhaft gestikulierend drehte sie sich in alle Richtungen. Die Leute am Set schüttelten die Köpfe.

«Man sollte diesem Schreiberling mal deutlich sagen, dass er sich gefälligst mit der Sprache der Zeit auseinandersetzen sollte, bevor er den Stift ansetzt! Und dann ...» Jetzt wandte sie sich Andrew zu. «Was soll das hier mit dieser ungeschickten Raucherei?

Kein Mensch in den Jahren hält seine Zigarette so, wie du das tust. Höchstens ein Homosexueller. Du bist ein Mann, also nimm die Zigarette zwischen Daumen und Zeigefinger und horizontal.» Sie griff danach. «So, siehst du?» Sie gab Andrew die Zigarette zurück. «Außerdem», sie holte tief Luft. «In den Sechzigern gibt man einem schwarzen Schuhputzer das Geld nicht in die Hand. Man *wirft* ihm die Münze *zu*. Diese Leute gehören quasi zur Kaste der Unberührbaren.» Sie drehte ihren Kopf in Richtung der Filmleute. «Hat sich hier denn irgendjemand mit der Stellung der Schwarzen in den sechziger Jahren auseinandergesetzt?» Für einige Sekunden wurde es still.

Jetzt nahm sie sich Deborah vor. «Und du, Schätzchen, wenn du deinen lieben Andrew weiterhin mit einem Gesicht anschaust, auf dessen Stirn ‹Fick mich› steht, drehe ich durch. Ein Mädchen der Sechziger glotzt nicht wie ein nymphomanes Weib aus dem 21. Jahrhundert! Merk dir das! Es hat sich im Griff und hält sich zurück. Zügle deinen Blick! Geh in deinen Wagen, stell dich vor den Spiegel und übe!»

Matthieu Savary und Sadie Fletcher standen im Hintergrund bei der Stahltür.

«Sie scheint gut zu sein», sagte Savary und kratzte sich am Kinn.

«Sie ist die Beste.»

«Wie haben Sie sie gefunden?»

«Carter», antwortete Fletcher.

«Ihr Agent, den Sie in den Innendienst verbannt haben?»

«Genau der.»

«Hätte ich ihm gar nicht zugetraut.»

«Ich auch nicht. Scheint so, als wolle er sich schnellstmöglich rehabilitieren.»

Die Frau mit der Bananenfrisur zog einen Taschenspiegel hervor.

Vor versammelter Mannschaft puderte sie sich das Gesicht. Sie war den Unterlagen zufolge 54 Jahre alt, doch das sah man ihr nicht an. Zwar kleidete sie sich wie jemand, der in den sechziger Jahren stehen geblieben war, ihr gepflegtes Äußeres und die Agilität, die sie ausstrahlte, ließen sie jedoch eher wie eine Mittdreißigerin erscheinen.

«Glauben Sie denn, sie wird unser Angebot annehmen?»

«Diese Frau lebt im Grunde in den Sechzigern. Es gibt nichts auf der Welt, das sie lieber täte, als tatsächlich dorthin zu reisen. Vertrauen Sie mir.»

«Hm. Wahrscheinlich haben Sie recht.» Einen Moment lang schwieg Savary. Dann sagte er: «Wie heißt sie eigentlich?»

«Rosenfeld», erwiderte Fletcher. «Ihr Name ist Betty Rosenfeld.»

Savary schüttelte den Kopf. «Dann wird es nicht gehen.»

«Warum?», fragte Fletcher überrascht.

«Ist das nicht offensichtlich, bei dem Namen? Eine Jüdin wäre voreingenommen in diesem Fall.»

Fletcher schlug ihre Akte auf. «Ihre Mutter ist eine geborene Jessy-Lynn Rosenfeld aus Springfield, Ohio. Keine jüdischen Vorfahren. Manchmal sind Namen eben unbedeutend. Der Vater ist übrigens unbekannt. Die Mutter riss als Teenager nach New York aus, kam mit dem Kleinkind zurück und gab nie einen Vater an. Sie hatte sich in der Künstlerszene rumgetrieben, wir haben das ziemlich genau recherchiert. Wollte Schauspielerin werden. Es blieb dann aber bei der Mutterrolle. Das Leben der beiden in der Kleinstadt war so amerikanisch wie Cheeseburger. Und so uniform. Wie es aussieht, ist der Ausbruch aus der Provinz dann erst der Tochter wirklich gelungen.»

Sie schauten beide zum Set, wo sich die Paradiesvogel-Gestalt von Betty Rosenfeld wieder aus der Szene zurückgezogen hatte. Es schien Pause zu sein. In den Kulissen, die wie eine Bar aus einem

Bogart-Film aussahen, standen eine Menge Leute in Turnschuhen und Sweatern herum und tippten auf ihre iPhones ein. Betty Rosenfeld saß mit übereinandergeschlagenen Beinen auf ihrem Stuhl und rauchte. Sie rauchte – Savary konnte es nicht beschreiben – wie eine Frau aus den Sechzigern vermutlich. Sie hatte eine tolle Figur, das musste er ihr lassen. Weich und kurvig. Ihr Mund war rot. Sehr rot und sehr groß. Ihre Ohrringe wippten, wenn sie lachte, wie gerade eben. Und sie lachte mit der unwiderstehlichen Gewalt eines Orkans.

«Sie erinnert mich irgendwie an jemanden», sagte Savary.

Sadie Fletcher lächelte. «Ach, ist Ihnen das auch schon aufgefallen?»

13.

Dem Präsidenten ging es nicht gut. Sein Oberkörper war seltsam nach vorne gekrümmt, seinen rechten Arm hatte er an die Brust gezogen. Nachdem der Wagen eine Straßenlaterne passiert hatte, traf ein Schuss Kennedy am Kopf. Hirnmasse und Blut wirbelten durch die Luft, sprenkelten das Kostüm seiner Frau. Der Körper des Präsidenten fiel nach hinten.

Hannah Rüthli hielt den Film an.

«Welcher Idiot will da noch behaupten, dass der Mann von hinten abgeknallt wurde?», fragte Hakala. «Der Schuss in den Kopf kommt doch eindeutig von vorn. Da brauch ich keine Spurensicherung und keinen Rechtsmediziner. Der Präsident fällt mit dem Oberkörper ja auch nach hinten. Rückstoß.» Er setzte seinen Zeigefinger an die rechte Schläfe, simulierte einen Schuss und riss den Kopf nach links.

«Wie gesagt, der Film wurde lange Zeit von der Warren-Kommission unter Verschluss gehalten.» Hannah Rüthli blieb gelassen.

«Wenn der Schuss von vorne kommt, dann heißt das, dass sich der Attentäter beim Holzzaun aufgehalten hat», warf Hakala ein. Er stand auf, ging zu dem Plan, der am Flip-Chart hing. Entschlossen tippte er auf die Stelle. «Hierher. Unser erstes Team wird hierher gehen. Wenn wir Glück haben, können wir den Schützen live beobachten. Wenn wir noch mehr Glück haben, ist es Joshua. Fall gelöst, sage ich. Das wär's.»

«Aber aus dem Schulbuchlager wurde auch geschossen», warf Karoline Freitag ein. «Das sagen die Zeugen. Und dort lag eine Waffe.»

Hakala drehte sich um. «Ja, und?»

Sie hob die Hände. «Bin ich denn die Einzige, die findet, dass diese Sache zum Himmel stinkt?» Hilfesuchend schaute sie zu

Savary. «Es ist doch nicht damit getan, dass wir den Schützen identifizieren. Wir müssen herausfinden, wer dahintersteckt.»

Savary war das unangenehm. «Wer hinter Joshua steht, davon haben wir eine gewisse Ahnung.» Er machte ein verschlossenes Gesicht und hoffte, dass ihn die Crew nicht löchern würde. Er hielt nicht viel von Fletchers Geheimhaltungsstrategie. Aber er hatte sich vorerst zum Schweigen verpflichtet und wollte nicht gleich bei der ersten Sitzung umfallen. «Ich weiß nicht, ob es sinnvoll ist, dass wir uns allzu sehr in diesen zeitgenössischen Verschwörungstheorien verlieren», sagte er daher nur. «CIA, Mafia, FBI, schön und gut. Aber wie es aussieht, hat Oswald den Präsidenten nun mal nicht erschossen. Also kann es uns auch egal sein, wer ihn dort hingestellt hat. Sparen wir uns das vorerst einfach.»

Hannahs Miene drückte Unzufriedenheit aus. «Zwei Attentäter am selben Ort, auf die Minute zur selben Zeit. Das ist doch kein Zufall.»

Bevor irgendjemand auf den Einwurf etwas hätte erwidern können, klingelte der Aufzug.

«Meine Damen und Herren», sagte Sadie Fletcher. «Ich darf ihnen Signore Pierro di Vannuci vorstellen. Unseren neuen Pathologen. Und Miss Betty Rosenfeld. Sie wird die Crew aktiv im Außeneinsatz beraten. Miss Rosenfeld ist Expertin für die sechziger Jahre.»

«Was Sie nicht sagen, *Gosposcha Fletchera.*» Sukov musterte die Erscheinung der Amerikanerin. Ihre Pumps, das Taftkleid, der Hut – all das fiel in dem nüchternen, technischen Raum umso mehr ins Auge.

Karoline verzog das Gesicht und neigte sich zu Hannah. «Läuft die immer so rum?»

«Sie soll direkt von einem Filmset kommen», gab Hannah zurück.

Karoline nickte vage. Ihr Gesichtsausdruck blieb kritisch.

Savarys Blick dagegen hing an di Vannuci. Der Mann war groß, beinahe so groß wie Hakala. Im Unterschied zu dem Finnen fehlten ihm allerdings die Muskeln. Di Vannuci war das, was man als leptosom bezeichnete. Er trug ein rosafarbenes Flanellhemd, weiße Stoffhosen und Sneakers. Und er war schwarz. Das also war der engste Freund von Ondina? Matthieu Savary fühlte Ärger in sich aufbranden. Wie konnte Fletcher ihn in diese Lage bringen!

Di Vannuci grüßte vage in den Raum und setzte sich umstandslos auf den freien Platz neben Hannah Rüthli.

«Und ich dachte, sie wären Italiener», stellte Hakala fest. «Nichts für ungut.»

Betty Rosenfeld war stehen geblieben. Sie stemmte die Hände in die Hüften und fixierte di Vannuci. «Sie haben ein Problem», sagte sie.

Allerdings, dachte Savary, sagte es aber nicht laut.

Sadie Fletcher versuchte, ruhig zu bleiben, obwohl sie Widerspruch von Neuen nicht besonders schätzte. «Darf ich fragen, wie Sie das meinen?»

Rosenfeld begann: «Ich bin keine Rassistin ...»

«... aber?», unterbrach Karoline Freitag sie scharf. «Entschuldigen Sie, Sätze, die so beginnen, beinhalten immer ein Aber. ‹Ich bin kein Nazi, aber Juden sind nun mal wirtschaftlich begabt.› ‹Ich will ja nicht meckern, aber so geht das nun wirklich nicht.› ‹Ich bin ein friedliebender Mensch, aber so was treibt mich auf die Palme ...›» Sie holte Atem, als wollte sie noch mehr Beispiele bringen. Doch schien sie sich eines Besseren besonnen zu haben und schwieg.

Betty Rosenfeld lächelte nicht. «Was ich sagen wollte, war: *Aber* Sie reisen in die frühen sechziger Jahre. Eine Zeit, in der Kennedys Wiederwahl auch deshalb gefährdet war, weil er sich kompromisslos für die Bürgerrechtsbewegung einsetzte. In der man Martin Luther King erschoss und eben erst gemischtrassige Schulen zuließ. Nicht ohne Widerstand. Verstehen Sie mich bitte nicht falsch, aber wenn Sie nicht vorhaben, den Mann als Schuhputzer arbeiten zu lassen, werden Sie ihn kaum einsetzen können.»

«Übertreiben Sie da nicht ein wenig?», fragte Sukov und hielt di Vannuci ein Glas Wodka hin.

Di Vannuci griff genauso lässig zu, wie er dasaß. Nicht einen Moment gab er seine gelassene, leicht amüsiert wirkende Haltung auf. «Ich bin mir der Problematik bewusst», sagte er, «ich habe ‹In der Hitze der Nacht› auch gesehen.»

Betty Rosenfeld stand noch immer vor ihm, den Kopf geneigt, und musterte ihn. «Alles an Ihnen ist falsch», sagte sie. «Die Körpersprache: selbstbewusst. Die Kleidung: teuer. Die Ausdrucksweise: Akademiker reinsten Wassers. Dort gibt es Leute, die Ihnen allein für die arrogante Art, mit der Sie Ihr Glas halten, am liebsten die Zähne einschlagen würden, Mr. Vannuci. Man wird Sie Boy nennen, Doktor, Jungchen und Kerl. Man wird erwarten, dass Sie auf dem Gehsteig ausweichen und den Blick senken.»

«Ich ...», begann di Vannuci.

«Sie nehmen zu viel Raum ein, Sie riechen zu gut. Sie sind zu teuer angezogen, und Sie sehen viel zu gut aus.» Betty Rosenfeld blieb unerschütterlich.

«Also ...» Der Pathologe kam nicht weiter.

«Ein schwarzer Hengst, der unsere Frauen besteigen will.» Die Rosenfeld setzte ein schmieriges Lächeln auf.

Di Vannuci sprang auf. Savary kam ihm zuvor: «Sie gehen zu weit», donnerte er.

Betty Rosenfeld drehte sich zu ihm um. Danach schaute sie alle in der Runde nacheinander an. «Jeder dort, wo wir hingehen», sagte sie langsam, «jeder Einzelne wird zu weit gehen für unseren Geschmack. Und er wird sich dabei mit einer Selbstverständlichkeit im Recht fühlen, die Sie mit den Zähnen knirschen lassen wird.» Sie nickte di Vannuci zu. «So, wie Sie es gerade tun. Das ist im Übrigen der erste den Sechzigern angemessene Gesichtsausdruck, den Sie hier aufsetzen: unterdrückte Wut und Scham. Kriegen Sie das über Stunden hin?» Jetzt erst setzte sie sich.

Di Vannuci hatte die Bühne für sich alleine. Der Mediziner rang sichtlich mit sich. Er hatte die Hände in den Hosentaschen, doch sein Gesicht glühte. Man sah ihm an, dass ihm bewusst war, wie jeder ihn musterte, im Geiste Rosenfelds Worte erwog. Bemerkte, dass sie recht hatte: Er sah gut aus mit der hohen Stirn und dem schmalen, klugen Gesicht. Er sah gebildet aus, wohlhabend, zutiefst gedemütigt. «Ich werde Ihnen jetzt nichts von professioneller Gelassenheit erzählen», begann er langsam. Sein Atem ging mühsam. «Aber …» Er hielt inne. Etwas blitzte in seinen Augen auf. «Aber ich weiß, was das für eine Chance ist: Kennedy obduzieren. Keine Ahnung, wie Sie Ihre jeweiligen Berufe auffassen: Ich lebe für meinen. Ich will gut darin sein, richtig gut, besser als andere. Ich will etwas Besonderes schaffen. Für einen Amerikaner gibt es keinen größeren Fall, glauben Sie mir. Kennedy mag für Sie nur ein weiterer moderner Mythos aus dem imperialistischen Westen sein, wie die Monroe oder Coca-Cola. Aber mir bedeutet der Mann etwas. Gerade weil ich, wie Sie die Güte hatten zu bemerken, schwarz bin wie die Nacht.»

Hakala kommentierte di Vannucis Rede mit langsamem Klatschen. Sukov prostete ihm zu.

Di Vannuci bleckte grinsend die Zähne. «Shoeshineboy oder Stepptänzer», sagte er, «oder meinetwegen Schwarzer Hengst. Es ist eine Rolle. Ich bin erwachsen genug, Rollen zu spielen.»

«Bravo», rief Hakala. «Willkommen im Club.»

Savary hielt es für nötig, nun seinerseits aufzustehen. Er mochte den Mann nicht, weil er Ondina verraten hatte. Bei dem Gegenwind allerdings, der ihm hier entgegenblies, wollte er ihn nicht auch noch anfeinden. Er würde di Vannuci schonen, weil er schwarz war. War das nun schon rassistisch gedacht? So langsam begann er zu begreifen, wie schwierig die Sache unter Umständen werden würde. Savary räusperte sich. «Kommen wir zurück zu den Fakten», sagte er. «Wir waren gerade dabei, unsere Strategie für die erste Reise festzulegen.»

Hannah Rüthli reichte di Vannuci einen Tablet-PC und wies auf die relevanten Dateien hin.

Savary fuhr fort. «Tarvo Hakala hat bereits festgelegt, dass der erste Zugriffsort der Grashügel sein wird. Wir sind Zeitreisende, das heißt, für uns gilt die Regel des minimalinvasiven Eingriffs.»

«So wenig Scheiß bauen wie möglich», übersetzte Hakala, der nun wieder an die Flip-Charts trat. «Wegen der Zeitparadoxa. Wenn Sie es wissenschaftlich wollen, fragen Sie Sukov hier.»

Sadie Fletcher nickte. «Sie müssen beobachten ohne einzugreifen. Das ist das Entscheidende. Sie dürfen nichts unternehmen, was die Ereignisse des 22. November 1963 in irgendeiner Weise verändern könnte.»

Hakala fuhr fort. «Also Leute, das heißt für uns: mindestens zwei Personen, unauffälliges Verhalten in der Menge, dabei versuchen, so nahe wie möglich an den Schützen heranzukommen und ein Starfoto schießen.»

«Ich schlage einen Film vor.» Das war Hannah Rüthli. «Wie wir eben dank des Zapruder-Videos gesehen haben, gab es damals bereits Hobbyfilmer. Es wird also nicht auffallen. So wäre auch plausibel, dass man versucht, in eine gute Überblicksposition zu kommen. Zapruder hatte sich ja auch auf einem Vorsprung platziert.»

«Zapruder?», fragte di Vannuci leise. Hannah neigte sich zu ihm und erklärte ihm die Zusammenhänge. «Ein Hobbyfilmer namens Abraham Zapruder hat Aufnahmen am 22. November 1963 gemacht. Dabei stand er beim Grashügel in der Nähe des Holzzaunes. Sie finden den Film hier.» Sie deutete auf ein Symbol auf dem Desktop des Tablets.

«Gut», bestätigte Savary. «So machen wir es. Bitte besorgen Sie uns eine entsprechende Kamera.»

«Ich möchte vorschlagen, nur das Original-Gehäuse zu nehmen und das Innenleben umzubauen. Die alten Filme haben eine schlechte Qualität», warf Sukov ein.

«Wenn Sie das bis zum Einsatz schaffen», meinte Savary.

«Kein Problem. Ich gebe Fräulein Rüthli eine Einkaufsliste.» Mit erhobenem Daumen signalisierte sie ihre Zustimmung.

«Nach dem Attentat besteht die Möglichkeit, den Tatort zu untersuchen. Das sollte allerdings zeitnah geschehen. Suchen Sie den Tatort nach Hülsen ab. Insgesamt geht man von drei Schüssen aus, die auf den Präsidenten abgefeuert wurden. Es müssten also noch zwei Hülsen an der Abschussstelle herumliegen. Falls man diese Hülsen finden würde, könnte man sie mit der vorliegenden vergleichen. Aber diese Tatortuntersuchung nehmen Sie bitte nur vor, wenn es wirklich gefahrlos möglich ist. Im Prinzip genügen eindeutige Filmaufnahmen.»

«Toll für mich, aber ein ziemlich langweiliger Auftrag für Sie, oder?» Es war das erste Mal, dass Betty Rosenfeld etwas sagte.

«Es geht bei unserer Mission nicht um Action», sagte Savary. «Genau das sollte unter allen Umständen vermieden werden. Wir haben aus den Fehlern der Vergangenheit gelernt.» Matthieu warf Hakala einen vielsagenden Blick zu. «Genauso wichtig ist der Zugriff im Parkland Hospital», fuhr er nach einer Pause fort. «Das geht Sie an, Doc. Wir wollen direkt an die Leiche.»

Durch di Vannucis Körper ging ein Ruck.

«Kennedy wird um 12:40 Uhr ins Krankenhaus eingeliefert. Um 13:01 Uhr erklären die Ärzte offiziell seinen Tod. Schon um 13:30 Uhr wird er unter starker Bewachung in die Air Force 1 geladen.»

Karoline Freitag fiel ein: «Der Körper des Präsidenten war zu keinem Zeitpunkt ohne Bewachung. Zwei konkurrierende Sicherheitsdienste in voller Bewaffnung sowie die örtliche Polizei schwirrten dort herum, vom medizinischen Personal gar nicht zu reden. Es ging chaotisch zu, jeder hatte die Waffe gezückt und war paranoid. Ich bin nicht sicher, ob wir da dazustoßen sollten. Es tut sich auch gar keine Lücke auf. Sollten wir nicht lieber …»

Di Vannuci unterbrach sie. «Aber bei der offiziellen Obduktion in Washington war der Leichnam schon manipuliert.»

«Hausaufgaben gemacht», murmelte Hannah Rüthli.

«Allerdings. Und wir wissen absolut nicht, wo diese Manipulation geschehen ist und wann», sagte Hakala. «Irgendwo auf einem Militärstützpunkt, würde ich vermuten. Aber Vermutungen helfen uns nicht weiter. Der sicherste Weg ist und bleibt, an die frische Leiche zu gehen.»

«Wie Sie von den Toten reden …» Betty Rosenfeld schüttelte sich.

«Wie Sie von den Lebenden reden …» Karoline Freitag nutzte die Gelegenheit, ihrer Abneigung Luft zu machen.

Hakala ignorierte beide Einwürfe. «Monsieur Savary und ich sind uns einig», stellte er fest. «Wir werden einen genauen Zeitplan erstellen. Und wenn sich keine Lücke auftut», fuhr er schnell fort, als er bemerkte, dass Karoline Freitag erneut widersprechen wollte, «dann werden wir uns eben eine verschaffen.»

«Minimalinvasiv», ergänzte Savary.

«Wie soll das aussehen?» Zum ersten Mal mischte sich Sadie Fletcher ein. Auf ihrer Stirn prangte eine steile Falte. «Ich möchte nicht mehr erleben, dass wir Personen exekutieren. Oder ihnen unstatthaft nahe kommen.»

Savary schaute nicht sie an, sondern die Gruppe. «Vizepräsident Johnson war ebenfalls mit im Parkland. Wir dachten daran, den Behandlungsbedarf von Johnson kurzfristig, sagen wir, zu intensivieren. Damit das Personal abgezogen wird.»

«Notfalls simulieren wir ein Sicherheitsproblem», fuhr Hakala fort. «Ein gezielt gestreutes Gerücht über einen Bewaffneten in der

Notaufnahme. Das sollte uns Luft verschaffen. Ein Drei-Minuten-Fenster sollte drin sein.»

«Drei Minuten? Soll das ein Witz sein?», brauste di Vannuci auf. «Ich muss die Ein- und Austrittsstellen untersuchen und dokumentieren, um die Schusskanäle zu rekonstruieren. So viele Projektile wie möglich sicherstellen. Den Zustand des Gehirns untersuchen.»

«Sie haben drei Minuten, Doc.» Savary blieb hart. «Notfalls kommen wir wieder, dann haben Sie nochmals drei Minuten. Und nochmals. Was immer Sie tun, tun Sie es in drei Minuten.»

Di Vannuci biss sich auf die Wange. Dann nickte er. «Ist angekommen.»

Hakala ergriff wieder das Wort. «Es bleibt natürlich riskant. Deshalb werden wir dort den Schwerpunkt setzen: Savary und ich werden beide vor Ort sein, um eingreifen zu können. Damit hat di Vannuci Rückendeckung. Notfalls können wir ihn schützen und raushauen.»

«Mit anderen Worten: Ich soll auf den Grashügel gehen», stellte Karoline Freitag fest.

«Nicht alleine. Sie nehmen Miss Rosenfeld mit.»

Savarys Ankündigung ließ Karoline erröten. Doch sie blieb still.

«Machen Sie ein paar hübsche Fotos von mir», sagte Betty Rosenfeld.

Sadie Fletcher klatschte in die Hände, um die Konzentration wiederherzustellen. «Wir starten in einer Woche. Bis dahin sollte Miss Rüthli die Ausrüstung beisammenhaben. Tägliches Training von 14 bis 18 Uhr bei Miss Rosenfeld. Einzelstunden werden nach Bedarf von ihr angesetzt. Miss Freitag, haben Sie einen Vorschlag für den Reiseort? Wo wollen wir ankommen?»

Karoline räusperte sich. «Also», setzte sie an. «Die Sache mit dem angemieteten Zimmer hat sich ja schon in London bewährt.

Ich dachte deshalb daran, eine Wohnung zu besorgen, am besten in einem der Außenbezirke, etwa dort, wo auch die Oswalds wohnten. Und wir besorgen einen Mietwagen.»

«Zu weit ab vom Schuss», widersprach Hakala. «Im wörtlichen Sinne.»

Streng fügte Savary hinzu: «Oswald ist nicht unser Ziel, Miss Freitag. Wie oft müssen wir das noch klären?»

«Aber …?»

«Ich vertraue Monsieur Savary in dieser Sache», sagte Sadie Fletcher dazwischen.

Hannah meldete sich zu Wort. «Da sind doch gleich die Gleise», sagte sie. «Nahebei existiert auch eine Rangierstrecke. Ich habe ein wenig recherchiert. Es gibt einen Waggon, der dort am 21. abgestellt wurde und bis zum Abend des 24. November nicht bewegt werden wird. Wir könnten uns kurzfristig im Inneren einrichten. Er ist mit einem Siegel verschlossen, dafür bräuchten wir eine abnehmbare Doublette. Der Vorteil wäre, dass dort unsere technische Ausrüstung nicht so auffiele. Sollte es bei der ersten Anreise Zeugen geben.»

«Es wird keine Zeugen geben, diesmal nicht.» Savary klang entschlossen. «Ich will, dass wir uns so gut absichern wie irgend möglich. Keine Überraschungen mehr.»

Alle schwiegen. Es war Sukov, der einen Schluck nahm und sagte: «Willst du die Engel zum Lachen bringen, erzähl ihnen von deinen Plänen.»

«Wenn dann alles geklärt ist …» Sadie Fletcher schaute abschließend in die Runde.

«Nur noch eine Kleinigkeit.» Es war di Vannuci, der sich meldete. «Wie, äh …, wie funktioniert das eigentlich, dieses Zeitreisen?»

14.

Sukov empfing die beiden Neuen an der Tür in der hinteren Ecke des Besprechungsraumes. Seine Hände lagen an der Hosennaht, ganz so, als meldete er sich gerade zum Appell. «Herzlich willkommen», begrüßte er Rosenfeld und di Vannuci. «Hinter diesem Stück Stahl», Sukov klopfte auf die Tür, «werden Sie die Geheimnisse des Zeitreisens kennenlernen.» Er öffnete die Tür und ließ die beiden eintreten.

Nachdem sie bald zehn Minuten durch einen aseptisch wirkenden Korridor bergab liefen, meldete sich die Rosenfeld zu Wort: «Geheimnisse des Zeitreisens ... Mir kommt dieser Trip eher vor wie die Reise zum Mittelpunkt der Erde. Wie tief sind wir hier eigentlich?»

«Im Moment nur etwa 80 Meter unter der Erdoberfläche. Mehr nicht», erwiderte Sukov. «Aber Sie haben recht. Das mit dem Zeitreisen fühlt sich tatsächlich an, als wäre man im Mittelpunkt der Erde. Das haben mir alle berichtet. Es ist das, was das Gehirn daraus macht.»

«Wie bitte?», fragte di Vannuci, der wohl durch das Stichwort Gehirn aufmerksam geworden war. «Was hat das Hirn damit zu tun, wenn man durch die Zeit reist?»

Sukov blieb stehen. Sie hatten den Eingang zum Control Room erreicht. Der Russe gab einen Sicherheitscode ein, führte einen Fingerprint-Scan durch, ließ eine Sicherheitskarte über einen Scanner laufen. Die Tür sprang auf. Während sie eintraten, fragte er di Vannuci: «Wie viele Dimensionen kennen Sie?»

«Drei natürlich, nein, vier.» Die Vannuci lächelte. «Die Zeit, wie gesagt.»

Sukov öffnete eine zweite Tür. Sie befanden sich nun in einem kleinen Vorraum. Auf einer Wandtafel standen verschiedene Zahlenreihen und kleinere Kritzeleien. Sukov ging zu der Tafel und wischte sie ab. Dann gab er di Vannuci einen Stift in die Hand. «Zeichnen Sie», sagte Sukov. «Zeichnen Sie die vier Dimensionen.»

«Wie ...», begann di Vannuci.

«Fangen Sie mit einem Würfel an.»

Di Vannuci setzte den Stift an, überlegte und zeichnete die Umrisse eines Vierecks. Dann begann er, von den Ecken aus schräge Striche nach hinten oben zu ziehen, die er schließlich verband. Wieder hielt er inne. Er wandte sich Sukov zu. «Wie malt man Zeit?», fragte er.

Sukov strahlte wie ein Honigkuchenpferd. «Sehen Sie», rief er Betty zu, «sehen Sie, was er gemacht hat?» Er ging zu di Vannuci, nahm ihm den Stift aus der Hand und zog die ersten vier Striche nach. «Er hat in zwei Dimensionen gearbeitet, ein Viereck, kein Problem, jeder erkennt es. Vier Striche. So.» Mit energischen Bewegungen unterstrich er sein Werk. «Dann hat er noch mehr Striche gemacht. Hier, hier, hier. Lauter Striche.»

«Er hat eben einen Würfel gezeichnet», wandte Betty Rosenfeld ein.

«Hah!» Sukov hob den Kopf. «Sie sehen einen Würfel, weil Sie wissen, was ein Körper ist. Drei Dimensionen – kein Problem, das kennen Sie. Wären Sie eine Lebensform, die nur zwei räumliche Dimensionen kennen würde, Sie sähen nur Striche, keinen Würfel.»

Di Vannuci nickte. «Es gibt seltene Formen von Hirnschädigungen, bei denen das räumliche Sehvermögen eingeschränkt ist. Allerdings nur das Sehen. Der Körper setzt die Bewegung im Raum trotzdem um. Aber ich verstehe, was Sie meinen.»

Sukov nickte. «Und nun zu Ihrer Frage: Wie zeichnet man eine vierte Dimension? Wie zeichnet man Zeit?»

«Aber Zeit ist doch keine Dimension wie die anderen.» Betty

Rosenfeld suchte nach Worten. «Sie ist kein Raum, sie ist eher – ein großer Strom, ein Fluss, der alles durchfließt. Mal langsam, mal schnell.»

«Aber Fluss», sagte Sukov, «ist nichts anderes als eine Metapher, ein Bild, nicht wahr? Oder fließt die Zeit dort oben im Weltall irgendwo? Und wo fließt sie dann nicht? Wo sind Quelle, Mündung, Ufer?» Er ließ sie eine Weile zappeln. «Alles Bilder. Bilder aus einer Welt des Raumes, weil wir aus dieser Welt stammen und nur in Räumen denken können. Zeit ist eine Dimension, die vierte, mit deren Verständnis wir uns abmühen. Schon die dritte ist eine Herausforderung. Bis Kinder ihre Darstellung meistern, dauert es Jahre.» Er machte eine Pause. «Wie viele Dimensionen gibt es insgesamt?»

«Was?» Betty riss theatralisch die Augen auf. «Es gibt noch mehr?»

«Mit wie vielen, ähm …, rechnet die Wissenschaft denn so?» Di Vannuci fühlte sich sichtlich unwohl.

«Auf jeden Fall mit mehr als vier Dimensionen», sagte Sukov, nachdem er die beiden eine Weile hatte zappeln lassen. «Wenn Sie durch das Schwarze Loch reisen, treten Sie in die fünfte Dimension ein. Das Kennzeichen der fünften Dimension ist die Kraft der Gravitation. Sie wird in der fünften Dimension zu einer flexiblen Größe, beziehungsweise ist sie bei den Zeitreisen ausgeschaltet. Und das Interessante ist nun, dass, wenn Sie sich in dieser fünften Dimension befinden, nicht in der Lage sind, diese wahrzunehmen. Oder anders gesagt: Ihre Sinne nehmen diese Dimension auf andere Art war. Wie das Wesen, das nur die Striche sieht und nicht den Würfel, sehen Sie die Welt in der fünften Dimension. Sie sehen sie nämlich durch die Dimensionen, die Sie kennen. In Wirklichkeit werden Ihre Körper während des Zeitreisens mit Lichtgeschwindigkeit durch das Universum geschleudert, doch Sie werden sich selbst im Mittelpunkt der Erde sehen. Statisch. Sie werden durch die Erdmasse hindurchblicken, sie gar nicht als Masse, sondern als Luft oder Vakuum wahrnehmen. Um Sie herum werden die Kontinente und Meere vorbeiziehen, die Sterne am Himmel.» Sukov hob den Finger und tippte sich auf die Schläfe. «Ihr Gehirn ist nicht für die fünfte Dimension gemacht. Also tut Ihr Gehirn etwas für Sie, für Ihre Sinnesorgane, damit Sie nicht wahnsinnig werden. Es gaukelt Ihnen etwas vor.»

Eine Weile schwiegen sie alle. Als Sukov den Stift auf das Tafelboard legte, begann di Vannuci leise zu sprechen: «Die absolute Mitte unserer Welt als fester Untergrund. Während man mit unvorstellbarer Kraft ins Weltall geschleudert wird.»

Sukov neigte den Kopf. «Nicht dumm, was Sie da sagen.»

«Ja, aber», widersprach Betty. «Im Mittelpunkt der Welt, ich meine, wie soll sich mein Gehirn denn das vorstellen? Wieso wählt es nicht etwas Vertrauteres, wie – ich weiß auch nicht – den Mutterleib? Ach nein, da hat man ja auch nichts gesehen, oder?» Sie legte sich einen perfekt manikürten Zeigefinger an die Lippen. Die beiden Männer starrten sie an. Trotzig fuhr sie fort. «Und wieso ist es nicht bei jedem Menschen anders?»

«Wir reden hier über Physik, nicht über die Psyche», gab Sukov zu bedenken.

Di Vannuci dachte nach. «Als wäre etwas Tiefgreifendes am Werk. Etwas Allgemeinmenschliches, Evolutionäres vielleicht oder sogar weiter gehend ...»

«Das ist auch nicht Physik, sondern Metaphysik.» Sukov lächelte. «Lassen Sie uns weitergehen.»

«Der Kontrollraum», sagte Sukov. Er betätigte den Lichtschalter, dann ging er zur zentralen Steuerungseinheit und ließ die Computer hochfahren. Es kam Leben in die Bildschirme. «Das Herzstück der Anlage. Nur *Docteur* Savary und ich haben Zugriff auf die Steuerung des LHC. Von hier aus wird das Schwarze Loch durch die Eingabe entsprechender Daten erzeugt. Das Loch selber generiert sich in einer der vier Detektorkammern.» Sukov deutete auf einen großen Bildschirm, der die Anlage aus der Vogelperspektive zeigte. «Hier ALICE, dann CMS, hier oben rechts LHC-b, und hier, dem Control Room am nächsten: TAYLOR. Früher hieß der Raum anders, aber Savary ...» Sukov unterbrach sich. «Wir erzeugen das Schwarze Loch in der Regel in TAYLOR. Diese Kammer ist dafür am besten ausgerüstet und eignet sich aufgrund vieler anderer Umstände sehr gut für unsere Zeitreisen.» Er wandte sich zu den beiden um, die auf die zahlreichen Schaltflächen starrten. «Sie wissen, wie ein Schwarzes Loch entsteht?» Di Vannuci nickte, Betty Rosenfeld schüttelte den Kopf. Sukov lächelte. «Indem man Elementarteilchen, wir nennen sie auch Hadronen, aufeinanderprallen lässt, und zwar mit nahezu Lichtgeschwindigkeit. Es dauert eine Weile, die Hadronen auf diese Geschwindigkeit zu bringen. Dafür gibt es diesen Ring, der die Detektorkammern miteinander verbindet. Dieser Ring ist 35 Kilometer lang. Hier.» Er drückte einen Knopf. Auf dem Hauptmonitor wurde der Ring durch ein blaues Licht hervorgehoben. «Unser Large Hadron Collider. Im Gegensatz zu dem in der Schweiz wirklich *large:* Er ist nämlich 8,3 Kilometer länger als im C.E.R.N.»

Betty Rosenfeld merkte an: «Ich habe mal gelesen, dass das C.E.R.N. eine gefährliche Angelegenheit sei. Es könne Schwarze Löcher erzeugen, die dann unsere ganze Welt auffressen. Irgendwie Löcher, die in die Wirklichkeit gerissen werden, um nach und nach alles zu verschlucken.» Sie bemerkte di Vannucis Blick. «Es war keine christliche Zeitung», sagte sie abwehrend. «Keines von diesen bigotten Blättchen. Eine ganz seriöse Zeitung.» Sie überlegte. «In dem Artikel hieß es dann von anderer Seite, dass wir ganz ruhig sein könnten. Weil es nämlich völlig unmöglich sei, Schwarze Löcher zu erzeugen, die nicht sofort kollabierten.» Sie schaute Sukov an.

Der strahlte wie ein Honigkuchenpferd. «Und da kommen wir ins Spiel.»

«Und das Ende der Welt?», fragte sie.

Er klopfte ihr auf die Schulter. «Es gibt kein Ende der Welt.»

Di Vannuci war an die Kontrollpaneele herangetreten. «Was genau steuern Sie hier eigentlich?», fragte er. «Und wie geht das mit dem Wann und Wohin?»

«Alles hängt von der Qualität des Schwarzen Loches ab, das wir erzeugen. Von der Zusammensetzung der Hadronen, die aufeinanderprallen, ihrer Frequenz und ihrer Geschwindigkeit. Dies alles wird vom Computer errechnet.»

«Schade», sagte Betty Rosenfeld in kindlichem Schmollton. «Ich dachte, es geht ganz einfach, wie in ‹Zurück in die Zukunft›. Sie haben ein Gerät wie eine Rechenmaschine und tippen eine Zahl ein.»

«Letztlich haben wir das Ganze tatsächlich darauf heruntergebrochen. Um in der Zeit reisen zu können, tue ich im Endeffekt nichts anderes, als Raum- und Zeitkoordinaten einzugeben», sagte Sukov. «Den komplexen Teil nimmt uns der Computer ab.» Man hörte ihm den Stolz an. «Ich arbeite permanent daran, dass gewisse Berechnungsprozesse noch besser automatisiert werden. Inzwischen ist es schon fast so leicht, wie Sie sich das vorstellen, Miss Rosenfeld.»

«Betty», bat sie.

Sukov stockte kurz, nickte dann und erklärte seinen Gästen die Funktionsweise des Hauptrechners und der Eingabeschaltflächen.

Sie fuhr mit den Fingern über die Tasten. «Und wenn mal was kaputtgeht?», fragte sie. «Wäre es nicht besser, etwas mehr zu haben als nur ein paar Platinen und Drähtchen? Einen Mechanismus, echte Knöpfe, etwas, das man sehen und reparieren kann, Sie wissen schon.» Sie schaute ihn treuherzig an. «Ich bin altmodisch», bekannte sie. «Ich hab mich wohl zu lange mit einer Zeit beschäftigt, in der Technik aus Ihrer Sicht noch in den Kinderschuhen steckte. Sehen Sie: Ich habe Flugangst. Aber die ist in modernen, hypertechnisierten Flugzeugen viel größer als in einem Segelflugzeug. Dort sieht man die Züge, mit denen die Klappen bewegt werden, man sieht, hört, fühlt alles, auch die Luft, die einen trägt. Man begreift es und hat das Gefühl, im Notfall selbst zupacken zu können. In einer Boeing 747 können Sie nur beten und sterben.»

«Ich verstehe, was Sie meinen, Betty.» Sukov betrachtete sie lächelnd.

«Fragen Sie jetzt nicht, wer es geschafft hat, dass ich ein Segelflugzeug besteige?» Sie war rot geworden.

Sukov zuckte mit den Schultern. «Das ist Grundlagenphysik: Sie müssen ihn sehr geliebt haben.»

«Wie ist das also mit den Sicherheitssystemen?» Di Vannuci war der private Ton sichtlich zu viel geworden.

«Wir haben selbstverständlich ein Backup», erklärte Sukov. «Das brauche ich nur einzuspielen. Und falls das alles hier, aus welche Gründen auch immer, irreparabel zerstört werden sollte: Es gibt einen zweiten, baugleichen Kontrollraum. Allerdings würde es ein wenig dauern, bis ich alles wieder so weit hätte. – Gehen wir weiter?»

Er führte sie in die Räumlichkeiten, die dem Hauptkontrollraum gegenüberlagen. Hier befanden sich die beschichteten Sicherheitsanzüge und alles, was man sonst noch am Körper tragen musste, um eine Zeitreise unbeschadet zu überstehen. Er zeigte Ihnen den Koffer mit dem Kristallaggregat und erklärte, dass es mitgeführt werden musste, um die Strahlung, der man während der Reise ausgesetzt war, zu absorbieren. Di Vannuci hob den Koffer hoch. «Man reist nicht mit leichtem Gepäck», stellte er fest. Sein Blick fiel auf ein anderes Gerät. «Und was ist das? Sieht aus wie ein Laptop.»

Sukov nahm das Gerät und klappte es auf. «Das hier ist der

Dimensionator. Er ist per Funk durch das Schwarze Loch mit dem Computer des Control Room verbunden. So können Sie die Rückreise eingeben.»

«Also eine Art Fernsteuerung?»

Sukov nickte bedächtig. «Hüten Sie sie wie Ihren Augapfel.»

«Okay.» Di Vannuci zupfte an seiner Nase.

«Wollen Sie vielleicht mal in einen Schutzanzug reinschlüpfen?», fragte der Russe. «Irgendwann müssen Sie ja doch.»

Er half Betty Rosenfeld mit ihrem Anzug. Der Minirock und die hochhackigen Schuhe, die sie trug, waren keine Hilfe. Zumindest die Schuhe mussten unbedingt runter. Sukov war geduldig. «Beim letzten Einsatz mussten wir uns mit langen Kleidern, Hochsteckfrisuren und Unterröcken herumschlagen.» Als beide fertig waren und silberbeschichtet und funkelnd vor ihm standen wie zwei Aliens, musterte er sie zufrieden.

«Und was ist mit Ihnen?», fragte di Vannuci, da Sukov selbst keine Anstalten machte, seinerseits in einen Anzug zu schlüpfen. Seine Stimme klang gedämpft durch den Helm.

«Ich ziehe diese Anzüge nicht an. Ich reise nie in der Zeit», sagte der Russe. «Die Engel haben mir abgeraten.» Diesmal begnügte sich der Mediziner nicht mit einem Blick zu seiner neuen Kollegin; er machte mit dem Zeigefinger eine eindeutige Bewegung neben der Schläfe. Betty Rosenfeld lachte.

Sukov geleitete die beiden in einen angrenzenden Raum, eine Art Garage. Als Betty Rosenfeld die seltsamen Gefährte sah, die dort standen, rief sie aus: «Autoscooter!» Sukov musste sie nicht nötigen, in eines der Elektrofahrzeuge zu steigen. Er erwog, den Collider komplett abzufahren, nach Norden, bis sie bei TAYLOR als der letzten Kammer anhalten würden. Aber als er das nur mäßige Interesse seiner Fahrgäste an der Röhre und ihren unsichtbaren Geheimnissen bemerkte, steuerte er linksherum, direkt zu TAYLOR. Was di Vannuci und Rosenfeld unterwegs am meisten beschäftigte, war ein Fahrrad, das am Eingang zum Teilchenbeschleunigerring lehnte. Savary hatte aus der Schweiz die Angewohnheit beibehalten, die Weiten des Korridors mit einem Fahrrad abzufahren. Soweit seine Gesundheit es zuließ. Im Moment, nach all den Operationen, war es für Savary unmöglich, das Rad zu benutzen.

Der Name war irreführend. Eine Detektorkammer war alles andere als eine Kammer. Sie war ein vieleckiger Raum, der aussah wie eine riesige Röhre. Und diese Röhre war mit Tausenden von Mikropixeldetektoren ausgekachelt. Diese Detektoren sahen aus wie kleine Bildschirme oder Spiegel. Man fühlte sich am ehesten wie im Inneren eines Kristalls, wenn Kristalle denn ein Inneres hätten.

«Bitte sehr», sagte Sukov einfach. Und hatte sein Vergnügen daran, die beiden staunen zu sehen.

«Und hier drin entsteht dann also das Schwarze Loch.» Di Vannucis Aussage hörte sich eher wie eine Frage an.

Sukov ging ein paar Schritte vorwärts. Dann deutete er auf einen imaginären Punkt, der sich etwa anderthalb Meter über dem Boden befand. «Genau hier wird es sich befinden. Aber es wird nicht aussehen wie ein Loch.»

«Sondern?», fragte Rosenfeld.

«Sondern wie ein Ball. So groß wie ein Tennisball und tiefschwarz.»

«Okay», sagte di Vannuci. «Wird es gefährlich sein?»

Sukov schüttelte den Kopf. «*Njet*. Machen Sie sich keine Sorgen.»

«Aber ...», begann Betty Rosenfeld.

«Aber was?»

«Doktor Savary ...»

Sukov schaute sie ernst an. «Das war die erste Reise überhaupt. Als das System noch nicht ausgereift war. Es gab eine Explosion damals. Seine Verletzungen sind von der Explosion, nicht von der Reise.»

Rosenfeld und di Vannuci nickten vage.

«So, jetzt haben Sie alles gesehen.» Sukovs Ton war spürbar kühler geworden. «Lassen Sie uns gehen. Sie und ich, wir haben schließlich noch andere Dinge zu tun.»

15.

Der wütende Schrei hallte weit über die nächtliche Küste. Nicht einmal die Seemöwen beantworteten ihn, die nachts das Fliegen eingestellt hatten. Der Umriss di Vannucis stand schwarz und einsam wie alle Schwärze ringsum in der Dunkelheit.

Hinter ihm glomm eine Zigarette auf. Er fuhr herum. Ruhig hielt Hannah Rüthli ihm das Päckchen hin. Er schüttelte den Kopf. Sie zuckte mit den Schultern und zog erneut an der Zigarette. «Dann schreien Sie halt weiter.»

Er wandte sich wieder von ihr ab und blickte hinaus aufs Meer.

«Ich will ja nicht behaupten», sagte er endlich in die Dunkelheit vor sich, «dass meine Hautfarbe in meinem bisherigen Leben keine Rolle gespielt hat. Aber ...»

«Rosenfeld», meinte Hannah. Sie hatte ebenfalls das Vergnügen gehabt, eine Stunde bei der Schauspiellehrerin zu verbringen und zu erfahren, wie eine Frau in den Sechzigern sich zu benehmen hatte. Um ihr allgemeines Verständnis für die Mission zu fördern. Das, was Betty Rosenfeld ihr zugestanden hatte, kam Hannah vor wie eine Farce. Scheintot, das war man. Kein Stück autark, kein bisschen man selbst. Diese Schauspielstunden waren nichts für sie. Aber sie hatte ihre Pläne. Es war nur eine weitere Rolle von den vielen, die sie schon gespielt hatte. Sie würde sie durchstehen und bekommen, was sie haben wollte. Ihr erstes Gespräch mit Fletcher war bereits angesetzt.

«Ich fürchte, es ist mehr als nur das.» Di Vannuci seufzte und wandte sich ihr zu. «Bald werde ich mich einer ganzen Gesellschaft stellen müssen, die so tickt. Die Rosenfeld ist ja nicht einfach ein Arschloch. Sie zeigt mir nur, was dort auf mich wartet.»

«Wie erwachsen.» Sie nahm einen Zug. «Ich fürchte, 1963 wird die Hölle werden. Erstaunlich, bei nur fünfzig Jahren Unterschied. Das letzte Mal hatten wir über hundert zu überwinden.» Sie überlegte. «Vermutlich hatten wir damals keine Illusionen zu verlieren.»

«Mit Verlaub, Sie wirken nicht, als hätten Sie jemals irgendwelche Illusionen gehabt.»

Hannah schaute di Vannuci an. In der Dunkelheit war nicht viel von seinem Gesicht zu sehen. Keine Ahnung, wie sie diesen Satz einschätzen sollte. Etwas in ihr warnte sie. Lag es daran, dass sie mit einem wütenden fremden Mann alleine war? Eine potenziell gefährliche Situation, wie ein kluges Mädchen sie mied. Andererseits war Gefahr ihr Metier. «Ist das ein Kompliment?», fragte sie. «Oder suchen Sie einfach jemanden, der noch niedriger in der Hackordnung steht als Sie selber.»

«Ich bin Doktor der Medizin», sagte er. «Einer der besten meines Faches. Man hat mir eine Professur in Stanford angeboten, die ich auch annehmen werde, wenn das hier vorbei ist. Über meinen Platz in der Hierarchie mache ich mir keine Gedanken. Sie dagegen sind eine Kriminelle, wenn ich das sagen darf.»

«Dürfen Sie», erwiderte Hannah knapp. Sie drückte ihre Zigarette am Stamm einer Kiefer aus. «Aber ich bin keine gewöhnliche Kriminelle, sondern die beste meines Faches. Und Sie passen jetzt besser auf, was sie als Nächstes sagen, denn ich verteile meine Ohrfeigen nicht mit der flachen Hand, wie die Frauchen in den Sechzigern.» Es freute sie zu sehen, wie er einen Schritt zurück machte.

«Ich schlage mich nicht.» Sein Atem ging schneller.

Hannah tat einen Schritt nach vorne. «Mit Frauen? Oder mit Kriminellen?»

«Treiben Sie es nicht zu weit!» Jetzt kam auch er näher.

«Ich?» Hannah tat erstaunt. «Sie sind es doch, der wütend ist. Na los, schlagen Sie zu. Tun Sie, worauf Sie solche Lust haben. Wenn Sie sich trauen.»

Er winkte ab. «Sie provozieren mich nicht. Sie sind keine Betty Rosenfeld.»

«Nein, bin ich nicht», gab Hannah zu. «Ich weiß, was Außenseitertum ist. Ich kenne Demütigung. Und Schmerz. Ich bin alles, was Sie in Ihrem beschissenen Stanford nie sein werden, Doktor di Vannuci.» Sie kam nicht dazu, weiterzusprechen, denn er hatte sie mit der Hand im Nacken gepackt und seine Lippen auf ihre gepresst. Hannah steckte den Totschläger, den sie in ihrer Hand verborgen gehalten hatte, zurück in ihre Tasche. Gänsehaut lief ihren Körper hinauf und hinunter. Sie liebte die Gefahr.

Es war ein Ringkampf, als sie sich gegenseitig die Kleider vom Leib zogen. Hannah fiel ihn an wie eine Raubkatze und genoss es, gebändigt zu werden, genoss seine Wut, die ihn ihr ebenbürtig machte. Als sie ihn ritt, legte sie den Kopf in den Nacken und badete in den Sternen. Als er sie zu Boden warf, um von hinten in sie einzudringen, schmeckte sie verzückten Staub. Es war wie Schwimmen und Ertrinken und wieder Schwimmen. Es war Glückseligkeit. Sie biss, sie kratzte, sie liebte hemmungslos. Für ein paar ewige Minuten.

Als er erschöpft neben ihr lag, tastete sie nach ihrer Hose, fand in der Tasche, wonach sie suchte, und griff sich di Vannucis Hand. Er umschloss ihre Finger mit den seinen. Aber nicht schnell genug. Denn schon hatte sie ihn mit den Handschellen an den Stamm der Fichte geschlossen. Ungefährdet suchte sie ihre Kleider zusammen, während er, zu erschöpft, um schnell zu begreifen, und zu schockiert, um zu reagieren, sich auf den freien Ellenbogen aufstützte.

Als sie angezogen war und zehn Meter weg, warf sie ihm den Schlüssel zu. «Pass auf, mit wem du dich einlässt», sagte sie. Sie wandte sich ab. Im ersten Moment glaubte sie, nicht richtig zu hören. Es musste der Nachtwind sein, eine erwachte Möwe. Das Knacken im Fichtenholz. Doch nein: Di Vannuci lachte.

Hannah lief schneller. Und versuchte sich einzureden, die Gänsehaut auf ihren Armen käme von der Angst.

TEIL II

16.

Das Erste, was Karoline Freitag bemerkte, war braunes Holz. Sie blinzelte, doch die Holzwand blieb. Eben noch war sie über silberne Horizonte geschlittert. Sie hatte Gesichter aus einem durchsichtigen Meer auftauchen und verschwinden, Kontinente wie Blüten sich öffnen und in Fontänen wieder verwelken sehen. Alles, was ihr überfordertes Gehirn konstruierte, um mit dem fertigzuwerden, wofür es nicht geschaffen war: eine Welt aus mehr als vier Dimensionen.

Es war gleichgültig, wie viele Vorträge darüber Savary ihr hielt oder wie oft Sukov sie auslachte. Für Karoline blieb das Schwarze Loch, das sie nun schon so oft passiert hatte, was es beim ersten Mal gewesen war: eine Poesiemaschine. Sie hatte es längst aufgegeben, verstehen zu wollen, was da vor sich ging. Aber sie dachte manchmal, wenn sie Dichterin wäre – eine auch nur annähernd so kreative Seele wie etwa Finlay einst –, dann müsste sie nach diesen Erlebnissen zum Shakespeare ihrer Zeit werden. Keine Droge, keine Endorphine, kein Schaffensrausch kam an das hier heran. Für einen Moment war sie in allem, und alles war in ihr. Keine Grenzen, keine Zweifel. Falls es möglich wäre, dann würde sie hier begraben werden wollen, auf ewig driftend über den Horizont dessen, was geschah.

Holz also. Zusammengehalten von eisernen Bändern. Aufgesprühte Zeichen, Zahlen und Buchstaben. Kisten. Graffiti. Eine Reihe Gestalten in silbernen Anzügen, die wie Raumfahrer aussahen. Die aussahen wie sie. Karoline Freitag ging zu der ersten und half, den Helm abzusetzen. Es war di Vannuci. Er sah sie mit Augen an, die vergessen hatten, wie man etwas fixierte.

«Ich», stotterte er, «ich ... ich habe das Erdinnere gesehen.»

Sie strich ihm über die Wange und zog den Verschluss seines Schutzanzuges auf. «Ich weiß», sagte sie.

Hakala kam von alleine zu sich. «Landung erfolgreich», stellte er fest. Sie tauschten einen Blick, in dem Einverständnis lag.

Gemeinsam befreiten sie Savary. Er sah nicht gut aus. Er hatte Tabletten mitgenommen, um die Mission durchzustehen, wollte sie aber erst schlucken, wenn es wirklich notwendig wurde, weil sie sein Bewusstsein beeinträchtigten. Jetzt kramte er nach dem Medikamentenfläschchen und zählte drei Pillen ab. Karoline hatte bereits seinen Stock hervorgekramt. Es war derselbe, mit dem er sich schon 1888 in London fortbewegt hatte und der ihm auch in der Gegenwart diente, sobald er von den Krücken loskam. Manche Dinge veränderten sich nicht.

Betty Rosenfeld war die Letzte, die zu sich kam. Sie war noch nicht halb aus dem Anzug heraus, da lag sie schon auf den Knien und übergab sich. Hannah verzog das Gesicht. Sie war bereits dabei, die Anzüge der anderen zusammenzufalten und in eine der herumstehenden Kisten zu verpacken. «Merkt es euch: AK300/1 lautet die Aufschrift. In AK300/2 kommt alles, was ihr transportieren wollt, das ist die Kassette dort drüben. Schickt sie vor euch in das Schwarze Loch. AK300/3 stülpt ihr über das Schwarze Loch, wenn ihr fertig seid, so.» Sie machte es vor und ließ die beständig sich selbst verzehrende, flirrende Kugel des Schwarzen Loches unter dem extra angefertigten Futteral verschwinden. Mit einem Mal sah es aus, als befänden sie sich in einem herkömmlichen Güterwaggon, in dem ein paar einsame Transportkisten herumstanden. Hannah öffnete eine und verteilte ihre Gaben: eine zeitgenössische Aktentasche, in der sie di Vannucis gesamtes Obduktionsbesteck untergebracht hatte. Je eine weitere für Hakala und Savary, mit der Ausrüstung für die hochauflösenden Bilder, die sie schießen sollten. Hakala machte sich daran, die Waffen aufzuteilen. Savary gab er eine Smith & Wessen, Model 10, die dieser umgehend in sein Holster steckte. Er selbst nahm sich eine Waffe des gleichen Typs. In seiner Hosentasche trug er ein Springmesser.

In einem Schaft an seiner Wade befand sich eine Glock 19, Kaliber 9 Millimeter.

Betty holte einen Klappspiegel aus ihrer Handtasche, positionierte ihn auf einer Kiste und kontrollierte darin den Sitz des Hütchens, das sie sich aufsetzte. «Es wäre sehr hilfreich für Sie alle, Ihr Erscheinungsbild hier zu kontrollieren.» Sie wandte sich um. «Was ist? Hier läuft keiner ohne Hut herum, zumindest kein Mann! Na bitte», stellte sie fest, als Hakala seinen Bogart tief in die Stirn zog, «mal einer, dem das Ding steht.» Auch Savary sah in Kaschmir und Schal sehr gediegen aus. «Und Sie halten den Kopf unten, ja?» Sie lächelte di Vannuci zu, der sich mit billigem blauen Gabardine-Stoff begnügen musste. Hakala reicht auch ihm eine Smith & Wesson.

«Bereit?», fragte Karoline. Sie machte eine Handbewegung, um Savary den Vortritt zu lassen.

«Bereit», erwiderte dieser, die Hand an dem Hebel, der die Tür entriegelte. Alle griffen an ihre Hüte oder schoben die Hände in die Taschen. Dann knirschte die Mechanik. Tageslicht flutete herein. «Schnell, schnell, schnell», kommandierte Hannah, die noch im Silberanzug steckte und nun an die Rampe trat, um die anderen zu verabschieden. «Viel Glück.» Die Mitglieder der *Time Unit* gingen nach draußen.

«Mein Gott», flüsterte Betty Rosenfeld «Mein Gott. Ich bin da.» Sie stolperte über den Schotter zwischen den Gleisen. Karoline Freitag hakte sie unter, auch sie im flotten Kostüm mit Hut, Handtasche und Handschuhen. Zwei befreundete Sekretärinnen in der Mittagspause. Mit der Kamera, für die sie all ihr Geld ausgegeben hatten. Die Wangen rot vor Aufregung, aber das war verständlich, denn jede Minute würden sie dem Mann begegnen, der die Vereinigten Staaten von Amerika regierte und von dem jede Frau heimlich träumte: John F. Kennedy.

«Dabei laufe ich sonst auf doppelt so hohen Schuhen.» Betty Rosenfeld schnappte noch immer nach Luft.

Karoline packte sie fester. «Das sind nicht die Absätze, das sind Ihre wackeligen Knie», sagte sie. Sie wandte sich nach Savary um. «Wie viel Zeit haben wir noch? Dreißig Minuten? Ich denke, wir suchen uns erst einmal einen Diner und nehmen einen Milchshake.»

Savary runzelte die Stirn. «Ist das wirklich klug?»

«Ich hab beim ersten Mal auch gekotzt», sagte Karoline, «schon vergessen? Und Sie haben mich damals in eine Bar geschleppt. Das wird schon. Sie können uns unbesorgt alleine lassen.»

Hakala wandte sich an di Vannuci. «Gut, boy, dann besorg uns mal ein Taxi. Wir bringen uns in der Nähe des Parkland Hospital in Stellung.»

Um sie herum wurde die Menschenmenge dichter. Männer und Frauen, in ihrer Arbeitskleidung oder im Sonntagsstaat, Arbeiter, die ihre Baustellen verließen, eine Gruppe Nonnen, eine Schulklasse, Reporter mit altmodischen Kameras vor der Brust. Sie alle strebten in dichter werdenden Zügen der Dealey Plaza zu. Der eine oder andere streifte sie. Sie rochen Rasierwasser, Haarcreme, Lavendeltüchlein. Manche schwenkten kleine Fahnen.

Betty Rosenfeld drückte den Rücken durch. «Ich war Ausstatterin für ‹Tatort Dallas›», sagte sie. «Da war das hier mein tägliches Zuhause. Ich stelle mir einfach vor, Oliver Stone gäbe mir Regieanweisungen.»

«Das hier ist die Realität», erwiderte Savary. «Die einzige, die es gibt. Wir müssen sie respektieren. Und fürchten.»

Betty Rosenfeld senkte den Kopf. «Falls es hilft», flüsterte sie. «Ich fürchte mich.»

«Dann ist es gut.» Savary wandte sich ab.

Di Vannuci hatte Glück gehabt und ein Taxi aufgetrieben, das eben Zuschauer an die Dealey Plaza gebracht hatte und auf das nun auch mehrere Polizisten zuliefen, um den Fahrer dafür zur Rechenschaft zu ziehen, dass er die Polizeiabsperrungen ignoriert hatte. Nach kurzer Debatte stiegen die drei Männer ein und brausten davon. Die Polizisten kehrten wieder an die Straßenränder zurück, wo die Menschenmenge minütlich dichter wurde.

«Dort», sagte Karoline Freitag und wies auf einen Mauervorsprung, der gerade ungeschickt von einem Mann mit Kamera geentert wurde. «Da ist Zapruder.»

«Ich will nicht in einen Diner.» In Betty Rosenfelds Stimme kam Leben. «Ich möchte keine Sekunde hiervon verpassen.» Ihr Atem ging noch immer schnell. Betty Rosenfeld wollte sich nicht beruhigen. «Wenn man mit einem Ort Sex machen könnte, dann würde ich mir jetzt die Kleider vom Leib reißen.»

«Warten Sie, bis der Präsident kommt», schlug Karoline trocken vor. «Nach allem, was man hört, hat er keine Gelegenheit ausgelassen.» Sie ließ ihren Blick über die Szenerie wandern. Dort oben war es: das Fenster, hinter dem sich in sieben Minuten Lee Harvey Oswald bereit machen würde, um zu schießen. Wenn es stimmte, was der Warren-Report sagte. Wenn wenigstens das stimmte ... Sie glaubte immer weniger daran, je mehr Nachtstunden sie mit dem Studium der Akten verbracht hatte. Verdammt, und jetzt war sie so dicht dran, es einfach selbst überprüfen zu können; weniger als hundert Meter. Wenn sie jetzt losginge, nur mal eben in das Schulbuchlager rein, hoch, nachsehen, ob sich jemand blicken lässt, raus, ehe derjenige überhaupt anfängt zu feuern. Dann könnte sie sogar fast rechtzeitig zurück sein, um hier am Grashügel noch mitzubekommen, was abläuft.

Sie hatten ihre Position unterhalb von Zapruder eingenommen, hinter den Reihen, die jetzt, einem unsichtbaren Impuls folgend, näher an den Rinnstein drängten. Der Grashügel lag gut überschaubar rechts von ihnen. Am Zaun dahinter standen in der Tat, wie ein Zeuge es beschrieben hatte, zwei Männer, die auf die Stoßstange eines der parkenden Autos gestiegen waren, um einen Blick zu riskieren. Beide trugen Arbeitermützen, keiner sah wie Joshua aus. Jetzt lachte der eine und stieß dem anderen die Mütze vom Kopf. Beide verschwanden.

«Hätten die Ladys mal Feuer?»

Irritiert schaute Karoline auf. Ein Anzugträger, die Kammrillen noch deutlich in der Brillantine, eine Zigarette im Mundwinkel und den Hut auf den Hinterkopf gesetzt. Sie wollte eben den Mund öffnen um zu erklären, dass sie leider Nichtraucherin sei, da trat Betty Rosenfeld ihr auf den Fuß.

«Unverschämtheit», zischte die Amerikanerin. «Verschwinden Sie, Sie Tagedieb!» Dabei stand sie sehr gerade und blickte, ihre Handtasche umklammernd, starr an dem Mann vorbei.

Der ging grinsend weiter. «'tschuldigung», sagte Karoline. «Vergessen.»

«Er dürfte *uns* Feuer anbieten, aber niemals, niemals umgekehrt.» Betty Rosenfeld war wieder ganz sie selbst. «So ein Flegel. Haben Sie Ihren Geldbeutel noch?»

«Ihnen geht's wieder besser, hm?», meinte Karoline statt einer Antwort. Ihr Plan nahm immer konkretere Formen an. Durch die Menge ging ein Raunen. «Da vorne tut sich was.» Voller Genugtuung sah sie, wie Betty Rosenfeld die Kamera hochnahm und in Anschlag brachte. Von der anfänglichen Tapsigkeit war nichts mehr zu sehen. «Kommen Sie hier zurecht?»

«Wollen Sie?» Betty Rosenfeld hielt ihr die Kamera hin.

«Es kann nur einer filmen.» Karoline Freitag machte eine abwehrende Handbewegung. «Würde es Sie stören, wenn ich ...»

«... in das Schulbuchdepot gehe?» Die Rosenfeld lachte hinter der Kamera hervor, als sie Karolines Gesichtsausdruck bemerkte. «Ich bin nicht ganz blöd, wissen Sie. Nur blond.» Als Karoline keine Antwort einfiel, fügte sie hinzu: «Gehen Sie nur. Sehen Sie es als den Beginn einer großen Freundschaft.» Karoline blieb nichts zu erwidern. «Danke», stieß sie nur hervor. Dann beeilte sie sich.

Es hatte einen Vorteil, als Frau in den Sechzigern zu leben, stellte sie fest. Man machte ihr Platz. Der eine oder andere Mann zog sogar seinen Hut, wenn er beiseitetrat. Alles in allem aber widmete man ihr wenig Aufmerksamkeit. Die Limousine des Präsidenten war überfällig. Erwartung lag in der Luft, dick wie Dieselqualm. In diesem Nebel achtete keiner auf die Frau, die wie eine geschäftige Bibliothekarin wirkte. Die Hertz-Werbetafel auf dem Dach des sechsstöckigen Gebäudes zeigte 12 Uhr und 15 Minuten. Sonne lag auf dem roten Stein und ließ die großen Scheiben unter den Rundbögen blitzen. Sonne beschien auch die Menge, und Wind ließ die weißen Hemden flattern. Frauen blinzelten in den Himmel und strichen sich erwartungsvoll die Haare aus dem Gesicht. Sie winkten in die vielen Kameras, zu Kollegen und Nachbarn. Sie badeten im Licht und in der frohen Erwartung. Karoline stand vor dem Eingangsportal und betrachtete die Szene. Ein Junge mit Seitenscheitel lief vorbei und drückte ihr einen Flugzettel in die Hand. Kennedy schaute sie an, einmal frontal, einmal im Profil. ‹Wanted for Treason› stand darunter. Es war das Pamphlet, in dem Kennedy als steckbrieflich gesuchter Verbrecher dargestellt wurde. Sie kannte es aus den Unterlagen. Aber hier, in dieser gutgelaunten Umgebung, kam es ihr unwirklich vor. «Sie können nicht sagen, dass Dallas Sie nicht liebt», kam es ihr über die Lippen.

«Was sagten Sie, Mam?»

Karoline hob den Blick. Vor ihr stand ein Mann, den sie kannte.

Lee Harvey Oswald lüpfte seinen Hut und lächelte sie an. «Kann ich Ihnen helfen?» Oswald war nicht groß gewachsen, aber sportlich und schlank. Ein beweglicher Typ. Segler, könnte man denken. Oder Reiter. Seine Augen waren groß und klar, blauer, als sie gedacht hatte nach all den Schwarzweißbildern. Sie erinnerte sich an ein Foto, auf dem er das Gesicht verzog, mehr erschrocken als unter Schmerzen. Kurz, nachdem er tödlich getroffen worden war.

«Ich, äh, ist das das Schulbuchlager?», fragte Karoline und kam sich töricht vor.

«Jepp, heute wie gestern», erwiderte er, legte zum Gruß noch einmal den Finger an die Hutkante und ging vor ihr hinein. Karoline holte Luft und ließ einen Moment verstreichen, ehe sie ihm folgte. Er hat kein Paket bei sich, dachte sie. Die Zeugen sagten, er hätte morgens, als er zur Arbeit kam, ein Paket bei sich gehabt, länglich, eingewickelt. «Vorhangstangen», soll er gesagt haben. Wenn das das Gewehr gewesen war, hatte er es schon drinnen deponiert.

Sie durchquerte die Eingangshalle und stieg langsam die Treppe hinauf. Ihre Schritte hallten unter den hohen Decken. Das Holz des Handlaufs fühlte sich glatt an und kühl. Hier drin war nichts mehr von dem Sonnenschein zu spüren.

Klappern und Gläserklirren machten sie auf die Kantine aufmerksam. Hier würde in wenigen Minuten, nach den Schüssen, ein Polizist hereinstürmen und auf Oswald stoßen. Doch Oswalds Vorgesetzter würde sagen, dass Oswald hier angestellt sei, und der Beamte würde vorerst wieder gehen. Karoline wagte einen Blick hinein. Aber Oswald war nicht zu sehen. Nur eine Hilfskraft hinter dem Tresen, eine Frau stand da und feilte sich die Nägel. Im ganzen Haus befand sich fast niemand. Es war ein Lager, und es herrschte Mittagspause. Draußen gab es den Präsidenten zu bejubeln. Nur gut, redete sie sich selbst Mut zu gegen das aufsteigende Unbehagen. Dann falle ich auch niemandem auf.

Als sie sich dem fünften Stockwerk näherte, wurde sie langsamer. Auf der letzten Stufe blieb sie stehen. War etwas zu hören? Rascheln? Schritte? Langsam trat sie an die Tür zu dem Raum, aus dem laut offizieller Version die tödlichen Schüsse auf den Präsidenten abgegeben worden waren. Auch wenn das eine Lüge war, auch wenn von hier aus niemand Kennedy ermordet hatte: Es war geschossen worden. Jemand hatte hier ein Gewehr versteckt. Und jemand war da, der die Schüsse abgegeben hatte. Jetzt, ein Knirschen. Karoline hielt inne. Es klang wie eine Kiste, die über einen staubigen Boden gezogen wurde. Karoline wünschte, sie hätte die Kamera dabei. Sie wünschte sich eine Waffe. Dort drinnen war jemand. Und wenn sie nicht völlig falschlag, brachte er gerade eine Mannlicher-Carcano in Stellung. Sie schaute auf ihre Uhr. 12:25. Noch fünf Minuten bis zu den Schüssen. Sie sollte aufbrechen, zu Betty Rosenfeld gehen, die bald alleine dort draußen in einem riesigen Aufruhr stehen würde. Doch sie tat es nicht. Sie konnte nicht. Zu dicht stand sie vor der Lösung. Karoline Freitag tat, was ihr selbst als das Dümmste erschien, was sie aber dennoch nicht lassen konnte. Sie musste es wissen.

Die Historikerin schlich bis zur Tür, schmiegte sich an den Rahmen und schob langsam den Kopf vor, hinein in den Raum. Nichts. Eine Wand von Kisten versperrte den Blick. Dahinter raschelte es wieder. Ohne weiter nachzudenken, trat Karoline ein und ging zu den Kisten. Drückte sich daran, arbeitete sich vor zur Ecke. Holte Atem.

Als die Hand sie packte, schrie sie auf.

17.

12:34 Uhr. Der Sekundenzeiger von Savarys Armbanduhr rückte auf die Zwölf. Die tödlichen Schüsse waren gefallen, alles war bereits geschehen. Für manche Menschen blieb die Zeit stehen. Der Zeiger rückte unbeeindruckt weiter.

Savary stand auf dem Parkplatz der Notaufnahme. Hinter ihm ragte der beige-graue Klinkerbau des Parkland Memorial Hospital auf. Zwei mächtige Flügel mit einem hohen Mittelbau, eng gesetzte Fensterreihen, die an Schießscharten erinnerten. Das Ganze gewärmt von der Sonne. Halb Tempel, halb Parkhaus.

Savary mochte Krankenhäuser nicht, zu viel Zeit hatte er in ihnen verbracht. Er warf eine Zigarette weg, an der er nicht gezogen, die er nur als Staffage zwischen seinen Fingern gehalten hatte. Kleine Grüppchen liefen über den Parkplatz, Menschen mit kleinen Sorgen: von der Kreissäge abgetrennte Finger. Fieber, das am Morgen nicht gesunken war. Zu viel Alkohol oder Drogen.

12:35 Uhr. Savary gab sich als der Hausarzt eines frisch operierten Patienten aus und erhielt die Erlaubnis, zu warten, bis dieser aufwachte. Di Vannuci hatte den mit Kunstblut beschmierten Hakala bereits abgeliefert. Nun saß er mit Savary im Warteraum der Notaufnahme, bereit für das Kommando. Hakala hatte die Aufnahmenummer 24736, Nummer 24740 würde Kennedy sein. Schwester Nelson hatte ihm etwas gegen die Schmerzen gegeben. Gleich würde er aufstehen, um mit di Vannuci in den Waschraum zu gehen, wo der Mediziner sich einen Pflegerkittel anziehen und in der Kabine schon einmal die Kaliumchlorid-Injektion für Vizepräsident Lyndon B. Johnson vorbereiteten würde. Johnson würde ebenfalls im Parkland eingeliefert werden, mit Verdacht auf Herzinfarkt. Anders als Kennedy würde er in einer Notfallkabine liegen, ein mit Stoffvorhängen abgegrenztes Abteil, leicht zugänglich für die *Time Unit*. Das Kaliumchlorid würde seine Herzprobleme so weit verschlimmern, dass er Aufmerksamkeit vom Präsidenten abzog. Es war das Risiko wert.

12:36 Uhr. Savary fragte sich, ob Rosenfeld und Freitag ihre Aufnahmen im Kasten hatten. Es waren sechs Minuten vergangen seit dem Schuss, für einen trainierten Scharfschützen eine Ewigkeit. Der Attentäter musste über alle Berge sein. Wenn es der Israeli war, dann war er vermutlich auf dem Weg zum Flughafen. War es doch Oswald, dann hockte er jetzt vermutlich in einem Stadtbus im Stau. Und wenn tatsächlich Oswald geschossen hatte?, überlegte Savary. Welcher Unschuldige strebte schon mit solcher Vehemenz vom Tatort fort? Während alle anderen vor Ort blieben und redeten, und redeten? Und wenn es so war, wenn Freitag mehr oder weniger recht hatte: Was bedeutete das für ihre Mission?

Aber für Sorgen blieb keine Zeit mehr. Die Limousine des Präsidenten musste schon auf dem Harry-Hines-Boulevard sein. Kennedys Blut und Hirnmasse sickerten jetzt gerade in den Schoß seiner Frau. Es blieb nur noch eine Minute bis zur Ankunft. Savary steckte den Stöpsel in sein Ohr. Das Ding war wirklich kaum zu spüren und vermutlich nicht zu sehen. Wie Hannah gesagt hatte. Er hörte Motorräder. «Bereit?», fragte er.

«Bereit.» Die Stimme von Hakala, so deutlich, als stünde er neben ihm.

Savary trat zurück und sah zu, wie die überlange Limousine des Präsidenten direkt unter das Schild «Ambulances only» fuhr und so scharf bremste, dass sie in die Knie ging. Der Fahrer stand eindeutig unter Schock. Rechts und links hielten weitere Wagen, Polizeifahrzeuge und Motorräder. Die Männer mit den weißen Mützen begannen planlos auszuschwärmen. Es waren weder Ärzte noch Tragen zu sehen. Savary beobachtete, wie die Agenten vom Secret Service, erkennbar an ihren Anzugjacken, in das Hospital stürmten. Einige trugen die Waffen im Anschlag, manche sogar halbautomatische, alle schrien. Nur einer blieb beim Wagen, das musste Hill sein, der Mann, der Jackie Kennedy von der Heckklappe zurück in den Wagen zu ihrem sterbenden Mann gestoßen hatte. Savary sah, wie Hill mit der Gattin des Präsidenten sprach, dann seinen Gabardine-Mantel auszog und damit Kennedys Kopf und Oberkörper bedeckte. Endlich ließ Jackie Kennedy ihren Mann los. Savary fing ihren Blick auf. Er war sich sicher, dass sie ihn nicht sah. Diese Frau bemerkte nichts von dem, was um sie herum vorging. Jemand half ihr aus dem Wagen, stellte sie aufrecht hin. Sie umklammerte ihre Handtasche mit roten Handschuhen, die einmal weiß gewesen waren. Savary bemerkte verkrustetes Blut an ihrem Bein unter dem Kostümrock, als sie ins Innere wankte. Ärzte und Krankenschwestern kamen endlich und betteten Kennedy und Connally auf die Tragen. Savary wartete, bis der aufgeregte Schwarm im Inneren des Hospitals verschwunden war, ehe er ebenfalls hineinging. «Wir kommen», sagte er.

«Ist nicht zu überhören.»

In der Tat hallten die Rufe der Secret-Service- und FBI-Leute in den Gängen wider. Ängstlich eilten Krankenschwestern hin und her. Der Anblick der Waffen hatte sie verschreckt. Ein Mann mit Revolver stürmte um die Ecke, wurde von einem anderen mit Maschinenpistole angeschrien, sich auszuweisen, reagierte nicht schnell genug und bekam die Waffe vor den Kopf geschlagen. Blutend taumelte er gegen eine Wand. Er sank bewusstlos zusammen.

«Aufhören!», schrie ein Arzt. Eine Schwester weinte. Savary blieb in Deckung. Er mied die Not-OPs 1 und 2, in die Kennedy und Connally gebracht wurden. Vorläufig zumindest. Noch schlug der Puls des Präsidenten. Dr. Crenshaw würde ihn an der Arteria Femoralis ertasten, in der Leiste. Doch in den Eimer unter Kennedys Liege würde das Blut nicht hineintropfen, sondern laufen. Und es würde nicht lange dauern, bis die Ärzte entdeckten, dass Kennedys Kleinhirn zerfetzt war.

Ein Secret-Service-Agent rief: «Er hat Blutgruppe o, Rhesus positiv. Hören Sie? Blutgruppe o!» Ein anderer trat voller Frustration gegen die Wand. Jackie Kennedy saß vor dem Zimmer wie ein Geist. Noch immer hielt sie ihre Handtasche umklammert. Daran die Gehirnmasse, die ihrem Mann fehlte.

Drinnen rief eine Schwester mit schriller Stimme: «Wer immer den Präsidenten ermordet hat, er ist nicht in diesem Raum!»

Eine tiefere Stimme fügte hinzu: «Sehen Sie: Ich bin okay. Und er ist auch okay.» Der Bass klang sonor, aber er zitterte. «Wir alle wollen nur helfen. Also gehen Sie, und lassen Sie uns arbeiten.»

Die Agenten hatten ein Einsehen und zogen ab. Auch Clint Hill wankte heraus, die gezogene Pistole in der Hand. Er sah aus wie ein Wahnsinniger, murmelte stumm vor sich hin und presste sich die Waffenhand an die Schläfe. Er wollte der Präsidentengattin erneut etwas sagen. Doch es kam kein Wort, und er wankte in Richtung Ausgang.

12:42 Uhr. Es war vorbei. Savary schmeckte die Atmosphäre der Verzweiflung und Hysterie ringsum. Diese Mischung aus Hast und Angst, Sirenen und Durchsagen. Für einen Moment fühlte er sich an seinen Unfall im C.E.R.N. erinnert. Damals hatte er selbst auf der Trage gelegen. Bewusstlos, und manchmal schon jenseits der Grenze. Er kannte die Gerüche, er kannte die Stimmung. Damals war *er* tot gewesen, für eine kurze Weile. Für ihn allerdings hatte die Welt sich umgekehrt, ein Wunder war geschehen. Er wusste, so etwas wiederholte sich nicht.

Noch folgen sie dem Protokoll, dachte er. Noch tun sie, was sie können und müssen. Aber sie ahnen es schon. Der Präsident ist tot.

Nun, es ging ihn nichts an. Er schlug den Kragen seines Kaschmirmantels hoch und marschierte in Richtung der Notfall-Kabinen. Wenn ihn jemand ansprach, würde er sagen, er sei Dr. Leland Hayes, Hausarzt, und er warte auf seinen Patienten, Mr. Nobbs, der in OP 3 operiert wurde. Der Lärm hätte ihn irritiert. Er würde fragen, ob er helfen könnte.

Niemand hielt ihn an. Di Vannuci, im weißen Kittel, das Stethoskop aus der Tasche hängend, schob Hakala in einem Rollstuhl ihm entgegen.

«Bereit?», fragte Savary. Die beiden nickten. Sie waren vor der Kabine von Johnson angekommen. Hakala stand auf. Das Blut auf seinem Gesicht hatte er abgewaschen. Di Vannuci gab ihm die Spritze und zog die Hülle von der Kanüle. «Sie können damit umgehen?», fragte er leise.

Hakala nickte. «Manche Verhöre machen es notwendig, intravenöse Injektionen zu geben. Keine Sorge, ich kann das auch, wenn er zappelt.»

«Wenn Sie das vermasseln, bekommt die Welt einen anderen Präsidenten, und wir haben ein riesiges Problem», sagte Savary streng, doch er nickte.

12:44 Uhr. Hakala verschwand hinter dem grauen Vorhang. Sie hörten, wie er sich als Dr. Paul Peters vorstellte. Der echte Peters legte Kennedy gerade eine Thorax-Drainage. Völlig umsonst. Von irgendwoher hörte man jemanden weinen.

«Wer weint da?», fragte Savary, als Hakala wiederkam.

«Senator Ralph Yarborough. Der Mann ist Westpoint-Absolvent. Ein Veteran.» Hakala klang verächtlich.

Savary zuckte mit den Schultern. «Das Ganze geht ihm wohl an die Nieren.» Er schaute auf seine Armbanduhr.

12:47 Uhr. Im Not-OP 1 war man mit der Behandlung der Halswunde fertig, und endlich, viel zu spät, bemerkte man das Ausmaß der Kopfwunde. Zügig, um in der allgemeinen Hast nicht aufzufallen, ging die *Time Unit* zu dem Flur vor den Not-OPs zurück. Ein Arzt schob das Gerät heran, mit dem Kennedys Herzschläge aufgezeichnet werden sollten. Die nicht vorhandenen Herzschläge. «Grüne Linie, kein Puls.» Der Ruf war bis zu ihnen zu hören. Die

First Lady saß direkt neben der Tür: Sie schien dennoch nichts mitbekommen zu haben. Saß da inmitten eines Chaos aus blutigen Kompressen, leeren Infusionsflaschen, Papierfetzen, aufgeschnittenen Kleidungsstücken und gebrauchten Kathetern. Rote Rosen lagen auf dem Boden. Sie mussten Jackie Kennedy aus der Hand gefallen sein. Einige Schwestern sammelten sich um sie. Plötzlich stand die First Lady auf. Der Alarm in Johnsons Kabine ging los. Zwei der vier Ärzte, die drinnen bei Kennedy zugange waren, kamen herausgestürzt und dem Ton entgegen. Einer deckte ein Laken über den Präsidenten. Savary nickte.

12:52 Uhr. Maßarbeit. Auch der dritte Arzt verschwand. Der vierte neigte den Kopf vor der Frau seines Patienten. Er sagte, der Präsident sei tot. Sie wusste es, sagte sie. Sie wollte telefonieren. Konnte kaum stehen, aber wollte ins Schwesternzimmer gebracht werden. Die Schwestern bemühten sich alle um sie. Das war der Moment.

Savary gab seinen Kollegen das Zeichen. «Jetzt.»

Sie betraten den Raum, der nicht weniger chaotisch aussah als der Flur. Der schwarze Fußbodenbelag war voller Müll und Blut. Sogar die grauen Wände waren vollgespritzt. Geräte, von denen Gurte und Schläuche herabhingen, standen nutzlos herum wie abgeschossene Panzer nach einer Schlacht. Hier war wahrhaftig ein Krieg verloren worden. Nur die Gestalt des Präsidenten, bedeckt von einem weißen Tuch, strahlte Ruhe aus.

«Um 13.10 Uhr kommt der Priester für die Letzte Ölung. Aber die Ärzte werden vorher zurück sein. Genau lässt es sich nicht sagen, weil wir in den Ablauf der Ereignisse eingegriffen haben. Aber sie werden 13:01 Uhr als Todeszeitpunkt festlegen. Vermutlich ist das der Moment, in dem sie sich zur Beratung um ihn versammeln. Jedenfalls nicht viel später.»

Di Vannuci antwortete gar nicht erst. Er zog Handschuhe an und krempelte das Laken zurück. Hakala legte es am Fußende zusammen. Der Präsident war nackt bis auf die Unterhose, ein letztes Zeichen der Pietät. Er wirkte groß, athletisch, nicht wie ein zeitlebens schwer kranker Mann. Di Vannuci verlor keine Zeit. Mit seiner Stablampe beleuchtete er die Kopfwunde. «Eintrittswunde vorne», kommentierte er. «Da gibt es gar keinen Zweifel. Ein riesiger Krater, Gewebeverlust. Die Kugel streift den temporalen und durchschlägt den parietalen und okzipitalen Hirnlappen. Eine Verletzung vierten Grades.»

«Uninteressant», knurrte Savary. «Machen Sie Fotos.» Hakala reagierte aufs Stichwort und brachte den hochauflösenden Apparat in Stellung. «Uns interessiert die Munition.»

Di Vannucis Hände arbeiteten schnell und präzise. Er zitterte nicht ein einziges Mal. Sorgfältig legte er ein schwarz-weißes Messband an die Wunde, für den Größenvergleich. Fotografierte, benutzte einen Spreizer, fotografierte erneut. «Der Schütze stand definitiv auf dem Grashügel.»

Savary sah auf die Uhr. 12:54 Uhr. So weit lief alles nach Plan. Draußen wurden Schritte hörbar, näherten sich. Gingen vorbei.

Hakala hatte hinter der Tür Aufstellung genommen. Jetzt entspannte er sich wieder. «Glück für irgendjemanden», sagte er und grinste.

«Bau keinen Mist.» Savary war nicht zu Scherzen aufgelegt.

«Halswunde ebenfalls Eintritt des Geschosses vorne.» Di Vannuci ließ sich nicht aus der Ruhe bringen. «Die Idioten haben das sogar noch operiert. Nähen am Hals herum und lassen den Kopf auslaufen. Ich dokumentiere das.»

Plötzlich ging die Tür auf. Eine Krankenschwester stand da. Ihre Gummischuhe hatten auf dem Gang offenbar keinerlei Geräusche verursacht. Einen Moment lang starrten Savary und sie einander an. Dann entdeckte sie di Vannuci, über den Toten geneigt, und öffnete den Mund. Savary hörte den hohen, schrillen Schrei schon. Da traf Hakalas Faust sie an der Schläfe. Kein Laut verließ ihren Mund. Der Finne fing sie auf, ehe sie zu Boden gleiten konnte.

«Machen Sie weiter», zischte Savary und ging vor die Tür. Er hätte es nicht zu sagen brauchen. Di Vannuci hatte nicht einmal aufgesehen.

Am Ende des Korridors wurde es erneut lebhaft. Jemand kam aus dem OP nebenan, warf Savary aber nur einen kurzen Blick zu und eilte weiter. Savary drückte mit der Ferse die Tür auf und lugte durch den Spalt. «Eine Minute», signalisierte er. «Wie weit seid ihr?»

«Klar so weit.» Hakala hatte die Schwester in einer sauberen Ecke abgelegt. Sie saß mit ausgestreckten Beinen und gesenktem Kopf da, wie eine Betrunkene. «Sie wird eine kurzzeitige Amnesie haben, wenn sie aufwacht. Später wird ihr vermutlich ohnehin alles wie ein Albtraum vorkommen.» Hakala klopfte auf die Tasche seines Kittels, in der er eben ein Glasfläschchen hatte verschwinden lassen.

Di Vannuci versenkte eben eine Sonde in der Halswunde des Präsidenten. «Helfen Sie mir mal mit der Kamera.»

«Und aus!» Savary, der auf der Schwelle stehen geblieben war, um den Korridor im Auge zu behalten, hörte das Trampeln vieler Schritte. «Wir sind hier fertig.»

«Dreißig Sekunden.» Di Vannuci drückte auf den Auslöser.

«Nicht eine. Kommen Sie.»

Hakala hatte das Laken gepackt, um es wieder über den Leichnam zu ziehen. Di Vannuci schlug es mit der freien Linken beiseite. «Ich bin am Kopf noch nicht fertig.»

«Doch, sind Sie. Was machen Sie da?» Savary biss sich auf die Lippen. Er sah eine Maschinenpistole, einen weißen Kittel, drei Schwestern.

«Gleich!»

«Lassen Sie jetzt endlich seinen Kopf in Ruhe!» Hakala machte Anstalten, di Vannuci zu packen.

«Fünf Sekunden.» Di Vannuci stieß ihn zurück. Er arbeitete angespannt, die Zunge zwischen den Zähnen. «Vier», zählte er dann laut. «Drei. Zwei. Eins.»

«Hopp, hopp, hopp, hopp, hopp.» Savary unterdrückte das Beben in seinen Beinen. «Raus da.» Hakala hatte ihr Gepäck zusammengerafft und stopfte es unter den Rollstuhl. Di Vannuci steckte die letzte Probe ein. Dann hastete er hinter dem Finnen her zur Tür.

Savary drehte sich zum Flur. Sieben Mann, drei mit Waffen. Es war zu spät. Er zog seine Pistole, fuhr herum und zielte auf Hakala und di Vannuci. Der Italiener hob die Hände und starrte ihn an. Hakala ließ sich in den Rollstuhl fallen. Auch sein Gesicht versteinerte.

«Es tut mir leid», sagte Savary leise. Das hier war seine Mission. Er würde sie erfüllen. Er nahm Hakala, der sich nicht wehrte, die Umhängetasche mit der Kamera ab. Laut sagte er: «Ich habe sie erwischt, wie sie gerade in OP 1 wollten.» Hinter seinen Gefährten sah er die Leiche des Präsidenten, eine weiße Statue aus Leinen. Der würde sich nicht mehr dazu äußern.

18.

Karoline Freitag schaute in die Augen von Lee Harvey Oswald. Er hielt ihre Handgelenke gepackt und starrte sie an. Die vollen Lippen, die leicht hängenden Lider – jetzt sah er nicht mehr jungenhaft und nett aus. Der Mann war ein Bündel nervöser Energie. Karoline erinnerte sich an das leere Gebäude, den Hall ihrer Schritte. Ein Fenster stand offen. Es ließ Wind und Licht und die Geräusche vieler Menschen herein. Es schien weit weg zu sein. Der Griff um ihre Gelenke schmerzte. Karoline dachte, dass es die Lektionen bei Betty Rosenfeld nicht gebraucht hätte. Sie fühlte sich auch so unterlegen und hilflos.

«Wer sind Sie?», hörte sie Oswald fragen. «Sie arbeiten nicht hier.»

Karoline zögerte einen Moment. Die Wahrheit? Wohl kaum. Sie entschied sich, dass Angriff die beste Verteidigung war. «Ist das Gewehr an seinem Platz?», fragte sie. Die Atemlosigkeit brauchte sie nicht zu spielen. Sofort verstärkte sich der Klammergriff seiner Hände. Oswald riss sie herum und stieß sie gegen die Wand. Sie schrie auf. «Sie brechen mir die Knochen! Die Zentrale», rief sie. «Die Zentrale schickt mich.» Sie hoffte, dass das vage genug und zugleich korrekt war. Zentrale, sprach Oswald so von seinen Auftraggebern? Oswald ließ sie los.

«Ich weiß nichts von einer Zentrale», sagte er.

«Genau», bestätigte sie und rieb sich die Knöchel. «Genauso wenig, wie sie je in Russland waren. Und unbehelligt wieder zurückkamen. Oder für die Kubaner arbeiteten.»

«Woher wissen Sie davon?» Oswald stand geduckt vor ihr. Sein Gesicht war angespannt, sein Ausdruck lauernd. Ja, jetzt konnte man sich vorstellen, dass er als Doppelagent in die Sowjetunion gegangen war. Dass er als Maulwurf für die CIA bei den Kubanern gearbeitet hatte. Im Moment konnte Karoline sich alles Mögliche vorstellen. Sie atmete auf, als er in seine Hosentaschen langte, um Zigaretten hervorzuholen.

Sie hatte recht gehabt! Sie hatte das Rätsel gelöst, das Jim Garrison sein Leben lang umgetrieben hatte. Oswald *war* ein Regierungsagent. Ihre Augen begannen zu leuchten.

Oswald bemerkte die Veränderung in ihr und quittierte sie mit einem leichten, etwas traurigen Lächeln. «Sind Sie der Schütze?», fragte er und zündete sich eine an.

Karoline schüttelte stumm den Kopf. «Nicht hier», sagte sie dann und wies auf die Zigarette. «Die Spuren.»

«Sie sind auf Zack. Man erkennt die gute Schule.» Er grinste anerkennend und hielt ihr auf dem Weg nach draußen die Türe auf. «Man traut mir also immer noch nicht.»

Was meinte Oswald damit? Ging es um den CIA-Mann, der Oswald wenige Tage vor dem Attentat aufgesucht hatte, angeblich zu dessen Überwachung, weil Oswald als Kommunist und Gefährder galt? Tatsächlich war es sein Verbindungsmann. Karoline war, als träumte sie. Sie befand sich jetzt hinter den Kulissen der Verschwörung, in einem Reich, das vor ihr noch niemand betreten hat. Sie war sicher: Die CIA hatte unmittelbar mit dem Anschlag zu tun. Aber wie? Und warum? Sie durfte jetzt keinen falschen Schritt tun. «Sie halten sich doch an das Protokoll», sagte sie. «Okay?»

Er starrte auf die Zigarette in seiner Hand. Sie zitterte. «Ist schon eine große Sache», sagte er. «Eine verdammt große Sache. Bei so etwas war ich noch nicht dabei.» Unerwartet schaute er sie an. «Sie lassen mich doch nicht hängen? Und meine Frau Marina kriegt das Geld, wie abgesprochen?»

«Die volle Summe.» Die Lüge kam ihr leicht von den Lippen.

Oswald warf den Stummel auf die Stufen und trat ihn aus. Sie waren im ersten Stock angekommen. «Dann werde ich mal in die

Kantine gehen», sagte er. Noch einmal das schiefe Lächeln. «Das Protokoll.»

Karoline nickte. Sie war erleichtert. Gleich würde es vorbei sein. Sie hatte alles richtig gemacht. «Also dann.» Sie hielt ihm die Hand hin. Im selben Moment ging unten im Gebäude eine Tür. Schritte kamen die Stufen hoch. Eilige, zielstrebige Schritte. Ein Mann ging grußlos an ihnen vorbei. Er war jung, nicht groß. Aber sportlich und schlank. Sein Hut verdeckte halb das Gesicht. Sie wussten es beide im selben Moment: Das musste der Schütze sein. Oswalds Blicke folgten ihm wie hypnotisiert. Der Mann sah beinahe aus wie er selbst.

«Aber ... ich dachte, *Sie* ...» Schon wollte er wieder nach Karoline greifen.

Sie entzog sich und lief zur Treppe. «In die Kantine», haspelte sie. «Schnell. Es wird alles laufen wie geplant.»

Sie hörte seine Stimme über sich, als sie die Stufen hinunterhastete.

Er neigte sich über das Geländer. «Miss!», rief er, «Miss!»

Karoline konnte nicht anders als innezuhalten und hinaufzusehen. Sein Gesicht war blass und wirkte mit einem Mal sehr, sehr jung. «Sie werden doch ins Texas Theatre kommen, um mich abzuholen? Mit dem Geld? Sie haben es versprochen.»

Das also war der Plan, schoss es Karoline durch den Kopf. Zumindest für Oswald. Er platzierte ein Gewehr für den Schützen. Dann ging er zum Kino, dem vereinbarten Treffpunkt, und wartete, bis die Agenten kamen, ihm das Geld gaben und ihn in Sicherheit brachten. Irgendwo wollte er danach weiterleben, mit einer neuen Identität. Das hatte man Oswald offenbar versprochen bei der CIA. Was man nicht erwähnt hatte, war, dass der Schütze ein Doppelgänger von ihm sein würde. Warum? Es gab darauf nur eine einzige Antwort: Oswald sollte geopfert werden.

«Machen Sie sich keine Gedanken.» Karoline biss sich auf die

Lippen. «Halten Sie sich nur an den Plan.» Sie lief, so schnell sie konnte, rannte aus dem Gebäude, die Stufen hinunter, in die Menge hinein. Am liebsten hätte sie jeden Einzelnen gepackt und geschüttelt, ihn angeschrien. Ihn geschlagen. Sie hörte die Schüsse. Drei, vier. Schreie. Menschen warfen sich auf den Boden. Alles rannte durcheinander. Die Motorräder röhrten. In Karolines Augen standen Tränen. Dort vorne war der Hügel. Sie sah Menschen im Straßenstaub, zwei Frauen in kurzen Röcken. Ein Motorrad holperte über den Gehsteig, auf das Grün, hügelan. Der Polizist trieb es an wie ein störrisches Pferd. Dann wurde ihr der Blick verstellt. Sie versuchte sich durchzukämpfen. Jemand drängte in ihrem Rücken und drückte sie gegen einen Wall aus Schultern. Plötzlich gab der Widerstand nach. Karoline Freitag fiel hart auf die Knie. Jemand trat auf ihre Hand und sah sich nicht um. «Betty», schluchzte Karoline. Wo war Betty Rosenfeld, wo war sie? Jemand half ihr auf die Beine. Sie sah denjenigen vor Tränen kaum. Auch ihr Helfer hielt sich nicht auf. Ein Auspuff knatterte. Erneut ging alles in Deckung. «Sie schießen wieder.» Es war falscher Alarm, Karoline wusste es. Alles wusste sie und konnte doch nicht helfen. Für Oswald konnte sie nichts tun. Nicht das Geringste. Sie schrie. Wie die anderen war sie ängstlich, verzweifelt und außer sich. Sie war ein Teil der Menge in diesem Moment.

19.

Zu Hannah Rüthli in ihrem Waggon drang kaum etwas von dem Lärm und der Unruhe. Sie spielte auf ihrem iPhone, pfiff leise vor sich hin und lauschte auf das vereinbarte Klopfzeichen. Dachte daran, dass Fletcher es verboten hatte, zeitgenössische Gegenstände in die Sechziger mitzunehmen. Pfiff darauf. Pfiff ihr Liedchen. Langweilte sich. Da, endlich, zweimal kurz, dreimal lang. Nach einer Pause noch einmal.

Sie steckte das iPhone weg, stand auf und ging zum Eingang. Löste die Verriegelung und schob die Tür auf.

«Was ist passiert?», fragte sie. Di Vannuci war der Erste, der einstieg. Er hatte ein blaues Auge, von seiner Lippe tropfte Blut. Aber er lachte. Hinter ihm drängten die beiden anderen herein. Hakala machte sich sofort daran, die Kamera in die Transportkiste zu packen. «Ha!», rief er dabei. Seine Bewegungen waren voller Energie. Savary sah blass aus, aber er wehrte ihre Hilfe ab.

«Alles okay», sagte er knapp. «Wir haben, was wir brauchen.» Schwer atmend ließ er sich auf eine Kiste sinken. «Aber es war verdammt knapp.»

«So sieht es aus», stellte Hannah fest und machte Anstalten, di Vannucis Gesicht ins Licht zu drehen, um die Wunde zu inspizieren.

Er nahm ihre Hand. «Es ist alles noch da.»

Jetzt kam auch Hakala in Fahrt. «An Pierro ist ein Schauspieler verlorengegangen, das sage ich dir. Da hätte selbst der begnadete Finlay sich eine Scheibe abschneiden können.»

Auch über Savarys Gesicht huschte jetzt ein Lächeln. Hakala nahm eine unterwürfige Haltung ein. «*Es tut mir leid, Sir. Kommt nicht wieder vor, Sir. Hab ich OP 1 und Not-OP 1 verwechselt.* Oh Mann.» Er lachte dröhnend und schlug di Vannuci auf die Schulter. «Einen Moment lang dachte ich ja, der trägt zu dick auf.» Er schaute um Bestätigung heischend zu Savary hinüber. «Aber sie haben den Blödsinn geschluckt.»

«Die Stunden bei der Rosenfeld haben sich bezahlt gemacht.» Di Vannuci strahlte immer noch wie ein Sieger.

«Und das war der Applaus?», fragte Hannah mit Blick auf die Platzwunde neben dem Auge ihres Liebhabers.

Savarys Lächeln verschwand. «Sie haben ihm eine gelangt», sagte er knapp.

«Was?» Hannah stemmte die Hände in die Hüften. «Ein Pfleger irrt sich im Raum, und sie schlagen ihn dafür?»

Hakala richtete sich auf und schaute sie interessiert an. Es war selten, dass man an Hannah eine Emotion beobachten konnte. Savary hatte sich abgewandt. «Wir haben, was wir wollten», wiederholte er.

Sie war noch nicht zufrieden. «Und dass der dumme Nigger eins auf die Fresse kriegt, das gehört dazu, ja? Das nimmt man einfach so hin?»

Di Vannuci fing ihre Hand mitten im Gestikulieren ein und hielt sie fest. «Du hast es gehört: Wir haben, was wir wollten. Es lief alles nach Plan.»

Sie machte sich los. «Ich fass es nicht, dass du dabei so ruhig bleiben kannst!»

Di Vannuci zuckte mit den Schultern. «Wenn ich es kann, solltest du es auch können.» Er saß noch immer da, die schlaksige Gestalt ein wenig zusammengesunken. Auf seinem Schoß hielt er die Umhängetasche.

«Also gut», sagte Hannah schließlich. «Ernste Verletzungen? Blutende Wunden? Nein. Nächster Punkt: Gepäck. Packt alles, was Hakala noch nicht verstaut hat, in Kiste zwei. Ist irgendwas dazugekommen, außer den Filmen?» Hakala und Savary schüttelten den Kopf. «Pierro?» Sie schaute zu di Vannuci. «Irgendwelche Gewebeproben? Projektile? Sachen, die gesichert werden müssen?» Sie machte Anstalten, ihm die Tasche abzunehmen. Er entzog sie ihr. Sie vermutete ein Spiel und lächelte, als sie den Versuch wiederholte. Aber offenbar war es ihm ernst.

«Was hast du da?», fragte sie. Sein Gesicht verschloss sich.

«Ja, das hab ich mich schon die ganze Zeit gefragt.» Savary machte sich die Mühe, sich hochzustemmen und zu ihm zu gehen. «Was zum Teufel haben Sie so lange im Not-OP getrieben, dass die uns fast erwischt hätten?»

Di Vannuci presste die Lippen zusammen. Mit einem Mal aber leuchteten seine Augen auf. Er konnte und wollte seine Freude nicht verbergen. «Kennedys Gehirn», sagte er. Um seine Worte zu unterstreichen, griff er in seine Tasche und holte ein Plastikgefäß heraus. «Oder das, was noch davon übrig ist.»

«Wieso, steckt das Projektil noch drin?» Hakala begriff nicht gleich. Ganz im Gegensatz zu Savary.

«Sind Sie völlig wahnsinnig geworden?», donnerte er los. «Minimalinvasiv! Ich hab es tausendmal gepredigt. Wir gehen rein, raus und dokumentieren nur. Und was machen Sie? Sie spielen Frankenstein! Es ist unfassbar!» Auf seinem blassen Gesicht zeigten sich rote Flecken. Wäre es ihm bessergegangen, er hätte di Vannuci zweifellos auch gleich noch geschlagen.

«Regen Sie sich ab.» Der Pathologe ließ sich nicht aus der Ruhe bringen. «Wenn Sie die Unterlagen genau gelesen hätten, dann wüssten Sie, dass Kennedys Gehirn verschwunden ist. Vermutlich wurde es vor oder kurz nach der gefakten Obduktion in Washington entwendet. Jedenfalls ist es nie wieder aufgetaucht, konnte also nie von einem seriösen Wissenschaftler untersucht werden.» Er hob den Behälter hoch und betrachtete liebevoll den Inhalt. «Ist doch besser, wir haben es, als dass es in irgendeinem geheimen Militärarchiv verstaubt oder den Gully runtergeht.»

Hannah neigte sich vor, um einen Blick auf das graue, blumenkohlartige Objekt zu werfen. «Das würde bei eBay eine schöne Stange Geld bringen», stellte sie fest.

«Untersteht euch.» Savarys Stimme zitterte vor Müdigkeit und Abscheu. «Wenn ich je erfahren sollte …»

Di Vannuci unterbrach ihn empört. «So etwas ist doch nichts für einen privaten Sammler. Es gehört der Menschheit.»

«Ach», schaltete Hakala sich ein. «Und wie wollen Sie der Menschheit Ihren Fund präsentieren, Sie Genie? Als etwas, das Sie zufällig auf dem Dachboden gefunden haben?»

«Die Menschheit.» Savary spuckte die Worte aus. «Ihr Amerikaner immer!»

Schließlich schaute Hannah auf die Uhr. «Wo bleibt das zweite Team?», fragte sie. «Die haben es doch viel weniger weit?»

«Ist wie bei Partys», meinte Hakala, «da kommen auch immer die zu spät, die nebenan wohnen.»

«Uhrzeit?» Savary schien nicht mehr viel Kraft zu haben.

«Zehn Minuten drüber.» Hannah schaute ihn an. In dem Moment klopfte es. Dreimal. Savary streckte den Arm aus, um sie zurückzuhalten. Sie schüttelte nur den Kopf. Es war ihr selbst klar, dass das nicht ihr Signal war. Das Klopfen wiederholte sich. Dann hörten sie dumpfe Stimmen. «Sie sehen doch, dass da ein Siegel ist. Da kann gar keiner drin sein.»

Savary hob eine Braue. Durch das Holz hörten sie, dass man sich draußen wohl beriet. «Müssen Landstreicher gewesen sein, die drei.» Hakala unterdrückte ein Grinsen. «Suchen wir in Richtung der Unterführung weiter.» Erst als alles wieder still war, wagten sie, sich vorsichtig zu regen.

«Drei Landstreicher», sagte Savary leise. «Das stand in den Protokollen zum Attentat, dass die gesehen wurden. Man hat sie auch gefunden und befragt, dann aber wieder laufenlassen. Ob die *uns* gesehen haben?»

«Egal», knurrte Hakala. «Jedenfalls werden sie uns nicht befragen.» Sie warteten. Es vergingen weitere fünf Minuten.

«Vielleicht sollten wir ...», begann Hannah. Da kam das vereinbarte Signal.

20.

Das erste vertraute Gesicht, das sie nach ihrer Rückkehr in die Gegenwart sahen, war das von Sukov. Klug geworden aus ihren früheren Einsätzen, hielt der Russe Verbandsmaterial bereit. Er verarztete Karolines aufgeschlagene Knie mit Alkohol. Er holte sogar ein Steinchen aus der Wunde, das er ihr als Andenken überreichte. Die blutige Pinzette ließ er in eine Nierenschale fallen. Für di Vannucis Schläfe hatte er nach dem Reinigen ein Pflaster und ein Glas Wodka parat.

«Ist schon nach vier», meinte er. Der Amerikaner nahm den Eiswürfel aus dem Glas und hielt ihn sich aufs Auge. Savary bat um Wasser, das er bekam. Dazu eine Decke. Dann setzte der Russe sie alle in einen Gleiter und brachte sie zum Besprechungsraum.

Sadie Fletcher erwartete sie bereits bei den blauen Sofas. Sie war höflich genug zu fragen, ob Savary einen Arzt benötige. Alle hatten ihre Plätze eingenommen. Karoline und Betty blass und sichtlich angeschlagen. Hannah schon wieder mit ihrem iPhone beschäftigt. Hakala wirkte zufrieden, Savary krank. Di Vannucis Auge war geschwollen. Seine Tasche hielt er fest auf dem Schoß.

Die Stimmung war betreten. Niemand sagte etwas. Nach einer Weile, die den meisten wie eine halbe Ewigkeit vorkam, platzte Karoline Freitag heraus: «Wir haben versagt. Es tut mir leid.»

Fletcher runzelte die Stirn. «Definieren Sie Versagen.»

Statt einer Antwort reichte Betty Rosenfeld ihr die Kamera. Sie wirkte abwesend. Sukov stand auf und holte die Speicherkarte heraus. Er ging zu dem bereitstehenden Laptop, schob die Karte in den Port und spielte den Film ab. Der Videobeamer projizierte das Bild auf eine Leinwand.

Da war die Dealey Plaza, das Schulbuchlager, die Bäume, der

Grashügel mit der Bryan Pergola und dem Zaun, die fernen Gleise auf der Brücke. Dann eine dichter werdende Menschenmenge, Gesichter, fröhliche, aber auch verkniffene. Jemand lachte, eine Frau winkte. Der Wind zerrte an ihrem Haar. Man ahnte die Sonne überall. Immer mehr Menschen, Rücken, Schultern, immer mehr Unruhe. Die Kamera machte suchende Bewegungen, geriet ins Wackeln. Sinnlose Ausschnitte, verwischte Bewegungen. Dann ein Ruck. Unwillkürlich zuckten alle zusammen. Etwas musste dem Filmenden einen Schlag versetzt haben. Betty Rosenfeld begann leise zu weinen.

«Und das war alles, was Sie hinbekommen haben?» Fletchers Frage ging an Karoline. Ihre Stimme klang eisig.

Die biss sich auf die Lippen. Ihre Knie brannten höllisch. Sie war nahe daran, ihren Ausflug ins Schulbuchdepot zu gestehen. Aber so, wie die Stimmung hier sich anzufühlen begann, würde sie danach ihre Sachen packen können. Und es wäre nur fair: Sie hatte gegen einen direkten Befehl verstoßen. Ihre Direktiven waren eindeutig gewesen: Lass das Schulbuchlager in Ruhe. Ein Geständnis hieße: Schluss mit Zeitreisen. Ende ihrer privaten Forschungen in der Vergangenheit. Vielleicht würde man ihr sogar die Professur wieder wegnehmen. Sie war eine schlechte Lügnerin, aber sie hatte auch viel zu verlieren. Schon öffnete sie den Mund. Da hob Betty Rosenfeld den Kopf. «Sie sehen doch, wie sie zugerichtet wurde», sagte sie. «Hätte sie die Kamera losgelassen, hätte sie sich wenigstens abstützen können.» Erstaunt starrte Karoline die Frau an. Warum log Betty? Für sie? Sie versuchte, den Blick der Schauspiellehrerin aufzufangen, doch die schaute trotzig zur Seite und sah niemanden an. Ihre Frisur war wirr, ein Ohrring und der Hut fehlten, und sie hatte keinen Versuch unternommen, ihr verwüstetes Make-up zu richten. Es war zu viel für sie, dachte Karoline. Ich hätte sie nicht alleine lassen dürfen.

«Kaputtgegangen ist das Ding trotzdem.» Sukov drehte die

Kamerahülle auf der Suche nach dem Schaden. «Der Film endet jedenfalls hier.»

«Na prima.» Sadie Fletchers schlechte Laune war offensichtlich.

«Es tut mir leid», sagte Betty Rosenfeld. «Ich war einfach zu erschrocken, um schnell genug zu reagieren. Es war alles so ...»

«Was ist das da an Ihrer Stirn?», fragte Savary, der jetzt auch bemerkt hatte, wie angeschlagen die Amerikanerin war.

Betty Rosenfeld fasste hin. «Eine Beule», stellte sie erstaunt fest. «Das ..., das muss passiert sein, als ich in dem Gedränge den Hut verloren habe.» Sie starrte vor sich hin und schloss dann die Augen. «Es tut mir leid.»

«Den Hut verloren.» Sadie Fletcher klang noch immer kalt. «Und unsere Zielperson haben Sie auch nicht gesehen?»

Betty Rosenfeld holte Luft, dann schilderte sie ihre Eindrücke. Sie erzählte von den beiden Männern am Zaun, deren Auftauchen einigen Zeugenaussagen entsprach. Aber von den entscheidenden Minuten hatte sie nichts zu berichten. Weder ein Schütze noch aufsteigender Rauch waren ihr aufgefallen. «Ich sorgte mich um Professor Freitag.»

«Und Sie haben ganz schön eins übergezogen bekommen.» Hakala war aufgestanden, um sich die Beule anzusehen. Er kannte sich mit Verletzungen aus, wie alle Menschen, die von Berufs wegen welche zufügten. «Sie sollten sich untersuchen lassen, um eine Gehirnerschütterung auszuschließen.»

Savary packte seinen Stock mit aller Kraft. «Wie es aussieht, war es ein Fehler, zwei Frauen allein in diesen Hexenkessel zu schicken.» Karoline Freitag wollte reflexmäßig protestieren, sah aber rechtzeitig ein, dass das die beste Entschuldigung war, die sie vorbringen konnte. Es sei denn, sie wollte gestehen, dass sie Betty Rosenfeld, einen völligen Neuling im Zeitreisen und im Agentengeschäft, im entscheidenden Moment alleine gelassen hatte.

Sadie Fletcher schien zu überlegen. Schließlich wandte sie sich an das Männerteam. «Und was haben Sie?», fragte sie.

«Alles!» Es war di Vannuci, der Savary zuvorkam. «Ich konnte die gewünschten Aufnahmen machen: von den Wunden, Schusskanälen, von einem Projektil. Ich hatte es unter dem hochauflösenden Mikroskop. Schon jetzt kann ich sagen, dass der tödliche Schuss vom Grashügel kam, jedenfalls von vorne. Der in den Hals übrigens ebenfalls. Da lege ich mich definitiv fest.»

«Aber ...», entfuhr es Karoline Freitag. Sie hatte Mühe, das Gehörte zu verarbeiten. «Aber das heißt ja ...» Da verstummte sie. Sie begriff es nicht. Sie hatte Oswald dabei ertappt, wie er das Gewehr für den Anschlag deponierte. Sie hatten beide den Schützen gesehen, der hinaufstieg zu dem Versteck, um das Gewehr auf den Präsidenten anzulegen. Warum hatte er nicht geschossen? Oder hatte er nicht getroffen? Die Fragen wirbelten durch ihren Kopf. Sie begriff gerade genug, um keine davon laut zu stellen.

Fletcher vollendete den Satz für sie. «Das heißt, dass wir mit unserer Grundannahme richtigliegen und es umso wichtiger gewesen wäre, dass Rosenfeld und Sie den Schützen am Grashügel ablichten.»

Karoline versuchte, ihrem Blick standzuhalten, schaffte es aber nicht. Dann bemerkte sie, dass auch Savary sie anstarrte. Hatte der Franzose etwas bemerkt? Schnell schlug sie die Augen nieder.

«Wenn Sie mir genug Zeit im Labor lassen, kann ich die Aufnahmen vom Projektil auswerten», schlug di Vannuci vor. «Ich muss den Typ vergleichen, um zu sagen, ob es die Munitionsart ist, von der auch die Hülse stammt. Weiter werden wir aber vorerst nicht kommen. Über die Waffe, aus der es abgefeuert wurde, kann ich nichts sagen. Wir hätten weitere Hülsen vom Tatort gebraucht, um die Auswurfspuren mit denen der Hülse zu vergleichen, die sich in unserem Besitz befindet. Die werde ich in jedem Fall für meine Arbeit benötigen.»

Sadie Fletcher nickte. «Ich nehme an, Hülsen haben wir auch keine», sagte sie. Es war keine Frage. Karoline senkte den Kopf noch tiefer. Nein, hatten sie nicht. Als sie endlich Betty gefunden hatte, die sich mit ihrer defekten Kamera an einen dürren Baum geschmiegt hatte und weinte, war der Hügel bereits voller Polizisten und Schaulustiger gewesen, der Rasen umgepflügt von den Spuren eines Motorrades. Sie hatten keine Chance gehabt, sich dort unbemerkt umzusehen. Es ist alles meine Schuld, dachte sie. Aber sie würde es wiedergutmachen. «Wir müssen noch einmal hin», sagte sie. Am liebsten wäre sie sofort losgezogen.

Sadie Fletcher betrachtete sie. Es ließ sich nicht sagen, was sie dabei dachte. «Das entscheide ich, wenn wir so weit sind. Di Vannuci, Sie sollen alles bekommen, was Sie brauchen. Gute Arbeit.»

«Karoline Freitag hat recht», sagte Savary. «Wir müssen sobald wie möglich wieder hin. Das ist nicht befriedigend.»

«Nicht heute.» Sadie Fletcher klang entschieden. «Ruhen Sie sich alle erst einmal aus.»

Savary biss die Zähne zusammen. Schließlich stand er auf. «Hakala», kommandierte er. «Helfen Sie mir.»

«Aye, aye, Sir.» Der Finne erhob sich gelassen. «Wir werden das schon hinkriegen. Kommen Sie, Savary.» Langsam gingen die beiden hinaus. Auch di Vannuci stand auf, seine Tasche wieder fest in der Hand. «Ich werde dann mal. Sie finden mich im Labor.»

Sadie Flechter wandte sich an die beiden Frauen. «Und Sie gehen ins Krankenzimmer», sagte sie. «Dr. Reber ist heute zufällig im Haus. Er wird Sie sich ansehen, wenn er mit Savary fertig ist.»

Die beiden widersprachen nicht.

21.

Karoline Freitag schaute sich um, erst vorsichtig, dann immer ungenierter. Betty Rosenfeld hatte ihr Zimmer hier auf Jersey offenbar energisch umgestaltet. Zwar war es holzvertäfelt wie alle anderen, wies das große Himmelbett und die schweren edwardianischen Möbel auf. Aber die golden gerahmten Schinken an den Wänden waren entfernt worden, ebenfalls alles, was sonst noch beweglich gewesen war. Jetzt saßen sie auf Edelstahlstühlen, wie sie in der Küche von Karolines Großmutter gestanden hatten, zwischen ihnen ein Nierentisch aus weißem Schleiflack, an den Wänden Starposter: der junge Frank Sinatra, Jane Russell, die Monroe. Es war nicht das berühmte Bild mit dem wehenden weißen Kleid, sondern ein intimeres. Die Monroe lag auf einem Bett oder Sofa, schaute zum Fotografen und hielt eine Blume an ihre Brust. Gegen ihren Willen war Karoline fasziniert. Dieses Gesicht, das sie so prall und hochglänzend kannte, wirkte mit einem Mal ungemein traurig und verletzlich. Karoline starrte es an, während sie darüber nachdachte, wie sie auf den Zweck ihres Besuches kommen könnte: den Dank dafür, dass Betty sie nicht verraten, sondern Fletcher und dem Team gegenüber standhaft weiter behauptet hatte, Karoline wäre die ganze Zeit bei ihr gewesen. Karoline wusste nicht recht, was sie dieser seltsamen Frau sagen sollte.

«Das war Marilyn Monroes Lieblingsbild von sich», sagte Betty Rosenfeld. «Und glauben Sie mir, sie ist oft fotografiert worden. So oft, dass sie kaum noch wusste, wer sie eigentlich war.»

«Kann ich mir vorstellen», log Karoline. Im Geiste überflog sie, wie oft sie selbst fotografiert worden war. Von ihren Eltern ein paarmal in der Kindheit, aber nicht so oft wie die Erstgeborene. Dann von ihrer Schwester, jedes Jahr zu Weihnachten. Sie war kein Freund von Selfies. Einen Facebook-Account besaß sie nicht. «Es war ja», fügte sie in professoralem Ton hinzu, «das Zeitalter der Big Pictures. Damals hat man erkannt, dass man mit Fotos Realitäten schaffen kann. Stars, Helden, Märtyrer.»

Betty Rosenfeld lächelte schwach. Sie trug einen Kopfverband, den sie offensichtlich mit einem breiten karierten Haarband zu tarnen versuchte. Doktor Reber hatte eine leichte Gehirnerschütterung diagnostiziert. Was, wie er sagte, eine vorübergehende Amnesie einschloss, die Minuten vor und nach dem Schlag betreffend, den sie erhalten hatte. Tatsächlich war Betty nicht in der Lage gewesen anzugeben, wie sie zurück zum Eisenbahnwaggon gelangt war.

«Ohne die Bilder wäre Kennedy vielleicht nur ein körperbehinderter junger Millionärsschnösel gewesen. Und Marilyn eine weitere Blondine», fuhr Karoline fort. «Kannten die beiden einander eigentlich? Ich meine: persönlich? Von dem Geburtstagsständchen weiß ich natürlich.» Viel lieber hätte sie gefragt: Wieso decken Sie mich? Wer ist auf Sie losgegangen? Und warum zum Teufel haben Sie es nicht geschafft, ein Bild des Attentäters zu schießen? Aber das bekam sie nicht hin.

Betty Rosenfeld hantierte mit zitternden Fingern mit den Teetassen herum. «Kennedy hat die Monroe gevögelt, wie alle relevanten Beuteweibchen seiner Zeit. Dann hat er sie an seinen Bruder weitergereicht, Robert. Der hat ihr die Ehe versprochen. Und sie war dumm genug, ihm zu glauben.» Betty Rosenfeld schnaubte. «Der Mann hatte eine Frau namens Ethel und einen Stall voller Kinder, er war katholisch!» Sie wirkte tatsächlich aufgebracht. Zum ersten Mal kam wieder Farbe in ihr Gesicht.

«Mir brauchen Sie das nicht zu sagen.»

«Waren wir nicht schon beim Du?», erwiderte Betty Rosenfeld und prüfte, ob der Tee fertig war. Sie schenkte eine Tasse ein und reichte sie Karoline.

Mit den weißen Caprihosen, der karierten Bluse und dem passenden Haarband mit Schleife sah Betty aus wie die First Lady in der Sommerfrische auf Martha's Vineyard, dachte Karoline, als sie die Tasse entgegennahm. Die Historikerin nahm einen verlegenen Schluck.

Betty Rosenfeld betrachtete eine Weile das Bild, dann fuhr sie fort. «Ich habe mich immer gefragt, wie Marilyn die Sache wohl sah. Ich meine, sie war ja keine Jungfrau, sie kam aus Hollywood, verstehst du. Ich kenne den Laden auch: Wenn du in einem Film mitspielen willst, musst du erst dem Produzenten einen blasen, dann dem Regisseur und eventuell noch dem Hauptdarsteller. Das gilt übrigens auch für Männer», fügte sie hinzu. «Gut ein Drittel der Szene ist eh schwul.» Sie lachte. «Aber irgendwie denke ich mir, dass sie in dem Fall anders fühlte. Sie war inzwischen ein Star, eine eigene Weltmacht. Sie war schon mit dem größten Sportler und einem der größten Künstler der Zeit verheiratet gewesen. Warum also nicht mit einem der größten Politiker? Zumal sie selber eine Liberale war. Fast eine Linke, falls man in den USA von so etwas reden konnte.» Versonnen blies Betty Rosenfeld auf ihren Tee. «Ich glaube, sie fühlte sich den Kennedys ebenbürtig. Es muss sie schwer getroffen haben, doch nur als Betthase benutzt worden zu sein.»

«Meinen Sie?», sagte Karoline, um irgendetwas zu sagen. Dann raffte sie sich auf. Setzte die Teetasse ab. Holte Atem. «Ich wollte Ihnen danken», begann sie. Sie verbesserte sich: «Dir danken.»

Da hallten Schritte mehrerer Personen auf dem Korridor. Das war ungewöhnlich. Normalerweise verhielten sich alle hier diskret. Finlays betrunkene Gesänge und sein legendärer Streit mit Savary damals waren das Einzige gewesen, was je die museale Stille des Baus gestört hatte. Nun hörte man bedrohlich laute Schritte, dazu Savarys aufgebrachte Stimme. Und das musste Fletcher sein. Jetzt schrie der Franzose. Auch Betty Rosenfeld setzte ihre Tasse ab. Die Zimmertür wurde unsanft geöffnet.

«Das ist unerträglich!» Savary hinkte hinter Fletcher und einer Handvoll ihrer Agents ins Zimmer. Alle trugen dunkle Anzüge, Handschuhe und Waffenholster. Alarmiert sprang Karoline Freitag auf.

«Bei Ihnen waren sie schon», rief Savary Karoline zu. «Sie durchsuchen alle Zimmer.» Er wandte sich an Fletcher. «Und ich sage es noch einmal: Das sind meine Leute, und ich lege die Hand für sie ins Feuer.»

Fletcher blieb unbeeindruckt. Mit einem Nicken erlaubte sie dem Quartett, ins Zimmer auszuschwärmen, wo die vier Agents begannen, alles systematisch zu durchsuchen. Sie zogen Schubladen auf, durchforsteten das Bett, nahmen die Bilder von den Wänden. Entgeistert schauten Betty und Karoline ihnen zu.

«Was, was suchen Sie?», brachte die Amerikanerin endlich heraus.

Fletcher presste die Lippen zusammen. Es war Savary, der an ihrer Stelle antwortete: «Die Hülse. Die verdammte Hülse von diesem Joshua. Den noch niemand von uns zu Gesicht bekommen hat und von dem wir nichts weiter wissen dürfen.» Er sah so wütend aus, wie Karoline ihn noch nie gesehen hatte. «Als di Vannuci sie sich ansehen wollte, war sie aus dem Labor verschwunden.» An Fletcher gewandt, sprach er weiter: «Aber das hatten wir ja alles schon, nicht wahr: manipulierte Laborproben. Gefälschte Identitäten. Damit wollten Sie uns schon letztes Mal reinlegen, Fletcher. Damit wir einen Unschuldigen als Ripper identifizieren. Dachten Sie wirklich, das Spielchen läuft noch einmal?»

Erstaunt schaute sie ihn an. «Joshua ist real. Genauso wie es die Patronenhülse war.»

«Beweisen Sie es.»

«Das habe ich nicht nötig.»

Savary holte tief Luft und stieß seinen Stock auf den Teppich. «So wie wir es nicht nötig haben, uns von Ihnen und Ihrem Dienst wie Betrüger behandeln zu lassen. Die Einzige, die hier je nachweislich betrogen hat, das waren Sie, Fletcher. Immer nur Sie.»

«Ich bedaure, dass Sie das so sehen.» Sie wandte sich ab und beobachtete den Fortgang der Untersuchung.

«Ist schon okay», sagte Betty Rosenfeld. «Ich bin neu, ich bin ein Versager. Es ist klar, dass hier kein Vertrauensbonus greift.» Sie wandte sich an Karoline, ein Buch in der Hand. «Hier», sagte sie und reichte es ihr. «Falls du mal dazu kommst. Ist echt interessant.»

Karoline nahm es mechanisch entgegen. «Tapfer lieben» las sie auf dem Umschlag. Gedichte und Texte von Marilyn Monroe. Sofort nahm es einer der Beamten an sich, um es zu untersuchen. Karoline wurde schwindelig. Ein Diebstahl, hier, in der Zentrale. Einer von ihnen, der den Fall torpedierte? Sie konnte nicht anders, sie fühlte sich schuldig. «Ich gehe wohl besser», sagte sie.

«Ja», blaffte Savary. «Gehen Sie in Ihr Zimmer, und passen Sie auf, dass diese Gorillas nicht die Einrichtung zerlegen.» Fletcher sagte nichts dazu. «Ich erwarte eine Erklärung.» Savary stand sehr dicht neben ihr. «Einen Beweis, hören Sie? Dafür, dass Joshua existiert und dieser Fall nicht ein einziger großer Bluff ist. So lange geht keiner von uns irgendwohin. Und eine Entschuldigung, wenn wir schon dabei sind.»

Endlich wandte Fletcher den Kopf. «Sie sollten sich lieber mit dem Gedanken auseinandersetzten», sagte sie, «dass wir einen Verräter unter uns haben.»

22.

Sukov und Savary saßen in der Bibliothek über das Schachbrett geneigt. Kurios, dachte Savary. Da zieht Sukov seinen weißen Bauern von E4 nach E5, greift also seinen Springer an, ohne dass er vorher den eigenen König in Sicherheit gebracht hat. Sukov hatte soeben eine grundlegende Regel des Schachspiels verletzt. Warum tat er das? Wollte er ihn verwirren? Oder war er vielleicht einfach nur müde? Savary legte seinen Finger auf den bedrohten Springer, als Tarvo Hakala hereinkam.

«Bin ich zu früh?», fragte er.

Savary stellte den Springer auf D7, direkt vor seine Dame. Sukov sah zu Savary und deutete auf Hakala. «Warum ist er da?», fragte der Russe.

«Ich vertraue ihm.» Savary seufzte. «Ich vertraue Ihnen beiden.»

«Glücklich scheint Sie das nicht zu machen.» Der Finne trat näher, betrachtete einen Moment desinteressiert das Spielbrett und ging hinüber zur Bar, um sich ein Glas einzuschenken.

«Was mich angeht», sagte der Russe in seinem Rücken, «so braucht ihr mich, um an Fletcher vorbei in der Zeit zu reisen, richtig?»

Hakala straffte sich. Es war klar, wozu *er* gebraucht wurde. Der Franzose hatte nicht die Kondition, alleine eine Zeitreise zu unternehmen. «Ich bin dabei», sagte er. «Herrgott, ich hasse es, wenn andere Leute in meinen Magazinen blättern.»

Savary musste lachen bei dem Gedanken, wie Fletchers Männer Hakalas Playboy-Hefte inspizierten.

«Lachen Sie nicht», sagte Hakala. «Was soll ein Mann tun, wenn er nicht ins Internet darf? Wir können nicht alle mit den Engeln reden wie Sukov.» Er wandte sich an den Russen. «Das wollte ich

Sie schon immer fragen: Was ist das bei Ihnen mit diesem Engelskram? Sind Sie gläubig?»

«Sind Sie sterblich?», gab Sukov zurück und zog seinen Läufer auf C4.

Savary erkannte, dass Sukov zu einem großflächigen Angriff übergegangen war. Während er überlegte, sagte er: «Wenn die Patronenhülse tatsächlich gestohlen wurde. Und wenn sie ist, was sie vorgibt zu sein, dann besorgen wir sie uns einfach wieder.» Zufrieden zog Savary seinen Bauern von C7 nach C5. Bald würde er erkennen müssen, dass er mit diesem scheinbar normalen Eröffnungszug das Spiel zu seinem Nachteil entschieden hatte.

Sukov neigte sich vor. «Im Prinzip, Monsieur Savary, stimme ich Ihnen zu.»

Hakala schaute von einem zum anderen. «Also holen wir sie uns.» Er nahm einen tiefen Schluck. «Wir holen sie uns», bestätigte er sich selber. «Und den Frauen sagen wir gar nicht erst Bescheid.»

«Di Vannuci auch nicht.» Das kam von Savary. Er schaute auf.

«Schon klar. Es geht um Vertrauen.» Hakala betrachtete den Inhalt seines Glases. «Aber ob zwei genügen?»

«Hm», antwortete Savary. «Drei wären natürlich besser, aber zwei, das geht schon.»

«Ich bin für drei», meinte Sukov und zog seinen Bauern auf E6. «Und im Übrigen sollten Sie aufgeben, Savary.» Er lehnte sich in seinem Sessel zurück.

Savary nickte, dann erhob er sich. Sein Stock klackte leise, als er, begleitet von Hakala und Sukov, über schwarz-weiße Marmorfliesen zu dem Kamin hinüberging. Dahinter verbarg sich der geheime Aufzug, der in den geheimen Untergrund des Gebäudes führte. Savary öffnete eine Verschlusskappe, hinter der ein Zahleneingabefeld sichtbar wurde. Seine Hände zitterten, während er den Tagescode eingab. Die Türen glitten auf.

Ohne ein Wort zu sagen, durchquerten sie den Besprechungsraum, stiegen in einen Gleiter und schwiegen die ganze Fahrt über. Im Kontrollraum überprüfte Sukov mit geübten Griffen seinen Arbeitsplatz. Alles sah nach Routine aus. Savary begann, sich zu entspannen.

Als Tarvo Hakala zur Umkleidekammer wollte, stand Sukov auf und versperrte ihm den Weg.

Angespannt starrte Savary auf das Ding in Sukovs Hand. «Was ist das?», fragte er.

«Ein Metalldetektor, *Towarisch.*» Der Russe klang so gelassen und freundlich wie immer.

Hakala griff nach seinem Holster und stellte fest, dass seine Waffe fehlte. Sie lag noch oben, in seinem Zimmer. Er hatte sie nicht in die Bibliothek mitgenommen. «Hey, ich dachte, es geht hier um Vertrauen.»

«Ich werde euch gerne vertrauen, wenn ich euch damit überprüft habe.» Sukov machte eine Geste mit dem Detektor.

Savary knirschte mit den Zähnen, dann gab er Hakala ein Zeichen. Der Finne machte einen Schritt nach hinten. Der Russe hat recht, dachte Savary. Es war besser, sie schlossen aus, dass einer von ihnen die Hülse dabeihatte und auf dieser Reise erst in der Vergangenheit deponierte. Als Sukov Hakala mit dem Detektor überprüft hatte, trat Savary vor und hob die Arme.

Traurig schaute Sukov ihn an. «Schach», sagte er, «ist das Einzige, was wir hier miteinander *spielen*, *Towarisch.* Alles andere ist leider sehr ernst.»

Savary wiegte den Kopf. Dann folgte er Hakala, der auf dem Weg zu den Schutzanzügen war.

Sukov half den beiden hinein. «Dallas», gab Savary an. «Der Tag nach dem Attentat. Sonnenaufgang. Wollen doch mal sehen, ob wir nicht etwas Licht in diese Angelegenheit bringen können.»

23.

Karoline inspizierte die reich gefüllte Obstschale im Speisezimmer. Es sah aus, als wollte Sadie Fletcher sich auf kulinarischem Weg für die Zimmerdurchsuchungen entschuldigen. Sie entschied sich für ein paar Trauben und frische Feigen, die sie auf einem Teller mit auf ihr Zimmer nahm.

Das gemeinsame Abendessen, das erste seit der Erkenntnis, dass einer von ihnen ein Verräter sein musste, war eine schweigsame Qual gewesen, die anderen seither alle verschwunden. Savary und Sukov spielten wahrscheinlich eine ihrer Schachpartien. Betty war noch immer wackelig und hatte angekündigt, früh schlafen gehen zu wollen. Und auch sie hatte vor, sich für den Rest des Tages in ihren eigenen vier Wänden zu vergraben. Inzwischen schätzte sie die altehrwürdige Atmosphäre der Zimmer. Es war wie in Oxford. Genau das Maß an Geborgenheit, das sie brauchte.

Auf ihrem Nachttisch wartete das Tablet mit allen Dateien, die sie zu dem Attentat hatte bekommen können, dazu ein ganzer Stapel Bücher. Obenauf lag das Geschenk von Betty Rosenfeld: «Tapfer lieben». Sie betrachtete das Bild der Monroe auf dem Umschlag. Wenn man so aussah, so kam es ihr vor, konnte die Liebe doch wohl nicht allzu viel Tapferkeit erfordern. Sie schlug das Buch wahllos auf: «Denk daran, du kannst die Welt erobern (Fühlt sich nicht so an).»

Sie legte es beiseite und griff nach dem Dossier, das sie über Oswald angelegt hatte. Das war auch so einer, der mal gedacht hatte, er könnte die Welt erobern. Der mehr sein wollte, als nur ein Irgendjemand in einer amerikanischen Vorstadt. Und dann ist eher weniger draus geworden: Querulantentum, Schwierigkeiten, Entlassungen. Hilfsarbeiterjobs. So beschrieben ihn die offiziellen Quellen, die einen davon überzeugen wollten, dass Oswald schließlich aus Geltungswahn zum Gewehr griff, um sich in die Geschichte zu schießen. Was ihm zugegebenermaßen gelungen war. Das Ganze sah allerdings anders aus, wenn man annahm, dass er für den Geheimdienst arbeitete. Und Karoline hatte inzwischen allen Grund zu dieser Annahme. Dann wurde Oswalds Verliererexistenz mit einem Mal zur bloßen Fassade, und dahinter steckte einer, der erst auf einer geheimen Airbase sowjetische Flugzeuge ausspionierte, dann Russisch lernte und als Doppelagent nach Russland ging, um, zurückgekehrt, in die kubanische Exilantenszene eingeschleust zu werden. Nun sollte er seine erste wirklich große Rolle spielen. Aber welche genau?

Eine große Sache sei das, das hatte er ihr selbst gesagt. Meinte er damit die Ermordung des Präsidenten? Karoline vertiefte sich in die Unterlagen. Sie vergaß die Trauben. Wenn Lee Oswald der war, für den sie ihn hielt, dann zeichneten ihn vor allem zwei Dinge aus: Selbstbeherrschung und Geduld. War das der Mensch, dem sie auf der Treppe begegnet war? Dieser seltsam anrührende, knabenhafte Mann? Sie war sicher, dass sie nur eine Fassade gesehen hatte, kurz aufgebrochen durch seine wachsende Nervosität. Aber was lag dahinter? Ein Mörder? Ein Opfer? Karoline war entschlossen, sich an die Wahrheit heranzuarbeiten. Sie suchte nach Hinweisen auf Oswalds Aktivitäten kurz vor dem Attentat. Zweimal war ein FBI-Agent bei ihm zu Hause gewesen, das war bekannt. James Hosty hatte allerdings stets nur Marina Oswald angetroffen, nie ihren Mann. Offenbar hatte er ihr, die keine amerikanische Staatsbürgerin war, mit Ausweisung gedroht. Warum?, fragte Karoline sich. Einmal dann war es umgekehrt gewesen, Oswald hatte Hosty in seinem Büro aufgesucht. Er war also beim FBI gewesen! Dort hatte er einen Zettel hinterlassen, den Hosty kurz nach dem Attentat auf Anweisung des Dienststellenleiters vernichtet hatte. Der Mann leugnete, das je befohlen zu haben. Später sagte Hosty, auf dem Zettel hätte nur gestanden, dass Oswald sich die Drohungen gegen seine Frau verbeten habe. Und verschwinden lassen hätten sie die Notiz, damit niemand auf die Idee kam, dass sie vor dem Attentat Kontakt zu Oswald hatten. Sonst hätte man ihnen unterstellt, dass sie nicht bemerkt hätten, wie gefährlich Oswald war. Aber warum waren dann nicht auch die Vermerke über die Besuche gelöscht worden? Karoline glaubte der Erklärung nicht. Sie ging das Memorandum durch, das für die Warren-Kommission über Oswald angefertigt worden war. Dabei fand sie nur eine Sache heraus, die hilfreich war: Oswald hatte Hostys sämtliche Telefonnummern. Er hätte ihn jederzeit anrufen können. Warum also die seltsame Aktion mit dem Zettel?

Karoline fluchte, dass sie nicht an das Internet herankam, um sich in die diversen Datenbanken der Behörden zu klicken. Sie alle hier im Haus waren auf ein Intranet verwiesen zur Kommunikation. Mails für auswärts wurden nur nach Prüfung weitergeleitet, Telefonate waren untersagt. Solange sie auf Jersey weilten, unterlag alles, was sie taten, dem strikten Gebot der Geheimhaltung und Überwachung. Einzig Hannah, die für die Beschaffung von Informationen und Ausrüstung zuständig war, hatte Zugang ins Netz. Weil sie die Geschickteste war. Und, vermutete Karoline, weil man wusste, dass man sie im Auge behalten musste und es auf diese Weise ganz ungeniert und ohne moralische Bedenken tun konnte. Dafür war man sicher, dass Hannah keine Intrigen spann, keine Meinungen hatte, keine Interessen vertrat. Es ging bei ihr nie um Moral oder die Menschheit. Es ging, dachte Karoline, immer nur um Geld. Das machte berechenbar. Und, so albern es klang, es machte sie auf gewisse Weise verlässlich. Ja, Hannah könnte sie jetzt gebrauchen.

Sie schlug die Bettdecke zurück und schlüpfte in ihre Slipper. Über den PC konnte sie Hannah nicht erreichen, sie war offenbar gerade nicht im internen Netz unterwegs. Karoline beschloss, persönlich bei ihr vorbeizuschauen. Auf dem Flur war es still, der Teppich verschluckte ihre Schritte. Von der Unruhe der Durchsuchung war nichts mehr zu bemerken. Obwohl jedes einzelne Bild im Korridor abgenommen, jeder Teil der Holzvertäfelung abgeklopft und mit einem Metalldetektor abgefahren worden war. Jetzt war nichts mehr davon zu spüren. Nur eine defekte Leuchte blinzelte in ihrer Messingfassung.

Als Karoline an di Vannucis Tür vorbeikam, hörte sie ein Kichern. Sie blieb stehen und lauschte. Dann erkannte sie Hannahs Stimme. Hannah und di Vannuci! Natürlich, war ihr zweiter Gedanke. Di Vannuci war der Erste, mit dem Hannah in der Gruppe je einen Scherz gemacht hatte. Karoline neigte den Kopf näher an die Tür. Ja, es war Hannah. Jetzt redete sie. Karoline konnte nichts verstehen, aber die raue Stimme der Schweizerin war unverkennbar. Und sie klang so entspannt, wie Hannah sie niemals erlebt hatte. Jetzt war es di Vannuci, der lachte. Hannah kreischte wie ein Girlie. Dann quietschte das Bett. Mit einem Mal wurde Karoline bewusst, was sie da eigentlich tat. Sie fuhr zurück und wurde rot. Nervös schaute sie den Gang hinauf und hinab. Zum Glück war niemand zu sehen. Und da sie schon einmal hier war, fasste sie den nächsten Entschluss.

Sie ging zu Hannahs Zimmer und trat ein. Die Spuren der Durchsuchung waren noch gut zu erkennen. Oder war das Hannahs eigenes Chaos? Der Schreibtisch allerdings wirkte ordentlich. Wenig Papier. Hannah gehörte definitiv zur digitalen Generation. Karoline nahm Platz, schaltete den Computer ein und versuchte sich zu orientieren. Natürlich, sie hätte es sich denken können: Der PC war passwortgeschützt. Hannah war nicht naiv, und sicher wäre es sinnlos, nach einem Zettel in ihrer Schublade oder einem Aufkleber unter der Tastatur zu suchen, dem Ort, an dem die meisten Oxford-Professoren ihre Passwörter aufbewahrten. Karoline tippte «Pierro» in die Maske ein. Fehlanzeige. Hannah war auch nicht sentimental, dachte Karoline. Ein Rundumblick über das Zimmer zeigte ihr, dass es hier keine Familienfotos, keinen Deko-

Schnickschnack, kein Kuscheltier im Bett und keinen persönlicheren Gegenstand gab als eine Strumpfhose mit Löchern. Sie wollte schon aufgeben, als sie bemerkte, dass auch Hannahs iPad dalag.

Einige Dateien waren geschützt. Aber andere waren offen zugänglich. Unter anderem eine Datenbank mit Bildern, die so viele Zeitzeugen wie möglich beinhaltete. Karoline kannte das Prinzip. Hannah versuchte, von möglichst jedem der Beteiligten ein zeitgenössisches Bild zu bekommen, damit sie auf die Personen, die ihnen begegneten, über eine Datenbank-Suchaktion zugreifen konnten, wenn sie jemanden identifizieren wollten. Das war über den Namen der Person möglich, über den Aufenthaltsort. Oder auch nur über das Gesicht. Hannah hatte es ihr im Ripperfall vorgeführt. Sie hatte dafür das Gesichtserkennungsprogramm von Interpol gehackt und für ihre Zwecke adaptiert.

Karoline setzte sich und klickte das Untermenü zur Erstellung eines Phantombildes an. Dann, mit einiger Mühe, lud sie Oswalds Foto hoch, das bereits in die Datenbank eingepflegt war. Es ging ihr aber nicht um Oswald, es ging ihr um den Mann auf der Treppe. Den Mann, der an Oswald und ihr vorbei in den fünften Stock gestiegen war und von dort vermutlich auf den Präsidenten geschossen hatte. Er hatte Oswald ähnlich gesehen. Aber Karoline wollte das präzisieren. Was sie gesehen hatte, war ein Mann mit einer größeren Nase als Oswald. Sie klickte auf die verschiedenen Angebote, bis sie zufrieden war. Sie kannte das Gesicht nur im Profil und musste akzeptieren, was für Veränderungen das Programm automatisch an der Frontalansicht von Oswalds Gesicht vornahm. Der Mann war außerdem älter gewesen, fand sie. Aber woran sollte sie das festmachen? Eine Furche am Kinn, fiel es ihr ein. Tiefer eingegraben als bei Oswald. Die Augenbrauen weniger dicht, weniger geneigt an den Enden. Die Haut rauer. Sie versuchte, alles, woran sie sich erinnerte, in die Datenbank einzugeben und das Bild entsprechend zu verändern. Als sie fertig war, hielt sie kurz inne. Sie kannte den Mann nicht, der ihr da entgegenstarrte. Dennoch drückte sie auf den Knopf. Die Suche startete. Neben dem Phantombild wechselten Hunderte von Gesichtern einander auf dem Bildschirm ab.

Karoline ließ den PC seine Arbeit machen und sah sich auf dem Schreibtisch um. Da lag ein Ausdruck der Strecke, die Kennedys Limousine genommen hatte. Zwei, drei Gebäudepläne, Kopien alter Originale, wie es aussah, mit den Stempeln der Ämter. Ein Stapel CDs. Ein Stick mit unleserlichem Aufkleber. Aufgerissene Kaugummi-Verpackungen. Darunter ein Briefkuvert und, halb herausgerutscht, ein laminiertes Namensschild, wie es bei Symposien an die Teilnehmer ausgegeben wurde. Karoline nahm es in die Hand. Eine Journalisten-Akkreditierung. Für einen Kongress über Nukleartechnik und Ethik. Das Ganze hatte 2007 in Tel Aviv stattgefunden. Was wollte Rüthli mit dem alten Ding? Sie betrachtete das Gesicht des Mannes, der Salomon Groß hieß. Ob Hannah ihn näher gekannt hatte?

Da wurde die Tür aufgerissen. Karoline zuckte zusammen und ließ den Anstecker zu Boden fallen. Hannah hielt sich nicht auf. Sie lief zum Schreibtisch und riss Karoline den Laptop weg. «Was soll das?»

«Sie waren nicht da.» Die Historikerin stand auf. «Und ich hatte eine wichtige Anfrage für die Datenbank, da ...»

«Es ist mitten in der Nacht.» Hannah studierte die Vorgänge auf dem Bildschirm.

In der Tür erschien di Vannuci, der sich die Brust unter dem Morgenmantel kratzte. «Dann wird das wohl nichts mehr mit dem Cognac», sagte er. Aber seine Augen fixierten Karoline. Er wandte sich an Hannah: «Du solltest nachsehen, ob man dir etwas untergeschoben hat.»

Es dauerte einen Moment, ehe Karoline Freitag begriff. Er dachte also, sie wäre die Diebin der Hülse und würde sie nun in

Hannahs Zimmer platzieren, um sie loszuwerden. «Nein, nein, nein», begann sie und hob abwehrend die Hände.

«Weil *ich* hier die Diebin bin, meinst du?» Hannah nahm sich einen Kaugummi. Sie schaute Karoline an. «Wer ist das?», fragte sie und wies mit dem Kinn auf das Phantombild.

Karoline erwog, ihr die Wahrheit zu sagen. Doch sie zögerte.

«Kommen Sie schon.» Hannah lächelte überlegen. «Ich kann Videoaufzeichnungen analysieren, glauben Sie mir. Ich hab mir den Film von eurem ersten Ausflug ganz genau angesehen.»

«Ja?» Karoline bekam es mit der Angst. «Und?»

Hannah öffnete den Mund. Aber dann fiel ihr Blick nach unten. Sie bückte sich und hob das Namensschild auf.

«Ich ...», wollte Karoline anfangen.

Hannah jedoch kam ihr zuvor. Sie drängte sie beiseite und griff nach dem Briefumschlag, aus dem das Schild stammte. Hastig untersuchte sie den Inhalt. Karoline hatte noch Gelegenheit, einen altmodischen Streifen Automatenbilder zu sehen, einen handgeschriebenen Zettel, einen Kinderausweis. Dann hatte Hannah schon alles zusammengefaltet, die Schreibtischschublade aufgezogen, es hineingeworfen und abgeschlossen. «Raus!», sagte sie.

«Ich wollte ...»

«Raus. Alle raus!», wiederholte sie, als di Vannuci etwas zu sagen versuchte. Sie blieb mit dem Rücken zu den beiden stehen. Sie gehorchten.

Karoline wusste nicht, wie sie di Vannuci in die Augen sehen sollte. «Ich wollte wirklich nicht ...» Auch diesmal kam sie nicht zum Ende.

«Wenn Sie die Hülse haben, dann geben Sie sie mir.»

Karoline hob den Kopf. «Ich wünschte, ich hätte sie.»

Er starrte sie lange an. «Wenigstens das haben wir gemeinsam.» Sie waren bei seinem Zimmer angekommen. Ohne ein Wort des Abschiedes ging er hinein und knallte die Türe zu.

24.

Schon in diesen frühen Stunden lag Dallas träge unter der Sonne des Jahres 1963. Die Züge fuhren, die Presslufthämmer ratterten, und Autos schnurrten vorbei. Die Dealey Plaza sah aus wie frisch geputzt. Passanten waren wenige zu sehen. Die Sitte, an den Orten von Attentaten Berge von Blumen, Kerzen und Plüschtieren zu hinterlassen, war noch nicht erfunden. Amerikas Trauer fand vor den Bildschirmen statt.

Wie am Vortag war der Himmel wolkenlos. Die Sonne ließ Backsteinfassaden und historische Gebäude leuchten. Zwischen den Eichen strahlte die modernistische Betonstruktur der Bryan Pergola in ungebrochenem Weiß. Um sie herum das, was als «der Grashügel» in die Geschichte eingehen würde.

Hakala rollte unbehaglich seine Schultern, während er mit Savary die Elm Street entlangging. Sie war dreispurig. Doch das, was auf ihr fuhr, hätte für die Verhältnisse, wie sie die beiden aus ihrer Zeit kannten, nicht den Namen Stadtverkehr verdient. Die Luft war sauber, sie konnten einander verstehen. «In dem Anzug komme ich mir immer vor, als ginge ich auf eine Beerdigung.»

«Tun Sie ja auch, in gewisser Weise.» Savary blieb stehen. Sie waren aus der Richtung der Bahnunterführung gekommen. An deren Steinkonstruktion schloss sich der Holzzaun mit seinen weiß gestrichen Latten an. Sie waren oben spitz zugeschnitten, aber nicht wirklich ein Hindernis für einen sportlichen Mann. Eichen säumten den Zaun und sorgen für Sichtschutz. Das Stück Gras davor war abschüssig, es verdiente kaum den Namen Hügel. Savary hielt neben dem Autobahnschild an. «Das hat die Sicht von der Bahnbrücke her behindert», stellte er fest. «Auch die Bäume bieten Schutz. Dort vorne am Ende des Zaunes die Treppe, dann kommt schon die Pergola.» Er zeigte Hakala mit der Hand, was er meinte. Die Szenerie war so friedlich wie überschaubar. «Wo würden Sie sich hinstellen, Tarvo?»

Der Finne überlegte. «Eigentlich klar», sagte er nach einer kurzen Weile. «An jedem Ende der Pergola befindet sich so etwas wie ein geschlossener Raum. Im Linken, dem, der zu den Gleisen hin liegt, hätte ich gewartet, das Gewehr unter dem Mantel, an die Wand gelehnt.» Er winkte Savary, mitzukommen. Sie gingen den Zaun entlang, an der Treppe vorbei, bis zum Beginn der Pergola. «Hier hat Zapruder gestanden.» Hakala wies auf eine Stützmauer vor dem Bau. «Aber der war so mit Filmen beschäftigt, ich wette, er hätte nicht bemerkt, wenn ich hinter ihm vorbeigegangen, mein Gewehr gezückt und entsichert hätte. Allerdings hätte er den Schuss gehört. Der Schütze muss also weiter in Richtung Bahn in der Nähe der Gleise gestanden haben.»

Hakala kniff die Augen zusammen und inspizierte das Gelände. «Dort», sagte er. «Die große Eiche gibt Deckung, die Treppe bietet eine Fluchtmöglichkeit. Ich stehe erhöht und sehe alles. Von der Brücke schirmt mich das Verkehrsschild ab, wie Sie gesagt haben. Ja, genau dort. Savary.» Der Franzose hatte sich die ansteigende Fläche zur Pergola hochgequält und inspizierte die Laube, von der Hakala gesprochen hatte. Die Mauern waren auf allen Seiten durchbrochen, und zur Dealey Plaza öffnete sich ein großer Torbogen. Dennoch war es vermutlich das geschützteste und diskreteste Plätzchen, das man hier einnehmen konnte. Stirnrunzelnd betrachtete er den Fußboden. Doch er konnte keine Spuren erkennen. Auf dem Gras draußen würden sie auch nichts finden, es war alles zertrampelt von den flüchtenden Zuschauern, den Motorrädern der Polizeieskorte und den Stiefeln der Beamten, die nach den ersten Gerüchten den Hügel gestürmt hatten. Bis der Verdacht sich dann auf das Schulbuchdepot konzentrierte. Das Gelände war nicht groß, sogar viel kleiner und übersichtlicher, als er erwartet hatte. Es war wie mit Kindheitserinnerungen.

Sie würden trotzdem kaum eine Chance haben, eine einzelne Hülse oder die Spur einer Grabung zu finden, wenn sie alles einfach so abgingen. Sie brauchten einen Ausgangspunkt. Savary trat aus der Pergola. Er schaute zu Hakala, der auf ihn zukam. «Na, dann.» Savary hob seinen Stock, bereit, ihn kräftig in die Erde zu rammen, um über die Schräge zu einer Betontreppe zu gelangen. Plötzlich hielt er inne. Ein Mann näherte sich. Zielstrebig überquerte er die drei Spuren der Elm Street und kam auf die Baumgruppe vor dem Zaun zu.

«Wo ist der jetzt hergekommen?» Hakala zog Savary in die Laube.

Der Mann trug wie sie einen unauffälligen dunklen Anzug, Hut und Krawatte. Sein Jackett war weit geschnitten, doch es öffnete sich bei seinem energischen Gang so weit, dass sie ein Schulterholster erkennen konnten. Eine Sonnenbrille verbarg sein Gesicht. «Joshua?», hauchte Savary.

Hakala zuckte mit den Schultern. «Kann ich nicht sagen. Aber er riecht nach Agent.» Sie blieben in Deckung und beobachteten, wie der Mann stehen blieb und das Gelände in derselben Weise musterte wie sie vorher. Er hatte die Hände in die Hüften gestemmt und ließ seine Blicke schweifen. Offenbar entschied er sich zunächst für das Areal dicht am Zaun. Sie sahen, wie er dorthin ging, die Sonnenbrille abnahm und dann Schritt für Schritt das kleine Gebiet abging. Den Kopf hielt er gesenkt, so als suche er etwas. Sein Gesicht konnten sie immer noch nicht erkennen. Die Suche schien kein Ergebnis zu erbringen. Der Mann blieb stehen, ruckte an seiner Krawatte. Als er aufschaute, um mit zusammengekniffenen Augen die Plaza zu überblicken, konnten sie zum ersten Mal seine Züge näher betrachten.

«Eine jüngere Version von Joshua?» Savary klang zweifelnd.

«Nicht mit dem Kinn.» Hakala war sicher. «Nase und Ohren wirken später größer. Der Umfang des Gesichts verändert sich durch einen zurückgegangenen Haaransatz und eingelagertes Fett. Aber die Knochenstruktur bleibt dieselbe. Dieser Mann hat einen viel kräftigeren Kiefer als Joshua.»

«Wir hätten eine Kamera mitnehmen sollen.»

«Haben wir.» Hakala holte ein iPhone heraus und schoss drei schnelle Bilder.

Strafend schaute Savary ihn an. «Hey», meinte der Finne. «Das ist keine offizielle Reise, da muss man auch die Regeln nicht so genau nehmen, oder? Wenn uns jemand anhält, lasse ich es unauffällig verschwinden.»

Savary beschränkte sich auf ein Seufzen. «Da!», entfuhr es ihm dann. «Jetzt ist er da, wo eine Suche sinnvoll sein könnte. Glauben Sie, er weiß Bescheid?»

Hakala schaute noch eine Weile zu. «Er stochert nur herum», meinte er dann. «Hat vermutlich von den Zeugenaussagen gehört, die hier Rauch gesehen und einen Knall gehört haben wollen, und möchte auf Nummer sicher gehen. Sehen Sie? Jetzt überlegt er wieder. Mehr nach links», flüstert Hakala, als handle es sich um ein Spiel. «Wenn ich du wäre, würde ich oberhalb des ersten Absatzes suchen. Kalt, kalt, wärmer.» Er grinste.

«Da, jetzt bückt er sich.» Savary drehte sich aufgeregt zu Hakala um. «Woher wussten Sie das?»

«Ich sagte doch, dort würde ich mich postieren.» Der Finne klang sehr zufrieden. Doch im nächsten Augenblick verzerrte sich sein Gesicht. «Mist, er hat tatsächlich was.»

Hilflos sahen die beiden zu, wie der mutmaßliche Agent einen kleinen Gegenstand hochhob und gegen das Licht betrachtete.

«Ist das eine Hülse? Ist das *unsere* Hülse?»

«Ich weiß es nicht. Ich weiß es nicht.» Was immer der Mann gefunden hatte, er steckte es umstandslos in seine Jacketttasche und ging zielstrebig davon. «Was machen wir denn jetzt?», fragte Hakala aufgeregt.

«Ich finde, wir sollten ...»

Da lief der Finne auch schon los. «Ich folge ihm.» So schnell er konnte, nahm er die kleinen Stufen der Treppe. Sein Hut wippte, seine Krawatte flog. Savary trat aus der Pergola und klammerte sich an das Geländer. Es war zwecklos, Hakala aufhalten zu wollen. Wenn er riefe, würde nur der andere Mann aufmerksam. Hilflos sah er zu, wie beide nacheinander die Elm Street und das Grün dahinter überquerten und dann auf die Arkade und das Wasserbecken vor einem roten Gebäude mit altertümlichen Türmchen zuhielten. Bald verlor er sie aus dem Blick. Würden sie in die Houston Street einbiegen? Wo wollte der Fremde hin? Savary richtete sich auf und rieb sein vom Stehen steif gewordenes rechtes Bein. Er würde die Sache Hakala überlassen müssen. Hoffentlich verhielt sich der Finne unauffällig.

Was konnte er selbst tun? Er kam sich ein wenig vor wie ein allein auf der Bühne zurückgebliebener Schauspieler, der improvisieren musste. Ein Grüppchen Frauen ging vorbei. Ihre Absätze klapperten, sie warfen ihm nur einen kurzen Blick zu und gingen schneller. Das erinnerte Savary daran, dass die Zeit verging. In einigen der Büros in der Nähe würden bald die Geschäftszeiten beginnen. Auf der Eisenbahnbrücke würden Arbeiter auftauchen. Es würde rasch lebhafter werden. Vermutlich war es am besten, er zog sich zurück. Sie würden es einfach noch einmal versuchen, diesmal früher – fünf Minuten würden genügen –, und die Hülse selbst bergen.

Langsam ging er zu der Stelle, an der der Fremde fündig geworden war. Hier etwa musste das kostbare Stück gelegen haben. Verärgert stocherte er mit der Spitze seines Stockes im staubigen Gras herum.

Gelegen?, schoss es ihm durch den Kopf. Aber hatte Joshua nicht davon gesprochen, dass er die Patronenhülse, nachdem er sie durch einen Biss gekennzeichnet hatte, *vergraben* hätte? Sie hatte doch in der Erde gesteckt, gut geschützt in einer Hülle. Anders hätte sie ja wohl auch kaum all die Zeit überdauert. Das, was der andere hier eben gefunden hatte, konnte nicht Joshuas Hülse sein, oder? Er bückte sich und begutachtete den Boden. Eine Stelle an seinem rechten Fuß sah aus wie ein kleiner Maulwurfshügel, in den jemand getreten war. Er richtete sich wieder auf. Schaute sich um. Es gab keine weiteren Maulwurfshügel in der Nähe. Auch nicht weiter entfernt. Entweder war dieser Maulwurf nur ein einziges Mal ans Licht geklettert, oder …

Mit einem schnellen Blick versicherte sich Savary, dass keiner ihn beobachtete. Dann ließ er sich auf das linke Knie nieder und tat so, als wollte er seine Schnürsenkel richten. Den Stock lehnte er an das Treppengeländer. Mit bloßen Fingern wühlte er in dem kleinen zerdrückten Erdhäufchen. Da war etwas, er war sicher. Holz wurde sichtbar, ein Zigarrenkästchen. Mit einiger Anstrengung brachte er seine Finger darunter und hob es an. Wer immer es vergraben hatte, war anschließend auf die Stelle getreten. Eine Ecke war gesplittert und eingedrückt, doch der Rest intakt. Feucht, stellte Savary fest, aber nicht sehr. Die Schrift war gut lesbar, an der Öffnung klebte ein Stück Papier-Banderole. Nichts war zersetzt oder angefault. Das Ding lag erst seit ganz kurzer Zeit im Boden. Er würde wetten, seit gestern. Liebevoll klopfte er die letzten Krumen ab.

«Kann ich Ihnen helfen, Sir?»

Savary riss den Kopf hoch. Über ihm ein junges Gesicht, sommersprossig. Grinsend. «Sir?»

Instinktiv drückte er das Kästchen an sich. Er tastete nach seinem Stock. Er musste hochkommen, musste etwas sagen, musste …

Der junge Mann reichte ihm den Stock und stützte ihn unter dem Ellenbogen, bis er wieder aufrecht stand. «Ist wirklich alles in Ordnung?»

«Ja, ja», stammelte Savary, der vergeblich versuchte, mit nur einer freien Hand das Kästchen in der Innentasche seines Jacketts zu verstauen. Es war zu groß. Er war zu ungeschickt. «Mir ist nur etwas runtergefallen und ... ich ... mein Bein ...»

«Korea, hm? War mein Dad auch», sagte der Junge. Denn mehr als ein Junge, das sah Savary jetzt, war er nicht. Er trug einen Stapel Zeitungen unter dem Arm. Als er Savarys Blick bemerkte, bot er ihm eine an. «Die neuesten Nachrichten über das Attentat, Sir.»

Savary kramte nach Geld und gab ihm eine Dollarnote für die Ausgabe der Dallas Morning News, die mit «Kennedy Slain on Dallas Street» aufgemacht hatte. Das Bild des Präsidenten und ein kleineres von Connally starrten ihn an.

«Ihr Wechselgeld, Sir.»

Savary winkte ab.

«Aber das ist zu viel, Sir.» Der Junge hielt ihm eine ganze Handvoll Münzen entgegen. Die Zeitung machte 5 Cent.

Energisch stopfte Savary sich die Zeitung in die Jacke und packte seinen Stock. Mit einem raschen Gruß machte er sich daran, davonzuhinken.

«Danke, Sir.»

Savary winkte mit dem Stock, ohne sich umzuwenden. Doch der Junge kam ihm hinterher und schloss auf. «Für noch 'n Buck erzähl ich Ihnen auch, was nich in der Zeitung steht.»

Savary blieb stehen. Misstrauisch betrachtete er sein Gegenüber. «Ja?», fragte er endlich.

«Klar. Dass Kennedy 'n Bastard war. Und wenn der Kommunist ihn nicht kaltgemacht hätte, hätten wir Patrioten es getan.» Als er sah, wie Savarys Gesichtsausdruck sich veränderte, lachte er und gab Fersengeld. Savary schaute ihm nach, unangenehm berührt und doch erleichtert. Für einen Moment hatte er geglaubt – ach, er wusste selbst nicht, was er geglaubt hatte. An ein Orakel in Gestalt eines Zeitungsboys? An ein Wunder? Stattdessen war er nur daran erinnert worden, dass Kennedy erst nach seinem Tod zu einem nationalen Heiligen geworden war. Er erinnerte sich wieder an die Kiste in seiner Linken. Hartnäckig hielt er sie unter seinem Jackett verborgen, auch wenn das unsinnig scheinen mochte. Aber er war nicht sicher, ob unter der zunehmenden Zahl an Fußgängern, die inzwischen die Gehsteige bevölkerten, nicht weitere Agenten waren und vielleicht auch solche, die ihn beschatteten. Savary beeilte sich, von der Treppe, dem Hügel, dem ganzen Ort wegzukommen. Er hinkte in Richtung der Bahnunterführung. Auf Hakala zu warten hatte keinen Sinn. Besser, er brachte seine Beute in Sicherheit. Wenn er erst einmal im Waggon säße, hätte er zumindest die Muße, zu untersuchen, was er da hatte. Er ging, unter der wärmer und wärmer werdenden Sonne, und ihm war, als klopfte sein Herz im Inneren der Kiste.

25.

Der Mann machte Tempo, das musste Hakala ihm lassen. Er strebte zügig in die Innenstadt von Dallas und stoppte nur ein Mal, um in einem Drugstore Zigaretten zu kaufen. Chesterfield King, rot-weiß, mit blauer Steuerbanderole. «Tastes Great because the tobaccos are», versprach das Werbeschild im Fenster. Nichts von wegen: Rauchen kann tödlich sein.

Hakala blieb vor dem Laden und betrachtete das Gesicht des Mannes und das des Verkäufers. Sie unterhielten sich kurz, ein Lachen, dann ernst. Man nickte in Richtung der Zeitungen. Es gab keine Anzeichen dafür, dass sie Vertrauliches besprachen. Hakala achtete vor allem auf die Hände des Mannes. Doch was sie auf die Theke legten, waren nur Münzen. Die Hülse musste noch in seiner Anzugtasche stecken. Als der Mann wieder auf die Straße trat, seinen Hut zurechtrückte und sich anschickte, die Straße zu überqueren, war Hakala zehn Meter hinter ihm, auf der Höhe eines Ladens für Angelbedarf. Und weiter ging es. Hakala dachte schon, sie würden eine Tagestour durch Dallas unternehmen, und fragte sich, wofür eigentlich Taxis erfunden worden waren, als der Mann vor ihm endlich sein Ziel erreicht zu haben schien. Es war ein modernes Bürogebäude mit gläserner Eingangstür. Im Inneren gab es einen Empfang mit Portier. Hakala runzelte die Stirn und fragte sich, mit welcher Ausrede er an dem Pförtner vorbeikommen könnte. Er blickte die Fassade hinauf auf der Suche nach Firmenlogos, Schildern, irgendwelchen Hinweisen, die ihm sagten, welche Unternehmen hier ansässig waren. Es dauerte eine Weile, bis er sich wieder auf die Lobby konzentrierte und ihm das Offensichtliche in die Augen sprang: die blaue Plakette mit dem Adlerkopf, der hervorsah hinter dem weißen Schild mit dem Stern. Darüber die Inschrift: *Central Intelligence Agency*.

«Ach so», murmelte Hakala und zog den Hut in die Stirn.

Er ging in die Bar auf der anderen Straßenseite. Die dunkle Holzvertäfelung und das irische Grün der Fenster kontrastierten mit dem Sonnenschein draußen. Doch wenigstens konnte er durch die Tür mit den bronzenen Buchstaben «Dublin Pub» den Eingang der Agency im Auge behalten. Der Wirt polierte Gläser und beobachtete Hakala. Der wettete, dass es sich hier um die Stammkneipe der Agenten handelte, und trank sein frühes Bier mit undurchdringlicher Miene. Wenn das hier länger dauerte, käme er um ein Gespräch nicht herum.

«Sie sind kein Amerikaner.»

Da war es schon. «Nein», bekannte er. «Schwede.» Man sollte immer nahe an der Wahrheit bleiben.

«Haben Sie von dem Attentat gehört?» Der Wirt hörte auf zu polieren.

«Ich war gerade im Hospital, als es in den Nachrichten kam.» So nah an der Wahrheit wie möglich. So hatte er es gelernt. «Schrecklich.»

«Im Parkland?» Der Mann schien fasziniert. «Haben Sie ihn gesehen?»

«Wen, den Präsidenten? Nein», sagte Hakala. «Das Parkland ist groß. Ich arbeite nicht in der Notaufnahme.»

«Eine verdammte Schande.»

Es dauerte eine Weile, bis Hakala begriff, dass sich das nicht auf ihn bezog. Er nickte. «War ein guter Mann.»

«Ich war hier, wie jeden Tag.» Dem Wirt traten Tränen in die Augen. «Konnte ja nicht ahnen, dass es die letzte Gelegenheit wäre, ihn lebend zu sehen. Verstehen Sie?»

Hakala wagte sich ein wenig vor. «Was sagen denn die dort drüben?» Er wies mit dem Daumen auf das CIA-Büro. «Haben wir den Richtigen?»

Er erntete einen misstrauischen Blick. «Wenn er es ist, wird er dafür auf den elektrischen Stuhl kommen, Gott sei mein Zeuge.»

Hakala verkniff sich ein Amen und nahm einen Schluck. «Verdammte Schande», echote er. Dann ging drüben die Tür auf. Sein Mann kam wieder heraus. Hakala schaute auf die Uhr. Er war mehr als fünfzehn Minuten in dem Gebäude gewesen. Genug Zeit für alles Mögliche. Hastig warf er eine Handvoll Münzen auf den Tisch und trat nach draußen.

Er hörte einen Wagen, der jetzt mit quietschenden Reifen um die Ecke kam. Auch der andere hatte es gehört und schaute auf. Kurz trafen sich ihre Blicke. Betroffen hielt der Finne einen Moment lang inne. Er hatte eine Frage im Blick des anderen gesehen. Und da war Angst. Hakala hob die Arme, um zu winken. Zurück, wollte er rufen. Er hatte die Hände noch nicht einmal auf Hüfthöhe, als es geschah.

Der schwarze Buick schoss heran, schwenkte auf Höhe des Agenten einmal knapp aus, um den Mann, der sich auf der Gegenfahrbahn befand, auch sicher zu treffen, erwischte ihn mit der Stoßstange und hielt nicht an, als der Körper über die Motorhaube polterte und in den Rinnstein fiel. Der Wagen war so schnell weg, wie er gekommen war.

Hakala stand am Randstein und schaute dem Wagen nach. Das Nummernschild war verschmutzt, nicht zu erkennen. Drei Männer hatten im Inneren gesessen, so viel konnte er sagen. Drei Anzüge, drei Hüte, drei Sonnenbrillen. Ein Scheiß-Agentenfilm aus den Sechzigern. Ohne sich weiter aufzuhalten, lief er zu dem Verletzten. Es waren andere Passanten in der Nähe, doch sie zögerten, zu geschockt oder unsicher, um sofort zu reagieren. Hakala neigte sich über den Körper.

Da erschien, das Handtuch fest umklammert, der Wirt hinter ihm. «Kann ich helfen?»

«Rufen Sie einen Krankenwagen», sagte Hakala. «Es sieht ernst aus.» Im nächsten Moment war er wieder allein mit dem Sterbenden. Er brachte den Mann in die stabile Seitenlage und tastete am Hals nach dem Puls. Er war da, aber schwach. Äußerlich war kaum Blut zu sehen, nur eine kleine Spur unter der Nase, und der Mann hatte Schürfwunden im Gesicht. Aber Hakala war sicher, dass er innere Verletzungen davongetragen hatte. Der dumpfe Laut des Aufpralls hallte noch in seinen Ohren. Der Mann in seinem smarten Anzug war herumgeschleudert worden wie eine Lumpenpuppe. So schnell er konnte, tastete Hakala die Taschen des Mannes ab. Er fand Münzen, eine Börse, ein kleines Lederetui, das er aufklappte, um zu sehen, was er erwartet hatte: den Ausweis mit demselben Adler und Stern wie im Büro gegenüber. Der Mann war ein Special Agent. Nach seinem Ausweis hieß er Munro. Aiden Munro. «Eine Decke», rief er, als ein anderer Passant sich näher wagte. «Er hat einen Schock.» Sofort drehte der Mann ab, um das Geforderte irgendwo zu besorgen.

Noch einmal ging Hakala alle Taschen durch, Jackett innen und außen, Hose. Er fuhr sogar die Beine ab und checkte die Ränder der Socken. Munro trug zusätzlich ein Wadenholster. Er war kein Bürohengst gewesen und sicher kein Anfänger. Aber er hatte keine Chance gehabt. Hakala zog ihm die Schuhe aus. Doch auch dort: Fehlanzeige. Die Hülse war fort. Einer letzten Eingebung folgend, öffnete Hakala ihm den Mund. So schnell er konnte, tastete er mit den Fingern die Mundhöhle ab. Als er die Blicke der wachsenden Zuschauerzahl bemerkte, neigte er sich vor und simulierte eine Mund-zu-Mund-Beatmung. Munro schmeckte nach Zahnpasta und nach Blut.

Hakala stellte das Beatmen ein und tastete erneut nach dem Puls. Es war keiner mehr zu spüren. Im Grunde besser so, dachte er, dann konnte die dilettantische Herzmassage, zu der er sich genötigt sah, auch keinen Schaden mehr anrichten. Dem Publikum zuliebe zählte er laut. Dabei wanderte sein Blick die Bürofassade gegenüber auf und ab. An einigen Fenstern standen Menschen. Wem hast du die Hülse gegeben, Munro?, fragte Hakala im Stillen den Mann, der ihm keine Antwort mehr geben konnte. Und wer hat so schnell reagiert, dir diesen Wagen zu schicken, der dich abholte ins Jenseits? Fünfzehn Minuten. Der Mann mit der Decke kam, hinter ihm Neugierige, die sich in seinem Windschatten näher heran trauten. Es wurde Zeit, dass er verschwand. «Tut mir leid, Kumpel», sagte er und stand auf. Sofort nahm der Mann mit der Decke seinen Platz ein.

Hakala nutzte die Gelegenheit, um sich unter die Menge zu mischen. Wie angesogen kamen sie nun von allen Seiten heran. Sie hatten Blut gewittert. Die Sirenen waren schon zu hören. Rufe schwirrten durch die Luft. Hakala ging schneller, stieß an Schultern, gebrauchte seine Ellenbogen, ohne sich umzusehen. Sollten sie doch eine Beschreibung von ihm liefern. Sie würden ihn in diesem Leben nicht mehr sehen.

Die Freude, davongekommen zu sein, beflügelte ihn für einen Moment. Dann kam der Frust. Als die Dealey Plaza wieder in Sicht war, hielt er an einem der Wasserbecken inne, schöpfte sich eine Handvoll, um sich die verschwitzte Stirn zu kühlen und den Mund auszuspülen, in dem es noch immer nach Minze und Blut schmeckte. Lange starrte er sein Spiegelbild in dem Bassin an. Endlich schlug er mit der Hand auf das Wasser. «Verdammt!», sagte er laut. Es war das Letzte, was Dallas von Tarvo Hakala hörte.

26.

Sukov döste vor sich hin, als Savary und Hakala zurückkehrten. Blinzelnd folgte er ihren Ausführungen. Savary wollte das Kästchen öffnen, Sukov hielt ihn zurück. «Nicht hier», sagte er. Er schlug vor, dass alle im Besprechungsraum zusammenkamen, um die Neuigkeiten zu hören. Alle außer Fletcher.

Es dauerte eine halbe Stunde, bis die *Time Unit*, in Schlafanzügen, Bademänteln und hastig übergeworfenen Kleidungsstücken, auf den blauen Sofas saß. Hakala hatte leise an ihren Türen geklopft und sie in Kenntnis gesetzt. Sie waren alle der heimlichen Einladung gefolgt. Jetzt begann er mit seinem Vortrag. Wer immer Joshua war, setzte Hakala an, seine Geschichte war erlogen. Weder hatte er eine Patronenhülse mit seinen Zähnen markiert, noch sie am Tatort in Dallas vergraben. Es gab allerdings eine Hülse, die mit hoher Wahrscheinlichkeit vom Attentäter stammte. Die allerdings lagerte seit dem Attentat an einem erstaunlichen Ort. Hakala machte eine Kunstpause, ehe er es verkündete: «In den Archiven der CIA.»

Savary mischte sich ein. «Ich muss sagen, dass ich erleichtert bin. Die Joshua-Theorie hat mir die ganze Zeit schon im Magen gelegen. Ich weiß nicht, ob der eine oder andere von euch es bereits erraten hat. Aber der Deckname des Mannes kommt nicht von ungefähr. Es handelt sich bei Joshua um einen Agenten des Mossad.»

«Israel?» Betty Rosenfeld stand sichtlich noch unter der Wirkung ihres Schlafmittels. «Was hat denn Israel damit zu tun?»

Karoline erklärte es ihr: «Es gibt ein Schreiben Kennedys aus dem Jahr 1963, in dem er dem damaligen israelischen Staatschef Ben Gurion untersagt, eigene Atomwaffen zu entwickeln. Diese Politik wurde von Kennedys Nachfolgern geändert. Israel war schon immer auf der Liste der Attentatsverdächtigen. Irgendwo zwischen den Schwulen, den Aliens und dem Gespenst von Abraham Lincoln.»

Nur wenige lachten. Savary ergriff wieder das Wort: «Weniger schön ist, dass irgendjemand uns diese Mossad-These ganz offensichtlich unterjubeln wollte. Wenn wir nicht aufgepasst hätten, wären wir zu einer Marionette der Nahost-Politik geworden. Wenn wir Israel beschuldigt hätten, wer weiß, was passiert wäre.»

Di Vannuci mischte sich ein: «Ich glaube nicht, dass die USA jemals von ihrer Unterstützung Israels abrücken würden. Wer sollte denn dort in Nahost ein Partner werden, die Saudis etwa?»

«Der Iran?», schlug Karoline vor.

Hannah Rüthli schüttelte den Kopf. «Als ob die Amis bei ihrem Versuch, sich die Ölquellen zu sichern, irgendwelche Partner akzeptieren würden.»

«Moment, wir sind doch diejenigen, die für den letzten Rest von Stabilität in dieser Region sorgen. Angesichts all der Radikalen», wandte di Vannuci ein.

Erstaunt schaute Hannah ihn an. «Aber ihr habt doch all die Radikalen selber gezüchtet, ISIS allen voran. Die haben sich doch alle bei euch im Armeegefängnis kennengelernt. Teilen und herrschen, das ist die amerikanische Devise in Nahost.»

Di Vannuci wurde ärgerlich. «Unfug, wir bringen diesen Völkern wenigstens die Grundregeln der Demokratie. Oder willst du nach der Scharia verurteilt werden?»

«Als Diebin, meinst du?» Sie streckte ihre beiden Hände vor. Ihre Stimme klang scharf. «Ich hätte nicht gedacht, dass du so ein dämlicher Patriot bist. Ihr Amis seid doch alle gleich.»

«Schluss jetzt!» Savary spürte, wie die Anstrengungen der Nacht an ihm zerrten. Aber er wollte das zu Ende bringen. Er atmete durch, während alle ihn ansahen. «Danke für diese schöne Demonstration dessen, was ich meinte. Es ist ein heißes Thema. Und wir können uns glücklich schätzen, dass es nicht unser Thema ist.»

«Das sehe ich nicht so.» Karoline Freitag hatte sich zurückgelehnt und die Arme verschränkt. «Irgendjemand wollte es zu unserem Thema machen. Und wir müssen uns fragen, wer das war.»

«Wie es aussieht, die CIA. Möglicherweise derselbe Laden, der uns die Hülse erst untergeschoben und dann geklaut hat.» Savary schaute di Vannuci an. «Und wir haben hier nur einen Amerikaner.»

«Zwei», verbesserte Betty Rosenfeld. Sie schien langsam wach zu werden.

«Stimmt.» Hakala grinste. «Sie haben ja schon die Videoaufnahme boykottiert. Meine Stimme als Verdächtige haben Sie.»

Karoline wollte etwas sagen. Aber sie kam nicht dazu.

«Schluss! Zum letzten Mal.» Diesmal stieß Savary seinen Stock auf den Boden. «Das ist mein Team. Und ich werde nicht zusehen, wie es zerbricht.» Er schaute von einem zum anderen. «Der Diebstahl der Hülse ist eine Provokation, genau wie der Versuch, uns Joshua unterzuschieben. Das ist uns schon einmal passiert. Wir wissen alle, wer damals schuld war. Unsere Auftraggeber. Es scheint eine zu große Versuchung für einige Politiker zu sein, die Vergangenheit nicht nur aufzudecken, sondern umzuschreiben. Aber wir werden uns wehren.» Er nahm das Kästchen und legte es auf den Tisch. «Das hier haben wir am Tatort gefunden. Es war dort vergraben, wo auch die Hülse lag, die Hakala bis zur CIA verfolgt hat. Diese Kassette lag also dort, wo der Attentäter gestanden hat. Wir gehen davon aus, dass sie vom Schützen stammt.»

«Und, was ist drin?», fragte Hanah Rüthli.

Alle waren nun wach und sahen zu, wie Savary das Kästchen vom letzten Schmutz reinigte und zu öffnen versuchte. Seine Finger zitterten so stark, dass Betty Rosenfeld ihm zu Hilfe kam. Mit ihren langen Fingernägeln hob sie den kleinen Metallverschluss an. «Da ist ein Tonband», stellte sie fest.

Savary hob es hoch. «Sukov, können wir die Daten konvertieren?»

Der Russe zuckte mit den Schultern. «Ich müsste mir etwas überlegen, aber ...»

«Ich habe ein Abspielgerät.» Das war Rosenfeld. Sie war bereits aufgesprungen. «In meinem Zimmer. Einen Moment.» Sie wieselte hinaus, ein Traum in Blond, gehüllt in ein pinkfarbenes Babydoll.

Hakala schaute ihr nach. «Wo hat sie diesen Schlafanzug her?», fragte er.

Hannah grinste. «Da, wo sie all ihre Kleider herhat, Schätzchen.»

Sie warteten. Die Minuten vergingen. Als ihm die Zeit lang wurde, fingerte Savary in dem Kästchen herum. «Dann schauen wir uns so lange den Umschlag an.» Wer einzuschlafen drohte, war nun wieder wach. Savary nahm das Papier heraus. «Es steht nichts darauf.» Er öffnete die nicht verklebte Lasche. Heraus fiel ein Foto, eine Autogrammkarte. Sie alle kannten die Frau, die darauf abgebildet war. Savary suchte den Schriftzug zu entziffern. «New York, once and forever», las er. Dann drehte er die Karte um. «Once and forever» stand dort in anderer Schrift. «I will guide you.»

«Da will jemand die Monroe leiten, für immer.» Sukov zuckte mit den Schultern. «War die 1963 nicht schon tot?»

«Sie hat sich knapp ein Jahr zuvor umgebracht.» Betty Rosenfeld stand in der Tür und starrte die Autogrammkarte an. Jeder konnte sehen, wie ähnlich sie der Frau auf dem Bild war. Mit traumwandlerischer Stimme sagte sie: «Sie starb am 5. August 1962 in Brentwood, Los Angeles.»

«Fast ein Jahrestag», meinte Hakala.

«Knapp vorbei ist auch daneben. Nein.» Savary war anderer Meinung. «Vielleicht ist der Täter einfach nur der Ansicht, dass das hier ihn identifizieren wird.» Ratlos drehte er die Karte in Händen.

Betty Rosenfeld streckte ihm das Tonbandgerät hin. Hakala

nahm es an Savarys Stelle entgegen. «Hey, das Ding ist schwer.» Er suchte nach einer Steckdose. «Wie stellt man das ein?»

Betty Rosenfeld nahm das Tonband aus Savarys Händen und bereitete das Abspielen vor. Nachdem sie den Einschaltknopf betätigt hatte, trat sie zurück. Die anderen hatten sich vorgeneigt und starrten wie hypnotisiert auf die sich drehenden Bandspulen. Es knisterte. Ein Tuten. Dann ein Knacken. «Bob, ich bin's.» Eine aufgeregte Männerstimme, dann kam etwas Unverständliches. «Ich weiß», sagte der erste Sprecher, der den anderen Bob genannt hatte. Wieder der zweite: «Ich stimme dir ja zu.» Der erste fuhr mit seinem Lamento fort. Sie sei unberechenbar, sei gefährlich. Und wütend. Ein Albtraum. Man wisse nicht, mit wem sie reden werde. Wenn Hoover seine Wanzen dort hätte, gäbe es Probleme. «Haben wir Wanzen dort?», wollte die erste Stimme wissen. Inzwischen war jedem der Zuhörer klar, wer dort sprach. Sie alle hatten diese Stimme schon bei Ansprachen gehört. «Wir», hatte er gesagt. Wir. Robert und John, die beiden Brüder in den höchsten Ämtern des amerikanischen Staates. Und als die Antwort Ja lautete, verlangte er: «Werd sie los, Bob. Werd sie los.» Es herrschte Stille in der Leitung. Bis der, der Bob genannt worden war, bestätigte. «Ja, am besten werden wir sie los. Ich mach das.» Dann erneutes Klacken und Stille.

Die Mitglieder der *Time Unit* sahen einander an.

«Das war ein Telefonmitschnitt», stellte Hakala fest.

«Zwischen dem Präsidenten der Vereinigten Staaten und seinem Bruder, dem Justizminister.» Savary klang erschüttert.

«Die Kennedys haben die Monroe ermordet? Träume ich das gerade? Das ist doch übelste Yellow Press.» Karoline Freitag mochte es nicht glauben.

«Das wissen wir nicht!» Das war di Vannuci. Er sah nicht angewidert, sondern empört aus. «So etwas ist absolut unmöglich. Unvorstellbar.»

«Das ist nicht ganz dasselbe», warf Sukov mit seiner sanften Stimme ein.

Wie so oft war es Hannah, die sich lösungsorientiert gab: «Es existieren genug Tonproben von John wie von Robert Kennedy», erklärte sie. «Ich kann das technisch überprüfen. Dann wissen wir es sicher.»

«Aber das ist doch absurd. Wir wissen gar nichts. Nicht einmal, ob überhaupt von der Monroe die Rede ist. Wanzen von FBI und dem Präsidenten im Haus einer Schauspielerin?» Di Vannuci sprach das Wort sehr herablassend aus.

«Daran ist gar nichts absurd», stellte Betty Rosenfeld klar. «Die Monroe war einer der meistabgehörten Menschen der westlichen Welt. Wenn Sie das seltsam finden, dann bedanken Sie sich bei einem Präsidenten, der jede Frau gevögelt haben muss, die auch nur irgendein Prestige besaß. Als bekannt wurde, dass etwas im Busch war zwischen Marilyn und JFK, ließ das FBI sie verwanzen. Hoover hoffte, er würde Material bekommen, um die Brüder zu erpressen. Seine Amtszeit lief ab, er war im Pensionsalter. Und Kennedy hatte schon erklärt, er würde ihn nicht mit einer Sondererlaubnis über die übliche Zeit im Amt halten. Hoover dagegen wollte als Chef des FBI sterben.» Betty Rosenfeld lächelte grimmig. «Was das FBI wusste, wusste auch die Mafia. Marilyn war ohnehin eine Freundin von Frank Sinatra, der beste Kontakte zum Mob hatte. Die Mafia hörte die Monroe ebenfalls ab, aus ähnlichen Gründen wie Hoover. Nur wollten sie Kennedy erpressen, damit Robert seinen Krieg gegen die Mafia einstellte. Dann war da noch Joe DiMaggio.»

«Ihr Exmann?» Jetzt war sogar Karoline Freitag erstaunt, die bislang zu allem genickt hatte. «Der war doch Footballspieler.»

«Er war ein Stalker», stellte Betty Rosenfeld klar. «Er hat sie seit der Scheidung beschatten lassen und verfolgt. Mehr als ein Mal hat er einen ihrer Liebhaber verprügeln lassen. Er wollte Bescheid wissen über alles, was sie so trieb. Als sie tot war, schnappte er sich den Leichnam und organisierte die Beerdigung. Er ließ keinen ihrer alten Freunde teilnehmen.»

Karoline stieß die Luft aus.

«Und abgehört hat er sie auch?», fragte Savary.

«Mit der Hilfe eines Privatdetektivs in L. A., eines gewissen Fred Otash.» Betty Rosenfeld nickte. «Als dritte Partei. Und wie es aussieht, war Bob Kennedy die vierte. Ob er das offiziell über einen Dienst laufen ließ oder privat, weiß ich allerdings nicht.»

Karoline nickte Hannah zu. «Das können wir feststellen, nicht wahr? Ich habe ohnehin noch ein paar Bitten, was die Online-Recherche angeht.»

Hannah wartete einen Moment, ehe sie Karoline ansah. Ihr Blick war betont neutral. «Das kann ich mir denken», sagte sie.

Sukov betrachtete Betty Rosenfeld mit geneigtem Kopf. «Und das alles wissen Sie aus dem Stand über diese Frau?», fragte er. «Von deren Bedeutung für den Fall wir alle bis vor wenigen Minuten nichts ahnten.»

«Es ist mein Hobby», bekannte Betty Rosenfeld. Ihre blassen Wangen nahmen Farbe an. «Meine Passion, wenn Sie so wollen. Immer schon.»

«Haben Sie sich operieren lassen, um ihr so ähnlich zu sehen?», fragte Hakala, nicht ohne Interesse in der Stimme.

«Ich sehe ihr nicht sehr ähnlich», bekannte Betty Rosefeld spröde. «Sie ist eine Ikone, das heißt, es gibt starke, einfache Merkmale, die für ein schnelles Wiedererkennen sorgen. Färben Sie sich die Haare platin und schminken Sie sich die Lippen voll, dann ähneln Sie ihr auch.»

Hakala gab mit einer Geste zu verstehen, dass er dankend ablehnte.

«Also, was haben wir jetzt?», fragte Savary, als es plötzlich «Pling» machte. Die Aufzugtür öffnete sich.

«Sie haben ein Problem», sagte Sadie Fletcher.

27.

Die Auseinandersetzung war kurz und heftig. Am Ende stand Sadie Fletchers Drohung, alle zu entlassen.

Sukov schaute geduldig von einem zum anderen. «Dann wären wir uns ja einig», stellte er fest. «Wir wollen dasselbe.»

«Aufhören?», fragte di Vannuci entsetzt.

Sukov schüttelte den Kopf. «Sie müssen zwischen den Zeilen lesen, mein Freund. Nein, alle wollen weitermachen, nicht wahr?»

Savary und Fletcher maßen einander mit Blicken. «Ich verlange, dass Sie künftig alles mit mir absprechen, was Sie vorhaben. Es gibt keine Alleingänge mehr, verstanden?», sagte sie.

«Das verlange ich auch», gab er zurück. «Ich will einen Beweis, dass ich und meine Leute nicht missbraucht werden. Dann, *nur* dann, kooperieren wir. Ansonsten suchen Sie sich bitte ein neues Team.»

Sadie Fletcher schwieg. Dann schaute sie auf die Uhr. «Kommen Sie», sagte sie schließlich.

«Jetzt?» Savary war überrascht.

«Ihr Timing war grandios, wie so oft. Sie können Ihren Beweis jetzt bekommen.» Sie trat zur Aufzugtür.

Savary schaute sich um. Einer nach dem anderen zuckte mit den Schultern. «Also gut», sagte er. Die *Time Unit* stand auf.

«Nein, nein.» Fletcher hob abwehrend die Hand. «Nur Savary.»

«Dann nicht.» Savary machte Anstalten, sich wieder zu setzen. «Alle oder keiner.»

«Würden Ihre Leute, wie Sie sie nennen, Ihnen denn nicht vertrauen?» Fletcher machte keinen Hehl aus der Ironie in dieser Frage.

Unsicher blickte Savary von einem zum anderen. Di Vannuci

schaute trotzig. Hannah sagte: «Ich vertraue niemandem, aus Prinzip.» Rasch wandte er sich den anderen zu. Sie nickten. «Also gut.» Mühsam stand er erneut auf. «Das muss genügen.» Auf dem Weg zum Aufzug schaute er sich noch einmal um. «Ich werde euch über alles informieren.» Dann fuhr er mit Fletcher hinauf.

Di Vannuci stand auf und drückte auf den Aufzugknopf. «Mir reicht es vorerst mit der Politik. Wenn es wieder sachlicher zugeht: Ihr findet mich im Labor.»

Betty Rosenfeld gesellte sich zu ihm. «Ich brauche eine Dusche», sagte sie. «Und ich gehe meine Bücher noch einmal durch. Alles, was ich zum Tod der Monroe finden kann.» Auch Hakala und Sukov machten Anstalten, zu gehen. Es war eine lange Nacht gewesen. Karoline wandte sich an Hannah. «Hätten Sie bitte noch einen Moment für mich?»

«Wollen Sie sich entschuldigen? Geschenkt», sagte die Schweizerin barsch.

«Das auch. Ehrlich», fügte Karoline hinzu. «Das Schildchen war aus dem Umschlag gerutscht, ich wollte gar nicht auf dem Schreibtisch schnüffeln, nur ...»

«... nur dass Sie dort gar nichts zu suchen gehabt hätten. Gibt es hier keinen Kaffee mehr?» Abrupt ging Hannah zur kleinen Theke in der Ecke, auf der ein Wasserkocher sowie einige Dosen und Tassen standen.

Karoline folgte ihr. «Ich mache uns Tee», bot sie an, «und erkläre Ihnen, was ich herausgefunden habe. Ich muss Ihnen nämlich ein Geständnis machen.»

«Dass Sie nicht am Grashügel waren, um zu filmen?»

Der Satz ließ Karoline zusammenzucken. «Wie kommen Sie darauf?», murmelte sie.

«Ich analysiere von Berufs wegen Überwachungsvideos und Bildmaterial, schon vergessen?», sagte Hannah. «Und ich kenne Sie, Professor Freitag. Ich habe mir den Film, den sie beide aus Dallas mitgebracht haben, jetzt ein paarmal angesehen. Und eines ist sicher: Sie haben ihn nicht aufgenommen.»

«Woher wissen Sie das?» Karoline war noch immer rot. Zitternd zupfte sie zwei Teebeutel aus der Schachtel.

«Weil im Vorspann, wo noch alles friedlich ist, der Fokus immer wieder auf Hüten oder Handtaschen liegt. Auf hübschen Schuhen und anderen Details. Dinge, die einen Modefreak interessieren würden. Oder eine Filmausstatterin.»

«Also gut, ja! Ertappt. Betty hat den Film gemacht. Nicht ich.» Sie wandte sich Hannah zu. «Am Anfang war nicht allzu viel los. Und da dachte ich: Springst du mal eben schnell ins Schulbuchlager. Aber alles ging schief.» Sie schluckte. «Betty war so nett, für mich zu lügen.»

«Fletcher hätte dich gefeuert», bestätigte Hannah. Sie war unwillkürlich zum Du übergegangen.

«Ich habe mir mehr Sorgen um Savary gemacht», gestand Karoline. «Er wäre sehr enttäuscht gewesen.»

«Savary, enttäuscht?» Hannah lachte jetzt. «Du wärst deine Professur los gewesen, hättest nie mehr reisen dürfen. Und du machst dir Sorgen, was Savary von dir denkt?» Sie schüttelte den Kopf. «Du bist mir ein Rätsel.»

«Du musst mir helfen», bat Karoline.

Hannah schüttelte den Kopf noch immer. «Nein, ich muss der Gruppe helfen. Dafür werde ich bezahlt.»

Karoline wandte sich der Theke zu, setzte Wasser auf stellte hastig zwei Tassen mit den Darjeeling-Teebeuteln bereit. «Oswald ist das, was er bei seiner Verhaftung behauptet hat», begann sie dabei. «Ein Sündenbock. Er hat das Gewehr besorgt, das im Schulbuchlager gefunden wurde, aber er hat nicht geschossen, das weiß ich.» Das Wasser kochte. Karoline goss es auf und verbrühte sich, weil sie so zitterte. «Wie gesagt, er hat nur alles vorbereitet. Um am Fenster die Schüsse abzugeben, ist ein anderer Mann die Treppe des Depots hinaufgestiegen. Ich habe ihn nur kurz gesehen, und Oswald hat ihn auch gesehen. Er erschrak, als er sah, dass der Mann ihm ähnlich war.»

«Ein Doppelgänger?» Hannah war erstaunt.

«Warum nicht?» Karoline hielt ihr eine Tasse hin. «Es macht vieles einfacher. Man kann alles einem Menschen in die Schuhe schieben und ihn hernach abservieren.»

«Wie es Oswald passiert ist», sagte Hannah nachdenklich.

«Genau. Was ich mich nun frage: Wer hat das organisiert? Wer hatte die Möglichkeiten? Wer hat das Motiv?»

«Du weißt, dass die Antwort offensichtlich ist», sagte Hannah und nahm vorsichtig einen ersten Schluck. «Für so etwas braucht man eine Organisation.»

«Ist mir klar. Und es ist auch ganz offensichtlich, dass Oswald für die CIA aktiv war. Wir müssten in den Archiven der CIA nach Beweisen für Oswalds Anstellung suchen. Oder nach Hinweisen auf die Identität des Doppelgängers. Kannst du da was machen?»

«Du hast ihn doch schon durch meine Datenbank laufen lassen», wehrte Hannah ab. «Übrigens ohne Ergebnis.»

Karoline wurde rot. «Das tut mir leid, wie gesagt.» Rasch wechselte sie das Thema: «Und die Verbindung zwischen Oswald und seinem Führungsagenten Hosty?»

Hannah schüttelte den Kopf. «Sauber auf den ersten Blick. Wenn da was war, wurde schon in den Sechzigern aufgeräumt, was glaubst du denn? Im Übrigen war Hosty ein Kennedy-Anhänger. Ich halte das alles für Quatsch.»

«Und dass die Patronenhülse von dem Attentat offensichtlich von der CIA unterschlagen wurde?», fragte sie gekränkt, «hältst du das auch für Quatsch?»

Hannah zuckte mit den Schultern. «Ist ja offenbar passiert.»

«Und da haben sie den Zeugen auch sofort getötet, diesen Munro. Die CIA geht über Leichen.»

Hannah lachte amüsiert, ehe sie einen weiteren Schluck Tee nahm. «Erzähl mir was Neues», meinte sie. «Ich seh das so: Du kannst dankbar sein, dass ich dich nicht verpfeife. Und im Übrigen halt mich bitte aus deinen Theorien raus, ja?»

«Dieser Mann», hielt Karoline dagegen. «Der auf dem Namensschild von deinem Schreibtisch.»

«Kein Kommentar.»

«Aber Jerusalem ...»

«Er ist nicht beim Mossad, falls du das glaubst.» Hannahs Stimme war wieder scharf geworden. «Okay?»

Karoline nickte. «Ja, es ist okay. Du bist okay. Alles okay.» Sie schwieg und starrte in ihren Tee.

28.

Savary trat nach Fletcher durch die Tür. Es war ein nüchternes Zimmer: Konferenztische mit sterilen Flächen, Metallstühle, Mikrophone und Lautsprecher. Ein aufgeklappter Laptop mit Beamer stand auf einem Tisch. Auf einer Leinwand war die Benutzeroberfläche des Computers zu sehen.

«Bitte, nehmen Sie Platz.» Fletcher wies auf einen der Stühle. Dann betätigte sie einige der Tasten an dem Laptop und begann, die kleine Kamera am oberen Rand des Bildschirms auszurichten. Einladend hielt sie Savary das Headset hin und setzte sich selbst ein zweites auf.

«Wie Sie wissen, bin ich kein Freund von Technik», sagte sie. «Alles, was digital übermittelt wird, kann auch digital geraubt werden. Wie das Beispiel unserer Freundin Hannah nur zu deutlich zeigt.» Sie lachte. «Die Banken wären viel sicherer, wenn sie ihre Codes nur schriftlich weitergäben und ihre Filialleiter zwängen, diese auswendig zu lernen und dann die Zettel zu verschlucken. Die gute alte Zeit.»

Savary blieb zurückhaltend. «Und warum weichen Sie heute von Ihren Prinzipien ab?»

Sie schaute auf. «Weil der Auftraggeber es so will», erklärte sie. «Und der Kunde ist nun einmal König. Besonders in diesem Fall.» Der Bildschirm wechselte, man sah ein Wählscheibensymbol. Eine Wand und ein Stuhl erschienen und darüber eine amerikanische Flagge. Eine Frau trat ins Bild und setzte sich. Savary brauchte eine Sekunde, bis er begriff, dass er nicht einfach Fernsehen schaute. Vor ihm saß Hillary Clinton.

Fletcher begrüßte die Politikerin und erklärte mit wenigen Worten die Anwesenheit Savarys als Leiter der *Time Unit*. Der Franzose nickte. Mrs. Clinton fixierte sein Bild auf ihrem Gerät, blickte von ihm aus gesehen auf einen Punkt irgendwo oberhalb seines Kopfes. Ein unangenehmes Gefühl. Dann erkundigte sie sich nach Neuigkeiten. Fletcher fasste in kurzen Sätzen zusammen, dass die Mossad-Hypothese unwahrscheinlich geworden war und sie davon ausgehen mussten, dass die Hülse, die sich heute in ihrem Besitz befand, die letzten fünfzig Jahre in der Obhut des CIA verbracht hatte.

«Ein Fake also», stellte die Clinton fest. Sie schien nachzudenken. «Danke, das werde ich bei meinem Umgang mit dieser Information berücksichtigen.»

Savary hakte ein: «Was meinen Sie mit ‹Umgang›?»

Die Amerikanerin machte ein Gesicht, als erwäge sie, was mit ihm zu tun sei. «Der Hinweis auf den Attentäter ist meinem Dienst zugespielt worden», sagte sie. «Ich muss davon ausgehen, dass es Leute gibt, die verfolgen werden, wie ich mit dem Wissen um Joshua und die vermeintliche Schuld des Mossad umgehe. Gehe ich damit an die Öffentlichkeit – und liege falsch –, würden sie aus der Deckung kommen und mich als Feindin Israels kreuzigen. Verheimliche ich den Fall – und liege falsch –, werden sie mich ebenfalls angreifen, nur aus den umgekehrten Gründen. Ich müsste mir vorwerfen lassen, die Wahrheit vertuscht und mit den wahren Feinden der USA paktiert zu haben. Keine schöne Wahl.»

«Ich verstehe.» Savary schluckte. «Keine gute Voraussetzung, wenn man Präsidentin der USA werden will.»

Sie lächelte nicht. «Miss Fletcher», wandte sie sich dann wieder an die Agentin. «Ich werde meine Leute darauf ansetzen. Es muss zwischen Joshua und der CIA Kontakte geben, die wir einfach nicht gefunden haben.»

«Aiden Munro», fiel Savary ein. «Er gab die Hülse in seiner Behörde ab und war binnen einer Viertelstunde tot. Ich würde mir seine Freunde ansehen, seine Kollegen. Und seinen Vorgesetzten.»

«Danke.» Die Politikerin klang emotionslos. «Und Sie machen

bitte weiter. Ich muss alles wissen, was immer Sie finden. Nur das Wissen kann uns retten.»

Savary wollte fragen, was Sie mit diesem Wissen am Ende anstellen würde. Er öffnete den Mund.

Hillary Clinton kam ihm zuvor. «Und Sie haben ihn tatsächlich gesehen? Kennedy?», sagte sie. «Ihn berührt? Wie war er?»

Er überlegte einen Moment. «Tot», sagte er dann.

Wieder starrte sie lange auf das, was ein Bild seines Gesichts sein musste. Ihre Augen verfehlten einander erneut. «Sie mögen mich nicht», stellte sie fest. «Vielleicht ist das gut. Bringen Sie mir die Wahrheit. Dann sehen wir weiter.» Der Bildschirm erlosch.

29.

Nach dem Frühstück waren alle bereit, sich seinen Bericht anzuhören. Sie waren weniger erstaunt, als er erwartet hatte. Für sie zählte nur die Versicherung, dass sie ungehindert weiterarbeiten durften. Gemeinsam beschlossen sie, eine dritte Reise nach Dallas zu unternehmen. Sie wollten noch einmal versuchen, den Schützen vor die Kamera zu bekommen. Darüber hinaus schien es ratsam, sich um den Fall Monroe zu kümmern. Dafür waren aber Vorarbeiten nötig, Recherchen vor allem, die ihnen einen Ansatzpunkt zeigten, von dem aus sie klären konnten, ob und wie der Präsident und sein Bruder tatsächlich in den Tod der Schauspielerin verwickelt waren. Der Attentäter war überzeugt davon. Und auf seine Weise hatte er dieses Wissen, wenn nicht weitergegeben, so doch zumindest irgendwo bewahrt wissen wollen. Deshalb vergrub er das Kistchen. Er hatte Zeugnis abgelegt über seine Motive. Und das Band als Beweis mitgeliefert. Trotzdem würden sie alles nachprüfen müssen. Sie konnten nicht ausschließen, dass sie – wieder einmal in diesem vertrackten Fall – vorsätzlich auf eine falsche Fährte geführt wurden. Wenn sie Klarheit über die Vorgänge um die Schauspielerin hatten, würden sie alles einordnen und auch das Attentat auf den Präsidenten besser verstehen.

«Zwei berühmte Tote. Und am Ende auch noch Robert, ein paar Jahre später», spielte di Vannuci auf den Umstand an, dass auch der Bruder bei einem Attentat gestorben war. «Und das alles wegen ‹Manche mögen's heiß›? Ich weiß nicht.»

Er war immer noch ein Gegner der Hypothese vom Mord an JFK aus Rache für die Monroe und verabschiedete sich bald, um, wie er sagte, seiner eigentlichen Arbeit nachzugehen. Im Moment tüftelte er an einer Computeranimation herum, die auf der Basis der Schusskanäle und der Umgebungsdaten genau errechnete, wo der Schütze gestanden hatte. Damit bei ihrem zweiten Besuch auf dem Grashügel nichts schiefging. Ansonsten hatte er wenig Neues zu berichten. Auf Kennedy war zweimal geschossen worden. Auf den Wagen insgesamt viermal, wenn man mit einberechnete, dass eine Kugel nur den Lincoln getroffen hatte und die Wunden Connallys nicht von den Projektilen mitverursacht worden sein konnten, die Kennedy getroffen hatten. «Es gibt ja Zeugenaussagen für vier Schüsse», fasste er zusammen, «wenn sie auch in der Minderheit sind. Aber von meiner Erfahrung mit Zeugen in Gerichtsprozessen her kann ich sagen, dass sie nicht sehr zuverlässig sind. Die Zahl der Schüsse, die Zahl der Schützen, die Richtungen, die Personenbeschreibungen – alles kann einander widersprechen. Das liegt am menschlichen Gedächtnis, es arbeitet einfach nicht exakt. Es speichert nicht die Vergangenheit wie eine Filmaufnahme. Sondern es deutet das Erlebte, und zwar nach den Bedürfnissen und Überzeugungen der Gegenwart. Denn um diese zu stärken und zu stützen, ist es da. Das Gedächtnis dient nicht dem tatsächlich Geschehenen, versteht ihr? Es dient dem Ich, das man sein will. Wenn man als Ermittler nur richtig fragt, bekommt man für alles eine Bestätigung. Und dazu die felsenfeste Überzeugung, dass es sich um die Wahrheit handelt. Ein solcher Zeuge lügt nicht, er würde jeden Lügendetektortest bestehen. Er glaubt an seine Erinnerungen.»

«Was sind Zeugen dann für die Strafverfolgung wert?», fragte Hakala, der als ehemaliger Polizist naturgemäß an dem Thema interessiert war.

«Eben nichts», bekannte di Vannuci. «Als passionierter Gehirnforscher, der ich vor meiner Entscheidung, in die Gerichtsmedizin zu gehen, einmal war, würde ich sagen, Zeugen haben im Gerichtssaal einfach nichts verloren. Versteht ihr?», wiederholte er. «Diese Reisen, unser Blick auf die Vergangenheit, das ist der einzige objektive Blick, den es gibt. Erinnerungen, Memoiren, Berichte von früher, nichts davon zählt. Alles ist verfälscht. Nur wir hier sind in der privilegierten Lage zu sehen, was wirklich gewesen ist. Das ist einmalig. Es wäre die einzig vertrauenswürdige Basis jeglicher Strafverfolgung. Es könnte eine Revolution der Rechtsprechung darstellen. Es ...»

«Nun aber langsam», bremste Savary.

Di Vannuci kam zu sich. «Entschuldigung. Ich bin abgeschweift. Wie gesagt: Sie finden mich im Labor.»

Karoline Freitag schüttelte den Kopf. «Wenn es so schwierig, ja unmöglich ist, die Wahrheit zu erfahren ...» Sie brachte den Satz nicht zu Ende.

Sukov lächelte. «War es nicht ein Deutscher, euer Nietzsche, der gesagt hat, es wäre ungesund und nicht gut für das Leben, zu sehr in der Vergangenheit zu graben?»

«Zurück an die Arbeit», überging Savary Sukovs Einwurf. «Hakala, du schaust dich schon mal in Los Angeles um, speziell in Brentwood. Wir brauchen eine Möglichkeit, ins Leben der Monroe einzugreifen und vermutlich auch, in ihr Haus zu kommen. Was bei all den Wanzen ein Problem werden könnte. Ich will nicht, dass wir Spuren auf den Bändern irgendwelcher Geheimdienste hinterlassen. Die haben Datenbanken und ein langes Gedächtnis. Da gilt höchster Bibel-Alarm. Hannah, ich habe über deinen Vorschlag nachgedacht und für Professor Freitag einen Internetzugang beantragt, damit sie dich bei deinen Recherchen unterstützen kann.» Er nickte der Historikerin zu. «Fletcher sieht kein Problem, und ich ohnehin nicht. Miss Rosenfeld ...»

Die Schauspiellehrerin hob den Kopf.

«Wir brauchen Ihr Wissen über Hollywood. Bitte erarbeiten Sie für alle Teammitglieder Biographien, die ins Leben der Monroe passen. Machen Sie uns zu glaubwürdigen Zeitgenossen in ihrem Umfeld. Falls Sie Hilfe brauchen, wenden Sie sich an Miss Rüthli.»

Betty Rosenfeld lächelte und tippte sich an die Schläfe. «Glauben Sie mir, ich habe alles, was ich brauche, hier drin. Das ist das Thema meines Lebens.» Sie stand auf. «Ich möchte, dass Sie alle wissen, wie froh ich bin, hier dabei sein zu dürfen.» Damit ging sie.

«Für mich gibt es vermutlich erst einmal nichts zu tun?», fragte Sukov.

«Nicht vor der nächsten Reise», bestätigte Savary. «Ich denke, Hakala und ich starten morgen. Es war aufregend genug gestern Nacht.» Er verschwieg, dass er mit Doktor Reber telefoniert hatte. Weil sein Sichtfeld begonnen hatte, zu flimmern und die Farbe zu wechseln. Reber, kaum in Paris angekommen, war bereits wieder auf dem Weg nach Jersey und hatte ihn gebeten, jegliche Zeitreise auf nach der Visite zu verschieben. Im Grunde war Savary für die Pause dankbar. Er fühlte sich schwach. Und es gab so viele Dinge, über die er nachdenken musste. Zum Beispiel die Frage, wer die Hülse entwendet hatte, wenn Fletcher es tatsächlich nicht gewesen war. Er hatte das dumpfe, aber drängende Gefühl, dass er etwas übersah. Außerdem wurde er den Eindruck nicht los, eine Marionette zu sein. Reber hatte gemeint, das könnte mit den Medikamenten zusammenhängen. Sie förderten die Neigung, Verschwörungen zu wittern. Waren es also die Tabletten oder sein Instinkt, was ihm sagte, dass hier etwas hinter seinem Rücken vorging? Er beschloss, es mit di Vannuci zu halten und auf Fakten zu setzen. Wenn er erst einmal alle kannte, konnte er auch Entscheidungen treffen. «Morgen früh», bestätigte er. «Wir fangen mit Dallas an. Wenn wir, wovon ich ausgehe, danach die Identität des Schützen kennen, wissen wir vielleicht auch schon, wo wir im Fall Marilyn ansetzen müssen. Eventuell können wir uns den ganzen Ausflug in die Materie sogar sparen.»

«Da wäre unser Monroe-Double jetzt aber traurig, wenn sie das wüsste.» Hakala sagte es nicht ohne Häme. Es war offensichtlich, dass er Betty Rosenfeld nicht mochte.

«Ach, hören Sie doch auf.» Offensichtlich fühlte sich Karoline Freitag verpflichtet, die Amerikanerin zu verteidigen. «Wären Sie nicht gespannt, sie mit Ihren eigenen Augen zu sehen?»

«Die Monroe? Nicht mein Typ.» Hakala schüttelte sich.

30.

Das Labor des Hauptquartiers auf Jersey war früher einmal eine Art Veranstaltungssaal gewesen. Die hohe Decke mit dem Stuck erwies sich als bestens geeignet für die Abzugshauben über den Arbeitsflächen. Es war genug Platz für die Kühlfächer und das schwere Gerät und sogar die Röntgenkabine. Das CT befand sich im Keller. Die eine Längswand führte mit französischen Fenstern auf den Garten. Sie waren allerdings alle bis auf Kopfhöhe mit Milchglas versehen, um potenziellen Eindringlingen einen Blick auf das, was im Inneren geschah, zu verwehren. An eine der kürzeren Wände hatte Ondina Conti ein Schlafsofa stellen lassen, da sie die Angewohnheit hatte, laufende Experimente nicht zu verlassen. Sie hatte oft hier geschlafen, mit Blick auf den gebürsteten Stahl ihrer Apparate, die blinkenden Lichter der Kühlfächer und DNA-Sequenzierer. Auch Pierro di Vannuci war hier sozusagen eingezogen. Auf einem Stuhl lag in einem unordentlichen Haufen seine Kleidung. Er war nackt unter dem weißen Kittel, den er nun trug, über eine beleuchtete Scheibe geneigt, vor der einige Röntgenbilder hingen.

Hannah lag auf dem Bettsofa, bekleidet nur mit einer Shirtjacke, deren Reißverschluss sie nicht geschlossen hatte. Es war kühl im Labor, aber das störte sie wenig. Sie kuschelte sich in die Decke. Auf einem Hocker neben dem Bett standen ein Digitalwecker und eine Leselampe mit Messingfuß, die als einziger Einrichtungsgegenstand altmodisch wirkte und mit der Architektur harmonierte, die sie umgab. Daneben ein Stapel Bücher. «Du liest Bücher?», fragte sie laut. «Wie retro ist das denn?» Sie griff nach einem der Werke, einem halb zerfallenen Taschenbuch. «Der geraubte Brief», las sie. «Von Edgar Allan Poe. Der ist schon tot, oder?»

«Wenn sie schon tot sind, nennt man sie Klassiker», erwiderte di Vannuci, nahm eine Lupe und setzte sie auf das Bild, das er studierte. Anschließend nahm er eine Markierung vor.

Hannah schlug das Buch auf und begann müßig den Text zu überfliegen. Nach einer Weile hatte sie sich festgelesen. Die Geschichte handelte von einem Brief, der gut versteckt worden war. Der Detektiv fand ihn, weil er sich fragte, wo man ihn nicht suchen würde. Die Antwort war: im Offensichtlichen. Der Brief lag zwischen anderer Korrespondenz auf dem Schreibtisch und war ebendeshalb den Augen der Sucher entgangen. Die Idee war simpel, aber genial ausgeführt. Hannah war gefesselt.

Di Vannuci bemerkte es nicht. Er hatte sich von den Aufnahmen abgewandt und war zu einem Kühlschrank gegangen, der mit dem Warnvermerk «Menschliches Gewebe» versehen war. Was er heraushob, war ein viereckiges Glasbehältnis. Darin lag ein zwei Männerfäuste großes, in der einen Hälfte blumenkohlförmiges Organ. Die andere Hälfte sah aus wie explodiert. Kennedys Gehirn. Er hatte es nun auf alle möglichen Weisen mit bildgebenden Verfahren analysiert. Dank des Computers würde er in der Lage sein, es optisch in nicht einmal millimeterdünne Scheiben zu zerteilen und aus jeder beliebigen Perspektive zu betrachten. Er verfügte über Freunde beim Brain Activity Map Project, das Präsident Obama vor einigen Jahren aufgesetzt hatte. Es hatte zum Ziel, das Gehirn und die Funktion all seiner Nervenzellen exakt zu kartographieren, damit man erfuhr, welcher Teil wofür zuständig war. Ein Ziel, von dem man angesichts der Abertausende von Nervenzellen noch himmelweit entfernt war. Zumal sich immer deutlicher herausstellte, dass viele Funktionen nicht einfach in einer Region beheimatet waren wie in einer Abteilung im Supermarkt. Nein, viele Fähigkeiten des Menschen beruhten auf dem Zusammenspiel verschiedener, noch nicht einmal einander benachbarter Strukturen im Gehirn. Man musste quasi ihren Handyverkehr abhören, um zu begreifen, was sie taten. Es war ein Milliardenprojekt, von dem sich alle eine Menge Erkenntnisse versprachen. Unter anderem in Zusammenhang mit Krankheiten wie Alzheimer oder Parkinson. Aber auch wenn es um Fragen bezüglich der Persönlichkeit, Willensfreiheit und der Seele ging. Die technischen Instrumente, die sie dort entwickelten, um ein Gehirn und seine Arbeitsweise darzustellen, waren eine sehr große Hilfe. Wenn alles gutging, würde er Kennedy quasi im Computer wiederbeleben. Zumindest das, was von ihm nach den Schüssen noch übrig war.

Es stimmt, dachte di Vannuci, ich bin retro. Es geht nichts über den Kontakt mit dem Organ selbst. Er würde außerdem das Gehirn sezieren. Er zog Handschuhe über und hob es mit beiden Händen aus dem Gefäß auf die Arbeitsfläche. Di Vannuci lächelte. Es war ganz einfach, sagte er sich und atmete, um seinen Herzschlag wieder unter Kontrolle zu bekommen. Wie damals im Präparierkurs bei Professor Isles. Konzentriert griff er nach einem Skalpell. Er hatte seinen Ruhepuls zurück. Seine Hände würden nicht zittern. Er nahm zwei Pinzetten zur Hand und betrachtete die zwei Hemisphären des Großhirns, die vor ihm lagen. Normalerweise würde er im Einschnitt dazwischen beginnen, die opake, von Gefäßen durchzogene Hirnhaut abzulösen. Diese Arbeit hatte ihm die Kugel teilweise abgenommen. Vorsichtig fing er an, die ersten Fetzen Hirnhaut rings um den Krater der Verletzung zu entfernen. Er pickte auch alle Sprenkel geronnenen Blutes und kleine Knochenfragmente fort. Wachsgelb kam die gefaltete Struktur der Großhirnrinde zum Vorschein. «Die Sonne geht auf», murmelte er.

Hannah hob den Kopf. «Du machst Kennedys Hirn kaputt», stellte sie fest.

Er widersprach: «Ich präpariere die Blutgefäße des Kleinhirns heraus.» Er legte eine Pinzette weg und griff nach einem Skalpell. «Kennst du das nicht, dass man eine Sache selbst gesehen und berührt haben muss, um sie zu verstehen? Dein Programm *Dallas run* ist toll, keine Frage.»

«Aber durch die Straßen von Dallas zu gehen, ist etwas anderes, ich weiß.» Sie wandte sich ab. «Glaubst du, dass du auf diese Weise etwas finden wirst, das auf den CTs nicht zu sehen ist?»

Di Vannuci antwortete nicht. Er war schon wieder in den nächsten Arbeitsschritt vertieft.

Hannah stand auf. Ging an der langen Edelstahl-Arbeitsfläche entlang. Reihen von Reagenzgläsern warteten darauf, befüllt zu werden. Ein Gas-Chromatograph stand dickbäuchig und stumm im hellen Licht, wie eine etwas kompliziertere Mikrowelle. Kleine Kühlbehälter mit Glastüren summten. Ein Regal enthielt Beweismitteltütchen, die noch auf eine Analyse warteten oder darauf, überhaupt in diesem Fall relevant zu werden. Das meiste von der Obduktion: kleine Proben von Kennedys Kleidung, Abklebungen mit Faserproben, Projektilfragmente, der Inhalt der Kiste, die Savary mitgebracht hatte. Faser- und Fingerabdruck-Proben auch hier. Hannah betrachtete das Sammelsurium. «Ich wusste gar nicht, dass wir schon so viel haben», stellte sie fest.

«Haben wir auch nicht, da sind Referenzproben drunter.» Di Vannuci hob nicht einmal den Kopf. «Objekte aus alten Fällen, die ich sammle, um sie zum Vergleich heranziehen zu können. Wenn es mal knifflig wird. Ich habe vermutlich die weltweit größte Sammlung von durchtrennten Kunstfaserseilen. Du glaubst gar nicht, mit was für Fesselungen man Tote so auffindet. Aber mich überrascht nichts mehr, ich erkenne jede Wäscheleine, jede Tiefkühl-Verschlussmanschette, die Kabelbinder sämtlicher US-Anbieter, alles.»

«Patronenhülsen hast du auch?»

«Hm.» Di Vannuci presste die Lippen zusammen. Er war gerade dabei, mit dem Daumen den Temporallappen abzuspreizen, und versuchte, die Arterie in der Tiefe zu erwischen.

Hannah studierte den Wald von Tütchen, der in einer Art Setzkasten aufbewahrt wurde. Alle sorgsam beschriftet und offenbar nach Kaliber und Waffenarten sortiert.

«Ich brauch das selten. Hab es hauptsächlich dabei, weil ich noch nicht weiß, welcher Person oder Einrichtung ich es stiften könnte. Vielleicht ist es sogar mehr ein Kunstobjekt als ein Arbeitsinstrument. Geschafft.» Er betrachtete das Aderfragment im Griff seiner Pinzette. Dann zog er die Handschuhe aus. Wenn er jetzt den mediosagittalen Schnitt anbrachte, wollte er Gefühl in den Fingern haben. Er zog mit der Pinzette das Chiasma opticum beiseite und tastete nach dem Messer. Zu seiner Überraschung traf er auf Hannahs Hand. Er schaute auf.

Ohne Hast nahm sie die Klinge und hielt sie vor ihre Brust. In der Linken hatte sie ein transparentes Tütchen mit einer Patronenhülse. «Das gehört aber nicht in die Sammlung», sagte sie. «Oder?»

«Was …?» Di Vannuci brachte die Frage nicht zu Ende. Er brauchte nicht hinzusehen, um zu wissen, um welches Objekt es sich handelte. Die Tüte war zu alt und das Etikett handbeschriftet. Er hatte es schon einmal gesehen, an dem Tag, an dem Sadie Fletcher ihnen allen die Beweisstücke von Joshua vorgeführt hatte.

«Bäume versteckt man am besten im Wald», sagte Hannah. «Briefe unter Briefen und Hülsen unter Hülsen. Allerdings hätte ich das Ding an deiner Stelle umetikettiert. Es steht sogar drauf, dass es sich um eine 7.65 Mauser-Patrone handelt.»

«Was? Zeig her.» Di Vannuci streckte die Hand aus. «Du glaubst doch nicht, dass ich das war?» Di Vannuci machte einen Schritt auf Hannah zu. Sie trat einen zurück. «Du denkst doch nicht wirklich, dass ich so dämlich bin und das Ding da entwende, um es anschließend an meinem Arbeitsplatz herumliegen zu lassen? Hannah!»

«Komm mir nicht mit Hannah.»

Er hob die Hände. «Du weißt genauso gut wie ich, dass die hier alles gründlich auf den Kopf gestellt haben. Fletchers Leute waren hier, das weißt du doch.»

«Weiß ich das?» Hannah ließ ihn keine Sekunde aus den Augen. «Wer bist du?»

Di Vannucis Gesicht nahm einen schmerzlichen Ausdruck an. «Hannah!»

31.

Ein Blick aus dem Fenster verriet Savary, dass es draußen regnete. Umso besser, dann konnte er seinen täglichen Spaziergang ausfallen lassen. Seine Beine schmerzten, und er wollte nicht, dass jemand sah, wie er sich abquälte.

Lieber würde er sich in seinem Sessel zurücklehnen und über die Taktik nachdenken, die sie nun anwenden sollten. Der Mörder von John F. Kennedy schien ein Monroe-Verehrer zu sein. Er hatte ihr genau dort, wo er Kennedy erschossen hatte, einen Schrein errichtet. Hatte ihre Autogrammkarte mit der persönlichen Widmung und der Bemerkung «New York forever» als Spur hinterlassen für diejenigen, die zu lesen verstanden. Hätte der CIA-Agent die Hülse nicht einfach aufgehoben, sondern weitergesucht, er wäre zweifellos darauf gestoßen. Aber sein unprofessionelles Vorgehen – und der Mord an ihm – hatten diese Spur verschwinden lassen. Was wäre geschehen, wenn man sorgfältiger vorgegangen wäre? Wenn man die Bänder gefunden hätte, die die Kennedy-Brüder belasteten, den Tod der berühmtesten Schauspielerin ihrer Zeit geplant zu haben? Hätte die Warren-Kommission das auch alles unter den Tisch gekehrt?

Savary spürte eine neue Schmerzwelle heranrollen. Mit zitternden Fingern griff er in seine Hosentasche und fingerte das Fläschchen mit den Schmerztabletten heraus, die Dr. Reber ihm gegeben hatte. Ganz neu, noch in der Erprobungsphase. Sehr effektiv, wie es aussah. Aber mit hohem Suchtpotenzial. Er sollte sie nur nehmen, wenn es unbedingt nötig wäre. Was war nötig? Was war unbedingt? Nach der Einnahme wäre sein Konzentrations- und Denkvermögen für Stunden eingeschränkt. Irgendwann könnte das chronisch werden. Aber das, hatte Reber gemeint, wäre angesichts seiner Lebenserwartung wohl das kleinste Problem.

Savary sah das nicht so. Er liebte sein Gehirn. Es war das Organ, das ihn selbst und seine Welt ausmachte. Er würde es nur dann vorsätzlich schädigen, wenn es unumgänglich war.

Sie würden das Leben der Monroe gründlich recherchieren müssen. Vor allem die letzten Jahre, ihre Beziehung zu Kennedy. Wann war diese Aufnahme entstanden? Gab sie wirklich den Plan wieder, die Monroe zu töten? Und wenn ja, wie war dieser Plan umgesetzt worden? Soweit Savary wusste, hatte Marilyn Monroe sich mit einer Überdosis Schlaftabletten selbst getötet. Konnte es daran berechtigte Zweifel geben?

Dazu musste ihr Umfeld aus der Zeit in New York überprüft werden. Denn wie es aussah, kannte der Schütze sie von dort, die Autogrammkarte ließ keinen anderen Schluss zu. Auch das war Neuland. Savary hatte nicht einmal gewusst, dass die Schauspielerin je dort gewesen war. Hatte sie nicht in Hollywood gelebt, also in L. A.? Natürlich, der Film «Das verflixte 7. Jahr» war in New York gedreht worden. Wer kannte nicht das Bild mit dem über dem Luftschacht wehenden Kleid. Aber darüber hinaus reichten seine Kenntnisse nicht. Er hatte Karoline Freitag und Hannah schon darauf angesetzt. Was die Rosenfeld ihnen liefern würde, darauf wollte er sich nicht verlassen. Sie war wohl eher ein Fan als eine Wissenschaftlerin. Aber sie konnte sicher Details beisteuern.

Zwei Punkte also: Das Todesjahr und die New Yorker Zeit. Savary starrte das Fläschchen an. Ideal wäre, sie könnten den Empfänger der Karte identifizieren, ehe sie sich überhaupt auf die Reise begaben. So viele Männer konnte die Monroe doch nicht gekannt haben? Oder? Savary hatte zwar gehört, dass sie mit vielen Männern geschlafen hatte, aber was hieß das schon. Gerüchte, nichts weiter.

Es klopfte. Savary steckte die Flasche mit den Pillen in die Hosentasche. Er kam gerade noch dazu, «herein» zu sagen, als Karoline

Freitag auch schon im Zimmer stand. Sie hatte einen Packen Papier auf den Arm.

«Was gibt's, Frau Professor?», fragte er müde.

Sie ließ sich unaufgefordert auf einem Stuhl nieder, den sie näher zu ihm hinruckte. Die Papiere rutschten von ihren Knien, sie beugte sich vor, um sie aufzuheben. «Ich habe recherchiert.»

«Natürlich haben Sie das.»

«Und ich bin auf eine erstaunliche Verbindung gestoßen. Wussten Sie, dass James Patrick Hosty eine Schwester namens Mary hatte? Sie ging in jungen Jahren nach New York. Und raten Sie, wessen Putzfrau sie dort war?»

Savary war mäßig interessiert. «New York?», sagte er, da seine Gedanken eben kurz um diese Stadt gekreist waren. «Wer zum Teufel ist James Patrick Hosty?»

«Ein Ire», sagte Karoline Freitag mit Nachdruck. «Ein katholischer Ire. Wie die Kennedys, wie die Vernou-Bouviers, die Familie von Jackie Kennedy. Also zumindest zur Hälfte.»

«Wovon zum Teufel reden Sie, Frau Freitag?» Savary sagte sich, dass es die Schmerzen waren und dass er sich zusammenreißen sollte. «Ich hatte Sie gebeten, nach New Yorker Bekannten von Marilyn Monroe zu suchen, und Sie üben sich in irischer Genealogie?»

«Hosty war der FBI-Agent, der Oswald vor dem Attentat zweimal aufgesucht hat und dessen Telefonnummer in Oswalds Adressbuch stand. Er war Kennedy-Anhänger, und er hatte eine Schwester, die in New York für die Familie Vernou-Bouvier, aus der Jacqueline Kennedy stammte, geputzt hat.» Savary fand trotz seiner Schmerzen rührend, dass sie atemlos vor Aufregung war. «Verstehen Sie, Savary: Hosty hatte Verbindungen zum Kennedy-Clan, persönliche Verbindungen. Wenn er nun gar nicht im Auftrag des FBI mit Oswald zu tun hatte, sondern wenn es einen Befehl von ganz oben gab?»

Savary blinzelte. «Wollen Sie mir gerade erzählen, dass Jackie Kennedy oder die Kennedy-Familie Oswald angeheuert hat, um John Kennedy zu erschießen? Was ist das für ein Blödsinn? Und was soll der Unfug mit dieser Putzfrau?»

«Nicht erschießen, Savary. Nur auf ihn schießen. Bzw. die Waffe für das Manöver platzieren. Danebenschießen sollte dann ein anderer.»

«Sind Sie krank? Was reden Sie da? Welcher andere? Joshua?»

«Nein, nein», unterbrach sie ihn hastig. «Der Doppelgänger. Der Mann, den ich im Schulbuchlager ...» Sie verstummte abrupt.

«Den Sie *was?*»

«So absurd ist der Gedanke gar nicht, Kennedy könnte den Anschlag selbst in Auftrag gegeben haben. Denken Sie doch nur daran, wie knapp Kennedy schon die erste Wahl gewonnen hatte. Wie er angefeindet wurde. Es hatte ja sogar schon Attentatsversuche auf ihn gegeben, das ist belegt. Und wie ihm die Sympathien nach dem Anschlag zuflogen.»

Savary wischte alles, was sie so hastig hervorsprudelte, beiseite. «Weichen Sie nicht aus, Freitag: Welchen Doppelgänger haben Sie wo gesehen?» Er schaute zu, wie Freitag den Kopf senkte und sich auf die Lippen biss wie ein kleines Mädchen. Seine Hand in der Hosentasche umklammerte die Medikamentenflasche. Aber es war nicht mehr der Drang, sie zu nehmen, der ihn quälte, sondern das Verlangen, sie der Historikerin mit Gewalt einzuflößen, alle Tabletten auf einmal. «Sie waren nicht am Grashügel!» Er brüllte es beinahe. «Sie waren mit Extratouren unterwegs. Und die Rosenfeld allein hat es dann versaut.» Er war selbst erstaunt, wie klar ihm mit einem Mal alles war.

«So in etwa. Aber ...»

Er ließ sie nicht weiterreden. «Einen völligen Neuling einfach im Stich lassen! Uns im Stich lassen. Für Ihre blöden Theorien! Sie denken wohl, weil Sie als Einzige für Ihre Arbeit selbständig in die Vergangenheit reisen durften, wären Sie etwas Besseres und brauchten sich nicht um die Regeln zu scheren.»

«Nein, ich ...»

«Doch», stellte Savary fest. «Das denken Sie. Und das Team ist Ihnen dabei scheißegal.»

«Das ist nicht wahr.»

«Reißen Sie ihr nicht den Kopf ab.» Das war Hannah Rüthli, die in der Tür stand. Entschuldigend fügte sie hinzu: «Ich hatte geklopft.»

«Und was wollen Sie?» Savary war müde. «Haben Sie auch eine Theorie zu irgendwelchen Putzfrauen?»

«Nein», sagte Hannah. Sie stand sehr steif da. Ungewöhnlich straff und starr für ihre Verhältnisse. Was war da los? «Aber ich habe beim Putzen das hier gefunden», sagte sie.

Er musste die Augen zusammenkneifen, um erkennen zu können, was sie hochhielt.

«Die Hülse!», platzte Karoline Freitag heraus. Sie sprang auf, um sich das Tütchen zu holen. Hannah zog ihre Hand mit dem Beweisstück weg. Karoline drehte sich zu Savary um, der sich mit zwei Fingern den Nasenrücken und die vor Schmerz tränenden Augen rieb. «Es ist die Hülse von Joshua.»

Savary hob den Kopf und atmete durch. «Und?», fragte er scharf.

Auch Hannah holte tief Luft. «Ich hab sie vor ein paar Stunden gefunden.»

«Vor ein paar Stunden», echote Savary ungläubig.

«Ich musste nachdenken.»

«Und worüber mussten Sie nachdenken? Ein paar Stunden lang?»

«Ich musste nachdenken, warum die Hülse da lag, wo sie lag.» Rüthli sackte ein wenig in sich zusammen. «Im Labor von Dr. di Vannuci.»

Niemand sagte mehr ein Wort. Der Pathologe stahl Beweismittel? War er ein Spitzel, ein Agent? Wieso sabotierte er ihre Arbeit?

«Ich glaube nicht, dass er es war», setzte Hannah hinzu.

«Wieso?», schnappte Karoline Freitag. «Weil er dein Liebhaber ist?»

Hannah wandte sich zu ihr um. «Natürlich. Wir Diebe halten immer zusammen.»

«Das wollte ich damit nicht sagen.»

«Lassen Sie es gut sein, Freitag. Schluss.» Savary stemmte sich aus seinem Sessel. «Ich werde Fletcher benachrichtigen.»

«Ist das nötig?», fragte Hannah. «Ich meine, Joshua ist doch aus dem Rennen. Bei der Hülse handelt es sich vermutlich um eine Fälschung, oder? Sie und Hakala haben doch mit eigenen Augen gesehen, dass sie nie im Boden des Grashügels gelegen hat, sondern die letzten fünfzig Jahre und länger in den Büros der CIA aufbewahrt worden ist. Wenn Sie wollen, könnten wir doch zuerst mit di Vannuci reden.»

«Gar nichts könnten wir.» Savary griff nach seinem Stock. «Wenn unsere Mission vom US-Geheimdienst sabotiert worden sein sollte, dann ist es die Sache unserer Auftraggeber, sich damit auseinanderzusetzen. Ich weigere mich ...» Er wurde vom durchdringenden Ton einer Sirene unterbrochen. Mit einem Schlag kam Leben in Savarys missgelauntes Gesicht. «Probleme mit dem Collider!» So schnell er konnte, humpelte er aus dem Zimmer.

Freitag und Rüthli folgten ihm. Im Flur gingen Türen auf. Hakala, oben ohne, ein Hemd in der Hand, schloss sich ihnen an. Ein Sicherheitsmann sprach in sein Headset. Offenbar kontaktierte er Fletcher. Di Vannuci erschien im Eingang zum Labor, noch immer im Kittel, aber inzwischen hatte er Hemd und Jeans drunter. Auch er machte Anstalten, sich ihnen anzuschließen.

Savary stürmte zum Lift, drückte auf den Knopf, hatte aber nicht die Geduld zu warten, sondern stolperte die Treppen hinunter. Er fiel mehr, als dass er lief. Aber er kam voran. Schmerz findet im Kopf statt, dachte er. Vielleicht sollte ich öfter in Panik geraten. Er durchquerte die Halle und drückte auf den Schalter, der den Lift in den verborgenen Untergrund ihres Hauptquartiers freilegte, an der Rückwand des überdimensionierten offenen Marmorkamins. Diesmal musste er das sanfte «Pling» abwarten, mit dem die Kabine ihre Ankunft signalisierte. Es brachte ihn fast um. «Sukov», brüllte er, schon als er den Besprechungsraum betrat, gefolgt von seinem Team. «Sukov, was ist los?» Er versuchte es mit dem Kommunikationssystem zum Kommandoraum, war aber zu ungeduldig und marschierte auf den Gang zu, der in Richtung Collider und zu den Gleitern führte. Aus einem offenen Schacht ragten zwei Beine. Irritiert hielt Savary inne. Es rumpelte dumpf. Dann erschienen zwei Knie, ein Hintern, Sukovs Brust und sein Kopf. «Irgendjemand hat ...», murmelte er. Dann bemerkte er sein Publikum. «Kurzschluss», sagte er knapp. «Ist schon ein seltsamer Zufall: Da fällt einmal eine Reparatur in einem so abgelegenen Areal an. Und im selben Moment geht der Alarm los.»

«Woher kommt der Alarm?»

«Von ALICE. Aus der Detektorkammer. Aber die Bildschirme sind ausgefallen.» Sie waren bereits im Laufschritt unterwegs zum Kontrollraum. Sukov trat sofort an das Kontrollpult. Als Hakala und Savary eintrafen, drückte er bereits die nötigen Knöpfe. Er starrte auf einen Monitor. «Jemand hat unautorisiert ein Schwarzes Loch geöffnet.» Savary merkte, wie ungläubig die Stimme des Russen klang. Sukov konnte es so wenig fassen wie er selbst. «Aber wer ...?» Di Vannuci konnte es nicht sein, er war bei den anderen. «Hakala, nein!», rief Sukov, als er bemerkte, dass der Finne einen Schutzanzug aus der Halterung riss. Aber der ließ sich nicht aufhalten.

«Das Loch ist nicht vorschriftsmäßig erzeugt.» Hastig kontrollierte Sukov die Eingaben. «Allerdings ist es stabil, aber ich glaube ... oh, verdammt.»

«Was ist?»

«Es hat eine Explosion gegeben.» Ungläubig schaute Sukov hoch. «Aber nach den Daten auf dem Monitor ist alles in Ordnung mit dem Prozess. Ich verstehe das nicht.»

«Sabotage?», mutmaßte Hakala.

Di Vannuci, dachte Savary grimmig. Und er hatte geglaubt, die Sache ginge nicht ihn an, sondern die Clinton. Oder Fletcher oder die verdammten USA. Aber jetzt vergriff man sich an *seinem* Collider. Er ballte die Faust um den Griff seines Stocks. «Ich will sofort wissen, was hier vor sich geht.»

Hakala war derweil in die Kleiderkammer gegangen. Auf den ersten Blick war zu sehen, dass jemand hier zugange gewesen war. Ein Anzug fehlte, die anderen lagen auf dem Boden. Der Koffer mit den Kristallen und der Dimensionator fehlten. «Jemand hat sich auf den Weg gemacht», rief er zu seinen Kollegen hinüber, während er sich daranmachte, in den Anzug zu steigen. «Ich schnapp mir den.» Ohne eine Antwort abzuwarten, lief er den Korridor hinunter zu den Gleitern. Einer fehlte. Hakala nahm den zweiten. Ohne Zögern steuerte er die Detektorkammer ALICE an.

Savary war herübergehumpelt und besah sich die Bescherung. Seine Einrichtung, sein schönes System, in vielen Monaten perfektioniert, um reibungslos zu funktionieren. Und jetzt herrschte Chaos. Ungeschickt zerrte er einen Anzug zwischen den anderen hervor. Als er hineinschlüpfen wollte, musste er allerdings feststellen, dass das Gewebe beschädigt war. Jemand hatte es auf Brusthöhe zerschnitten, hastig, aber effektiv. Der Anzug war unbrauchbar. Er überprüfte die verbliebenen Anzüge. Sie waren alle beschädigt. Wenn Hakala nun auch einen solchen, völlig unzureichenden Schutzanzug hatte? «Schließen Sie das Loch, Sukov. Hakala darf auf keinen Fall reisen. Sukov! Hören Sie?» Er trat neben den Russen und starrte auf die Anzeigen. «Und die andere Person?» Savarys Mund war so trocken, er konnte kaum sprechen.

«Die andere Person», sagte Sukov nach einer Weile, «ist bereits auf der anderen Seite.» Er tippte etwas in die Tastatur. «Irgendwas stimmt mit der Anlage nicht. Es scheint so, als würden ganze Teile nicht mehr richtig funktionieren. Und außerdem ...»

«Was außerdem?»

«Es sieht so aus, als würde das Schwarze Loch gerade wieder zerfallen. Ich bekomme nur noch bruchstückhafte Signale.»

«Verdammt.» Savary schleuderte den Anzug auf den Boden. Dann richtete er sich auf. «Wer war das? Wer zum Teufel war das?»

Sukov schüttelte den Kopf. «Ein Genie oder ein Idiot», stellte er fest. «Jedenfalls hat er dafür gesorgt, dass wir ihm nicht folgen können.» Wieder versuchte er es mit einer Eingabe. «Verdammt, ich glaube fast, da ist ein Virus im System.» Frustriert hieb er auf die Tasten. «Und was ist das für ein Geruch?» Fast sofort antwortete ihnen der Feueralarm. Rauch drang in den Gang. Er kam aus dem Collider. Savary wollte sofort dorthin. Es war Sukov, der ihn mit Gewalt festhielt und verlangte, dass er auf das Eintreffen der Sicherheitsleute wartete. Savary ließ es sich allerdings nicht nehmen, im ersten Gleiter mitzufahren. In ALICE erwartete ihn ein niederschmetternder Anblick. Der ehemalige Kristall war schwarz verschmort und schimmerte nicht mehr. Der Boden war übersät mit den Splittern der vielen geplatzten Monitore. Statt der spiegelnden Flächen nur Plastikeingeweide und Ruß, heraushängende Kabel und Trümmer. Es sah aus wie im Krieg. Von einem Schwarzen Loch, von dem Unbekannten und von Hakala keine Spur. In einer Ecke sah Savary etwas liegen und humpelte hin. Es war ein Kofferdeckel, ein Scharnier hing noch dran, das andere war samt der Halterung abgerissen. Mit gerunzelter Stirn musterte Savary den Boden und entdeckte das Fragment eines Kristalls.

Fletcher trat neben ihn. Er hatte gar nicht bemerkt, dass sie mitgekommen war. «Sie müssen darum gekämpft haben», mutmaßte sie. «Hakala hat wohl zugegriffen und versucht, den Koffer zu bekommen. Hier ist auch etwas Blut.»

Savary ließ den Kristall fallen. Fletcher winkte, dass jemand kam und ihn barg. Düster sagte er: «Hoffentlich hat Hakala gewonnen. Sein Anzug war vermutlich defekt.»

«Hier war so ziemlich alles defekt, scheint mir.» Fletcher schaute sich um. «Hat jemand einen Fehler gemacht?»

«Oh ja», sagte Savary. Er fühlte sich so wütend und hilflos und einsam wie zuletzt bei der Explosion im C.E.R.N. Dort hatte er geglaubt zu sterben. Jetzt aber stand er aufrecht. «Allerdings. Einen gewaltigen Fehler.»

«Kommen Sie.» Fletcher führte ihn wie einen Kranken. Und er war zu beschäftigt damit, den zu hassen, der ihm das angetan hatte, um es zu bemerken. Im Gleiter schwieg er, im Korridor sagte er kein Wort. Sukov sah sein blasses Gesicht, hörte auf zu fluchen und folgte ihnen in den Versammlungsraum. Von den restlichen Sicherheitsleuten zusammengetrieben, wartete dort der Rest der *Time Unit*. Männer mit Schutzanzügen drängten sich vorbei. Nicht die Feuerwehr von Jersey, Agents, die eine entsprechende Ausbildung hatten. Sie würden tun, was nötig war, um das Chaos zu beseitigen. Fletcher telefonierte, orderte weitere Kräfte für die Aufräumarbeiten, forderte, schimpfte, erklärte. Es herrschte für einige Minuten Chaos. Dann waren die Männer alle in der Röhre. Fletcher legte auf. Und die Mitglieder der *Time Unit* sahen einander an. Sie waren alle da. Alle, bis auf zwei. Hakala fehlte, das war ihnen schmerzlich bewusst. Und noch jemand.

«Wo ist die Rosenfeld?» Savary sprach langsam. Er konnte es so wenig glauben wie die anderen, die einander ungläubig ins Gesicht sahen. «Ist sie noch auf ihrem Zimmer?»

«Ich bin alle privaten Räume durchgegangen.» Hannah schaute ihn besorgt an.

«Die Bibliothek? Der Speisesaal?»

Einer der Sicherheitsmänner räusperte sich. «Alle Räume. Verdammt, wir haben sogar den Doc aus seinem Labor geholt.»

Di Vannuci griente. «Bei mir war sie auch nicht.»

«Die Küche, verdammt.»

«Halten Sie uns für Dilettanten?» Dem Agenten reichte es. «Nicht in der Küche, nicht im Park, nicht mal am Fuß der Klippen. Sogar wenn sie im Meer läge, wüssten wir es.»

Es gab keine andere Erklärung. Savary musste es einsehen. Es war Betty Rosenfeld, die den Collider zerstört hatte und in der Zeit gereist war.

TEIL III

32.

Vierundzwanzig Stunden später war die Stimmung in dem Herrenhaus auf Jersey noch immer nicht besser. Es war dunkel und wieder hell geworden. Noch immer regnete es, es goss wie aus Kübeln. Aber keiner der Menschen auf dem Anwesen hatte einen Blick für seine Umgebung. All ihre Gedanken galten der Vergangenheit und der Zukunft.

Wer war Betty Rosenfeld? Warum hatte sie, auf das Risiko hin, verletzt oder sogar getötet zu werden, auf dilettantische Weise eine Zeitreise angetreten? Und wo wollte sie hin?

Nachdem Sukov überhaupt wieder ansprechbar war, noch immer bis über beide Ohren vergraben in Kabeln, schraubend, sondierend, grummelnd, hatte er ihnen immerhin einen Zettel in den Versammlungsraum gereicht: *New York, 1.5.1962, Kreuzung Fifth Avenue/Broadway. 17:30 Uhr Ortszeit.*

«Sie will zur Geburtstagsfeier von Präsident Kennedy», sagte Karoline Freitag, die das Datum sofort erkannte. Es war die Feier, auf der die Monroe in einem Nichts von Kleid ihr «Happy Birthday, Mr. President» hauchte. Was suchte die Rosenfeld dort?

Aber es gab noch mehr Fragen. Auf die meisten davon hatte Sukov keine Antwort. Wann würde der Collider wieder funktionieren? Wann würden sie wieder reisen können? Nach anfänglichem Kopfschütteln hatte der Russe sich zu einem ersten Ja durchgerungen. Natürlich würden sie wieder reisen. Sie mussten. Auf einen Zeitpunkt allerdings wollte er sich nicht festlegen. «Stunden», sagte er in der ersten Pause, die er einlegte. «Tage», nach der zweiten. Die Schäden in ALICE waren gravierender, als er gedacht hatte. «Und das verdammte Biest hat mir tatsächlich einen Virus eingespielt. Über das Backup-System. Auch wenn ich die Detektorkammer wieder hinkriege: Im Moment gibt es keine Kontrolle über Reiseort und -zeit.» Es sah nicht so aus, als wollte er demnächst eine dritte Voraussage machen. Nur hin und wieder rief er unwirsch nach Kaffee.

Die Küche war die ganze Nacht über besetzt, denn auch Freitag und Rüthli schliefen nicht. Nachdem Fletchers Männer mit dem Zimmer von Betty Rosenfeld fertig waren, hatten die beiden Frauen sich die Unterlagen ihrer ehemaligen Teamkollegin geholt und in zwei annähernd gleich dicke Stapel aufgeteilt. Irgendwo darin musste es eine Spur geben. Eine Antwort auf die Frage nach dem Warum. Was hatte Betty Rosenfeld vor?

Auch Savary fand keinen Schlaf. Zunächst besprach er sich mit Fletcher in der Sache di Vannuci. Sie waren sich rasch einig: Die Hülse war zwar in einer Beweismittelsammlung des Pathologen gefunden worden. Doch das Labor war leicht zugänglich, es hatte ein einfaches Schloss, sodass jeder dort etwas hätte deponieren und den Verdacht auf di Vannuci lenken können. Da die Rosenfeld geflohen war, sah alles danach aus, als wäre sie der Verräter in der Gruppe. Sie konnte gut auch für den Diebstahl des Beweismittels verantwortlich sein und nur versucht haben, es dem Pathologen anzuhängen. Trotzdem konnten sie sich seiner Unschuld nicht sicher sein. Sie beschlossen, di Vannuci unter Hausarrest zu stellen.

Erst hatte der Amerikaner sich aufgeregt, dann aber die Sache gelassen genommen. Am Ende hatte er sich ohne Widerstand durchsuchen und alle potenziellen Kommunikationsmittel abnehmen lassen. Selbst auf den Computer hatte er verzichtet. Seine einzige Bedingung war gewesen, den Arrest im Labor statt in seinem Zimmer absitzen zur dürfen, wo er weiter am Gehirn des Präsidenten zu arbeiten gedachte. «Bett und Waschgelegenheit habe ich dort. Und ansonsten schließen Sie bitte ab, ich wünsche meinerseits in Ruhe gelassen zu werden.»

Da war noch eine andere Frage, die alle beschäftigte: Hakala musste es gerade noch durch das Schwarze Loch geschafft haben, bevor dieses wieder in sich zerfiel. Aber Sukov hatte nicht ausmachen können, wo er war. In New York mit der Rosenfeld? Und war er gesund? War er überhaupt am Leben? Mit wachsender Unruhe dachte Savary an die zurückgelassenen Anzüge. Hatte Hakala Glück gehabt und einen heilen Schutzanzug erwischt? Oder hatte er im Eifer des Gefechts nicht bemerkt, dass sein Anzug defekt war?

Savary stellte sich an ein Fenster des Esszimmers. Tropfen liefen die Scheibe herunter, in schneller Folge. Der Park lag in Schwärze, und die Scheibe zeigte nichts als das Spiegelbild seines eigenen Gesichtes. Er legte eine Hand darauf. An seine Beine dachte er keine Sekunde.

Fletcher hinter ihm tippte letzte Anweisungen in ihr Tablet. «Und Sukov will sich nicht festlegen?», fragte sie zum wiederholten Male.

«Diesmal wird es nicht helfen, ihn unter den Tisch zu trinken», sagte Savary und wandte sich um. Er hinkte an den Tisch zurück, auf den jemand Käsetoasts und ein paar Flaschen Mineralwasser gestellt hatte. Der Toast war kalt und der Käse hart geworden. Krümel und Lachen beschmutzten die Tischplatte.

Fletcher, die seinen Blick bemerkte, bot an, etwas Warmes kommen zu lassen. Savary lehnte ab. «Vielleicht ist es gar nicht so schlecht», sagte sie. «Das gibt uns Zeit, unsere Haltung gegenüber den Auftraggebern festzulegen.»

«Unsere Haltung? Ehrlich gesagt habe ich dazu keine Haltung. Die Clinton und ihre Partei sind einem Schwindel aufgesessen. Ob die CIA sich die Sache ausgedacht hat oder benutzt wird oder was weiß ich, das ist mir ehrlich gesagt scheißegal.»

«Das sollte es aber nicht.»

«Mich interessiert lediglich», sagte Savary mit mühsam aufrechterhaltener Beherrschung, «wie ich meinen Mann da wieder rauskriege.» Er lehnte sich fester auf seinen Stock, um das Gleichgewicht zu bewahren. «Hakala ist dort drüben. Alleine, vielleicht verletzt, in unvertrauter Umgebung, ohne Anweisungen und Hilfen. Und das für wer weiß wie lange. Mir ist es in der Tat scheißegal, wie Hillary Clinton ihre nächste Wahlkampfrede formulieren wird und auf welchen Halbsatz sie nun wohl verzichtet oder auch nicht.»

Sadie Fletcher schaute ihn an. «Wird er klarkommen?», fragte sie.

«Wenn es einer kann, dann Hakala. Aber er ist darauf angewiesen, dass wir ihn holen.»

«Und wir werden ihn holen.» Sie trommelte mit den Fingern auf den Tisch. «Sobald Sukov uns wieder Handlungsspielraum verschafft hat. Was glauben Sie?», fragte sie nach einer Weile. «Wo können wir Hakala suchen?»

Savary schaute wieder aus dem Fenster. Noch immer diese vollkommene Schwärze. «Ich denke», sagte er schließlich, «dass unser Mann sich in festen Abständen immer wieder zum Ankunftsort bewegen wird. Vermutlich also täglich um 17:30 Uhr vor dem Madison Square Garden. Wenn ihm das möglich ist.» Er überlegte. «Hakala ist Profi. Aber wir wissen nicht, auf welche Schwierigkeiten er stoßen wird. Vielleicht muss er umdisponieren. Und für uns vergeht die Zeit anders. Während wir hier sitzen, lebt er dort ein ganzes Leben, verstehen Sie?»

«Nicht wirklich, nein.» Sadie Fletcher schüttelte den Kopf. Sie vermied es gerne, über die Paradoxien des Zeitreisens nachzudenken. Ein ganzes Leben leben, schon gelebt haben im Grunde – es machte ihr Angst. Dass jetzt gerade irgendwo in den USA ein steinalter Hakala in einem Altenheim sitzen und versuchen könnte, mit seiner Greisenhand ihre Telefonnummer zu wählen, das wollte sie sich ganz sicher nicht vorstellen.

«Aber wie gesagt, Hakala ist ein Profi. Ich weiß, dass er alles tun wird, um zu seiner Rettung beizutragen. Und für mich heißt das, dass wir mit dreierlei rechnen können: Erstens: Hakala wird die ersten Tage nach dem Ereignis vor dem Madison Square Garden erscheinen. Zweitens: Wenn wir ihn dort nicht abholen oder verfehlen, wird er zum Zeitpunkt des Attentates auf Kennedy in Dallas sein, denn er weiß, dass wir da sein werden.»

«Aber das ist viel zu lange hin. Über ein Jahr! Das steht er doch nicht durch!»

«Und drittens: Hakala wird in Brentwood, Los Angeles, in der Todesnacht von Marilyn Monroe anwesend sein.»

Fletchers Augen leuchteten auf: «Weil er davon ausgeht, dass wir auch dort sein werden.»

Savary nickte. «Ganz genau. Er und ich hatten uns schon darüber unterhalten, ein wenig Vorplanung betrieben. Der Tod der Monroe ist ein Ereignis, das auf unserer To-do-Liste steht, sozusagen. Hakala weiß das. Er kennt Zeit und Ort. Es dauert nicht so lange wie bis zum Attentat. Bis dahin durchzuhalten, das wäre machbar. Er wird sich die Chance nicht entgehen lassen. Da bin ich mir sicher.»

Fletcher lächelte. «Dann sollten wir das auch nicht tun», sagte sie. «Nicht wahr?»

In diesem Moment läutete es an der Tür.

33.

Hakala wurde vom Aufheulen eines Motors geweckt. Er zuckte zusammen. Es folgte der Schmerz. Sein Kopf fühlte sich an wie mit Schlamm gefüllt, und sein Magen brannte. Vorsichtig legte er sich auf die Seite und zog die Beine an. Er spürte Wind an seinem Rücken. Er hörte das Laub rascheln.

Hakala rieb sich die Augen. Dabei stieß sein Ellenbogen schmerzhaft gegen Metall. Es stank, bemerkte er, nach Hundepisse und Bier. Er war definitiv nicht mehr auf Jersey.

Endlich schaffte er es, die Augen zu öffnen. Sein Blick stellte sich scharf. Langsam und majestätisch, wie ein Hai im Aquarium, fuhr ein Chrysler Imperial an Hakala vorbei, keinen Meter von seinem Gesicht entfernt. Er war schwarz, mit weißem Dach und enormen Heckflossen. Dahinter folgte ein himmelblauer Chevrolet Corvette C1, hinter diesem ein leuchtend rotes Oldsmobile Starfire, dessen silberne Seitenstreifen in der Sonne blitzten. Ein cremeweißer Ford Galaxy mit roten Sitzen kam den dreien entgegen. Mit offenem Mund starrte Hakala ihm nach. So einen hatte er in seiner Kindheit mal als Modell gebastelt.

Hakala kam hoch auf die Knie und blinzelte: Wohin er auch sah: Autos, so breit und flach und eckig wie Schmuckschatullen, mit Rücklichtern wie Lippenstiften, mit Heckflossen oder ohne. Oldsmobiles, Studebakers, Cadillacs, AMCs und Buicks. Lang waren sie, bonbonfarben und chromblinkend. Und sie funkelten in der Sonne.

Hakala bemerkte, dass er fror. In seinen klammen Fingern hielt er einen Kristall. Er schaute an sich hinunter. Er trug noch immer den silberfarbenen Schutzanzug. Langsam arbeitete er sich aus seiner Hülle. Der Riss, den sie über der Hüfte aufwies, wurde dabei größer; das Ding war nicht zu retten. Als er fertig war, knüllte er sie zusammen, wickelte den Stein hinein und schob alles zwischen die Räder eines hellgrünen Ford Mustang, der links von ihm parkte.

Jetzt fror er noch mehr. Der Boden, auf dem er gelegen hatte, war Asphalt, kalt und feucht. Trotz der Sonne war die Luft frisch. Hakala streckte sich. Er sah blauen Himmel, als er den Kopf hob, darunter rote Ziegelmauern und amerikanische Flaggen, die im Wind wehten. Er war mitten in einer Stadt. Auf der anderen Straßenseite stand ein fensterreicher Bau, eine schlichte Fassade wie aus den Zwanzigern, mit einem Eingangsportal wie ein Zirkus oder ein altmodisches Kino: verschnörkelte Formen, Glühbirnen um die Ränder und Goldbuchstaben. Zwischen einer Coca-Cola-Reklame und der Ankündigung eines Boxkampfes für nächste Woche stand dort: «Madison Sq. Garden».

Er kannte sich gut aus in New York. War dort häufiger schon gewesen, aus beruflichen Gründen. Er wusste, dass «The Garden», wie die New Yorker ihren Madison Square Garden nannten, ein enormer Rundbau war, eine Art modernes Kolosseum, und dass er keinesfalls hier stehen sollte, an der Ecke Eigth Avenue und 50th, wie es ein altmodisches Straßenschild vermerkte. Hierher gehörte eigentlich eines der höchsten Gebäude der Stadt, nicht diese Art von bescheidener Fabrik, sondern ein fast 250 Meter hoher Bürokomplex namens One Worldwide Plaza. Aber der, wurde es Hakala klar, würde erst 1989 gebaut werden. Er war definitiv früher unterwegs. Und wenn er den Plakaten glauben durfte, die überall angebracht waren, um für die Demokratische Partei und ihren Vorsitzenden zu werben, der heute etwas zu feiern und dabei Spenden zu sammeln gedachte, dann war er sehr viel früher dran. «Kennedys Geburtstag», murmelte er. Er musste husten und hielt sich die Seite. Ihm war elend. So hatte ihm eine Reise durch das Schwarze Loch noch nie zugesetzt. Ein Vergnügen war es nie gewesen, er hatte sich jedes Mal eine Weile schwindelig und schwach gefühlt, motorische Aussetzer gehabt. Und einmal fast eine halbe Stunde lang alles doppelt gesehen. Aber das jetzt, das war anders. Noch mal ein paar Stufen härter.

Er drehte sich um. Starrte erst den grünen Ford, dann den rechts parkenden Mercury Parklane an und dann die Gosse entlang, in der er eben noch gelegen hatte. Seine Augen suchten einen tennisgroßen Ball, der in der Luft schwebte. Doch da war nichts. Von einem Schwarzen Loch keine Spur. Panik stieg in ihm hoch. Vielleicht war einer der anderen ja mitgekommen, dachte er. Vielleicht hatten sie das Loch schon getarnt. Vielleicht war nur er so lange ohnmächtig gewesen. Oder sie hatten sich woanders installiert und würden jeden Moment auftauchen.

«Suchen Sie was, Mann?»

Hakala richtete sich auf und starrte in das Gesicht eines jungen Mannes mit Sakko und offenem weißen Hemd. Offenbar war er der Besitzer des Ford. Misstrauisch starrte er den Fremden an, der sich so für die Stoßstangen und Reifen seines Wagens interessierte. Die Frau an seiner Seite im schwingenden Plisseerock schmiegte sich an ihn.

«Alles okay. Alles klar.» Hakala hob grüßend die Hand an die Stirn und schlenderte möglichst unbeteiligt fort. Es war sinnlos, direkt an einer so belebten Straße nach einem Schwarzen Loch zu suchen. Er hatte sich wie ein Idiot benommen. Kein Wunder, dass der Typ ihn angestarrt hatte. Ob er ihn schon lange beobachtet hatte?

Schlagartig wurde Hakala sich all der Menschen um ihn herum bewusst, die Stoffhosen trugen und Jacketts, Kostüme und Hüte. Überdurchschnittlich viele Männer waren im Anzug. Fast alle Frauen trugen Röcke. Er selbst war in Jeans und Hawaiihemd unterwegs. An einem Strand in Santa Monica oder Florida mochte er in diesem Aufzug noch nicht einmal auffallen. Aber die Zeit, in der man alle möglichen Freizeit- und Spezialoutfits auch auf der Straße trug, war noch lange nicht gekommen.

Hakala tastete seine Taschen ab. Es war ein Reflex, eine Gewohnheitsgeste. Er wusste schon, dass er keine Brieftasche dabeihatte. Was hätte er auch mit dem Geld darin anfangen sollen? Seine Jersey Pounds und Euros in Dollar wechseln?

Langsam wurde ihm klar, was er nun war: ein Obdachloser, ein Illegaler, ohne Papiere, mittellos und ohne einen Plan. Und wie es aussah, gab es auch keinen Weg zurück, zumal er seinen Anzug hatte aufgeben müssen, als das Pärchen kam. Das Einzige, was er hatte, war ein Messer. Er hatte es eingesteckt, als der Alarm losgegangen war. Es gab eben Gewohnheiten, die man nicht ablegte. Hakala umfasste das Messer und bog in eine Seitenstraße ein. Er brauchte dringend etwas Warmes zum Anziehen. Er brauchte Jod und was zu trinken. Er musste sich an die Arbeit machen. Die Gegend hier hieß nicht umsonst Hell's Kitchen.

Ziegelbauten und Außentreppen, schwarz, heruntergekommen. Hier waren irische und puertoricanische Gangs zu Hause und nicht zuletzt auch die Mafia. Es war ein armes Viertel, und das sah man, wenn auch die Zeit der Graffiti, offen herumstehenden Autowracks und Dealergrüppchen an jeder Hausecke noch nicht gekommen war. Wenn ihn sein Wissen nicht trog, würden hier in den nächsten Jahren an die hundert Menschen ermordet und zerstückelt werden. Er war hier nicht der einzige Verzweifelte. Nur ein Mann mehr, der Geld brauchte.

Er ging eine Viertelstunde und wartete eine ganze weitere, ehe der richtige Mann seinen Weg kreuzte – ein Mittfünfziger, der soeben ein Wettbüro verließ. Der weit aus der Stirn zurück gesetzte Hut des anderen und die Alkoholfahne, die er schon so früh am Tag hinter sich herzog, machten Hakala Hoffnung. Außerdem zählte der Mann ein kleines, feines Bündel Geldscheine, nickte zufrieden, steckte es weg und ging pfeifend weiter.

Hakala folgte ihm bis zur Einmündung einer Seitengasse, in der nur Mülltonnen und streunende Hunde zu sehen waren. Der Rest war Routine. Mit einer Bewegung hatte er seinen Arm um den Hals des Mannes gelegt und zog ihn in die Gasse. Von weitem mochten sie einen Moment lang ausgesehen haben wie Saufkumpane. Im nächsten Moment waren sie außer Sicht. Sein Opfer fluchte, ballte die Faust und versuchte, einen guten, altmodischen Schwinger zu landen. Hakala wich gelassen aus, drehte ihm den Arm auf den Rücken und setzte einen der Schmerzgriffe an, die er bei der Polizei gelernt hatte. «Mann, ich …, ich …», keuchte sein Opfer und schrie unartikuliert auf, als Hakala den Griff intensivierte. Danach rührte er sich nicht mehr.

Hakala zeigte ihm der Form halber das Messer. Nahm ihm seine Geldbörse ab. Fesselte ihn mit seinem Gürtel und stopfte ihm einen Fetzen in den Mund, den er in einer offenen Mülltonne fand. Der Mann schwitzte und wirkte bewusstlos. Wenn er das hier heil überstand – und Hakala ging davon aus, dass er bald gefunden würde –, dann würde er etwas zu erzählen haben.

Hakala schaute sich rechts und links um, ehe er die Gasse wieder verließ und in schnellem Schritt zurück Richtung Eigth Avenue marschierte.

Vor einem Drugstore blieb er stehen, um die Brieftasche zu checken, die er erbeutet hatte. Zweiundsiebzig Dollar, na bitte. Er hatte auf das richtige Pferd gesetzt. Wie der Mann auch. Zumindest bis Hakala ihm über den Weg gelaufen war. Was er jetzt brauchte, war ein Bekleidungsgeschäft. Dann was zu trinken. Und danach, dachte er mit einem entschlossenem Zähnefletschen, eine ganze Menge Glück. «I like to be in America.» Pfeifend machte er sich auf den Weg.

Die Übelkeit kam wie ein Faustschlag. Sie traf seinen Magen mit voller Wucht. Hakala klappte zusammen und öffnete krampfhaft den Mund. Speichel und Galle troffen auf das New Yorker Straßenpflaster, dann übergab er sich. Es war Blut.

34.

Die Klingel am Tor des Hauptquartiers auf Jersey kam in den nächsten Stunden nicht mehr zur Ruhe. Müll wurde abtransportiert. Lkws lieferten Ersatzteile und Werkzeuge für Sukov. Außerdem Waffen für das Schießtraining, das Fletcher für alle angesetzt hatte. Ein Kurier brachte Garderobe, Accessoires und bündelweise Aktenkopien, die von der Freitag geordert worden waren. Schließlich rollte ein Umzugswagen die Auffahrt herauf. Er war voller Kartons.

«Was ist das?», verlangte Sadie Fletcher zu wissen, während ihre Männer, zu Möbelpackern degradiert, die Kisten in die Halle wuchteten.

«Das», erklärte Hannah Rüthli, «ist alles, was sich in Betty Rosenfelds Elternhaus in Springfield noch finden ließ. Das Haus ist seit dem Tod der Mutter 2012 verwaist. Sie selbst ist selten dort, hat es aber weder ausgeräumt noch verkauft.» Hannah stemmte die Hände in die Hüften. «Ich bin zuversichtlich, hier die Antwort auf einige unserer Fragen zu finden.»

«Auf die Frage, wer Kennedy ermordet hat?», fragte Fletcher spitz.

«Unter Umständen.» Rüthli ließ sich nicht aus der Ruhe bringen.

Savary, von dem Lärm alarmiert, kam gerade rechtzeitig, um zu hören, wie Hannah sagte: «Der Fall Rosenfeld und der Fall des Kennedy-Mörders mögen enger zusammenhängen, als wir vielleicht meinen. Ich habe nämlich etwas gefunden.»

«Was haben Sie gefunden?» Savary beeilte sich, seinen Stock einzusetzen, um die Stufen schnellstmöglich herunterzukommen.

Hannah schaute sich um. «Siebzehn Uhr im Besprechungsraum», sagte sie. «Ich werde dann alles erklären.»

Vier Stunden später war es so weit. Alle, selbst Sukov, der mit sanfter Gewalt von seinen Reparaturen losgeeist worden war, hockten auf den Sofas und starrten auf die leere Fläche der Leinwand, auf die der Beamer im Moment nichts als Licht projizierte.

«Wie immer noch nicht alle wissen», begann Rüthli, «hat unsere liebe Frau Professor Freitag bei unserem ersten Einsatz gegen ihre Befehle verstoßen. Ich sage das allerdings nicht, um sie hinzuhängen.»

«Was hat sie getan?» Sadie Fletcher klang kühl und beherrscht. Aber allen war klar, dass es in ihr brodelte. Sie war vermutlich die Letzte, die von der Sache erfuhr. Niemand hatte sie informiert.

Hannah bemühte sich um eine ruhige Stimme. «Sie hat ihre Position verlassen, um im Texas Schoolbook Depot eigene Ermittlungen anzustellen.»

«Ich …», wollte Karoline sich beeilen, etwas hinzuzufügen. Aber Fletchers Hand ging so scharf und schnell nach oben, dass sie verstummte.

Hannah ließ den peinlichen Moment verstreichen. Als klarwurde, dass Fletcher nichts sagen würde, fuhr sie fort: «Es steht somit fest, dass der Film vom Attentat, den wir alle kennen, von Betty Rosenfeld gedreht wurde. Sie befand sich alleine auf dem Grashügel.» Hannah spielte den Film ab. Alle blickten auf die nun schon bekannten Bilder: Die Elm Street, gesäumt von Menschen, die Houston Street dahinter. Die Sonne über allem.

«Betty Rosenfeld macht einen Fehler, den viele Laien begehen», dozierte Hannah. «Sie versucht, möglichst viel einzufangen, und macht deshalb viele Schwenks.» Sie konnten das Ergebnis unmittelbar miterleben. Das Bild sprang rasch: Die Fassade des Depots wurde abgelöst von einer Ansicht des Bretterzauns, es ging hoch in die Wipfel der Eichen und dann hinüber zur Unterführung, die lange im Bild blieb, um unvermittelt von einer Kurvenfahrt über Gras und Gesichter abgelöst zu werden.

«Worauf wollen Sie hinaus?», fragte Savary und fuhr sich über das Gesicht.

Hannah Rüthli ignorierte die Frage. «Mir war rasch klar», fuhr sie fort, «wer die Kamera in der Hand hielt. Sehen Sie es auch?» Sie wartete die Bilder der nächsten halben Minute ab: das lächelnde Gesicht einer Frau mit Sonnenbrille und Schal, die zaghaft winkte. Eine Taille mit gelegten Falten. Ein Paar zweifarbiger Herrenschuhe, dann das lachende Gesicht des Besitzers. Eine Hand mit Herrenring. «Wer hier Regie führte, hatte definitiv ein modisches Interesse.» Hannah klang nun zufrieden. «Kleine Ausstattungsdetails werden eingefangen, wie hier, das Hemd mit dem Seidentuch. Vielleicht suchte sie Anregungen für unsere Mission. Sie war ja für die Ausstattung zuständig.» Hannah räusperte sich. «Man kann sagen, sie war eifrig bei der Sache. Und das ist es auch, was mir klargeworden ist: Der Filmer dieses Teils war ein Dilettant, aber er war bemüht und konzentriert. Und jetzt sehen Sie sich einmal das hier an.» Sie hielt inne, stoppte den Film. Gab eine Zeitangabe ein, die den Film weiter hinten abspielen ließ. Nun war alles anders. Ganz offensichtlich waren die Schüsse gefallen, das Attentat hatte stattgefunden. Die Gesichter der Menschen waren verändert. Man sah schnelle Bewegungen, Panik, Angst. Menschen lagen auf dem Grün. Sie hatten sich wohl hingeworfen, um sich zu schützen, falls weiter geschossen würde. Offene Münder. Auch die Filmerin selbst schien vom Schrecken erfasst worden zu sein. Die Bilder sprangen noch mehr. Wild wechselten die Einstellungen. Kein Gesicht blieb lange sichtbar, wie es zuvor gewesen war. Alles war verwischt, Viertel-Profile, Hinterköpfe, Hosenbeine, das waren offenbar die bevorzugten Motive. Oder es war das, was der Zufall in der Hand einer traumatisierten Frau eingefangen hatte. Mehrfach hatte man den Eindruck, die Filmerin sei gestoßen worden oder gestolpert. Schließlich war da eine fleckige weiße Betonwand. Sie kam näher und näher. Füße. Der schon bekannte Schlag. Dann Schwarz.

«Sie stand wohl ziemlich neben sich.» Es war Sukov, der das feststellte.

Zum ersten Mal sagte auch Fletcher etwas. «Dieser Beton, das war der Sockel am Ende der Pergola, wo auch Zapruder gestanden hatte. Dort wurde Rosenfeld von Freitag verletzt aufgefunden. Sie muss dagegengestoßen worden sein.»

«Nein.» Alle waren erstaunt, als Hannah Rüthli widersprach. Die Meisterdiebin lächelte ein wenig. «Wie Sie wissen, bin ich es gewohnt, Videoaufnahmen auszuwerten und zu analysieren. Mein Beruf bringt das mit sich. Dabei lernt man ungewollt eine Menge. Und eines kann ich mit Sicherheit sagen: Diese Bilder sind nicht die Folge eines Stoßes. Dafür sind die Bewegungen nicht schnell genug. Glauben Sie mir, ich habe schon viele Videos gesehen mit den letzten Sekunden von Menschen, die gestoßen, niedergeschlagen oder irgendwo hinuntergeworfen wurden. Die sehen anders aus. Die Abläufe sind schneller, die Wechsel abrupter. Das alles ist bei dieser Aufnahme nicht der Fall. Sie ist nicht unwillkürlich entstanden, sie ist *willentlich* erfolgt.»

«Aber wer sollte seinen Kopf freiwillig gegen eine Betonwand schlagen?», fragte Sukov.

«Jemand, der will, dass wir ihn für ein Opfer halten.» Rüthli unterbrach sich, als Freitag aufstand, um die Kaffeemaschine in Gang zu setzen. Nach einer kurzen Weile fuhr sie fort: «Jemand, der möchte, dass wir ihm diesen Film hier als Panne abkaufen. Ich habe nämlich noch etwas entdeckt.»

«Und, hätten Sie die Güte?» Sadie Fletcher schien nicht in der Stimmung für Kunstpausen zu sein. Tassengeklapper ertönte. Sie wandte den Kopf. «Frau Freitag, spielen Sie nicht das Dienstmädchen, und setzen Sie sich wieder.» Die Historikerin gehorchte wortlos. «Also?»

Hannah fuhr fort. «Es gibt in diesem Film ein Vorher und Nachher. Einen Teil, der deutlich dokumentieren will, und einen Teil, der uns etwas vormacht. Der Panik simuliert und geradezu schreit: Seht, ich bin nicht in der Lage, euch richtige Bilder zu liefern.» Sie fuchtelte mit den Händen, wie es die Set-Beraterin getan hätte, um Hilflosigkeit anzudeuten. «Also habe ich mir den Punkt angesehen, an dem der eine Filmstil in den anderen umschlug. Den gibt es nämlich.» Sie unterbrach sich erneut, um eine Einstellung vorzunehmen. Man sah eine langsame Kamerafahrt, über eine Gruppe von Frauen mit Dauerwellen hinweg, die halb geniert, halb neugierig hin zu einer Männergestalt blickten. Dann verharrte das Bild. Danach fuhr es mit hoher Geschwindigkeit weiter. Eine Weile sah man die Grasnarbe voller Zigarettenkippen. Man hatte Zeit, sie zu zählen.

«Da hat sie nachgedacht», sagte Hannah. «Ab da wird der Film konfus. Das Letzte, was sie eingefangen hatte, als sie noch normal war, war das hier.» Sie tippte wiederum etwas ein. Es erschien das Standbild eines jungen Mannes. Er war im Profil zu sehen. Eine nur mittelgroße, schlanke Gestalt im Anzug, darüber ein Trenchcoat. Unter dem Hut hervor sah man mit Brillantine zurückgekämmtes tiefschwarzes Haar. In der Linken hielt er eine Zigarette, die Rechte war seltsam an die Seite gepresst, so als verberge er unter dem Mantel etwas. Was es war, konnte man wegen der Frauen nicht erkennen, die vor ihm die kleine Treppe zur Straße hinuntergingen. «Das ist es», sagte Hannah Rüthli, «was Betty Rosenfeld so aus der Fassung gebracht hat, dass sie danach eine geschlagene halbe Minute Gras filmte und dann nur noch Unfug.» Sie ließ das Bild stehen, dimmte aber das Raumlicht wieder hoch, damit alle sie sehen konnten. «Ich denke, dass es dieser Mann war, der sie so aus dem Konzept gebracht hat. Es kann nicht anders sein. Entweder kannte sie ihn, oder …» Sie verstummte und wiederholte dann: «Sie kannte ihn.»

«Und sie wollte nicht, dass wir auf ihn aufmerksam werden?» Sadie Fletcher betrachtete den Unbekannten mit zusammengekniffenen Augen. «Wer ist das? Ist das der Attentäter?»

«Ich weiß es nicht», antwortete Hannah Rüthli.

Savary war aufgestanden und näher an das Bild getreten. «Das hier unten», sagte er und deutete mit der Spitze seines Stockes auf einen Schatten, der unterhalb des Mantelsaums des Mannes sichtbar wurde. «Das könnte der Schaft eines Gewehres sein.»

«Die Position stimmt. Er steht ziemlich genau da, wo Sie und Hakala das Kästchen gefunden haben. Auf der Position des Schützen», sagte Karoline Freitag.

«Das muss nichts heißen», murmelte Savary. Wieder tippte er mit dem Stock auf die Leinwand. «Kann man das in der Vergrößerung analysieren?»

«Werd ich versuchen», bestätigte Hannah.

Sadie Fletcher war jetzt auch aufgestanden. «Sie haben recht», sagte sie. «Rosenfeld muss den Mann gekannt haben.»

«Ja, aber warum hat sie sich so ungeschickt angestellt, diesen Umstand zu verbergen?», fragte Karoline Freitag.

«Sie konnte den Film schlecht manipulieren», sagte Rüthli. «Erstens hatte sie dazu keine Zeit. Zweitens hätten wir eine technische Manipulation sofort bemerkt. Nein, dass sie ihn aufgenommen hatte, das konnte sie nicht wieder rückgängig machen. Sie musste es auf andere Art und Weise vertuschen.»

«Deshalb also hat sie mich gedeckt.» Langsam begann Karoline Freitag zu begreifen. «Sie dachte wohl, wenn alle glauben, ich hätte das gedreht, wäre es insgesamt weniger verdächtig. Niemand hätte eine Verbindung zwischen ihr und dem Mann hergestellt. Und ich habe geglaubt, sie wollte mir helfen.»

«Darüber reden wir noch», sagte Fletcher kühl. Dann trat sie einen Schritt von der Leinwand weg, um den Unbekannten in Ruhe betrachten zu können. Er war attraktiv. Man erkannte das gleichmäßig geschnittene Gesicht, die kräftige Braue und auch, dass er große, dunkle Augen haben musste. Er wirkte gebräunt, aber nicht grob. Ein gepflegter Mann, sicher kein Arbeiter, eher ein Büromensch. Oder ein Intellektueller. Er konnte noch keine dreißig sein.

«Wer bist du?», fragte sie. «Was treibst du in meinen Ermittlungen?»

35.

Hakala war auch im Jahr 1962 kein Mann mit modischer Phantasie. Im ersten Bekleidungsgeschäft, das er fand, kaufte er sich einen grauen Anzug, wie er ihn in Dallas schon getragen hatte. Für eine Krawatte konnte er sich einfach nicht erwärmen. Aber den Hut nahm er. Er ließ alles gleich an und nahm noch einen Trenchcoat von der Stange.

Er war erstaunt, wie billig alles war. Es blieb noch Geld übrig, um in einem Drugstore Verbandszeug, Aspirin und Jod und im nächsten Laden einen Flachmann und eine Flasche billigen Whiskey zu kaufen, den er an Ort und Stelle umfüllte und in der Innentasche seines Jacketts verbarg. Dazu eine Schachtel Zigaretten. Chesterfield. Er betrachtete den Mann mit den Augenfalten auf dem Werbeplakat.

Er war in Sorge. Vielleicht würde er wieder Blut spucken. Aber dann beschwichtigte er sich, dass er zurück auf Jersey sein würde, ehe das passierte. Spätestens morgen Abend zur Ankunftszeit. Oh Mann, er hätte Geld behalten sollen für eine Übernachtung. Jetzt würde er, wenn es dumm liefe, noch einmal aktiv werden müssen.

Er ließ sich wieder in Richtung Madison Square Garden treiben. Dabei behielt er immer seine Umgebung im Auge. So nah wie zuvor kam er nicht mehr an den Eingang heran. Das große Ereignis, die Geburtstagsfeier des Präsidenten, war in vollem Gange. Polizei hatte die Straße zwar nicht abgesperrt, säumte sie aber in dichten Reihen und war damit beschäftigt, die Schaulustigen auf die Gehsteige zurückzudrängen, damit die Limousinen ungestört vorfahren konnten. Da kamen sie, die Reichen und Schönen. Die Roben der Frauen, ihre Pelze und Schals hätten so auch sechzig Jahre in der Zukunft vor jedem Theater bestehen können. Und die Männer trugen Schwarz wie eh und je. An Brillen allerdings schien es nur

Kassengestelle zu geben. Man lächelte und winkte. Das eine oder andere Gesicht glaubte er sogar zu erkennen, aus den Recherche-Unterlagen. Die da, die Frau mit der dunklen Bienenkorbfrisur, war das nicht diese Opernsängerin, die Callas?

Und den dort drüben kannte er auch, das war Peter Lawford. Er war auf vielen der Familienfotos der Kennedys zu sehen, die Hakala für die Vorbereitungen durchgearbeitet hatte. Ein Schönling und Schauspieler und der Mann von Kennedys Schwester Patricia. So eine Art Burt Lancaster für Arme, dachte Hakala. Obwohl in dem Fall vermutlich Lancaster der Arme war. Lawford hingegen steinreich. Er lächelte amerikanisch breit in die Objektive und bot seiner Begleiterin den Arm, ehe sie im Inneren des Gebäudes verschwanden. Das Gedränge war enorm. Die Fotografen schossen an Bildern, was die Kameras hergaben. Begeisterte Amerikaner staunten und klatschten und winkten ihren Idolen zu. Irgendwo spielte eine Kapelle. Von Savary und den anderen keine Spur.

Hakala hatte gerade einen Schluck genommen, um sich zu erwärmen und aufmerksam zu halten, da sah er sie: Betty Rosenfeld, da gab es keinen Zweifel. Also hatte es ihn nicht zufällig genau hierher verschlagen. Seine Reise war kein völliger Unfall, verursacht durch ein außer Kontrolle geratenes Schwarzes Loch. Er hatte es geschafft, der Verräterin zu folgen, und das war der Ort, an den sie ihn geführt hatte. Betty Rosenfeld wollte zu John F. Kennedy?

Hakala beobachtete sie in der Menge. Sie schien sich auf ihre Mission vorbereitet zu haben. Denn sie war perfekt frisiert und geschminkt und trug ein Kostüm, das stark an dasjenige erinnerte, dass Jacky Kennedy am Todestag ihres Mannes anhaben würde. Was für eine makabere Hommage, dachte Hakala. Wie lange hatte sie dieses Ding wohl schon in ihrem Kleiderschrank? In Jersey hatte er es jedenfalls nicht an ihr gesehen. Dazu noch der Mantel mit dem Pelzkrägelchen. Exakt so lang wie der Rock darunter, also lächerlich kurz. So etwas wärmte doch keinen. Und wie sie sich bewegte! Wie geziert sie ihre bescheuerte Tasche hielt. Sie passte so gut in diese verdammte Spießerwelt. Hakala hasste sie nicht zum ersten Mal. Aber das musste er ihr lassen: Sie sah aus wie jemand, der hierhergehörte. Und der genau wusste, was er tat. Anders als er bewegte sie sich mit beinahe erschreckender Zielstrebigkeit. Nachdem die letzten Limousinen abgefahren waren, löste die Polizei ihre Reihen auf. Die Menschen drängten auf die Straße und in Richtung Eingang, wie Hyänen zum Kadaver. In dem Gewühl hatte Hakala Mühe, die Rosenfeld im Blick zu behalten. Zumal sie nicht dem allgemeinen Sog in Richtung Portal folgte, wo im Übrigen sowieso niemand mehr eingelassen wurde. Sondern sie war bemüht, sich gegen den Strom zur Ecke des Gebäudes vorzukämpfen. Hakala sah ihren pinkfarbenen Pillbox-Hut unter einem Werbeschild für Coca-Cola aufleuchten. Dann schlug ihm jemand versehentlich den Hut vom Kopf. Mit einem Fluch drehte er sich um und bückte sich nach seiner Kopfbedeckung. Als er sich wieder aufrichtete, war von der Frau in Pink keine Spur mehr zu sehen. Hakala fluchte erneut und setzte die Ellenbogen ein, um zu dem Punkt zu gelangen, an dem er die Rosenfeld zuletzt gesehen hatte. War sie weiter die Eigth Avenue entlanggegangen? Er hatte keine Ahnung.

Hakala beschloss, in die Seitengasse abzubiegen. Auch hier waren Passanten, und sie schienen sich nicht zufällig versammelt zu haben. Männer mit Zigaretten und Frauen, die aufgeregt ihre Handtaschen festhielten, standen herum und schienen zu warten. Worauf, das wurde Hakala klar, als eine Limousine in die enge Gasse einbog. Sie musste so langsam fahren, dass er Zeit genug hatte, einen Blick in den Fond zu werfen. Marilyn Monroe auf dem Weg zu ihrem letzten offiziellen Auftritt. Sie musste es sein, das silbern schimmernde Haar war unverkennbar. Hakala sah mehrere Männer bei ihr. Waren das Leibwächter oder Freunde? Und wo steckte die Rosenfeld?

Die Antwort bekam er, als der Wagen hielt. Vor einer Tür, die offenbar ein Hintereingang zum Madison Square Garden war, kam die Limousine zum Stehen. Die Diva hatte den Auftritt vorne gescheut. Sofort wurde sie von den Wartenden umringt, von denen einige offenbar mit ihr vertraut waren. Überrascht stellte Hakala fest, dass einer ihrer Begleiter wohl ihr Friseur war; er machte sich selbst hier noch an ihren Haaren zu schaffen. Ein anderer wirkte eher wie ein Landstreicher als wie ein Prominenter, doch auch ihn behandelte sie mit großer Vertrautheit. Einige der Frauen zückten Autogrammkarten mit dem Bild der Monroe und baten um eine Unterschrift. Doch alles in allem wirkte die Gruppe, als kenne man sich. Marilyn lachte und plauderte und zog an der Zigarette eines jungen Mannes, der sie ihr mit anbetungsvollem Blick überließ. Sie bedankte sich bei ihm mit einem Kuss auf die Wange. Ein gutaussehender Bursche, stellte Hakala fest, nicht groß, aber schlank. Für den Kuss hatte er den Hut abgenommen und fuhr sich jetzt glücklich und verlegen durch sein zurückgekämmtes Haar. Als er lachte, leuchteten seine schwarzen Augen. Ein Italiener, dachte Hakala. Eine große, dürre Frau mit weißem Nerz, bei weitem die Eleganteste in der Gruppe, drückte der Monroe eine Mappe mit losen Blättern in die Hand. Ein Manuskript? Vorsichtig ging Hakala näher heran. Die langen Ohrringe der Dürren wippten, als sie Marilyn auf beide Wangen küsste wie eine Französin.

«Und, Chérie», hörte Hakala sie sagen. «Werden Sie unsere neue First Lady?»

Die Männer lachten. Einer rief: «Ich dachte, du wolltest endlich ins Charakterfach wechseln, Darling.»

«Genau», meinte einer und schnippte seine Kippe weg. «Marilyn ist doch bei weitem zu gut für die Rolle.»

Sie lachte ebenfalls, das typische, unbändige Lachen mit dem weit offenen Mund, das Hakala von so vielen Fotos kannte. Die Bilder hatten nicht gelogen, stellte er fest. Diese Frau besaß eine Energie, die unglaublich war. In natura übertraf sie all die künstlichen Posen, zu denen ihr Job als Pin-up sie bisweilen zwang. Eine Tigerin, dachte Hakala, oder nein, ein unbekümmertes Kind. Oder beides. Vermutlich fraßen die echten Tiger ihre Beute mit eben derselben Unbekümmertheit, mit der diese Frau gerade das Leben genoss.

«Wartet meinen Auftritt ab», sagte sie. «Dann wisst ihr Bescheid.» Das Gespräch ging noch eine Weile, man warf sich ironische Bemerkungen zu, zitierte Songs und angesagte Poeten. Hakala verstand davon wenig. Eine Flasche kreiste, wie in irgendeiner Bohème-Bude, und ein Mann führte mit erhobenen Armen ein paar Tanzschritte vor. Es war der junge Italiener. Dann wurde die Tür des *Garden* von innen geöffnet, und Marilyn rauschte hinein. Ihr Anhang blieb zurück, johlend und winkend, dann in Einzelgrüppchen zerfallend und sich langsam zerstreuend. Als die Limousine abfuhr, standen nur noch die Dürre und der Italiener da. Er bot ihr gerade eine Zigarette an, als jemand aus dem Schatten des Gebäudes trat. Es war Betty Rosenfeld.

Erstaunt blieb Hakala, der sich gerade hatte abwenden wollen, stehen. Sie musste sich die ganze Zeit dort zwischen den Rohren an der Mauer verborgen haben. Dabei war ihr Idol, die leibhaftige Marilyn Monroe, in unmittelbarer Reichweite gewesen, so zugänglich und privat wie vermutlich nur selten. Nichts wäre leichter gewesen, als hinzuzutreten und sie anzusprechen. Und die Rosenfeld hatte die Gelegenheit nicht genutzt? Sie hätte die Schauspielerin berühren, umarmen, ja küssen können, wenn sie gewollt hätte. In der lockeren, lebenslustigen Atmosphäre dieser Gruppe wäre alles möglich gewesen. Hakala verstand es nicht.

«Luigi?», sagte Betty Rosenfeld leise. «Lou?»

Der Mann wandte sich zu ihr um. «Ja?», fragte er. Seine Haltung blieb locker. Es war offensichtlich, dass er die Frau nicht kannte. Das leichte Lächeln auf seinem Gesicht war offen und fragend zugleich.

Hakala fand die Szene unglaublich. Dieser ganze Aufstand: die Sabotage der Anlage, die illegale Reise hierher; die Rosenfeld hatte den Tod riskiert. Und das alles nur, um mit irgendeinem Luigi zu sprechen? Hakala musste eine zu schnelle Bewegung gemacht haben. Betty Rosenfeld wandte den Kopf und bemerkte ihn. Er zögerte einen Moment: Angriff oder Verteidigung? Da er damit rechnete, dass sie davonlaufen würde, entschied er sich für Angriff und machte eine Bewegung nach vorne.

Aber Betty Rosenfeld floh nicht. Sie stellte sich hinter den Italiener, legte ihm die Hand auf die Schulter und rief: «Dieser Mann verfolgt mich. Helfen Sie mir, bitte!»

«Verfolgen? Was ist das für ein Unsinn, Honey.» Es war die Dürre, die sich jetzt nach vorne schob. Ihre Ohrringe baumelten neben dem mageren Hals wie aufgeregte Pendel. Aber sie zeigte nicht die geringste Furcht, während sie in ihr perlenbesticktes Täschchen griff und eine Pistole hervorzog. Es war eine Remington Derringer mit ziseliertem Lauf, ein zierliches Spielzeug, das Hakala nicht darüber hinwegtäuschte, dass es voll funktionsfähig war. Und die alte Vogelscheuche hielt das Ding wie ein Profi: Schussarm leicht gewinkelt, um den Rückstoß abzufangen, Stützarm gestreckt. So hätte sie auch eine 45er abfeuern können. «Wenn Sie dann bitte verschwinden würden», sagte sie ohne jede Aufregung. «Dies mag ja New York sein. Aber ich bin New Yorkerin, und das hier ist Mr. Derringer, und wir beide wissen, wie man mit Großstadtgesocks umgeht.»

Hakala blieb stehen und überlegte, was das Beste wäre, um Betty Rosenfeld ohne Aufsehen abzuschleppen und die Wahrheit aus ihr herauszuprügeln. Die Frau verursachte Ärger, wo sie auch auftauchte. Hakala überlegte einen Moment zu lange. Die Backstage-Tür öffnete sich. Der Friseur der Monroe schaute heraus. «Ist die Limousine noch da?», fragte er aufgeregt. «Ich brauche mein Kästchen. Ihr Haar schmilzt förmlich dort drinnen.» Er bekam keine

Antwort, aber Luigi, Betty Rosenfeld am Arm, und die Amazone mit der Waffe nutzten den Moment, um sich in die Sicherheit des Gebäudes zu schieben. «Hey!», protestierte der Friseur. Er verschwand ebenfalls im Inneren, um dort mit den Eindringlingen zu diskutieren.

Hakala zweifelte nicht daran, dass die vier ihm in Kürze jemanden von der Security auf den Hals schicken würden. Für den Augenblick musste er die Rosenfeld verloren geben. Er zog sich zum Eingang der Gasse zurück. Als die Tür wieder aufging und drei Männer in Uniform heraustraten, trat er den Rückzug an. Er würde die Nacht irgendwo in Hell's Kitchen verbringen und am nächsten Tag weitersehen.

Ich komme wieder, dachte er wütend. Ihr habt ja keine Ahnung. Ich werde morgen wieder da sein. Und übermorgen. Selber Ort, selbe Zeit.

Eines stand fest: Er hasste diese Betty Rosenfeld. Er hasste sie aus vollem Herzen.

36.

Fletcher und Savary lehnten sich zurück, sie stöhnte, er ließ die Gelenke knacken. Sie hatten die Bibliothek zu ihrem Planungszentrum gewählt. Seit Hakala fort war, hatten alle den Gemeinschaftsraum im Untergrund gemieden. Alle außer Sukov, der sich angewöhnt hatte, dort zu nächtigen, um dem LHC näher zu sein, an dem er weiterhin verbissen herumreparierte. Das einzige Lebenszeichen, das von ihm kam, waren seine Antworten auf Fletchers Züge in ihrer Schachpartie übers Intranet.

«Also erst nach New York», stellte Fletcher gerade fest. Es war die Zusammenfassung ihrer Überlegungen. Hakala hatte Priorität. Sie würden, sobald Sukov Erfolg meldete, als Erstes ihr verlorenes Team-Mitglied einsammeln, wenn möglich auch gleich Betty Rosenfeld. Sie würden versuchen, ihre Ankunft vor den Zeitraum zu legen, an dem die beiden in der Vergangenheit aufgeschlagen waren, und sie dort erwarten. Danach würden sie weitermachen im Text. Eine Option war immer noch Dallas. Der schnellste Weg zum Täter führte nach wie vor über den Tatort. Eine andere Möglichkeit war der Tod von Marilyn Monroe. Angeblich wurde dieser ja durch die Kennedys herbeigeführt. Wenn sie Hakala in New York nicht erwischten, mussten sie sowieso dorthin.

«Herein», rief Fletcher, als es klopfte.

Hannah Rüthli erschien mit einer tabellarischen Aufstellung. «Das sind die letzten zwölf Stunden im Leben der Monroe», sagte sie, «rekonstruiert nach den verschiedenen Zeugenaussagen. Ich habe ihre Standorte auf dem beiliegenden Grundriss des Hauses grün markiert. Rot sind die widersprüchlichen Aussagen aus glaubwürdigen Quellen und blau die unwahrscheinlichen Alternativen.» Sie betrachtete ihr Werk. «Wir werden die Haushälterin betäuben müssen.»

Fletcher rieb sich die Augen. «Zu dem Schluss sind wir auch gerade gekommen. Ein Spieler weniger. Wir nehmen die übliche Vergewaltigungsdroge, das minimiert ihr Erinnerungsvermögen.»

«Bleiben die Wanzen», gab Savary zu bedenken.

Fletcher griff zu einem Stapel Unterlagen. «Wir können wohl davon ausgehen, dass CIA und FBI sich auf das Telefon beschränkt haben. Zumindest nach allem, was mir mein Kontaktmann aus deren Archiven besorgt hat. Um die Wanzen zu neutralisieren, braucht es zwei Handgriffe. Wir werden den Rest ignorieren und vor dem Check-out das Schlafzimmer säubern. Denkt daran, es sind alte Modelle, für uns kein Problem, die an den üblichen Stellen zu finden. Ich schätze, dass ein einfacher Scanner genügen dürfte. Also noch einmal: Mit wem werden wir es wann zu tun haben?»

Hannah schaute zu Savary, der ihr zunickte. Sie setzte sich. «Am 4. August kommt Marilyn gegen neun in die Küche und trinkt einen Grapefruitsaft. Die Haushälterin Eunice Murray ist seit acht Uhr da. Ihre Agentin Pat Newcomb hat im Gästehaus geschlafen und wird gegen Mittag aufstehen und gehen. Der Schwiegersohn der Haushälterin, ein Mr. Jeffries, arbeitet am Küchenfußboden, wie lange, ist unklar. Am Mittag kommt noch eine Friseurin vorbei, geht aber unverrichteter Dinge wieder, weil die Monroe nur schweigend am Pool sitzt und einen Stofftiger umarmt, der mit der Post kam.»

«Einen Stofftiger.» Sadie Fletcher seufzte. «Ich muss das vermutlich nicht verstehen.»

Hannah schüttelte den Kopf. «Eine Anreise am Vormittag verbietet sich aus meiner Sicht. Zu viele Menschen.» Sie tippte mit dem Zeigefinger auf ihre Unterlagen. «Am Nachmittag wird es besser. Allerdings ruft sie gegen 16:30 Uhr ihren Therapeuten Mr. Greenson an, der gegen fünf kommt und bis fast halb acht dableibt. Dieser Zeitraum ist blockiert.»

«Weiter», befahl Fletcher nur.

«Ab 19:30 Uhr ist sie dann in ihrem Schlafzimmer und telefoniert. Das letzte Telefonat erfolgt so gegen 22:00 Uhr. Wirkt ideal für uns. Aber 22:00 Uhr muss auch in etwa der Todeszeitpunkt gewesen sein, wenn man bedenkt, dass gegen fünf, als die Polizei eintraf, die Leichenstarre schon ausgebildet war. Wenn wir also da erst erscheinen, kämen wir unter Umständen zu spät.» Sie schaute auf. «Ich kann nicht mal ausschließen, dass sie nicht schon eher gestorben ist. Ab 19:30 Uhr wird alles sehr dubios. Die Haushälterin sagte später, sie sei gegen Mitternacht schlafen gegangen und um 3:30 Uhr aufgewacht. Sie sagt, sie habe gesehen, dass noch immer Licht in Monroes Zimmer war und das Telefonkabel noch unter der Tür durchging. Auf ihr Klopfen hin habe die Monroe nicht aufgemacht. Daraufhin habe sie Greenson angerufen, der sei gekommen. Man habe die Leiche entdeckt und die Polizei gerufen.» Hannah legte ihre Unterlagen auf einen Beistelltisch und rieb sich die Stirn. «Alles, was ich sicher sagen kann, ist, dass der Bericht der Haushälterin und der des Psychiaters von vorne bis hinten stinken. Licht im Schlafzimmer der Monroe konnte aufgrund eines neu verlegten Teppichs nachweislich von außen nicht gesehen werden. Im Übrigen: Warum sollte Licht oder das Telefonkabel bei einer Person mit Schlafstörungen und der Angewohnheit, die halbe Nacht hindurch Leute anzurufen, irgendjemanden beunruhigen? Und *wenn* die Haushälterin schon beunruhigt war, warum rief sie dann den Psychiater an? Nur damit der dann tut, was sie auch schon hätte tun können, nämlich durchs Fenster sehen und die Leiche entdecken? Danach ein Fenster eindrücken und einsteigen? Wozu fast eine Stunde damit vergeuden, auf einen Helfer zu warten, wenn man sich echte Sorgen macht, statt mit allen Mitteln versuchen, selbst in das Zimmer zu gelangen? Oder, in Gottes Namen, gleich den Notruf wählen? Das ist doch absurd.»

«Das kenne ich aus meiner Zeit bei der Polizei», entfuhr es Fletcher. Es war das Erste, was die Gruppe je über ihr Vorleben erfuhr. «Es ist ein ganz typisches Verhalten für Täter im Fall häuslicher Gewalt. Sie wollen einen neutralen Zeugen für das Auffinden der Leiche, jemanden, der bestätigt, dass sie besorgt waren und gar nicht an das Opfer herankamen. Weshalb sie bei Nachbarn klopfen oder Freunde und Verwandte herbeitelefonieren, weil das Opfer sich vermeintlich im Bad, wahlweise im Schlafzimmer oder anderswo eingeschlossen hätte. Anstatt selber die Tür einzutreten. Oder gleich den Notruf zu wählen, was, wie Sie ganz richtig anmerken, das normale Verhalten gewesen wäre. Meist versucht der Täter, ein derart unpraktikables, psychologisch unwahrscheinliches und unvernünftiges Verhalten mit Panik zu erklären. Und meistens lügt er, das habe ich gelernt.» Sie nickte. «Sie haben recht: Die Situation ist konstruiert. Man wollte einen unbefangenen Dritten vor Ort, der die Story glaubt und deshalb glaubhaft weitervermittelt.» Fletcher überlegte. «Die Haushälterin lügt also. Die Frage ist, warum.»

Savary begann ebenfalls, laut nachzudenken: «Sie behauptet, bis Mitternacht sei alles in Ordnung gewesen. Damit gibt sie dem Täter ein Alibi.»

«Vermutlich richtig. Und wenn unsere anderen Informationen ebenfalls stimmen ...» Fletcher trommelte mit den Fingern auf die Tabellen.

Hannah raschelte mit ihren Blättern, suchte nach einem bestimmten Bogen. «Ich habe mich schon ein wenig kundig gemacht», sagte sie. «John F. hat ein Alibi, er befand sich definitiv in Washington. Aber Robert Kennedy war zu dem Zeitpunkt in Kalifornien. Auf der Farm eines Freundes, weiter im Süden. Es war ein Ausflug mit der ganzen Familie, seine Frau war dabei. Ich weiß nicht, was für Chancen er hatte, dort ungesehen wegzukommen. Aber es gibt Flugzeuge und Helikopter.»

«Kalifornien», stellte Sadie Fletcher fest. «Das ist näher als Washington.»

«Aber ist es nahe genug?», fragte Savary vorsichtig.

Hannah äußerte sich nicht zu den Spekulationen. Ihr ging es um die Frage der Intervention, das war ihr Job. «Der interessante Ereigniszeitraum ist der zwischen halb acht und zehn», sagte sie. «Ich schlage also vor: Anreise und Installation am Nachmittag, ab halb zwei im Gästehaus.»

«Hervorragend. Damit steht diese Reise auf unserer Liste. Ich würde sogar sagen, ganz vorne.»

«Trotzdem, ich bin nicht glücklich damit.» Savary rieb sein Bein.

«Wenn wir richtigliegen, dann treffen wir dort Hakala und bergen ihn. Was ja schon einmal gut wäre», warf Fletcher ein.

«Was gut wäre», bestätigte er, «aber sicher sind wir nicht. Und wir werden erfahren, wer Marilyn Monroe getötet hat, falls jemand sie getötet hat. Aber bringt uns das weiter im Hinblick auf Kennedys Mörder, frage ich euch? Von dem wissen wir nur eines: dass er dieses Tonband in den Händen hatte und dass er fest überzeugt war, die Aufnahme bedeutete, dass die Kennedys schuld am Tod der Schauspielerin sind. Ich wiederhole: dass er überzeugt war. So sehr, dass er dafür mordete. Das heißt nicht, dass er mit seiner Überzeugung auch richtiglag.»

«Alles, was wir haben, sind die Bänder», stellte Rüthli fest. «Und die führen uns zur Monroe.»

«Sie sollten uns aber zum Mörder führen», beharrte Savary. «Wer hat diese Bänder aufgenommen? Wie kam der Attentäter in ihren Besitz? Wo hat er sie gefunden? Wurden sie ihm zugespielt, um ihn zu manipulieren? Das alles sind große Fragezeichen.»

«Seien Sie nicht so pessimistisch, Savary. Sie sind doch immer der große Idealist. Wollen Sie etwa nicht, dass die ganze schmutzige Geschichte ans Licht kommt?»

Savary schaute Hannah Rüthli an. «Ich will, dass Kennedys Mörder bekannt wird. Das ist, soweit ich weiß, das Anliegen unserer Auftraggeberin.»

«Ach, wir arbeiten für eine Frau?», warf Hannah Rüthli ein.

Fletcher sandte Savary einen mahnenden Blick.

«Wissen Sie», fuhr Savary fort. «Ich frage mich nur, ob wir für die Frage, ob die Kennedys einen Mord auf dem Gewissen haben, überhaupt ein Untersuchungsmandat besitzen. Gibt es dafür denn einen *Auftraggeber?*» Er betonte das Wort und deutete ein ironisches Lächeln an «Oder ist das mehr Ihr persönliches Interesse? Ich meine, mit diesem Wissen könnte man doch den Amerikanern ganz, ganz anders gegenübertreten, nicht wahr?»

«Sie überschätzen den Kennedy-Mythos», wandte Fletcher ein. «Und Sie überschätzen meine Ambitionen.»

«Kann man das?» Er neigte den Kopf.

«Oder die meiner Vorgesetzten.»

Hannah Rüthli verfolgte interessiert den Schlagabtausch.

«Ich würde das bei Gelegenheit gerne einmal mit unserem Auftraggeber diskutieren», fuhr Savary fort. «Schließlich zahlt er ja das ganze Unternehmen.»

«Als was wollen Sie sich hier profilieren, Savary?»

«Ich arbeite nur gerne selbstbestimmt.» Er versuchte, sich zurückzulehnen, ohne jemandem merken zu lassen, wie gut die Entlastung seinen Schmerzen tat. «Und als denkenden Arbeitnehmer interessiert mich, worin ich verwickelt bin. Ich würde zum Beispiel auch gerne Folgendes erfahren: Wer war der Mann, den Hakala dabei beobachtet hat, wie er die Hülse des Attentäters am Grashügel aufhob.»

«Ein CIA-Agent, das wissen wir doch schon.»

«Name?», fragte Savary. «Dienstgrad? Sitzen die Mitarbeiter unseres Auftraggebers nicht an der Beantwortung dieser Fragen? Und wer hat ihn umgebracht?»

«Ein CIA-Agent?», bot Hannah Rüthli an.

Savary tat ihr nicht den Gefallen, ihr das Gesicht zuzuwenden. «Und wer hat uns Joshua untergeschoben?», sprach er weiter. «Meinen Sie nicht, dass das für die Leute, die uns bezahlen, die wichtigeren Fragen sind?»

«Zerbrechen Sie sich nicht den Kopf der Amerikaner», meinte Fletcher, die Lippen nur noch ein Strich. «Sie können sicher sein, die kümmern sich um jedes verdammte Detail dieser Angelegenheit. Unsere Aufgaben liegen in der Vergangenheit.»

«Eben, in der Untersuchung der Schüsse von Dallas.»

Hannah mischte sich ein. «Deshalb sitzen Professor Freitag und ich ja außerdem an der Umfeld-Prüfung. Wir gehen jede Lebensphase der Monroe durch und suchen nach Männern, die eine Beziehung zu ihr hatten. Sie können sich sicher vorstellen, dass das mit den Männern in die Hunderte geht. Mit einigen hat sie geschlafen, weil sie beruflich vorwärtskommen wollte, mit anderen, weil sie Lust dazu hatte. Mit dritten, weil das offenbar einfach ihre Form des In-Beziehung-Tretens war. Sie nahm an, man erwarte es von ihr. Sie war offensichtlich kein Kind von Traurigkeit und hat, wie es aussieht, fast jede Beziehung, die sie irgendwie zu einem Mann hatte, sexuell unterlegt. Egal ob es sich um Kollegen, Ärzte, Berühmtheiten oder Begegnungen von der Straße handelte. Sie hatte ein Faible für schräge Außenseiter. Vielleicht hatte sie auch einfach keine Vorurteile.» Hannah seufzte. «All das addiert sich. Wir gleichen das ab mit dem, was wir über das Äußere und das Alter des Schützen wissen: Jahrgang nicht früher als 1910, um auf der sicheren Seite zu sein. Natürlich ist er eher jünger. Dunkles Haar, falls es nicht gefärbt ist, was ich nicht glaube, der ganze Typ wirkt dunkel. Und kein Alibi für den Tag des Attentates. Was allerdings nach all der Zeit nicht so einfach ist. Wir stellen Ihnen eine Liste zusammen, sobald wir können.»

«Gut», meinte Fletcher. «Achten Sie besonders auf Querverbindungen zu FBI, CIA, Mafia oder Joe DiMaggio.» Als sie Savarys Blick auffing, sagte sie: «Das sind die Instanzen, die die Monroe abgehört haben. Wie sie schon sagten: Irgendwie muss der Junge ja an die Bänder gekommen sein.»

«Mein heißester Tipp, was das angeht, wäre die Cal Neva Lodge von Frank Sinatra am Lake Tahoe», meinte Hannah Rüthli. «Sinatra war bekannt für seine Mafia-Kontakte. Er hat die Unterstützung des Mobs für Kennedys Wahlkampf als Verbindungsmann klargemacht. Sam Giancana, der Godfather der amerikanischen Mafia, ist 1962 dort festgenommen worden. Anschließend musste Sinatra seine Glücksspiellizenz abgeben und wurde von den Kennedys fallengelassen. Er hat das immer als Verrat empfunden.» Hannah suchte auf ihrem iPad nach einer neuen Datei. «Hier: der Grundriss: Die Lodge verfügte über elf Gästebungalows mit über 55 Zimmern, die zum Teil durch Geheimgänge mit dem Showroom und dem Casino verbunden waren. Es gab auch einen eigenen Helikopter-Landeplatz. JFK und Robert sollen öfter heimlich eingeflogen worden sein. Ihr Schwager Peter Lawford war jedenfalls Stammgast in der Lodge. Er gehörte ja auch zum sogenannten Rat Pack, Sinatras Männerclique, die in Las Vegas auftrat.» Hannah repetierte ihr frisch erworbenes Wissen mit vollkommenem Gleichmut. «Es war ein offenes Geheimnis, dass man in der Lodge auf willige Starlets traf und auch auf den einen oder anderen echten Star, der sich in dieser Umgebung freizügig gab. Die Monroe war mit Sinatra befreundet und öfter dort, zum Beispiel vom 27. bis zum 29. Juli 1962, also ziemlich kurz vor ihrem Tod. Was Zufall sein kann, aber vielleicht auch nicht. Gut für uns ist, dass es rund um diese Stars und Sternchen genügend Fotomaterial gibt.»

«Hatte nicht Sinatra eine Privatmaschine?», erkundigte Fletcher sich. Sie dachte noch immer darüber nach, wie Robert Kennedy in Marilyns Todesnacht nach L. A. gekommen sein könnte.

«Einen Learjet, ja, nicht groß, aber ausreichend für zwei, drei Personen. Mit Bar und Piano.»

«Vergessen Sie das Piano.» Trotz des harschen Tons war klar, dass Fletcher Feuer gefangen hatte.

«Und Lawford besaß einen privaten Helikopter, falls das jemanden interessiert.»

Savary stemmte sich hoch. Ihm gefiel dieses ganze Gespräch nicht. «Und unsere geschätzte Frau Professor Freitag beschäftigt sich also gerade *damit*. Mit der Klatschpresse der Sechziger.»

Hannah sah ihn an. «Soweit ich weiß.»

«Soweit Sie wissen, soso. Na, soweit ich weiß, weiß man bei Professor Freitag nie so genau. Ich werde mir das ansehen.»

Matthieu Savary hielt sich nicht damit auf, anzuklopfen, als er in das Zimmer der Historikerin trat. Er schätzte Karoline Freitag für ihre Kompetenz und ihren Fleiß. Auf sie war Verlass gewesen, das hatte er zumindest gedacht. Aber so, wie es momentan stand, fühlte er sich von ihr verraten.

Sie war nicht da, stellte er fest. Dafür fand er ein seltsames Gespinst aus Fäden vor, das sie durch den gesamten Raum gezogen hatte. Eine Schnur führte vom Pfosten des Himmelbettes zur Halterung des Stilllebens über dem Schreibtisch, eine andere kreuzte von der Balkontür, wo sie im oberen Rahmen klemmte, bis zur Zimmerecke rechts der Tür, wo sie mehrfach um einen hohen Bodenleuchter gewickelt war, den jemand mit viel Aufwand auf eine Kommode gewuchtet hatte. Zwischen diesen beiden Hauptlinien gab es viele Querverbindungen. Und an jeder einzelnen dieser Schnüre hingen Zettel mit Namen oder Daten. «Was zum ...», murmelte Savary und trat näher. Konzentriert starrte er in eine Reihe von Männergesichtern. Kurzes Haar, rasierter Nacken, massives Kinn, die Form amerikanischer Männerschönheit, die man aus Hollywood-Filmen kennt, in denen ehrliche Militärs oder Agenten den Präsidenten und die Welt retten. Er musste die zugehörigen Texte nicht lesen, um zu wissen, dass es sich um Mitglieder von FBI und CIA handelte. Dazwischen fand er Kubaner, Italiener, Schauspieler, grobschlächtige Gewerkschafter in Anzügen. Während er an dem Schnurnetz entlangging, begriff er, dass Freitag versuchte, ein greifbares Modell der Beziehungen zwischen Behörden, Mob und gesellschaftlichen Organisationen zu schaffen. Nun, dagegen war nichts einzuwenden. Was Savary störte, war das große Bild von Oswald, das im Zentrum dieses Netzes hing. Hatte Freitag es also noch immer nicht aufgegeben, ihrem privaten Verdacht nachzugehen, dass Oswald die zentrale Figur des Attentats von Dallas war? Damit also verbrachte sie ihre Zeit?

Er drehte sich nicht um, als die Tür aufging. Schnelle Schritte, dann ein Verharren. Savary rührte sich immer noch nicht. Er überließ es ihr, den ersten Satz zu sagen.

«Ich ...», setzte Karoline Freitag an.

«Nein.» Endlich wandte Savary sich zu ihr um. «Eben nicht. Es geht hier nicht um *Sie*. Verdammt, macht denn hier jeder, was er will?» Savary war erbittert. Fletcher versuchte, ihrer Mission eine neue Ausrichtung zu geben. Er vermutete, dass sie dem Dienst, für den sie arbeitete, belastendes Material über die Amerikaner zuspielen wollte. Und Freitag verfolgte hartnäckig ihre Oswald-Obsession, als ob sie ihnen damit nicht schon genug Schaden zugefügt hätte. Wäre sie bei Rosenfeld geblieben, wäre vielleicht schon viel früher aufgeflogen, dass diese eine wie auch immer geartete Beziehung zum Attentäter hatte. Er war es leid, sich von allen an der Nase herumführen zu lassen. Alles ging den Bach runter. «Was soll das hier?» Savary breitete die Arme aus.

Sie öffnete den Mund und schloss ihn wieder. Jetzt griff Savary in das Netz. Ein Schmerz schoss durch seinen Arm, doch er ignorierte ihn. Seine Finger krallten sich in das, was er fand. Mit aller Kraft riss er die Schnüre nach unten. Das sorgsam aufgebaute Gespinst fiel in sich zusammen. Mit wütenden Bewegungen wischte Savary von sich herunter, was sich an seinen Schultern und den Knöpfen seiner Jacke verfangen hatte. «Sie arbeiten ab sofort unter der Aufsicht von Hannah Rüthli! Sie wird Ihnen die Daten zuweisen, die Sie zu prüfen haben. Report alle vier Stunden. Ich habe Ihre Einzelaktionen satt!»

Er war schon an der Tür, als Karoline Freitag sagte: «Ich will doch auch, dass der Mörder gefunden wird.»

«Und ich will vor allem, dass Hakala wieder heil zurückkommt.» Er schaute sie an. Ihre Augen waren groß. Savary schüttelte den Kopf. «Arbeiten Sie einfach mit», sagte er.

37.

Der schmuddelige Wandkalender in der Bar zeigte Juni 1962. Hakala bestellte einen Whiskey. Er wusste, dass es nicht vernünftig war. Doch er wollte vergessen, wie er sich das Geld dafür beschafft hatte. Wollte vergessen, wie es sich angefühlt hatte, Tag für Tag vergeblich vor dem Madison Square Garden herumzustehen wie ein Penner oder ein Idiot. Wie lange nun schon? Er war sich nicht mehr sicher. Herrgott, ja, er war ein Profi, aber er konnte sich beim besten Willen nicht erklären, warum sie ihn nicht holen kamen. Hatte er keine Priorität, oder was?

Hakala schaute auf. Neben ihm am Tresen lehnte ein Mann, der in einer Zeitung las. Der Rest des Lokals verschwamm auf angenehme Weise. Er wollte sie gar nicht sehen, all diese Typen, die hier herumhockten, die sich gar nicht groß von ihm unterschieden und doch nichts mit ihm gemeinsam hatten. Er kannte sie nicht, würde sie nie kennen. Er gehörte nicht hierher. Aber er kam auch nicht von hier weg. Wie oft schon hatte er darüber nachgedacht: Wenn er sich auf diesen Trip vorbereitet hätte. Wenn er mit seiner Ausrüstung hier wäre oder einem gut recherchierten Background-Wissen. Oder wenn er verdammt noch mal einfach die Zeitung von morgen hätte, in der die Wettergebnisse stünden, er wäre ein gemachter Mann. Millionär könnte er sein, Hellseher, durchmarschieren wie Superman durch den ganzen Mist hier. Stattdessen ging ihm langsam jedes Realitätsgefühl verloren. Warum nur tat ihm die *Time Unit* das an?

«Bourbon!», schnauzte er die Bedienung an, die sich über den Tresen lehnte. Er sparte sich das «Honey». Er hatte keine Lust, mit ihr zu flirten, obwohl sie ihm einen langen Blick zuwarf. Er wollte sie nicht. Sie war tot, sie alle waren tot. Er war tot. Mary, dachte es irgendwo hinten in seinem Hirn. Warum konnte ihm das nicht bei Mary in London passiert sein? Bei ihr wäre er liebend gerne geblieben. Wieso musste es hier geschehen, in dieser beschissenen Zelluloid-Welt, wo man ständig darauf wartete, dass Doris Day hereinkam oder Dean Martin? Frisch rasiert und ganzkörpergebügelt. Widerliche Zeiten. Herrgott, nur noch ein paar Jahre, dann wären die Hippies dran gewesen. Dann gäbe es Flower-Power, wie seine Mutter sie gelebt hatte, mit langen Haaren und Indienlook und Joints und Studentenprotesten und freier Liebe und wildwuchernder Schambehaarung. Damit kannte er sich zumindest aus, er war in einem finnischen Ashram groß geworden, wenn auch unter Qualen. Und es würde Musik geben, die den Namen verdiente. Janis Joplin, Bob Marley, Jimmy Hendrix. Nicht diese glattgebügelte Sinatra- und Elvis-Scheiße.

Schau dir die Typen an, dachte er und blickte um sich. Sie hatten nicht die geringste Ahnung von dem, was auf sie zukam. Trugen brav ihre Hüte. Und die Mädchen waren künstlich wie Puppen und legten die Haare in Dauerwellen. Hatten die denn von nichts eine Ahnung?

«Und ich sag dir, Kelso wird das nicht packen. Er war beim Metropolitan Handicap nur zweiter, obwohl er 3/5 als Sieger gesetzt war.»

«Er war krank Anfang des Jahres, er braucht einfach Zeit. Ich sag dir, er ist immer noch das bessere Pferd.»

«Schlauberger. War er eben krank. Umso schlimmer. Ich sag dir: Seine Zeit ist vorbei. Er war zweimal Pferd des Jahres, dreimal wird er es nicht schaffen. Keiner schafft das dreimal. Besser, man spart sein Geld.» Der Sprecher hatte sich auf der Suche nach Unterstützung für seine Position umgesehen und war an Hakalas Blick hängengeblieben. «Glauben Sie nicht auch, dass Kelsos Zeit als Rennpferd vorbei ist?»

«Keine Ahnung.» Hakala nahm sein neues Glas in Empfang. «Ist mir auch egal. Ich warte auf Woodstock.»

«Ist das ein Dreijähriger?», erkundigte sich sein Gesprächspartner und wandte sich, als er keine Antwort erhielt, an die Bedienung. «Wie siehst du das Gladys? Wird Kelso es schaffen?»

Die Blondine wischte über den Tresen. «Kelso vielleicht, aber du nicht, Donnie, wenn du weiter dein ganzes Geld auf die Rennbahn trägst. Denk doch mal an Rosie und die Kinder.»

Donnie winkte ab. «Rosie wird sich freun, sag ich dir. Sie wird mir dankbar sein, wenn ich mit dem Hauptgewinn heimkomme. Dann werde ich ihr alles bieten. Ein Haus in Brooklyn Heights werd ich ihr kaufen. Direkt neben dem von ihren Eltern. Die werden Augen machen, diese …»

«Die Monroe hat in Brooklyn gewohnt.» Der Satz rutschte Hakala einfach so heraus. Er war Teil eines Wissens, das er sich in den letzten Stunden vor dem Unfall angeeignet hatte. In Stunden der Beratung mit Matthieu Savary über die Frage, was sie mit den Tonbändern aus Dallas anfangen sollten. Sie waren alle Aufenthaltsorte der Monroe durchgegangen, vor allem New York, weil genau das auf der Autogrammkarte gestanden hatte: «New York forever». Was hätte also nähergelegen, als sie in New York zu observieren, um an ihren Liebhaber heranzukommen, den vermeintlichen Attentäter von Dallas? Aber eine schnelle Durchsicht hatte ihnen gezeigt, dass die Schauspielerin zu oft und bei zu vielen verschiedenen Gelegenheiten in der Stadt gewesen war. Es wäre zu aufwendig gewesen, sie jedes Mal zu begleiten. Savary hatte beschlossen, diesen Teil von Monroes Leben der Recherche von Freitag und Rüthli zu überlassen. Er wollte sich auf den Todestag konzentrieren.

All das war in seinem Kopf. Nutzloser Mist. Aber selbst im Suff erinnerte er sich noch. «Sie mochte Brooklyn, weil Arthur Miller lange dort gelebt hatte. Sie wollte sich sogar ganz dorthin zurückziehen.»

Zweifellos hatte die Bedienung die Geschichte von Donnie und seinen Schwiegereltern aus Brooklyn schon mehr als ein Mal gehört. Sie hatte gerade ein gelangweiltes «Ja, ja» von sich gegeben, als sie plötzlich aufschaute. Leben kam in ihr Gesicht. «Die Monroe», hauchte sie. «Oh, ich habe sie einmal fast gesehen, als sie die Filmaufnahmen hier in New York machte. Ich hatte mir extra frei genommen. Es waren Unmengen von Menschen da, kein Durchkommen möglich. Aber ich hab die Kameras gesehen und all das.» Sie seufzte. Ihre Wangen, bemerkte Hakala, hatten Farbe bekommen. Mit einem Mal schaute sie ihn viel aufmerksamer an. Die Müdigkeit war weg, und auch das routinierte Flirtverhalten. Für einen Moment war er in ihren Augen so etwas wie ein Mensch. «Und sie will wirklich nach Brooklyn ziehen, sagen Sie, Mr. ...?»

«Hakala», antwortete Hakala. Es war weniger auffällig als Smith. Das hatte er schon vor Tagen beschlossen. Und sie würden seinen Namen eh nirgendwo in den Akten finden. «Nein, ich meine ...» Sie stirbt vorher, wollte er sagen. Sie zieht nirgendwo mehr hin. Es fiel ihm gerade noch rechtzeitig ein, dass er das nicht laut aussprechen durfte.

«Heckler?», wiederholte der Mann neben ihm den Namen mit starkem Akzent. «Wie die Waffe?»

«Yeah, Heckler & Koch.» Hakala grinste. Der Gedanke gefiel ihm.

«Kennen Sie sich denn mit Sportschießen aus?», hakte Donnie nach, dessen Gedanken offenbar um nichts als die Chance auf einen Wettgewinn kreisten. Aber die Bedienung unterbrach ihn. «Erzählen Sie mir mehr», sagte sie, «von der Monroe. Sind Sie ihr schon begegnet, in Brooklyn Heights?» Unaufgefordert schenkte sie ihm nach.

Hakala betrachtete sie ein wenig genauer, dann den geschenkten Drink, und überlegte. Sie konnte ihm nützlich sein. Und sei es nur für noch einen weiteren kostenlosen Drink. Vielleicht gab sie ihm Geld, wenn er es geschickt anstellte, dann brauchte er nicht ständig irgendwelche Kerle niederzuschlagen. Oder sie nahm ihn mit nach

Hause. Das würde ihn für eine weitere Nacht von der Straße holen und sparte Geld. Oh ja, sie konnte sehr nützlich sein. Und wenn er sie am Ende in ihrem Apartment fesselte und ihre Sachen ins Pfandhaus trug. Er würde ihr auch nicht weh tun dabei. «Tja, wenn sie in Brooklyn ist, dann fahre ich sie manchmal, versteht ihr? Sie ist nicht wie andere Leute und steigt nicht gerne in ein normales Taxi.»

«Sicher.» Der Atem der Bedienung ging schneller. «Sie wird ja ständig erkannt und belagert. Schlimm ist das.»

«Genau», bestätigte Hakala. «Deshalb ruft sie mich an, Heckler. Ich komme mit meinem Wagen, bringe sie hin, wo sie will, und pass auch ein wenig auf sie auf.»

Donnie machte ein wissendes Gesicht und formte mit der Hand einen Pistolenlauf. Hakala nickte und grinste. «Genau. Das ist mein Beruf.»

«Oh, wie ist sie so? Wie ist sie so?» Die Bedienung hatte nur noch Augen für Hakala.

Ein Fall für die Klapse, wollte er am liebsten sagen. Nach allem jedenfalls, was er von ihr mitbekommen hatte, was nicht allzu viel war. Es interessierte ihn einfach nicht. Savary und er, sie hatten die Fakten erwogen, keine Charakterfragen diskutiert. «Sie ist eine nette Lady, genau wie Sie, äh …» Hakala zwinkerte der Bedienung zu.

«Gladys», hauchte sie und schenkte erneut ein.

«Sie ist», Hakala überlegte, was er wusste. «Sie ist lebensfroh», sagte er dann in Erinnerung an die Frau, die am Hintereingang des Madison Square Garden aus dem Wagen gestiegen war. «Hat ziemlich Power.»

«Sag ich doch, ein heißer Feger.» Donnie versuchte vergeblich, sich wieder ins Spiel zu bringen. «Hab damals drauf gewettet, dass sie sich von DiMaggio wieder scheiden lässt. Hat mir siebzehn Dollar eingebracht, weil ich nah am Termin dran war.»

«Ihr Haus in L. A.», fuhr Hakala fort, sein neues Opfer zu ködern, «ihr Haus also, das ist nicht so, wie man es sich für einen Filmstar vorstellt.» Er hielt inne, um nachzudenken. Savary und er hatten einen Grundriss und ein paar Fotos studiert, um über die Eingriffsmöglichkeiten zu sprechen. Es war das, was er am besten behalten hatte. «Also ich meine, es hat schon einen Pool und Palmen und ist mit Bougainvillea bewachsen, das schon. Ein unregelmäßiger Pool, mit ganz weichen Formen.» Er zeigte es mit den Händen. «Schon was Feines.» Gladys hing an seinen Lippen. «Aber es ist nicht protzig oder neureich, kein Palast, wie ihn andere sich bauen. Es ist niedrig, die Räume nicht groß, aber hell und mit viel Holz. Sie hat bunte Fliesen dadrin, die sind aus Mexiko, hab ich gehört. Alles sehr, sehr», er suchte nach dem richtigen Wort, «gemütlich. Das ist es. Nicht kalt und nicht angeberisch.» Er nickte, wie um sich selbst zu bestätigen, dass das seinen Eindruck wohl zusammenfasste. Leicht zugänglich, hatten Savary und er damals vor allem festgestellt. Rein, raus, alles kein Problem. Und das Schlafzimmer kann vom Garten aus observiert werden.

«Sie soll ein weißes Klavier besitzen», schwärmte Gladys. «Das, auf dem sie als Kind spielen gelernt hat.»

«Yep», bestätigte Hakala. Er hatte keine Ahnung. «Da sitzt sie manchmal dran.»

«Woher willst du denn das alles wissen, hä?» Donnie machte sich wieder bemerkbar. «Du bist doch bloß ein verdammter Angeber.»

Hakala richtete sich auf. «Ich hab sie mal persönlich zurückgebracht nach L. A. Sie hatte mich drum gebeten. Wollte, dass ich ein paar Tage im Gästehaus bleibe, weil sie sich nicht sicher gefühlt hat.»

«Ach nee», kommentierte Donnie. «Du hast bei ihr gewohnt. Na klar. Und vermutlich mit ihr im Pool gebadet.»

«Ach *ja*», gab Hakala zurück. «Klar hab ich da gewohnt. Aber im

Gästehaus, wie gesagt», gab er sich mit Blick auf Gladys bescheiden. «Das steht extra. Und im Pool war ich auch, wenn ihr es wissen wollt. Den hab ich nämlich bei der Gelegenheit repariert.»

Donnie war noch nicht zufrieden. «Wozu sollte so eine wie die so einen wie dich denn brauchen, hä?»

Hakala blieb gelassen. «Ihr Ex war sauer wegen irgendetwas. Sie hatte Angst, er macht Dummheiten.»

«DiMaggio?», fragte Donnie, zum ersten Mal seit längerem wieder ein wenig interessiert. Er machte sich daran, dessen Ruhmestaten im Baseball aufzuzählen und die Summen, die er selbst noch vor zehn Jahren mit Wetten auf DiMaggio verdient hatte. Jetzt wurde auch sein Kumpan, der sich bisher hinter seiner Zeitung versteckt gehalten hatte, erneut sichtbar. Mit Baseball kannten die beiden sich offenbar aus.

Gladys ignorierte sie. «Ach, ja, die Männer, die sind ihr Unglück. Und jetzt auch noch der Präsident. Glaubst du, sie wird die neue First Lady?»

«Nein», rutschte es Hakala heraus. Er verfluchte sich für die Sicherheit, die in seinem Ton lag. Aus dem Augenwinkel bemerkte er, wie Donnie wieder aufmerksamer wurde.

«Ja, ich denke auch, das wäre besser», sagte Gladys. «Ich meine, die Leute würde sie hassen, wenn sie Jackie das antut, oder? Ach, ich weiß nicht. Ich glaube einfach, man sollte nicht zu hoch hinaus, nicht wahr?»

Hakala wusste nicht recht, was er dazu sagen sollte.

«Ich meine, sie ist doch ein Filmstar. DiMaggio hat ihr schon Ärger genug gemacht, wegen der Szene mit dem weißen Kleid hier in New York, das hat ihm nicht gepasst, das konnte man sogar in der Zeitung lesen. Männer und Job, das verträgt sich einfach nicht.» Sie sprach, als verstünde sie etwas davon. Sie schaute Hakala ernst an. «Meine Mum sagt immer, man soll sich als Frau um seinen Mann kümmern, das ginge vor. Aber was, wenn man nun mal keinen hat?» Sie starrte einen Moment aus dem Fenster. «Männer kommen und gehen, Jobs bleiben, das sage *ich* meiner Mum.» Sie schnaufte tief durch. Als ihr Blick ihn erneut fand, fiel Hakala auf, dass sie gar nicht so hochglanzmäßig und geleckt aussah. Sicher, sie hatte diese Frisur, und ihre Uniform war gebügelt. Aber ihr Gesicht erschien ihm mit einem Mal viel weniger perfekt und menschlicher. Unwillkürlich lächelte er sie an.

Sie erwiderte das Lächeln. «Und jetzt ist sie hergeflogen für das Geburtstagsständchen für den Präsidenten, obwohl sie doch in Hollywood drehen sollte.»

«Du kennst dich aber mit seltsamen Sachen aus, Schätzchen», stellte Donnie fest.

«Manche kennen sich mit Pferden aus, Donnie.»

Hakala lachte und durfte feststellen, dass es ihr gefiel. «Er hat aber recht», sagte er. «Du kennst dich verdammt gut aus, Gladys. Ich kann das beurteilen.»

Sie wurde rot. «Ich lese immer die Confidential. Und ich höre im Radio die Sendungen von Louella Parsons.»

«Die Confidential hat damals das mit ihrer Scheidung von DiMaggio ganz groß gebracht», teilte Donnie ihnen mit. «Siebzehn Dollar fünfzig, auf die Hand. Weil ich das Datum richtig getippt hatte.»

«Schenk mir doch noch einen ein, Gladys, Honey», sagte Hakala.

Sie gehorchte. «Ich mache mir wirklich Sorgen, dass die Twentieth Century Fox sie rauswirft. Wo sie doch jetzt schon so lange nicht zu den Dreharbeiten erschienen ist. Louella Parsons sagt, es sei *der Skandal* in Hollywood und koste die Gesellschaft Hunderttausende.»

«Sie werden sie schon nicht feuern, Gladys», meinte Donnie und orderte auch einen neuen Drink. «Sie ist ein Star, verdammt.»

«Oh doch, sie werden sie feuern», sagte Hakala und trank. Daran erinnerte er sich ebenfalls noch. Rüthli hatte ihnen das im Schnelldurchlauf mitgeteilt, und es hatte in dem Dossier gestanden, das er und Savary durchgingen: Scheidung, Job weg, Präsident weg, Selbstmord. «Sie feuern sie», wiederholte er und kippte das Glas auf einmal hinunter. «Verdammt üble Sache.»

«Oh nein», rief Gladys und schlug sich die Hand vor den Mund. Sie zweifelte nicht eine Sekunde an seinen Worten. Donnie war da misstrauischer. «Woher willst du das wissen, Junge?», fragte er.

Hakala stellte das Glas zurück und schaute ihm direkt in die Augen. «Ich hab sie zum Flughafen gebracht, nach dem Geburtstagsständchen für den Präsidenten. Da hat sie es mir gesagt. Wenn sie in New York singt, dann fliegt sie. Das war ihr klar.»

«Und trotzdem hat sie es getan!» Gladys sah aus, als wollte sie weinen.

«Sieht aus, als hätte sie sich an den Rat deiner Mum halten wollen, Gladys.»

«Sie geht unter, und der Kerl wird sie nicht mal heiraten.» Gladys' Stimme klang spröde vor Kummer. Ob über die Monroe, über sich selbst oder alle Frauen, das konnte Hakala nicht entscheiden.

«Du bist also sicher, ja?» Das war noch einmal die Stimme von Donnie. «Gladys, stell mir mal das Telefon hoch.» Er wühlte in seinem Geldbeutel.

Sie gehorchte. «Was hast du vor, Donnie?», fragte sie.

Der lachte. «Wenn ich mit ihrer Scheidung was verdient hab, dann schaff ich das auch mit ihrem Rausschmiss. Es gibt für alles einen Markt.»

In Hakala kam Leben. «Du meinst, darauf kann man wetten?»

Donnie lachte lauter. «Worauf du wetten kannst, Kumpel.» Er hatte seine Barschaft überschlagen und zu wählen begonnen. «Hallo, Hunter? Ich bin's, Donnie. Ja, ich weiß. Aber du, hör mal, ich hab einen totsicheren Tipp, ja, glaub mir, nein, also pass auf: Setz dreizehn, nein, zwanzig, hörst du, setz ganze zwanzig für mich darauf, dass die Monroe von der Fox gefeuert wird, hörst du? Was? Nein, keine Pferde, die Schauspielerin. Ja, ich weiß, Hunter. Aber ich hab's aus sicherer Quelle. Und im Übrigen kann es dir piepegal sein. Du kriegst dein Geld. Was?» Die letzte Frage hatte er an Hakala gerichtet, der neben ihn getreten war.

«Setz das für mich», sagte Hakala und schob ihm die Scheine hin.

Ungläubig starrte Donnie die vier Fünfziger an, dann Hakala, dann wieder das Geld. «Hunter, Hunter, bist du noch dran?», stotterte er dann. «Also pass auf, ein Freund von mir will mit einsteigen. Das macht zweihundertfünfundzwanzig, hörst du, Hunter. Ach was, mach zweihundertfünfzig.» Er brachte die Wette unter Dach und Fach, dann legte er auf. Blass vor Aufregung starrte er Hakala an, der wieder ganz ruhig an seinem Platz saß. «Das war in letzter Minute», stellte er fest. «Louella Parsons sendet in fünf Minuten. Man erwartet, dass sie etwas weiß. Wir haben gerade noch die guten Quoten gekriegt.»

Hakala prostete ihm zu. Sein Glas war leer, aber Gladys reagierte nicht. Wie ein Automat ging sie zum Radio und schaltete ein. Das Lokal war beinahe leer, die Stimme des Sprechers füllte den Raum. Donnie, dessen Kumpel, Hakala und Gladys schwiegen. Nicht einmal die Zeitung raschelte mehr. Als Louella das Wort ergriff, konnte das niemandem entgehen. «Wie man hört», plauderte die Klatschreporterin, «ist der Regisseur George Cukor fassungslos gewesen, als er erfuhr, dass sein Star Marilyn Monroe zwar zu krank war, um zum Dreh zu erscheinen, aber nicht krank genug, um einen Auftritt in New York abzusagen. Und das, obwohl man schon siebzehn teure Drehtage auf sie hat warten müssen, weil sie sich außerstande sah zu arbeiten. Der leitende Produzent, Mr. Weinstein, hat nun erklärt, dass das Studio Miss Monroe wegen ihres geschäftsschädigenden Verhaltens den Vertrag kündigen werde. Damit steht die meistfotografierte Frau der Welt ohne Job da, nach drei gescheiterten Ehen und im kritischen Alter für eine Frau vor der Kamera, wenn man das so sagen darf. Marilyn, was ist da nur in dich gefahren?» An dieser Stelle schaltete Gladys ab.

Donnie reckte die Faust. «Die Quote war eins zu fünf, Mann, eins zu fünf.»

«Ich lad dich von dem Geld zum Essen ein, Schätzchen», sagte Hakala, nicht ohne Mitgefühl. Gladys tat ihm leid. Er brauchte sie jetzt nicht mehr, das Geld würde reichen für einen Gebrauchtwagen, der ihn bis Los Angeles schippern würde, weg aus der Kälte und hin zu dem Schwarzen Loch, das sich dort am 5. August auftun würde, um ihn zurück in sein richtiges Leben zu bringen.

Ein Geschirrtuch knallte gegen seinen Kopf. Gladys schlug die Hände vors Gesicht. «Haut ab», sagte sie, «alle beide.»

38.

Karoline Freitag klopfte an das Fenster von di Vannucis Labor. Es war ein spontaner Entschluss, entstanden, als sie alleine im Park spazieren gegangen war. Sie hatte begonnen, die Raucher zu beneiden, die einen Grund für ihre regelmäßigen Pausen im Freien hatten. Sie selbst, kaum dass sie in Gummistiefeln und Regenmantel draußen stand, hatte sich rasch fehl am Platze gefühlt und gelangweilt. Der graue Himmel bildete mit dem grauen Meer eine Masse, die den Rasen, die Bäume, jeden Umriss mit ihrem Einerlei verschluckte. Selbst die Luft schmeckte grau.

Der Aufenthalt drinnen war ihr vergällt. Fletcher und Savary straften sie mit kühlen Blicken ab und wollten ihr einfach nicht zuhören. Hannah befolgte offenbar stur die Befehle der beiden. Alle naselang bürdete die Schweizerin ihr einen neuen Stapel Unterlagen auf oder sandte ihr eine Datei, in der sie nach bekannten Namen und Gesichtern fahnden sollte. Es war simple Archivarbeit. Das alleine hätte Karoline nichts ausgemacht. Aber sie war nicht mehr Herrin ihres Tuns. Man schrieb ihr vor, was sie zu denken hatte. Sie musste ihre Neugierde zügeln und ihre Überzeugungen ignorieren.

Während sie auf dem Herrensitz herumschlenderte, sammelte sie in einem imaginären Streitgespräch mit Savary ihre Argumente. Sie lief so vor sich hin, bis sie das Licht im Haus bemerkte und wenig später auch den Scheitel von di Vannuci sah. Sie hatte den Amerikaner beinahe vergessen. Aber da war er, in seinem Labor, und offensichtlich friedlich am Arbeiten. Konnte es sein, dass er sich tatsächlich in eine Situation fügte, die ihr unerträglich war? Was trieb ihn an? Wie hielt er das aus? Noch ehe sie darüber nachgedacht hatte, streckte Karoline Freitag die Hand aus und hatte auch schon geklopft.

«Machen Sie schnell», sagte sie, als er das Fenster öffnete. «Die Wachen werden mir gleich nachkommen.» Sie waren auch im Park nie ganz alleine. Nicht mehr seit Rosenfelds Verrat. Di Vannuci trat zur Seite, sie stemmte sich hoch und war überrascht, mit welcher Leichtigkeit sie den Sims erklomm und hineinkletterte. Sie nahm das Handtuch, das er ihr anbot, um Hände und Gesicht abzutrocknen, und zog dann vorsichtig die tropfend nasse Jacke aus. Di Vannuci nahm sie und legte sie in eines der Spülbecken. Karoline zog schon an den Stiefeln.

«Kaffee?», fragte er. «Ich kann Instantpulver anbieten.»

Sie hielt den Daumen hoch. Karoline entschied sich, offen zu sein. Sie war in der Stimmung dazu. Sie hatte nichts zu verlieren. «Sie haben wohl eher mit Hannah gerechnet?», erkundigte sie sich.

Er warf ihr einen Blick zu. Und nickte. «Sollte ich?», fragte er zurück. Er gab Kaffeepulver in eine nicht ganz saubere Tasse. «Zeitreisen sind möglich, aber ich habe weder Milch noch Zucker.»

«Grauenvoll», gab Karoline zu. «Entspricht ganz meiner Stimmung. Und nein, was Ihre erste Frage angeht. Sie sollten nicht mit Hannah rechnen. Sie ist sehr pragmatisch eingestellt. Und sie hat immer irgendwo einen Deal am Laufen. Damit ist sie an Fletcher gebunden. Sie wird am wenigsten aus der Reihe tanzen.»

«Einen Deal?» Seine Stimme verriet, dass sein Interesse an Hannah Rüthli nicht völlig erlahmt war.

Karoline verzog den Mund. «Letztes Mal», begann sie, «da hatte sie als Sonderbedingung ausgehandelt, dass sie eigene Reisen in die Vergangenheit unternehmen durfte, von denen wir alle nichts wussten. Danke.» Sie nahm den Kaffee in Empfang und starrte ihn an. «Es waren rein private Reisen, zu welchem Zweck, blieb geheim. Obwohl ich annehme, Savary wusste Bescheid. Aber es ist durchgesickert, dass sie sich dabei bereichert haben soll. Durch Lottomanipulationen.» Sie musste feststellen, dass di Vannuci grinste. Aus irgendeinem Grund schien er Hannah Rüthli einfach nicht unsympathisch finden zu wollen. Auch seine nächste Frage gefiel ihr nicht.

«Ein solches Abkommen hatten Sie doch auch, wenn ich das richtig verstanden habe?»

Betont sachlich antwortete sie: «Es war mir erlaubt, für meine Forschungsarbeit wiederholt das London des 19. Jahrhunderts aufzusuchen, ja. Jedoch nur, um Interviews zu führen und Originalmanuskripte zu sammeln. Es geschah im Dienste der Wissenschaft.»

«Aber waren Sie nicht auch privat unterwegs?», hakte di Vannuci nach. «Wegen dieses Finlay oder wie Ihr Kollege hieß?»

«Das wissen Sie?» Karoline Freitag seufzte. «Finlay war ein Mitglied der *Time Unit*», erklärte sie. «Er war umstritten, kein einfacher Charakter. Aber dass er bei unserer letzten Mission zurückblieb, um in der Vergangenheit zu leben, geschah aus selbstlosen Motiven. Nun ...», verbesserte sie sich, «zumindest teilweise.» Sie dachte daran, wie Finlay das Leben eines reichen Lords in vollen Zügen genoss. «Ich erhielt die Erlaubnis, weiter in derselben Zeit zu forschen, unter der Bedingung, dass ich nicht versuchte, mit ihm Kontakt aufzunehmen.»

«Aber Sie haben es doch getan.»

«Er hat mich kontaktiert. Wie hätte ich mich wehren sollen?», widersprach Karoline. Finlay war in seiner Zeit ein reicher, vor allem auch einflussreicher Mann, ein hoher Polizeibeamter. Es war ihm ein Leichtes gewesen, ihr Kommen und Gehen im Auge zu behalten und den richtigen Moment abzuwarten. «Erst war ich erschrocken, dann, ich gebe es zu, habe ich mich gefreut, ihn wiederzusehen. Er war, er ist, wirklich ein interessanter Mann. Und er ist sehr krank.» Karoline blies erneut auf ihren Kaffee, trank einen Schluck und verzog das Gesicht. «Finlay würde sagen, dieser Kaffee ist des 21. Jahrhunderts nicht würdig», stellte sie fest. Er hatte ihr im London des 19. Jahrhundert wahrhaftig weit Besseres kredenzt. «Er ist nicht dumm, müssen Sie wissen. Er hatte ja Anteil an unseren Recherchen für die Reise. Er weiß, wann er sterben wird, und er hat eine ziemlich genaue Vorstellung davon, an welcher Krankheit.» Sie hielt inne. «Für uns heute wäre es kein Problem, sein Leben um einige Jahre zu verlängern. Und genau darum bittet er jetzt: Vom Totenbett weggeholt zu werden, um hier noch ein Weilchen zu leben. Er hat sogar einen Plan, wie es gehen könnte, ohne dass man ihn vermisst.»

«Sie sollen ihn austauschen?»

«So ungefähr, ja. Aber Fletcher sperrt sich dagegen. Und Savary beruft sich auf die Zeitreise-Bibel. Sie besagt ...»

«... dass man Eingriffe in den Ablauf der Geschichte minimieren soll», vollendete di Vannuci ihren Satz. «Als Wissenschaftler kann ich da nur zustimmen.»

«Ich bin selber Wissenschaftlerin, danke», gab Karoline Freitag zurück. «Aber können Sie mir sagen, welchen Wert diese Regel in Bezug auf Finlays Existenz noch hat? Dass er im London des 19. Jahrhunderts lebt, ist eine einzige Ohrfeige für den Ablauf der Geschichte. Ihn zurückzuholen würde alles wieder einrenken. So sehe ich das.»

«Aber die anderen nicht.»

«Nein.»

«Eine logische Lösung gibt es vermutlich nicht. Es dürfte, wie so oft, eine Frage der Loyalitäten sein.»

«Aber er war einer von uns», beharrte Karoline.

«Er hat Sie freiwillig verlassen. Und jetzt, aber erst auf dem Totenbett, will er zurück, um das Beste aus beiden Welten zu genießen.» Er stellte seine Tasse ab und hob die Hände. «Er will zu viel.» Als sie nicht antwortete, neigte er den Kopf. «Hab ich nicht recht?»

«Wie? Oh, Entschuldigung.» Karoline war mit den Gedanken

abgeschweift. «Als Sie gerade sagten: das Beste aus beiden Welten, da musste ich unmittelbar an Betty Rosenfeld denken. Ob sie das auch will: das Beste aus beiden Welten? Ich meine, warum ist sie in die Vergangenheit gereist? Was will sie dort?»

«Sind Sie in der Sache noch nicht weiter?», fragte di Vannuci und gähnte. Betty Rosenfeld interessierte ihn sichtlich weniger. Er begann, Blicke in Richtung seines Arbeitstisches zu werfen.

«Hannah meint, sie kannte den Attentäter.»

«Interessant. Am Ende ist sie ein Teil der Geschichte.»

«Wir sind alle Teil der Geschichte», konnte Karoline sich nicht verkneifen anzumerken. «Aber sie ist zu jung, um beteiligt zu sein, genau wie wir alle. Und sie ist überprüft worden.» Sie verzog den Mund, als er vielsagend die Brauen hob. «Ja, genau wie Sie. Viel gründlicher sogar. Und jetzt wird alles noch mal wiederholt.» Sie trat ans Fenster. «Sehen Sie den Umriss dort drüben?»

«Zum ersten Mal», entgegnete er nach einem kurzen Blick auf den grauen First, der zwischen den Pinien sichtbar wurde. «Was ist das? Eine Tennishalle?»

«So ähnlich. Eine Traglufthalle. Hannah und Fletcher haben aus Springfield, Ohio, den gesamten Inhalt vom Haus der Mutter Rosenfelds dorthin bringen lassen. Sie suchen nach Hinweisen, die Bettys Verbindung zu den Kennedys erklärt. Oder zur Monroe.» Sie verzog das Gesicht.

«Sie sind kein Freund der Dame», stellte di Vannuci fest.

«Ich stehe nicht auf Neurotiker, Sie etwa?»

«Ich dürfte bewiesen haben, dass mein Frauengeschmack in eine andere Richtung geht.» Er wandte sich wieder vom Fenster ab. «Aber im Ernst, Sie haben recht, ich kann die Entwicklung, die der Fall genommen hat, nicht wirklich ernst nehmen. Ein Killer mit einem Faible für das Schauspiel, ein Fan mit Liebeskummer soll Kennedy erschossen haben?»

«Und wieder ein Irrer ohne Hintermänner», pflichtete Karoline

Freitag ihm bei. «Das stört mich am meisten. Dabei stinkt der ganze Fall von vorne bis hinten nach Verschwörung. Ich glaube das einfach nicht. Es kann nur eine weitere Spiegelfechterei sein. Wissen Sie ...», begann sie. Sie hielt inne, als sie sah, dass er seine Arbeitshandschuhe überzog. Das kam einem Rauswurf gleich. «Störe ich?», fragte sie pikiert.

«Sehen Sie her», antwortete er. Als sie an seine Seite trat, bemerkte sie, dass vor ihm in einer Glasschale ein aufgeschnittenes Gehirn lag. Ihr wurde kurz heiß, als ihr klarwurde, dass es sich um das von Kennedy handeln musste. Sie schnappte nach Luft und hoffte, er würde die glühende Röte auf ihrer Haut nicht bemerken. «Das hier ist der Hippocampus», sagte di Vannuci. Seine Stimme hatte einen ganz neuen Klang bekommen. Zärtlich mit einem Mal. Seine Hand mit der Pinzette deutete vorsichtig auf Strukturen in der grauen Masse, die für sie kaum wahrnehmbar waren. «Das Seepferdchen.»

«Wie poetisch.»

«Oh, das menschliche Gehirn ist voller Poesie», stimmte di Vannuci zu. «Denken Sie nur an die Amygdala, den Mandelkern. Oder die Schwarze Materie. Der Streifenkörper, die Olive, das Broca-Areal, die Spinngewebshaut. Es wäre Stoff für Romane.» Erstaunt sah Freitag ihn an, diesen sonst so lässigen, ironischen Mann. Man konnte hören, dass es ihm völlig ernst war.

«Hier haben wir es mit einer der evolutionär ältesten Strukturen des Gehirns zu tun. Sie ist zuständig dafür, Gedächtnisinhalte vom Kurz- ins Langzeitgedächtnis zu überführen, und für die räumliche Orientierung. Sehen Sie?»

«Nein», gab Karoline zu. «Doch», schob sie hinterher, als er mit der Pinzette zugriff und ein Objekt aus der Masse hob, das in der Tat Ähnlichkeit mit einem getrockneten Seepferd hatte.

«Es gibt Krankheiten, die den Hippocampus angreifen und sogar zerstören können», fuhr di Vannuci fort. «Aber auch traumatisierte Personen wie Veteranen, Opfer von Kindesmissbrauch, Leute, die unter Dauerstress stehen, zeigen solche Schäden. Oder Menschen mit Demenz.»

«Sie wollen sagen, dass Kennedy dement war?», platzte Karoline Freitag heraus.

«Ich will sagen, falls sein Kriegseinsatz ihn nicht sehr mitgenommen hat, sein Vater sich ihm gegenüber anständig verhielt und er nicht abnorm unter der beruflichen Belastung litt, müssen wir von einer chronischen Erkrankung ausgehen. Anders ist ein derart beschädigter Hippocampus nicht zu erklären.»

«Das ist ja ...»

«Und wir haben auch einen Hauptverdächtigen.» Di Vannuci war jetzt ganz in seinem Element. Seine Stimme blieb sanft und leise. Aber er sprach mit einem inneren Feuer, das die Professorin in dem Mann nie vermutet hätte. «Sie wissen, dass Kennedy an Morbus Addison litt? Er hat es immer geleugnet, aber es ist mittlerweile allgemein bekannt.»

«Ich hab davon gehört, aber was ist das für eine Krankheit?», fragte Karoline Freitag.

«Eine schrecklich uninteressante, die allerdings tödlich verläuft, wenn man den Patienten nicht gut medikamentös einstellt. Sie hat zunächst nichts mit dem Gehirn zu tun. Es ist eine Erkrankung der Nebennierenrinde. Diese produziert im Fall von Morbus Addison kein Cortisol. Der Patient fühlt sich schwach, ihm ist übel, schwindelig, er verliert Gewicht, fiebert immer wieder und ist anfällig für allerlei sekundäre Infektionen. Bei Kennedy war das zuletzt eine Blasenentzündung und eine nicht ausgeheilte Geschlechtskrankheit. Wie gesagt, alles halb so wild. Es kann aber zu Krisen mit lebensbedrohlichen Schockzuständen kommen.»

«Okay, ich bin beeindruckt. Aber was hat das mit unserem Seepferd hier zu tun? Ist das eine Folge der Geschlechtskrankheit?»

Di Vannuci schüttelte den Kopf. «Behandelt wird Morbus

Addison durch die dauerhafte Gabe von Cortisol. Das stabilisiert den Patienten, hat aber Nebenwirkungen. Eine davon ist Osteoporose. Und bekanntermaßen trug Kennedy ein Korsett, hatte chronische Rückenschmerzen und konnte nur selten ohne Krücken gehen.»

«Auf den Fotos von ihm sieht man natürlich nichts davon», sagte Karoline Freitag.

«Das wissen Sie ja sicher längst», sagte di Vannuci. «Cortisol nun ist ein für das Gehirn sehr, sehr interessanter Stoff. Er wird vermehrt bei Stress ausgeschüttet.»

«Wie bei den Veteranen und Missbrauchsopfern.» Langsam begriff Karoline Freitag.

«Genau», bestätigte di Vannuci. «Für Kennedys Hirn bedeutete die Cortisol-Kur das Signal für Dauerstress. Und das hatte die Folge, dass sein Hippocampus auf Dauer atrophierte. Morbus Addison behandeln, das kann heißen, den Teufel mit dem Beelzebub austreiben. Ich nehme an, dass man damals nicht so sicher dosiert hat wie heute. Es war eine andere Zeit. Viel hilft viel, meinte man.»

Karoline nickte. Er hatte recht. Die Sechziger standen für den Aufbruch in eine Wohlstandsgesellschaft, in der alles immer größer, schöner und besser wurde. Technik machte es möglich. Komfort und Gesundheit waren auf einmal für alle zugänglich. Und niemand glaubte, dass es in dem Vertrag mit der glänzenden Zukunft ein fatales Kleingedrucktes gäbe.

«Außerdem war Kennedy mit so ziemlich allem reichlich abgedeckt, was gut und vermeintlich nützlich, auf Dauer aber einfach nur schädlich war.» Di Vannuci griff nach einer Aufstellung. «Hier, sehen Sie.»

Karoline nahm den Block. «Haben Sie das in seinem Hirn gefunden?», fragte sie.

«In der Fachliteratur. Aber die Folgen davon, ja, die sehe ich hier.»

«Antibiotika», las Karoline. Nun ja, inzwischen wusste man, dass da weniger mehr war und man nur sinnlos resistente Keime züchtete, wenn man permanent Antibiotika verschrieb. «Antihistaminika. Ach, allergisch war er auch?» Sie schaute di Vannuci an, aber der war beschäftigt. «Analgetika», las sie weiter vor. Diesmal meldete sich der Pathologe. «Schwere Schmerzmittel mit Wirkung auf das Zentralnervensystem.»

Sie nickte. «Antidepressiva, hoppla, und Amphetamine?» Ungläubig hielt sie inne.

Di Vannuci grinste. «Sein Arzt führte den Beinamen Dr. Feelgood. Amphetamine galten als unschlagbar in Sachen Konzentrationssteigerung. Sie wurden damals so lässig verschrieben wie heute, sagen wir, Ritalin. Für einen Präsidenten unverzichtbar.»

«Zweifellos», griff sie seinen ironischen Ton auf. «Hydrokortison, Kortison, davon haben Sie gesprochen. Kodein ...»

«Ein Opiat», warf di Vannuci ein. «Die nächste Droge.»

«Und die Folgen?», fragte Karoline Freitag. «Für den Laien zusammengefasst?»

Di Vannuci zuckte mit den Schultern. «Sie haben es schon sehr schön formuliert vorhin: Kennedy war auf dem Weg zur Demenz. Wie die Ausfälle im Einzelnen ausgesehen hätten, kann ich nicht sagen, nicht mit den Möglichkeiten, die mir hier zur Verfügung stehen. Aber sicherlich hätte sein räumliches Orientierungsvermögen gelitten, seine Konzentration und sein Gedächtnis. Sie kennen diese Fälle, wo Leute sich Dinge nur noch für wenige Stunden merken können, und nichts dringt mehr ins Langzeitgedächtnis vor?»

«So schlimm?», fragte Karoline. «Hätte er eine zweite Amtszeit noch durchgestanden?»

«Das ist eine gute Frage.» Di Vannuci hatte sich aufgerichtet. «Ich kann sie nicht sicher beantworten. Aber ich würde es bezweifeln.»

«Aber das wäre ein unglaublicher Skandal gewesen. Kennedy hat sich stets als jung und viril präsentiert. Er hat in Interviews damit angegeben, wie viel er in kürzester Zeit lesen und wie schnell er Aktenberge wegarbeiten kann. Er hat sich nie auch nur mit Stock in der Öffentlichkeit sehenlassen. Er war ein Sexprotz. Undenkbar, dass er eine Krankheit öffentlich gemacht hätte.»

«Aus gutem Grund. Die Amerikaner hätten niemals einen schwachen, kranken Präsidenten gewählt. Sie waren, oder sind, ein sehr sportliches Volk. Wir stehen auf die Demonstration von männlicher Stärke, fürchte ich.»

«Wollen Sie mir jetzt erklären, warum so viele Amerikaner Donald Trump gut finden?»

Karoline sah sein Lächeln, war in Gedanken aber schon weiter. «Nein, was ich meine, ist: Es wäre für ihn eine Katastrophe gewesen, seinen Zustand offenlegen zu müssen. Deshalb ... Hören Sie: Ich habe ein wenig recherchiert.»

«Das haben wir alle, Honey.»

Flirtete er mit ihr? Oder machte er sich über sie lustig? Ein wenig unsicher fuhr sie fort: «Nein, ich meine: Ich glaube herausgefunden zu haben, dass Oswald, der offizielle Mörder Kennedys, eigentlich nur angeheuert wurde, um ein Gewehr in Dallas zu deponieren.»

«In diesem Schulbuchlager.» Di Vannuci nickte.

«Genau. Und der Mann, der ihn dafür angeworben hat, war Hosty, ein FBI-Agent.» Karoline überlegte, wie sie die Sache am besten zusammenfasste. «Und Hosty hat noch einen zweiten Mann besorgt, einen, der dann auch schoss. Oswald war nur der Zulieferer. Und für den Fall, dass etwas schiefging, der Sündenbock. Deshalb hatte man ihn ausgewählt: wegen seiner zweifelhaften Vergangenheit und weil er dem eigentlichen Schützen ähnlich sah und im Notfall den Sündenbock geben konnte. Oswald wusste von alldem nichts.» Sie hielt inne. Di Vannuci sah sie mit verschränkten Armen an. Immerhin, er hörte zu. «Was mich die ganze Zeit gestört hat, ist der Umstand, dass Hosty ein katholischer Ire und Demokrat war, ein klassischer Kennedy-Anhänger. Warum sollte so einer bei einer Verschwörung gegen Kennedy mitmachen?»

«Weil nicht alle Iren gleich sind?», schlug di Vannuci vor. «Oder für Geld? Oder weil sein Dienst das von ihm verlangt hat, das FBI? Hieß es nicht irgendwann, dass Hoover sauer auf die Kennedys war?»

«Nein», trumpfte Karoline Freitag auf. «Nein, ich meine, klar war Hoover gegen die Kennedys. Aber seine Methode war Erpressung, nicht Mord. Und ich meine, er hatte genug gegen sie in der Hand. Die vielen Seitensprünge und all das. Nein!» Ihre Wangen röteten sich, sie spürte es, spürte auch seinen Blick und fuhr heiser fort: «Es passt deshalb zusammen, weil es keine Verschwörung *gegen* Kennedy war, sondern *für* ihn, verstehen Sie nicht? Hosty war ein Fan von Kennedy, er wollte ihm helfen.»

«Indem er ihn umbringt? Jetzt drehen Sie durch, Honey.»

«Hören Sie doch zu», insistierte Karoline. «Hosty, um das Maß voll zu machen, hatte einen direkten Draht zu Jackie Kennedy. Seine Schwester kannte die First Lady von früher. Er wäre genau der Mann, an den die Kennedys sich wenden würden, wenn sie ein Attentat inszenieren wollten.»

«Moment, Moment!» Di Vannuci hatte die Arme gelöst und hob nun die Hände, als wollte er einen ganzen Bus anhalten. «Warum sollten diese Leute das tun? Wieso sollte Kennedy auf sich schießen lassen?»

«Nicht er, *sie*!» Karolines Stimme überschlug sich vor Aufregung. «Sehen Sie das denn nicht?» Sie war so außer sich, dass sie anfing, auf und ab zu gehen. Wieso war sie nicht schon viel früher darauf gekommen? Auf einmal ergab alles einen Sinn. «Jackie Kennedy war immer schon diejenige, die dafür sorgte, dass alles gut aussah. Sie richtete das Weiße Haus ein, sie nahm die ausländischen Staatsoberhäupter für sich ein, sie organisierte das kulturelle Leben rings um die Spitze des Staates, sie kreirte eine ganze Mode. Sie schwieg zu seinen Affären, sogar zur Monroe. Sie war die Frau für die täuschende Oberfläche. Die Eiserne Lady der PR. Was hätte sie wohl getan, wenn die Möglichkeit bestanden hätte, dass ihr Mann vor den Augen der ganzen Welt einer Demenz anheimzufallen drohte? Dass der Mythos Kennedy in sich zusammengefallen wäre und nichts geblieben wäre als ein drogensüchtiges, sexbesessenes Wrack?»

«Ihn töten?»

«Sie hat seine Beerdigung 1a inszeniert, das müssen Sie ihr lassen. Schwarze Pferde und all die Anklänge an Abraham Lincoln. Sie hat ihren Mann gegen den Willen seiner Familie auf dem Heldenfriedhof in Arlington beisetzen lassen. Sie hat ihren dreijährigen Sohn gezwungen, vor laufenden Kameras am Sarg seines Vaters zu salutieren. Widerlich. Einen ganzen Tag lang ist sie demonstrativ in dem verdammten, mit seinem Blut verschmierten Kleid herumgelaufen.»

«Ich habe sie gesehen.» Zum ersten Mal verlor di Vannuci seine Ruhe. Er trat Karoline in den Weg und fing sie ein, indem er sie bei den Handgelenken nahm. «Ich hab die Frau gesehen, im Krankenhaus, vor dem Zimmer, in dem ihr Mann starb. Mit meinen eigenen Augen, verstehen Sie? Und sie war vernichtet, okay? Vollkommen zerstört. Das war nicht gespielt.»

«Schuldgefühle», bot Karoline an. «Die kann auch ein Mörder haben.»

«Bitte!» Di Vannuci war jetzt ernsthaft ungehalten.

«Dann, dann ...» Karoline wollte nicht von ihrer Idee abrücken. «Lassen Sie mich los», verlangte sie plötzlich. Er öffnete seinen Griff. Sie trat zurück und rieb sich die Handgelenke.

«Außerdem haben Sie eines vergessen, Frau Professor.»

Die Nennung ihres Titels ließ Karoline zusammenzucken.

«Der Präsident wurde nicht vom Depot aus erschossen. Nicht von dem Doppelgänger Oswalds. Sondern vom Grashügel aus. Unser Mann hat ihn getötet.»

«Der liebeskranke Killer, auch so eine Kunstfigur. Ich bleibe dabei.»

«Aber Sie wollen doch wohl nicht behaupten, dass der auch von Jackie Kennedy angeheuert worden ist, oder? Um die Sache einfach noch ein wenig komplizierter zu machen und noch ein paar Mitwisser mehr zu haben.»

«Es passt nicht», jammerte Karoline. Ihr Gehirn arbeitete auf Hochtouren. Sie wusste, sie war da an etwas dran. Aber immer passte irgendetwas nicht. «Und wenn das der Plan war?», versuchte sie es. «Wenn die Kennedys das Attentat nur inszenieren wollten?»

«Unfug!» Er lachte. Sie konnte es nicht glauben. Er lachte über sie! «Außerdem erklärt das immer noch nicht, dass jemand anderes erfolgreich auf ihn geschossen hat. Zu exakt derselben Zeit? Recht haben Sie vor allem mit einem, meine liebe Professor Freitag: Es passt einfach nicht.»

«Sie haben recht.» Karoline sank in sich zusammen. «Ich weiß es ja selber.»

Er betrachtete sie interessiert. «Noch Kaffee?»

«Nein», sagte sie. «Er schmeckt grauenhaft.» Sie war an dem Punkt angekommen, an dem sie sich nicht mehr selbst belügen konnte. Sie steckte fest. Vermutlich meilenweit von der Wahrheit entfernt. Und sie machte sich lächerlich. Hysterisch war sie. Kein Wunder, dass die Männer sich eher für Hannah interessierten als für jemanden wie sie. Mit einem Mal war sie unglaublich müde. Als er lachte, schaute sie auf. Ihr erster Impuls war, in Tränen auszubrechen. Doch er sah freundlich aus. Er hasste sie nicht. Da musste sie ebenfalls lachen.

«Besser jetzt?», fragte er.

Sie stand auf. «Danke, ja. Sieht so aus, als hätte ich das gebraucht. Ich werde mich wieder an meine Arbeit machen. Danke, Doktor.»

«Immer gerne, Frau Professor.» Er begleitete sie zur Tür und öffnete sie. «Wir sehen uns auf der anderen Seite», sagte er ironisch.

39.

Allmählich begann Hakala zu begreifen, was mit dem Geist der Sechziger gemeint sein könnte und dem American Way of Life, den sie erfunden hatten. Und warum die Leute so sehr danach strebten.

Mit seinem bescheidenen Wettgewinn vom 8. Juni war er zu einem Gebrauchtwagenhändler gegangen. Er hatte lange gezögert, ob er nicht in einen Greyhound steigen und mit dem übrigen Geld die ersten Wochen in L. A. überstehen sollte. Doch er hatte sich dagegen entschieden. Vielleicht, weil der Gebrauchtwagenladen in Brooklyn, den er aufsuchte, genau so aussah wie in all den Filmen, die er gesehen hatte, mit Fähnchen und Fahnen und einem Verkäufer, dessen Händedruck Beton hätte zermalmen können. Sein Toupet war so billig wie seine begeisterten Sprüche. Der Mann hatte gesprudelt vor Beredsamkeit. Am Ende hatte er Hakala hinterhergewinkt, als er mit seinem blass türkisfarbenen Chevrolet Bel Air in den Verkehr einbog.

Irgendwie hatte Hakala erwartet, dass ihm noch vor der Stadtgrenze von Brooklyn der Auspuff abfallen würde. Doch nichts geschah. In gemütlichem Tempo erreichte er den Highway, wo es ebenso gemütlich weiterging in Richtung Süden. Vor ihm lag Landschaft, mehr, als man sich wünschen konnte. Und Hakala hatte Zeit. Es war nicht seine Zeit, er konnte sie ausgeben, wie er wollte.

Die Sonne wurde stärker. An einer Tankstelle kaufte Hakala eine Sonnenbrille. Er ließ das Jackett weg und freute sich, dass er sich für ein Cabrio entschieden hatte. Die verchromten Teile des Wagens blinkten, seine Eiscremefarbe leuchtete sanft im Sonnenlicht.

Der Mittelwesten zog sich endlos. 70 Stunden reine Fahrtzeit hatten seine Berechnungen ergeben, wenn man die Sehenswürdigkeiten ausließ. Keine Niagara Falls, keine Nationalparks, und auch Las Vegas blieb außen vor. Schade eigentlich, dachte er irgendwann. Dann war da nur noch das Schnurren des Motors.

Er schlief im Wagen. Es schlief sich gut darin. Die Autos der Sechziger waren weitaus geräumiger als die des 21. Jahrhunderts.

Einmal hockte er sehr lange auf einer Bank vor einer Tankstelle, die im Nirgendwo stand, und starrte auf eine ferne Bergkette. Um ihn herum Staub, kaputte Möbel, ein Hund an einer Kette, eine quietschende Schaukel, die nur der Wind bewegte. Kein Kind zu sehen. Auch kein anderer Mensch. Wenn einer da gewesen wäre, vielleicht wäre Hakala geblieben. So fuhr er weiter.

Nach fünfzehn Tagen erreichte er den Pazifik.

Hinter ihm lagen Santa Monica und der Pacific Coast Highway. Vor ihm der Strand, mit ein paar Villen und Menschen, weniger, als man meinte, mit Sand und wehendem Gras. Hakala suchte sich einen Parkplatz, marschierte an Badenden und Picknick-Gesellschaften vorbei bis zu einer einsamen Sanddüne. Dort ließ er sich nieder. Sand rieselte in seine Schuhe. Er zog sie aus, auch die Strümpfe. Seine Füße waren bleich und feucht und stanken vermutlich. Er grub die Zehen in den Sand. Öffnete den obersten Hemdknopf. Betrachtete das Haus, das weiter vorne stand, mit der großen Veranda und den blinkenden Fenstern. Die Leute, die dort wohnten, sahen das Meer jeden Tag. Eine Gruppe junger Frauen lief vorbei, in Bikinis und wehenden Blusen, Tücher um den Kopf gewunden. Ein Mann in Badehose sprang von seinem Handtuch auf und lief sportlich in Richtung der Wellen. Der Himmel war riesig. Frisbee, dachte Hakala, hier spielt niemand Frisbee. Er war müde. Ihm fielen die Augen zu.

Da hörte er den Lärm eines Helikopters. Für einen Moment dachte er, er wäre zurück auf seiner Insel, und Fletcher hätte nach ihm geschickt, ihn zu holen. Er hielt sich die Hand über die Augen und suchte den Hubschrauber. Im nächsten Moment sah er ihn von einem nahegelegenen Landeplatz aufsteigen, eine widerstrebende Hummel.

«Hey», rief er einem Jungen zu, der mit einer Flasche Rootbeer in der Hand vorbeilief. «Wo sind wir hier genau?»

«Mister?», fragte der Junge verwirrt.

«Ich meine», präzisierte Hakala seine Frage. «Was ist das für ein Flughafen da?»

«Flughafen?» Jetzt lachte der Bengel. «Das ist die Villa von Peter Lawford, dem Filmstar», sagte er. «Der braucht keinen Flughafen, Mister, der hat seinen eigenen Helikopter.» Damit lief er davon. Sand spritzte von seinen Sohlen auf. Was für ein Glückspilz er doch war. Quer durch den Kontinent gereist, war er genau am richtigen Punkt gelandet. Lawford war Schauspieler, Mitglied in Frank Sinatras Ratpack und Schwager von John F. Kennedy. Und Kennedy war der Lover der Monroe, und er war gekommen ... Hier brach Hakala den Gedankengang ab. Er schlief endlich ein.

Geweckt wurde er wiederum vom Knattern eines Hubschraubers. Neben ihm saß eine Frau in Caprihose und weißer Bluse, die im Wind flatterte wie ihr weißblondes Haar. Sie trug eine absurd große Sonnenbrille mit katzenaugenförmigen Gläsern und nuckelte an einer Flasche Cola.

«Auch?», fragte sie und hielt ihm die Flasche hin.

Hakala griff zu. «Danke», sagte er. Dann wies er mit der Flaschenöffnung auf den landenden Helikopter. «Ist was passiert?»

«Das ist nur mein Freund», sagte sie, zuckte mit den Schultern und lachte. «Er liebt seinen Hubschrauber. Dauernd fliegt er damit herum.»

Hakala musste aufstoßen von der Cola. Die Maschine taumelte schräg durch den blauen Himmel und näherte sich dem Haus, das er betrachtet hatte, bevor er eingeschlafen war. Peter Lawfords

Haus. In seinem linken Ohr war Sand, und es summte. Er schlug mit der flachen Hand dagegen. Verdammt, er hatte Kopfschmerzen.

Sie lachte wieder. «Du bist nicht von hier, oder?» Mit geneigtem Kopf betrachtete sie ihn. Das heißt, er vermutete, dass sie ihn ansah. Hinter den dunklen Gläsern der Brille, die ihr ein wenig das Aussehen eines Insektes verlieh, konnte er ihre Augen nicht einmal erahnen. «Als du da geschlafen hast, hast du ausgesehen wie vom Himmel gefallen.»

«Ich war nur müde», wiegelte er ab. «Bin lange gefahren.» Unter ihren Blicken setze er sich aufrecht hin. Er bemühte sich, möglichst harmlos auszusehen, doch er konnte das Gefühl nicht abschütteln, dass sie auf irgendeine Weise spürte, wie grundsätzlich anders er war. Sie schien sehr feine Antennen zu besitzen.

«Willst du zum Film?», fragte sie. Als sie sein erstauntes Gesicht sah, fügte sie hinzu. «Die meisten, die hier am Strand schlafen, wollen eigentlich zum Film.» Sie nahm ihm die Flasche ab. «Und die, die in den Villen wohnen, arbeiten beim Film. Ironisch, oder?»

«Der Lauf der Welt, schätze ich.» Hakala versuchte, die letzte Benommenheit abzuschütteln. Er knöpfte sein Hemd wieder zu. «Und nein, ich will nicht zum Film, dafür bin ich zu alt.»

«Mein Freund Clark war auch alt, und trotzdem war er ein Star. Er war wie ein Vater für mich.» Sie lehnte sich auf die Ellenbogen zurück und schaute in den Himmel. «Er hatte so was, was du auch hast, so etwas Müdes und Zerknautschtes. Ich hab ihn bei jeder Liebesszene richtig umarmt und geküsst, damit er merkt, dass ich ihn mag.»

«Na, seinen Daddy küsst man aber nicht so», rutschte es Hakala heraus. Er hätte sich ohrfeigen können für die Bemerkung, als er sah, wie sie sich abrupt wieder aufrichtete. Hinter den Brillengläsern kam eine Tränenspur hervor. Eine Irre, dachte er. Aber sie tat ihm leid.

«Ich gefalle dir wohl nicht», sagte sie, kühl mit einem Mal. So, wie ein Kind sich bemüht, kühl zu sein. «Du denkst, ich bin eine Spinnerin.» Sie warf sich ein wenig in Positur.

Und Hakala musste gestehen, dass sie wusste, was sie da tat. Herrgott, solche Brüste hatte er in seinem Leben noch nicht gesehen. Weich und doch prall zeichneten sie sich unter der Bluse ab. Er hätte schwören können, dass sie nichts darunter trug. Aber was, wenn nicht ein BH, bekämpfte derart die Schwerkraft? Sie war nicht mehr jung, das konnte man sehen, ihre Haut war nicht mehr blütenfrisch, aber weich und sanft, wie auch ihr Haar, und man hätte seine Hände in beides vergraben mögen. Sie war schlank und kurvenreich zugleich, eine reife Frucht. Er hatte, wenn er so darüber nachdachte, noch nie etwas Schöneres gesehen. Er sagte es ihr. Seine Stimme wurde rau. Sie lachte, lehnte sich wieder zurück und ließ den Kopf nach hinten sinken. Als er sich näherte, um ihren Hals mit den Lippen zu liebkosen, wich sie ein wenig zurück. Es war, als hätte sie bewiesen, was sie hatte beweisen wollen. Ihre Stimme klang wieder heiter und fest. «Da, jetzt ist er gelandet.» In der Tat hatte der Helikopter-Lärm aufgehört. «Sieht aus, als hätte er Besuch dabei.» Sie hob den Kopf, um genauer hinzusehen. «Ist das Frank?», fragte sie laut.

«Keine Ahnung.» Hakala hatte es aufgegeben, ein annähernd normales Gespräch mit ihr führen zu wollen. Er würde sie nichts mehr fragen.

«Und er hat John dabei!» Jetzt sprang sie auf. «John!» Sie rief es und winkte, obwohl keiner der Männer, die dort vorne unter dem Rotor standen, sie hören konnte. Von unten konnte Hakala erkennen, dass sie in der Tat keinen BH trug. Diese Frau trotzte der Schwerkraft vermutlich durch ihren schieren Übermut. Ihre Füße, sah er, waren nackt wie seine, dabei rosig und gepflegt und die Nägel pinkfarben lackiert.

«Ich muss los.» Ihre Stimme klang atemlos und wieder wie die eines Kindes. «John hat nie viel Zeit, und er will bestimmt ficken.» Sie lief bereits los.

Auch Hakala setzte sich auf. «Springst du immer, wenn ein Mann dich will?», rief er. Es sollte streng klingen, doch in seiner Stimme schwang Enttäuschung.

Sie blieb stehen, die Hände in die Hüften gestemmt. Auch das sah atemberaubend aus. «Du wolltest ja nicht», stellte sie klar. Als sie sein Gesicht sah, kam sie zurück, nahm die Sonnenbrille ab, steckte sie in den Ausschnitt ihrer Bluse und kauerte sich vor ihn. Sie nahm sein Gesicht in beide Hände, betrachtete ihn lächelnd und drückte ihm dann einen sanften Kuss auf die Lippen. Sie schmeckte unbeschreiblich. «Zur Erinnerung», sagte sie, ehe sie wieder aufstand. Dann drehte sie sich noch einmal um, die Augen groß. «Und außerdem darf man nicht nein sagen. Schließlich ist John der Präsident.»

«Was …?», entfuhr es Hakala. Da war sie schon weggesprungen. Mit jedem Meter, den sie sich von ihm entfernte, wurde es ihm klarer. Ihr Freund war natürlich Peter Lawford. Frank war Sinatra, Clark war Gable. Und John …

«Oh Mann», stöhnte er. Die Monroe! Er hatte sie direkt vor der Nase gehabt. Und sie nicht erkannt. Obwohl er geschätzt sämtliche Fotos der Welt von ihr gesehen hatte. Und in New York dicht an ihr dran gewesen war. Aber dort hatte sie nur aus Puder und Haarspray und Pelz bestanden, ein Glitzerwesen mit makelloser Fassade. Nicht die Kindfrau, die eben noch hier neben ihm im Sand gesessen hatte. So real. So verletzlich. So merkwürdig und gleichzeitig so … Es fehlten ihm die Worte dafür, und er ahnte, dass ihr Geheimnis genau damit zusammenhängen musste. Mit dieser Aura, der sich keiner entziehen konnte und die nicht allein aus Sex bestand.

Er betrachtete die Vertiefungen, wo ihre Ellenbogen sich eingegraben hatte. «Du hast ja nicht gewollt», hörte er ihre Stimme. Das war nicht wahr. *Sie* hatte nicht gewollt. Sie hatte nur … Er musste den Impuls unterdrücken, ihr nachzulaufen, sie an den Armen zu packen und ihr ins Gesicht zu sagen, dass sie verrückt war, dass sie Spielchen spielte, die sie nicht nötig hatte. Dass er sie beschützen würde und retten und ... Auch diesen Gedanken beendete er nicht. DiMaggio, Miller, hatten sie nicht alle geglaubt, dieses Wesen retten zu müssen? Und waren dabei zermürbt worden? Auch er, erinnerte Hakala sich, war nicht als Retter der Monroe hier. Er war hier, um bei ihrem Tod zuzusehen. Er würde dabeistehen, ohne einen Finger zu rühren, egal, ob sie selbst Hand an sich legte oder ob es ein Mörder wäre. «Was für eine Scheiße», murmelte Hakala. Dann schrie er es noch einmal.

40.

Wer am Strand schläft, der will zum Film. Das waren Marilyns Worte gewesen. Hakala hatte sie sich gut gemerkt. Und er hatte eine Idee: Er würde es machen wie die hoffnungsvollen Jungschauspieler, von denen Marilyn erzählt hatte, und am Strand schlafen. Es war warm genug, Wasser zum Waschen war ebenfalls vorhanden. Er konnte eine unbeobachtete Stelle für den Wagen finden und morgens in die Stadt fahren, um sich eine Arbeit zu suchen. Außerdem hatte er die Chance, Marilyn Monroe hier vielleicht noch einmal zu begegnen. Es wäre zwangloser, als wenn er an ihre Haustür im Helena Drive klopfen und fragen würde: «Erinnerst du dich noch?»

Ich bin ein Glückspilz, dachte Hakala, als er nur drei Stunden später auch schon eine Arbeit hatte. Die sechziger Jahre hatten das Drive-In bereits erfunden, waren aber auf halber Strecke stehen geblieben. Zwar blieb der Kunde im Auto, doch wurde er nicht an einem Ausgabeschalter entlang geleitet, sondern er fuhr auf einen Parkplatz und drehte das Fenster hinunter. Dann kam eine Bedienung zu ihm, hängte ein Tablett in sein Fenster ein, nahm die Bestellung entgegen und brachte das Gewünschte sowie später die Rechnung. Diese armen Idioten, die täglich mehrere Kilometer hin und her über den Parkplatz flitzten, nannte man Carhopper.

Es war *der* Einsteigerberuf für Immigranten. Hakala war nicht der Einzige mit einem leichten Akzent. Er war auch nicht der Einzige weit über dreißig. Mit dem Schiffchen auf dem Kopf und dem Hemd mit dem eingestickten Logo «A&W» sah er aus wie jeder beliebige Neubürger in den Vereinigten Staaten. Es war erträglich, auch wenn einem rasch die Füße weh taten und die Hälfte der Kundschaft aus überdrehten Jugendlichen bestand, die Rootbeer mit Vanilleeis für eine Mahlzeit hielten. Hakala verabscheute die Elvis-Musik aus der Jukebox. Sobald er den Hauptpavillon verließ, stellte er sofort das Lächeln ein, denn nur dort überwachte sein Chef die Freundlichkeit seiner Mitarbeiter. Er mochte weder Burger noch Fritten besonders, konnte hier aber verbilligt essen. Niemand beschwerte sich, wenn er nach Dienstschluss die Waschräume nutzte, und das Geld gab es bar auf die Hand. Das meiste gab Hakala für echtes Bier aus.

An seinem zweiten Abend beschloss er, zu tun, was alle Touristen taten, und in die Innenstadt zu fahren. Der Walk of Fame, das Chinese Theatre, der Capitol Tower. Unter den Palmen des Hollywood Boulevard entlanggleiten. Dann auf den Sunset Boulevard. Die Berge waren nahe, die Strommasten aus Holz und alles, so schien es Hakala, klein und zerbrechlich wie bei einer Modelleisenbahn. Kaum je ein hohes Haus, die Neonreklamen dünn und in Schreibschrift, die Plakate billig, selbst die Hotelfronten zierlich, die Eingänge mit ihren Markisendächern winzig im Vergleich zu dem, was im 21. Jahrhundert unter einem mondänen Eingangsportal verstanden wurde.

Hakala sah Mädchen mit Petticoats und Männer mit V-Ausschnitt-Pullovern und Nerdbrillen auf dem Weg zur Abendunterhaltung. Die Reklame des Mocambo Nightclub zog ihn an, eine schlichte zweistöckige Fassade mit dem schrägen Namenszug auf der nackten Mauer des Erdgeschosses, dominiert von zwei großen, leuchtenden «O», und er fuhr in eine Parklücke. Einfach so, ohne Suche. Als er ausstieg, zwischen meist einstöckigen Häusern mit Giebeln, hinter denen man bestenfalls Nachbarschafts-Pizzerien erwartete, war er im Herzen des amerikanischen Nachtlebens angelangt. Er fühlte sich wie in der Straße eines Vororts.

Zu seiner Überraschung ließ man ihn im Mocambo anstandslos ein, doch im ersten Stock hielt ein Manager ihn auf und fragte, ob er reserviert habe. Hakala ließ seinen Blick über die Gäste gleiten, die an den runden Tischen auf Bistrostühlen saßen. Wäre sie darunter gewesen, hätte er vielleicht riskiert zu sagen, «ja», und dass Miss Monroe ihn erwarte. Doch da war keine Blondine mit der Aura einer Tausendwattbirne zu sehen. Hakala bemerkte dennoch einige Stars: Liz Taylor war da mit einem Mann, den er nicht kannte. Audrey Hepburn lauschte skeptisch einem laut lachenden Burt Lancaster. Ava Gardner hätte er mit den kurzen Haaren beinahe nicht erkannt. Nichts als Brünette. Hakala war nicht interessiert.

Als er freundlich, aber bestimmt wieder hinauskomplementiert wurde, blieb sein Blick kurz an zwei Männern haften, die nahe des Ausgangs an einem Tisch neben einer seltsam ornamentierten Säule hockten. Ihre Blicke trafen sich kurz. Hakala überlegte, auf welchem Foto er den älteren der beiden schon einmal gesehen hatte. Jedenfalls kannte er das Gesicht, da war er sich sicher. Ein Filmstar, grübelte Hakala, ein Produzent? Er war vorbei und draußen, ehe er es sicher sagen konnte. Zurück auf dem roten Teppich des Eingangs, zündete er sich als Erstes eine Zigarette an. Erst jetzt bemerkte er die Ankündigung, die versprach, dass der Akt des Abends Ella Fitzgerald war. Tja, da hatte er wohl was verpasst.

Hakala hatte keine Lust mehr zu fahren und beschloss, ein paar Schritte zu gehen. Er könnte es noch im Ciro's versuchen, im Crescendo oder im Interlude, alles berühmte Adressen ihrer Zeit, in denen die Promis verkehrten. Oder er könnte einfach den Boulevard weiterfahren bis hinaus nach Brentwood. Dann nach links in die Santa Carmelina Avenue, und schon wäre er am Helena Drive, bei ihr. Falls sie in einer Samstagnacht zu Hause wäre. Wer konnte das bei einer Frau wie ihr schon wissen?

Es dauerte nicht lange, bis er den Mann hinter sich bemerkte. Hakala blieb vor dem Fenster eines Diners stehen und musste lächeln, als der andere ebenfalls stehen blieb. Er änderte abrupt die Richtung und hatte das Vergnügen, beinahe in seinen Verfolger hineinzulaufen, der völlig überrumpelt war. Der Mann schaffte es gerade noch, sich abzuwenden und so zu tun, als studierte er die Speisekarte des Diners und hätte deshalb nicht aufgepasst. Nervös schob er sich den Hut aus der verschwitzten Stirn. Ein Profi war er nicht, das stand fest. Hakala erkannte ihn sofort. Es war der jüngere der beiden Männer, die an dem Säulentisch gesessen hatten. Was zum Teufel wollte der Kerl von ihm? Kein Mensch in L. A. kannte ihn. Geschweige denn, dass er einen Grund haben könnte, ihn zu verfolgen. Von seiner Existenz wussten nur die Leute bei A&W. Und Marilyn. Da fiel ihm ein, woher er den älteren Mann vom Tisch im Mocambo kannte. Hakala beschloss, vorerst einfach weiterzugehen. Es verstrichen nur wenige Sekunden, und sein Schatten folgte ihm erneut. Weiter vorne leuchteten Ampeln, dort kreuzte der La Cienega Boulevard. Hakala bemerkte auf der rechten Seite ein kleines Lokal mit einem ovalen Schild, auf dem ein karikiertes, wohlbekanntes Gesicht prangte: Dino's Lodge. Offenbar war auch Dean Martin unter die Wirte gegangen. Er überquerte die Straße und hielt auf das Lokal zu. Auch hier war es lebhaft. Autos fuhren los oder hielten, Türen klappten, Menschen liefen über die Gehsteige auf die Lodge zu. Hakala nutze die Ankunft einer kleineren Gruppe, um erneut eine Kehrtwende zu vollziehen. Ehe sein Verfolger reagieren konnte, war er mit einem Mal neben ihm, hatte sich bei ihm untergehakt und stieß ihm durch den Stoff seiner Anzugjacke den Daumen in die Seite. «Keinen Mucks», murmelte er. «Wir beiden Hübschen machen jetzt einen Spaziergang.»

Hakala ging in Richtung Westen, wo es weniger belebt war. Das hier war eine Gelegenheit, die er sich nicht entgehen lassen würde. Hakala ging zügig, der Mann an seiner Seite stolperte mit, wagte es aber nicht zu protestieren. Immer, wenn sie in die dunkle Zone zwischen zwei Straßenlaternen kamen, wurde er unruhig. Doch auch in vollem Licht wagte er keinerlei Widerstand. Als sie wieder vor dem Mocambo ankamen, blieb der Unbekannte stehen, doch das war reine Überraschung. «Wenn ich bitten darf. Du kennst dich doch aus hier!» Diesmal zögerte Hakala nicht. Als der Maître stirnrunzelnd wieder auf ihn zukam, sagte Hakala nur: «Mr. Otash erwartet uns.» Und ohne lange zu fragen, stieß er seinen Begleiter auf den Stuhl, von dem dieser keine halbe Stunde zuvor aufgestanden war. Hakala selbst nahm sich einen dritten Stuhl vom Tisch nebenan und setzte sich ungefragt rittlings darauf. «Mr. Otash», wiederholte er. «Ich dachte, Sie würden professioneller arbeiten.»

Der Mann zwinkerte irritiert. Er sah nicht schlecht aus, aber auf den zweiten Blick doch nicht wirklich gut. Ein dunkler Typ mit beginnenden Geheimratsecken und klobigem Kinn. Man konnte ihm den Exbullen ansehen. Jetzt legte er sein Besteck beiseite. «Wer sind Sie?», fragte er.

Hakala wandte sich an den anderen, den, der ihn verfolgt hatte. «Sagen Sie es ihm», meinte er. «Sie waren doch auf mich angesetzt.» Als der ihn nur wütend anblinzelte, fuhr er fort. «Sie sollten lieber zum Film gehen, Freundchen. Als Detektiv sind Sie lausig. Vielleicht können Sie ja noch was reißen, wenn Sie einen Detektiv bloß *spielen.*»

Endlich fand der Junge seine Sprache wieder. «Ich bin beim Film», verkündete er und fuhr sich über die gegelte Haartolle. «Ich habe einen Fünfjahresvertrag bei der Fox.» Dann wandte er sich an Otash. «Fred, du hast mir gesagt, ich kann was für die Rolle bei dir lernen.»

Otash blieb gelassen. «Ich habe John Houston versprochen, dass du bei mir was für die Rolle als Detektiv lernen kannst. Und das wirst du. Versprochen ist versprochen. Aber nicht heute.» Die Handbewegung, die er machte, war eindeutig, und der junge Möchtegern-Schauspieler zog beleidigt ab. Otash wandte sich an Hakala. «Woher kennen Sie meinen Namen?»

«Kennt den nicht jeder?», gab Hakala zurück. «Immerhin spionieren Sie seit Jahren die Hollywoodgrößen aus. Sie sind der

Typ, der weiß, wo Liza Minelli ihre Pillen versteckt. Und dass Rock Hudson schwul ist, stimmt's?» Er winkte einen Kellner heran. «Sie hören die Monroe im Auftrag ihres Exmannes ab und ...» Mit einer Geste gebot Otash ihm Schweigen und bestellte beim Kellner zwei Whiskey. Hakala orderte ein Steak. «Haben Sie sie schon beim Liebesspiel mit dem Präsidenten erwischt? Das würde DiMaggio nicht gefallen, was?»

Otash war nun fast dunkelrot im Gesicht. Bluthochdruck, stellte Hakala fest. «Wer sind Sie?» Otash meißelte jedes Wort einzeln.

«Müssten Sie das nicht wissen, wo Sie mich doch haben verfolgen lassen?» Hakala nahm den Whiskey entgegen.

«Ach das!» Otash winkte ab. «Ich hab auf den erstbesten Idioten gezeigt, der an uns vorbeikam, damit der andere Idiot sich im Beschatten üben kann. Einem Mann wie Houston schlägt man keine Bitte ab, verstehen Sie. Auch wenn der Kleine nie ein Großer werden wird. Da kann er noch so lange jeder Schwuchtel im Business seinen Hintern hinhalten. Also, wer sind Sie?»

«Sagen wir: ein Kollege. Frisch eingetroffen von der Ostküste. Und auf der Suche nach Arbeit.» Hakala legte sich jeden Satz im Kopf zurecht. Das hier war, was er gesucht hatte: Er wollte einen Fuß in der Tür. Es war noch besser, als direkt bei ihr anzuklopfen. Er wäre dran an der Sache und würde noch dafür bezahlt. Es war perfekt. «Ich hab ein wenig recherchiert und beschlossen, dass ich für Sie tätig sein möchte, Fred.»

Der Detektiv schnaubte. «Ich wette einen Hunderter, dass die Polizei Sie sucht.»

«Einen Hunderter, dass Ihre Freunde beim LAPD nichts über mich finden werden.» Hakala grinste. «Meine Knarre liegt sicher auf dem Grund des Hudson. Und gegen mich hat niemand etwas in der Hand. Dafür kann ich Ihnen etwas in die Hand geben. Zum Beispiel die Information, dass vorgestern erst der Präsident der Vereinigten Staaten in Peter Lawfords Strandvilla zu Besuch weilte.»

«Unmöglich. Er war in Las Vegas.»

«Lawford hat ihn per Hubschrauber einfliegen lassen. In Begleitung von Sinatra. Der hat, soweit ich weiß, ein Privatflugzeug?»

«Einen Learjet 23», bestätigte der Detektiv.

Hakala hob eine Braue. «Sind wir im Geschäft?», fragte er.

«Nicht so schnell, Freundchen.» Lauernd sah Otash ihn an. «Sie sind nicht von hier. Das kann ich hören.»

«Schweden», gab Hakala zu. Am besten blieb man immer nahe bei der Wahrheit. «Europa», fügte er hinzu, als er Otash nachdenken sah.

«Schweden? Liegt das nicht verdammt nahe bei der Sowjetunion?»

Hakala unterdrückte sein Erstaunen. «Zu nah an den Roten für meinen Geschmack», sagte er dann. «Wollte lieber freiere Luft atmen.»

«Das hier ist ein freies Land.» Otash nahm einen Schluck, den ersten, seit Hakala sich gesetzt hatte. «Gott sei mein Zeuge.»

«Verdammt will ich sein.» Hakala fand langsam den richtigen Ton. Dann kam auch sein Steak. Er aß in großen Bissen und mit Genuss.

«Mit einem Messer können Sie umgehen», stellte Otash fest. Er war also doch kein völliger Idiot.

«Schusswaffen», bestätigte Hakala, «Messer, Abhörtechnik. Personenschutz. Ich hab alles schon gemacht.» Er aß weiter.

«Und im Moment arbeiten Sie wo?»

«Carhopper für A&W, wie gesagt, ich bin neu in der Stadt.»

«Ein ehrlicher Mann», stellte Otash fest. «Oder ein Idiot.»

Hakala hielt inne. Sein Besteck fest in Händen. «Finden Sie's raus.»

Otash lehnte sich zurück und lächelte. Langsam entspannte er sich. «Werde ich. Ich lass Sie überprüfen.»

«Von Ihren Bullenfreunden?»

«Nein.» Otashs Lächeln wurde breiter. «Von Sam Giancana. Wenn er sagt, Sie sind sauber, dann sind Sie es.»

«Heilige Scheiße.» Der große alte Mann der italienischen Mafia. Hakala verschluckte sich beinahe. «Klar», würgte er dann noch heraus. «Hätte ich wissen müssen. Dieser DiMaggio ist schließlich ein verdammter Itaker.»

Jetzt lachte Otash schallend. «Sie gefallen mir», stellte er fest und klopfte Hakala auf die Schulter. «Ehrlich, Sie gefallen mir immer besser.»

41.

Hakala hatte die Beine hochgelegt. In seiner Reichweite auf dem Tisch lag ein ganzer Stapel alter und neuer Nummern von Confidential, dem Klatschmagazin, für das Otash hauptsächlich arbeitete, wenn er nicht für einen der Stars unterwegs war. Obwohl er sie alle ausspionierte, gehörte er doch irgendwie dazu und bewegte sich ganz selbstverständlich am Rande der Glamourwelt. Hakala verstand das nicht wirklich. Otash behauptete immer, die Stars wüssten, dass jede Publicity hilfreich war, egal, ob gute oder schlechte. Wer bei ihm als Akte geführt wurde, der konnte zumindest sicher sein, dass er heiß war.

Hakala griff nach einer neuen Zigarette. «Chirurgen können frigide Frauen heilen», las er und zündete sich eine an. Auch nicht schlecht, aber sein Liebling war «Neueste wissenschaftliche Erkenntnis: Rauchen verursacht doch keinen Krebs».

«Na, dann wollen wir mal», murmelte er und blätterte, um sich zu informieren, was es mit dem «Wirbelsturm im C-Cup-BH von Liz Taylor» denn nun auf sich hatte. Er nahm an, es ging um ihre Affäre mit Richard Burton, die bei den Dreharbeiten zu «Cleopatra» in Rom angefangen hatte. Sogar Radio Vatikan hatte davon berichtet, vermutlich, weil beide anderweitig verheiratet waren. Irgendeine Kongressabgeordnete hatte sogar versucht zu erreichen, dass den beiden Ehebrechern die Wiedereinreise in die heiligen Vereinigten Staaten verweigert wurde. Hakala hatte inzwischen gelernt, dass der Mann, den er am ersten Abend im Mocambo mit der Taylor gesehen hatte, ihr dritter oder vierter Ehemann war, Eddie Fisher. Er lernte dazu. Schnell und gründlich. Das war auch der Grund, warum er den ganzen Mist hier durcharbeitete: heimliche Nudistenpartys und die Nachricht, dass Kaffee dick machte, inklusive.

«Hier.» Freddy Otash warf ihm drei Fotos hin. Sie zeigten drei junge Mädchen.

«Wer ist das?», erkundigte Hakala sich.

«Süße Dinger aus dem Mittelwesten, die zum Film wollen und von ihren Eltern schmerzlich vermisst werden. Sie haben gehört, ich kenn mich aus im Filmbusiness. Deshalb ist man an mich herangetreten, sie zu suchen. Peanuts, aber der Monat läuft mau, was soll's.»

Hakala betrachtete die Fotos genauer. Er legte das erste auf den Tisch. Es zeigte eine sichtlich nicht naturblonde Monroe-Imitation mit so schwellenden Lippen, dass man Angst bekam, sie könnten platzen. «Das ist Jeanne Carmen», sagte er. «Vermutlich schon ein paar Jahre alt, der Schnappschuss, aber sie trat kürzlich in der Dick-Powell-Show auf, als Königin der B-Movies. Willst du mich verarschen, Fred? Und die hier» – er warf die zweite aus wie eine Spielkarte – «heißt Yvonne Lime, sie hatte 57 ein gutes Jahr und verdient ihr Geld jetzt bei der CBS in Comedy-Serien. Wenn hier ein Landei gerettet werden muss, dann höchstens die hier.» Er ließ das Bild einer rothaarigen, sommersprossigen Maid zwischen seinen Fingern wippen. «Test bestanden?» Otash lachte. Er nahm ihm das dritte Bild ab. «Nicht schlecht», sagte er. «Du lernst fix und hast ein gutes Gedächtnis für Gesichter. Das ist wichtig in unserem Job.» Er betrachtete das Mädchen, dessen Gesichtshaut glänzte wie frisch gewaschen. Sie war so proper, dass man die Seife riechen konnte. «Vermutlich kellnert sie irgendwo oder liegt mit einem Fotografen im Bett, der ihr erzählt hat, er kenne einen, der einen kennt, der einen kennt. Sie heißt Bonnie Rae Parker. Oder zumindest hieß sie so bis vor ein paar Wochen.»

«Ich hör mich um.» Hakala setzte sich auf. Es war seine dritte Arbeit für Otash. Offiziell war er freier Mitarbeiter, wurde nach Stunden bezahlt, und das nicht üppig. Untergebracht hatte der Detektiv ihn in einer Bruchbude in Beverly Hills, in einer Apartmentanlage am Kilkea Drive. Aber abends gingen sie fast immer aus, das gehörte zum Geschäft, sagte Otash, und er zahlte großzügig die Drinks. So besuchten sie das Largo, mit dem dazugehörigen Striplokal zur Linken und der Schwulendisko zur Rechten, damals eine ganz heiße Sache. Den Crescendo Night Club, das Ciro's, das Brown Derby, das Romanoff's oder die Polo Lounge im Beverly Hills Hotel. Sie waren überall, wo die Reichen und Schönen sich trafen und sich mit den Glamourösen und Anrüchigen fröhlich mischten.

Hakala gefiel das Los Angeles der Sechziger immer besser. Hier war es sonnig, man konnte in Hemd und Sporthosen herumlaufen, und beim Autofahren wehte einem der warme Wind um die Nase. Er mochte die Palmen. Die Drinks, die guten Hotels und die schönen Mädchen mochte er auch. Das alles tat einem alternden Polizisten gut. Viel besser als New York. Es war ein wenig wie auf seiner Insel. Aber anders als dort langweilte er sich hier nicht. Er tat eine Arbeit, mit der er sich auskannte. Sie war nicht allzu schwer und nicht einmal sinnlos. Und er lernte dabei berühmte Menschen kennen. Er hatte Sammy Davis live gesehen, hatte Ella Fitzgerald singen hören, und nur noch ein paar Jahre, dann käme Bob Dylan raus, nicht groß, aber er wusste ja, wo.

Ein wenig erstaunt bemerkte Hakala, wie wenig er dem 5. August entgegenfieberte. Sollte das Wunder nicht geschehen und die *Time Unit* sich nicht blicken lassen, so würde er damit fertigwerden. Zum ersten Mal seit langer Zeit in seinem Leben befand er sich in einer Win-win-Situation. Er hatte gar nicht geglaubt, dass es so etwas tatsächlich gab.

Otash, fand er, war kein übler Kerl. Ein Profi. Ein Geier, sicher. Aber das Problem war nicht Otash selbst. Es waren die Leute, die für die Sorte Informationen, die er lieferte, Geld bezahlten. Die für die dreckige Wäsche anderer Leute mit den Scheinen wedelten. So war Amerika nun einmal. Otash arbeitete für ein Unternehmen namens Hollywood Research Incorporated. Und dieses wiederum war die exklusive Skandalquelle für Confidential, das Magazin, das die amerikanische Frau las. Das Magazin, über das Gladys, die New Yorker Kellnerin, Marilyn Monroe verehren gelernt hatte. Warum, fragte Hakala sich, sollte Otash, sollte er den Menschen nicht geben, was sie wollten? Otash selbst war diskret, er verriet nie einen Kunden und war allen Auftraggebern gegenüber absolut loyal. Mehr Anstand war in dieser Branche nicht möglich. «Bevor du durchstartest», sagte er jetzt, «schwing die Hufe und komm mit mir ins Villa Capri.»

«Was is'n das?», fragte Hakala und stand auf. Er griff nach seiner Krawatte. «Ein Italiener?»

«Und was für einer. Hey, bind die anständig, wir treffen jemand Besonderen.»

Das Villa Capri tat alles, seinem Namen gerecht zu werden und unter der Sonne der Neuen Welt den Charme des alten Italien zu entfalten. Von außen glich es mit dem langgestreckten Dach und dem Giebel über dem Eingang eher einem Farmhaus. Aber an den Wänden war gemütliches Holz, und die Tischdecken waren so kariert, wie man es erwarten durfte. Villa Capri hatte die Pizza nach L. A. gebracht. Und Gäste wie Frank Sinatra und Dean Martin wussten das zu schätzen. Die Hauptsehenswürdigkeit des Ladens aber wirkte auf den ersten Blick unspektakulär.

Der Mann war in den Fünfzigern, ein dunkler Typ, Otash nicht unähnlich, mit der Figur eines ehemaligen Boxers und einem stark fliehenden Haaransatz. Er trug die karierte Serviette ins Hemd gesteckt und aß mit großem Appetit, ebenso wie die Bulldogge zu seinen Füßen, die gerade eine Lasagne verschlang. Das Herrchen hatte sich für Saltimbocca entschieden. Seine dicken Finger mit dem Goldring handhabten das Besteck entschieden.

«Grüß dich, Mickey», sagte Otash locker, doch es lag Ehrerbietung in der Haltung, mit der er andeutete, Platz nehmen zu wollen.

Hakala begriff nur zu gut, warum. Der Angesprochene war Mickey Cohen, der führende Mobster von Los Angeles. Obwohl er so aussah, war er kein Italiener; er gehörte der sogenannten Kosher Nostra an, war also ein alteingesessener jüdischer Gangster. Dass es so etwas gab, hatte Hakala erst im Zuge der Recherchen zu Kennedy gelernt. Mickey hatte darin eine Rolle gespielt, ebenso wie der Mann, der ihm in den letzten Jahren die Befehle gab: Johnny Roselli, der Geschäftsführer der Chicagoer Mafia in Hollywood.

Cohen wies mit dem Kinn auf den freien Platz, ehe er Hakala ins Auge fasste. «Das ist er also», stellte er fest und griff zum Weinglas. Er trank langsam und genussvoll. Dann sagte er: «Es gibt eine gute und eine schlechte Nachricht. Zuerst die schlechte: Niemand kennt dich.» Er starrte Hakala an. Der starrte zurück. «Die gute ist», fuhr er fort, «dass ihn auch die CIA nicht kennt. Und für das FBI arbeitet er auch nicht.»

«Sagt wer?», erkundigte Otash sich, der ein wenig von seiner Lockerheit verloren hatte.

«Handsome Johnny», stellte Cohen klar. Hakala verstand. Mickey Cohen hatte ihn von Roselli überprüfen lassen. Rosellis Kontakte zur CIA, das hatte Freitag ihnen erzählt, waren hervorragend. Auf seinen Grundstücken in den Florida Keys hatten CIA-Agenten für den Einsatz in Kuba trainiert, der dann nie stattfand, weil Kennedy sie zurückpfiff. Roselli war es auch, dem ein hochrangiger CIA-Beamter Giftpillen in die Hand gedrückt hatte mit der Bitte, sie bei Gelegenheit doch Castro zu verabreichen. Die Gelegenheit hatte sich nie ergeben, und die CIA wie die Mafia waren deshalb stinksauer auf die Kennedys. «Ist Handsome Johnny auch da?», fragte Hakala und schaute sich automatisch um. Ein Kellner bemerkte seinen suchenden Blick und setzte sich in Bewegung. Cohen stoppte ihn mit einer Handbewegung. «Meine Gäste essen immer das Gleiche wie ich», erklärte er niemandem im Besonderen. Der Kellner verschwand in der Küche. «Johnny wird Sie empfangen, wenn er es für richtig hält.» Cohen starrte sein Saltimbocca an, als überlege er, wo er an einem Opfer den nächsten Stich ansetzen könnte. Überraschenderweise fügte er hinzu: «Vielleicht schon bald.»

«Ihr», Otash räusperte sich, «ihr habt Verwendung für meinen Mann?»

Gegen jede Vernunft freute Hakala sich, dass Otash ihn so nannte. Der Detektiv konnte sich seinen Vornamen, Tarvo, nicht merken. Wenn er ihn mit Namen ansprach, nannte er ihn Ted. Das war jetzt sein Name: Ted Heckler.

Cohen wandte sich nun direkt an Hakala. «Ich habe gehört, du verfügst über Kontakte zu einer gewissen Schauspielerin? Sie interessiert dich, ja?»

«Die Monroe?», fragte Hakala und verstummte, als Cohen eine rasche, abschneidende Geste machte.

«Wir mögen die Person nicht besonders», stellte Cohen klar. «Sie verkennt die Realitäten, weiß nicht, worauf man achten muss. Wie ein Kind.» Er sagte es voller Verachtung. «Ohne Respekt.» Jetzt schaute er Otash an. «Weißt du, wie sie den Hund genannt hat, den Sinatra ihr geschenkt hat? Maf, für Mafia. Sie findet das lustig.» Als ob er wüsste, dass von einem Artgenossen die Rede war, hob der Hund die käseverschmierte Schnauze, blaffte einmal und vertiefte sich dann wieder in die Lasagne.

«Warum nennt sie einen Hund von Sinatra nach der Mafia?» Hakala begriff nicht.

Cohen schaute ihn stirnrunzelnd an. «Weil sie weiß, dass Sinatra für Johnnys Boss arbeitet.»

Das war Sam Giancana. Hakala verstand jetzt.

«Wir hatten sie vor einigen Jahren auf unserer Liste», fuhr Mickey Cohen fort. «Ich brachte sie mit hübschen Jungs von mir zusammen. Sie trieb es mit allen, die kleine Nutte», fügte er hinzu und schaute Hakala tief in die Augen. Der versuchte, nicht zu blinzeln. Cohen fuhr fort: «Wir machten Fotos. Gute Bilder. Man hätte sie leicht verkaufen können. Oder sie damit erpressen, als sie berühmter wurde. So wie Lana Turner. Aber dann kam sie mit DiMaggio zusammen, und Johnny meinte, wir sollten die Bilder verschwinden lassen.»

«Die Itaker halten doch immer zusammen», versuchte Hakala einen Witz zu machen. Otashs Blick rammte ihn förmlich in den Boden. Cohen allerdings war nicht anzusehen, was er davon hielt. Vermutlich fand er einfach, dass es stimmte. Doch offenbar waren Cohens Gedanken bereits weitergewandert. «Wie gut kennst du die Frau?», fragte er jetzt.

Hakala beschloss, mit weitgehend offenen Karten zu spielen: «Ich bin ihr bei meiner Ankunft über den Weg gelaufen, am Strand in Santa Monica. Sie mochte mich; offenbar hat sie ein Faible für herrenlose Hunde und traurige Männer. Jedenfalls hat sie mich geküsst. Ich weiß, wo sie wohnt; ich wollte sie schon lange besuchen, aber Freddy hier meint, ich soll mich zurückhalten. Vielleicht muss er mich ja mal auf sie ansetzen. Seine Techniker kriegen mit ihren Wanzen offenbar nicht genug über sie raus.» Cohen wandte den Kopf Otash zu, der blass wurde.

«Der Auftrag kam von DiMaggio», sagte der Detektiv schnell. «Du weißt doch, Mickey, wie eifersüchtig er immer noch ist.» Er wagte es nicht, den Blick vom Tischtuch zu heben. «Eifersüchtig und besorgt. Er hat mir gesagt, er will vielleicht so was wie einen heimlichen Bodyguard. Jemand, der sie beschützen kann. Er sieht die Sache mit Sinatra gar nicht gern. Er nennt ihn einen Zuhälter.»

«Einen Zuhälter für die Kennedys», stellte Cohen klar. «Ein Bodyguard wird sie von gar nichts abhalten. Oder willst du ihr noch einmal die Tür eintreten lassen, Freddy? Noch dazu die falsche Tür?» Er lachte schadenfroh, während Otash errötete. «Ich sag dir, die Frau ist unbelehrbar. Wie ein Kind. Reißt Männern die Hoden ab, wie kleine Jungs Fliegen die Flügel. Eine Hure bis ins Mark. DiMaggio sollte die Finger von ihr lassen.»

Hakala hatte gute Lust, dazu etwas zu sagen, beherrschte sich aber. Und rasch hatte Cohen auch wieder ihn im Visier. «Du würdest dich also auf sie ansetzen lassen, ja? Bist kein Romantiker?»

«Hey, ich bin ein Mann, der sein Geld sauer verdienen muss.» Hakala hob die Hände.

Das Saltimbocca kam. Langsam senkte Hakala die Hände auf das Besteck. Er zögerte. Doch unter Cohens nachdrücklichem Blick begann er, langsam zu schneiden, sich die erste Gabel Fleisch in den Mund zu stecken und zu kauen.

Cohen nickte zufrieden. «Das beste in der Stadt», stellte er fest. Dann wandte er sich an Otash. «Du hast einen Informanten im Justizministerium», sagte er. «Ich will wissen, wann die Kennedys in Kalifornien sind.»

«Keinen Informanten, eine Wanze», stellte Otash klar. Und nicht ohne Stolz fügte er hinzu: «Sie ist an einer Scheuerleiste angebracht. Die Übertragung funktioniert durch stromleitende Farbe, das muss man sich mal vorstellen.»

«Das ist mir so was von egal», sagte Cohen. Otash zuckte zusammen. «Ich will wissen, wann Robert oder sein Bruder diesen Bundesstaat betreten. Und finde heraus, ob sie dabei einen Abstecher nach L. A. machen, offiziell oder heimlich.»

«Mit Sinatras Learjet?», erkundigte Hakala sich. Er hatte aufgepasst.

«Durch Sinatra oder mit einem der Helikopter-Services», antwortete Cohen. «Ist mir egal. Und wenn er da ist, dann will ich, dass ihr Fotos macht von ihnen und der Monroe, ob John oder Robert, völlig egal.»

«Aber», warf Otash ein. «Woher wollen wir wissen, ob sie sie überhaupt treffen? Du weißt, Mickey, die beiden sind vorsichtig geworden. Seit Robert so einen Druck auf Hoffa macht, den Gewerkschaftsführer, passen sie besser auf. Ich glaube, ehrlich gesagt, dass der Präsident sich gar nicht mehr bei ihr blicken lässt.

Seit der Geburtstagsfeier in New York habe ich keine gesicherte Zusammenkunft der beiden mehr registriert.»

Cohen hob seine mächtige Hand und ließ sie auf den Tisch fallen. Otash griff nach seinem Weinglas, um sich daran festzuhalten.

«Der andere, dieser Robert, fickt sie auf jeden Fall», stellte Cohen brutal klar. «Und wir werden unsere Fotos bekommen. Notfalls sorgen wir eben dafür, dass der Liebhaber aufkreuzt.»

«Und wie machen wir das?» Hakala war ehrlich interessiert. Er hatte sich vorgeneigt.

Cohen lächelte, zum ersten Mal bei diesem Treffen. «Alles, was die Monroe braucht, ist ein guter Freund, der sie ein wenig ermuntert. Sie ruft ohnehin dauernd im Justizministerium an, sogar im Weißen Haus, die kleine *Puta.*» Er lachte. «Also flüstert ihr Freund ihr ein, dass sie das weiterhin tun soll.» Er schaute von einem zum anderen. «Nun tut nicht so blöde! Was muss eine Frau am Telefon sagen, damit ihr Liebhaber prompt zu ihr eilt?»

«Dass sie nichts trägt als einen Tropfen Chanel hinter dem Ohr?», versuchte Otash es mit hilflosem Lächeln.

Hakala hatte schneller begriffen. Weil er die Geschichte kannte. «Dass sie sich umbringen wird, wenn er es nicht tut», sagte er. Seine Stimme war tonlos.

«Darauf geht er nie im Leben ein.» Otash klang alarmiert. «Der Mann ist Profi, der geht über Leichen.»

«Oder», fuhr Hakala fort, «dass sie alles seiner Frau sagen wird.»

Jetzt strahlte Cohen. «Seiner Frau. Der Presse. Der ganzen verdammten Weltöffentlichkeit.» Er klatschte. Zweimal. Eine neue Flasche Wein kam. Cohen ließ einschenken. «Wir kriegen unsere Bilder, das verspreche ich euch. Und?», fuhr er fort und hob sein Glas, an Hakala gewandt. «Bist du ihr neuer Freund, Junge?»

42.

Für den Nachmittag war eine Präsentation angesetzt. Karoline nickte Hannah zu, als diese in die Bibliothek kam und ganz hinten vor den Regalen mit den Klassiker-Ausgaben auf einem Schemel Platz nahm. Vorne saßen Savary und Fletcher in den Lesesesseln.

«Also», begann Karoline, «Frau Rüthli und ich, wir sind es folgendermaßen angegangen: Wir haben das Leben der Monroe nach Männern durchforstet, die während ihrer diversen New-York-Aufenthalte eine Beziehung zu ihr hatten. Wenn unsere Prämissen stimmen, muss einer von ihnen der Schütze sein, der Kennedy getötet hat. Es waren nicht wenige, sowohl Aufenthalte in der Stadt als auch Männer.» Karoline griff nach ihrem Glas Wasser und versuchte, ihre Nervosität zu bezähmen. Es hätte ihr gutgetan, wenn auch di Vannuci anwesend wäre. Wenigstens einer, der sie mochte. Immerhin ignorierte Savary sie nicht, wie er es gestern noch getan hatte. Mit neutraler Miene blickte er sie an. Einen neuen Ausbruch von seiner Seite brauchte sie wohl nicht zu befürchten. Sie fuhr fort: «Wir haben die Suche schließlich auf junge, südländisch aussehende Typen eingegrenzt. Hannah Rüthli hat alle, von denen wir Bilder haben, in ihre Datenbank eingespeist. Das Problem ist, dass unsere Aufnahme vom Attentäter zu fragmentarisch ist, um eine Identifikation sicher zu machen.» Sie nickte Hannah zu und schaltete den Beamer ein. «Zur allgemeinen Orientierung vorweg: Nach der Scheidung von DiMaggio wurde Marilyn von ihrem Exmann gestalkt und flüchtete schließlich zu neuen Freunden nach Connecticut, der Familie Greene. Milton Greene finanzierte sie fast ein Jahr. Er ist verantwortlich dafür, dass sie sich mit neuer Eleganz kleidete, in einem teuren Apartment in Brooklyn residierte und ihre eigene Produktionsgesellschaft gründete. Ihm ist wohl auch ihr Erfolg im Streit mit der Twentieth Century Fox zu verdanken, die ihr nach einem Jahr Auseinandersetzung schließlich einen neuen, lukrativen Vertrag anbot. Bei Greene fing sie auch an zu lesen und ihren Bildungsrückstand aufzuholen, wohl mit echter Begeisterung. Hier ist ein Bild von Greene.»

«So viel dazu», meinte Sadie Fletcher trocken, als sie den grazilen älteren Herren ohne jegliches südliche Flair sah. Der Mann war nicht ihr Attentäter.

«Außerdem wollte sie endlich ihren Traum wahr machen und ging in das berühmte Actor's Studio von Lee Strasberg, damals und heute eine Art Papst unter den Schauspiellehrern. Sie lernte dort unter anderem Marlon Brando und Eli Wallach näher kennen, Brando sehr nahe. Aber wenn einer der beiden unser Schütze wäre, hätten wir das gesehen.» Sie lächelte entschuldigend. «Überhaupt ist es ein Problem, dass die meisten ihrer Liebhaber so bekannt sind. Kaum anzunehmen, dass einer von ihnen Kennedy erschossen haben sollte. Immerhin wissen wir, wie sie aussahen. Arthur Miller, den sie ebenfalls in New York kennenlernte, war es jedenfalls nicht. Zu alt, zu klein. Der Schriftsteller Truman Capote auch nicht. Viel zu klein, zu dick.»

«Und zu schwul», warf Savary ein, lachte aber nicht. «Können wir bitte endlich einmal seriös werden?»

«Ich wollte nur das Umfeld skizzieren», entschuldigte sich Karoline. «Und das ist nun einmal durch und durch prominent. So ein Leben können wir, die wir hier auf einer Insel herumhocken, uns kaum vorstellen. Aber Sie wollen die Verdächtigen, Monsieur Savary, gerne, bitte sehr: Dieser hübsche Junge hier ist einer unserer Hauptverdächtigen. Jim Haspiel. Er war sechzehn, als er Marilyn Monroe während der Dreharbeiten zu ‹Das verflixte 7. Jahr› ansprach und um einen Kuss bat. Er wurde ihr Maskottchen und Begleiter, wenn sie in der Stadt war. Von der Psyche her passt er ins

Profil, er war völlig vernarrt in sie, sein Leben lang. Vom Aussehen her kommt es halbwegs hin. Sie sehen es ja.»

«Ich kann nicht zu hundert Prozent sagen, dass er es ist», warf Hannah ein. «Nicht mal die Rekonstruktionssoftware hilft weiter.»

«Eher theoretisch ins Bild passen würde der New Yorker Dramatiker Norman Rosten», fuhr Karoline fort, «mit dem sie eng befreundet war und vor ihrem Tod noch telefonierte. Aber er ist zu alt. Hier sein Profil der Vollständigkeit halber.» Im Publikum wurde ungeduldiges Murmeln hörbar.

«Peter Leonardi war in New York ihr Assistent.» Auch dieses Bild fiel bei den Zuschauern durch. Zu farblos, der Typ. Wenn, dann hätte er sich für Dallas die Haare gefärbt.

«Dann, vielversprechender, haben wir hier zwei junge Männer, die sie 1959 in Los Angeles kennenlernte, jedenfalls soweit wir wissen. Aber beide haben auch Freunde in New York, und wir können nicht ausschließen, dass sie einander dort über den Weg liefen. Es handelt sich um George Piscitelle, ein Laufbursche des kalifornischen Mobsters Mickey Cohen. Der andere ist Sam LoCigno. Mit beiden hatte die Monroe, nun ..., nennen wir es One-Night-Stands.»

«Die Bilder sehen schon interessanter aus», musste Fletcher zugeben. Sie schlug mit der Hand auf die Sessellehne. «Normalerweise würden wir einfach hinreisen und nachsehen, wer da stand und schoss. Das ist so verdammt frustrierend. Das bringt uns doch alles nicht weiter.»

Wütend starrte sie die Leinwand an. Am Morgen hatte Sukov die Arbeit mit dem virenverseuchten Programm aufgegeben und versucht, stattdessen das Backup zu laden. Nur im festzustellen, dass das Virus sich auch dort sofort hineinfraß. Er hatte das Schachspielen eingestellt, was bei ihm einem Tobsuchtsanfall gleichkam. Die Reparatur von ALICE schritt voran, immerhin. Die neuen Anzüge waren fertig; neue Kristalle bearbeitet. Trotzdem kamen sie dem Reisen keinen Schritt näher. Fletcher wandte sich an Karoline Freitag. «Ihre Liste in Ehren, aber haben Sie denn jemanden auch nur annähernd identifiziert?»

«Nun», Karoline räusperte sich. «Es gibt ein, zwei Leute, die wir zumindest nicht ausschließen können, ja, aber ...»

«Also nein», schloss Fletcher. «Wir haben nichts und wühlen blind in einem Haufen präpotenter Mafiosi, alternder Lyriker und schwuler Dramatiker herum. Wie tief sinken wir noch: ihr Friseur? Ihr Masseur?»

«George Masters und Ralph Roberts», erwiderte Karoline prompt. Sie ließ die Fotos der beiden Männer auf der Leinwand erscheinen. «Mit beiden war sie über lange Jahre befreundet. Roberts gehört zu den letzten Menschen, mit denen sie vor ihrem Tod telefoniert hatte. Aber optisch fallen sie aus dem Raster.»

«Na großartig.» Fletcher grübelte. «Mit dem Tonband sind wir auch nicht weiter. Es ist authentisch, so viel steht fest. Es unterhalten sich tatsächlich Robert und John F. Kennedy. Aber wo und wann? Fehlanzeige. Keine Hintergrundgeräusche, keine weiteren Stimmen. Sicher können wir nur sagen, dass es keine Telefonwanze war, die die Aufnahme gemacht hat, sondern eine, die sich im Raum befand. Da legt unser Techniker sich fest. Und zwar im Raum des Anrufers, also bei Robert. Und angesichts des heiklen Themas muss es sich dabei um einen Raum gehandelt haben, in dem der Sprecher sich sicher fühlte. Wir prüfen also gerade alle Berichte über Abhöraktionen gegen das amerikanische Justizministerium. Geheime Protokolle, Aussagen ehemaliger Mitarbeiter. Wir sprechen auch mit noch lebenden Agents. Denn wenn es nicht die Mafia war, die diese Bänder angefertigt hat, dann vermutlich die CIA oder Hoover.»

Karoline Freitags Blick leuchtete auf. Da war es wieder, ihr Thema, die ewig gleiche Erkenntnis, um die auch die anderen nicht herumkommen würden: Sie hatten es mit einer Verschwörung in höchsten Kreisen zu tun. Das war der rote Faden, nicht dieser ganze Yellow-Press-Mist, der auch Fletcher so aufregte. Aber sie war klug; sie schwieg. Sollten sie doch von selbst darauf kommen.

Fletcher wandte sich an Savary: «Das ist Ihr Ansatz. Was meinen Sie, wie wir weiter verfahren sollten?»

«Ich bin mit der Recherche noch lange nicht durch», bot Freitag an. Savary ignorierte sie.

«Ich habe es schon öfter gesagt: Ich würde sehr gerne persönlich mit unserem Auftraggeber darüber sprechen. Über die Wanzen, über unsere Ziele. Über Joshua.»

«Joshua ist kein Thema mehr», warf Fletcher rasch ein.

«Jemand macht den Amerikanern weis, die Israelis hätten Kennedy ermorden lassen. Und als sich das als Finte, vermutlich Ihres eigenen Geheimdienstes, herausstellt, ist es plötzlich kein Thema mehr?» Der Satz schlug ein wie eine Bombe.

«Joshua war Israeli? Wir haben nach einem Mossad-Agenten gefahndet?» Karoline Freitag schnappte nach Luft. «Wann ..., wann hatten Sie vor, uns das mitzuteilen?»

«Gar nicht», beschied Fletcher sie knapp. «Ihr Deutschen und die Juden. Da sehen Sie, was Sie angerichtet haben, Savary», wandte sie sich an den Franzosen. «Sie steht kurz vor einem Herzinfarkt.»

«Ich hätte von Anfang an mit offenen Karten spielen sollen», beharrte er. «Und Sie sollten es auch tun.»

«Ich verberge nichts, wie oft soll ich das noch sagen.»

«Dann will ich mit dem Auftraggeber sprechen.»

«Er ist nicht zu sprechen, für keinen von uns, hören Sie? Dass die Sache offenbar eine Intrige war, ist ein Problem. Jemand in seiner Position hat überall Feinde. Er muss sehr, sehr vorsichtig vorgehen, verstehen Sie, Savary? Es interessiert sich jetzt niemand für

Ihre kleinen moralischen Probleme. Lassen Sie uns einfach weiterarbeiten.»

«Der Mossad …» Karoline Freitag war außer sich.

«Eben nicht.» Sadie Fletcher holte tief Luft. «Es gab da einen israelischen Agenten, der auf dem Sterbebett behauptet hat, er hätte Kennedy getötet, ja. Sein Name, da wir jetzt schon darüber reden, war Efron Alterman. Er hat die Aussage gemacht und uns auch die berühmte Hülse übergeben. Inzwischen wissen wir ja dank Hakalas Beobachtungen, wie sie in die Hände der CIA gelangt ist und dass sie echt ist. Nur wurde sie nie von Alterman abgefeuert, und seine Zahnabdrücke kamen wohl später drauf. Und wenn Sie es unbedingt wissen müssen, Savary …» Sie machte eine wegwerfende Handbewegung in Richtung des Physikers. «Die Nachforschungen der Amerikaner haben ergeben, dass Alterman sich für die Aussage mit der amerikanischen Staatsbürgerschaft bezahlen ließ, für sich und seine Familie. Sein Sohn brauchte eine teure Operation, die von einer karitativen Einrichtung in Karolina übernommen wurde.»

«Wie schön», stellte Savary fest. «Dann müssen wir jetzt nur noch der Spur des Geldes folgen.»

«Daran sitzen andere, seien Sie dessen versichert.» Fletcher seufzte.

«Noch etwas, das wir wissen sollten?» Karoline Freitag wirkte abwesend, musterte aber immer wieder aus dem Augenwinkel Hannah Rüthli.

Fletcher gab nach. «Der Agent, der Efron interviewt hat, ist sauber, ein John Sharett, offenbar ein nützlicher Idiot. Sein Chef allerdings ist bereits in der zweiten Generation in der CIA aktiv. Er folgt dem Vorbild seines Vaters, eines gewissen Wilbur Cunning. Der arbeitete bis 1964 für den Dienst, dann ist er vorzeitig in den Ruhestand gegangen. Wie der Zufall es will, kam bei der Überprüfung ein harmloser Umstand zutage: Eine seiner letzten Amtshandlungen war die Grabrede für einen seiner Mitarbeiter, der eben im Dienst gestorben war.»

«Lassen Sie mich raten: bei einem Autounfall. In Dallas.» Savary erhielt für diese Vermutung nur ein bestätigendes Schweigen. Savary überlegte: «Also hatte Cunning senior die Hülse erhalten, hat sofort begriffen, was er da in Händen hielt, und den Überbringer zum Schweigen gebracht.»

«Damals waren alle darauf eingeschossen, dass Oswald der Täter sein sollte», bestätigte Freitag. «Sie hätten sicher einiges getan, um andere Spuren zu vertuschen.»

«Cunning behält die Hülse, hütet das Geheimnis und gibt es später an seinen Sohn weiter, als Starthilfe für seine Karriere bei der CIA», nahm Savary den Faden auf.

Karoline Freitag spann ihn weiter: «Und der weiht irgendjemanden ein, dem die Sache gerade recht kommt für eine Intrige gegen ... unsere Auftraggeber.»

Sadie Fletcher schaute von einem zum anderen. «Fühlen Sie sich jetzt besser?», fragte sie sarkastisch. «Sie haben recht, okay? Das ist der Stand derzeit in Washington. Und ich kann Ihnen eines versichern: Wenn der Drahtzieher dieser Intrige gefunden wird, werden wir es ganz sicher nicht erfahren.»

«Deshalb hat man ja auch versucht, uns die Hülse wieder abzunehmen, um alle Spuren der Geschichte zu verwischen.»

«Man hat mir glaubhaft versichert, dass Washington nichts mit dem Diebstahl zu tun hat. Das ist wohl ein Ablenkungsmanöver gewesen, das auf Betty Rosenfelds Konto geht.» Sadie Fletcher schüttelte den Kopf. «Sie wollte Verwirrung stiften, um ihre eigene Spur zu verwischen. Hat ja auch prima funktioniert.»

«Also haben wir mit der Rosenfeld wieder einen Einzeltäter mit Neurose?», fragte Karoline Freitag ironisch. «Bin ich die Einzige, der das seltsam vorkommt?»

«Ich bin an ihrem Background dran, okay?», wehrte Hannah

Rüthli ab. «Trotzdem will man in Washington noch, dass wir den Mörder ermitteln, habe ich das richtig verstanden?»

Sadie Fletcher bestätigte es. «Das ist es, was man mir gesagt hat, ja. Man will das ganze Bild. Deshalb verstehe ich auch nicht, wo Savary ein Problem sieht. Wir werden weitermachen. Wir werden unsere Leute bergen und gleich zwei der großen Mordfälle der US-Geschichte lösen. Ich weiß nicht, was es daran auszusetzen gibt? Sie sollten sich freuen.»

«Was ich eigentlich ...» Savary kam nicht dazu, seinen Satz zu vollenden. Einer von Fletchers Agents kam herein. «Telefon. Es ist dringend.»

Als sie ihn um einige Minuten vertrösten wollte, legte er die Stirn in Falten. Man sah es ihm an, dass er nicht gerne insistierte. «Es ist *sehr* dringend.»

Fletcher war sofort energetisch und geschäftsmäßig. Die Maske einer Businessfrau. Sie stand auf und zog ihre Kostümjacke glatt. Als sie hinausging, erinnerte sie an jemanden, der zu seiner Exekution schritt.

43.

Hakala hatte lange überlegt, was er als Erstes sagen sollte, wenn er einem weltberühmten Filmstar gegenübertrat. Mehr als «Hallo, erinnern Sie sich an mich?» war ihm allerdings nicht eingefallen, als er am 27. Juli 1962 den Weg in die Sackgasse des Helena Drive einschlug. Er war der Einzige auf der Straße, alle anderen Autos standen in den großzügigen Auffahrten und in den Garagen ihrer Besitzer, unter hohen Bäumen verborgen. Sei's drum. Hakala stellte seinen Wagen ab. Das Tor zu Marilyns Anwesen stand zwar offen, doch er hatte nicht den Schneid, einfach hineinzufahren.

Hübsch, stellte er fest. Er hatte nicht gelogen, als er es Gladys, der New Yorker Kellnerin, nach den Fotos beschrieben hatte. Ein schlichter Bungalow im mexikanischen Stil, weiß getüncht, mit Holzfenstern und einem Bewuchs aus Bougainvillea. Jemand hatte Zitronenbäume gekauft; sie standen noch in Kübeln herum. Das Gästehaus befand sich direkt vor ihm; das Haupthaus ein wenig rechts. Aber beide hatten wie der Hof, den Hakala überquerte, bescheidene Ausmaße. Es war friedlich hier. Er stand vor der Tür. Atmete ein, atmete aus. Läutete.

Dom Perignon, hatte Mickey Cohen gesagt. Sie trank am liebsten Champagner. Und sie nahm Dexamyl. Das war ein Upper, mit Amphetamin, die zeitgenössische Variante von Speed oder Ecstasy. Außerdem hatte man ihm kleine Dinger zugesteckt, die reds genannt wurden. Falls sie danach fragte. Er hoffte, dass sie es nicht täte. Als er schon aufgeben wollte, öffnete sich die Tür. Hakala hob die Flasche und öffnete den Mund. Er schloss ihn wieder. Das war nicht die Frau vom Strand. Sie trug zwar wieder eine Caprihose, eine gelbe diesmal, dazu eine geblümte Bluse. Ihr Haar stand vom Kopf ab, dünn, rau und aufgeplustert wie eine vom Wind verwüstete Pusteblume. Links war es angedrückt. Sie schien gelegen zu haben. Die Hose hatte rostbraune Flecken. Es dauerte eine Weile, bis Hakala begriff, dass es Blutflecken sein mussten, von ihrer Periode. Sie schien es nicht zu bemerken. Sie schien auch nicht zu realisieren, dass er vor ihr stand. Ihr Blick war vollkommen leer, und sie wankte vor und zurück, als wollte sie im nächsten Moment umfallen. In der Hand, die sie über die Augen zu legen suchte, um ihn klarer erkennen zu können, hielt sie eine fast leere Flasche Dom Perignon.

«Hoppla» war es schließlich, was Hakala sagte. Sie war ihm in die Arme gefallen, wo sie nun hing wie ein nasser Sack. Als Erstes stellte er seine eigene Flasche Champagner, die ihm ebenso überflüssig wie obszön vorkam, vorsichtig neben der Tür auf den Boden. Dann nahm er sie auf den Arm und trug sie in ihr Schlafzimmer. Er wusste, wo das war. Savary und er hatten den Grundriss der kleinen Villa sorgsam studiert. Er legte sie auf das zerwühlte, schlecht riechende Bett, zog die schwarzen Vorhänge beiseite und öffnete als Erstes ein Fenster. Dann sah er sich um. Neben dem Bett ein dreibeiniger Tisch, darauf und darunter Flaschen, Gläser und eine Menge Papier, on top eine ganze Batterie von Medikamentendöschen und -fläschchen. Hakala erkannte die Aufschriften von Nembutal und Chloralhydrat.

Mit dem Letzteren pflegte Hakalas Mutter ihre ebenso ineffizienten wie hochdramatischen Selbstmordversuche zu unternehmen, mit denen sie regelmäßig seine Adoleszenz versüßt hatte. Es schnürte ihm den Hals zu, wenn er daran dachte. Er musste gegen den Impuls ankämpfen, einfach wegzulaufen. Wasser, dachte er. Salzwasser. Damit sie den ganzen Mist wieder auskotzt. Er machte das ja nicht zum ersten Mal.

Er musste feststellen, dass im angrenzenden Bad das Wasser abgestellt war, und suchte die Küche. Dort bereitete er einen Cocktail aus Salzwasser. Zurück im Schlafzimmer, nahm er sie in den Arm, strich ihr die Haare aus dem Gesicht und setzte das Glas an ihre Lippen. Ihr Kopf fiel nach hinten gegen seine Brust. Sie murmelte etwas und wehrte sich, aber nicht sehr.

«Braves Mädchen», sagte er und strich ihr mechanisch über die Haare. Dann hievte er sie hoch. Sie war nicht schwer, gute 50 Kilo, schätzte er. Er ächzte ein wenig, bekam sie aber doch in den notwendigen Griff, bei dem er sie von hinten umfasste und die Hände fest über ihrem Solarplexus verschränkt hatte. Vorausschauend schleppte er sie immerhin bis zur Zimmertür. «Und hopp!», kommandierte er, hob sie an, neigte sie nach vorne und presste, so fest er konnte, gegen ihren Magen. Sie übergab sich fast sofort in hohem Bogen auf den Fliesenboden. «Und noch einmal.»

Hakala hatte auch diesmal Erfolg, holte vorsichtshalber aber in der Küche ein neues Glas und wiederholte die ganze Prozedur. Als er sich sicher war, dass ihr Magen leer war, legte er sie zurück aufs Bett und wusch ihr das Gesicht mit einem Küchenhandtuch. Sie schlief inzwischen. Oder war sie ohnmächtig? Hakala überlegte, ob er einen Arzt holen sollte. Andererseits wusste er aus den Geschichtsbüchern, dass sie heute nicht sterben würde. Nein, beschloss er, er würde es aussitzen. Wenn sie aufwachte und er sich als Retter präsentieren könnte, wäre ihm weit mehr geholfen. Ihm und Otash und dem Mob. Allen, außer ihr.

Für einen Moment fühlte er sich schlecht. Sie sah aus wie ein Kind, wenn sie schlief. Die Schlaffheit ihres Gesichts, die vorhin so erschreckend gewirkt hatte, sah jetzt süß aus, sogar der halb offene Mund. Ihr Teint wirkte nicht mehr so papiertrocken und wie mit Gips bestäubt. Das Haar, feucht und zurückgekämmt, war fein und seidig wie bei einem kleinen Mädchen. Wie zart ihre Wangenknochen waren, wie perfekt geformt. Sie war wirklich eine schöne Frau.

Hakala rief sich zur Ordnung und ging in die Küche, um einen Eimer zu holen. Er war gerade dabei, das Erbrochene aufzuwischen, als die Haustür aufging. Eine Frau mittleren Alters mit zwei Einkaufstaschen kam herein: die Haushälterin, Eunice Murray. Hakala richtete sich zu voller Größe auf. «Hallo», sagte er, noch ehe sie ihn ihrerseits fragen konnte, was er hier zu suchen hatte. «Ich bin Ted», log er, «Ted Heckler. Marilyn hat mich reingelassen. Es geht ihr allerdings nicht gut.» Jetzt stand er doch auf, wischte sich die Hände an der Hose ab und winkte Eunice mit besorgter Miene zum Eingang des Schlafzimmers. «Sie hat mich am Telefon gebeten, ihr Champagner-Nachschub zu bringen, aber mein Eindruck war, dass sie genug hatte, ehrlich gesagt.» Er versuchte, so treuherzig wie möglich auszusehen. «Sie hat sich übergeben. Jetzt schläft sie.»

«Ich mach das.» Die Haushälterin nahm ihm das Handtuch ab, mit dem er an der Bescherung herumdilettiert hatte. Sie würdigte ihn keines weiteren Wortes oder Blickes. Hakala ging zur Tür, überlegte es sich aber anders, nahm die Flasche Dom Perignon, die dort noch stand, und brachte sie in die Küche, wo er sie im Kühlschrank verstaute, als wäre es das Selbstverständlichste von der Welt. «Gestern im Largo war sie so guter Laune», sagte er, eingedenk des Briefings, das er von Otash erhalten hatte. Der Detektiv hatte ihn gut auf diesen Einsatz vorbereitet. Hakala wusste alles über die Bewegungen der Monroe. Und gestern Abend hatte sie im Largo getanzt. Mit dem Starlet Jeanne Carmen, die früher ihre Nachbarin gewesen war und ebenfalls eine Geliebte von Sinatra. Und mit ihrem Masseur, Ralph Roberts. Sie hatten gefeiert bis in den Morgen und jede Menge Sachen eingeworfen.

Die Haushälterin zeigte sich nicht beeindruckt.

Hakala zog einen weiteren Trumpf. «Und im Bel Air neulich sprachen wir nach den Fotos darüber, dass sie wieder mehr Zeit in New York verbringen wollte.» Bei den nächtlichen Fotositzungen in diesem Hotel, die es wirklich gegeben hatte, waren Bilder für die Vogue entstanden. Hakala hoffte, dass die Murray den echten Fotografen nie zu Gesicht bekommen hatte.

Heute war der 27., und Mickey Cohen musste mit der Nachricht fertig werden, dass das FBI Jimmy Hoffa verhaftet hatte, den Chef der Transportarbeitergewerkschaft und führenden Kontaktmann der Mafia. Robert Kennedy machte seine Drohung war, gegen den Mob vorzugehen. Es wurde Zeit, etwas zu unternehmen. Die Mafia musste dringend etwas gegen den Justizminister oder den Präsidenten in die Hand bekommen, um weitere Verfolgungen oder eine Verurteilung Hoffas abzuwehren.

Hakala hatte schon am letzten Wochenende vorbeischauen wollen, doch dann war die Schauspielerin überraschend auf Sinatras Cal Neva Lodge gefahren. Der Ausflug schien ihr nicht gut bekommen zu sein. «Wir haben so große Pläne gemacht. Ist etwas passiert?»

Endlich schaute die Haushälterin auf. Wenn sie ihn jetzt aufforderte, sich zum Teufel zu scheren, hatte er verloren. «Nevada. Das ist passiert.» Ihr Ton klang bitter. «Wieder einmal.»

Hakala atmete auf. Er hatte gewonnen. «Sie sollte sich nicht mit diesen Leuten einlassen», stimmte er zu. «Die kümmern sich doch einen Dreck um sie. Bei uns in Brooklyn war sie ein ganz anderer Mensch.» Soweit er wusste, war die Murray niemals dabei gewesen, wenn Marilyn nach New York reiste. Ihr Apartment in Brooklyn wurde von einer anderen Haushälterin namens Pepitone versorgt.

«Sie ist, wer sie ist», setzte die Haushälterin an. Da klingelte das Telefon. Hakala bemerkte den Apparat erst in diesem Moment. Er stand drinnen unter dem Nachttisch, auf einem Stapel mit Drehbüchern und aufgeschlagenen Paperbacks. Er war weiß. Im selben Moment fiel ihm auf, dass in der Küche auf der Anrichte noch ein zweites, rosafarbenes, Telefon stand. Sollte Rosa nicht die Farbe der Wahl für eine Frau sein, um intime Telefonate zu führen?

Eunice Murray richtete sich stöhnend auf und ging an den weißen Apparat. «Ja?», sagte sie in ihrer mürrischen Art. Dann, wachsamer: «Sie ist nicht da.» Wieder lauschte sie. Dann wurde sie ehrerbietig. «Nein, nein, ich verstehe. Ja, sie wird da sein, es ist nur ein Besuch im Studio. Ja, ich rufe sie dort an. Ja, ganz bestimmt. Ich verstehe, Sir. Vier Uhr.» Sie legte auf. «Helfen Sie mir», sagte sie übergangslos und machte sich daran, die schlafende Schauspielerin aufzurichten, was ihr misslang. «Wir müssen sie wach bekommen.»

Hakala gehorchte und half ihr, die Schlafende in ein weiteres Badezimmer mit bunten Fliesen und mexikanischem Dekor zu bugsieren. Sie legten Marilyn in die Wanne. «Warum haben Sie dem Mann nicht einfach abgesagt?», erkundigte er sich. «Sie kann heute keinen Besuch kriegen.»

Eunice Murray warf ihm einen prüfenden Blick zu. «Es ist kein Mann, dem man absagt», erklärte sie.

Hakala begriff schlagartig. Kennedy! Es musste sich um einen der Kennedy-Brüder handeln. Er konnte sich niemanden sonst vorstellen, dessen Besuch ein Star wie die Monroe nicht abweisen konnte.

«Außerdem», fuhr die Murray zu seiner Überraschung fort, «würde sie es mir nie verzeihen, wenn ich ihn abwiese. Und sie würde erfahren, dass ich es getan habe. Sie ist verrückt nach ihm.» Sie drehte das Wasser auf. Es war warm. Die Sonnenblumen auf Marilyns Bluse wurden nass. Die gelbe Hose verfärbte sich dunkel. Ein Geruch nach Blut und Schweiß stieg auf. Eunice Murray kippte Schaumbad dazu. Die Monroe gab keinen Laut von sich.

«Versuchen Sie es kalt», riet Hakala, drehte das Wasser ab und den entsprechenden Hahn auf. «Glauben Sie mir, das ist nicht der erste Kater, den ich behandle.»

«Sie ist verrückt nach ihm, das arme Ding», wiederholte die Murray. Sie wischte sich über das Gesicht. Hakala wusste nicht, ob sie Tränen oder Schweiß fortwischte. In diesem Moment schnappte Marilyn nach Luft und riss die Augen auf. Eunice Murray begann auf sie einzureden wie auf ein krankes Kind und sie auszuziehen.

«Ich warte in der Küche», sagte Hakala und ging hinaus. Dort starrte er das rosafarbene Telefon an. Die Badezimmertür blieb geschlossen. Er wartete noch eine Weile, dann ging er ins Schlafzimmer und nahm sich das weiße Telefon. Kennedy hatte hier angerufen. Und er hatte sicher die geheime Nummer des Stars bekommen, nicht die für Lieferanten und Reporter. Er nahm den Schraubenzieher heraus, den Otash ihm eingepackt hatte, das Klebeband und die Wanze. Sie war größer, als er sie sich vorgestellt hatte. Seltsam, dass die Leute ihre Telefone nicht einfach öffneten und die Dinger herausnahmen. Sie waren nicht schwer zu erkennen. Als die Eingeweide des Apparates offen vor ihm lagen, holte er die gezeichnete Anweisung von Mickey Cohens Mann fürs Technische hervor und begann, die Wanze einzusetzen. Er beeilte sich, so gut er konnte. Im Bad quietschte es in der Wanne. Er griff nach dem Boden des Gerätes, holte die erste Schraube, die er zwischen den Lippen hielt. Drehte. Nahm die zweite. Wasser plätscherte. Hakala schwitzte. Im Bad wurde alles wieder still. Geschafft. Er hatte es getan. Er hatte die Monroe verwanzt. Ein weiteres Wanzen-Exemplar, flacher geformt als die erste, platzierte er unter der Teppichleiste. Sie war neu, wie der Fußboden selbst, und er gratulierte sich zu der Entscheidung. Glück gehabt. Die dritte Wanze wollte er im Gästezimmer anbringen. Aber nicht jetzt, das hätte bedeutet, sein Glück überzustrapazieren. Er starrte die Badezimmertür an, aber von dort drang noch immer kein Geräusch nach draußen. Hakala hatte gerade die Champagnerflasche wieder aus dem Kühlschrank geholt, sie geöffnet, sich ein Glas eingeschenkt und begonnen, in der Wohnung umherzuschlendern. Das Getränk war zu warm und nicht sein Ding. Wodka oder Bourbon wären ihm lieber gewesen. Und die Kunst, die es hier zu sehen gab, gefiel ihm auch nicht. Da war eine Statue, eine Frau und ein Mann beim Knutschen. Er ging ran, sie sank so hin. Das absolute Klischee. Das Ding regte ihn auf. «Rodin», entzifferte Hakala murmelnd die Signatur. «Kenn ich nicht. Na also.» Trotzdem immer noch besser als die afrikanischen

Masken, die dahinter an der Wand hingen. Die Badezimmertür klappte.

«Ich krieg sie nicht wach. Ich rufe Dr. Greenson an.» Die Haushälterin eilte zum Telefon. Dem weißen. Er hatte die richtige Entscheidung getroffen. «Ihren Psychiater?», bot er ihr einen weiteren Brocken seines von Otash recherchierten Wissens an. «Sollten wir es nicht besser bei Dr. Engelberg versuchen, ihrem Hausarzt?»

«Der wird ihr nichts mehr verschreiben.» Eunice Murray biss sich auf die Lippen. Sie wühlte in den Fläschchen und studierte die Aufschriften.

«Das wird der gute Greenson auch nicht mehr», meinte Hakala, ein wenig ins Blaue hinein. Otash hatte ihm gesagt, was er von dem Arzt wusste. Er schlief als Einziger nicht mit der Monroe. Er schlief mit keiner seiner prominenten Patientinnen und schien so weit loyal zu sein. Aber was wusste man schon von einem Mann …?

«Er war immer gegen ihre Tabletten», bestätigte Eunice seine Vermutung. «Er wollte sich mit Dr. Engelberg sogar absprechen. Aber er versteht nicht, dass das bei ihr nicht geht.» Hilfesuchend schaute sie ihn an. «Sie nimmt all das schon so lange. Ihr Organismus ist darauf eingestellt. Es wirkt bei ihr ganz anders. Sie kann viel mehr vertragen, verstehen Sie? Daher braucht sie auch viel mehr. Das ist ein ganz normaler Prozess.»

Das hat sie dir vielleicht erzählt, dachte Hakala, und du glaubst es, du arme Seele. Seine Mutter hatte ihm immer ganz ähnliche Storys aufgetischt. Zwischen ihren Entzügen, wenn sie zurück in der Hippiekommune war, der sie seine Erziehung überließ. Und da fiel er auch schon, der klassische Satz: «Sie hat das vollkommen im Griff.»

«Natürlich», sagte Hakala routiniert. Er griff in seine Tasche und zog das Dexamyl heraus. «Ich weiß, sie ist einfach anders als die meisten.» In Eunice Murrays einfachem, grobem Gesicht stand

Dankbarkeit. Er nahm eine Tablette aus dem Beutel. «Geben Sie ihr die, und sie wird zwitschern wie ein Vögelchen.»

«Danke», sagte sie, nahm ihm die Tablette ab und verschwand im Bad. Hakala nahm eine zweite Tablette aus dem Beutel und spülte sie mit einem Schluck Champagner hinunter. Er konnte sie gut brauchen. Es würde ein langer Tag werden, vielleicht eine lange Nacht.

44.

Und dann?», fragte Otash und blickte grinsend in die Runde. Sie waren im Largo, wieder einmal. Und später würde die ganze Gesellschaft sicher noch in den Stripclub hinüberwechseln. Mit von der Partie waren Otash selbst, das Starlet Jeanne Carmen, Cheryl Steinfeld, eine Sängerin, die mangels Engagement als Garderobiere bei der Fox arbeitete, und Bernie Spindel, der Abhörspezialist, den Cohen für Otash abkommandiert hatte. Ein junger Italiener im teuren Seidenhemd und mit Goldkette auf der blanken Brust war offenbar als Vertreter von Handsome Johnny Roselli dabei. Er stank Meilen gegen den Wind nach Mafia, obwohl er sich Whitey Kane nannte und offiziell als Maskenbildner arbeitete. Außerdem saßen Edward G. Robinson Jr. und Charlie Chaplin Jr. mit am Tisch, beide hatten ein unübersehbares Berühmter-Vater-Problem, sprich, sie waren nie über Nebenrollen hinausgekommen, tranken mehr als zu viel und waren, wie Hakala außerdem vermutete, auf Heroin. Wenn man ihnen glaubte, was sie erzählten, und sie erzählten viel an diesem Abend, waren sie beide gleichzeitig mit der Monroe im Bett gewesen. Hakala mochte sie nicht.

Darüber hinaus waren sie gutaussehende Burschen und kamen bei den Damen an. Sichtlich beeindruckt von ihren Namen war Bonnie Rae Parker. Hakala hatte sie gefunden, in einer Absteige in Beverly Hills. Sie war von einem Pornofotografen mit Uppers bekannt gemacht worden, hatte für eine Postkartenserie nackt mit einem Pony posiert und nicht die geringste Absicht, nach Hause zurückzukehren. Da sie über 21 war, hatte Otash ihre Eltern schriftlich über ihren Aufenthaltsort benachrichtigt und sie im Übrigen flachgelegt. Bonnie Rae hieß jetzt Judith Jefferson und war so blond, dass einem die Augen weh taten. Eine Wohltat, dass Jeanne Carmen, die zwischen einem Monroe-Platin und Naturschwarz hin und her pendelte, für diesmal mit ihrer angeborenen Haarfarbe aufgetaucht war. Zwei weitere Mädchen hörten auf die Namen Judy und Elaine und außerdem auf jeden anderen Namen, bei dem man sie rief. Otash bevorzugte «Puppe». Natürlich wollten sie Schauspielerinnen werden. Und natürlich wollten sie alles über die berühmte Marilyn Monroe hören. Sie hingen an Hakalas Lippen.

Der Detektiv zögerte. Er dachte an diesen seltsamen Vormittag. Er hatte ihn im Liegestuhl am Pool verbracht, mit zu viel Champagner und zu wenig Arbeit. Als Marilyn kam, war sie nackt, nur in ein weißes Badetuch gewickelt. Sie ließ sich neben ihm im zweiten Liegestuhl nieder. Sie war wach, wirkte aber kaum anwesend. Eine geschlagene Viertelstunde kaute sie an ihren Nägeln, ehe sie die Hand ausstreckte, um sich sein Glas geben zu lassen.

«Erinnerst du dich?» Endlich konnte Hakala seinen Satz anbringen.

«Du bist der Mann, der vom Himmel gefallen ist.» Sie kicherte.

Hakala war überrascht, beinahe erschrocken. Ihr Gedächtnis und ihre Wahrnehmung funktionierten offenbar ausgezeichnet. Das hatte er nach ihrem Auftritt nicht erwartet. Vielleicht hatte Eunice Murray ja recht, vielleicht arbeitete ihr schmaler, so überfordert wirkender Körper tatsächlich anders. Immerhin tat sie, was sie tat, schon seit vielen Jahren. Und sie war ganz nebenbei ein Weltstar geworden. «Ja», gab er kleinlaut zu.

«Du hast Eunice angeschwindelt.» Sie lachte wieder.

Und Hakala erschrak noch mehr. Dumm war sie auch nicht. Aber sie schien ihm nicht böse zu sein. Er musterte sie von der Seite. Sie schien nicht vorzuhaben, ihn zu verraten.

Marilyn wendete sich ihm zu, legte den Kopf in die Armbeuge und öffnete mit der freien Hand das Handtuch. Sauber gewaschen und duftend lag sie vor ihm, vollkommen nackt. «Wollen wir es tun?», fragte sie.

«Was?» Hakala war völlig überrumpelt.

Sie gähnte und rollte sich wieder auf den Rücken. Das Handtuch ließ sie weg. «Ich bin so unruhig», sagte sie, mit ganz gelassener Stimme. «Es gibt nichts Besseres, wenn man unruhig ist, stimmt's?» Bei der Frage war ihre Stimme wieder nach oben gegangen wie die eines Kindes.

«Na ja», meinte Hakala unsicher. «Man kann auch Yoga treiben.»

«Yoga», sie lachte und streckte die Arme nach ihm aus. «Du bist witzig.»

Das Kompliment war die letzte Ermutigung, die Hakala gebraucht hatte. Er richtete sich auf, enterte ihren Liegestuhl und sank in die einladenden Arme. «Schon wieder vom Himmel gefallen», meinte er, ehe er versuchte, sie zu küssen. «Vielleicht bin ich ja dein Schutzengel.»

Ihre Lippen wichen ihm aus. «Jetzt erwartest du wahrscheinlich Wunder, was? Weil du es mit einem Star machst», sagte sie. Mit einem Mal wirkte sie störrisch.

Erstaunt hielt er inne. War sie unsicher, war das möglich? Eine Welle von Zärtlichkeit erfasste ihn. Ich alter Idiot, sagte er sich selbst. Dann umarmte er sie und hörte mit dem Denken auf.

An dieser Stelle unterbrach er seine Erinnerung und nahm einen Schluck von dem vierten Scotch, der vor ihm stand. Der Lärm des Lokals drang wieder in sein Bewusstsein. Dezente Musik, Gelächter, schrille Stimmen. An seinem Tisch aber war es still. Noch immer wartete sein Auditorium. Er mied die Blicke und drehte sein Glas in den Händen.

«Tja», sagte er. «Nichts Besonderes. Wir saßen auf der Terrasse, haben getrunken und geredet.»

«Geredet?», fragte Bonnie Rae, oder vielmehr Judith, als wäre das eine ganz besondere und sehr seltene Aktivität. «Ihr habt miteinander geredet?»

«Worüber?», erkundigte sich Jeanne Carmen, die weniger verblüfft wirkte. Sie war ohnehin eine Frau, die sich den Anschein gab, ihr wäre nichts Menschliches fremd. Hakala war derjenige gewesen, der sie hatte einladen lassen, als ihm klargeworden war, dass sie die Monroe ziemlich gut kannte. Die beiden waren in einem früheren Stadium ihrer Karriere Nachbarinnen gewesen und Freundinnen geblieben. Die eine hatte es geschafft, die andere nicht, aber immer noch gingen sie zusammen aus, um Männer heiß zu machen, oder verbrachten den Morgen mit einer Flasche Wein, Fußnägel lackieren und Drogenexperimenten. Was ewige Teenager halt so taten. Hakala schaute Jeanne Carmen in die dunklen Augen. Sie lächelte. Durchschaute sie ihn? «Über Drehbücher», sagte er. «Und wann sie etwas taugen.»

Neben dem frisch bezogenen Bett, in dem sie bei der zweiten Nummer gelandet waren, hatten Massen von den Dingern herumgelegen. Er hatte in einer klaren Sekunde sogar bemerkt, dass sie darin herummalte und Notizen am Rand machte. Offenbar arbeitete sie alles gründlich durch, was sie las. Er betete darum, dass niemand ihn fragte, wann ein Drehbuch nach Meinung der Monroe etwas taugte. Aber sein Auditorium war weniger anspruchsvoll.

«Was hatte sie an?», fragten Judy und Elaine.

«Was sie anhatte?» Hakala stutzte. «Ich hab ihr mehr so in den Ausschnitt gesehen als auf den Stoff», improvisierte er, um Zeit zu gewinnen. «Es war gelb, glaube ich. Ja, gelbe Hosen und was Geblümtes obenrum.»

Otash klopfte auf den Tisch und lachte. Hakala hatte auch ihn nicht ins Bild gesetzt. Zweifelllos würde er sich seinen Reim machen auf die Geräusche, die die Wanze aus dem Schlafzimmer übertrug. Wieso hatte er ihr nicht ausreden können, dort hineinzugehen? Aber mit welcher Begründung? Kurz vor vier hatte sie ihn rausgeworfen, ausreichend entspannt, um den nächsten Besucher zu empfangen. Hakala hatte sich beeilt, zu Otash zu kommen und ihm anzukündigen, dass Hoffnung bestand, die kompromittierenden Aufnahmen schon heute zu erhalten. Es war eine Zeit ohne Handy. Er hatte an einem öffentlichen Fernsprecher gehalten und sein ganzes Kleingeld verbraucht, bis der Detektiv überzeugt war, dass es sich lohnte, sofort einen Mann mit einer Kamera in den Helena Drive zu schicken. Er hatte auch Aufnahmen eines Sportcabriolets gemacht, das vor dem Haus stand. Der Fahrer war nicht erschienen, laut Nummernschild war es ein Mietwagen. Und im Haus waren überall die Vorhänge zugezogen.

«Ooch, Gelb steht mir nicht.» Bonnie Rae war enttäuscht.

«Dafür steht mir alles, was dich angeht.» Otash zog sie auf seinen Schoß. Hakala verbarg sein Gesicht hinter einem Whiskey-Glas.

«Was treibt ihr denn hier? Charlie? Eddie?» Der Neuankömmling, der sie so begrüßte, ließ Hakala das Glas vor Verwunderung abstellen. Er kannte dieses Gesicht. Er hatte es in New York gesehen, am Hinterausgang des Madison Square Garden, neben der Frau mit dem Taschenrevolver. Es war einer der Verehrer der Monroe gewesen. Der Mann, dessen Namen die Rosenfeld gerufen hatte. Wie hatte sie ihn noch mal genannt?

«Luigi!», rief Otash erfreut und begrüßte den Neuen per Handschlag und Umarmung. «Luigi Marcello», stellte er ihn vor. «New Yorks derzeit vielversprechendster Jungdramatiker. Lee Strasberg hat einen Text von ihm mit seiner Meisterklasse geprobt.»

Luigi wurde rot, doch man sah, dass ihm das Lob gefiel.

«Mr. Marcello», sprach Hakala ihn an. «Aus der berühmten Marcello-Familie?» Der Mafia-Clan der Marcello gehörte der Cosa Nostra an und lebte und wirkte in New Orleans.

«Ich bevorzuge die Bezeichnung Jungdramatiker», sagte Luigi. Sein Akzent war ganz Ostküste. «Das Familiengeschäft überlasse ich meinen Cousins.»

«In jeder Familie gibt es schwarze Schafe», warf Whitey Kane ein.

Luigi verzog das Gesicht. «In meiner Familie bin ich das wohl. Der Schriftsteller.» Er sprach das letzte Wort so aus, wie sein Vater es ganz sicher tat.

«Komm setz dich, erzähl, was du in der Pipeline hast.» Jeanne Carmen zog einen Stuhl für ihn heran. «Hat Marilyn dein letztes Drehbuch gefallen?»

Er strahlte, blickte allerdings zögernd in Richtung Ausgang. Er setzte sich und sagte: «Sie glaubt, man könnte ein Musical daraus machen. Etwas, das im Ersten Weltkrieg spielt. So etwas hat es noch nicht gegeben. Aber ich muss ...» Er machte einen Schritt zurück in Richtung der Tür, dann hob er den Arm und winkte einer Frau. «Meine Begleiterin», erklärte er. «Wir hatten nicht erwartet, hier Bekannte zu treffen. Ich war lange nicht mehr in L. A.»

«Ja, New York, New York.» Charlie Chaplin Jr. imitierte Judy Garland. «Du wirst uns noch ein verdammter Künstler.»

«War er doch immer schon.»

«Das wird Marilyn ihm schon austreiben.»

«Hey, ein Musical. Was sagt dein Kumpel Arthur Miller dazu?»

«Er sagt: Lass die Finger von meiner Ex, sonst singst du bald Sopran.»

«Falsch, das sagt DiMaggio.» Die Stimmen am Tisch überschlugen sich. Hakala war schwer damit beschäftigt, ein Prusten zu unterdrücken. Es war ihm einfach nicht möglich, sich den Grabenkrieg des Ersten Weltkriegs gesungen und mit Stepptanznummern vorzustellen. Aber das Lachen verging ihm. Luigis Begleiterin hatte sich die Garderobe abnehmen lassen und schaute sich jetzt nach dem erhobenen Arm ihres Galans um. Hakala hätte sich beinahe verschluckt. Betty Rosenfeld! Sie war es, kein Zweifel. Die Dauerwelle war neu, die Haarfarbe ebenfalls: so silbern, dass sie im Halbdunkel des Raumes leuchtete, als wäre sie radioaktiv. Dazu trug sie ein Silberlamékleid, in das sie eingenäht zu sein schien. Es reichte ihr bis zu den Knien und ging dann asymmetrisch in etwas Tüllartiges über. Musical, dachte Hakala unwillkürlich. Jedenfalls die ganz große Bühne. Sie hielt züchtig ihre Handtasche umschlossen und wartete die Blicke ab, die von überall im Raum über ihren Körper wanderten. Sie mochte ja nicht mehr so jung sein wie Judith und Elaine und Bonnie und all die anderen. Aber sie strömte einen Sexappeal aus, der einen umwarf.

«Wow, wer ist das?» Robinson Jr. war nach Hakala der Erste am Tisch, der sie bemerkte. Er kniff die Augen zusammen, um Einzelheiten zu erkennen, während sie durch das Gedränge näher kam. Vor der Lichtgestalt schienen sich die Wogen zu teilen. «Seit Ava hab ich so was nicht mehr gesehen», stellte er fest. «Was für ein Weibsbild! Sie frisst dich vermutlich samt der Knochen, ohne dich zu kauen, was Junge?»

Luigi errötete. «Und ihr findet nicht, sie ist ein wenig zu ...» Er suchte nach Worten.

«Eine Kopie von Marilyn?» Jeanne Carmen war offenbar weniger beeindruckt. Sie studierte die neue Konkurrentin mit geneigtem Kopf. «Pack sie schnell, lange wird sie sich nicht mehr halten.»

Otash brach in Gelächter aus. «Auf alten Fregatten lernt man das Segeln, mein Freund.»

Luigi sprang empört auf. Seine Kumpel zogen ihn wieder hinunter.

«Du hast es gerade nötig, Darling», wies Whitey Kane das Starlet zurecht. «Bloß weil du gerade mal *nicht* wie ein Double unserer lieben Marilyn aussiehst. Wie lange wird es dauern, bis du wieder blond bist? Vierzehn Tage? Und bumst Sinatra dich eigentlich in beiden Varianten oder hat er Vorlieben?»

Sie holte aus und ohrfeigte ihn kräftig. Bonnie Raes atemlos gehauchtes «Du kennst Sinatra?» ging in ihrem rauen Gelächter unter. «Dreckskerl!» Jeanne Carmen schien nicht beleidigt zu sein.

Hakala stand auf, hielt sich gebeugt. Er drehte sich so, dass die

Rosenfeld ihn nicht sehen konnte, und nutzte den breiten Rücken eines Kellners, um vom Tisch zu verschwinden.

«Wer ist ein Dreckskerl?», hörte er die Rosenfeld laut fragen. «Doch nicht mein Luigi? Lou, wer sind diese reizenden Feingeister? Du hast mir versprochen, dass es in Hollywood auch Intellektuelle gibt.»

Hakala beeilte sich, zur Toilette zu kommen. Sie war also hier. Die Rosenfeld war in L. A. Und an der Seite eines schöngeistigen Mafioso namens Luigi Marcello, der sich als Künstler verstand und die Monroe verehrte. Was wollte sie von ihm? An die Monroe herankommen? Was sah sie in dem Kerl?

Er spritzte sich Wasser ins Gesicht und starrte in den Spiegel. Der Waschraum war luxuriös, er selbst gut gekleidet. Fast hätte man ihn für einen von denen halten können, für einen Filmstar oder Heiratsschwindler. Für den Traum einer Frau, vielleicht sogar der Monroe. Aber nur fast. Hakala ballte die Faust und setzte sie ins Gesicht seines Spiegelbildes. Glas splitterte. Ein paar Typen guckten von der Pinkelrinne auf und machten, dass sie rauskamen. Wirklich aufgeregt wirkten sie nicht. Vermutlich kam so etwas hier öfter vor.

Er war zu hässlich. Er war zu alt. Vor allem aber: Er gehörte nicht hierher. Die letzte Scherbe, die in dem protzigen goldenen Rahmen hängen geblieben war, zeigte es Hakala deutlich. Er stammte aus dem 21. Jahrhundert und war hier nur wegen eines Jobs. Danke, Betty Rosenfeld, danke, du Miststück, dass du mich daran erinnert hast. Aber er würde diesen Job erledigen. Und danach würde er die Rosenfeld an ihren blondierten Haaren packen und durch das Schwarze Loch zurückschleifen. Dahin, wo sie beide hergekommen waren. Was ihn anging: zurück in die Hölle. Vermutlich hatte er sie verdient.

Die Toilettenspülung rauschte, und die Tür einer Kabine klappte auf. Ein junger Mann im blauen Jackett kam heraus, weite Hosen, die Hände großspurig in den Taschen. Was Hakala von seinem Gesicht in den Resten des Spiegels sah, veranlasste ihn dazu, sich umzudrehen.

«Oswald?», fragte er. «Lee Harvey Oswald?»

Der andere stutzte, dann lächelte er verbindlich. «Tony», sagte er mit einer leichten Verbeugung. «Tony Fenelli. Mann, hier war ja was los. Brauchen Sie Hilfe?»

Hakala ignorierte die Frage. Noch immer starrte er den Mann an, der arglos zurücklächelte. Das Jackett seines Gegenübers, bemerkte er, hatte eine verräterische Beule. Bulle oder Mafioso, so oder so, der Kerl war bewaffnet. Endlich schüttelte Hakala den Kopf. «Bloß zu viel Whiskey, schätze ich.»

Fenelli wusch sich die Hände, holte ein silbernes Zigarettenetui heraus und hielt es Hakala hin. Mafioso also. Völlig gelassen zückte Fenelli noch ein silbernes Feuerzeug und gab ihnen beiden Feuer. «Kenn ich», sagte er und blies lässig den Rauch in die Luft. «Also dann.»

Hakala grüßte mit einem Fingertippen am imaginären Rand seines imaginären Hutes. «Man sieht sich», sagte er. Und spontan fügte er hinzu: «Oh Mann, Sie haben einen Doppelgänger in Dallas, wissen Sie das?»

Fenelli wandte sich um. «Grüßen Sie ihn von mir, wenn Sie ihn sehen.» Er lachte und ging.

Ich hab dich schon gesehen, dachte Hakala. In zwei Jahren. Wahrhaftig, er würde was zu erzählen haben, wenn er heimkam.

45.

Otash war erstaunt, als Hakala sich nach Tony Fenelli erkundigte. «Ein kleiner Fisch», sagte er. «Hat mal auf Sinatras Lodge als Page gearbeitet. Lawford kennt ihn von da und hat ihm weitergeholfen, als er in die Stadt kam. Seine Frau Pat hatte wohl eine Weile einen Narren an dem Jungen gefressen.»

«Pat Kennedy?» Hakala war verblüfft.

«Mit wem ist Lawford sonst verheiratet», gab Otash zurück. «Hör mal, wieso interessierst du dich für den Burschen? Mir schien es gestern eher, als hättest du was mit Luigi Marcello laufen. Du hast so komisch auf ihn reagiert.»

«Ich musste pissen.» Hakala überlegte. Der Doppelgänger des angeblichen Kennedy-Attentäters war jemand, der eine Kennedy kannte. Zufall? Was sollte es sonst sein. Außerdem hatte der Typ ja auch danebengeschossen. Ebenfalls Zufall? In was war er da nur gestolpert? «Fenelli war auf dem Klo und ist mir blöd gekommen.» Er tat, als betrachtete er seine Faust, die er mit krachenden Gelenken öffnete und schloss.

«Lass es gut sein», meinte Otash. «Er ist eine Null, aber er macht manchmal Botengänge für Giancana. Wir wollen doch keinen Ärger.»

«Das hast du gesagt.» Hakala spielte den Schmollenden.

Das Telefon klingelte. Es war Bernie Spindel. Otash hörte ihm zu. Als er auflegte, war er verärgert. «Nichts drauf auf den Bändern», sagte er. «Was immer sie getan haben, sie haben es nicht im Schlafzimmer getan.»

Erleichterung durchflutete Hakala. Es war immer ein unangenehmer Gedanke, wenn das Mädchen, mit dem du eben geschlafen hast, keine Stunde später schon in den Armen eines anderen lag.

«Sie müssen es im Gästezimmer getrieben haben.» Mit nur

einem Satz riss Otash Hakala wieder aus seiner Nostalgie. «Vermutlich ahnt sie, dass sie abgehört wird. Verdammt, wieso hast du nicht gleich alle Wanzen angebracht?»

«Du weißt genau, dass ich dafür keine Gelegenheit hatte.» Hakalas Laune glitt auf den Tiefpunkt. Trotzdem zwang er sich zu einem Grinsen. «Aber hey, wo ist das Problem? Sie hat mich für heute Abend zum Grillen eingeladen. Ich geh da jetzt ein und aus.»

«Dann mach es heute.» Otash schien seinen Optimismus nicht zu teilen. «Diese Stars sind launisch. Du kennst sie nicht. Heute Darling, morgen sehen sie dich nicht mehr mit dem Arsch an. Ich hab das unzählige Male erlebt.» Otash schwieg. Nach einer Weile sagte er: «Und? Was ist mit dir und Marcello?»

«Ich steh nicht auf Intellektuelle.» Hakala tastete seine Jackentaschen nach Zigaretten ab. «Das ganze Getue. Kannst du dir ein Musical vorstellen, das im Ersten Weltkrieg spielt? Ich bitte dich. Die haben da im Graben gelegen. Denen war nicht nach Stepptanz, soweit ich weiß. Und ich will mir so was ganz sicher nicht ansehen.»

Otash lachte und bot ihm eine von seinen Player's an. «Keine Intellektuellen, was?»

«Ist nicht meine Schuld, dass ich so bald von der Schule ab bin.» Hakala zündete sich die Zigarette an und inhalierte. «Im Leben hat mir das jedenfalls noch nie geschadet.»

«Ihr Europäer. Wieso seid ihr alle so verklemmt? Der Junge macht Verse, na und? Morgen fährt er einen Laster oder braut Bier. Oder dreht einen Film. Wir sehen das hier lockerer, Ted. Wenn er damit ein Vermögen macht, dann gibt das Leben ihm recht.»

«Der macht kein Vermögen.» Hakala begann, sich besser zu fühlen. Zwar hatte er es vor seiner unfreiwilligen Abreise hierher versäumt, einen literaturgeschichtlichen Wälzer zu konsultieren, aber in einem war er sich doch ziemlich sicher: Einen Literatur-Nobelpreisträger Luigi Marcello oder auch nur einen halbwegs berühmten Autor dieses Namens gab es nicht. Blieb die Frage, wie die Rosenfeld von dem Kerl wissen konnte. Sicher, sie kannte sich in den Sechzigern gut aus, und wenn er irgendein lausiges Theaterstück in einem New Yorker Untergrundverlag veröffentlicht haben sollte, dann standen die Chancen gar nicht mal schlecht, dass sie davon wusste. Aber konnte sein Geschreibsel sie so beeindruckt haben, dass sie ihr ganzes bisheriges Leben für ihn aufgab? Was zum Teufel wollte sie von ihm?

«Betty scheint das anders zu sehen.» Otash zündete sich auch eine an, legte die Beine auf den Schreibtisch und machte sich einen Spaß daraus, das Streichholz in Richtung Papierkorb zu schnippen. Es fiel daneben.

«Betty?», erkundigte Hakala sich vorsichtig. Konnte es sein, dass sie ihren richtigen Namen verwendete?

«Betty Berkley, seine Puppe. Die im Silberkleid. Die hält ihn für ein verdammtes Geschenk Gottes.»

Berkley also. Immerhin hatte sie ihren wahren Namen nicht preisgegeben. Savary hätte sich gefreut zu hören, dass sie seine Zeitreisebibel immerhin in diesem einen Punkt beachtete. «Ach, ich dachte, das wäre seine Mutter.»

Otash musste so lachen, dass er sich am Rauch seiner Player's verschluckte. «Du bist mir einer», hustete er. «Aber mal ehrlich. Der Junge ist in Ordnung. Versucht es auf seine Weise. Vielleicht klappt's ja mit ihm und der Monroe und ihrem Musical. Und wenn es nicht klappt, was soll's? Seine Familie ist reich. Cosa-Nostra-Adel, wenn du verstehst, was ich meine.»

«Der Hänfling ist also tatsächlich ein Mafioso?»

«Einer, der keiner sein will. Aber am Ende ist Blut immer dicker als Wasser, das wird er auch noch lernen.»

«Der unfreiwillige Mafioso. Soll er doch daraus ein Musical machen. Dann gäbe es wenigstens ein paar Lacher.» Hakala stand auf. «Ich muss los», sagte er. «Ich muss noch Schampus besorgen.

Und ein paar Blumen, das muss wohl sein. Ach, und Freddie?» Statt einer Antwort hob der Detektiv das Kinn. «Kennst du einen gewissen Rodin?» Er sprach das Wort amerikanisch aus. «Vorname August. Macht in Statuen.»

«Oh Mann, Ted. Du bist echt 'ne Marke.» Otash lachte so laut, dass Hakala es noch auf dem Flur hören konnte.

46.

Hannah betrat die Traglufthalle im Park des Hauptquartiers der *Time Unit* nie ohne eine gewisse Scheu. Diebin hin oder her, jedes Mal, wenn sie in ein Heim eindrang und dort stand, wo die Erinnerungen und Gewohnheiten eines anderen Menschen gespeichert waren, so dicht, dass man sie sehen, fühlen und riechen konnte, empfand sie so etwas wie Ehrfurcht. Allerdings kam auch jedes Mal ihre professionelle Einstellung schnell wieder zum Tragen. Ein Haus, eine Wohnung, ein Zimmer. Alles erzählte über einen anderen Menschen. Über dessen Alltag und Geist. Die Antworten auf die Fragen, die man dem Bewohner nicht stellen konnte, lagen einem direkt vor den Augen. Auch die Antwort auf die von Hannah am häufigsten gestellte Frage: Wo, Mrs. Rosenfeld aus Springfield, versteckst du deine Geheimnisse?

Die meisten Menschen hatten darauf dilettantische Antworten: unter dem Bett, in der Matratze, in einem Safe hinter einem Bild, im Bücherregal, im Spülkasten, im Eisfach. Zu dieser Sorte hatte Betty Rosenfelds Mutter nicht gehört. Das hatten die Experten vom FBI, die das Haus auseinandernahmen, dem Team auf Jersey versichert. Hannah hatte sich zudem Videoaufnahmen von ihrer Begehung des Hauses zeigen lassen. Wie es aussah, hatte Bettys Mutter nicht einmal das kleinste verstaubte Geheimnis gehabt. Sie schien ihr Vorleben nicht verborgen, sondern schlicht vergessen zu haben: keine Fotos, auf die Rückseite von harmlos erscheinenden Bildern in ihren Rahmen geklebt. Keine Briefe, eingelegt in Bücher, kein Geheimfach im Schreibtisch, nichts. Das Gesicht, die Handschrift, die Stimme des Mannes von dem Film aus Dallas, des Mannes, den Betty gekannt und den sie mit allen Mitteln vor dem Team geschützt hatte, sie wollten sich nirgendwo zeigen.

Nach einer weiteren Stunde des Wühlens und Blätterns, des

systematischen Ausschüttelns von Büchern und Entrahmens von Bildern, nach dem Abklopfen von Möbeln und Befragen von Rechnungen und vergilbten Quittungen von Kleinstadttankstellen setzte Hannah sich auf einen Stapel mit alten Koffern. Sie befanden sich im Areal F7 der Halle, das für den Dachboden stand. Traditionell erwartete man dort Schätze. Jedes Kind wusste das und durchwühlte mit Lust den heimischen Boden. Dort oben fand man heraus, wie Mutters Brautkleid ausgesehen hatte, und spielte mit den Vorhängen der ersten gemeinsamen Wohnung der Eltern. Dort fand man die Kriegsuniform des Großvaters und seine Feldpostbriefe, die Rückstände der Kindheiten von Menschen, die man nur alt oder erwachsen kannte, die Pfade zurück in die eigene Vergangenheit. Manchmal fand man auch nur Schrott.

Im Haushalt Rosenfeld bestand der Dachboden aus Kisten mit Lehrbüchern für eine Ausbildung zur Immobilienmaklerin, die die Mutter den gefundenen Unterlagen zufolge aber nie abgeschlossen hatte; sie arbeitete bis ans Ende ihres Lebens als Bürokraft in der Verwaltung des örtlichen Supermarktes. Begrabene Träume aus den Achtzigern. Dazu Kleider vergangener Modeepochen, tatsächlich Vorhänge, die es wert gewesen waren, verbrannt zu werden. Korb und Leine eines längst vermoderten Hundes, halb zusammengefallene Bücherregale und Kleinmöbel, die dann doch niemand mehr gebraucht hatte. Ordner mit alten Steuerunterlagen und die Briefmarkensammlung eines verstorbenen Onkels, die aus Unkenntnis oder Pietät nicht verkauft wurde. Hannah hatte sie schätzen lassen; ihr Wert lag bei dreihundert Euro nach heutigem Marktwert. Ein verfehltes Sammlerleben. Die drei Koffer, dem Staub nach schon lange in dieser Formation gestapelt, waren leer.

Hannah wippte mit dem Fuß und überlegte. Ihre Ferse schlug gegen den Kofferrahmen. Billige Dinger aus den frühen Siebzigern, Pappe und Kunststoff, trotzdem stabil. Ein Gedanke wollte sich in ihrem Kopf formen. Sie dachte an Pierro. Er war ihr böse, was sie zu einem inneren Schulterzucken veranlasste. Sie hatte nicht die Absicht, seine Emotionen auch nur einen Zentimeter an sich heranzulassen. Dann wanderten ihre Gedanken weiter zu ihrem eigenen Sohn Sebastian. Und zu dessen Vater. Sebastian war tot, viele Jahre schon. Doch dank der *Time Unit* war es ihr im letzten Jahr möglich gewesen, an sein Sterbebett zu reisen. Sie hatte die Chance bekommen, ihn in seinen letzten Wochen zu begleiten, etwas, das sie im wirklichen Leben versäumt hatte. Es fiel Hannah immer noch schwer zu glauben, dass ihr liebevolles Miteinander in den letzten Tagen nun tatsächlich Sebastians wirkliches Leben und Sterben war – dass die Zeit davor, in der sie ihn verlassen und verleugnet hatte, ausgelöscht war und für ihn niemals stattgefunden hatte. Für sie war diese Phase noch immer präsent. Und mit ihr die Reue und die Schuldgefühle. Wenn sie doch nur wirklich glauben und fühlen könnte, dass es für Sebastian anders war. Dass sein Leben am Ende heil war.

Jetzt suchte sie seinen Vater. Wenn man das, dachte sie, Vater nennen konnte. Sebastians Erzeuger war damals so minderjährig gewesen wie sie selbst. Genauso auf Drogen und ebenso gefährdet. Nur dass er nicht wirklich ein kleinkriminelles Straßenkind war wie sie. Hinter ihm hatte eine reiche Familie gestanden, die geduldig abgewartet hatte, bis der einzige Sohn und Erbe sich die Hörner abgestoßen hatte und nach all seinen chemischen und moralischen Experimenten wieder in den Schoß der Tradition zurückkehrte. Das hatte er getan und im Laufe der Zeit Karriere gemacht. Hannah hatte ihn auf den Pfaden des Internets verfolgt. Allerdings wurde die Spur irgendwann kalt. Sie brach ab, der Mann verschwand. Nicht mit einem Knall, nicht auf dramatische Weise, vielmehr hinter unauffälligen Kurven und Schlingen, falschen Adressen und ins Nichts führenden Firmennamen. Hannah musste mit wachsender Verwirrung feststellen, dass die reale Identität ihres früheren Liebhabers hinter der digitalen verschwunden war. Im echten

Leben war er nicht mehr zu greifen: keine Adresse, kein Arbeitsplatz, kein Kontakt. Keine Menschen seiner Umgebung, mit denen er nachweislich Umgang pflegte. Er war da und fort zugleich. Und je tiefer sie grub, je hartnäckiger sie forschte, umso klarer wurde, wie geschickt das Ganze angelegt war. Hannah war Profi genug, die Handschrift zu erkennen. Nur jemand mit den Verbindungen von Sadie Fletcher würde ihr hier weiterhelfen können.

Dabei war Hannah nicht einmal sicher, was sie von Sebastians Vater wollte. Ihm sagen, was mit seinem Sohn passiert war? Wenn er das denn wissen wollte … Ob er irgendwo ein Haus besaß, in dem ein Bild von ihr oder Sebastian existierte, wohlverborgen vor allen Blicken, auf der Rückseite eines Schnappschusses seiner ehelichen Kinder unter den Rahmen geklebt? Gab es einen Koffer, mit dem er aus Zürich abgereist war in sein neues, sicheres Leben, in dem noch ein letztes Tütchen Heroin lag? Gab es das in seinem Leben? Oder hatte er gründlich aufgeräumt?

Betty Rosenfelds Mutter war nie verreist. Bei dieser Erkenntnis hielt Hannahs Ferse in der Bewegung inne. Sie kannte die Unterlagen, die Konten, die Quittungen. Die Frau war mit ihrer Tochter nirgendwo hingefahren, nicht mal nach Disneyland. Sie war nur ein Mal unterwegs gewesen. Als sie aus New York ankam, um für den Rest ihres Lebens zu bleiben.

Hannah stand von den Koffern auf. Sie wusste, dass sie die Lösung gefunden hatte, noch ehe sie nachschaute. Sie wusste sogar, mit einem Teil ihres Gehirns, auf dessen Überlegungen sie noch nicht zugreifen konnte, was sie gefunden hatte. Sie hatte die Koffer schon oft betrachtet, auf Fotos, auf Videos. Sie wusste, ehe sie in die Hocke ging, was sie sehen würde: der Aufkleber war klein, nicht so laut und marktschreierisch, wie so etwas heute war. Aber er war da. Hannah las den Namen des Hotels. Eines Hotels in New York. Und mit einem Mal begriff sie.

47.

Hakala fühlte sich schmerzlich an Otashs Worte erinnert, als er feststellen musste, dass am Helena Drive niemand zu Hause war. Heute Darling, morgen niemand, hatte sein Partner ihm mit auf den Weg gegeben. So war das bei den Stars. Und Fred schien recht zu behalten. Vergebens drückte Hakala sich die Nase an ihrem Fenster platt. Marilyns Haus war leer. Das Schwimmbad, wie er mit einem raschen Gang um den Schlaftrakt des Hauses feststellte, verlassen. August 1962, sie stirbt in ein paar Tagen, dachte er. Wo will sie denn noch hin? Dann rief er sich zur Ordnung. Sie wusste ja nichts von ihrem bevorstehenden Tod. Und selbst wenn sie etwas ahnte: Auf dieser dünnen Linie balancierte sie vermutlich schon seit Jahren, ihrem Drogenkonsum nach zu urteilen; immer war es gutgegangen. Da stand er nun, der skandinavische Schutzengel, mit einer Flasche Schampus und wartete. Umsonst.

Er ärgerte sich gerade genug, um in das Gästehaus einzusteigen und die dritte Wanze anzubringen. Die Fenster in diesem Klima waren ein Witz, dünne Rahmen, wackelige Griffe. Offenbar gab es keine Sicherheitsanlage. Mit einer Kuchengabel hätte er die aufbekommen.

Dann beschloss er, dem anderen Teil seines Auftrages nachzugehen: Es sollte nicht allzu schwierig sein, Betty Rosenfeld zu finden. Er fuhr zurück zu Otashs Büro, um Vollzug zu melden. Auch wollte er von dort aus ein wenig herumtelefonieren, um herauszufinden, in welchem Hotel Betty und ihr Luigi abgestiegen waren. Zu seiner Überraschung war Otash noch im Büro, dabei hatte er angekündigt, den Abend im Romanoff's zu verbringen. Er forderte Hakala auf, mitzukommen: «Ein Schauspieler, Ronald Reagan, hat Ärger mit einem Typen, der ihn verfolgt. Er hat mich für den Abend als Bodyguard gebucht. Alles auf seine Rechnung.

Hast du Lust? Dann kannst du bei ihm bleiben, und ich finde raus, worum es geht.»

Hakala zögerte. Zum Teil, weil es ihm unwirklich vorkam, in Präsident Reagan einen Filmschauspieler sehen zu sollen. Es führte ihm die Absurdität seiner eigenen Existenz vor Augen. Zum anderen, weil es ihn von seiner Suche nach Betty abhielt. «Wird ein eifersüchtiger Ehemann sein», brummte er.

«Komm schon.» Otash verlor selten seine gute Laune.

Endlich sagte Hakala zu. Er vermisste Marilyn, er hatte Hunger, das Essen im Romanoff's suchte seinesgleichen. Und ein Teil von ihm beharrte ohnehin darauf, dass es das Beste für ihn war, Betty Rosenfeld im Leben nicht wiederzusehen. Ausgerechnet das Romanoff's gab ihm die Antwort auf die Frage, an wen Bettys Liebhaber sich in Hollywood wohl wenden würde mit seinem Musical-Projekt. Es war Gene Kelly. Der Sänger, die Monroe, Luigi Marcello und Betty Rosenfeld saßen wie zwei traute Paare am besten Tisch im Saal. Marilyn trug ein schulterfreies Cocktailkleid aus irgendetwas Schimmerndem, das ihre Figur auf Sanduhr trimmte, Betty Rosenfeld ein kleines Schwarzes, so nannte man das wohl, das ihre Brüste beinahe vollständig freilegte. Beide Frauen sandten unterseeische Beben durch das Lokal.

Otash ignorierte es und folgte dem fröhlichen Winken von Ronald Reagan, der in einer Runde von Darstellern seines Filmstudios hockte und trank. Hakala kannte die Hälfte von ihnen mit Namen, wurde vorgestellt und zog sich danach in die Rolle als Bodyguard zurück. Er war nicht hier, Konversation zu machen. Einige der Frauen flirteten routiniert mit ihm, gaben aber nach einer Weile amüsiert auf. Hakala konnte seine Blicke schweifen lassen. Der Mann, um den es bei Reagans Auftrag ging, hielt sich an einem Martini-Cocktail fest und trug ein lächerlich kastenförmiges Jackett in Metallicblau. Schwer zu sagen, ob er darunter eine Waffe versteckt hielt. Offensichtlicher waren seine verletzte Eitelkeit und das provozierende Starren in Richtung Reagan, das aber wegen etlicher Whiskey bereits trübe wurde. Hakala behielt ihn im Auge und wandte sich den interessanteren Dingen zu.

Am Tisch der Monroe schien man sich gut zu amüsieren. Was geredet wurde, war in dem allgemeinen Trubel nicht zu verstehen, doch lachten sie alle viel und laut. Wie Menschen, die sich nicht bewusst sind, dass sie beobachtet werden.

«Interessierst du dich für die Kleine bei Marilyn drüben?» Die Frage kam von einer der Schauspielerinnen an seinem Tisch, die sich gerade eine Zigarette aus ihrem Etui nahm und sie ihm zum Anzünden hinhielt.

«Bitte, äh …»

«Ich bin Marjorie», half sie ihm auf die Sprünge. Sie sog den Rauch tief ein und stieß ihn durch die Nase wieder aus. Dabei betrachtete sie ihn amüsiert.

«Mich interessiert mehr ihr Typ.»

«Ach, Luigi?» Jetzt schien sie tatsächlich überrascht. «Interessierst du dich für Literatur?»

«Ich glaube, ich kenne ihn aus New York. Deshalb.» Hakala improvisierte. «Es kommt mir seltsam vor, ihn in dieser Umgebung zu sehen.»

«Du hast ein gutes Auge», stellte sie fest. Sie hielt ihre Zigarette hoch, und er beeilte sich, ihr einen Aschenbecher zu besorgen. Sorgsam schnippte sie die Asche von der Spitze ihrer Player's. «Marilyn kennt ihn durch Arthur Miller», sagte sie. «Er war mal mit ihm am Set, damals bei ‹Bus Stop›. Offenbar ist er ihr erhalten geblieben. Arthur ja nicht.»

Hörte er da einen Hauch von Eifersucht? Hakala musterte sie, kam aber zu keinem Schluss.

«Ich bin keine Schauspielerin, falls du dich das gerade fragst. Ich bin Skriptgirl.» Sie verzog ihr Gesicht, das nicht unattraktiv war, aber hart, mit einem unangenehmen Zug um den Mund.

«Witzig», meinte Hakala. «So hat sie auch angefangen.» Er wies mit dem Kinn auf Betty. «Als Skriptgirl. Heute arbeitet sie, glaube ich, als freie Beraterin.»

«So nennt man das also?» Seine neue Bekannte Marjorie neigte den Kopf und betrachtete das Quartett durch einen Schleier von Zigarettenrauch. «Wenn sie es schafft, dass ihr die Nippel rausspringen, bevor die Fotografen von Look wieder weg sind, dann wird sie demnächst eine sehr prominente Beraterin sein.» Sie lachte rau, als sie bemerkte, dass Hakala ihrem Blick mit neuem Interesse folgte. «Magischer Anblick, was? Funktioniert immer wieder.» Sie drückte ihre Zigarette aus. «Willst du mal meine sehen?» Ehe Hakala ganz verstanden hatte, was sie da sagte und ihm anbot, hatte sie auch schon ihre Abendhandtasche genommen und war aufgestanden, um in Richtung der Waschräume zu schlendern. Sie musste am Tisch der vier vorbei. Betty Rosenfeld bemerkte sie, schaute zerstreut in die Richtung, aus der Marjorie gekommen war – und entdeckte Hakala.

Diesmal gab es keine Möglichkeit, sich wegzudrehen oder sich hinter einem Kellner zu verstecken. Ihre Blicke trafen einander. Es war wie ein Schlag. Hakala saß sofort gerade. Auch Betty hatte sich aufgerichtet. Ihre plötzliche Anspannung war auch ihrem Begleiter nicht entgangen, der sie nun etwas fragte. Als sie nicht sofort reagierte, legte er ihr die Hand auf den Arm. Sie wandte sich zu ihm um, und eine Diskussion begann. Er widersprach, Gene Kelly mischte sich ein. Betty Rosenfeld sprang auf. Marilyn streckte die Hand nach ihr aus.

Hakala handelte, ohne groß nachzudenken. Mit drei Schritten war er am Tisch der vier. «Hallo», sagte er zu Marilyn. «Erinnerst du dich an mich?»

Sie blinzelte einen Moment. Und er glaubte schon, sie werde ihn ohrfeigen oder ignorieren. Doch sie lachte, laut und lange. «Das scheint unser Satz zu sein», sagte sie. «Gene, Luigi, dies ist mein

Schutzengel Ted.» Sie winkte dem Kellner, einen Stuhl zu bringen, und schien über das Zusammentreffen hochamüsiert. «Er hat mir gestern tatsächlich das Leben gerettet, sagt Eunice.»

Gene Kelly musterte ihn gelassen. Sichtlich war er es gewohnt, dramatische Geschichten von Marilyn zu hören. «Hoffentlich hast du dich ordentlich bedankt, Marilyn.»

Sie kicherte. Luigi seinerseits wurde ein wenig rot und grüßte mit einem Nicken und seinem Namen.

Hakala grüßte zurück. «Ich glaube, wir kennen uns», sagte er. Eine Weile beobachtete er sein Gegenüber, doch es war offensichtlich, dass der junge Dramatiker sich nicht an ihren Zusammenstoß hinter dem Madison Square Garden erinnerte. Jedenfalls erkannte er in ihm nicht den Mann, vor dem Betty Rosenfeld an seiner Seite Zuflucht gesucht hatte. Vermutlich hatte Luigi ihn damals gar nicht richtig sehen können. Hakala nahm es zur Kenntnis und warf einen aufmunternden Blick auf Betty.

«Nein», sagte diese, sehr spröde. «Ich würde mich erinnern.»

«Zweifellos würden Sie das.» Hakala lächelte verbindlich.

Ihr Partner fragte freundlich: «Kommen Sie auch von der Ostküste?»

Hakala, der bei der Geschichte bleiben musste, die er Otash von sich erzählt hatte, berichtete vage von seiner Ankunft in Hollywood, der Suche nach Arbeit und seinem Apartment. Im Gegenzug erfuhr er, was er wissen wollte, nämlich dass das Paar im Beverly Hills abgestiegen war, in ein paar Tagen jedoch würden sie in das Haus eines Freundes in den Canyons umziehen. «Die Einsamkeit dort ist gut für das Schreiben.»

«Und Sie?», fragte Hakala Betty Rosenfeld. «Mögen Sie auch die Einsamkeit?»

«Betty ist eine verwandte Seele», fiel der Dramatiker ungefragt ein. «Sie liebt, was ich liebe. Sie denkt, was ich denke, noch bevor ich weiß, dass ich es denke. Wenn Sie in meinen Manuskripten liest, dann sagt sie Dinge dazu, die mir erst die Augen aufgehen lassen. Es ist, als wüsste sie, was ich will, besser als ich selbst, und könnte mich den Weg dorthin führen. Es ist ein Wunder.»

«Allerdings», gab Hakala zurück. «Wo Sie sich doch erst so kurz kennen.»

«Ich kenne dich doch auch erst kurze Zeit, Darling.» Der Einwand kam von Marilyn, aber Hakala ging nicht darauf ein. «Wie haben Sie sich eigentlich kennengelernt?», fragte er.

Über das Gesicht von Betty Rosenfeld zogen diverse Gewitter, was ihr Begleiter nicht zu bemerken schien. Luigi nahm ihre Hand. «Witzig, dass Sie das fragen», sagte er. Rasch warf er mit der freien Linken Marilyn eine Kusshand zu. «Und du warst dabei, hast uns eigentlich zusammengeführt.»

«Das klingt jetzt aber spannend.» Hakala genoss die Situation.

Betty Rosenfeld dagegen hielt es nicht aus. Sie sprang auf. «Ich kenne die Geschichte ja schon», entschuldigte sie sich, als sie Luigis erstauntes Gesicht sah. «Ich werde die Gelegenheit nutzen, um mich frisch zu machen.» Auf dem Weg stieß sie mit Marjorie zusammen.

Wutentbrannt kam das Skriptgirl zurück aus den Waschräumen, wo sie vergeblich gewartet hatte. Als sie Hakala am Tisch der Schauspielerin sitzen sah, ging sie direkt auf ihn zu. Ohne ein Wort griff sie nach dem erstbesten Glas Champagner und schüttete es ihm ins Gesicht, ehe sie zurück an ihren Platz rauschte.

Hakala stand auf. «Lauwarm, wie bedauerlich», sagte er, nachdem er sich übers Gesicht gefahren war. «Moët & Chandon sollte man nur kalt trinken.» Kelly und Luigi Marcello lachten anerkennend. Hakala verneigte sich. «Dann werde auch ich mich wohl frisch machen müssen.»

Im Gang vor den Waschräumen musste er nicht lange warten, bis Betty Rosenfeld wieder herauskam. Er packte sie und zog sie tiefer in den Flur hinein, wo sie alleine waren. Da spürte er einen

Schmerz am Hals. Er fasste zu und wand ihr ein Messer aus der Hand. Es war ein Besteckmesser vom Esstisch, ein verzweifelter Versuch. «Du schaffst es nicht, mich wieder zurückzubringen.» Sie wand sich in seinem Griff, kratzte und trat ihn. «Ich gehe nicht zurück. Lass mich los, oder ich schreie.»

Hakala erwog seine Chancen. Er konnte sie bewusstlos schlagen, hinausschaffen, fesseln und irgendwo hinbringen, um sie dort bis zum vierten August und der potenziellen Ankunft des Teams gefangen zu halten. Es war mühsam, konnte aber funktionieren. Sie zog das Knie hoch. Er krümmte sich, ließ aber nicht los und ohrfeigte sie. «Ich muss dich gar nicht zurückschleifen, du *Bitch*. Es genügt völlig, die Historie wieder in Ordnung zu bringen, indem ich dir den Hals umdrehe.»

«Versuch's doch.» Sie spuckte ihm ins Gesicht.

«Ted!» Es dauerte einen Moment, bis Hakala begriff, dass Otash alarmiert nach ihm rief. Er blickte über die Schulter zurück ins Lokal. Was er sah, war ein kleiner, bunter Ausschnitt, wie ein Polaroid. Es zeigte die Gegend um die Eingangstür, vor der der Typ im Metallic-Jackett gerade in seinen Hosenbund griff und eine Waffe herauszog. Hakala reagierte sofort. Er versetzte Betty Rosenfeld einen Schwinger an die Schläfe, der sie außer Gefecht setzen sollte. Er spürte noch, dass er sie schlecht getroffen hatte, rannte aber schon in den Speisesaal des Romanoff's, warf sich auf den Mann, der nun lauthals Reagans Namen brüllte, und entwand ihm die Waffe. Die Gäste hatten noch nicht einmal bemerkt, dass etwas Ernsteres geschehen war als die bedauerliche Entgleisung eines Betrunkenen. Ungesehen von den meisten, sicherte Hakala die Pistole, eine Beretta, wie er feststellte, und steckte sie ein. «Dann wollen wir mal frische Luft schnappen», sagte er, legte einen Arm um seinen Gegner und ließ es so aussehen, als helfe er dem armen Idioten nach draußen. Dort gab er ihm einen Tritt und einen gutgemeinten Rat, ehe er wieder nach drinnen ging. Otash stürmte auf ihn zu und machte ihm Vorhaltungen, dass das nicht diskreter abgelaufen war. Hakala zuckte mit den Schultern. «Diskreter als die Liebesaffären von Sinatra allemal», meinte er. «Der Typ hat seine Lektion gelernt.»

«Und die Waffe?»

«Nur ein Imitat», log Hakala. «Ich hab ihn damit verdroschen.» Otash ließ sich beruhigen, auch Reagan wirkte erleichtert und orderte eine neue Flasche Whiskey. Als Hakala sich wieder nach dem Tisch der Monroe umsah, half Gene Kelly ihr gerade in ein weißes Nerzjäckchen. Betty Rosenfeld hielt sich dicht neben den beiden und ließ sich von ihrem Freund führen. Sie sah beinahe so aus, als wäre nichts geschehen. Keine Spur des Kampfes, den sie im Dunkeln ausgefochten hatten. Sie war hart im Nehmen, das musste er ihr lassen. Konstant mied sie seinen Blick, doch für die Fotografen, die den Auszug der Prominenten verfolgten, hatte sie sogar ein Lächeln parat. Die vier verabschiedeten sich im Vorbeigehen von ihm. «Komm mich besuchen, Schätzchen», trällerte die Monroe.

Worauf du dich verlassen kannst, dachte Hakala und sah ihnen nach.

48.

Mrs. Fletcher ist außer Haus.» Das war die stereotype Antwort, die Savary auf seine Anfragen bei den Sicherheitsleuten bekam. Nie hatte er sich auf Jersey mehr als Gefangener gefühlt. Verdrossen hinkte er zum Kaminfeuer in der Bibliothek. Nicht nur Fletcher ließ auf sich warten, auch die anderen verspäteten sich. Heute war Telefonzeit für alle. Savary selbst telefonierte naturgemäß mit niemandem. Er war offiziell tot. Die einzigen Menschen, mit denen er sprach, lebten in diesem Haus oder in der Vergangenheit. Aber die anderen Mitglieder der *Time Unit* nutzten die Möglichkeit regelmäßig, um über eine überwachte Festnetznummer mit Freunden und Angehörigen zu sprechen, wenn ihnen die Decke auf den Kopf zu fallen drohte. Dabei galten feste Regeln, das verstand sich: Erzähle niemals, wo du bist und was du tust. Nenne nie die Namen deiner Kollegen. Fordere keine Rückrufe ein. Die Nummer konnte zwar von außen angerufen werden, dann meldete sich jedoch ein Assistent oder ein Assistentin und versprach, eine Bitte um Rückruf auszurichten. Außerdem wurden alle Anrufe aufgezeichnet und ausgewertet. Die Mitglieder des Teams hatten dem mit ihrer Unterschrift zugestimmt. Savary konnte sich nicht vorstellen, dass er selbst von so einem Angebot überhaupt Gebrauch machen würde: intime Gespräche führen, bei denen er wusste, dass jemand mithörte. Doch den anderen schien es egal zu sein. Oder sie hatten sich daran gewöhnt. Die Alternative war schließlich wochenlange Abgeschiedenheit von Freunden und Familie. Nicht jedem Temperament lag das. Savary wusste, dass Sukov regelmäßig mit seiner Frau telefonierte. Er hatte den Russen einmal darauf angesprochen.

«Nichts, was zwischen Gruscha und mir ist, könnte von jemand anderem je verstanden werden», hatte er gesagt und lächelnd hinzugefügt: «Und nichts könnte je missverstanden werden.»

Savary hatte nicht wirklich begriffen, wovon er redete, seinen Kollegen jedoch um die offensichtliche Intimität mit seiner Frau beneidet. Aus Gesprächen des Sicherheitspersonals, die er in der Küche mit angehört hatte, hatte er schließen dürfen, dass die Dialoge der beiden nicht selten zu heißen Ohren bei den Mithörern führten. Ob Sukov noch telefonierte, seit er am Basteln war?

Endlich klappte die Tür. Karoline Freitag kam herein. Sie gehörte ebenfalls zu den Telefonierern; einmal die Woche meldete sie sich bei ihrer Schwester und begann das Gespräch regelmäßig mit einer Bemerkung über das Wetter, das hatte sie Savary einmal erzählt.

Die Freitag setzte sich. Sie war mittlerweile auf ihren alten Status gestellt worden, gemeinsam mit Hannah hatte sie Internetzugang, und das Netz aus Schnüren in ihrem Zimmer war im Gegenzug verschwunden. Wie es aussah, hatte sie die Rechercherichtung des Teams akzeptiert. Sie kam Savary inzwischen weit gelassener vor. Heute lächelte sie sogar.

Als hätte sie seine Gedanken gelesen, schaute sie ihn an. «Hannah kommt gleich, sie stellt noch ein Dossier zusammen. Offenbar hat sie einen neuen Ansatz.»

«Und Sie?», fragte Savary unwillkürlich. Die Energie, die Freitag ausstrahlte, war mit Händen zu greifen.

Di Vannuci kam dazu. Auch er wirkte frischer. Für ihn ging es um die Frage, ob er nach Kennedy nun auch einen zweiten berühmten Körper des modernen Amerika würde obduzieren dürfen. Die Stoßrichtung von Fletcher machte ihm Hoffnung. Es war offensichtlich, dass die Chefin der *Time Unit* daran interessiert war, den vermeintlichen Selbstmord der Schauspielerin zu untersuchen. Doch noch immer war Fletcher nicht zurück im Herrenhaus.

Savary konnte seine Beunruhigung nur mit Mühe unterdrücken. Es war nie ein gutes Zeichen, wenn der Geheimdienst sie abkommandierte. Das hieß, man mischte sich in ihre Arbeit ein. Politische Interessen kamen ins Spiel. Savary sah finstere Intrigen vor sich, bei denen britische Politiker versuchten, sich Möglichkeiten zur Erpressung des atlantischen Partners zu verschaffen. Bei ihrer ersten Mission war etwas Vergleichbares passiert: Man hatte versucht, ihre Arbeit zu missbrauchen, um eine dem britischen Königshaus genehme Person als Jack the Ripper zu präsentieren. Der Sohn Königin Viktorias sollte es nachweislich *nicht* gewesen sein. Die wahre Identität des Mörders hatte für ihre Auftraggeber keine Rolle gespielt. War es jetzt ähnlich? Und wie sollte er sich dagegen wehren? Er, der von den lebensverlängernden Medikamenten abhängig war, die Fletchers Organisation ihm verschaffte?

«Sie sehen zufrieden aus», sagte di Vannuci zu Karoline Freitag. Auch der Pathologe hatte also festgestellt, dass es ihr seit wenigen Tagen erstaunlich gutging. «Jetzt muss nur noch Sukov kommen und lächeln, dann sehen wir langsam wieder Land.»

Di Vannuci und Freitag wechselten einen Blick.

«Sukov redet noch mit den Engeln. Soweit ich weiß, haben sie ihm geraten, die Beschichtung der beschädigten Anzüge bei einem australischen Unternehmen zu bestellen, das eine neue, komplexe Materiallösung anbietet.»

«Engel sind ungemein praktische Wesen», pflichtete di Vannuci ihr bei. «Ich bin sehr froh, sie auf unserer Seite zu wissen.»

«Ich hoffe, Sie haben Spaß», sagte Savary bissig.

Freundlich schauten die beiden ihn an. «Warum auch nicht?», fragte di Vannuci. Karoline Freitag lachte.

Endlich kam Hannah Rüthli herein. «Ich hab's», sagte sie, noch in der Tür. «Ich weiß, wieso es die Rosenfeld in die Vergangenheit zieht.»

«Wir warten auf Fletcher.» Savary kam nicht los von seiner Nervosität.

«Ich habe übrigens auch etwas herausgefunden.» Karoline Freitag lächelte noch immer. «Und ich bin auch sehr gespannt, es Mrs. Fletcher vorzutragen.»

«Nicht schon wieder eine Ihrer Verschwörungstheorien.» Savary ließ sich in einen Sessel sinken und stellte den Stock energisch zwischen seine Knie. «Ich will nichts mehr hören von der CIA. Mich interessiert, wer Kennedy erschossen hat, und damit Punkt.»

«Das weiß ja vielleicht Miss Rüthli auch schon.» Karoline Freitag ließ nicht locker.

Hannah zog die Augenbrauen zusammen. «Was soll das heißen?»

Karoline schaute sie an. «Es tut mir leid», sagte sie. «Aber ich bekam damals, als ich an Ihren Computer ging, unfreiwillig Einblick in Ihre privaten Recherchen. Ich bin nämlich nicht die Einzige», fuhr sie rasch und an Savary gewandt fort, «die hier auf eigene Rechnung Nachforschungen anstellt. Nur scheint das bei Miss Rüthli nie jemand in Frage zu stellen.»

«Weil es keinen was angeht», blaffte Hannah. Savary ignorierte sie.

Karoline fuhr fort, wieder direkt zu Hannah. «Es ist ja per se interessant, wenn jemand sich für einen israelischen Kernphysiker interessiert, so wie Sie es offenbar tun. Oder weshalb sonst recherchieren Sie einem gewissen Herrn Groß hinterher? Ich habe die Unterlagen auf Ihrem Schreibtisch gesehen und mir erst nichts dabei gedacht. Bis ich erfuhr, dass unser Verdächtiger im Mordfall Kennedy ein Agent des israelischen Mossad war und dass sein Motiv für den Mord der Wunsch Israels nach eigenen Atomwaffen sein sollte. Schon ein seltsames Zusammentreffen, dachte ich mir.»

«Das hat miteinander nicht das Geringste zu tun.» Hannah war ernsthaft wütend. Ihr Gesicht unter den schwarz gefärbten Haaren sah sehr blass aus. «Es ist eine rein persönliche Angelegenheit.»

«Das ist Betty Rosenfelds Flucht und Sabotage am Ende auch, und trotzdem geht es uns etwas an.» Karoline ließ sich nicht von ihrem Weg abbringen. «Vor allem, wenn sich herausstellt, dass der

Atomphysiker Aaron Groß gar kein richtiger Wissenschaftler ist, sondern ein hohes Tier beim Geheimdienst.»

«Was soll das jetzt?», unterbrach Savary. «Wovon reden Sie da, Frau Professor?»

«Woher wissen Sie das?», fragte dagegen Hannah Rüthli. Sie hatte lange nach dem Vater ihres Kindes recherchiert, um zu demselben Schluss zu kommen. Er musste mit den internationalen Diensten zu tun haben und so hoch in der Hierarchie stehen, dass nicht einmal eine Hackerin wie sie an ihn herankam. Nur Fletcher konnte ihr den Kontakt verschaffen. Deshalb war sie ja hier.

«Wie ist das?», erkundigte Karoline Freitag sich. «Gibt er Ihnen Anweisungen, in welche Richtung Sie unsere Forschungen drängen sollen? Ziehen Sie für ihn die Fäden? Verlangt er, dass Sie die CIA schützen?»

Hannah war so wütend, dass sie zitterte. Aber sie beherrschte sich, wenn auch offensichtlich mit Mühe.

Savary wandte sich an sie. «Von wem reden wir hier? Wer ist dieser ominöse Aaron Groß? Hannah?»

Sie wand sich. «Jemand, den ich suche. Fletcher hilft mir dabei. Sie weiß alles darüber. Aber es ist eine Sache zwischen uns.»

«Sie *suchen* ihn?» Karoline Freitag klang ungläubig. «Da haben Sie sich aber nicht besonders geschickt angestellt, was?»

Hannah fuhr herum. «Hatten Sie eine bessere Idee, Frau *Professor*? Wissen Sie, wie man Aaron Groß findet?»

Karoline lachte. «Allerdings. Ich hab seine Mutter gefragt.» Als sie Hannahs entgeistertes Gesicht sah, fügte sie hinzu. «So machen wir Historiker das. Ad fontes, zurück zu den Quellen. Sind Sie nie auf den Gedanken gekommen, einfach mal bei der Familie Groß vorbeizuschauen?»

Hannah schüttelte den Kopf wie in Trance. «Nein», entfuhr es ihr. Es war nur ein Flüstern. «Sie hätten mich gehasst.»

Jetzt war es an Karoline, verwirrt dreinzuschauen.

Es war Savary, der das vor Ungesagtem und Ungefragtem nur so berstende Schweigen brach. «Sie suchen den Vater von Sebastian, Ihrem Sohn?»

«Du hast einen Sohn?» Es war das Erste, was di Vannuci sagte, seit Hannah im Raum war.

«Sie haben einen Sohn?», echote Karoline Freitag.

Hannah Rüthli fing sich. «Das haben Sie wohl nicht herausgefunden.» Es klang bitter. «Sie hätten die Mutter auch danach fragen sollen.» Sie holte tief Luft. «Ja, ich hatte einen Sohn.»

«Was ist mit dem Vater?» Savary hatte die Nase voll von den häppchenweise gelieferten Informationen. «Sie haben nie von ihm erzählt.»

Hannah sandte ihm einen mörderischen Blick. «Ich wusste nichts über ihn. Er war nicht greifbar. Deshalb habe ich mich ja auf einen Deal mit Fletcher eingelassen, um ihn mit den Mitteln des MI6 zu finden.»

«Ich habe ein wenig recherchiert», mischte Karoline sich wieder ein. «Den Namen hatte ich ja, von Ihrem Schreibtisch.» Sie nickte Rüthli zu. «An die grundlegenden Fakten kommt man leicht. In den späten Achtzigern geboren, Spross einer schweizerischen Bankiersfamilie, Studium in Oxford. Dann wurde es dünn. Aber die Familie ist ja prominent. Es war nicht schwer, herauszufinden, dass die Mutter heute in einem noblen Altenstift bei Zürich lebt. Also habe ich meine Schwester gebeten, sie dort zu besuchen und ein wenig mit ihr zu plaudern.»

«Wie wollen Sie das gemacht haben? Die Telefone werden überwacht.» Nun war Savary doch verblüfft. Die biedere Historikerin hatte Fletchers Überwachung ausgetrickst?

«Ich einen Code mit meiner Schwester vereinbart für unsere Telefonate», sagte Freitag. «Schon bei der ersten Mission. Sie nicht? Ich meine, wer ist schon so dumm und gibt sich auf Gedeih und Verderb in die Hand irgendeiner Organisation? Oh, Pardon.»

Savary schenkte ihr ein bitteres Grinsen.

Karoline Freitag beeilte sich fortzufahren. «Sie haben sicher Verständnis, wenn ich die Details weglasse. Meist habe ich gar keine geheime Nachricht. Aber für den Notfall kann ich jederzeit eine in unserem üblichen Gespräch verstecken.»

«Das Wetter! Mit der Bemerkung übers Wetter geben Sie an, welcher Code für die Entschlüsselung eingesetzt werden kann.» Alle Köpfe fuhren herum, als Sadie Fletcher diesen Satz sagte. Sie stand in der Tür, den nassen Regenschirm noch in der Hand. Wasser tropfte von ihrem Mantelsaum. «Sie benutzen nie zweimal denselben. Deshalb konnten wir Ihre Nachrichten auch noch nie entschlüsseln.»

Karoline Freitag zuckte entschuldigend mit den Schultern. «Wie gesagt, meistens gibt es gar keine Nachricht.»

Sadie Fletcher blieb im Türrahmen stehen. «Aber im letzten Telefonat haben Sie Ihre Schwester unverschlüsselt aufgefordert, die Mutter im Altenheim aufzusuchen. Und Sie selbst haben keine Mutter mehr.»

«Ist Ihnen das aufgefallen? Mist! Ich konnte nicht alles verschlüsseln, sonst hätte ich ewig reden müssen. Ich hab mich auf die Angabe von Name und Adresse beschränkt und gehofft, dass mein Schwesterherz schon alles richtig zusammenbaut. Wir kommunizieren schon seit unserer Kindheit so. Erst wegen unserer puritanischen Eltern. Dann aus Spaß an der Freud.»

«Auf die Familie.» Di Vannuci hatte sich einen Whiskey geholt. Er ging zu Fletcher und gab ihr auch ein Glas. «Und, wer ist nun der Vater? Nur so aus Interesse gefragt.» Er sandte Hannah einen Blick, den diese in stiller Wut beantwortete.

«Nun, laut seiner Mutter ist er ein hohes Tier beim MI6 und für die Kontakte zu den USA verantwortlich. Und ich wette, die USA sieht es so, dass er ihr gehört und für das Wohlverhalten von Großbritannien zuständig ist.»

Sie hörten ein Räuspern. Ein Mann kam herein. Auch sein Mantel war nass. Das wellige, dunkle Haar feucht, und auf der Brille saßen Regentropfen. «Das ist unfreundlich, aber korrekt formuliert. Es schließt allerdings nicht aus, dass die eine oder andere Partei sich dabei irrt.»

Sadie Fletcher stellte ihn vor, ehe sie einen langen Schluck von ihrem Whiskey nahm. «Professor Aaron Groß, meine Damen und Herren. Er ist seit einem Jahr der Verantwortliche gegenüber der Regierung für unser kleines Projekt. Und unser aller Vorgesetzter.»

49.

Aaron.» Mehr brachte Hannah Rüthli nicht heraus.

«Hannah.» Er sah nicht aus wie ein Mann, der große Verantwortung trug oder Geheimnisse verwaltete. Nicht, wie man sich einen hochrangigen Geheimagenten vorstellte. Er war ein unauffälliger Mann, der als Junge von attraktiver Weichheit gewesen sein mochte und jetzt die ideale Besetzung für einen mittleren Bankangestellten abgegeben hätte. Perfekte Manieren, die eine natürliche Schüchternheit kaschierten. Frauen hätten gesagt, seine Augen seien das Schönste an ihm: dunkel und groß hinter der runden Brille. «Du hast unseren Sohn nach mir benannt», sagte er. «Nach unserer Familie: Groß heißt auf Lateinisch magnus. Sebastian Magnus Rüthli.»

Hannah brachte kaum ein Krächzen zustande. «Für dich war Familie immer so wichtig.»

Karoline Freitag hatte das Ganze mit hochroten Wangen verfolgt. Als Savary sie vorwurfsvoll ansah, senkte sie den Blick. Auch der Franzose fühlte sich nicht wohl in seiner Haut. Die ganze Situation war einfach unerträglich. Er war wütend auf Karoline, die Hannahs Privatleben so unerbittlich in die Öffentlichkeit gezerrt hatte, wütend auf sich selbst, weil er anwesend sein musste, und wütend auf Fletcher, die ihnen diese Szene zumutete.

Doch ehe er etwas sagen konnte, kam Hannah plötzlich zu sich. «Der zweite Vorname», sagte sie. Hektisch griff sie nach dem Hefter, den sie mitgebracht hatte. «Ledige Mütter geben ihren Kindern gern den Namen des Vaters als zweiten Vornamen mit, verstehen Sie?»

Di Vannuci, Savary, Fletcher wandten ihr die Köpfe zu. Für einen Moment waren sie wie benommen. Worum ging es nun mit einem Mal?

«Betty Marcella Rosenfeld», las Hannah vom Deckblatt ab. Mit jedem Wort wurde ihre Stimme fester und sicherer. Das war neutraler Boden, das war ihr Job. Hieran konnte sie sich festhalten. «Das ist der komplette Name. Betty Marcella. Sie war ein uneheliches Kind. Und ihre Mutter hat den Vater stets mit ‹unbekannt› angegeben. Sie ist mit ihrer Tochter zurück in die alte Heimat und hat ihr Vorleben und den Erzeuger nie mehr mit auch nur einem Wort erwähnt. Aber was, wenn sie getan hat, was ich getan hab?» Sie überlegte, noch während sie sprach. «Marcella ist ein italienischer Name.»

Di Vannuci schien über den ersten Schock hinweg zu sein. «Und wenn der Vater Marcello hieß? Das ist in Italien ein gängiger Vorname für Männer.»

«Und wenn es nun der Nachname ist? Marcello hieß eine der großen Mafiasippen in den USA der damaligen Zeit», schaltete Karoline sich ein.

Es kostete Hannah Rüthli sichtlich Mühe, ihr gegenüber höflich zu bleiben. «Ehe das alles passiert ist, bin ich auf eine neue Spur gestoßen. Im Fall Rosenfeld. Im Haus der Mutter gibt es Koffer mit einem Schild des Chelsea Hotel in New York.» Als niemand darauf reagierte, führte sie aus. «Das ist nicht einfach irgendein Hotel. Es hat in der Zeit auch keine Touristen beherbergt. Dort wohnten, langfristig eingemietet, vor allem Künstler der New Yorker Szene. Seine größte Zeit hatte es in den Sechzigern und den Siebzigern, als Andy Warhol dort zugange war. Der Punkmusiker Sid Vicious hat sich dort umgebracht, falls euch der noch was sagt. Aber früher war es auch schon berühmt und berüchtigt. Janis Joplin, Leonard Cohen, Truman Capote. Alles, was in der Szene der Fünfziger und dann auch der Sechziger Rang und Namen hatte.»

«Capote war ein Freund der Monroe», warf Savary ein. «Das hatten wir doch erst.»

«Arthur Miller ist nach seiner Scheidung von ihr auch erst mal im Chelsea Hotel eingezogen.» Hannah nickte. «Sie hatte dort sicher Freunde. Es war eines der Zentren der New Yorker Avantgardekultur. Einer der Zeitzeugen meinte, dass es genügte, dort mit dem Aufzug zu fahren oder einen Gang entlangzugehen, um high zu werden, so mit Marihuana geschwängert war die Luft.»

«Und dort hat Mrs. Rosenfeld senior gelebt, die biedere Verwaltungsdame?»

«Dort hat sie gelebt», bestätigte Hannah Rüthli. «Und dort wäre Betty Rosenfeld aufgewachsen, wenn ihre Mutter nicht weggegangen wäre und alle Brücken hinter sich abgebrochen hätte. Könnt ihr euch vorstellen, was das für sie bedeutet hätte?»

«Betty hätte es geliebt.» So viel hatte Savary von der paradiesvogelhaften Frau begriffen. «Es muss ihr Ideal gewesen sein.»

«Ja», stimmte Hannah Rüthli zu. «Der Inbegriff gelebter Kreativität. Darauf stand sie ja wohl.»

Auch Karoline Freitag nickte. «Sie hat später alles getan, um so zu wirken, als wäre sie tatsächlich dort aufgewachsen, ja, als lebte sie noch in dieser Zeit.»

«Sie hätte auf Arthur Millers Schoß sitzen und bei Capotes Cocktailpartys unter dem Tisch rumkrabbeln können.» Di Vannuci schwenkte sein Glas. «Man muss selber kein Künstler sein, um zu begreifen, dass das was hat. So viel Prominenz.»

Karoline stimmte ihm zu. «Praktisch jeder ihrer Nachbarn und Freunde wäre ein Star gewesen. Oder geworden.»

«Sie selbst auch?», fragte di Vannuci.

«Vielleicht war ihr Vater ja einer», bot Savary an. «Es müssen nicht unbedingt die Stars sein, die sie angezogen haben, oder nicht nur: Es kann auch der Wunsch gewesen sein, den eigenen Vater kennenzulernen.» Er wagte es nicht, bei diesen Worten Aaron Groß anzusehen.

«Aber was ist jetzt mit der Mafia?», beharrte Karoline Freitag. «Was ist mit diesem Marcello?»

Hannah blätterte in ihrem Hefter. «Ich habe mir für die zwei Jahre, in denen Betty als Kleinkind dort mutmaßlich gelebt und» – sie schaute auf – «ja vielleicht tatsächlich auf Millers Schoß gesessen hat, ein Verzeichnis der Hotelgäste besorgt.» Sie hielt inne. «Da ist er», sagte sie. Ihre Stimme, die bei den letzten Sätzen wieder geschmeidig geworden war, brach erneut: «Luigi Marcello. Dramatiker.»

«Also kein Mafioso.» Karoline Freitag klang nicht enttäuscht.

«Das bleibt zu klären. Frau Rüthli, besorgen Sie uns Fotos.» Sadie Fletcher war wieder in ihrem Element.

Groß räusperte sich. Fletcher korrigierte ihre Anweisung. «Natürlich nachdem Sie Ihre Gespräche mit Mr. Groß geführt haben.»

Ihr Vorgesetzter hüstelte noch einmal. «Ich bin im Übrigen durchaus in beruflicher Funktion hier», sagte er. «Auch wenn das eben ein wenig unterging. Werden wir sachlich.» Er lächelte. «Miss Fletcher hier hat mir erklärt, dass Sie alle Sorgen und Bedenken bezüglich der derzeitigen Mission haben. Das heißt, wegen des Abbruchs der Mission.» Er nickte Savary zu. «Ich bin hier, um Ihnen persönlich zu versichern, dass wir auch ohne unseren bisherigen Auftraggeber und Finanzier alles unternehmen werden, was notwendig ist, um Ihre Leute zurückzuholen, Mr. Hakala und Mrs. Rosenfeld. Wenn ich Ihre Prinzipien richtig verstanden habe, Monsieur Savary, dann ist es unabdingbar notwendig für uns alle, dass wir beide aus der Vergangenheit wieder entfernen.»

Savary nickte. «Ich hätte es nicht so ausgedrückt, aber ja. Sie müssen in die Gegenwart zurück, tot oder lebendig.» Er gab sich Mühe, ironisch zu klingen.

Professor Groß machte eine zustimmende Geste. «Wir sind uns wohl einig, dass lebendig vorzuziehen ist. So oft Sie dafür reisen müssen, Doktor Savary, so oft werden Sie reisen.»

Alarmiert schaute Savary zu Sadie Fletcher. «Ich wusste nicht, dass eine Begrenzung der Anzahl der Reisen zur Debatte stand.»

Statt ihrer antwortete Groß: «Die Debatte ist vom Tisch. Wenn Sie uns dafür entgegenkommen.»

Nein, dachte Savary, lächeln konnte er tatsächlich nicht. Schwer zu glauben, dass dieser Mann einst mit Hannah abgehangen hatte. Schwer allerdings auch, sich vorzustellen, dass er mit harten Bandagen auf den höheren Etagen der Macht kämpfte. Er seufzte. «Sie wollen wissen, ob die Kennedys Dreck am Stecken haben.»

«Ich will wissen, ob sie für einen Mord verantwortlich sind», gab Groß zu. «Sie nicht?» Er schaute von einem zum anderen. «Meine Herrschaften, es ist offiziell. Ihre nächste Reise wird in jedem Fall dem Zweck dienen, die Verantwortlichen für den Tod Marilyn Monroes festzustellen. Falls Ihnen das gelingt, dürfen Sie so oft reisen wie nötig, um Ihre Leute zurückzuholen.»

50.

Di Vannuci wartete in Hannahs Zimmer auf sie. Er stand am Fenster, als sie hereinkam. «Na?», fragte er. Sie blieb einen Moment im Türrahmen stehen. Dann schloss sie die Tür. Er fragte: «Wie ist er so?»

Hannah blieb mitten im Zimmer stehen. Sie setzte zu einem Spruch an. Doch schließlich zuckte sie nur mit den Schultern. Ohne etwas gesagt zu haben ging sie zu ihrem Schreibtisch und setzte sich, den Blick starr auf den Bildschirm des ausgeschalteten Laptops gerichtet.

«Er ist also der Vater deines Kindes.» Di Vannuci ließ den Satz offen ausschwingen wie eine Frage. «Sebastian. Du hast nichts erzählt. Schade. Wie ist er so?»

Hannah sprang auf und feuerte den Laptop durchs Zimmer. «Tot.» Sie fuhr herum. «Und jetzt raus.»

«Na, na, immer mit der Ruhe. Ich wollte nur ... Ich dachte ...»

«Sebastian geht dich nichts an, hast du verstanden? Hast du mich verstanden?»

«Offensichtlich.» Sie standen einander nun gegenüber.

«Gut, dann führ dich nicht auf, als hättest du ein Recht auf mich.» Sie nickte in Richtung Tür.

«Nur eine Frage noch.» Sie antwortete nicht, er fuhr trotzdem fort: «Hast du die Patronenhülse unter meine Sachen geschmuggelt?» Sie schaute ihn so blind vor Unverständnis an, dass er sich genötigt fühlte, es zu erklären. «Du hattest die besten Möglichkeiten. Du gingst bei mir ein und aus. Als du sie angeblich entdecktest, hättest du sie genauso gut aus deiner Jackentasche ziehen können.»

«Ich war halbnackt in dem Moment. Warum hätte ich das tun sollen?»

«Du hast offensichtlich was mit dem Chef, Aaron Groß. Es wäre gut möglich, dass *er* dir aufgetragen hat, mich unter Verdacht zu stellen. Damit ich die Wahrheit über Kennedys Gesundheitszustand nicht zutage fördere. Unsere ursprünglichen Auftraggeber sind ja wohl abgesprungen, weil sie Angst hatten, dass zu viel über ihre Ikone des besseren Amerika herauskommt.» Er betrachtete sie. Und er konnte sich nicht verkneifen hinzuzufügen: «Oder du wolltest mich einfach loswerden.»

«Es ist nicht so ...», begann sie mühsam und verstummte wieder.

«... dass etwas zwischen uns wäre? Ja, das habe ich inzwischen auch begriffen.»

Sie schaute beiseite. «Ich habe die Hülse nicht bei dir platziert. Und ich habe nicht für Aaron gearbeitet. Ich wusste nicht, wer er ist, okay? Heute ist das erste Mal seit über zwanzig Jahren, dass ich ihn gesehen habe.»

Di Vannuci atmete durch. «Okay. Danke.» Er machte eine Pause. «Wie ist er so?», fragte er dann.

Hannah wandte ihm den Kopf zu und blickte ihn spöttisch an. «Er ist unser Vorgesetzter.»

«Er ist der Vater deines Kindes. Deines toten Kindes», verbesserte di Vannuci sich.

«So ist es.» Hannah sagte es, als wäre damit alles erklärt. Sie hob die Hände, drehte die Handflächen nach außen, ließ sie wieder sinken. Das Lächeln, das sie versuchte, sollte ironisch sein, doch es misslang. «Noch etwas?» Sie war nicht mehr so aggressiv wie zu Beginn, doch es war deutlich, dass sie nicht vorhatte, mit ihm über ihr Privatleben zu sprechen.

«Also dann.» Pierro di Vannuci zögerte noch einen Moment. Als sie keine Anstalten machte, ihn zurückzuhalten, ging er.

Hannah stand eine ganze Weile noch am selben Fleck, dann ging sie zu dem Laptop, der gegen den Bettpfosten gekracht und zu

Boden gefallen war. Er schien heil zu sein. Erleichtert schaltete sie ihn an. Arbeit, das war die einzige Möglichkeit, ihren Kopf leer zu bekommen. Mengen von stupider, stumpfsinniger Arbeit, sodass sie nicht mehr zu denken brauchte. In Momenten wie diesem bereute sie es, mit Alkohol und Tabletten aufgehört zu haben. Der Entschluss hatte ihr einst das Leben gerettet und sie zu einer der Besten in ihrem Fach werden lassen. Aber manchmal ... Sie tippte, wartete, tippte. Vor ihren Augen rasten Bilder und Zeilen vorbei. Sie hatte nicht aufgepasst, Mist. Was tat sie eigentlich gerade? Hannah konnte sich nicht erinnern, was sie noch vor einer Sekunde gelesen hatte. Sie wischte sich übers Gesicht und schaltete um zur Datenbank. Sie hatte jede Menge neuer Gesichter eingepflegt, seit klar war, dass sie sich für die Monroe und ihr Umfeld interessierten. Zum Glück war das Schauspielermilieu gut dokumentiert. Es war nicht schwer, noch vom unbedeutendsten Starlet oder Nebendarsteller ein Bild aufzutreiben. Mit den Mafiosi, auf die sie anfangs auf Freitags Drängen hin gesetzt hatten, war das schwieriger gewesen. Für die großen Fische hatte es Überwachungsfotos gegeben, die Verurteilten wurden auf dem Weg zum oder vom Gericht von der Presse abgelichtet. Aber die kleinen Fische: Fehlanzeige. Hannah versuchte sich zu konzentrieren. Sie würde sich daranmachen müssen, alles über die Familie Marcello auszugraben, und über Luigis Stellung und Funktion in der Organisation. Gab es überhaupt ein Bild von dem Mann?

Langsam, nach und nach, vergaß Hannah ihren Kummer und verbiss sich in die Arbeit. Sie suchte und fand die Namen von Mafiakillern, Hehlern und Zuhältern. Luigi war nirgends dabei. Auch im Drogengeschäft der Familie schien er nicht engagiert gewesen zu sein. Kein Bild von Luigi, von den Gerichtsreportern oder der Polizei. Erst als sie nach einiger Zeit umschwenkte und ihn im Umfeld des Chelsea Hotels suchte, wurde sie fündig. Auf dem Schnappschuss einer Cocktailparty bei Truman Capote konnte sie nicht nur die Gnomenphysiognomie des Gastgebers entdecken, der gerade mit Marilyn eine Tanzfigur vollführte, sondern im Vordergrund auch die hagere Gestalt Arthur Millers, die Pfeife im Mund, wie er mit einem jungen Kollegen sprach. Sie schienen über ein Manuskript geneigt. Das Bild war in einem Blog veröffentlicht, in dem eine Nebenfigur der damaligen Künstlerszene ihre Lebenserinnerungen mit der Öffentlichkeit teilte. Im zugehörigen Text hieß es: «Luigi diskutierte mal wieder mit Arthur die Verantwortung des Intellektuellen für die Gesellschaft.» Konnte er das sein? Ein Intellektueller? Hannah beschloss, noch einmal einen neuen Weg zu gehen. Wenn dieser Luigi ebenfalls Schriftsteller war, dann konnte es von ihm eine Veröffentlichung geben. Sie wurde nicht fündig. Es gab kein Buch dieses Autors, nicht einmal den allerschmalsten Gedichtband. Sie suchte unter Zeitschriftenbeiträgen, Essays. Nichts. Dann ging sie zu Theaterstücken über. Wie wurden die eigentlich veröffentlicht? Nach langem Suchen entdeckte sie einen Bühnenverlag und ein Textbuch mit dem Titel: «High Hopes». Ein Antiquar bot es zum Kauf an. Er hatte es sorgsam, wenn auch dilettantisch abgelichtet. Das Drama stammte aus der Feder von Luigi Marcello und war auf der Rückseite mit seinem Foto geschmückt. Hannah verglich die beiden Bilder. Er war es. Und noch etwas: Er sah dem Schützen, den Betty Rosenfeld am Grashügel gefilmt hatte, verblüffend ähnlich. Hannah spürte, wie Leben in sie kam. Ihre klamm gewordenen Finger begannen zu prickeln. Ihr wurde endlich warm, und sie spürte wieder mehr als die unendliche Müdigkeit, die sie nach dem Gespräch mit Aaron befallen hatte. Es war unglaublich: Sie hatte ihn. Die anderen würden Augen machen. Dann, mit ein wenig Verspätung, begriff sie: Betty Rosenfeld war an jenem Tag, bei ihrer Reise nach Dallas, unvermutet auf ihren Vater gestoßen. Sie musste ihn sofort erkannt haben, das belegte ihre Reaktion. Die verwischten, ziellosen Bilder des Filmes erzählten noch von dem Schock, den sie erlitten haben musste, ehe sie sich fing. Es konnte nicht einfach gewesen sein, plötzlich dem leiblichen Vater gegenüberzustehen. Realisieren, dass er so jung war, jünger als man selbst. Und dass er ein Mörder war. Die Begegnung mit der eigenen Vergangenheit konnte schlimm sein.

51.

Es ist vollbracht! Es ist vollbracht!» Sukov lachte und tanzte. Aus der Flasche Wodka, die er in der Hand hielt, schenkte er jedem, der sich nicht wehrte, großzügig ein. «*Slava bogu!* Es ist vollbracht! Das muss gefeiert werden!» Mit erhobenen Armen, ohne die Flasche loszulassen, deutete er einen Kasatschok an. Savary, dem jede Bewegung weh tat, lächelte, als er es sah, und humpelte aus der Gefahrenzone. «Freunde!» Sukov war außer Rand und Band.

«Römer! Mitbürger!», witzelte Savary, indem er Shakespeare zitierte. «Aber im Ernst.» Er breitete die Arme aus, schlang sie um den Russen, als der kam, und umarmte ihn mit aller Kraft. «Gut gemacht», sagte er leise. «Danke.»

Sukov schaute ihn mit Tränen in den Augen an. Aber er lachte schon wieder. «Feiert!», rief er den anderen zu. «So schnell werden wir keine Gelegenheit mehr dazu bekommen.» Er nahm Karoline Freitag und Hannah bei den Händen und zog sie mit sich. Beide waren verlegen, mehr als das, die eine konnte der anderen nicht in die Augen sehen. Aber Sukov war unerbittlich. Als wüsste er, dass zwischen den beiden noch eine Rechnung offen war, zwang er ihnen Wodka, Tanzfiguren und Wangenküsse auf, blind für ihr Widerstreben. Karoline Freitag gab als Erste nach. Der große Stau, die Eiszeit, die erzwungene Untätigkeit war vorbei. Sie hatten ihren ersten Fall gelöst und den Mörder Kennedys identifiziert. Sie begriffen endlich, was die Rosenfeld angetrieben hatte, und jetzt standen sie kurz davor, den zweiten Fall zu lösen. Und Hakala heimzuholen. Eigentlich war alles gut. Karoline nahm noch einen Schluck. Erwiderte Sukovs Lachen. «Auf uns!», rief sie und hob prostend ihr Glas. «Wir haben es geschafft!»

«Wir werden es schaffen», verbesserte Savary, der vorsichtig begonnen hatte, sich in den Hüften zu wiegen und mit dem Kopf zu nicken. Sukov spielte an der Computeranlage im mit neuem Leben erfüllten Gemeinschaftsraum herum. Musik ertönte. Eine eindeutig russische, schmutzig scheppernde Version von «California Dreaming». «Auf nach Kalifornien!» Sukov sang mit und wand sich in artistischen Verrenkungen.

Di Vannuci fiel mit ein. «Yeah», meinte der Russe. «Die Schwarzen haben den Rhythmus im Blut.»

Di Vannuci rief: «Und die russische Seele, sie leidet und säuft.» Die beiden grölten vor Lachen.

Karoline Freitag gesellte sich zu ihnen. Sie fuhr sich durch die Haare und ließ die Hüften kreisen. «Und die wissenschaftliche alte Jungfer öffnet ihr Haar und wird zum Vamp, der sie immer sein wollte!» Die drei hüpften herum wie Teenager. Sie winkten Savary zu, der noch immer am Rand stand. «Nur der Franzose hat keine Lebensart, das darf doch nicht wahr sein. Komm, Freund, komm.»

Karoline Freitag schenkte sich nach und tanzte so wild, dass ihr schwindelig wurde. Ein Jahr hinter Oxfords Schreibtischen, und schon war sie so aus der Form. Sie musste innhalten. Ehe sie es sich versah, stand sie Hannah direkt gegenüber. Einen Moment lang starrte sie ihre Kollegin mit hochroten Wangen an. Ich bin betrunken, dachte sie noch, oh Gott, mein Gehirn funktioniert nicht mehr richtig. Wenn ich jetzt etwas Dummes sage. Wenn sie etwas Falsches tut. «Es tut mir leid.» Sie hörte sich den Satz sagen und auch, wie sie hinzufügte: «Bitte entschuldigen Sie. Es tut mir wirklich leid. Ich wollte Ihr Privatleben nicht ...» Karoline wurde schlecht. Schnell konzentrierte sie sich aufs Atmen.

Hannah starrte sie an. Nach einer Weile nickte sie. «Ihr traut mir nicht. Ich traue euch nicht.»

«Sie hat uns das Du angeboten», rief Sukov, unsinnig froh. «Ihr seid alle Zeuge.» Er packte Hannah bei den Händen. «Beruflich reisen wir in die Vergangenheit», sagte er mit plötzlichem Ernst. «Aber privat halten wir uns besser davon fern. Es hat keinen Zweck, anders zu leben als in der Gegenwart, in der absoluten Gegenwart. Verstehst du, Mädchen?» Er drückte ihre Finger. «Und was ist in der Gegenwart?»

«Der Job?», bot Hannah nach einer Weile an. Schon lange war da immer nur der nächste Job gewesen.

«Mein genialer Erfolg.» Sukov lobte sich ungeniert. «Karolines Entschuldigung. Fletchers Zustimmung, uns reisen zu lassen, wie wir wollen. Unser Chef hier mit seiner Loyalität für uns alle ...» Er sagte nichts zu di Vannuci, der ein paar Meter entfernt stand. Hannah warf ihm einen vorsichtigen Blick zu. Sukov lachte und tätschelte ihr die Wange. Dann hielt er ihr die Flasche hin.

«Wir sollten uns zurückhalten», mahnte Savary. «Wir müssen fit sein, wenn wir starten.»

Hannah nahm die Flasche und trank. Sukov starrte auf ihre Kehle, die bei jedem Schluck zuckte. «Vier, fünf, sechs», zählte er laut mit. «Das ist mein Mädchen.»

Savary schüttelte den Kopf. Sukov trat zu ihm. «Einatmen», sagte er, «ausatmen. Muss beides sein.»

«Ich verstehe schon», wollte Savary abwehren.

«Oder soll ich dir erklären, wie es mir gelungen ist, das Computerbackup aus dem zweiten Kontrollraum beim letzten Reboot in dem defekten System neu zu konfigurieren? Oder wie ich bei der Anzugbeschichtung darauf gekommen bin, Silikon zu verwenden statt ...?»

«Nein!», riefen alle im Chor.

Savary lächelte. «Nicht schon wieder», sagte er. «Prost, mein Freund.»

Fletcher kam herein und wurde in die Feier gezogen. Savary nutzte den Moment und setzte sich auf eines der blauen Sofas. Sukov hatte recht. Arbeiten und Feiern, Einatmen und Ausatmen, es gehörte zusammen. Sie würden heute trinken, morgen ihren Kater bekämpfen und anschließend reisen. Warum auch nicht, die Zeit gehörte ihnen.

Er spürte, wie sich neben ihm das Sofa absenkte. Es war Sadie Fletcher, die sich an seine Seite gesetzt hatte.

«Eine schöne Party», sagte sie.

«Ist Groß schon weg?», fragte er.

«Hm.» Sie hob ihr Glas, als Sukov ihr mit seinem zuprostete.

«Wie ist er so?», fragte Savary.

Sadie Fletcher lachte. «Er ist nicht so durchschaubar wie Sie.»

Savary wurde rot. «Ich bin durchschaubar?», fragte er und versuchte, möglichst herablassend zu schnauben.

Fletcher lachte erneut. «Spiel es noch einmal, Timo», rief sie, als die Coverversion von «California Dreaming» zu Ende war. Sie wandte sich an Savary. «Was meinst du, könnte das unser Lied werden?»

52.

Der Detektiv Fred Otash war zufrieden, das konnte man sehen. «Robert Kennedy ist in der Gegend», sagte er, nachdem er den Telefonhörer aufgelegt hatte. «Seine Familie und er sind zu Gast auf der Ranch eines Freundes, südlich von San Francisco. Ha, ich wette, er kommt, um die Monroe zu sehen. Ted? Ted?» Er stieß mit dem Fuß gegen das Sofa, auf dem Hakala eingeschlafen war. «Dieses Wochenende kriegen wir unsere Aufnahmen, was meinst du?» Ohne abzuwarten, bis sein Mitarbeiter ganz wach war, schlug er eine der vielen Zeitungen auf, die er sich liefern ließ. In der Klatschspalte des New York Journal-American wurde er fündig: «Es hat sich herausgestellt, dass Marilyn in letzter Zeit große Anziehungskraft auf einen gutaussehenden Herrn ausübt, der noch prominenter ist als Joe DiMaggio auf der Höhe seiner Popularität. Also schreiben Sie Marilyn bloß nicht als erledigt ab.»

«Ha», wiederholte Otash. «Und hier steht, dass John Kennedy in vierzehn Tagen ebenfalls nach Kalifornien kommt. Spätestens dann haben wir unser Liebesgeflüster auf Band. Oder?»

Hakala setzte sich auf und kratzte sich am Kopf. Er hatte getrunken die letzten Tage, nicht nur wegen der Kiste Whiskey, die Reagan ihnen als Dank ins Büro geschickt hatte. Sondern auch, weil es August geworden war. Der Todesmonat der Monroe. «Was für ein Tag ist heute?» Er rülpste und kratzte sich ausgiebig, ehe er aufstand und zu dem Spiegel wankte, der über dem kleinen Waschbecken angebracht war, das Otashs Badezimmer darstellte. In die Augen sehen wollte er sich allerdings lieber nicht. «Ich muss duschen», murmelte er ohne rechte Lust.

«Tag ist gut, es ist fast vierzehn Uhr, Mann. Zeit, dass du in die Puschen kommst.»

«Ja, aber was für ein Tag?» Wollte er das wirklich wissen? Hakala fuhr sich mit der Zunge über die Zähne. Ihm wurde übel. «Lass gut sein», meinte er gerade, als Otash seinen Bürostuhl in seine Richtung drehte, ihn amüsiert musterte und sagte: «Es ist Freitag, Freund. Wir haben eine Menge vor. Heute Abend geht es ab, sage ich dir.»

«Freitag?» Irgendetwas in Hakala sagte ihm, dass das keine gute Nachricht war. Er spürte, wie ihm kalt wurde und die Haare auf seinen Armen sich sträubten.

Otash lachte. «Freitag, der dritte August. 1962, wenn du es genau wissen willst. Fliegende Untertasse an Erde. Gibt es hier intelligentes Leben?» Er stand auf und schlug Hakala auf die Schulter. «Komm jetzt. Wir haben um fünf einen Termin mit DiMaggio in der Polo Lounge. Danach Abendessen in der Villa Capri mit Mickey, wovon du Joe bitte nichts sagst, klar? Danach reden wir mit den Eltern von Bonnie Rae. Sie sind doch tatsächlich angereist, um mit ihrer Tochter zu reden. Na, es ist ihr Geld. Und am Abend ...» Das Telefon klingelte. Otash ging ran nach einem Blick auf Hakala, der ihm sagte, dass dessen Reflexe und Feinmotorik für eine so diffizile Aufgabe noch nicht ausreichten. «Ja?», fragte er, dann griff er zu einem Bleistift. «Großartig. Aha. Ja. Ja. Für zwei, sagst du? Eine Schätzung. Aha. Danke. Hast dir zwanzig verdient. Klar.» Er legte auf. Triumphierend wandte er sich Hakala zu. «Sie hat Essen nach Hause bestellt, hat mein Kontaktmann bei Feinkost Brigg's gerade gesagt. Für den Abend, er meint, es reicht locker für zwei. Was wetten wir, dass der Gast mit K anfängt? Ich sage dir noch mal, wir haben unsere Aufnahmen so gut wie im Sack.»

Hakala starrte jetzt doch in den Spiegel. Sie würde am 4. August sterben, in den späten Abendstunden. Es blieben nicht viel mehr als 24 Stunden. Wie lange hatte er gesoffen?

«Ich werde Bernie bitten, sich nicht von seinen Apparaten wegzubewegen. Wir beide sind heute Abend im Mocambo. Audrey

Hepburn soll da sein, und es gibt jemanden, der zu gerne wüsste, mit wem.»

«Ich kann nicht mit.» Es war der erste artikulierte Satz, den Hakala sagte. In seinem Kopf ging noch sehr viel mehr vor. Er musste Marcello finden oder vielmehr Betty Rosenfeld. Musste sie fesseln und kidnappen und in der Garage der Monroe deponieren und dann dort warten, bis irgendwo in der Nähe ein kleiner irisierender Ball sich zeigte, durch den er die Reise zurück in seine eigene Zeit antreten konnte. Natürlich nicht ohne vorher zugesehen zu haben, wie Marilyn starb. Einfach nur zugesehen. Nichts davon hätte er formulieren können. Was hätte es auch gebracht? «Ich kann nicht.»

«Sagtest du schon. Ist aber scheiße. Hey, willst du den Job bei mir oder nicht?» Otash betrachtete ihn ein wenig genauer. «Ist was mit dir?» Er stand wieder auf und kam näher. Mit den Händen in den Hosentaschen stellte er sich vor Hakala hin. «Ted, ich dachte, wir wären Freunde.»

Hakala lächelte schwach. Wenn alles lief, wie es sollte, würde er Fred im Leben nicht wiedersehen. Wie es sollte, echote es in seinem Kopf. Und wenn es liefe, wie er wollte? Was wäre dann? Würde er wirklich durch dieses Schwarze Loch kriechen? Draußen rauschte der Wind in den Palmen. Der Pazifik war nicht weit. Es roch nach Staub und heißem Asphalt und dem italienischen Lokal im Erdgeschoss, nicht nach Salz und See. Aber Hakala spürte ihn trotzdem. Er sah die Sonne auf den billigen Dächern und das blinkende Chrom der bunten Autos. Er hörte Musik von einer kratzigen Schallplatte aus einem der Apartments über ihnen und regelmäßiges Klopfen, so als übe jemand Stepptanz. Vermutlich einer der vielen Träume aus Zelluloid, die hier geträumt wurden und die Hakala kein bisschen schäbig fand. Er hätte nichts dagegen, sie mitzuträumen. «Denke ich auch», sagte er.

«Na also. Los dann.» Er griff nach seinem Jackett.

Hakala fuhr sich mit allen zehn Fingern durch die Haare. «Nein, ich kann trotzdem nicht.»

Otash kniff die Augen zusammen. «Du hast irgendwas am Laufen», sagte er. «Ich kann das riechen, weißt du?» Er betrachtete seinen Kumpel. «Wenn ich je erfahre, dass du hinter meinem Rücken mit Neuigkeiten dealst …»

Hakala schaute ihn an. «Was wäre, wenn ich dir sagen würde, dass die Monroe morgen stirbt. Morgen Nacht?»

Otash riss die Augen auf, fing sich aber wieder. «Warum sollte sie?», fragte er und bemühte sich um ein Lachen. «Ist das ein Witz?»

«Weil jemand das beschlossen hat, Fred. Was wäre dann?»

Der Privatdetektiv musterte ihn lange. Er wurde blass. Schweiß trat auf seine Stirn. Er tastete nach dem Telefon, überlegte es sich, griff in sein Jackett und zog ein Taschentuch heraus, mit dem er sich abtupfte. «Blödsinn», murmelte er. Man sah ihm an, dass er Angst hatte. Schließlich wagte er einen erneuten Blick in Hakalas Augen. «Mickey?», fragte er, kaum hörbar.

Hakala schüttelte den Kopf.

Otash wurde noch blasser. «Wir müssen die Wanzen zurückholen.» Seine Hände begannen zu zittern. «Wir bauen alles ab, hörst du? Sofort. Das ist …, das ist eine Nummer zu groß für uns. Herrgottverdammt.» Er fiel auf seinen Stuhl und presste die Hände vor das Gesicht. Nach einer Weile hob er den Kopf, aber nur, um auf den Fußboden zu starren. «Für wen arbeitest du?»

«Das würdest du nicht glauben, Fred.»

«Nenn mich nicht Fred, du Arschloch.» Er schnellte hoch. Ging rasch auf und ab. «Holst du meine Geräte da raus? Oder soll ich es tun?»

«Du wirst keinen Ärger kriegen, Fred, glaub mir.» Hakala hoffte, dass es stimmte. Gelesen hatte er in den Unterlagen jedenfalls nichts davon.

«Worauf du einen lassen kannst.» Otash wurde laut. «Und jetzt raus, raus aus meinem Büro. Raus aus meinem Leben. Ich kenn dich nicht, ich hab dich nie gesehen, ist das klar?» Er packte Hakala am Hemd und schob ihn zur Tür, lief zurück, griff sich das Jackett und schmiss es seinem ehemaligen Partner ins Gesicht. «Ich hab dich nie im Leben gesehen.»

«Wie du es haben willst, Fred. Tut mir leid.» Hakala nahm die Jacke und öffnete die Tür. Er zögerte. Pflichterfüllung war verdammt scheiße. Abschied war scheiße. Aber wenn Otashs Reaktion ihm eines zeigte, dann, dass er nicht hierhergehörte. Er stammte aus einer anderen Zeit. Immer würde er schweigen müssen. Noch einmal hielt er inne. Dann ging er. Verdammt. Der Privatdetektiv war vielleicht kein Freund gewesen. Aber er hätte einer sein können. In einer anderen Welt. Er war der Idee eines Freundes jedenfalls so nahe gekommen wie sonst niemand. Hakala trat auf die heiße Straße hinaus. Nur ein Film, sagte er sich. Das ist nur ein verdammter Film, in dem ich der Held bin. Und das Script sieht nun einmal kein Happy End vor.

Er fuhr eine Weile herum, bis er sich an das Hotel erinnerte, in dem Marcello abgestiegen war. Dort allerdings erfuhr er, dass das Paar ausgecheckt hatte. Richtig, sie hatten ja zu einem Freund ziehen wollen. Wie war der Name gewesen? Ein Haus in einem Canyon, so viel wusste Hakala noch. Aber welcher? Er hätte nicht versuchen sollen, sich das Hirn wegzusaufen. Gegen vier gab Hakala das Grübeln auf. Alles, was er tun konnte, war, zu Marilyn zu fahren und den Rest der Geschichte abzuwarten.

Eunice Murray empfing ihn nicht unfreundlich. Die Schauspielerin war gerade auf ihrer üblichen Runde bei Dr. Greenson und ihrem Hausarzt. Hakala bat darum, am Pool warten zu dürfen. Er erhielt die Erlaubnis und sogar einen Eistee. «Ich will nicht stören», heuchelte er. «Sie erwartet doch Gäste für den Abend?»

Die Haushälterin wusste von nichts. Offenbar hatte die Monroe die Essensbestellung von einer Telefonzelle aus getätigt. Hakala ging ein wenig herum. Im Hof standen noch immer die Zitronenbäume in ihren Töpfen. Andere Pflanzen waren hinzugekommen.

«Sie hat heute Morgen in Santa Monica eingekauft.» Eunice Murray seufzte. «Sie hat Pläne für den Garten, wissen Sie.»

«Kann ich helfen?», bot Hakala an.

Sie lehnte ab. «Das kann mein Schwiegersohn morgen früh erledigen. Er kommt ohnehin wegen der Fliesen in der Küche. Ich weiß nicht, wo sie die Bäumchen hin haben will.»

Hakala dachte bei sich, dass es wohl keine Rolle mehr spielte. Vermutlich würden die armen Pflanzen in ihren Töpfen verwelken. Nicht einmal das konnte er verhindern. Das beschlagene Glas Eistee in der Hand, wanderte er weiter herum, verfolgt von Eunice' Blicken durch die offene Küchentür. Er prostete ihr zu und trat an das Fenster des Gästehauses. Falls sich wirklich jemand angekündigt hatte, war hier jedenfalls noch nichts vorbereitet worden. Das einzige Möbelstück, das in Gebrauch zu sein schien, war ein kleiner Rollschrank für Büros. Er stand offen und zeigte eine Reihe von Heften und Notizbüchern, die wild hineingestopft waren. Hakala trat zurück. Von einem Nachbargrundstück waren Rufe zu hören, dann das Platschen von Wasser. Er sollte auch in den Pool springen. Erneut lächelte er Eunice zu und ging zurück zum Becken.

Nach einigen Zügen drehte er sich auf den Rücken und starrte in den blassblauen kalifornischen Himmel. Er bekam nicht mit, wie Marilyn zurückkehrte, in ihr Zimmer ging und begann zu telefonieren. Er döste. Träumte. Stellte sich vor, es könnte immer so weitergehen. Er trieb an den Rand und stieß sich den Kopf. Vor ihm die Pantoffeln der Haushälterin.

«Sie kommt nicht heraus», sagte sie.

Hakala brauchte eine Weile, bis er begriff. «Soll ich es versuchen?» Sie nickte. Offenbar hatte sie Angst, dass wieder tatkräftige

Hilfe angesagt sein könnte, so wie bei seinem ersten Erscheinen. Daher ließ sie ihm den Vortritt. Beim Weg um das Haus kamen sie an den mit schwarzen Vorhängen verdunkelten Fenstern von Marilyn vorbei. «Sie war so aufgeregt, als sie kam.» Die Haushälterin konnte ihre Sorge nicht verbergen. «Ganz außer sich. Und gestern, gestern», sie schluchzte. «Oder nein, vorgestern, glaube ich, ich weiß nicht.»

Hakala blieb stehen und wartete, bis sie sich gefasst hatte. «Was war gestern?», fragte er sanft.

Eunice Murray schaute ihn aus feuchten Augen an. «Sie hat bei ihrem Gynäkologen angerufen, wegen ihrer Fehlgeburt damals, sie wissen schon.» Sie hielt inne. «Dabei ist das schon Jahre her. Jahre.»

«Und?» Hakala begriff nicht.

«Sie hat ihn auf dem Golfplatz angerufen, mitten im Spiel, stellen Sie sich vor. Nur um ihn zu fragen. Ob er ihr noch böse sei wegen des Kindes.» Jetzt weinte sie.

«Böse? Wegen des Kindes?»

«Der Arzt hatte damals gemeint, wenn sie es wirklich behalten wolle, dürfe sie nicht so viel trinken und keine Tabletten mehr nehmen.»

Jetzt ging Hakala ein Licht auf. «Sie hat sich die Schuld gegeben.»

Eunice Murray schnäuzte sich. «Er hat ihr die Schuld gegeben. Und jetzt, nach all den Jahren, bittet sie ihn quasi um Vergebung. Ich meine ... Das ist doch etwas, was ein Mensch tut, wenn ... So etwas ist doch ...» Sie suchte nach den richtigen Worten. Oder vielleicht wollte sie sie auch vermeiden. «Das ist doch nicht normal», vollendet sie schließlich ihren Satz.

Hakala verstand. Das war etwas, was ein Mensch tat, der Bilanz zog. Oder der so schwach und verwundbar geworden war, dass alle Sünden seines Lebens gleichzeitig auf ihn einstürmten und er sich gegen keine einzige der bösen Erinnerung mehr zu wehren vermochte. Damit kannte er sich aus. Er hatte schon Ähnliches erlebt. Alles, alles kam zu einem zurück, als folge es einem bösen Ruf. All die alten Verfehlungen, die Schuldgefühle, die Wunden. Auf einmal waren sie wieder da und frisch wie am ersten Tag, und man lag im Bett und stöhnte vor Schmerzen. Eunice Murray hatte recht. Es ging Marilyn sicher nicht gut.

«Ich werde reingehen», versprach er, während sie ihn durch den Salon in das kleine Vorzimmer ließ, in dem er schon einmal gestanden hatte. Hier gingen die Türen zu Marilyns und Eunice Murrays Schlafzimmer ab. Marilyns war verschlossen, die Schnur des weißen Telefons lief unter der Tür hindurch, ein vertrauter Anblick. Hakala klopfte. «Hallo», rief er. «Schutzengel gefällig?» Zu seiner Überraschung wurde ihm fast sofort geöffnet.

«Er geht nicht ran», sagte sie atemlos.

«Wer?», fragte Hakala, sich gerade noch erinnernd, dass er offiziell von Robert Kennedy nichts wissen durfte.

Marilyn zögerte, dann lächelte sie verschwörerisch. «Ein sehr wichtiger Mann. Ich darf seinen Namen nicht sagen.» Sie warf Eunice Murray einen raschen Blick zu. «Wir reden immer von ihm als dem General.»

«Wer immer er ist», meinte Hakala. «Wenn er nicht rangeht, ist er ein Idiot und hat es nicht verdient, dass du deine Zeit mit ihm verschwendest.»

Sie gab ihm einen Kuss auf die Wange. «Ich werde ihn heiraten», verkündete sie. «Wenn ich ihn erst einmal hier habe, dann kann er nicht anders. Er wird mich heiraten. Er hat es versprochen.»

Hakala sah, wie Eunice Murrays Miene noch besorgter wurde. Sie versuchte, ihm mit Blicken etwas zu sagen. «Männer versprechen eine Menge, um zu kriegen, was sie wollen», sagte er daher. «Glaub mir, ich weiß, wovon ich rede.»

Sie lächelte ihn an. «Du bist süß. Aber das ist nicht irgendein

Mann. Nicht dieses Gesindel vom Film hier aus Hollywood. Er ist gebildet und moralisch und trägt Verantwortung. Wir haben über viele wichtige Dinge miteinander gesprochen. Politik, die Rassentrennung, der Atomkrieg. Man kann über alles mit ihm reden, und er hört zu. Er nimmt mich ernst.» Sie ging an ihm vorbei in den Salon und weiter zur Küche. Dabei wurde sie lebhafter. «Ich habe auch immer dafür gesorgt, dass ich gut vorbereitet war, weißt du? Ich will nicht dumm dastehen. Und oft fehlen mir einfach die richtigen Worte. Deshalb bereite ich alles genau vor, was ich sage.»

«Das ist gut», meinte er. Er hoffte, es würde sie beruhigen. «Wenn man mit der Presse spricht, ist es besser, man hat sich gut vorbereitet.»

«Oh, mit der Presse rede ich nur, wenn ich die Fragen vorher kriege. Ich bin kein Amateur, Darling. Eunice, haben wir Champagner da?» Sie ließ sich ein Glas einschenken. «Nein, ich meine alles, was ich sage. Zum Beispiel wenn ich eingeladen bin: Ich überlege mir, welche Themen wohl drankommen werden. Anhand der Auswahl der Gäste. Und dann schreibe ich mir auf, was ich dazu sagen möchte. Das lerne ich dann auswendig. Darin bin ich ganz gut. Das muss man als Schauspielerin können, seinen Text lernen.» Sie trank und blickte ihm dabei über den Rand des Glases hinweg tief in die Augen.

«Dann schauspielerst du da auch? Du spielst immer?», fragte er verblüfft. Er versuchte, es sich vorzustellen. Jedes Gespräch vorher festlegen und repetieren, was man sagen will. Es kam ihm sehr anstrengend vor.

Sie lachte. «Aber nein, Dummchen.» Dennoch wurde sie nachdenklich. Nach einer Weile sagte sie. «Ich hab ganz schön viel aufgeschrieben mit der Zeit. Alles, was er gesagt hat. Damit ich es aufgreifen kann, verstehst du? Er hat mal gesagt, es nervt ihn, wenn eine Frau sich nicht merken kann, was er sagt.»

«Ach, hat er das?» Hakala kam der Man nicht sonderlich sympathisch vor.

Sie nickte, ohne einen Hauch von Kritik. «Ja. Und es ist ja nicht wie beim Film, wo man eine Szene beliebig oft spielen kann, bis sie dann sitzt. Man muss es gleich draufhaben, bei der ersten Einstellung.» Sie leerte ihr Glas und ließ sich nachschenken. «Ja, ich hab wirklich eine Menge über ihn geschrieben. Damit mach ich ihn fertig, wenn er mir dumm kommt.»

Hakala war so verblüfft, dass er sich an seinem Champagner verschluckte. Wo war die liebende Frau geblieben? Das besorgte Weibchen, das es dem Herrn recht machen wollte in allem?

«Das habe ich ihm auch gesagt. Ich mache ihn fertig. Das kann ich. Ich bin doch nicht irgendein Flittchen. Ich bin die Monroe.»

«Hast du nicht gesagt, dass du ihn liebst?»

«Ja, und?» Sie schaute ihn mit großen Augen an.

«Ich dachte nur, weil du ihn jetzt erpressen willst. Und wolltet ihr nicht heiraten?»

«Er ist verrückt nach mir», stellte sie klar. «Er muss es sein.»

Bei Hakala stellte sich noch einmal die Gänsehaut ein, die er schon kurz nach dem Aufstehen verspürt hatte. Irgendetwas stimmte nicht mit dieser Frau. Sie dachte in parallelen Welten, die nichts miteinander zu tun hatten, und fand offenbar nichts dabei. Vor allem keinen Widerspruch. Vollends seltsam wurde es, wenn man noch dazunahm, dass sie zeitgleich mit dem Bruder des Mannes schlief, den sie heiraten wollte. Mit ihm und vermutlich noch einigen anderen. Das alles schien sie nicht aufeinander zu beziehen. Es war ihm unheimlich.

Marilyn hatte Eunice Murray weggeschickt und machte sich selbst am Kühlschrank zu schaffen. Sie öffnete die zweite Flasche Champagner. «Ihr versteht alle nichts von der Liebe», sagte sie. «Alle Männer.»

Hakala murmelte ein «mag sein» und wechselte dann das

Thema. Er bat darum, im Gästezimmer übernachten zu dürfen, nur die eine Nacht. Marilyn schlug es ihm ab. Sie erwarte einen Gast, gerade für diese Nacht. «Und wir machen es immer im Gästezimmer.» Sie kicherte. «Mein Schlafzimmer wird nämlich abgehört, weißt du?»

«Was?» Hakala hätte vor Überraschung beinahe seinen Champagner verschüttet.

«Ja, und mein Telefon auch.» Sie sagte es, als sei es das Normalste von der Welt. «Joe macht das, weißt du. Und noch ein paar andere. Aber Joe macht es aus Liebe.»

«Aha.» Hakala beschloss, dass er das nicht zu verstehen brauchte. Trotzdem fragte er: «Und warum telefonierst du dann noch von hier?»

Empört schaute sie ihn an. «Ich kann doch nicht immer zur Telefonzelle rennen. Was wäre denn das für ein Leben.»

«Stimmt», musste er zugeben. Was wäre denn das für ein Leben. Was war das denn für ein Leben. Der Irrsinn schlug hohe Wellen. «Aber willst du nicht wenigstens die Telefonate mit ihm von woanders führen. Wenn er doch so wichtig ist, dass du nicht mal seinen Namen nennen darfst?»

Nachdenklich schaute sie Hakala an. «Robert, sein Name ist Robert. Bob Kennedy. Glaub also bloß nicht, dass ich schon abgeschrieben wäre.»

Da war er, derselbe Satz, den Otash vorhin in der Zeitung gelesen hatte. Marilyn selbst hatte ihn der Klatschreporterin in den Mund gelegt, es konnte nicht anders sein. Sie redete mit einer Skandalnudel über ihre Beziehung zum Justizminister, einem verheirateten Katholiken, der gerade den Kampf gegen die Mafia verschärfte, während sie nebenbei die Geliebte eines Mafiosokumpels wie Sinatra war. Was sie zweifellos wusste, denn sie hatte den Hund, den Sinatra ihr geschenkt hatte, Maf genannt. Das hatte schon die Mafia verärgert. Wie würden die Kennedys es erst finden? In zwei

Jahren war Wahl. Wusste diese Frau denn gar nicht, was sie tat? Das war kein Spiel, was sie da trieb. Das war gefährlich. Er wollte es ihr sagen. Aber sie war fort. Er fand sie im Esszimmer. Sie telefonierte. Hakala gab es auf. Sie würde es nicht begreifen. Sie musste es auch nicht mehr begreifen. Sie war tot.

Er ging zurück zu seinem Liegestuhl. Dort würde er bleiben. Abendgast hin oder her. Zumindest bei ihr sein würde er. Das war das Einzige, was er für sie tun konnte.

53.

Das Team der *Time Unit* war bereit. Sie hatten alles abgesprochen, ihre Ausrüstung eingepackt, die Anzüge angezogen. In wenigen Minuten würden sie im Los Angeles des Jahres 1962 sein. Alles war wie immer und doch vollkommen neu. Savary schaute in den Monitor, der sie mit dem Hauptkontrollraum verband. «Und es wird funktionieren?», fragte er.

Sukov hob den Daumen. Savary nickte und fasste den Koffer mit dem neuen Kristallaggregat fester. Sukov hatte an der Konfiguration etwas verändert. Mehr Schutz, versprach der Russe. Warum also war Savary nervös? Es hatte vor dem Unfall hervorragend geklappt. Nach der Reparatur würde es wieder so sein. Auf Sukov war Verlass. Kein Grund, Ängste zu schieben. Er hob die Hand, um den anderen beiden zu signalisieren, dass es losging. Karoline hatte bereits die Augen geschlossen. Di Vannuci wiederholte Sukovs Daumengeste. Er schien zu lächeln. Seine linke Hand allerdings lag fest über der Brust. Hier hatte er unter seinem Anzug etwas verborgen: eine Spritze mit Betäubungsmittel, falls die Haushälterin sie überraschte.

Nach vielen Überlegungen hatten sie sich dafür entschieden, sich direkt in die Höhle des Löwen zu begeben. Da ihre Zukunft und die Hakalas davon abhing, die Wahrheit über das Sterben der Monroe herauszufinden, wollten sie kein Risiko eingehen. Sie würden direkt auf das Anwesen 12305 Helena Drive reisen. Erst einmal drin, wären sie für den Rest der Welt unsichtbar. Als Ankunftszeit hatten sie den Mittag gewählt. Als Ankunftsort das Zimmer der Haushälterin, die zu diesem Zeitpunkt in der Küche beschäftigt sein sollte. Sobald sie in ihr Zimmer käme, würden sie sie unschädlich machen. Dass andere Gäste sich hierher verirrten, war wiederum unwahrscheinlich. Der Raum war privat und spielte in niemandes Erzählung über das Haus der Monroe eine Rolle. Außerdem lag er zum Pool und erlaubte so, auch die Terrasse und den Garten im Blick zu behalten. Und er war dem Schlafzimmer des Filmstars direkt benachbart. Besser konnte es nicht sein.

Trotzdem war der Stressfaktor hoch. Sie alle wussten, dass sie ein großes Risiko eingingen. Und auch, was davon abhing. Unter anderem Hakalas Leben.

«Noch einmal», sagte Savary. «Wir gehen eng auf Tuchfühlung, das ist mir klar. Enger als je zuvor vielleicht. Es wird nicht einfach sein, gefährlich und auch belastend. Trotzdem halten wir uns an unsere Grundregeln: so wenig Eingriffe wie irgend möglich. Noch Fragen?» Es gab keine. Das Schwarze Loch erschien. Sie traten darauf zu. Es geschah, was immer geschah und sich doch nie angemessen beschreiben ließ. Savary schnappte nach Luft. Er wollte unbedingt den Moment der ersten Verwirrung so kurz wie möglich halten. Es war möglich, dass ein Mensch sich dort befand, wo sie ankommen würden. Ein Mensch, der den Schock seines Lebens bekäme. Es galt, schnell handlungsfähig zu sein und jeder Reaktion zuvorzukommen. Falls Eunice Murray sich in ihrem Zimmer aufhielte, durfte sie weder dazu kommen zu schreien, noch, es wieder zu verlassen.

Savary hielt die Augen offen, blickte vom innersten Punkt der Erde ins All und versuchte sich zu sagen, dass dies nur Heimkino war, der Film, den sein Gehirn ihm zeigte, um ihm vorzugaukeln, dass es wusste, wo er sich befand und was er tat. Savary ballte die Fäuste. Er spürte die Übelkeit an ihm zerren. Er biss die Zähne zusammen, dass ihm der Kiefer weh tat. Er spürte, wie seine Nerven bebten, sein ganzer Organismus wurde durchgeschüttelt wie ein Auto, das mit viel zu hoher Geschwindigkeit über die Autobahn jagte, ach was, über eine Schotterpiste. Gleich würde es ihn in seine Bestandteile zerlegen, gleich ... Er war da. Ein Bett mit gewebter Tagesdecke. Ein weißer Nachttisch. Damastvorhänge.

Er war allein. Die Spannung verpuffte. Savary sank auf das Bett, das nach Staub und Einsamkeit roch. Und nach Lavendel. Wenige Sekunden später waren Karoline Freitag und di Vannuci bei ihm. Hektisch schlüpften sie aus ihren Anzügen. Freitag half Savary mit dem seinen. Di Vannuci ging an die Tür und lauschte.

«Sie müssen alle im anderen Teil des Hauses sein; es ist still.»

Die Schlafzimmer mit den Bädern bildeten den südlichen Teil des Hauses, wenn man wollte, den Fuß eines Z, das sich von hier nach Norden erstreckte, in Form eines großen Salons, und in dessen nördlichem Kopf sich das Esszimmer mit der Küche anschloss. Links neben der Küche folgten das Gästehaus und die Garage, jeweils durch einen schmalen Durchgang voneinander abgetrennt.

«Wir bleiben vorerst hier. Packt die Sachen unter das Bett.» Savary selbst widmete sich dem Schwarzen Loch. Er klappte das portable Etui auf und verbarg das Loch damit provisorisch. Nach einem Blick auf den Raum nahm er eine schmale Webdecke vom Fußende des Bettes und hängte sie darüber. Es sah sinnlos, dekorativ und feminin aus. So musste es gehen. Eunice selbst würde es auffallen, aber die würde bei Betreten ihres Zimmers ja sofort anästhesiert werden.

Nach ihren Informationen würde sich das gesamte Vormittagsleben im Bereich der Küche und auf der Terrasse abspielen. Wenn Eunice Murray hereinkam, würden sie sie betäuben. In einem geeigneten Moment dann konnte di Vannuci durch das Fenster und über den Garten ins Gästehaus gelangen und sich dort installieren, aber erst wenn sie sicher waren, dass Monroes Agentin Pat Newcomb, die dort übernachtet hatte, abgereist war. Damit hätten sie auch diesen potenziellen Hotspot unter Kontrolle. Bis dahin waren sie auf die technische Ausrüstung angewiesen, die Sukov ihnen mitgegeben hatte. Ausgehend vom technischen Stand der Zeit hatte er alles getan, um sie in die Lage zu versetzen, die Wanzen im Haus der Monroe aufzuspüren und anzuzapfen. Di Vannuci hatte sich bereits über den entsprechenden Aktenkoffer geneigt, der ein Empfangsgerät verbarg. Konzentriert las er Sukovs Anleitung durch. «Lieber schnipple ich mich durch ein Gehirn», murmelte er.

«Es geht doch nur um Funkfrequenzen.» Karoline Freitag kniete sich neben ihn. Sie murmelte vor sich hin, während sie den Schaltplan studierte. «Na bitte.» Einen Moment später erklang Marilyns hauchige Stimme, als wäre sie im Zimmer.

«Stellt das leiser.» Savary war vor Schreck aufgesprungen. «Sofort.»

Freitag regelte die Lautstärke. «Was ist das im Hintergrund?», fragte sie.

«Wasser», stellte di Vannuci fest. «Sie ist in der Küche oder im Bad.»

«Er wird heute Abend bei Pat und Peter sein, hat man mir gesagt. Ich rechne fest damit, dass sie mich anrufen, dass ich kommen soll. Ein ganz informelles Dinner, wenn die anderen Gäste schon wieder weg sind. Ja. Nein. Mit dem Helikopter, denke ich. Mach dich nicht lächerlich.» Es ging noch eine ganze Weile weiter.

Freitag machte sich Notizen. «Die Lawfords», erklärte sie zur Sicherheit. «Ihr Schwager Bob Kennedy scheint sie heute zu besuchen. Und Marilyn erwartet, dazu gerufen zu werden, wie das schon oft passiert ist. Mit John wie mit Robert.»

«Wir sind im Bilde.» Savary machte eine Geste, dass sie schweigen sollte, damit er nichts verpasste. Aber der Anruf war zu Ende. Es folgten andere: bei einem Friseur, bei ihrem Masseur, bei einem Freund, dem sie vom Manuskript eines Freundes vorschwärmte. Savary griff nach einem Bilderrahmen, der auf dem Nachttisch stand. Das Foto zeigte ein junges Paar, wohl Tochter und Schwiegersohn von Mrs. Murray. Sie posierten am Strand und hielten die Nasen in die Sonne. Dann klingelte jemand an der Tür.

«Das muss der Postbote sein, mit dem Plüschtiger.»

«Denkt daran, dass wir uns in der Nacht umsehen, ob eine Botschaft dabei lag.» Savary stellte das Bild zurück an seinen Platz und lehnte sich gegen die Kissen. Alles funktionierte so weit. Er hatte sich die Sache abenteuerlicher vorgestellt. Nun würden sie tun müssen, was Hakala immer als das Herz aller Polizeiarbeit bezeichnet hatte: warten. Da näherten sich schnelle Schritte.

Alle drei erstarrten. Di Vannuci sprang auf und stellte sich hinter die Tür. Freitag flüchtete leise ins Bad. Savary ließ sich hinter das Bett rollen. Er reckte den Hals, tauschte mit dem Pathologen einen Blick und nickte. Di Vannuci biss sich auf die Lippen und ging in Position, die Kanüle neben der Schulter, bereit zum Zustechen. Er war jung und sportlich, aber körperliche Auseinandersetzungen nicht gewohnt. Die Tür ging auf; Savary duckte sich. Er hörte einen dumpfen Laut, dann einen unterdrückten Schrei. Das war keine Frau! Savary tastete nach der Waffe, die er dabeihatte. Wie di Vannuci hatte er sich für eine Glock entschieden, mit aufschraubbarem Schalldämpfer. Verdammt, er hätte so schlau sein sollen, alles vorher fertig zu machen. Die altjüngferliche Normalität in diesem Raum hatte ihn unvorsichtig gemacht. Mit schweißfeuchten Fingern tastete er am Lauf herum. Dann gab er es auf. Es musste ohne gehen. Er richtete sich auf und zielte mit beiden Händen auf den Eindringling, mit dem di Vannuci kämpfte.

Es war Hakala.

«Willst du echt mit dem Ding auf mich schießen?», fragte der Finne. Er entließ di Vannuci aus dem Schwitzkasten und öffnete die Arme.

«Hakala! Sind Sie es wirklich?» Die Freitag kam aus dem Bad gelaufen. Einen Moment schien es fast, als wollte sie sich in Hakalas Arme werfen. Im letzten Moment hielt sie inne. Doch ihr Gesicht glühte vor Freude. «Wir waren nicht sicher, ob es Ihnen gutgeht», flüsterte sie. «Mein Gott, was alles hätte passiert sein können.»

Savary trat vor, nahm Hakalas Hand und schüttelte sie, als wollte er nicht wieder damit aufhören. Auch di Vannuci, der sich

Anzug und Haare nach dem kurzen Ringkampf wieder glattgestrichen hatte, schloss sich der allgemeinen Begrüßung an.

«Was wolltet ihr denn da für eine Scheiße in mich reinpumpen?», fragte der Finne. «Was hat der Doktor in der Spritze?»

«Bloß zur Betäubung», sagte der Physiker. «Wir erwarteten die Haushälterin.»

«Die arme Eunice.» Hakala grinste. «Nein, die ist einkaufen.»

«Und der Schwiegersohn?»

Hakala pfiff leise. «Ihr seid gut informiert. Aber nein, der ist auch weg. Er fährt sie. Pat ist auch abgezischt. Wir sind ganz unter uns. Mann.» Jetzt war es an ihm, sich auf den Bettrand zu setzen. Langsam wurde ihm klar, was die Begegnung bedeutete. «Es gab Phasen, da hatte ich den Glauben daran aufgegeben, euch jemals wiederzusehen.»

«Das muss schlimm gewesen sein», sagte Karoline Freitag.

«Waren eigentlich noch die besten Zeiten.» Hakala fuhr sich verlegen über den mit Brillantine geglätteten Scheitel. «Denn da hatte ich mich arrangiert mit meinem Leben hier. Schlimm war die vergebliche Hoffnung, als ich vor dem Madison Square Garden herumhing. Hoffnung ist ein Miststück.»

Savary lachte. «Aber im Ernst, Sie sehen gut aus.» Er nahm die Frisur in Augenschein, den Sommeranzug und das legere Hemd. «Als gehörten Sie hierher, Hakala. Gute Arbeit.»

«Danke.»

«Und?»

Hakala überlegte. Was sollte er sagen? Er half sich damit, dass er erst einmal einen Statusbericht über die Ereignisse im Haus abgab. Die Monroe hatte gestern lange darauf gewartet, dass Kennedy sich meldete; in der Küche war angelieferte Feinkost vergammelt, mit der man eine Armee hätte versorgen können. Er hatte sich schließlich zusammen mit Pat Newcomb des Lachses und der Jakobsmuscheln erbarmt, während Marilyn mit Freunden ausgegangen war.

«Pat hat lange geschlafen, sie hatte das Gästezimmer. Ich musste mich mit einer Gartenliege begnügen; ich bin seit Tagesanbruch wach.» Er gähnte.

«Und was steht heute auf dem Programm?»

«Schwer zu sagen. Marilyn ist wild entschlossen, Kennedy heute zu sehen, egal, was passiert. Sie sagt, es gehe nicht an, dass die sexyste Frau des Planeten an einem Samstagabend kein Date hat.»

«Sagt sie das», erwiderte Karoline Freitag zickig.

Hakala neigte sich vor. «Sie telefoniert wie ein Berserker, dauernd nervt sie die Lawfords. Aber sie erreicht ihn nicht. Und wir wissen ja, dass es nicht mehr klappen wird, oder? Jetzt sitzt sie draußen mit diesem verdammten Stofftier und rührt sich nicht. Am liebsten würde ich sofort den Arzt rufen.»

«Der kommt erst um 16:30 Uhr», stellte di Vannuci klar. «Soll ich mal nach ihr sehen?»

«Bist du verrückt? Du bist schwarz, Mann, kein Arzt.»

Di Vannuci schluckte. «Verzeihung, ich hatte vergessen, dass das ein Widerspruch in sich ist.»

«Eben, Mann.» Hakala hatte keinen Sinn für die Ironie. «Hier läuft das nun mal anders.»

«Wenn Sie es sagen.»

«Können wir jetzt bitte wieder zur Sache kommen», zischte Savary. Er war aufgestanden und zum Fenster gehinkt. Nachdem er sich versichert hatte, dass es gegen die Hitze geschlossen war und kein Geräusch nach draußen dringen konnte, zog er den Vorhang vorsichtig ein wenig zur Seite. «Stimmt, da sitzt sie», stellte er fest. «Umarmt das verdammte Tier.»

«Was das soll, weiß ich auch nicht. Es kam eben mit der Post. Sie hat es gestreichelt und geweint.»

«Tut sie immer noch.» Di Vannuci war neben Savary getreten. Er betrachtete die Szene mit nüchterneren Augen. «Was hat sie genommen?»

«Sie meinen, heute Morgen? Außer dem Alkohol und dem Amphetamin, mit dem sie sich bis vier Uhr früh vollgepumpt hat?» Hakala überlegte. «Auf ihrem Nachttisch steht unter anderem Chloraldurat. Dazu noch ein paar Tütchen und so rote Pillen, die sie von Jeanne gekriegt hat. Die Mädels kichern ganz schön, wenn sie die einwerfen. Pupillen hat sie wie Saugnäpfe.»

«Danke für die medizinische Diagnose.» Di Vannuci ließ den Vorhang sinken. «Ich nehme mal an, wir könnten in unseren Schutzanzügen da rausmarschieren, und sie würde sich nicht mal wundern.»

Hakala hatte angefangen, ihre Ausrüstung zu untersuchen. Jetzt klappte er die Koffer und Taschen zu. «Hier könnt ihr nicht bleiben, ich bringe euch ins Gästezimmer. Kommt.» Gemeinsam gingen sie, schwer bepackt, durch das leere Haus. Es war hell und sonnig, voller Farben und Wärme.

«Hübsch», stellte Karoline fest. «So harmonisch und schlicht. Als gehörte es einer ganz anderen Person.»

«Oh, sie ist diese Person», meinte Hakala, der sich die Schutzanzüge unter das Kinn geklemmt hatte. «Sie ist eine überaus sympathische Person. Leider ist sie noch viele andere Personen. Ich habe das Gefühl, aus jeder Phase ihres Lebens ist eine andere übrig geblieben, alles sehr schöne Entwürfe. Aber sie existieren nebeneinander, sie gleitet von einer in die andere. Und weil die Basis fehlt, wackelt alles entsetzlich.»

«Sie sind ja ein richtiger Psychologe geworden, seit wir uns das letzte Mal gesehen haben», sagte Karoline Freitag mit echtem Erstaunen.

Hakala griente. Er stieß die Tür, die das Haupthaus mit dem Gästehaus verband, mit dem Fuß auf und blieb stehen.

Karoline trat an ihm vorbei. «Glauben Sie, sie ist eine multiple Persönlichkeit?», fragte sie gerade.

Hakala wollte antworten, dass es darauf nicht mehr ankäme. Da hörten sie die Geräusche. Sie kamen aus dem Gästezimmer. Jemand war dort und wühlte offensichtlich in etwas herum. Es polterte leise. Jemand fluchte.

«Ist diese Pat noch mal zurückgekommen?», fragte Karoline flüsternd.

Statt einer Antwort fasste Hakala sie am Arm und wies sie an, sich zu ducken. So schleuste er sie und die anderen auf den Hof, unter dem Fenster des Gästezimmers entlang und in den kleinen Gang, der zwischen Gästehaus und Garage lag. Sie ließen ihr Gepäck fallen und schoben es zusammen, damit es nicht mehr als nötig auffiel. Hakala gab di Vannuci ein Zeichen. Gemeinsam traten die beiden leise in den Hof. Dort hinaus hatte das Gästezimmer sein großes Fenster. Die Vorhänge waren geschlossen worden, jedoch schlampig. Eng an das Glas gedrückt, konnte Hakala einen Blick riskieren. Er sah einen Mann, in sportlichem Kurzarmhemd und Leinenhose, braun gebrannt, mit kurzem braunem Haar. Mit schnellen Bewegungen räumte er alles, was er an Notizbüchern und Zetteln fassen konnte, aus dem kleinen Rollschrank in eine mitgebrachte Sporttasche. Von Zeit zu Zeit machte er eine Pause, schlug eines der Kompendien auf und las kurz darin, ehe er es zu den anderen in die Tasche warf.

«Mensch, das ist der Kennedy.»

Di Vannuci wollte es erst nicht glauben. Er schob Hakalas Kopf beiseite und linste selbst in das Zimmer. Der Mann drinnen war jetzt dazu übergegangen, den Rest des Raumes abzusuchen. Er ging hin und her und wurde dabei mal im Profil, mal von vorne sichtbar. «Der Justizminister», bestätigte er. «Verdammt.»

Hakala rieb sich die Stirn. «Er sucht nach belastenden Notizen von ihr. Verwischt hier heimlich die Spuren seines Ehebruchs, der Dreckskerl. Während sie noch verzweifelt hinter ihm her telefoniert. Am liebsten würde ich ihm die Fresse polieren.»

«Was machen wir jetzt? Abwarten? Alles andere würde wohl den

Verlauf der Geschichte ändern, oder?» Di Vannuci schaute Hakala an. Kennedy drinnen fluchte, weil ihm einige Ordner hinuntergefallen waren. Die beiden Lauscher zogen die Köpfe zurück. «Das hier geht uns im Grunde nichts an.»

Hakala kämpfte mit sich. Er dachte, er hätte sich an den Gedanken gewöhnt, in dem Spiel der nächsten Stunden nur Zuschauer zu sein. Jetzt merkte er, dass er sich getäuscht hatte. Er hatte Marilyn erlebt, die wieder und wieder in dem Hotel angerufen hatte, in dem Robert vermeintlich abgestiegen war. Jetzt belagerte sie die Lawfords, und auch dort wurde sie nur vertröstet. Von offenen Worten hielt hier wohl keiner viel. Aber was konnte er tun? «Okay», setzte er gerade an.

Da hörten sie aus der Küche Marilyns Stimme. «Ted?», rief sie nach Hakala. Sie klang wie eine Schlafwandlerin. Auch Kennedy hatte den Ruf gehört, denn er stopfte hastig alles, was er in Händen hielt, noch in die Sporttasche, ließ die heruntergefallenen Ordner, wo sie waren, und lief zur Tür.

Di Vannuci und Hakala zogen sich in den Gang zwischen Gästehaus und Garage zurück. Die Schauspielerin und der Justizminister stießen unweigerlich an der Tür des Gästehauses aufeinander.

«Was machst du hier?», fragte sie langsam und schleppend.

Bob Kennedy stand einen Moment nur da. Er war ertappt worden, und das machte ihn wütend. Man sah, dass er ihr am liebsten einfach einen Stoß gegeben hätte und mit seiner Beute verschwunden wäre. Seine Erziehung verlangte etwas anderes von ihm. Er stellte die Tasche ab und hob die Hände. «Ich hab dir gesagt, dass es aus ist.»

«Am Telefon! Am Telefon!» Ihre Stimme wurde lauter und schriller. «Du hast es mir am Telefon gesagt. Nachdem ich herausgefunden hatte, dass du deine Nummer geändert hattest, und wie ein Idiot in der Zentrale des Ministeriums anrufen musste. Was soll das?»

Seine Miene sagte, dass das wohl offensichtlich war und er nicht gern gezwungen wurde, es auszusprechen. Er holte tief Luft. «Ich habe Familie, Baby. Ich bin Minister eines großen Landes. Ich kann nicht einfach so meinen Gefühlen folgen. Das musst du einsehen. Wir müssen das einsehen.»

«Und deshalb änderst du einfach deine Nummer?» Sie blieb stur. Mit in die Hüften gestemmten Armen stand sie da. Ihr Haar noch vom Schlaf zerstrubbelt, die Kleider vom Vorabend, nach Rauch stinkend und zerdrückt.

«Es ist besser so, glaub mir.»

«Bullshit!» Sie stampfte mit dem Fuß auf. «Du hast mich abserviert, einfach so. Wie irgendein Flittchen.»

«Jetzt werd nicht ordinär, das steht dir nicht. Ich habe Verantwortung, das musst du nun mal einsehen. Es gibt Menschen, die an mich glauben ...»

«Und denen werde ich erzählen, was zwischen uns ist. Du kannst nicht einfach kommen und, und ... Du hast gesagt, du wirst mich heiraten.»

«Nun sei doch vernünftig, Marilyn!» Kennedy schaute auf die Uhr, dann zur Auffahrt. Irgendwo dort draußen stand sein Wagen, vermutlich mit einem Chauffeur, der auf ihn wartete, um ihn zum nächsten Flughafen zu bringen. Kaum eine Handvoll Menschen dürfte wissen, dass er in diesem Moment hier war. Und er selbst bereute es offenbar zutiefst.

Marilyn griff nach der Tasche, die er abgestellt hatte. «Das gehört mir», verkündete sie. «Es beweist, dass du über alles mit mir geredet hast. Kuba, die CIA, alles. Ich bin nicht nur irgendeine dumme Blondine, die du auf einer Party aufgegabelt hast. Ich bin die Monroe, verdammt noch mal!»

Er griff ebenfalls nach der Tasche und zog daran. Für einen Augenblick rangelten sie darum. Als sie nicht nachgab, stieß er sie gegen die Schulter. Sie schrie auf, ließ die Tasche los und begann, mit beiden Fäusten auf ihn einzutrommeln. Er packte erst ihre Handgelenke, dann verpasste er ihr eine schallende Ohrfeige. In dem Moment zuckte Hakala und musste von di Vannuci zurückgehalten werden.

Sie hielt sich die Wange. «Das wirst du bereuen.»

«Jetzt hör schon auf.» Er nahm das Gepäckstück und wollte sich abwenden. Da sprang sie ihn an und versuchte, mit den Fingernägeln in sein Gesicht zu gelangen. Kennedy fluchte, was das Zeug hielt. Sie schrie so laut, dass er Angst haben musste, die Nachbarn könnten doch noch aufmerksam werden. Seine Last mit sich schleppend, floh er in Richtung Küche.

«Lieb mich», schrie sie und trommelte auf seinen Oberkörper ein, «lieb mich, oh, du musst mich lieben! Ich hasse dich!»

«Hysterische Schlampe! So!» Er stieß mit ihr auf dem Rücken gegen die Wand. Als sie unwillkürlich die Arme ausbreitete, um den Aufschlag abzufangen, zog er sie von sich herunter. Mit einer Hand hielt er ihre beiden Handgelenke fest, mit der anderen griff er nach einem herumstehenden Glas und füllte es mit Wodka. «So», sagte er, «hier.» Er zwang ihr das Glas an die Lippen. «Entspann dich endlich.» Sie gab nach und schluckte. Versuchsweise ließ er sie los. Sie weinte jetzt nur noch.

«Wo sind deine Tabletten? Im Schlafzimmer?» Er ging dorthin, kam mit einem Pillenfläschchen zurück und schüttete etwas davon in seine Hand. Als sie zögerte, drückte er ihr die Tabletten eigenhändig in den Mund. «Jetzt hab dich nicht so. Du isst das Zeug doch wie andere Leute Popcorn. Das wird dir guttun. So. Gutes Mädchen.»

Sie griff nach seiner Hand, um sie auf ihre Wange zu legen. Er entzog sich ihr und fing gerade noch die nächste Ohrfeige ab. «Du bist doch komplett irre», stellte er fest. «Auf was habe ich mich da nur eingelassen.» Er schaute sich um. «Am besten rufst du deinen Seelenklempner an. Der soll mit dir reden. Okay? Und wenn ich wieder in Washington bin und die Lage sich beruhigt hat, dann rufe ich dich an, versprochen.»

«Wirklich versprochen?»

«Absolut. Versprochen. Das ist auch für mich nicht einfach, verstehst du? Wir müssen sehr, sehr vorsichtig sein.»

«Aber du rufst an.»

«Ich rufe an.»

«Ich liebe dich.»

«Klar, Baby. Sei schön brav.»

Bei jedem Satz war er einen weiteren Schritt rückwärts gegangen. Endlich stand er auf dem Hof, drehte sich um, nahm die Tasche und machte, dass er wegkam. Hakala hörte, wie er «hysterische Schlampe» murmelte. Nach einer Weile hörte man draußen das Geräusch eines startenden Motors.

«Abgang Kennedy», stellte di Vannuci fest. Er zuckte mit den Schultern. «Nun ja.» Schweigen. «Das macht ihn wohl nicht zu einem Mörder, oder?»

Statt zu antworten ging Hakala in die Küche. «Alles in Ordnung?», erkundigte er sich.

Sie schaute auf, als hätte sie völlig vergessen, dass er da war. «Schutzengel», sagte sie und strahlte wie ein kleines Mädchen. Im nächsten Moment liefen ihr Tränen über das Gesicht. Sie wandte sich ab. «Ich rufe Dr. Greenson an», sagte sie. Hakala blieb stehen, wo er war. Es gab nichts, was er dazu hätte sagen können. Nachdem sie verschwunden war, ging er in das Gästezimmer. In der Mitte stand der Büroschrank, auf dem Boden davor lagen ein, zwei Ordner, lose Blätter und ein rotes Notizbuch. Es waren keine Notizhefte gefunden worden, dachte Hakala. Er bückte sich und steckte das Büchlein ein. Es würden keine Notizen gefunden werden. Damit wäre der Historie wohl Genüge getan, oder?

54.

Die Gruppe installierte sich im Gästezimmer und schloss sicherheitshalber ab. Savary aktivierte erneut ihre Abhörstation. Marilyn telefonierte. Offenbar machte sie ihre Ankündigung wahr und meldete sich bei ihrem Therapeuten, der, nachdem sie ihn eine Weile bearbeitet hatte, müde versprach, noch vorbeizukommen. Es ging um Tabletten, um den Geburtstag seiner Tochter, um Homosexualitätsphobien, um Einsamkeit. Um eines ging es in keiner Sekunde: um Kennedy.

«Sie ist diskreter, als man meinen sollte», stellte di Vannuci fest. «Wenn man bedenkt, wie sie vorhin reagiert hat.»

«Sie hat Angst vor dem Arschloch», war Hakalas Ansicht.

«Wie auch immer.» Karoline Freitag zog den Zeitplan zu Rate, den sie von diesem Tag aufgestellt hatten. «Eunice Murray müsste bald zurück sein. Dr. Greenson bleibt bis fast sieben Uhr. Danach wird sie telefonieren bis mindestens 22:00 Uhr. Danach: Fragezeichen.»

«Warten wir es ab», meinte Hakala. «Kennedys Besuch war ja auch nicht vorgesehen. Mal sehen, wer noch alles kommt.»

Doch zunächst nahm alles den vorhergesagten Verlauf. Der Psychiater kam und sprach lange mit Marilyn auf der Terrasse. Manchmal weinte sie, manchmal wurde gelacht. Hakala lauschte vom Garten aus, ohne sich blicken zu lassen. Eunice Murray wusste, dass er da war und im Gästezimmer nächtigen würde, das war genug. Sie selbst entsprach Dr. Greensons Bitte, ebenfalls zu bleiben, und begann in der Küche, einen kalten Imbiss für drei Personen zu richten. Als der Psychiater gegangen war, kam Marilyn dazu, wollte aber nichts essen. «Ich glaube», sagte sie, «Peter und Pat werden anrufen und mich zu ihrer Dinnerparty bitten.» Sie lächelte. «Ich bin fast sicher. Er wird mich erwarten.» Sie sprach das «Er» mit einer gewissen Ehrfurcht aus, die Hakala kaum ertragen konnte.

«Bist du ganz sicher?», fragte er eindringlich. «Meinst du nicht …?» Er verstummte.

Marilyn lächelte wieder. «Ich bin zwar ein Wrack, aber ich bin immer noch die Monroe, du wirst sehen. Ich muss nur den Schalter umlegen.» Sie tat es. Und von einem Moment auf den anderen saß eine atemberaubende Frau am Küchentisch. Ihre Bewegungen, das Leuchten ihrer Augen, ihre Ausstrahlung, alles zog die Aufmerksamkeit an. Hätte sie nicht im selben Augenblick mit einer unbedachten Handbewegung das Wasserglas umgestoßen, die Illusion wäre perfekt gewesen. Eunice Murray sprang auf, um die Pfütze aufzuwischen. Marilyn kicherte wie ein kleines Mädchen. Wie brachte sie es fertig, fragte Hakala sich, sich im Sitzen in den Hüften zu wiegen? «Wie machst du das?», fragte er.

«Es ist nicht nur die Frisur oder das Make-up, weißt du? Es kommt von innen. Ich habe es, sagt Lee. Lee Strasberg, der Schauspiellehrer. Er sagt, ich bin die begnadetste Schauspielerin meiner Generation. Weil ich es habe. Und er hat mir gezeigt, wie ich es anschalte, das Licht. An und aus, und an und aus.» Sie verlor sich in ihren Gedanken. Das Licht, es, was immer es war, war wieder ausgegangen. Sie musste wohl an den Schalter gekommen sein. «Er kann nicht anders», verkündete sie irgendwann. «Er wird mich sehen wollen, verlass dich drauf, Fred.»

«Ted», korrigierte er sie.

Sie stand auf, warf ihm eine Kusshand zu und tänzelte in ihr Zimmer. Vermutlich telefonierte sie dort weiter, dachte Hakala. Gut, Freitag und di Vannuci würde kein Wort davon entgehen.

«Er war hier, nicht wahr?» Eunice Murray sprach so selten, dass es Hakala überraschte, ihre Stimme zu hören.

Einen Moment zögerte er, dann gab er zu: «Bob Kennedy war da. Als Sie einkaufen waren, ja.»

«Er tut ihr nicht gut.» Das war eine Feststellung, die Eunice Murray offenbar zu allen Männern traf, mit denen die Monroe sich umgab.

Doch Hakala war geneigt, ihr zuzustimmen. «So wie es aussah, war es das letzte Mal.»

Sie schnaubte. «Das sagt er jedes Mal. Und wenn es ihn dann juckt, kommt er doch wieder, um sich kratzen zu lassen.»

«Diesmal nicht. Er hat Sachen mitgenommen.» Hakala rekelte sich. «Er ist gerade in seinem Kampf gegen die Mafia einen weiteren Schritt nach vorne gegangen», erklärte er der Haushälterin. «Er darf jetzt nicht angreifbar sein, um keinen Preis. Man wird versuchen, ihn zu erpressen, verstehen Sie, Eunice?»

«Wegen meinem Mädchen?» Sie machte große Augen. Es war das erste Mal, dass sie ihre Arbeitgeberin so nannte.

Hakala staunte. War sie so naiv? Oder tat sie nur so? «Marilyn hat Freunde bei der Mafia», sagte er. «Sinatra ist ein Freund von Giancana. Er knüpft die Kontakte zwischen Mafia und feiner Gesellschaft.»

Eunice Murray schüttelte heftig den Kopf. «Davon wissen wir nichts», sagte sie mit Nachdruck. «Das alles geht uns nichts an.»

«Sie werden da wohl nicht gefragt werden, Eunice.» Hakala ärgerte sich über ihre Sturheit. «Und Marilyn auch nicht, am Ende. Sie kompromittiert ihn in seinen Augen. Und deshalb wird er sich verdrücken.»

«Offiziell vielleicht», beharrte die Haushälterin. «Aber privat sieht es anders aus.» Nicht ohne Stolz schaute sie ihn an. «Sie würden es nicht glauben, wenn ich Ihnen erzählte, wer ganz privat schon alles hier war.»

Hakala war kurz versucht, ihr zu versichern, dass er es sich sehr wohl vorstellen konnte. Und dass er keinen Grund zum Stolz darin erkennen konnte. Doch er ließ es sein. Es war ohnehin egal. Er konnte Eunice Murray nicht einmal empfehlen, besser auf Marilyn aufzupassen, obwohl der Satz ihm auf der Zunge lag: Passen Sie auf sie auf. Was nützte es? Sie würde tot sein in vier? fünf? Stunden. Es war zu spät, zu spät für sie alle, um noch irgendetwas zu verändern. Das musste er sich vorsagen, wieder und immer wieder. «Ach ja, Eunice. Dr. Greenson hat mich gebeten, einen Karton für ihn aufzubewahren, als er vorhin da war. Es sind Medikamente drin. Ich hab ihn in Ihr Zimmer gebracht, damit Marilyn nicht ... Sie verstehen? Dort ist er am sichersten.»

Die Haushälterin nickte ernsthaft. «Ich werde ein Auge drauf haben.»

«Lassen Sie ihn einfach, wo er ist», riet Hakala. «Es sind auch, äh, Geräte dabei, sehr empfindlich und original verpackt und ...» Er suchte nach weiteren guten Gründen, warum sie die Finger von dem Etui lassen sollte, in dem das Schwarze Loch steckte. Zu seiner Überraschung lachte Eunice Murray nur trocken.

«Lassen Sie es gut sein, Ted. Es ist nicht der erste Irrigator, den ich sehe.»

«Ich geh in mein Zimmer», brummte er.

Sie nickte. «Ich ruf Sie, wenn ... irgendwas ist.» Der nüchterne Satz kam einem Hilferuf so nahe, wie es der zurückhaltenden Frau möglich war.

Karoline Freitag winkte heftig, als Hakala nach einem Klopfzeichen eintrat. «Das musst du dir anhören», verkündete sie. «Die Monroe beackert die Lawfords schon wieder wegen der Abendeinladung. Er leugnet, dass Kennedy bei ihm ist. Hier:» Sie drehte lauter.

«Darling, das ist alles ein großes Missverständnis. Wir erwarten den Senator nicht, bestimmt nicht. Wer hat dir nur diesen Floh ins Ohr gesetzt. Er ist gar nicht in der Stadt, soweit ich weiß.» Das war die Stimme Lawfords, die Hakala inzwischen aus dem Kino und einigen Rundfunkübertragungen nur zu gut kannte, tief, sonor, sympathisch. Nur dass er log wie gedruckt.

Di Vannuci lehnte an der Wand. «Ich bin kein Fachmann», meinte er, «aber sogar ich merke, dass er zwischendurch Pausen macht, so als würde er sich mit jemandem beraten, der neben ihm steht. Jetzt, hört ihr?» Sie lauschten, und beide vernahmen das Nicht-Geräusch, das von einer mit der Hand abgedeckten Sprechmuschel verursacht wird: unnatürliche Stille, dann ein kurzes Rascheln, die Rückkehr der Nebengeräusche, eine Stimme im Hintergrund. «Könnte seine Frau sein.» Karoline Freitag war skeptisch. Mit einem Blick waren Hakala und di Vannuci sich einig: Dieser Typ Mann beriet sich nicht mit seiner Frau. Auch Savary wusste: Sie lauschten einem indirekten Telefonat zu dritt: Monroe, Lawford, Kennedy.

Dann kam der nächste Satz: «Schreibst du eigentlich noch dein Tagebuch, Marilyn, Schatz? Das kleine rote, von dem du uns erzählt hast?»

«In dem roten sind alle meine Geheimnisse», trumpfte sie auf. «Wenn mein rotes Buch je veröffentlicht würde, würde das die Welt in die Luft sprengen. Damit könnte ich allen Mächtigen Angst machen. Sag ihm das.» Trotzig legte sie auf.

«Wovon redet er?» Di Vannuci zog die Stirn in Falten. «Welches rote Tagebuch? Er war doch eben hier und hat alles geholt.»

Hakala griff in sein Hemd und warf das Heft aufs Bett. «Das hier hat er übersehen, der Dilettant», stellte er fest. «Er hätte den Job einem seiner Agenten überlassen sollen.»

Karoline Freitag starrte das Heft an. «Meinst du, er kommt zurück?»

Das kam darauf an, dachte Hakala, wovor er mehr Angst hatte: davor, erwischt zu werden, oder vor dem Skandal, den sie entfachen könnte. Angst hatte er in jedem Fall. Und Angst machte unberechenbar. Armes Mädchen.

Savary hielt das Heft in den Händen. Er hatte Lust, es aufzublättern und sich anzusehen, was da wie eine Atombombe wirken sollte. Echter Sprengstoff oder nur das Hirngespinst einer gekränkten Frau? Nach einigem Zögern entschied er, dass es besser war, das gar nicht zu wissen. Als Karoline Freitag ebenfalls nach dem Büchlein greifen wollte, entzog er es ihr. «Es ist verschwunden», sagte er ernst. «Und das sollte es bleiben. Diesmal wird es keinen Stoff für eine wissenschaftliche Arbeit geben.» Er strich über den roten Einband und überlegte. «Wir werden es vernichten, das ist das Beste.»

«In der Küche steht ein großer Aschenbecher», bot Hakala an.

«Drücken Sie es doch gleich Kennedy in die Hand, wenn er kommt, um es sich zu holen.» Karoline war sauer.

«Wo ist eigentlich Eunice?», fragte di Vannuci.

«Laut Protokoll geht sie gegen Mitternacht schlafen», meinte Karoline. «Aber sie hat sich in ihr Zimmer zurückgezogen, richtig?»

«Ich seh nach ihr.» Hakala war schon auf dem Weg. Es war kurz nach acht, und als wäre nichts gewesen, plauderte Marilyn im Hintergrund jetzt mit einem Friseur. Ein anderer Gesprächspartner, eine andere Frau. Ein anderes ihrer vielen Gesichter. Von Verzweiflung war in diesen Minuten nicht die Rede.

In der Villa brannten noch alle Lichter, doch die Räume waren leer. Niemand gönnte dem Liebespaar von Rodin einen Blick, er sinnlos stürmisch, sie hingegeben für die Ewigkeit. Wen scherte es? Im Salon stand ein Fenster offen; die Hitze ließ langsam nach, doch es war noch immer hell. Hakala hielt inne, um den Fensterflügel leise zu schließen. Vom Pool drang Chlorgeruch zu ihm herein und das abendlich zerstreute Gezwitscher von Vögeln. Dann ein Knirschen. Er hielt inne, um zu lauschen, doch es wiederholte sich nicht. Dafür war aus der Richtung der Schlafzimmer ein dumpfer Laut zu hören. Alarmiert schlich Hakala weiter. Vorsichtig drückte er die Klinke von Marilyns Raum. Er war abgesperrt. Die Telefonschnur lief drunter durch. Als er das Ohr an das Holz der Tür legte, konnte er ihre Stimme hören, ein helles Lachen. Bei ihr schien alles in Ordnung zu sein. Eunice' Zimmertür dagegen stand offen.

«Eunice?» Hakala erhielt keine Antwort.

55.

Hakala drückte die Tür ganz auf. «Eunice, alles in Ordnung?» Die Haushälterin lag in einer Stellung auf dem Bett, die alles andere als in Ordnung war. Ein Arm hing auf den Boden, der Kopf wurde durch das Kissen abgeknickt, ein Knie war unnatürlich abgewinkelt. Hakala musterte das Zimmer. Er konnte unter dem Bett stecken, im Schrank, im Badezimmer. Vorsichtig, Schritt für Schritt, wagte er sich in das Zimmer. Ein erster, vorsichtiger Griff nach dem Puls an Eunice' Hals sagte ihm, dass sie lebte und nicht unmittelbar in Gefahr schien. Auf dem Nachttisch sah er ein Stück Mull, hob es auf, roch daran und zuckte zurück. Äther. Wer immer hier hereingekommen war, hatte dieselbe Idee gehabt wie die *Time Unit* und hatte die Haushälterin ausgeschaltet. Aber wer?

Sein nächster Blick galt dem Koffer in der Ecke. Aber er konnte nichts entdecken, das darauf hinwies, dass jemand das darin verborgene Schwarze Loch entdeckt hätte. Auch Eunice nicht. Ein Griff an das Schloss verriet ihm, dass es intakt war. Nebenan schepperte etwas auf den Fliesenboden.

Das Bad, begriff Hakala. Er war schnell, aber nicht schnell genug. Im Licht, das er angeschaltet hatte, drehte sich vor seinen Füßen eine große Muschel in silberner Fassung, die als Seifenschale diente, kreiselte und kam zur Ruhe. Der Flüchtige hatte sie zu Boden gestreift. Doch das Bad, das unmittelbar mit Eunice' Zimmer verbunden war, hatte eine zweite Tür. Hakala verfluchte sich, nicht daran gedacht zu haben. Die Tür führte in ein zweites Schlafzimmer. Er wusste nicht, für was oder wen es gedacht war. Man hatte es ihm nicht gezeigt, und er hatte es nie betreten. Bodenlange, schwarz abgefütterte Vorhänge, wie sie auch in Marilyns Schlafzimmer hingen, blähten sich im Zug und gaben den Blick frei auf einen halbfertigen Fußboden, Möbel, dicht gestellt, harrten ihrer

Bestimmung, zusammengerollte Teppiche auf einem Sessel. Links neben Hakala führte eine weitere Tür zurück in den kleinen Flur vor dem Schlafzimmertrakt. Der Eindringling konnte von dort zurück in den Salon und weiter ins Haus geflüchtet sein. Oder er war durch das Fenster gestiegen und in den Garten. Ein Ruck an den Vorhängen, der das goldene Abendlicht hereinließ, zeigte ihm, dass auch sie offen standen.

«Verflucht noch mal.» Ehe Hakala sich entscheiden konnte, welche Spur er aufnehmen sollte, klingelte es an der Tür.

«Eunice?», kam es aus Marilyns Schlafzimmer. «Eunice? Sag, ich bin nicht da.»

«Ich erledige das, alles okay.» Hakala machte sich hastig auf den Weg. Er wollte auf jeden Fall verhindern, dass Marilyn aus ihrem Zimmer kam. Solange er nicht wusste, wo der fremde Eindringling abgeblieben war, war das zu gefährlich. Sie war sicher, wo sie war, und dort sollte sie bleiben, bis er begriff, was hier vorging. Es klingelte erneut, dringender.

«Komme ja schon.» Ausgerechnet jetzt. Er war entschlossen, den Besucher sofort abzuwimmeln. Als er die Haustür öffnete, brauchte er einen Moment, bis er begriff, wen er vor sich sah. «Betty», entfuhr es ihm.

Luigi Marcello neben ihr räusperte sich. «Eigentlich wollten wir nach Marilyn sehen.» Er strich sich übers Haar. «Bei den Lawfords sagte man mir, dass sie nicht kommen könne, weil sie krank sei. Geht es ihr gut?»

«Sagte man das dort», sprach Hakala. Er mochte tumb aussehen in diesem Moment. Doch er überlegte fieberhaft.

«Ich hab dir doch gesagt, wir sollten nicht herkommen.» Betty, die sich sichtlich unwohl in Hakalas Gegenwart fühlte, zog an Luigis Ärmel. Sie strebte fort. «Lass uns ein andermal wiederkommen.»

«Nein, nein, nein, nur herein.» Hakala hatte ein Wackeln des

Vorhangs bemerkt, am Fenster des Gästezimmers, das schräg gegenüber der Haustür lag. Er hoffte, dass seine Freunde sehen konnten, wer ihnen da ins Haus geflattert war: Betty Rosenfeld, die lang Vermisste, die Einzufangende, die Fahnenflüchtige. Es war jetzt das dritte Mal, dass er ihr begegnete. Diesmal würde er sie nicht entkommen lassen.

Er winkte den zögernden Luigi und die noch sprödere Betty herein. Rasch gestikulierte er danach in Richtung des Fensters, um anzuzeigen, dass sich jemand über die Küche auf den Weg zu ihm machen sollte. Hakala formte Zeige- und Mittelfinger zu einem V, durch das er langsam den Daumen drückte, so, als setze er eine Spritze. Er hoffte, dass sie begriffen, dass er das Betäubungsmittel meinte. Endlich schloss er mit Nachdruck die Tür und mühte sich, den Schlüssel, der von innen steckte, so leise wie möglich zu drehen. Er zog ihn ab und steckte ihn in die Tasche. Gut so. Eunice war außer Gefecht, Marilyn beschäftigt, Betty Rosenfeld so gut wie daheim. Der fremde Eindringling würde sich wohl vorerst, wo so viele Leute herumliefen, nicht aus seiner Deckung wagen. Für den Moment hatte er die Situation im Griff.

«So, hier herein bitte.» Hakala lotste seine Gäste in den Salon und machte sich an der Bar zu schaffen. Seine Hände zitterten, aber nur ein wenig.

56.

Seine Gäste auf dem Sofa saßen verkrampft da, von ihnen hörte Hakala nichts als das Rascheln von Stoff. Offenbar rang auch Betty Rosenfeld um Fassung. Gut so. Hakala griff nach der Zange und tat in jedes Glas zwei Eiswürfel aus dem Behälter, den die gute Eunice vorhin noch frisch gefüllt hatte. Eunice, um sie würde er sich später kümmern müssen.

«Ähem.» Das war Luigi.

Und in der dunklen Tür zum Esszimmer sah Hakala jetzt endlich, worauf er gewartet hatte: eine Hand, die ihm signalisierte, alles sei in Ordnung. Savary und di Vannuci waren nebenan in Stellung gegangen, um ihm im Notfall zu helfen. Betty Rosenfeld würde ihnen nicht entkommen.

Luigi Marcello räusperte sich noch einmal. «Wo ist Marilyn?», fragte er.

«Sie telefoniert.» Hakala reichte ihm ein Glas und wies knapp mit dem Kinn in Richtung des Telefonkabels, jener Nabelschnur, die die Schauspielerin in diesem Moment mit der Welt verband. «Sie telefoniert für ihr Leben gern.»

«Wir reden viel telefonisch, wenn ich in New York bin.» Marcello nickte. «Über Literatur, Theaterstücke. Auch über meine Arbeit. Sie liest alles sehr gewissenhaft, was ich ihr schicke. Macht sich Anmerkungen, schreibt Kommentare. Das ist mir eine große Hilfe, im Ernst. Marilyn hat so ein großartiges Gespür für Texte.»

«Genauso gut wie Betty?», fragte Hakala ironisch und prostete Betty Rosenfeld zu. «Unsere prophetische Betty. Hat Sie Ihnen eine große Karriere vorhergesagt?»

«Sie wissen genau …», zischte Betty. Fing sich dann aber. Sie nahm Luigis Hand und wandte sich ihm direkt zu. «Ich hab dir gesagt, ich mag ihn nicht. Ich möchte gehen.»

Luigi schaute Hakala irritiert und hilfesuchend an. «Betty ist so impulsiv, entschuldigen Sie.»

«Er ist ein Verbrecher. Er verfolgt mich, du siehst es doch selber.» Sie machte Miene aufzustehen.

«Baby, *ihr* habt hier geklingelt. *Ich* hab euch nicht eingeladen.» Hakala blieb gelassen. «Und was soll dir hier schon passieren? Mit Luigi an deiner Seite?» Er setzte sich in einen Sessel, der zwischen Betty und dem Esszimmer stand, dem einzigen Weg nach draußen. «Sie sind ein netter Kerl, Marcello, wenn ich das sagen darf.»

Luigi lächelte schwach. Er zog eine Braue hoch und zuckte mit den Schultern. «Verbrecher habe ich selber in der Familie, wissen Sie. Wer von euch ohne Schuld ist …» Er trank einen Schluck.

«Danke, dass Sie es so sehen.»

«Marilyn vertraut Ihnen», stellte Marcello fest und fuhr, ohne eine Antwort zu erwarten, fort: «Das ist gut, wissen Sie. Es sind so viele Menschen um sie herum. Und nicht alle, wie soll ich sagen …»

«Ich weiß, Eunice hat es mir erzählt. Sie sind auch kein Freund von Cal Neva, vermute ich.»

Marcello schaute ihm direkt ins Gesicht. «Reden wir Klartext: Sie meinen Sinatra, Giancana, die Mafia. Wie gesagt, meine Familie besteht auch aus Verbrechern. Glauben Sie mir, ich weiß, wie schwer es ist, sich da rauszuhalten.»

«Erstaunlich», meinte Hakala und lehnte sich zurück. So konnte er di Vannuci aus dem Augenwinkel sehen, der, an die Esszimmerwand gepresst, auf seinen Einsatz wartete. Er schlug die Beine übereinander. «Dabei könnten Sie doch davon profitieren.»

Jetzt lachte Marcello. «Soll ich den Verlagslektoren ein Angebot machen lassen, dass sie nicht ablehnen können, damit sie meine Manuskripte annehmen? Theaterdirektoren, die meine Stücke ablehnen, Pferdeköpfe ins Bett legen lassen?» Er drehte sein Glas in den Händen. «Die Branchen haben wenig gemeinsam. Und am

Ende, das wissen Sie, müssen wir für alle Gefälligkeiten bezahlen. Auch in der Familie.»

«Familie ist ein Krake», stimmte Hakala zu und behielt den Eingang zum Gästezimmer im Blick. Eine weitere Hand, eine schwarze diesmal. In ihren Fingern sah er die Spritze. Er hob seinerseits einen Zeigefinger. Gleich wäre es so weit.

In diesem Moment ertönte ein Schrei. Es war die Stimme einer Frau.

«Was war das?» Luigi Marcello war aufgesprungen und schlang den Arm um Betty Rosenfeld. «War das Marilyn. Ist sie in Gefahr?»

Doch der Schrei war aus der Richtung des Gästezimmers gekommen, wo Karoline Freitag in diesem Moment alleine sein musste. Der fremde Eindringling – er musste dort eingedrungen und auf die Historikerin gestoßen sein. Jetzt hörte man dumpfes Rumpeln, ein weiterer Schrei kam erstickt.

«Bleibt, wo ihr seid, dann passiert euch nichts!» Hakala verlor keine Zeit. Er rannte durch Esszimmer und Küche in den Hof. Di Vannuci und Savary folgten ihm.

Aus dem Gästezimmer drang Keuchen. Als sie ankamen, lag Karoline Freitag auf dem Bett, ihre Füße zuckten. Ein Mann kniete über ihr und hatte die Hände um ihren Hals gelegt.

«Sei still», knurrte er in diesem Moment. «Sei endlich still, verdammt.» Sein Hut war heruntergefallen, das zurückgekämmte Haar hing ihm in die Stirn, auf der Schweißtropfen standen. Karoline Freitag hatte die Hände um seine Handgelenke gekrampft. Nach Luft ringend, voller Entsetzen starrte sie, während ihr die Sinne schwanden, in das Gesicht von Lee Harvey Oswald.

Hakala verlor keine Zeit. Er nahm di Vannuci die Spritze ab und setzte sie dem Angreifer direkt in den Hals.

Er gab die leere Kanüle an di Vannuci zurück. «So macht man das. Nicht lange nach einer passenden Stelle suchen. Wir sind nicht als Ärzte hier.»

Di Vannuci zog den Mann von Karoline herunter und legte ihn in stabiler Seitenlage neben das Bett. Dann untersuchte er die Historikerin, fühlte ihren Puls, kontrollierte, ob nichts gebrochen war, kontrollierte die Mundhöhle, ehe er ihr sacht auf die Wangen schlug. Sie sog krampfhaft die Luft ein, hustete und kam zu sich. Ihre Arme fuhren hoch, als wollte sie sich verteidigen.

Er fing ihre Handgelenke ab. «Alles gut», beruhigte er sie. «Alles gut, ich bin's nur.»

Hakala hatte inzwischen aus ihrer Ausrüstung einen Kabelbinder geholt und den Angreifer gefesselt.

Sie setzte sich auf dem Bett auf und schaute zu. «Das begreife ich nicht», sagte sie. Sie fasste sich an den schmerzenden Hals. «Was macht er hier? Hier? Warum Oswald, ich meine, hat er, will er ...?» Sie hustete erneut.

Di Vannuci half ihr aufzustehen. «Kommen Sie mit in die Küche. Sie brauchen was zu trinken.»

Hakala hielt Savary zurück, als der den beiden folgen wollte. «Besser, wenn sie uns nicht alle zu sehen kriegen.»

«Sie haben recht, Entschuldigung.» Savary blieb stehen. Flüsternd fügte er hinzu: «Ich bleibe am Abhörgerät. Aber um Himmels willen, Hakala.» Er hatte den Finnen am Arm gefasst. «Bringen Sie die Rosenfeld hier weg, so schnell es geht, ja?»

Erstaunt schaute Hakala den Franzosen an. Er hatte ihn selten erregt gesehen. Was war so schlimm daran, wenn es noch ein wenig dauerte, nach all den Pannen, die sie schon überstanden hatten?

«Sie muss weg von diesem Mann, das ist gefährlich.»

Hakala schaute ungläubig. Luigi kam ihm nicht gefährlich vor.

«Er ist ihr Vater, Hakala, verstehen Sie?»

Hakala pfiff vor Überraschung. Dann ging ihm die Luft aus. «Aber: Sie haben was miteinander.»

«Tja.» Savary ließ ihn los. «Dann verstehen Sie jetzt vielleicht, warum wir das beenden müssen.»

«Alles in Ordnung da drüben?» Das war di Vannuci.

Hakala gab Savary mit einem letzten Blick zu verstehen, dass er sich kümmern würde, und machte sich auf den Weg in die Küche.

Di Vannuci hielt sich nicht mit weiteren Fragen auf. Er durchstöberte den Kühlschrank, fand Reste des Grapefruitsafts vom Frühstück und schenkte ihn Karoline ein. «Das Einzige ohne Alkohol, wie es aussieht.»

Die Historikerin stöhnte. «Geben Sie mir ruhig einen Schluck Hochprozentiges, ich glaube, das brauche ich jetzt.»

«Wer ist das?», fragte eine Männerstimme. Di Vannuci und sie fuhren herum. In der Tür zum Esszimmer standen Luigi Marcello und die Rosenfeld, die es entgegen Hakalas Anweisung nicht im Wohnzimmer ausgehalten hatten.

«Betty?», entfuhr es Karoline.

Di Vannuci war so geistesgegenwärtig, auf das Paar zuzugehen und sich so zu platzieren, dass es nicht zurück in die anderen Räume flüchten konnte. Mit einem strahlenden Lächeln hielt er ihnen die Hand hin. «King», sagte er. «Nicht verwandt mit Martin Luther King.» Er zwinkerte. «Ich bin Musiker. Wie alle Schwarzen.»

Marcello schüttelte hilflos di Vannucis Hand. «Wir wollten sehen, ob wir helfen können. Ich meine, was ist hier eigentlich los?» Der Dramatiker hatte seine Lockerheit verloren. Unsicher schaute er von einem zum anderen. «Ihr kennt euch?»

«Noch von der Highschool, stimmt's, Betty?» Karoline, die sich wieder ein wenig gefasst hatte, prostete der Rosenfeld mit ihrem Grapefruitsaft zu. Dann musste sie husten.

«Luigi, kommen Sie mal und helfen mir mit dem Kerl, der die Dame hier so rüde überfallen hat?» Hakala winkte den Italiener an seine Seite und verschwand mit ihm im Gästezimmer.

Eine Minute später kamen sie zurück, den bewusstlosen Eindringling untergehakt. Sie trugen ihn an Betty und di Vannuci vorbei bis ins Wohnzimmer und platzierten ihn auf dem Sofa. Karoline, Betty und di Vannuci waren langsam hinterhergekommen und betrachteten den Mann.

«Hilft Wasser?», fragte Hakala di Vannuci. «Ich will mit ihm reden.»

«Und ihr alle seid Freunde von Marilyn?», fragte Luigi ratlos.

Karoline lächelte ihn liebenswürdig an. «Wir kennen uns über Bettys Vater», sagte sie und genoss es zu sehen, wie die Frau zusammenzuckte.

«Bettys Vater?»

«Hat Sie Ihnen noch nichts von ihrem Vater erzählt?» Karoline neigte den Kopf. «Seltsam. Er würde Ihnen gefallen, glaube ich, ein Schriftsteller, lebt in New York. Genau wie Sie.»

Luigi wandte sich an Betty, aus deren Gesicht jegliche Farbe gewichen war. «Darling?», fragte er.

Im selben Moment kam di Vannuci zurück. Er hatte aus dem Gästehaus seinen Notfallkoffer geholt. «Ich gebe ihm was zum Aufwachen», sagte er. Und machte vorsichtig eine zweite Injektion.

Als Luigi Marcello die Spritze sah und wie routiniert di Vannuci sie handhabte, wich er zurück. «Sie sind kein Musiker! Wer seid ihr? Seid ihr vom Geheimdienst? Betty?»

Statt einer Antwort zog sie ihn am Arm in Richtung Tür. Diesmal war er geneigt, ihrem Wunsch zu folgen. Die letzten Schritte liefen sie beide. Doch die Tür war verschlossen. Vergebens rüttelte sie an der Klinke.

«Ich habe mir erlaubt, abzusperren», bemerkte Hakala, der ihnen nachgegangen war. «Wenn ich jetzt bitten darf.» Er zog die Beretta, die er vor wenigen Tagen im Lokal dem Angreifer Reagans abgenommen hatte, und richtete sie auf die beiden.

Wie hypnotisiert starrte Luigi in den Lauf der Waffe. Betty hörte erst auf, an der Klinke zu zerren, als er sie bei der Schulter packte. Da sah auch sie die Waffe in Hakalas Hand.

«Bitte», sagte der Finne. «Ich möchte Marilyn wirklich nicht beunruhigen.»

«Sie werden uns nichts tun.» Betty starrte Hakala direkt in die Augen. Sie versuchte sichtlich, ihre Sinne beisammen zu halten und ihre Panik zu unterdrücken. «Sie dürfen uns nicht töten. Ich weiß das. Die Bibel verbietet es. Sie dürfen die Vergangenheit nicht verändern. Sie sind machtlos.» Versuchsweise trat sie einen Schritt auf ihn zu.

Die Beretta zuckte leicht. «Wollen Sie es ausprobieren, Betty? Sie wissen doch, dass ich es mit den Vorschriften nicht so genau nehme. Und Ihr Verlust wäre für mich persönlich leicht zu verschmerzen.»

«Vergangenheit? Machtlos? Die Bibel? Wovon redet ihr die ganze Zeit, verdammt noch mal?» Luigi Marcello verlor langsam, aber sicher die Fassung. Der Schweiß lief ihm in Strömen zwischen den Brillantine-verklebten Locken hindurch auf die Stirn. Er war bleich, und seine Mundwinkel zuckten.

Hakala sah weiter Betty Rosenfeld an, während er antwortete. «Das wäre mal ein Stoff für ein Theaterstück, Luigi. Aber vermutlich fändest du es unglaubwürdig.»

«So.» Di Vannuci ließ die Kanüle sinken. «Er ist wieder bei uns.» Er richtete sich auf und packte seine Sachen weg.

Langsam hob der Eindringling den Kopf. Sein Blick fiel als Erstes auf Hakala. «Dich kenn ich», lallte er. Von Sekunde zu Sekunde wurde er klarer. Sein Blick wurde fest und fixierte einen nach dem anderen.

Karoline hatte inzwischen genug Gelegenheit gehabt, ihn zu betrachten. «Das ist nicht Oswald», erklärte sie aufgeregt. «Er sieht ihm ähnlich, aber er ist es nicht. Es ist der andere, der Doppelgänger, der oben die Waffe abgefeuert hat. Versteht ihr?» Mit leuchtenden Augen schaute sie ihre Kollegen an. Endlich hatte sie ihn gefunden, den Unbekannten, nach dem sie in Hannahs Gesichtserkennungsprogramm vergeblich gefahndet hatte. Den Mann, den es in der offiziellen Geschichtsschreibung gar nicht gab. Sie war so aufgeregt, dass ihr Atem schneller ging. Ihr Hals verkrampfte sich und schmerzte. Doch sie war glücklich: «Das ist der Mann, der im Schulbuchdepot auf den Präsidenten schoss.»

Der junge Dramatiker verstand immer weniger. Seine Verwirrung und seine Wut dagegen stiegen sichtlich. Er stand da in seinem hellgrauen Anzug, mit dem weichen Jungengesicht unter dem glänzenden dunklen Haar, und war gespannt wie eine Feder.

«Es reicht», sagte Hakala und warf Karoline Freitag einen drohenden Blick zu.

Doch die Historikerin war nicht zu bremsen. Sie war so aufgeregt, dass sie den Mann, der immer wieder umzusinken drohte, am Kragen packte. «Wer hat Sie angeheuert für Dallas? Wer ist Ihr Auftraggeber?»

«Dallas?», fragte er, mit Mühe artikulierend. «Ich war im Leben nicht in Dallas.»

«Sie lügen!» Karoline schüttelte ihn.

Di Vannuci sah sich genötigt, sie zurückzuhalten. «Denken Sie doch mal nach», flüsterte er ihr ins Ohr, während er sie beiseitezog. «Kommen Sie zu sich.»

«Aber ...» Langsam nur begriff Freitag, dass di Vannuci recht hatte. Die Schüsse auf Kennedy in Dallas, das war erst in zwei Jahren. Der Mann hier konnte gar nichts davon wissen. Noch nicht. Die Ereignisse lagen in der noch unbekannten Zukunft. Erschrocken ließ sie ihn los.

«Klappe jetzt. Alle», ließ sich Hakala vernehmen. «Falls Sie es unbedingt wissen müssen», fügte er für Karoline Freitag hinzu, «das da ist Tony Fenelly. Er ist ein Laufbursche von Giancana, der es dank Sinatra geschafft hat, in Hollywood ein paar B-Promis kennenzulernen.»

Als sein Name erwähnt wurde, kam ein wenig Leben in Fenelly.

«Hört mal», sagte er und versuchte, die Hände zu heben. Er schien erst jetzt zu bemerken, dass sie gefesselt waren. «Hey», entfuhr es ihm. «Ich hab nichts gemacht, echt. Ich mein, die Alte wacht doch wieder auf. Kein Problem.»

«Sie haben also Eunice Murray betäubt? Warum?», wollte di Vannuci wissen.

Hakala war pragmatischer. «Neulich hat er eine Waffe im Hosenbund getragen. Filz ihn.»

Di Vannuci kam dieser Aufforderung nach. «Nichts», stellte er fest.

Fenelly hatte sich wieder ein wenig gefangen. «Ich sag doch, ich will keinem was. Ich sollte nur dieses verdammte rote Buch holen, das ist alles.»

«Das verschwundene Notizbuch der Monroe?», entfuhr es Freitag. Sie bemerkte ihren erneuten Fauxpas und warf Hakala einen entschuldigenden Blick zu.

«Ist nicht verschwunden», widersprach Fenelly. «Ist nur liegen geblieben vorhin. Pat hat mich gebeten, es zu holen.»

«Pat? Pat Kennedy?» Diesmal sah Karoline Freitag keinen Grund sich zurückzuhalten. «Sie arbeiten für die Kennedys?»

Trotz seines angeschlagenen Zustandes schaffte Fenelly es, ein wenig stolz auszusehen. «Für Pat Newcomb», korrigierte er Karoline. «Aber Pat ist eine geborene Kennedy, klar, Mann. Wenn so jemand dich bittet, ihm einen Gefallen zu tun, da sagst du doch nicht nein, oder?» Zustimmung heischend schaute er sich um. «Da kann man doch gar nicht nein sagen, ich meine ..., hey.»

Hakala verzog den Mund. «Der Justizminister bricht hier also ein, klaut Marilyns private Unterlagen. Und als er merkt, dass er zu blöd war, alles mitzunehmen, bittet er die Frau seines Freundes, Sie loszuschicken, um hier noch mal aufzuräumen, ja?»

«Hey, hey, immer mit der Ruhe», suchte Fenelly abzuwiegeln. «Ist doch nur ein ganz kleiner Gefallen. Ich meine, ein Notizbuch.»

Er hob demonstrativ die Schultern. «Die blöde Nutte hätte es doch gar nicht vermisst.»

«Reden Sie gefälligst nicht so von Marilyn!» Luigi Marcello sprang vor. Nur der Druck von Hakalas Pistole gegen seine Seite hielt ihn zurück.

«Sie sollten mal hören, wie die Kennedys von der reden.» Stolz auf sein Insiderwissen schaute Fennely sich um. «Blasen kann sie wie eine Eins, aber wenn sie bei Tisch einen geraden Satz sagen soll, dann fängt sie das Stottern an.» Er lachte. «Das hat mir John F. selber mal erzählt. Ehrenwort. Ist das nicht irre komisch?»

Für Luigi war das zu viel. Er stürzte sich auf den Spötter, ohne Rücksicht auf sich selbst. Di Vannuci war auch aufgesprungen und versuchte, die sich übereinander wälzenden Männer zu fassen zu kriegen.

«Vorsicht», rief Hakala. «Er hat eine Pistole.»

Di Vannuci sah ebenfalls, wie der Mafioso die Knie anzog, mit den gefesselten Händen nach der Waffe griff und Marcello in den Bauch trat, sodass der zurückflog und auf dem Rücken landete. Di Vannuci warf sich dazwischen. Der Schuss, auf den hilflos daliegenden Marcello gezielt, ging los. Alle erstarrten. Di Vannuci klappte zusammen und fasste sich an die Seite. Mit einem Stöhnen schaffte er es noch, sich abzustützen und auf den Boden zu setzen, Kopf und Schultern an das Sofa gelehnt. Zwischen seinen Fingern quoll Blut hervor, auf den weißen Teppich.

Hakala nahm Fennely, der vor Schreck erstarrt war, die Waffe ab und schlug ihm deren Griff über den Schädel. Fenelly brach ohnmächtig zusammen. Der Finne ging neben di Vannuci in die Knie, um ihn zu untersuchen. «Sie hatten doch gesagt, er ist sauber.»

Di Vannuci sog mühsam die Luft ein. «Sie sagten Hosenbund. Also hab ich bloß in seinem Hosenbund nachgeschaut.»

Hakala schüttelte den Kopf. Di Vannuci war eindeutig kein Profi. Er untersuchte die Wunde. «Das muss ein Arzt sehen.»

Karoline hatte sich neben di Vannuci gekniet. «Das hier ist keiner von den verdammten Filmen, in denen der schwarze Nebendarsteller draufgeht, hören Sie?» Sie versuchte sich an einem Lächeln, während sie mit zitternden Fingern versuchte, sein Hemd aufzubekommen.

Er schnappte nach Luft. «Ich will durch das Loch.»

«Sie werden nicht sterben, Mann!» Luigi hatte sich aufgerappelt, bleich, aber jetzt gefasst. «Sie haben mir das Leben gerettet. Ich rufe im Hospital an. Wenn wir Marilyns Namen nennen, werden sie sofort behandelt.»

«Marilyn?», entfuhr es Karoline, die die Schauspielerin ganz vergessen hatte.

Im selben Moment wurde allen Anwesenden bewusst, dass die Monroe ja ebenfalls im Haus war. Unsichtbar hinter ihrer geschlossenen Schlafzimmertür. Aber lebendig. Doch obwohl eben ein Schuss ertönte, unüberhörbar, so dicht bei ihr, kam sie nicht heraus. Die Tür ihres Schlafzimmers blieb geschlossen. Nichts rührte sich dort drinnen. Niemand erschien, um zu fragen, was los war. Nicht einmal eine Stimme erklang. Sie alle starrten auf diese Tür. Doch alles, was geschah, war, dass die schwankende Gestalt von Eunice Murray um die Ecke kam.

«Was ist hier los?», murmelte sie und griff sich an den Kopf. «Ich habe etwas gehört. Ich muss eingeschlafen sein. Ted?» Als sie Hakala erkannte, blieb sie stehen. Dann realisierte sie langsam auch den Rest der Szene: die unbekannten Besucher, den blutenden Schwarzen auf dem Boden, die Waffe in der Hand des Mannes, den sie für Ted Heckler hielt.

57.

Hakala führte die verwirrte Eunice zum Sofa. Mit Blick auf den blutenden di Vannuci kommandierte er. «Freitag, helfen Sie ihm und bringen Sie ihn, Sie wissen schon, wohin.»

«Warten Sie», sagte di Vannuci, als sie versuchte, ihm auf die Beine zu helfen. Mit Gesten wies er sie an, ihm seinen Koffer zu geben. «Die Kanüle dort. Ja, stecken Sie alles zusammen. Jetzt das Fläschchen.» Es dauerte, doch mit der freien Hand und ihrer Hilfe gelang es ihm, sich ein Schmerzmittel zu setzen. «Geben Sie mir fünf Minuten.» Er lehnte den Kopf zurück an das Sofa und versuchte, ruhig zu atmen. «Wo ist die Rosenfeld?», fragte er in die Stille hinein. «Fällt nur mir auf, dass sie weg ist?»

«Verfickte Scheiße!» Hakala hieb die Hand mit der Waffe gegen die Wand vor Wut. Di Vannuci hatte recht. Sie war verschwunden, vermutlich schon, als der Schuss gefallen war. Nicht einmal Marcello hatte es bemerkt.

Jetzt stotterte er: «Sie hatte recht, nicht wahr? Sie sind Verbrecher und verfolgen sie.»

«Betty ist nur eine Nebenfigur», sagte Karoline. «Sie als Dramatiker wissen doch, was eine Nebenfigur ist?»

Marcello presste die Lippen zusammen. «Bin ich auch eine Nebenfigur? Bin ich verzichtbar? Töten Sie mich jetzt?»

Karoline schaute ihn an, den Mann, der in zwei Jahren in Dallas stehen und Präsident Kennedy erschießen würde. Ein Mord aus Liebe und Enttäuschung, von dem er jetzt vielleicht noch gar nicht wusste, dass er ihn begehen würde. Er tat ihr leid. «Sie mögen sie wirklich, nicht wahr?»

«Betty?» Alarmiert schaute er sie an.

«Nein, Marilyn.» Sie bemerkte, dass di Vannuci sich wieder regte, und stand auf, um ihm hochzuhelfen.

Luigi Marcello ging zu dem Barwagen und schenkte sich noch einen Wodka ein, den er ansatzlos kippte. «Sogar Sie haben es gemerkt», stellte er matt fest. Der Satz war an niemand Bestimmten gerichtet. «Betty hat es auch gewusst. Dauernd hat sie gesagt: In Wirklichkeit liebst du nur immer sie.» Ein zweites Glas folgte dem ersten. «Das Attraktivste an Betty war, glaube ich, dass sie es im Grunde verstanden hat. Oder zumindest akzeptiert.» Er lachte bitter auf. Dann wandte er sich um. «Und der da wollte sie bestehlen, ja? Ihr Tagebuch?»

«Gute Güte!», rief Eunice Murray. «Ist das wahr?»

«Kennedy hat ihn geschickt, Eunice», bestätigte Hakala. «Wir sollten also sehr diskret vorgehen und …»

Fenelly, der langsam wieder zu sich kam, stöhnte. Mit einem Satz war Marcello bei ihm. Er packte ihn an den Aufschlägen seines Anzugs und zog ihn hoch. «Hast du ihr was angetan?», brüllte er dem Kleingangster ins Gesicht. «Was hast du mit ihr gemacht?» Wie ein Irrer lief er zu Marilyns Schlafzimmertür und hämmerte dagegen. Auch das erbrachte keine Reaktion. Karoline, die ihn noch immer beobachtete, begann sich zu fragen, ob sie mit dieser Nacht nicht den Keim dazu gelegt hatten, dass Marcello sich zu dem Attentat auf Kennedy entschloss. Waren Sie es, die ihn auf die Idee brachten, die Kennedys hätten Marilyn unrecht getan, ja, wären an ihrem Tod schuld? Hatten sie so tief in die Geschichte eingegriffen? Aber andererseits: Luigi war der Attentäter, schon immer gewesen, auch in den Versionen der Vergangenheit, in denen die *Time Unit* gar nicht vorgekommen war, oder? Ihr schwindelte, wenn sie darüber nachdachte.

«Gute Güte», wiederholte Eunice Murray. In ihren Augen standen Tränen. «Was tun wir jetzt nur, was tun wir nur?»

Hakalas erster Impuls war es, die Tür einzutreten. Gerade noch rechtzeitig erinnerte er sich daran, dass in keinem Polizeibericht von einer Beschädigung der Tür die Rede war. Er griff in seine

Jacketttasche. Die Arbeit für Otash hatte es mit sich gebracht, dass er hier und da einen Dietrich gebrauchen konnte. Er kniete sich vor die Tür und hatte das Schloss in einer Minute offen.

Marilyn lag auf dem Bauch, in der Hand noch den Telefonhörer, der fast auf den Boden baumelte. Er nahm ihn. «Savary?», flüsterte er hinein. «Bleiben Sie, wo Sie sind.» Dann legte er auf. Er drehte Marilyn auf den Rücken, fühlte ihren Puls und beobachtete ihre Atmung. Ein Déjà-vu, dachte er. Auch diesmal war sie am Leben. «Überdosis, Eunice», teilte er der Haushälterin knapp mit. «Wie beim letzten Mal, in Ordnung? Ich bring sie ins Bad.»

«Ich rufe einen Krankenwagen.» Der junge Dramatiker war an seiner Seite. Wieder und wieder streichelte er Marilyns Gesicht, ihre Haare, nahm ihre Hand und ließ sie wieder los. Er weinte tatsächlich.

«Kaltes Wasser wird es auch tun. Helfen Sie mir.»

«Sie Mistkerl. Sehen Sie nicht, dass sie stirbt? Was hat dieser Verbrecher ihr angetan?»

«Das hier hat sie sich ganz alleine angetan», versuchte Hakala klarzustellen. Er überließ es Luigi Marcello, Marilyn in die Arme zu nehmen, und packte ihre Füße. «Auf drei», kommandierte er. «Verdammt, ist das schwer.»

Gemeinsam bugsierten sie Marilyn ins Bad. Marcello achtete weder auf Karoline Freitag, die vom Gästehaus kam, noch auf den silbernen Anzug, den sie über dem Arm trug, um damit in Eunice Murrays Zimmer zu gehen und di Vannuci reisefertig zu machen. Er hatte nur Augen für Marilyn, der er vermutlich noch nie so nahe gewesen war. Hakala ahnte, wie es ihm ging. Vor wenigen Tagen noch war er in derselben Lage gewesen. Es ist hart, zu lieben und nicht helfen zu können. Mit sanftem Nachdruck schob Eunice Murray sie beide aus dem Bad.

Erschüttert wankte Marcello ins Wohnzimmer zurück. Als Hakala Tony Fenelly die Handfessel durchschnitt und anschließend die Tür aufschloss, um ihn gehen zu lassen, war er außer sich. «Sie wollen ihn laufen lassen? Diesen Dreckskerl?»

Hakala schob Fenelly zur Tür hinaus. «Was wollen Sie, Marcello? Ihn anzeigen wegen Einbruchs? Damit die Polizei kommt und Marilyn so vorfindet? Wollen Sie das?»

«Diese verdammten Kennedys. Sie sind an allem schuld.» Marcello warf sich auf das Sofa, hieb den Kopf gegen die weiche Lehne und ließ ihn dann in seine Hände sinken. «Sie haben sie zerstört. Marilyn hat es mir erzählt.»

«Übertreiben Sie mal nicht.»

«Sie hat so hart gekämpft, um mehr zu sein als ein billiges Blondchen, verstehen Sie? Eine echte Schauspielerin, ein Star. Und dann kommen diese beiden Mistkerle und bedienen sich, als wäre sie nur eine, eine ...»

Statt einer Antwort hielt Hakala ihm ein Glas hin. «Dazu gehören immer zwei», meinte er endlich.

«Ja», stieß Luigi Marcello hervor. «Beide Kennedys. Mistkerle, einer wie der andere.»

«Glauben Sie, sie hat einen von denen wirklich geliebt?» Hakala fragte aus Interesse.

Marcello hob den Kopf und schaute ihn an. «Sie verstehen das nicht. Marilyn hätte die ganze Welt geliebt, wenn man sie gelassen hätte.»

Hakala, der gerade einen Schluck getrunken hatte, geriet der Wodka in die Nase, als er sich das unwillkürlich bildlich vorstellte. Er musste husten, brachte aber endlich hervor: «Vielleicht besser so.»

Als Nächstes bekam er einen Schwinger auf die Nase. Es knirschte, und er fiel nach hinten. «Arschloch», sagte Marcello verächtlich. Er rieb sich die Faust, betrachtete Hakala. «Das war schon lange fällig», stellte er fest. Ehe Hakala etwas darauf erwidern konnte, war er gegangen.

Hakala rappelte sich auf und wankte zur Tür. «Marcello», rief er in den dunklen Hof. «Luigi? Kommen Sie zurück. Was haben Sie denn vor?» Er hörte schnelle Schritte, dann nichts mehr. Na gut, dachte Hakala. Sollte er doch gehen und sich unglücklich machen. Er würde ihm ohnehin nicht helfen können. Nicht einmal dürfen, selbst wenn er wollte.

In der Ferne näherte sich eine Sirene.

58.

Hakala blieb stehen und lauschte. Der Ton wurde lauter, kam näher. Dann sah er das Blaulicht. Wenig später bog ein Krankenwagen in die Auffahrt des Grundstücks ein.

Savary hinkte aus dem Gästezimmer herbei. «Was soll das? Haben Sie die gerufen?», rief er Hakala zornig zu.

Der Finne schüttelte den Kopf. «Keine Ahnung. Das muss wohl die Haushälterin gewesen sein. Eunice.» Er wandte sich von Savary ab und ging auf den Sanitäter zu, der eben aus der Beifahrertür ausstieg.

«Wo ist die Verletzte?», fragte der Mann.

«Kommen Sie.» Hakala winkte ihn heran. Als er sich noch einmal zu Savary umwandte, zuckte der mit den Schultern. Was konnten sie schon tun? «Ich glaube, es ist gar nicht so schlimm, wissen Sie?», sagte er zu dem Sanitäter. «Wir haben sie schon versorgt.»

«Überlassen Sie das bitte uns, Sir», erwiderte der Mann in amtlichem Ton. «Wir machen nur unsere Arbeit. Und bei einem Suizid ...» Er beendete den Satz nicht.

«In Ordnung.» Hakala versicherte sich, dass seine Waffe wieder fest und unsichtbar im Holster saß. Er bemerkte den Seitenblick, mit dem der Sanitäter das Blut auf dem Wohnzimmerfußboden registrierte. «Hier entlang.» Die Neuankömmlinge machten keine Bemerkung.

Als sie im Badezimmer ankamen, richtete Eunice Murray sich angstvoll auf. «Ich kriege sie nicht dazu, sich zu übergeben», sagte sie und ließ sich widerstandslos beiseiteschieben.

«Helfen Sie mir, Sir», verlangte der Sanitäter. Gehorsam half Hakala, die nackte Marilyn wieder zurück in ihr Schlafzimmer zu bringen und aufs Bett zu legen. Hin und her, dachte er. Sie wird herumgehoben wie ein Paket. Eines, zu dem der Empfänger fehlt.

Beim Anblick der Medizinflaschen auf dem Nachttisch zog der Sanitäter die Augenbrauen hoch.

Eunice Murray ließ ihren üblichen Spruch los: «Sie ist das so gewohnt. Ihr Körper braucht ganz andere Dosen, wissen Sie?»

Der Sanitäter ignorierte den Einwurf. «Wir werden ihr den Magen auspumpen müssen», erklärte er. «Wie lange geht es ihr schon so?» Hakala und die Murray schauten sich an und zuckten mit den Schultern. «Sie hatte sich zurückgezogen, um zu telefonieren. Wir haben sie erst gefunden, als, als ...» Hakala überlegte. «Als sie auf unser Klopfen nicht reagierte.»

Der Sanitäter zog eine Spritze mit langer Nadel auf.

«Was machen Sie da?»

«Ihr Herz braucht Unterstützung», sagte der Mann und hieb die Spritze so hart in den Brustkasten der Schauspielerin, dass Hakala glaubte, eine Rippe brechen zu hören.

«Aber ...», wollte er protestieren.

Der Sanitäter hatte schon zum Funkgerät gegriffen. «Bring die Trage», übermittelte er seinem Kollegen am anderen Ende des knisternden Kanals. Zu den beiden im Zimmer sagte er: «Sie muss sofort ins Krankenhaus.»

«Sicher, sicher. Oh mein Gott, mein Gott.» Eunice Murray brachte nur unzusammenhängendes Gestammel zustande.

Karoline Freitag kam aus dem Zimmer der Haushälterin. «Was ist?», flüsterte sie.

«Ein Krankenwagen.» Hakala klang ratlos.

Die Historikerin überlegte. «Es gibt eine Version, wonach ein Krankenwagen hier war.» Sie versuchte, sich die Sache ins Gedächtnis zu rufen.

«Du meinst, das hier ist nicht die komplette Megascheiße? Sondern einfach der reale Ablauf?»

«Sicher bin ich nicht. Es war alles so widersprüchlich in den Unterlagen. Aber eine Version enthält einen Krankenwagen, ja.»

«Und wie kam Marilyn dann wieder zurück in ihr Bett, wo sie gefunden werden wird, verdammt?»

Karoline Freitag zuckte mit den Schultern. «Darüber weiß ich auch nichts. In keinem der Berichte stand was dazu.»

«Na, klasse. Dann also abwarten.»

Sie blieben im Dunkel des Flurs vor Eunice' Tür, während die beiden Sanitäter zugange waren und Marilyn auf die Trage packten, zudeckten und mit Gurten fixierten. Sie hörten, dass Eunice im Schlafzimmer zurückgeblieben war und vor sich hin weinte. Durch das Fenster drang das stumme Blinken des blauen Ambulanzlichtes ins Zimmer und warf einen gespenstischen, pulsierenden Lichtschein bis dicht vor ihre Füße. Marilyns Haare, als sie hinausgefahren wurde, leuchteten blau.

«Das war's dann wohl», murmelte Hakala. Savary kam herein. Hakala und Freitag traten zu ihm ins Wohnzimmer. Draußen wurden die schweren Türen des Krankenwagens mit einem Krachen zugeworfen. Sie sahen, wie die Sanitäter rechts und links um den Wagen herum zur Front gingen.

«Wir sollten gehen.» Das war Savarys Feststellung. «Genug Chaos für einen Abend. Reisen wir ab.»

«Aaron Groß wird nicht zufrieden sein», stellte Karoline Freitag fest. «Betty ist uns durch die Lappen gegangen. Di Vannuci ist verletzt. Und es gab keine Verschwörung, keinen Mord. Die Monroe hat sich selbst aus dem Spiel gekegelt.»

«Rede nicht so von ihr.» Das war Hakala.

Sie schenkte ihm einen erstaunten Blick. «Du klingst schon wie Marcello, der Arme. Noch zwei Jahre, und er wird zum Mörder wegen dem, was hier passiert ist.»

«Wenn ich es nicht besser wüsste, würde ich sagen: Dafür haben wir gesorgt. Wer von euch hat übrigens diesen Krankenwagen gerufen?» Er schaute zu, wie der große Wagen fast lautlos mit dem Heck auf das Gästehaus zuglitt, wendete. «Freitag?»

Sie schüttelte den Kopf.

«Marcello kann es nicht gewesen sein.» Jetzt, wo er darüber in Ruhe nachdenken konnte, war Hakala sich sicher. «Er hatte nicht die Zeit dazu. Er war dauernd bei mir, besser gesagt bei ihr.» Er überlegte, dann ging er in Marilyns Schlafzimmer. «Eunice, haben Sie die Sanitäter gerufen?»

Die Haushälterin schaute auf. «Ich habe Anweisung, nie die Sanitäter zu rufen», erklärte sie. «Wegen des Skandals. Ich rufe immer Dr. Greenson.» Erschrocken hielt sie inne. Draußen ertönte kurz die Sirene. Dann ging sie wieder aus. Der Wagen und das blaue Licht verschwanden aus dem Hof. Es war, als wäre ein Bann aufgehoben worden.

«Tun Sie das, Eunice», sagte Hakala prompt. «Rufen Sie Dr. Greenson an. Dann gehen Sie in die Küche, und warten Sie. Und Sie», setzte er an Freitag gewandt hinzu, «machen den Abflug, klar? Savary und ich regeln das schon.»

«Niemand hat diese Sanitäter gerufen?» Karoline Freitag hatte es noch nicht begriffen.

Savary rief über die Schulter. «Sie haben sich selbst gerufen. Haben Sie ein Auto, Hakala?»

«An der Straße.» Die beiden liefen los, so schnell Savarys Bein das zuließ.

«Die Wanzen!» Endlich wurde es Karoline Freitag klar. «Jemand hat all das hier mitgehört. Und dann die Sanis geschickt. Es müssen die Wanzen gewesen sein, oder? Ja, aber warum? Wer?»

Aber alles, was sie sah, war Eunice Murrays leeres Gesicht.

59.

Auf dem Weg zum Auto sahen Savary und Hakala noch die Rücklichter des Krankenwagens, der aus dem Helena Drive hinausfuhr. Hakala wartete nicht ab, bis Savary die Tür hinter sich geschlossen hatte. Er wendete mit quietschenden Reifen und machte sich an die Verfolgung. Savary holte seinen Stock herein und schloss mit Mühe die Tür. Sein Gesicht war verzerrt. Der kurze Sprint hatte ihn angestrengt. Er spürte, wie das Herz in seiner Brust krampfhaft pumpte.

«Geht's?», fragte Hakala nach einem kurzen Seitenblick. «Sie fahren rechts, sie wollen auf den Sunset Boulevard.» Als der Wagen vor ihnen wenig später links abbog, nickte er nur grimmig. Es ging nicht Richtung Stadt, es ging zu den Canyons. In ein Krankenhaus wollten die Männer mit Marilyn definitiv nicht. Keinesfalls waren die Sanitäter echt. Er dachte an die riesige Nadel, die sie Marilyn zwischen die Rippen gejagt hatten, und fragte sich, ob er in diesem Moment Zeuge ihrer Ermordung geworden war, ohne das Geringste zu ahnen. Mit zusammengebissenen Zähnen schaltete er einen Gang höher.

«Was meinen Sie?», fragte Savary nach einer Weile. Er hatte seine Tabletten gefunden und eine mehr genommen, als vorgesehen war. Auch schon egal. Der Nachtwind trocknete den Schweiß auf seiner Stirn. «Vorsicht!» Ein herrenloser Hund war vor ihnen über die Straße gelaufen. Hakala wich ihm aus, ohne die zweite Hand auf das Lenkrad zu legen. Savary schluckte bei den Schlingerbewegungen. «Wollen Sie die Karre zu Schrott fahren?»

Hakala antwortete nicht. Etwas in ihm hatte große Lust, sie einfach irgendwo dagegen zu fahren, dass es krachte. Sollte ihnen das Blech um die Ohren fliegen und ihr Bewusstsein sich in Millionen Splitter auflösen. Er starrte auf die Rücklichter des Krankenwagens.

Nein, sie durften nicht austicken. Sie mussten dranbleiben. Die Ambulanz fuhr ohne Blaulicht und stetig. Sie raste nicht. Offenbar rechnete man nicht damit, verfolgt zu werden. Hakala drückte aufs Gas und rückte noch ein wenig näher an das Wild.

Savary klammerte sich an den Türgriff. «Sie sind schon lange hier», meinte er. «Nehmen Sie es nicht zu persönlich. Achtung!» Diesmal war es der Krankenwagen, der ein Manöver vollführte. Ohne zu blinken bog er in eine Seitenstraße ein. «Old Farm Road», las Savary. Sie fuhren eindeutig aufs Land. Die Straße wurde steiler, die Bebauung dünner. Bäume und Buschland drängten an die Straße. Sie ahnten Felsen in der Dunkelheit. An einem unbefestigten Weg bog der Krankenwagen erneut ab. Sie glitten langsam vorbei, hielten, setzten vorsichtig zurück und sahen, wie der Wagen auf dem unebenen Weg durchgeschüttelt wurde. Dann blieb er stehen. Seine Lichter gingen aus.

«Ob er uns bemerkt hat?» Hakala hatte ebenfalls die Scheinwerfer gelöscht und war an den Randstreifen gefahren. Ein Cadillac Deville rauschte an ihnen vorbei. Erschrocken schlug Savary, der hatte aussteigen wollen, die Tür wieder zu. Laute Musik aus dem Lautsprecher verklang. Es wurde wieder still, und sie konnten die Grillen zirpen hören.

Hakala zog seine Beretta. «Wir sehen nach.» Er war schon einige Schritte gegangen, als er sich zu Savary umwandte. «Wollen Sie beim Wagen bleiben?»

Savary schüttelte den Kopf, gab ihm aber mit einem Winken zu verstehen, dass Hakala vorausgehen sollte. Der hielt sich dicht an die Vegetation am Wegrand. Schnell und leise kam er der Ambulanz näher. Jetzt konnte er erkennen, dass die rückwärtige Tür offen stand. Etwas baumelte von der Decke des Innenraumes. Eine Infusion? Ein Galgen? Er sah ein Laken leuchten. Von den beiden «Sanitätern» fehlte jede Spur.

«Ganz ruhig jetzt», sagte eine Stimme zu ihm.

Hakala spürte die Mündung der Waffe in seinem Rücken. Und er kannte die Stimme.

«Mickey?», fragte er, während er die Hände hob. Jemand nahm ihm die Pistole ab. Ein harter Stoß zeigte ihm an, dass er sich umdrehen sollte. Hakala sah seinen Angreifer und atmete aus. «Mr. Cohen.» Es war der Mobster, dem er in der Villa Capri begegnet war. Der Mann, der Otash signalisiert hatte, dass er Hakala einstellen dürfe. Der Mann, der mit Hilfe von Wanzen bei der Monroe Sam Giancana freipressen wollte. «Ich würde ja gerne sagen, schön, Sie wiederzusehen», sagte Hakala.

«Nein, würden Sie nicht», stellte Cohen klar.

Hakala hob die Schultern und ließ sie wieder sinken. «Sie haben recht», gab er zu. «Bleiben wir bei der Wahrheit. Wo ist Ihr Hund?»

Cohen grinste. «Freddy», sagte er, ein wenig lauter, «hier will dich jemand sehen.» Als er Hakalas Gesicht sah, meinte er mit aufgesetztem Erstaunen: «Ach, Sie meinten den anderen Hund. Wuff. Wuff.» Er lachte.

«'n Abend, Freddy.»

«'n Abend, Ted.» Otash war sichtlich unglücklich. Dennoch blieb auch seine Waffe auf Hakala gerichtet. «Mensch», brach es endlich aus ihm heraus. «Ich hab dir doch gesagt, das ist 'ne Nummer zu groß für uns.»

«Hättest dich selber dran halten sollen, Freddy. Weiter über die Möpse von Lana Turner schreiben.»

Otash fuhr sich mit der flachen Hand über das Gesicht. Man sah ihm an, dass er im Grunde Hakalas Meinung war. Er hätte weit lieber am Tisch irgendeines Nachtclubs gehockt und Anekdoten über Stars und Sternchen gesammelt, als hier zu stehen. Wanzen? Ja. Starlets flachlegen und erpressen? Aber immer. Doch das hier war Drecksarbeit, die einen Mann auf den Stuhl bringen konnte. Wie er gesagt hatte: eine Nummer zu groß. «Mann, Ted», stöhnte er.

An seiner Stelle antwortete Cohen. «Sie haben gute Arbeit geleistet, Heckler, wissen Sie das? Ganze Arbeit sogar. Ihre Wanzen waren eine Offenbarung. Vor nicht mal einer halben Stunde hat eine blonde Dame, die wir alle kennen, im Strandhaus der Lawfords angerufen und es tatsächlich durchgesetzt, dass man ihr Robert Kennedy an den Hörer gibt. Sie hat ihm gesagt, dass sie eine Überdosis genommen hat und im Sterben liegt. Er hat sie beschimpft und aufgelegt.» Der Mobster lachte triumphierend. «Das ist unterlassene Hilfeleistung. Von einem Justizminister. Aus der Nummer kommt er nicht mehr raus. Unterlassene Hilfeleistung *auf Band.*» Er klang sehr zufrieden. «Und stellen Sie sich all die Leserinnen von Confidential vor.» Er hob die Hand, als male er die Lettern der Headline: «Der Mann, der Marilyn sterben ließ.»

«Nur, Cohen, dass Sie nicht sicher sein konnten, ob sie wirklich stirbt.» Hakala versuchte, ruhig zu bleiben. Sein Hals war wie zugeschnürt. «Aber diesmal *wollten* Sie sicher sein. Sie mussten es, damit Ihre Erpressung funktioniert. Ohne Leiche keine unterlassene Hilfeleistung, kein Garnichts.» Er konnte nicht anders, er musste den Kopf wenden, um zu dem Krankenwagen hinüberzuschauen. Seine Augen hatten sich inzwischen an die Dunkelheit gewöhnt. Er war beinahe sicher, über dem hellen Fleck des Lakens die weiße Wolke ihrer Haare zu erkennen.

«Keine Sorge, sie hat es hinter sich.» Cohen suchte mit der freien Hand nach Zigaretten in seiner Jacketttasche. Unwillkürlich senkte sich seine Rechte mit der Pistole ein wenig. «Die Monroe hat ihren letzten Einlauf bekomm... ah!»

Savary, der sich während des Gesprächs unbemerkt angeschlichen hatte, nutzte die Gelegenheit und holte mit seinem Stock aus. Er traf Cohen schmerzhaft am Handgelenk. Die Waffe flog in die Dunkelheit und landete irgendwo im Gebüsch. Hakala reagierte sofort und setzte Cohen die Faust ins Gesicht. Der Mann war nicht der Jüngste; er ging in die Knie. Savary zog aus dem Griff seines Stockes die Klinge und setzte sie dem Mobster an den Hals.

«Neues Modell?», fragte Hakala. Savary schaffte nur ein Nicken. Der Finne wandte sich Otash zu, der noch immer dastand und auf ihn zielte. Er streckte die Hand aus. «Du wirst nicht auf mich schießen, Freddy. Das wissen wir doch beide.»

Der Detektiv starrte ihn wütend an. «Ich hab dir vertraut, du Arsch.»

«Ich dir auch.» Hakala griff in seine Tasche. Als er sah, dass Otash zuckte, holte er demonstrativ vorsichtig den Bund Dietriche heraus. «Da», sagte er. «Mit Dank zurück. Wo du die Wanzen findest, weißt du ja.» Er guckte wieder zum Krankenwagen. «Ich nehme an, die Jungs sind schon unterwegs, um all das hier abzubauen? Und sie zurückzubringen, damit man sie findet, wo sie hingehört?» Als Otash nicht antwortete, fügte er hinzu: «Ich dachte, wir wären Freunde.»

«Ein Range Rover, weiter hinten», gab Otash endlich widerwillig zu. Er schluckte. «Wer bist du, Ted?»

Hakala steckte seine Waffe weg. «Niemand, der zählt, Freddy. Glaub mir.»

«Und jetzt?», fragte Otash, mit einem Seitenblick auf Savary und auf Cohen, der noch immer auf den Knien lag und leise stöhnte.

Hakala ging zum Wagen. Die linke Tür quietschte, als er sie ganz aufzog. Marilyn lag auf dem Bauch. Was er hatte herabhängen sehen, war ein Irrigator, ein Gerät, um Einläufe zu machen. Cohen hatte keinen Scherz gemacht. Man hatte ihr die Überdosis rektal verabreicht. Es blieb nichts zu tun, als das Laken über sie zu ziehen. Ihre Haut war weiß wie Kreide. Doch Hakala spürte noch einen warmen Hauch. Der Alkohol aus seinem Magen schoss ihm die Speiseröhre hoch.

Er stieß einen Schrei aus. Wieder und wieder hieb Hakala seine Faust gegen die Tür des Krankenwagens. Dann wurde er still.

Niemand hatte sich gerührt. Nicht Savary und Cohen, nicht Otash. Sie starrten ihn an. Hakala fuhr sich mit beiden Händen über das Gesicht und durch die Haare. «Okay», sagte er. «Okay.» Er ging zu Savary. Der versuchte, neutral auszusehen. «Wir bringen sie nach Hause», sagte Hakala. «Wir erledigen das. Es fassen sie keine Dreckshände mehr an. Okay? Irgendwelche Einwände?» Niemand hatte welche. «Also dann.»

Er schickte Otash mit den Autoschlüsseln los, um seinen Wagen von der Straße zu holen und herzufahren. Der Detektiv fuhr schnell und ungeschickt. In seiner Aufregung streifte er mehr als ein Gebüsch, ehe er endlich ruckelnd an der Rückseite des Krankenwagens zu stehen kam. Hakala trat dem immer noch knienden Cohen gegen das Kinn, dass er umflog. Der Mann würde in den nächsten Minuten keine Schwierigkeiten machen. Dann drückte er Savary seine Beretta in die Hand. Otash hob die Hände höher. «Hey …», fing er an, aber Hakala beachtete ihn gar nicht. Er kletterte in den Wagen, nahm Marilyn in seine Arme und hob sie heraus. Ihr Kopf wackelte hin und her wie der einer Stoffpuppe. Er setzte sie auf den Rücksitz, wickelte das Laken noch einmal fester, das ständig um ihren nackten Körper verrutschte, und zog nach kurzer Überlegung sein Jackett aus, um es ihr um die Schultern zu legen. Jetzt sah sie aus wie eine Partybummlerin, die zu viel getrunken hatte.

«Hakala!» Savary rief ihn wieder in die Realität zurück.

Der Finne riss sich zusammen. Er ging zu Otash. «Ihr bringt doch ganz sicher den Krankenwagen unauffällig zurück, nicht wahr?» Otash nickte nur. Hakala tätschelte ihm die Wange. Otash biss die Zähne zusammen, doch es blieb beim Tätscheln. «Ihr macht das schon. Habt ja, was ihr wolltet.» Damit wandte Hakala sich ab.

«Ted», rief Otash hinter ihm her. Hakala zuckte zusammen, doch er blieb nicht stehen. «Ted, es tut mir leid.»

Erst als er im Wagen saß und auch Savary neben ihn geklettert war, der Wagen angelassen und die ersten Meter zurückgelegt waren, sagte Hakala leise: «Mir erst.»

«Nach Hause», meinte Savary nur knapp, als sie die Old Farm Road wieder erreicht hatten. Unter ihnen leuchteten die Lichter von Los Angeles. Während der Rückfahrt redete keiner von ihnen ein Wort.

60.

Das Schweigen setzte sich fort in der Villa am Helena Drive. Hakala lenkte den Wagen mit einer Routine in die Einfahrt, die ihm weh tat. Wie kurz war er nur hier gewesen. Wie sehr hatte er sich daran gewöhnt. Er hätte auf Otash hören sollen. Heute Darling, morgen tot.

Vor der Garage stand bereits der Wagen von Dr. Greenson. Gemeinsam mit der Haushälterin erwartete der Psychologe sie in der Tür. Weder er noch Eunice Murray stellten irgendwelche Fragen, nachdem sie einen Blick auf die stumme Passagierin im Fond geworfen hatten. Es war, als hätte der Arzt gewusst, dass er diese Klientin auf einem ungewöhnlichen Weg verlieren würde. Hakala hob die Tote heraus, um sie ins Haus zu tragen.

Just in dem Moment hielt draußen vor der Einfahrt ein weiteres Auto. Es kam nicht die Einfahrt herauf. Doch man hörte die Türen schlagen.

Hakala, seine Last auf den Armen, wandte sich um. Ein Mann war ausgestiegen und stand unten am Tor. Ein zweiter trat neben ihn. Es waren Lawford und sein Schwager, Bob Kennedy. Offenbar hatten sie nach dem Telefonat mit Marilyn doch noch wissen wollen, ob es ernst um die Schauspielerin stand. Keine unterlassene Hilfeleistung. Aber eine halbherzige, eine, die zu spät kam. Sie wagten sich keinen Schritt auf den Hof. Starrten nur auf das Bündel, das Hakala im Arm hielt. Als Savary, der ebenfalls ausgestiegen war, mit der Hand wedelte, oder vielleicht auch, weil sie Greenson und Murray bemerkten, verschwanden sie wieder in der Dunkelheit. Spurlos, wie sie gekommen waren. Und zweifellos um nichts mehr besorgt als darum, mit diesem Leichnam in keinerlei Verbindung gebracht zu werden. Als Marilyn gelebt hatte, zog es alle zu ihr hin. Jetzt war es, als hätte sie die Pest.

Zum dritten und letzten Mal bettete Hakala Marilyn auf die Laken. So, wie sie aus seinen Armen sank, ließ er sie liegen. Einen Moment noch stand er da, dann verließ er abrupt den Raum. Dr. Greenson drückte sich an ihm vorbei zu der Toten

Draußen redete Savary auf Eunice Murray ein. Sie fragte nicht, wer er sei, sie wollte nicht wissen, woher er kam oder warum er wusste, was er wusste. Er riet ihr, alle Spuren zu verwischen, die auf die Anwesenheit anderer Personen hindeuteten. Und die Polizei erst nach einer Weile zu rufen, damit der Justizminister die Chance hatte, sich so weit wie möglich vom Tatort zu entfernen. Damit er nicht zu anderen Maßnahmen greifen musste, um sein Hiersein am heutigen Tag zu vertuschen. Es war zu Eunice Murrays und Dr. Greensons eigenem Besten. Der Mann hatte zu viel zu verlieren.

Ob sie es begriff oder nicht, sie nickte und nickte, während ihr die Tränen über das Gesicht liefen. Vielleicht hatte sie auch gar nichts mitbekommen. Und es war nur die Flucht in Routine, dass sie danach ins Bad ging, Marilyns getragene Kleider zusammenknüllte und in die Waschmaschine steckte.

«Dr. Greenson?», fragte Savary. Der Psychiater, der noch immer neben dem Bett mit der Toten stand, winkte ab und legte sich die Hand über die Augen.

Savary legte Hakala die Hand auf die Schulter. «Der wird nichts sagen. Er ist nicht der Typ.»

«Er ist loyal», verbesserte Hakala. Sein Hals war wie zugeschnürt. Er drehte eine letzte Runde. Im Gang neben der Garage war nichts mehr von ihrem Gepäck. Gut so. Auch im Gästezimmer hatte Karoline Freitag offenbar alle Spuren ihrer Anwesenheit beseitigt. Hakala bückte sich, um ein paar lose Blätter und Briefumschläge aufzuheben. Doch er ließ alles wieder fallen, ging hinaus und löschte das Licht. Den Wagen ließ er am San Vincente Boulevard stehen, den Schlüssel im Schloss. Mit etwas Glück würde er schon bald gestohlen werden. Mochte irgendein anderer damit seinem amerikanischen Traum entgegenfahren. Sein eigener war ausgeträumt.

Hakala ging zu Fuß zurück. Savary saß in Eunice Murrays Zimmer, er hatte den silbernen Schutzanzug schon an. Hakala schlüpfte in seinen eigenen, klappte das Etui zusammen, warf es in das Schwarze Loch, sah zu, wie Savary verschwand, schloss die Augen und sprang hinterher. Für einen Moment wünscht er sich, er würde nirgendwo ankommen.

TEIL IV

61.

Savarys Erinnerungen an die Rückreise waren undeutlich. Er stand im Erdmittelpunkt, den Kopf in den Nacken gelegt, starrte nach oben durch den schwarzen Schlund und sah die Sterne. Ein Fraktal, dachte er. Auch als alles näher kam und er sah, dass es nur ein Aquarium war, mit leuchtenden Algen und Korallen, dachte er dasselbe. Und nun, in dem Zimmer voll matter Bildschirme wie eben erloschene Sterne, als viel zu viele Gesichter um ihn kreisten, konnte er nicht anders als dasselbe denken: In all der wunderbaren Unordnung steckte eine Ordnung, von hoch, hoch oben war sie zu sehen: ein Fraktal. Und er war hoch oben ... oder tief unten, jedenfalls weit weg, an einem Punkt, und sie riefen ihm zu: Spring! Jedenfalls wusste er, dass es das war, was sie von ihm wollten: dass er sprang. Er musste springen, und sie brüllten es laut. Doch was er hörte und erinnerte, als er wieder zu sich kam, war: Sing! Sing?

Sukov umarmte ihn und sagte irgendetwas in sein Ohr, das Savary nicht verstand. Sing? Jemand zog und zerrte an seinem Anzug. Er ließ es geschehen und sich in einen Gleiter schieben. Schlecht gelaunt, weil er die Harmonie des Fraktals hatte aufgeben müssen für das hier, für das unverständliche Chaos des Lebens, fuhr er dem Hauptquartier entgegen.

Sie bekamen Essen angeboten, ein Bad, Tabletten für einen besseren Schlaf. Dr. Reber hatte di Vannuci bereits verarztet und bot nun an, sich Hakala anzusehen. Er war der Erste, der eine so lange Zeit in der Vergangenheit verbracht hatte. Zumal bei der Hinreise sein Anzug defekt gewesen war. Aber der Finne lehnte ab, er war kein Versuchskaninchen. Es gab Wichtigeres.

«Wo ist Professor Groß?», fragte Savary, als alle sich im Gemeinschaftsraum eingefunden hatten. Er und Hakala trugen noch ihre

Strandhemden, Karoline ein Kleid mit Gürtel und weit schwingendem Rock. Sie sahen aus, als hätten sie vor, auf eine Mottoparty zu gehen. Aber ihre Gesichter waren ernst.

«Sie können *mir* Bericht erstatten, Savary.» Sadie Fletcher stand an den Flip-Charts und nahm ihre alten Bilder und Dokumente ab. «Mr. Groß wird alles zugeleitet, was ich erfahre.» Als sie Tarvo Hakala sah, huschte ein Lächeln über ihr Gesicht. Sie ging auf ihn zu und umarmte ihn kurz.

«Freut mich auch», brummte er und machte ein störrisches Gesicht, das seine Freude verbergen sollte.

«Ganz meinerseits, Mr. Hakala. Ganz meinerseits.» Sie lächelte. «Gut gemacht.»

«Groß ist weg?», fragte Karoline Freitag enttäuscht. «Ach, und ich dachte, wir hätten jetzt einen besonderen Draht zu ihm?» Sie schaute sich um. «Wo ist Hannah Rüthli?»

«Sie ist bei di Vannuci. Er wacht bald auf.» Sadie Fletcher wandte sich ihr zu. «Ihrer Miene entnehme ich, dass Sie schlechte Nachrichten haben. Kein Material über die Kennedys, das wir verwenden könnten, richtig?» Sie nickte, dann musterte sie ihre Leute. «Aber ich versichere Ihnen, dass wir zu unserem Wort stehen. Wir haben Mr. Hakala hier zurück. Und wir werden nicht aufhören, bis wir auch Miss Rosenfeld wieder bei uns haben. Sie gehört zweifellos in psychiatrische Behandlung und nicht als Marodeur in unser aller Vergangenheit.»

«Ist das so?» Mit einem Mal wich aller Unmut, aber auch alle Kraft aus Matthieu Savary. Endlich gaben seine überanstrengten Beine nach, und er sank auf ein Sofa.

«Ich hole sofort Dr. Reber», hörte er Sadie Fletcher noch sagen. Und lauter, für alle, fügte sie hinzu: «Sie haben Ihren Teil geleistet, Ladys und Gentlemen, mehr als das, würde ich sagen, vor allem, was Mr. Hakala angeht. Gehen Sie auf Ihre Zimmer, ruhen Sie sich aus. Der Rest wird erledigt.»

Mit einem Schlag fiel die Müdigkeit von ihm ab. Savary richtete sich wieder auf. «Was heißt das: wird erledigt.»

Sadie Fletcher seufzte, als sie sich ihm zuwandte: «Angesichts der Ausfälle im Team und der Belastung, der Sie alle ausgesetzt waren, haben wir beschlossen, dass nicht Sie, nicht die *Time Unit*, die Sache mit Betty Rosenfeld lösen wird. Es ist ja auch keine für Sie geeignete Problemstellung.»

Jetzt war auch Karoline Freitag alarmiert. Was sollte eine für sie ungeeignete Problemstellung sein? Und Sukov, der als Letzter kam, blieb in der Tür zum Korridor stehen. «Tun Sie das nicht», sagte er nur.

Aber Sadie Fletcher sah entschlossen aus, wie immer. «Der Deal war klar», sagte sie. «Freie Hand im Umgang mit Betty Rosenfeld, wenn wir Verhandlungsmasse bieten. Aber wir haben keine, oder?»

«Die Monroe ist von einem kalifornischen Gangster namens Mickey Cohen umgebracht worden», sagte Savary zwischen zusammengepressten Zähnen hindurch. «Er hatte auf Band, wie sie im Tablettendelirium mit Kennedy telefoniert und ihn anfleht, sie retten zu kommen. Der tat es nicht, weil er die Ankündigung nicht für ernst hielt. Überdosen oder angebliche Überdosen hatte sie wohl ständig. Er wollte sich nicht erpressen lassen.» Savary sah zu Boden. «Also hat Cohen dafür gesorgt, dass diesmal der Ernstfall eintritt, damit Kennedy als mitleidloses Arschloch dasteht.»

«Unterlassene Hilfeleistung fiele mir auch noch ein», gab Sadie Fletcher zu. «Aber nein, Sie haben recht, Savary, das reicht nicht, um die amerikanischen Demokraten heute noch zu beeinflussen. Sie haben Chappaquiddick überstanden, das würden sie auch überstehen.»

«Aber das ist Irrsinn, wir können die Frau dort nicht lassen. Sie greift ohne jede Hemmung in Geschichtsabläufe ein.»

«Ich habe nie behauptet, dass wir sie dort lassen. Es wird jemand hinreisen, der das erledigt.»

«Wer?» Savary stand auf. «Und wie, verdammt, ich habe ein Recht, das zu erfahren.»

Sadie Fletcher zögerte. «Ein Fachmann», sagte sie. «Er wird ein wenig vor Betty Rosenfelds erstem Eintreffen in der Vergangenheit in Aktion treten: Wenn sie am Madison Square Center ankommt. Idealerweise noch bevor sie ihren Schutzanzug ausziehen kann.» Sie schaute den Russen an. «Sukov hat mir versichert, dass wir inzwischen auf Zentimeter und Sekunde genau sagen können, wo die Rosenfeld ankam.»

«Ja, und dann?», fragte Karoline Freitag, der das alles noch nicht recht klar war.

«Man wird sie erschießen.» Hakala war an die kleine Küchenzeile herangetreten. «Gibt es denn hier keinen Alkohol, verdammt?» Er gab dem Schränkchen einen Tritt, dass die Tassen klirrten. «Ein schöner, sauberer Schuss aus nächster Nähe, ein Tritt, und ihre Leiche ist wieder hier, ehe sie die Augen schließen kann. Stimmt's, Fletcher?»

Sie schaute ihn an ohne zu blinzeln. «Von Ihnen hätte ich Verständnis dafür erwartet, Hakala.»

Er rülpste. «Können Sie haben. Die Braut schläft mit ihrem Vater und hat mir nur Ärger gemacht.» Er hielt inne. «Aber auf nichts davon steht die Todesstrafe.»

«Hakala!», brachte Savary nur hervor.

Der Finne ließ sich in einen Sessel fallen. «Geben Sie mir Betäubungsmunition, und ich tu es selber.»

Sadie Fletcher schüttelte den Kopf. «Ich bedaure. Mr. Groß hat sehr klare Anweisungen hinterlassen.»

Savary brauste auf. «Wissen Sie, wo Sie sich Ihren Mr. Groß hinstecken können?» Wenig später war der Streit in vollem Gange.

Karoline Freitag stand eine Weile mit großen Augen dabei. Dann ging sie leise hinaus. Niemand bekam mit, wie sich die Aufzugtüren hinter ihr schlossen.

62.

Als Karoline Freitag wiederkam, musste sie laut werden, ehe die Streitenden ihre Anwesenheit überhaupt wahrnahmen. Savary verlangte eben zu wissen, wie lange eine solche «Todesschwadron», bereits auf seiner Anlage trainiert würde, ohne dass er davon wusste. Karoline hob eine Kaffeekanne hoch und ließ sie fallen. Es klirrte. Dann herrschte Stille, und sie hatte die Aufmerksamkeit aller.

«Was wäre Ihnen Material darüber wert, dass der Anschlag in Dallas, und ich meine den Teil des Anschlags, der in die offiziellen Annalen einging, also den Schützen im Schulbuchdepot und Lee Harvey Oswald, von der Familie Kennedy inszeniert wurden?»

Sadie Fletcher fuhr herum. «Professor Freitag, was glauben Sie, mit Ihren ewigen Verschwörungstheorien zu bewirken?»

«Erst die CIA, dann das FBI, am Ende haben Sie Hannah verdächtigt und jetzt die Kennedys, na großartig.» Savary warf die Hände in die Luft.

«Sie alle haben sich nie, zu keinem Zeitpunkt, für das interessiert, was im Schulbuchdepot passiert ist. Ich habe das nie verstanden. Das war doch keine Nebensache, das war wichtig, nicht nur, weil die Öffentlichkeit sich so lange damit beschäftigt hat.» Sie holte tief und zitternd Luft. «Dort stand ein Mann mit einem Gewehr, um auf seinen Präsidenten zu schießen. Und niemand von Ihnen hat sich je gefragt, warum er da war und woher er kam.»

Sie erhielt keine Antwort auf diese kurze Rede. Karoline konzentrierte sich auf Fletcher. «Kennedy war krank», sagte sie. «Sehr krank. Fragen Sie di Vannuci, der hat sein Gehirn seziert. Ich habe die Ergebnisse hier.» Sie nahm das entsprechende Blatt in die Hand, doch ihre Finger zitterten so sehr, dass sie das Blatt an ihren Bauch drückte. Besser, wenn Sadie Fletcher nicht bemerkte, wie aufgeregt sie war. «Er hätte keine zweite Amtszeit überstanden. Demenz. Das hätte man nicht mehr vertuschen können, wie seine ganzen anderen Blessuren oder die Seitensprünge. Der Held des neuen Amerika wäre demontiert worden.»

«Nur ein toter Held ist ein guter Held?» Sadie Fletcher klang nicht überzeugt.

Karoline Freitag wurde eifriger. «Oswald wurde von einem FBI-Beamten überwacht, der persönliche Kontakte zu Jacky Kennedy hatte, Hosty. Der hat ihn für den Job angeheuert. Er selbst wusste vermutlich keine Einzelheiten, er sollte nur das Gewehr deponieren Mit seiner zwielichtigen Vergangenheit war er von Anfang an als Sündenbock vorgesehen, falls etwas schiefging. Denn er sah dem Schützen sehr ähnlich. Ihr habt ihn alle gesehen.» Sie wandte sich an ihre Mitreisenden. «Er war in L. A.: Tony Fenelly. Fenelly war ein Laufbursche für Robert Kennedy und seine Schwester Pat Lawford. Als wir Fenelly trafen, war er gerade für Kennedy in das Haus der Monroe eingebrochen und hatte die Haushälterin betäubt, um in Ruhe ihr Tagebuch stehlen zu können.»

«Aber Oswald ... oder Fenelly», verbesserte Savary sich mit einer entschuldigenden Geste, als er sah, wie Freitag den Mund öffnete. «Also, Fenelly hat danebengeschossen.»

«Weil Marcello zuerst schoss», wandte Karoline Freitag ein. «Das wissen wir dank di Vannuci. Es war Marcello, der Kennedy in den Hals traf und wenig später am Kopf. Fenelly in seinem Versteck muss total erschrocken gewesen sein. Von einem anderen Schützen wusste er nichts.» Karoline redete sich warm. «Fenelly geriet in Panik. Wusste er etwas nicht? Hatte man ihn verarscht? War er in Gefahr? Wir wissen von mindestens einer Kugel, die das Auto traf und fehlging. Ich vermute, dass das Fenelly war. Ich glaube nicht, dass er besonders gut schießen konnte, und dort draußen war die Hölle los. An Kennedy kam er nicht mehr ran, was vorging, wusste er nicht. Fenelly machte, dass er wegkam.» Triumphierend schaute sie ihre Kollegen an. «Ich kann nicht mit Sicherheit sagen, was dort geplant war, das kann nur Fenelly. Sollte Fenelly treffen? Dann wollte man aus Kennedy einen toten Helden machen, um seinen Mythos zu wahren. Oder sollte Fenelly danebenschießen, um die Nation wieder auf Kennedys Seite zu bringen?» Sie reichte den Ordner Sadie Fletcher hin. «Fragen Sie die Kennedys. Und lassen Sie uns Betty Rosenfeld heimholen.»

Sadie Fletcher zögerte lange, ehe sie das Bündel Unterlagen annahm. «Warum?», fragte sie. «Warum engagieren Sie sich so dafür, dass Betty Rosenfeld lebt? Mein Eindruck war nicht, dass Sie die besten Freundinnen wären?»

«Man muss nicht befreundet sein, um jemandem nicht den Tod zu wünschen.» Karoline biss sich auf die Lippen. Schließlich bekannte sie: «Ich habe das ursprünglich nicht für die Rosenfeld zusammengetragen. Sondern für Finlay. Ich hoffte, Sie würden ihn zurückkommen lassen. Im Austausch hierfür.»

«Never ever.» Sadie Fletchers Gesicht verschloss sich.

«Ich weiß, ich weiß», beeilte Karoline Freitag sich zuzugeben. «Di Vannuci hat es mir erklärt. Er wollte zu viel. Das Beste aus beiden Welten. Aber für Rosenfelds Leben …» Ihre Stimme versagte.

Savary war aufgestanden. Auch Hakala erhob sich. Sukov machte einen Schritt nach vorne.

63.

Glauben Sie, unter Kennedy hätte es keinen Vietnamkrieg gegeben?» Di Vannuci richtete sich in den Kissen auf, um an sein Glas zu gelangen.

Karoline kam ihm zuvor und reichte es ihm. «Fragen sich das alle Amerikaner?»

«Klar, es ist ein Gesellschaftsspiel bei uns.» Er lächelte. «Oder die Frage, ob es mit einem anderen als Kennedy damals vor Kuba zu einem Atomkrieg gekommen wäre.»

Karoline zuckte mit den Schultern. «Ich weiß es nicht.»

«Deshalb frage ich ja, ob Sie es *glauben*. In der Politik gibt es nur Glaubensfragen.»

«Ich bin Historikerin, ich beschäftige mich mit Wissen», stellte Karoline Freitag klar. «Sehr weit bin ich allerdings damit noch nicht gekommen.»

«Nicht mal mit Hilfe der Zeitreisen?», fragte er.

«Nicht mal damit.» Erstaunt schaute sie ihn an. «Das ist das erste Mal, dass ich mir das klarmache.»

Er lachte. «Stopp an dieser Stelle. Sonst verlieren Sie noch den Spaß an der Arbeit.»

«Und Sie?», fragte Karoline, um von sich abzulenken. «Sie waren doch auch scharf auf Fakten, als Sie hier einstiegen. Gehirne, Neuronen, Schussbahnen. Sind Ihre Erwartungen erfüllt worden?»

Das Lächeln schwand aus di Vannucis Gesicht. «Ich glaube, ich war ein Kind, als ich hier anfing. Ich wollte Action und Ruhm, den Kitzel, an Geheimnissen teilzuhaben, die nicht für alle bestimmt sind.» Er schaute an ihr vorbei aus dem Fenster. «In die Schatzkammern meiner Nation eindringen. Einer großen Nation.»

Karoline Freitag verzog das Gesicht. «Große Nation! Herrjeh! Sie sind Amerikaner, ich hatte es vergessen.»

«Ihr Deutschen mit eurem Hitler.»

«Ja, wir Deutschen mit unserem Hitler. Wenn wir nicht gewesen wären, hättet ihr nie die Chance bekommen, eure weltweite Expansion als gerechten Krieg auszugeben. Ein wenig mehr Dankbarkeit bitte.» Er starrte sie so fassungslos an, dass sie lachen musste. «Schon gut, schon gut, eine große Nation.» Sie nahm seine Hand und tätschelte sie. «Der Hort der Freiheit und Demokratie.»

Misstrauisch schaute er sie an. «Wer sonst?», fragte er herausfordernd.

«Ja, das frage ich mich manchmal auch», sagte Karoline Freitag traurig. «Wer überhaupt?» Da er nicht antwortete, nutzte sie die Gelegenheit, das Thema zu wechseln. «Wo ist Hannah?»

«Ich weiß es nicht.»

Karoline stand auf, um das Fenster zu öffnen, frische Regenluft kam herein, sie roch nach Erde und Gras. «Hannah», sagte sie, mehr zu den grauen Wolken dort draußen als zu di Vannuci, «ist ein streunender Hund. Sie hat es sich so ausgesucht.» Sie wandte sich um. «Haben Sie das von ihrem Kind gewusst?»

Er schüttelte den Kopf.

«Glauben Sie, jetzt, wo sie Groß gefunden hat, wird sich etwas für sie ändern?»

«Nein.» Das kam sehr schnell und entschieden. «Sie wollte nicht darüber reden. Aber wenn Groß seinen Sohn hätte sehen und ihm beistehen wollen, hätte er das dann nicht mit Hilfe der *Time Unit* schon längst tun können?»

«Vermutlich», sagte sie nachdenklich. Durch das Fenster kam ein feuchter Windstoß. Sie langte nach dem Griff, um es wieder zu schließen.

«Lassen Sie», bat er. «Mir ist im Moment hier drin alles zu eng.» Er schwieg. «Ich habe auch ein Kind, wissen Sie?»

Überrascht wandte sie sich ihm zu. «Nein, wusste ich nicht.»

Di Vannuci starrte seine Hände an. «Er lebt bei seiner Mutter. Wir waren nie ...»

«... verheiratet», half sie.

«Was man ein Paar nennt.» Er schaute sie mit einem hilflosen Lächeln an.

«Er ist jetzt neun, glaube ich.» Sein Blick suchte den ihren. «Er heißt Timothy.»

«Erzählen Sie.» Karoline Freitag setzte sich an sein Bett. Draußen rauschte ein endloser, grauer Regen.

64.

Sie feierten Hakalas bevorstehende Abreise mit einem Brunch im Speisesaal. Der Koch hatte sich alle Mühe gegeben, dem Dauerregen von Jersey mit tropischen Fruchtsäften und bunten Salaten zu trotzen. Hakala erzählte jedem, der es hören wollte, dass es zum Frühstück nichts Besseres gäbe als finnischen Hering, und alle beteuerten, sie glaubten fest daran, dass es ein reiner Routine-Einsatz wäre.

Hannah und Karoline hatten noch einmal alles an Recherche aufgeboten, was ihnen zur Verfügung stand, aber es blieb dabei: Nur von drei Orten wussten sie sicher, wann Betty Rosenfeld an ihnen sein würde. Und der einfachste und sicherste Weg war der, sie abzufangen, ehe sie überhaupt begonnen hatte.

Sukov hatte, dank der rekonstruierten Computerdaten, ein recht genaues Bild davon gewonnen, was zu geschehen hatte. Danach war Betty Rosenfeld am Tag von Kennedys Geburtstagsfeier ziemlich genau dort angekommen, wo Hakala sie am Abend gesehen hatte: in der Gasse zum Bühneneingang. Er selbst war vor dem Gebäude gelandet, weil es durch die Schäden, die Rosenfeld am System verursacht hatte, zu Turbulenzen gekommen war. Wenige Sekunden später, und er wäre nirgendwo mehr lebend angekommen, sondern als Leichnam durch das All einer fremden Galaxie getrieben.

«Unbeerdigt», flüsterte Karoline Freitag und schüttelte sich.

Hakala tat sich Heringssalat auf und meinte, «beerdigt» klänge auch nicht viel besser in seinen Ohren. Savary instruierte ihn zum wiederholten Male, dass er in Sekundenschnelle handeln, auch im Misserfolgsfall sofort wieder abreisen und alles tun müsse, um seinem zweiten Ich nicht zu begegnen. Hakala lachte: «Glauben Sie im Ernst, dass sonst das Universum in die Luft fliegt, wie in diesem blöden Film?»

«Keine Ahnung», sagte Savary ernst.

Hakala hob die Hände. «Okay, okay, ich verspreche es. Ich komme an, ich betäube sie und schubse sie zurück, dann Abmarsch. Auf keinen Fall gehe ich vor das Gebäude oder sonst wohin. Bin eh nicht scharf auf meine eigene Visage.»

Sadie Fletcher nippte an ihrem Kaffee. «Ich wünschte, Sie blieben hier.»

«Das ist nett, Schätzchen», sagte Hakala und hatte das Vergnügen, sie die Augen verdrehen zu sehen.

Einer von ihren Sicherheitsleuten kam herein und flüsterte ihr etwas ins Ohr.

«Was ist?», fragte di Vannuci, der gerade mit langem Löffel eine Grapefruit auslöffelte und damit auf sie wies. «Kommt der große Chef persönlich vorbei?» Hannah, die so saß, dass sie ihm nicht ins Gesicht sehen musste, zuckte unmerklich zusammen. Sadie Fletcher stand auf und ging hinaus. Als sie zurückkam, war ein alter Mann an ihrer Seite. Unverkennbar trug er die Uniform der Londoner Businessleute. Fünfzig Jahre früher, und man hätte einen Bowler erwartet. Der Alte sah ohne ihn auf dem Kopf nicht so recht komplett aus. Er rückte seine dicke Brille zurecht und warf einen Blick in die Runde, der ihn offensichtlich mehr verwirrte, als ihm lieb war.

«Entschuldigen Sie die Störung, an einem Sonntag», sagte er. «Aber ich bin in einem Auftrag hier, der fristgerecht erledigt sein will. Ich bin sicher, es lag nicht in der Absicht meines Auftraggebers, Sie zu inkommodieren. Er bestand darauf, dass Pünktlichkeit wichtig sei. Und die Kanzlei, für die ich arbeite, nimmt ihre Kundenwünsche ernst.»

«Wer ist Ihr Auftraggeber?», fragte Savary.

Der Mann, kurz von dem Akzent des Franzosen irritiert, setzte seine Brille zurecht. «Wir vollstrecken die Verfügung einer gewissen Betty Rosenfeld.» Er schaute auf, als Gemurmel einsetzte. «Ich sehe, Sie kennen die Dame. Ich gebe zu, dass mich das erleichtert. Die Verfügung wurde vor ziemlich genau fünfzig Jahren getroffen, müssen Sie wissen. Solche Zeiträume sind durchaus ungewöhnlich, selbst bei großen Kanzleien wie der unseren. Shoefield & Waterhouse existieren seit nunmehr 147 Jahren, wenn ich das erwähnen darf.»

«Mr. Shoefield ...», begann Sadie Fletcher.

«Mein Name ist Smith.» Der Mann schaute sie an. «Arthur Smith. Ich arbeite für Shoefield und Waterhouse seit 37 Jahren und übernahm diesen Auftrag von meinem Vorgänger, Mr. Waterhouse Jr., als er im Jahr 2003 in Pension ging.»

«Wir danken Ihnen, Mr. Smith.» Sadie Fletcher wies auf das Paket in seinen Händen. «Was ist es nun, das Sie uns hier und heute mitteilen sollen?»

Er riss seinen Blick von der Gruppe am Tisch los und blinzelte sie an. «Ich weiß es nicht», gestand er. «Das Legat ist ungeöffnet zu übergeben an eine Mrs. Karoline Freitag. Ich nehme an, das sind Sie?» Er nickte Sadie Fletcher zu. «Wenn Sie sich bitte ausweisen würden?» Er stand sehr würdevoll da.

«Das bin ich.» Karoline Freitag sprang auf. «Ich hole meine Papiere.» Mr. Smith stand geduldig da. Alle schwiegen. Es schien eine Ewigkeit zu dauern, bis Karoline Freitag zurückkam. Matthieu Savary räusperte sich. «Ist Mrs. Rosenfeld persönlich in Ihrer Kanzlei, ich meine, bei Mr. Waterhouse Jr. erschienen, wissen Sie das?»

Höflich neigte Mr. Smith sich dem Sprecher zu. «Mrs. Rosenfeld war, soweit ich weiß, nie persönlich bei uns anwesend. Das Päckchen erreichte uns laut der Akten durch einen Mittelsmann, der alle Instruktionen übergab. Er selbst wollte anonym bleiben. Laut Mr. Waterhouse Jr.»

«Meine Fresse.» Das war Hakala.

Mr. Smith zog es vor, den Einwand zu überhören. Er verweigerte ein weiteres Angebot von Tee und harrte stehend aus, bis Karoline zurückkam.

Sie war rot im Gesicht und außer Puste. «'tschuldigung, ich hatte vergessen, dass er ja in der Zentrale lag.» Sie alle gaben ihre persönlichen Dinge und Papiere bei der Ankunft auf Jersey ab. Freitag verstummte, als sie Fletchers strengen Blick sah. Wie ein artiges Kind ging sie zu dem Anwalt, zeigte ihm ihren Ausweis und erhielt im Gegenzug ein Formular, das sie an drei Stellen unterschreiben musste. Sukov machte ihr Platz, damit sie sich dafür setzen konnte. Ihre Hand zitterte so sehr, dass sie beim ersten Mal nur einen unleserlichen Krakel schaffte.

«Wir danken Ihnen, Mr. Smith», setzte Sadie Fletcher an.

Mr. Smith zog ein weiteres Dokument heraus. «Und hiermit bestätigen Sie, dass Sie keine juristischen Ansprüche an unsere Kanzlei haben wegen Schäden, die durch die lange Wartezeit entstanden sein könnten, entgangenen Ansprüchen etc. etc.» In völliger Ruhe legte er ihr den vielseitigen Vertrag hin. «Lesen Sie alles gut durch.»

«Wo muss ich unterschreiben?» Karoline folgte seinem Finger und setzte ihre Signatur auf das Papier. Wiederum Schweigen. Es dauerte eine Weile, bis Karoline Freitag so weit zu sich kam, dass sie die Hände ausstreckte. Nach einem kurzen Moment des Zögerns legte Mr. Smith das Päckchen hinein.

Sofort kam Leben in Sadie Fletcher. «So. Und nun danke ich Ihnen, Mr. Smith. Vielen Dank. Man wird Ihnen hinaushelfen.» Wenn der Mann noch etwas sagen wollte, tat er das draußen in der Halle, wohin ihn Fletchers Agents umgehend expedierten.

Savary schaute Sadie Fletcher an. «Wenn er vor 37 Jahren diese Adresse hat überprüfen lassen und festgestellt hat, dass sie unbewohnt war?»

«Ich gehe telefonieren.» Sadie Fletcher marschierte hinaus. Nun starrten alle Karoline Freitag an.

«Sie hat es an mich geschickt?», stellte die Historikerin verwundert fest.

«Bloß gut, dass sie es nicht an Savary adressiert hat. Der hätte sich schlecht ausweisen können, tot wie er ist.» Hakala lachte.

«1965.» Karoline Freitag überlegte. «Zwei Jahre, nachdem alles vorbei war.»

«Ist schon mal jemand auf die Idee gekommen, das Ding einfach aufzumachen? Vielleicht ist es ja ein Faschingsscherz.» Das war di Vannuci. «Oder eine signierte Erstausgabe ihrer Gedichte? Will das denn keiner außer mir wissen?»

«Vielleicht ist es Gift», ließ Hannah Rüthli sich endlich vernehmen. «Sie weiß, dass wir ihr jederzeit gefährlich werden können. Sogar ihr gelebtes Leben können wir ihr nehmen.»

«Niemand kann das», wandte Savary ein.

Hannah lächelte ihn an. «Stellen Sie sich einfach vor, Sie wissen, dass es möglich ist. Dass jederzeit hinter ihnen ein kleiner schwarzer Ball erscheinen, Sie einsaugen und verschwinden lassen kann. Gar nicht mal hinter Ihrem heutigen Ich, sondern irgendwo in der Vergangenheit, hinter Ihnen als Kind, jungem Mann, Studenten. Und dann, pfff.» Sie macht eine schließende Handbewegung. «Was passiert dann eigentlich mit mir heute? Löse ich mich auf? Werde ich gelöscht? Hat das mal jemand von euch Physikern untersucht?»

Sadie Fletcher kam zurück. «Wir lassen ihn beobachten», erklärte sie. Dann schaute sie in die Runde. «Was ist? Röntgen, würde ich sagen. Metalldetektor. Und wir sollten einen Hund anfordern.»

Karoline Freitag legte das Päckchen, das sie während der letzten Minuten versteckt auf ihrem Schoß gehalten hatte, offen auf den Tisch. Sie hatte es heimlich aufgerissen. «Ein Film», sagte sie. «Super 8. Wie Zapruder ihn verwendet hat.»

Sukov sprang auf. «Ich hab das passende Gerät unten.» Er ging den Projektor holen. Hakala half ihm beim Aufstellen der Leinwand. Hannah übernahm die Aufgabe, den Film einzulegen.

65.

Ein einfaches Zimmer mit weißen Wänden und einem Kreuz über dem Bett.

«Ist das Marcello?», rief Karoline Freitag aus, als sie den Kranken sah, ausgezehrt, fast nur noch Haut und Knochen, die tiefliegenden Augen geschlossen, einen Schlauch im Nasenloch. «Mein Gott, was ist passiert?»

Da neigte sich von der Seite Betty Rosenfeld ins Bild. Auch sie hatte sich verändert. Die Haare waren immer noch sehr blond, doch jetzt vom Mittelscheitel aus brav zu den Seiten frisiert und zu einem Dutt gebunden. Sie trug ein Twinset und einen knielangen Rock, den sie jetzt zurechtzog. «Sieht man ihn?», fragte sie. Sie wandte sich Marcello zu, ihr Gesicht wurde für einen Moment weich. Dann war sie wieder da, ihr Gesicht füllte fast die ganze Leinwand aus. Jemand sagte etwas zu ihr, und sie neigte sich zurück. Ihre Präsenz minderte sich auf ein erträgliches Maß. Die *Time Unit* sah ihren Oberkörper auf dem Stuhl und den oberen Teil von Marcello in seinem Bett daneben. «Sie können jetzt rausgehen», sagte sie. Man hörte das Klappen einer Tür.

«Von vorne», sagte sie, wohl zu sich selbst. «Also von vorne.» Sie verstummte. Erst nach einer ganzen Weile sprach sie erneut. «Nach unserer Nacht in Los Angeles im Haus der Monroe war Marcello nicht mehr derselbe. Er war so wütend. Er glühte, aber nicht mehr für seine Arbeit und …» Sie verschluckte, was sie sonst noch hatte sagen wollen. «Er war so überzeugt davon, dass die Kennedys Marilyn auf dem Gewissen hatten, er konnte an nichts anderes mehr denken. Wir gingen nach New York zurück, zunächst. Aber er schrieb nicht mehr. Schließlich nahm er Kontakt zu seiner Familie auf.» Jetzt sah sie intensiver in die Kamera. «Wisst ihr überhaupt, was das für ihn bedeutet hat? Er hatte nicht gelogen, als er euch erzählte, dass er sich von denen fernhielt, nichts von ihnen wissen wollte. Er war kein Gangster.» Sie machte eine Pause. Schaute aus dem Fenster, schüttelte den Kopf. Schließlich blickte sie wieder in das Objektiv. «Er ging hin und wollte die Wahrheit. Er war bereit, den Preis zu zahlen, den man bei der Mafia immer zahlen muss. Er wusste das. Es ist euer Werk, seid ihr stolz darauf? Ja?» Sie musste den Kopf abwenden. Für einen Moment sah man nur ihr Haar.

«Sie fütterten ihn mit Tonbändern. Von ihren letzten Telefonaten, wo sie bettelte, dass Robert käme. Von den Wanzen in ihrem Gästezimmer. Ihr wisst das ja alles. Sie spielten ihm auch die Aufnahme der Wanze im Justizministerium vor. Ihr kennt sie; es ist die, die er ausgewählt hat, um sie in das Kästchen zu legen, das er auf dem Grashügel vergrub. Seiner Ansicht nach waren sie beide schuldig; beide Kennedys. Und er wollte sie beide erledigen, einen nach dem anderen. Seiner Familie hat das, wie ihr euch denken könnt, sehr gefallen. Schreibt das auf in euren Berichten, los: Die Mafia hat Kennedy ermordet. Und sie hat meinen Marcello als Waffe benutzt. Er hatte bis dahin noch nicht mal eine Schreckschusspistole angerührt. Er war so nicht.» Den letzten Satz schrie sie beinahe. Wieder dauerte es eine Weile, bis sie weitersprechen konnte.

«Wir sind weggezogen aus New York, es wird euch sicher freuen, das zu hören, was? Nichts mehr mit Kulturleben der Großstadt, adieu wilde Partys und verrückte Künstler. Wir zogen aufs Land, damit er schießen üben konnte. Er wollte auch gar keinen mehr sehen aus der Künstlerclique, die Leute widerten ihn an. Sie dachten über Kunst nach, er über seine Rache. Noch schrieb er; ich tippte seine Manuskripte. Ich habe ihn angefleht. Ich hab ihm sogar die Wahrheit gesagt.» Sie lachte, ein Schnauben durch die Nase, bei dem sie sich verschluckte. Sie stand auf und ging zu einem Nachtschränkchen auf der anderen Seite des Bettes, von dem nur eine Ecke zu sehen war. Vermutlich trank sie einen Schluck. Als sie wiederkam, setzte sie sich sehr aufrecht hin. «Er empfahl mir Schlafmittel. Ich nahm sie.» Sie starrte auf ihre Knie. «Nach Dallas bin ich nicht mit. Ich war ja schon dort. Ich konnte alles durch die Augen meiner Erinnerung sehen.» Sie stockte. «Bald danach hatte er den Schlaganfall.» Die nächste Pause dauerte sehr lange.

Es kam Unruhe auf im Kreis der *Time Unit*. Füßescharren, Räuspern.

«Der zweite kam vor einem Monat. Wir warten auf den dritten.» Sie suchte nach Worten. «Seine Familie bezahlt alles, solange ich hier bin und ihn pflege. Sie wissen nicht, *was* ich weiß, nur, dass es zu viel ist. Sie werden mich niemals hier rauslassen. Und ich will auch gar nicht!» Den letzten Satz schleuderte sie ihnen mit aller Wut entgegen. «Ich scheiß auf euch, hört ihr? Auf alles. Und glaubt bloß nicht, dass ich euch anbetteln werde!» Sie weinte jetzt und leckte sich immer wieder über die Oberlippe. Plötzlich griff sie unter sich und hob eine Waffe ins Bild. «Jetzt kommt der Deal», sagte sie.

Sadie Fletcher wollte etwas sagen. Doch Savary hob die Hand. Betty Rosenfeld lächelte mit einem Mal, als ob sie es hätte sehen können. «Ich beende das jetzt und hier», sagte sie. Sie wies mit dem Lauf erst auf Marcello, dann auf sich. «Es gibt nichts Schriftliches. Alles ist Geschichte. Nur ... bitte ...» Und wieder neigte sie sich zu weit vor und füllte das gesamte Bild mit ihrem Gesicht. Man sah ihre Poren, die Reste von Puder, die feuchten Tränenspuren in den Mundwinkeln. Sie wischte sich über den Mund und stieß wohl mit dem Lauf der Waffe gegen die Kamera. Das Bild wackelte; es gab ein kurzes Durcheinander. Dann saß sie wieder da. «Die kurze Zeit in New York», sagte sie. «Ihr wisst schon. Zwischen meiner Ankunft und der Reise nach L. A. Das war die schönste Zeit meines Lebens. Nehmt mir das nicht, okay? Als Ausgleich gebe ich euch das hier.» Sie stand auf. Man sah, wie sie an Marcello herantrat. Vorsichtig zog sie den Schlauch aus seiner Nase, säuberte ihn und küsste ihn.

Dann nahm sie ein Handtuch und legte es über sein Gesicht, ehe sie abdrückte. Man sah dunkle Flecken sich auf dem Stoff ausbreiten. Karoline Freitag schrie auf. Betty Rosenfeld ging zurück zum Stuhl. Man sah, dass ihre Beine zitterten. Sie fiel auf die Sitzfläche und klammerte sich mit der freien Hand an der Lehne fest. «Deal», flüsterte sie. Dann schoss sie sich in den Mund.

Hakala sprang auf. «Was für eine Scheiße noch mal.» Er trat gegen den Tisch, dass die Saftgläser klirrten. Dann trat er ans Fenster. Man hörte ihn heftig atmen. Die anderen blickten wie hypnotisiert auf die Brocken von Hirnmasse und Knochensplittern, die eine Wand hinuntertropften. Der Krater, der von Betty Rosenfelds Kopf übrig war, war über die Lehne nach hinten gesunken. Man schaute auf ihren Hals und das Kinn und die gezackte Öffnung ihrer Schädelkalotte darüber. Ein Auge war heil geblieben und starrte vage in ihre Richtung.

«Macht das aus, warum macht das denn keiner aus?» Karoline Freitag war leichenblass.

Gerade als Hannah Rüthli aufstand, um ihrer Aufforderung zu folgen, geschah noch etwas. Man hörte eine Tür, Schritte. Dann schob sich ein Schild vor das Kameraobjektiv. «Ich habe 10 000 Dollar dafür erhalten, dass ich das hier tue. Suchen Sie nicht nach mir.» Das Schild verschwand. Der Film war zu Ende.

«Das war dann wohl die Person, die das Band zu Shoefield & Waterhouse brachte.» Savary klang beherrscht.

Karoline Freitag, am Rande der Hysterie, wandte sich an Sadie Fletcher. «Sie wollten die Frau tot sehen. Jetzt ist sie es. Gratuliere.»

«Sie war schon tot.» Mit eisiger Miene schaute Fletcher die Historikerin an. «Sie sind alle tot. Auch Finlay. Jeder, dem Sie in der Vergangenheit begegnen. Hakala hat das begriffen. Wann lernen Sie es?»

Die Aufmerksamkeit wandte sich dem Finnen zu, der noch

immer mit dem Rücken zu ihnen am Fenster stand. Es dauerte eine ganze Weile, ehe er sich umdrehte. «Ich weiß nicht, was mit euch ist», sagte er. «Aber ich geh jetzt eine rauchen.» Er ging hinaus und ließ sie an der geplünderten Festtafel zurück.

66.

Sadie Fletcher fand Hakala allein an der Tafel sitzend vor. Er hatte ein Messer in der Hand und malte Linien auf das weiße Tischtuch.

«Sie reisen also nicht», sagte sie. Es war eine Feststellung. Sie nickte, wie zur Bestätigung ihrer selbst. «Niemand wird reisen.»

«Ich bin sicher, Sie haben das überprüft und abgesichert.» Er fasste das Messer neu und zog eine sinnlose Gerade zwischen Serviette und Teller.

Sadie Fletcher widersprach dem Offensichtlichen nicht. «Sie wissen, was es heißt, das Notwendige zu tun, Hakala. Genauso gut wie ich.»

Jetzt wandte er doch den Kopf und linste zu ihr hoch. «Macht uns das jetzt zu Freunden?», fragte er. Er versuchte dabei ein Grinsen, doch es verrutschte, und er sah so unglücklich aus, wie er sich fühlte.

Sadie Fletcher neige sich zu ihm hinunter. Ehe er etwas sagen konnte, spürte er ihre Lippen auf den seinen. Es wurde ein langer, intensiver Kuss. Den sie ebenso plötzlich beendete, wie sie ihn begonnen hatte. «Nein», sagte sie. Ihre Schritte knarrten auf dem Parkett, als sie ging. «Macht es nicht.»

Savary stand an der Klippe, die ihm am liebsten war. Man konnte das Meer nicht sehen, nur hören, alles, Erde, Wasser und Himmel, war in denselben Dunst gehüllt. Als er die Schritte hörte, drehte er sich nicht um. «Zufrieden?», fragte er Sadie Fletcher.

«Und Sie?»

Er fuhr herum, denn es war die Stimme von Hannah Rüthli. «Ich wusste nicht, dass Sie auch hier herauskommen», war alles, was ihm einfiel.

«Tu ich auch nicht.» Sie starrte auf die wattige Suppe vor ihnen. «Ich stehe nicht auf Natur.»

Er bot ihr eine Zigarette an, die sie annahm. «Uns Rauchern bleibt heutzutage nichts anderes übrig», meinte er und fügte, als sie auf seinen Scherz nicht einging, nach einer Weile hinzu: «Und die anderen?»

«Professor Freitag packt für Oxford», sagte sie verächtlich.

«Sie mögen Sie nicht», meinte Savary. «Verständlich, aber schade. Schade.»

«Geht schon», meinte Hannah und schnippte Asche von ihrer Kippe. «Sie hat sich entschuldigt.» Sie schnaubte. «Sie ist so emotional.»

«Und das aus berufenem Mund», stellte Savary fest. Er unterdrückte ein Lächeln. «Und Sukov? Im Herzen schon in Russland?»

«Sie meinen, schon in Gruschenka? Dürfte hinkommen. Er ist vorhin abgefahren. Di Vannuci übrigens auch, falls Sie nicht zu fragen wagen. Wollte, so schnell es geht, in die Staaten. Zu seinem Sohn.»

«Ach, ich wusste gar nicht, dass er einen Sohn hat.»

«Hat er auch nicht. Aber er hat nie einen Vaterschaftstest verlangt.»

Jetzt musste Savary richtig lachen. Er wusste nicht einmal genau, warum. Er lachte und lachte. «Hannah, Sie sind ...» Er hielt inne. So plötzlich, wie die Heiterkeit gekommen war, verschwand sie wieder. «Sie sind erschreckend, wissen Sie das?» Er schüttelte den Kopf. «Ich frage jetzt nicht, wie Sie das rausgefunden haben.»

«Mit ein paar Klicks, so wie alle es herausfinden könnten, wenn sie wollten und nicht stattdessen so verdammt mit ihren Gefühlen beschäftigt wären.»

«Jetzt seien Sie nicht ungerecht, Hannah.» Er hielt inne. Er hatte sie beim Vornamen genannt. «Wir wissen beide, dass menschliche

Gefühle Ihnen auch nicht fremd sind.» Er dachte an Hannah am Krankenbett ihres Sohnes. An Hannah, wie er sie das erste Mal gesehen hatte. Ganz ähnlich wie heute hatte sie mit einer Zigarette dagestanden, allein in trister Umgebung, dem Raucherbereich vor der Kantine des C.E.R.N. Und genau wie heute war sie ihm so einsam vorgekommen wie kein Mensch sonst, den er kannte, mit Ausnahme von sich selbst.

«Ich mag Gefühle haben, aber ich bin dagegen», sagte sie.

«Ein zulässiger Standpunkt», gab Savary zu. Er wagte einen Seitenblick, und als er ihr Gesicht sah, prustete er. Diesmal lachten sie beide.

«Damals im C.E.R.N.», begann er.

Sie stöhnte. «Nun hören Sie schon auf. Ich habe es Ihnen doch gesagt: Ja, ich habe Sie verletzt in der Röhre gefunden, und nein: Ich habe Sie nicht gerettet, sondern liegen gelassen. Das musste ich, um meinen Job nicht zu gefährden.»

«Ja, aber Sie haben anonym die Rettungskräfte benachrichtigt, wo ich liege.» Es war eine Feststellung. «Schauen Sie nicht so, Sie sind nicht die Einzige, die sich Informationen beschaffen kann.»

Sie wirkte gequält. Die Asche an ihrer Zigarette wurde gefährlich lang. Als sie es bemerkte, schnippte sie sie so gewalttätig ab, dass ein paar Funken flogen. «Sie kommen immer an und projizieren etwas in mich hinein.» Sie wandte sich von ihm ab. «Ich will das nicht.» Doch sie ging nicht fort.

Eine Weile standen sie da, ohne etwas zu sagen. Der Nebel umgab sie und machte sie ortlos. Es war ein Bild seines Lebens, fand Savary. Die Vergangenheit verschwunden. Keine Zukunft in Sicht. Nur der nächste Job. Das nächste Treffen. Wenn das Haus sich wieder füllen würde und das Team zusammenkäme, um ein Problem zu lösen. Auch wenn das nur ein kleines Licht war im Nebel.

«Hat Fletcher gesagt, wie unsere Auftraggeber auf die Nachricht reagiert haben, dass die Mafia Kennedy getötet hat?», fragte Hannah Rüthli, als hätte sie seine Gedanken gelesen.

Savary schüttelte den Kopf. «Mafia geht denen am Arsch vorbei. Mafia ist Schnee von gestern. Dort herrschen Wahlen, und es geht nur um die Frage, wer wem woraus einen Strick drehen kann.» Er überlegte. «Wir haben nur eine kleine Lüge aus der Welt geschafft, das ist alles.»

«Immerhin.» Hannah Rüthli schaute ihn immer noch nicht an. «Jede Lüge weniger zählt, finde ich.»

«Sie meinen, das ist ein guter Anfang?», erkundigte er sich. Er dachte an ihre Lügen ihm gegenüber, an seine eigenen.

«Ein Anfang», gab sie vorsichtig zu. «Ein Anfang.»

Tess Riley, Christian Brandt
Jack

Mit der Zeitmaschine zu Jack the Ripper: Forensiker von heute jagen das Monster von gestern.

Im CERN in Genf entdeckt ein Physiker das Geheimnis der Zeitreise und stirbt fast dabei. An seinem Krankenbett sucht ihn eine Unbekannte auf. Sie verspricht ihm Genesung, sofern er sich bereiterklärt, eine hochgeheime Expedition in das Jahr 1888 anzuführen. Damals beging ein Mann namens Jack Morde von beispielloser Grausamkeit. Und heute haben mächtige Namenlose allergrößtes Interesse an deren Aufklärung. Das Kriminalisten-Team reist in die Vergangenheit. Und sieht sich plötzlich selbst vom berüchtigtsten Serienmörder aller Zeiten verfolgt …

320 Seiten

MIX
Papier aus verantwortungsvollen Quellen
FSC® C083411
www.fsc.org

Das für dieses Buch verwendete Papier ist FSC®-zertifiziert.